ग्यारह लम्बी कहानियाँ

ग्यारह लम्बी कहानियाँ

निर्मल वर्मा

भारतीय ज्ञानपीठ

लोकोदय ग्रन्थमाला : ग्रन्थांक 651

ग्रन्थमाला सम्पादक

रवीन्द्र कालिया

सह-सम्पादक

गुलाबचन्द्र जैन

पहला संस्करण : 2000
तीसरा संस्करण : 2007
चौथा संस्करण : 2008
पाँचवाँ संस्करण : 2011

ISBN 978-81-263-3054-6

प्रकाशक :
भारतीय ज्ञानपीठ
18, इन्स्टीट्यूशनल एरिया, लोदी रोड
नयी दिल्ली-110 003

मुद्रक : बालाजी ऑफसेट, दिल्ली-110032

आवरण : नरेन्द्र श्रीवास्तव

पाँचवाँ संस्करण : 2011
मूल्य : 695 रुपये

GYARAH LAMBI KAHANIYAN
(Stories)
by Nirmal Verma

Published by
Bharatiya Jnanpith
18, Institutional Area, Lodi Road
New Delhi-110 003

Fifth Edition : 2011
Price : Rs. 695

अनुक्रम

भूमिका

अपनी लम्बी कहानियों के लिए मेरे भीतर कुछ वैसा ही त्रास भरा स्नेह रहा है, जैसा शायद उन माँओं का अपने बच्चों के लिए, जो बिना उसके चाहे लम्बे होते जाते हैं—जबकि उम्र में छोटे ही रहते हैं। ऐसी कहानियों को क्या कहा जाए जो कहानी की लगी-बँधी सीमा का उल्लंघन तो कर लेती हैं, किन्तु उपन्यास के 'बड़प्पन' में जाने का साहस नहीं कर पातीं? अँग्रेज़ी का शब्द 'नॉवेला' शायद मेरे आशय के सबसे निकट आता है, जिसे उन्नीसवीं शती के रूसी कथाकारों ने इतनी कुशलता से साधा था। टॉल्स्टॉय की कहानी ईवान इल्यिच की मृत्यु, तुर्गनेव की अनेक सुन्दर 'उपन्यासिकाएँ' और चेखव की वार्ड नम्बर छह ऐसी कहानियों के श्रेष्ठ उदाहरण हैं जो कहानी और उपन्यास के बीच की ज़मीन पर एक अनूठी कथ्यात्मक विधा रचती हैं।

जबसे मैंने कहानियाँ लिखना शुरू किया, लम्बी कहानियों की यह दुनिया मुझे बहुत आत्मीय लगती रही है—न तो छोटी कहानियों की तरह बहुत कसी हुई, न ही उपन्यासों की तरह बहुत फैली हुई...संयम और उन्मुक्तता के इस अद्भुत सम्मिश्रण से एक तरह का लिरिकल सौन्दर्य उत्पन्न होता है, जहाँ शब्द अपनी स्पेस निर्धारित करते हैं...जो बाहर की तरफ़ न जाती हुई अपने भीतर की तहों को खोलती है। अधिकांश लम्बी कहानियाँ अकसर सोचती हुई-सी (रिफ़्लेक्टिव) कहानियाँ होती हैं, उनका चेहरा दुनिया की ओर उन्मुख होता हुआ भी आँखें कहीं भीतर झाँकती-सी दिखाई देती हैं। उदास और चिन्तामग्न। मैंने जान-बूझकर लम्बी कहानियाँ नहीं लिखीं—वे मनमाने ढंग से अपने-आप लम्बी होती गयीं...

एक लम्बे समय से मेरी यह साध रही थी, कि मैं इन बेडौल-सी दीखनेवाली कहानियों को एक अलग जगह में समेट सकूँ। मैं भारतीय ज्ञानपीठ का आभारी हूँ कि उन्होंने इस साध को इतने चुपचाप ढंग से पूरा किया।

—निर्मल वर्मा

1

परिन्दे

> Can we do nothing for the dead? And for a long time the answer had been–nothing!
>
> -Katherine Mansfield

अँधेरे गलियारे में चलते हुए लतिका ठिठक गयी। दीवार का सहारा लेकर उसने लैम्प की बत्ती बढ़ा दी। सीढ़ियों पर उसकी छाया एक बेडौल कटी-फटी आकृति खींचने लगी। सात नम्बर कमरे से लड़कियों की बातचीत और हँसी-ठहाकों का स्वर अभी तक आ रहा था। लतिका ने दरवाज़ा खटखटाया। शोर अचानक बन्द हो गया।

"कौन है?"

लतिका चुप खड़ी रही। कमरे में कुछ देर तक घुसर-पुसर होती रही, फिर दरवाज़े की चिटखनी के खुलने का स्वर आया। लतिका कमरे की देहरी से कुछ आगे बढ़ी, लैम्प की झपकती लौ में लड़कियों के चेहरे सिनेमा के परदे पर ठहरे हुए क्लोज़अप की भाँति उभरने लगे।

"कमरे में अँधेरा क्यों कर रखा है?" लतिका के स्वर में हलकी-सी झिड़की का आभास था।

"लैम्प में तेल ही ख़त्म हो गया, मैडम!"

यह सुधा का कमरा था, इसलिए उसे ही उत्तर देना पड़ा। हॉस्टल में शायद वह सबसे अधिक लोकप्रिय थी, क्योंकि सदा छुट्टी के समय या रात को डिनर के बाद आस-पास के कमरों में रहनेवाली लड़कियों का जमघट उसी के कमरे में लग जाता था। देर तक गप-शप, हँसी-मज़ाक़ चलता रहता।

"तेल के लिए करीमुद्दीन से क्यों नहीं कहा?"

"कितनी बार कहा मैडम, लेकिन उसे याद रहे तब तो।"

कमरे में हँसी की फुहार एक कोने से दूसरे कोने तक फैल गयी। लतिका के कमरे में आने से अनुशासन की जो घुटन घिर आयी थी वह अचानक बह गयी। करीमुद्दीन हॉस्टल का नौकर था। उसके आलस और काम में टालमटोल करने के क़िस्से हॉस्टल की लड़कियों में पीढ़ी-दर-पीढ़ी चले आते थे।

लतिका को ठहात् कुछ स्मरण हो आया। अँधेरे में लैम्प घुमाते हुए चारों ओर निगाहें दौड़ायीं। कमरे में चारों ओर घेरा बनाकर वे बैठी थीं—पास-पास एक-दूसरे से सटकर। सबके चेहरे परिचित थे, किन्तु लैम्प के पीले मद्धिम प्रकाश में मानो कुछ बदल गया था, या जैसे वह उन्हें पहली बार देख रही थी।

"जूली, अब तक तुम इस ब्लॉक में क्या कर रही हो?"

जूली खिड़की के पास पलँग के सिरहाने बैठी थी। उसने चुपचाप आँखें नीची कर लीं। लैम्प का प्रकाश चारों ओर से सिमटकर अब केवल उसके चेहरे पर गिर रहा था।

"नाइट रजिस्टर पर दस्तख़त कर दिये?"

"हाँ, मैडम।"

"फिर...?" लतिका का स्वर कड़ा हो आया। जूली सकुचाकर खिड़की से बाहर देखने लगी।

जब से लतिका इस स्कूल में आयी है, उसने अनुभव किया है कि हॉस्टल के इस नियम का पालन डाँट-फटकार के बावजूद नहीं होता।

"मैडम, कल से छुट्टियाँ शुरू हो जाएँगी, इसलिए आज रात हम सबने मिलकर..." और सुधा पूरी बात न कहकर हेमन्ती की ओर देखते हुए मुस्कराने लगी।

"हेमन्ती के गाने का प्रोग्राम है, आप भी कुछ देर बैठिए न।"

लतिका को उलझन मालूम हुई। इस समय यहाँ आकर उसने इनके मज़े को किरकिरा कर दिया। इस छोटे-से हिल-स्टेशन पर रहते उसे ख़ासा अर्सा हो गया, लेकिन कब समय पतझड़ और गर्मियों का घेरा पार कर सर्दी की छुट्टियों की गोद में सिमट जाता है, उसे कभी याद नहीं रहता।

चोरों की तरह चुपचाप वह देहरी से बाहर हो गयी। उसके चेहरे का तनाव ढीला पड़ गया। वह मुस्कराने लगी।

"मेरे संग स्नो-फॉल देखने कोई नहीं ठहरेगा?"

"मैडम, छुट्टियों में क्या आप घर नहीं जा रही हैं?" सब लड़कियों की आँखें उस पर जम गयीं।

"अभी कुछ पक्का नहीं है—आई लव द स्नो-फॉल!"

लतिका को लगा कि यही बात उसने पिछले साल भी कही थी और शायद पिछले से पिछले साल भी। उसे लगा मानो लड़कियाँ उसे सन्देह की दृष्टि से देख रही हैं, मानो उन्होंने उसकी बात पर विश्वास नहीं किया। उसका सिर चकराने लगा, मानो बादलों का स्याह झुरमुट किसी अनजाने कोने से उठकर उसे अपने में डुबो लेगा। वह थोड़ा-सा हँसी, फिर धीरे-से उसने सर को झटक दिया।"जूली, तुमसे कुछ काम है, अपने ब्लॉक में जाने से पहले मुझसे मिल लेना—वेल गुड नाइट!" लतिका ने अपने पीछे दरवाज़ा बन्द कर दिया।

"गुड नाइट मैडम, गुड नाइट, गुड नाइट..."

गलियारे की सीढ़ियाँ न उतरकर लतिका रेलिंग के सहारे खड़ी हो गयी। लैम्प की बत्ती को नीचे घुमाकर कोने में रख दिया। बाहर धुन्ध की नीली तहें बहुत घनी हो चली थीं। लॉन पर लगे हुए चीड़ के पत्तों की सरसराहट हवा के झोंकों के संग कभी तेज़, कभी धीमी होकर भीतर बह आती थी। हवा में सर्दी का हलका-सा आभास पाकर लतिका के दिमाग़ में कल से शुरू होनेवाली छुट्टियों का ध्यान भटक आया। उसने आँखें मूँद लीं। उसे लगा कि जैसे उसकी टाँगें बाँस की लकड़ियों की तरह उसके शरीर से बँधी हैं, जिसकी गाँठें धीरे-धीरे खुलती जा रही हैं। सिर की चकराहट अभी मिटी नहीं थी, मगर अब जैसे वह भीतर न होकर बाहर फैली हुई धुन्ध का हिस्सा बन गयी थी।

सीढ़ियों पर बातचीत का स्वर सुनकर लतिका जैसे सोते से जगी। शॉल को कन्धों पर समेटा और लैम्प उठा लिया। डॉ. मुकर्जी मि. ह्यूबर्ट के संग एक अँग्रेज़ी धुन गुनगुनाते हुए ऊपर आ रहे थे। सीढ़ियों पर अँधेरा था और ह्यूबर्ट को बार-बार अपनी छड़ी से रास्ता टटोलना पड़ता था। लतिका ने दो-चार सीढ़ियाँ उतरकर लैम्प को नीचे झुका दिया। "गुड ईवनिंग डॉक्टर, गुड ईवनिंग मि. ह्यूबर्ट!" "थैंक यू मिस लतिका"—ह्यूबर्ट के स्वर में कृतज्ञता का भाव था। सीढ़ियाँ चढ़ने से उनकी साँस तेज़ हो रही थी और वह दीवार से लगे हुए हाँफ रहे थे। लैम्प की रोशनी में उनके चेहरे का पीलापन कुछ ताँबे के रंग जैसा हो गया था।

"यहाँ अकेली क्या कर रही हो मिस लतिका?"—डॉक्टर ने होंठों के भीतर से सीटी बजायी।

"चेकिंग करके लौट रही थी। आज इस वक़्त ऊपर कैसे आना हुआ मिस्टर ह्यूबर्ट?"

ह्यूबर्ट ने मुस्कराकर अपनी छड़ी डॉक्टर के कन्धों से छुला दी–"इनसे पूछो, यही मुझे ज़बर्दस्ती घसीट लाये हैं।"

"मिस लतिका, हम आपको निमन्त्रण देने आ रहे थे। आज रात मेरे कमरे में एक छोटा-सा कन्सर्ट होगा जिसमें मि. ह्यूबर्ट शोपाँ और चाइकोव्स्की के कम्पोज़ीशन बजाएँगे और फिर क्रीम कॉफ़ी पी जाएगी। और उसके बाद अगर समय रहा, तो पिछले साल हमने जो गुनाह किये हैं उन्हें हम सब मिलकर कन्फेस करेंगे।" डॉक्टर मुकर्जी के चेहरे पर भरी मुस्कान खेल गयी।

"डॉक्टर, मुझे माफ़ करें, मेरी तबीयत कुछ ठीक नहीं है।"

"चलिए, यह ठीक रहा। फिर तो आप वैसे भी मेरे पास आतीं।" डॉक्टर ने धीरे से लतिका के कन्धों को पकड़कर अपने कमरे की तरफ़ मोड़ दिया।

डॉक्टर मुकर्जी का कमरा ब्लॉक के दूसरे सिरे पर छत से जुड़ा हुआ था। वह आधे बर्मी थे, जिसके चिह्न उनकी थोड़ी दबी हुई नाक और छोटी-छोटी चंचल आँखों से स्पष्ट थे। बर्मा पर जापानियों का आक्रमण होने के बाद वह इस छोटे से पहाड़ी शहर में आ बसे थे। प्राइवेट प्रैक्टिस के अलावा वह कॉन्वेण्ट स्कूल में हाईजीन-फिज़ियालोजी भी पढ़ाया करते थे और इसलिए उनको स्कूल के हॉस्टल में ही एक कमरा रहने के लिए दे दिया गया था। कुछ लोगों का कहना था कि बर्मा से आते हुए रास्ते में उनकी पत्नी की मृत्यु हो गयी, लेकिन इस सम्बन्ध में निश्चित्त रूप से कुछ नहीं कहा जा सकता क्योंकि डॉक्टर स्वयं कभी अपनी पत्नी की चर्चा नहीं करते।

बातों के दौरान डॉक्टर अकसर कहा करते हैं–"मरने से पहले मैं एक दफा बर्मा ज़रूर जाऊँगा"–और तब एक क्षण के लिए उनकी आँखों में एक नमी सी छा जाती। लतिका चाहने पर भी उनसे कुछ पूछ नहीं पाती। उसे लगता कि डॉक्टर नहीं चाहते कि कोई अतीत के सम्बन्ध में उनसे कुछ भी पूछे या सहानुभूति दिखलाये। दूसरे ही क्षण अपनी गम्भीरता को दूर ठेलते हुए वह हँस पड़ते–एक सूखी, बुझी हुई हँसी।

होम-सिक्नेस ही एक ऐसी बीमारी है जिसका इलाज़ किसी डॉक्टर के पास नहीं है।

छत पर मेज़-कुर्सियाँ डाल दी गयीं और भीतर कमरे में परकोलेटर में कॉफ़ी का पानी चढ़ा दिया गया।

"सुना है अगले दो-तीन वर्षों में यहाँ पर बिजली का इन्तज़ाम हो जाएगा"—डॉक्टर ने स्प्रिट लैम्प जलाते हुए कहा।

"यह बात तो पिछले दस सालों से सुनने में आ रही है। अँग्रेज़ों ने भी कोई लम्बी-चौड़ी स्कीम बनायी थी, पता नहीं उसका क्या हुआ"—ह्यूबर्ट ने कहा। वह आरामकुर्सी पर लेटा हुआ बाहर लॉन की ओर देख रहा था।

लतिका कमरे से दो मोमबत्तियाँ ले आयी। मेज़ के दोनों सिरों पर टिकाकर उन्हें जला दिया गया। छत का अँधेरा मोमबत्ती की फ़ीकी रोशनी के इर्द-गिर्द सिमटने लगा। एक घनी नीरवता चारों ओर घिरने लगी। हवा में चीड़ के वृक्षों की साँय-साँय दूर-दूर तक फैली पहाड़ियों और घाटियों में सीटियों की गूँज सी छोड़ती जा रही थी।

"इस बार शायद बर्फ़ जल्दी गिरेगी, अभी से हवा में एक सर्द ख़ुश्की-सी महसूस होने लगी है"—डॉक्टर का सिगार अँधेरे में लाल बिन्दी-सा चमक रहा था।

"पता नहीं, मिस वुड को स्पेशल सर्विस का गोरखधन्धा क्यों पसन्द आता है। छुट्टियों में घर जाने से पहले क्या यह ज़रूरी है कि लड़कियाँ फादर एल्मण्ड का सर्मन सुनें?"—ह्यूबर्ट ने कहा।

"पिछले पाँच साल से मैं सुनता आ रहा हूँ—फादर एल्मण्ड के सर्मन में कहीं हेर-फेर नहीं होता।"

डॉक्टर को फादर एल्मण्ड एक आँख नहीं सुहाते थे।

लतिका कुर्सी पर आगे झुककर प्यालों में कॉफ़ी उँड़ेलने लगी। हर साल स्कूल बन्द होने के दिन यही दो प्रोग्राम होते हैं—चैपल में स्पेशल सर्विस और उसके बाद दिन में पिकनिक। लतिका को पहला साल याद आया जब डॉक्टर के संग पिकनिक के बाद वह क्लब गयी थी। डॉक्टर बार में बैठे थे। बाल रूम कुमाऊँ रेज़ीमेण्ट के अफ़सरों से भरा हुआ था। कुछ देर तक बिलियर्ड का खेल देखने के बाद जब वह वापस बार की ओर आ रहे थे, तब उसने दायीं ओर क्लब की लाइब्रेरी में देखा—मगर उसी समय डॉक्टर मुकर्जी पीछे से आ गये थे। "मिस लतिका, यह मेजर गिरीश नेगी हैं।" बिलियर्ड रूम से आते हुए हँसी-ठहाकों के बीच वह नाम दब-सा गया था। वह किसी किताब के बीच में उँगली रखकर लाइब्रेरी की खिड़की से बाहर देख रहा था।

"हलो डॉक्टर"—वह पीछे मुड़ा। तब उस क्षण...

उस क्षण न जाने क्यों लतिका का हाथ काँप गया और कॉफ़ी की कुछ

गर्म बूँदें उसकी साड़ी पर छलक आयीं। अँधेरे में किसी ने नहीं देखा कि लतिका के चेहरे पर एक उनींदा रीतापन घिर आया है।

हवा के झोंके से मोमबत्तियों की लौ फड़कने लगी। छत से भी ऊँची काठगोदाम जानेवाली सड़क पर यू.पी. रोडवेज़ की आख़िरी बस डाक लेकर जा रही थी। बस की हैड लाइट्स में आस-पास फैली हुई झाड़ियों की छायाएँ घर की दीवार पर सरकती हुई ग़ायब होने लगीं।

"मिस लतिका, आप इस साल भी छुट्टियों में यहीं रहेंगी?"—डॉक्टर ने पूछा।

डॉक्टर का सवाल हवा में टँगा रहा। उसी क्षण पियानो पर शोपाँ का नौक्टर्न ह्यूबर्ट की उँगलियों के नीचे से फिसलता हुआ धीरे-धीरे छत के अँधेरे में घुलने लगा—मानो जल पर कोमल स्वप्निल उर्मियाँ भँवरों का झिलमिलाता जाल बुनती हुई दूर-दूर किनारों तक फैलती जा रही हों। लतिका को लगा कि जैसे कहीं बहुत दूर बर्फ़ की चोटियों से परिन्दों के झुण्ड नीचे अनजान देशों की ओर उड़े जा रहे हैं। इन दिनों अकसर उसने अपने कमरे की खिड़की से उन्हें देखा है—धागे में बँधे चमकीले लट्टुओं की तरह वे एक लम्बी, टेढ़ी-मेढ़ी क़तार में उड़े जाते हैं, पहाड़ों की सुनसान नीरवता से परे, उन विचित्र शहरों की ओर जहाँ शायद वह कभी नहीं जाएगी।

लतिका आर्म चेयर पर ऊँघने लगी। डॉक्टर मुकर्जी का सिगार अँधेरे में चुपचाप जल रहा था। डॉक्टर को आश्चर्य हुआ कि लतिका न जाने क्या सोच रही है और लतिका सोच रही थी—क्या वह बूढ़ी होती जा रही है? उसके सामने स्कूल की प्रिंसिपल मिस वुड का चेहरा घूम गया—पोपला मुँह, आँखों के नीचे झूलती हुई मांस की थैलियाँ, ज़रा-ज़रा-सी बात पर चिढ़ जाना, कर्कश आवाज़ में चीख़ना—सब उसे 'ओल्डमेड' कहकर पुकारते हैं। कुछ वर्षों बाद वह भी हूबहू वैसी ही बन जाएगी...लतिका के समूचे शरीर में झुरझुरी-सी दौड़ गयी, मानो अनजाने में उसने किसी गलीज वस्तु को छू लिया हो। उसे याद आया कुछ महीने पहले अचानक उसे ह्यूबर्ट का प्रेमपत्र मिला था—भावुक याचना से भरा हुआ पत्र, जिसमें उसने न जाने क्या कुछ लिखा था, जो कभी उसकी समझ में नहीं आया। उसे ह्यूबर्ट की इस बचकाना हरकत पर हँसी आयी थी, किन्तु भीतर ही भीतर प्रसन्नता भी हुई थी—उसकी उम्र अभी बीती नहीं है, अब भी वह दूसरों को अपनी ओर आकर्षित कर सकती है। ह्यूबर्ट का पत्र पढ़कर उसे क्रोध नहीं आया,

आयी थी केवल ममता। वह चाहती तो उसकी ग़लतफ़हमी को दूर करने में देर न लगती, किन्तु कोई शक्ति उसे रोके रहती है, उसके कारण अपने पर विश्वास रहता है, अपने सुख का भ्रम मानो ह्यूबर्ट की ग़लतफ़हमी से जुड़ा है...।

ह्यूबर्ट ही क्यों, वह क्या किसी को भी चाह सकेगी, उस अनुभूति के संग, जो अब नहीं रही, जो छाया-सी उस पर मँडराती रहती है, न स्वयं मिटती है, न उसे मुक्ति दे पाती है। उसे लगा, जैसे बादलों का झुरमुट फिर उसके मस्तिष्क पर धीरे-धीरे छाने लगा है, उसकी टाँगें फिर निर्जीव, शिथिल-सी हो गयी हैं।

वह झटके से उठ खड़ी हुई—"डॉक्टर माफ़ करना, मुझे बहुत थकान-सी लग रही है..." बिना वाक्य पूरा किये ही वह चली गयी।

कुछ देर तक टैरेस पर निस्तब्धता छायी रही। मोमबत्तियाँ बुझने लगी थीं। डॉक्टर मुकर्जी ने सिगार का नया कश लिया—"सब लड़कियाँ एक जैसी होती हैं—बेवक़ूफ़ और सेण्टीमेण्टल।"

ह्यूबर्ट की उँगलियों का दबाव पियानो पर ढीला पड़ता गया—अन्तिम सुरों की झिझकी-सी गूँज कुछ क्षणों तक हवा में तिरती रही।

"डॉक्टर, आपको मालूम है...मिस लतिका का व्यवहार पिछले कुछ अर्से से अजीब-सा लगता है।"—ह्यूबर्ट के स्वर में लापरवाही का भाव था। वह नहीं चाहता था कि डॉक्टर को लतिका के प्रति उसकी भावनाओं का आभास-मात्र भी मिल सके। जिस कोमल अनुभूति को वह इतने समय से सँजोता आया है, डॉक्टर उसे हँसी के एक ही ठहाके में उपहासास्पद बना देगा।

"क्या तुम नियति में विश्वास करते हो, ह्यूबर्ट?" डॉक्टर ने कहा। ह्यूबर्ट दम रोके प्रतीक्षा करता रहा। वह जानता था कि कोई भी बात कहने से पहले डॉक्टर को फ़िलासोफ़ाइज़ करने की आदत थी। डॉक्टर टैरेस के जँगले से सटकर खड़ा हो गया। फ़ीकी-सी चाँदनी में चीड़ के पेड़ों की छायाएँ लॉन पर गिर रही थीं। कभी-कभी कोई जुगनू अँधेरे में हरा प्रकाश छिड़कता हवा में ग़ायब हो जाता था।

"मैं कभी-कभी सोचता हूँ, इन्सान ज़िन्दा किसलिए रहता है—क्या उसे कोई और बेहतर काम करने को नहीं मिला? हज़ारों मील अपने मुल्क से दूर मैं यहाँ पड़ा हूँ—यहाँ कौन मुझे जानता है...यहीं शायद मर भी जाऊँगा। ह्यूबर्ट, क्या तुमने कभी महसूस किया है कि एक अजनबी की हैसियत से परायी ज़मीन पर मर जाना काफ़ी ख़ौफ़नाक बात है...!"

ह्यूबर्ट विस्मित-सा डॉक्टर की ओर देखने लगा। उसने पहली बार डॉक्टर मुकर्जी के इस पहलू को देखा था। अपने सम्बन्ध में वह अकसर चुप रहते थे।

"कोई पीछे नहीं है, यह बात मुझमें एक अजीब क़िस्म की बेफ़िक्री पैदा कर देती है। लेकिन कुछ लोगों की मौत अन्त तक पहेली बनी रहती है...शायद वे ज़िन्दगी से बहुत उम्मीद लगाते थे। उसे ट्रैजिक भी नहीं कहा जा सकता, क्योंकि आख़िरी दम तक उन्हें मरने का एहसास नहीं होता...।"

"डॉक्टर, आप किसका ज़िक्र कर रहे हैं?"—ह्यूबर्ट ने परेशान होकर पूछा।

डॉक्टर कुछ देर तक चुपचाप सिगार पीता रहा। फिर मुड़कर वह मोमबत्तियों की बुझती हुई लौ को देखने लगा।

"तुम्हें मालूम है, किसी समय लतिका बिला नागा क्लब जाया करती थी। गिरीश नेगी से उसका परिचय वहीं हुआ था। कश्मीर जाने से एक रात पहले उसने मुझे सब कुछ बता दिया था। मैं अब तक लतिका से उस मुलाक़ात के बारे में कुछ नहीं कह सका हूँ। किन्तु उस रात कौन जानता था कि वह वापस नहीं लौटेगा। और अब...अब क्या फ़र्क़ पड़ता है। लेट द डेड डाई...।"

डॉक्टर की सूखी सर्द हँसी में खोखली-सी शून्यता भरी थी।

"कौन गिरीश नेगी?"

"कुमाऊँ रेज़ीमेण्ट में मेजर था।"

"डॉक्टर, क्या लतिका..." ह्यूबर्ट से आगे कुछ नहीं कहा गया। उसे याद आया वह पत्र, जो उसने लतिका को भेजा था...कितना अर्थहीन और उपहासास्पद, जैसे उसका एक-एक शब्द उसके दिल को कचोट रहा हो। उसने धीरे से पियानो पर सिर टिका लिया। लतिका ने उसे क्यों नहीं बताया, क्या वह इसके योग्य भी नहीं था?

"लतिका...वह तो बच्ची है, पागल! मरनेवाले के संग ख़ुद थोड़े ही मरा जाता है।"

कुछ देर चुप रहकर डॉक्टर ने अपने प्रश्न को फिर दुहराया।

"लेकिन ह्यूबर्ट, क्या तुम नियति पर विश्वास करते हो?"

हवा के हलके झोंके से मोमबत्तियाँ एक बार प्रज्वलित होकर बुझ गयीं। टैरेस पर ह्यूबर्ट और डॉक्टर अँधेरे में एक-दूसरे का चेहरा नहीं देख पा रहे थे, फिर भी वे एक-दूसरे की ओर देख रहे थे। कॉन्वेण्ट स्कूल से कुछ दूर मैदानों में बहते पहाड़ी नाले का स्वर आ रहा था। जब बहुत देर बाद कुमाऊँ रेज़ीमेण्ट सेण्टर का बिगुल सुनाई दिया, तो ह्यूबर्ट हड़बड़ाकर खड़ा हो गया।

"अच्छा, चलता हूँ, डॉक्टर, गुड नाइट।"

"गुड नाइट ह्यूबर्ट...मुझे माफ़ करना, मैं सिगार ख़त्म करके उठूँगा..."

सुबह बदली छायी थी। लतिका के खिड़की खोलते ही धुन्ध का गुब्बारा-सा भीतर घुस आया, जैसे रात भर दीवार के सहारे सर्दी में ठिठुरता हुआ वह भीतर आने की प्रतीक्षा कर रहा हो। स्कूल से ऊपर चैपल जानेवाली सड़क बादलों में छिप गयी थी, केवल चैपल का 'क्रास' धुन्ध के परदे पर एक-दूसरे को काटती हुई पेंसिल की रेखाओं-सा दिखाई दे जाता था।

लतिका ने खिड़की से आँखें हटायीं, तो देखा कि करीमुद्दीन चाय की ट्रे लिये खड़ा है। करीमुद्दीन मिलिट्री में अर्दली रह चुका था, इसलिए ट्रे मेज़ पर रखकर 'अटेन्शन' की मुद्रा में खड़ा हो गया।

लतिका झटके से उठ बैठी। सुबह से आलस करके कितनी बार जागकर वह सो चुकी है। अपनी खिसियाहट मिटाने के लिए लतिका ने कहा—"बड़ी सर्दी है आज, बिस्तर छोड़ने को जी नहीं चाहता।"

"अजी मेम साहब, अभी क्या सर्दी आयी है—बड़े दिनों में देखना कैसे दाँत कटकटाते हैं"—और करीमुद्दीन अपने हाथों को बगलों में डाले हुए इस तरह सिकुड़ गया जैसे उन दिनों की कल्पना मात्र से उसे जाड़ा लगना शुरू हो गया हो। गंजे सिर पर दोनों तरफ़ के उसके बाल ख़िज़ाब लगाने से कत्थई रंग के भूरे हो गये थे। बात चाहे किसी विषय पर हो रही हो, वह हमेशा खींचतान कर उसे ऐसे क्षेत्र में घसीट लाता था, जहाँ वह बेझिझक अपने विचारों को प्रकट कर सके।

"एक दफा तो यहाँ लगातार इतनी बर्फ़ गिरी थी कि भुवाली से लेकर डाक बँगले तक सारी सड़कें जाम हो गयीं। इतनी बर्फ़ थी मेम साहब कि पेड़ों की टहनियाँ तक सिकुड़कर तनों से लिपट गयी थीं—बिलकुल ऐसे," और करीमुद्दीन नीचे झुककर मुर्ग़ा-सा बन गया।

"कब की बात है?"—लतिका ने पूछा।

"अब यह तो जोड़-हिसाब करके ही पता चलेगा, मेम साहब...लेकिन इतना याद है कि उस वक़्त अँग्रेज़ बहादुर नहीं थे। कण्टोनमेण्ट की इमारत पर क़ौमी झण्डा नहीं लगा था। बड़े जबर थे ये अँग्रेज़, दो घण्टों में ही सारी सड़कें साफ़ करवा दीं। उन दिनों एक सीटी बजाते ही पचास घोड़ेवाले जमा हो जाते थे। अब तो सारे शेड ख़ाली पड़े हैं। वे लोग अपनी ख़िदमत भी करवाना जानते थे,

अब तो सब उजाड़ हो गया है"—करीमुद्दीन उदास भाव से बाहर देखने लगा।

आज यह पहली बार नहीं है जब लतिका करीमुद्दीन से उन दिनों की बातें सुन रही है जब अँग्रेज़ बहादुर ने इस स्थान को स्वर्ग बना रखा था।

"आप छुट्टियों में इस साल भी यहीं रहेंगी, मेम साहब?"

"दिखता तो कुछ ऐसा ही है करीमुद्दीन—तुम्हें फिर तंग होना पड़ेगा।"

"क्या कहती हैं मेम साहब! आपके रहने से हमारा भी मन लग जाता है, वरना छुट्टियों में तो यहाँ कुत्ते लोटते हैं।"

"तुम ज़रा मिस्त्री से कह देना कि इस कमरे की छत की मरम्मत कर जाए। पिछले साल बर्फ़ का पानी दरारों से टपकता रहता था।" लतिका को याद आया कि पिछली सर्दियों में जब कभी बर्फ़ गिरती थी, तो उसे पानी से बचने के लिए रात भर कमरे के कोने में सिमटकर सोना पड़ता था।

करीमुद्दीन चाय की ट्रे उठाता हुआ बोला—"ह्यूबर्ट साहब तो शायद कल ही चले जाएँ—कल रात उनकी तबीयत फिर ख़राब हो गयी। आधी रात के वक़्त मुझे जगाने आये थे। कहते थे, छाती में तकलीफ़ है। उन्हें यह मौसम नहीं रास आता। कह रहे थे, लड़कियों की बस में वह भी कल ही चले जाएँगे।"

करीमुद्दीन दरवाज़ा बन्द करके चला गया। लतिका की इच्छा हुई कि वह ह्यूबर्ट के कमरे में जाकर उनकी तबीयत की पूछताछ कर आये। किन्तु फिर न जाने क्यों स्लीपर पैरों में टँगे रहे और वह खिड़की के बाहर बादलों को उड़ता हुआ देखती रही। ह्यूबर्ट का चेहरा जब उसे देखकर सहमा-सा दयनीय हो जाता है, तब लगता है कि वह अपनी मूक निरीह याचना में उसे कोस रहा है—न वह उसकी ग़लतफ़हमी को दूर करने का प्रयत्न कर पाती है, न उसे अपनी विवशता की सफ़ाई देने का साहस होता है। उसे लगता है कि इस जाले से बाहर निकलने के लिए वह धागे के जिस सिरे को पकड़ती है वह ख़ुद एक गाँठ बनकर रह जाता है...

बाहर बूँदाबाँदी होने लगी थी—कमरे की टिन की छत खटखट बोलने लगी। लतिका पलँग से उठ खड़ी हुई। बिस्तर को तहाकर बिछाया। फिर पैरों में स्लीपरों को घसीटते हुए वह बड़े आईने तक आयी और उसके सामने स्टूल पर बैठकर बालों को खोलने लगी। किन्तु कुछ देर तक कंघी बालों में ही उलझी रही और वह गुमसुम हो शीशे में अपना चेहरा ताकती रही। करीमुद्दीन को यह कहना याद ही नहीं रहा कि धीरे-धीरे आग जलाने की लकड़ियाँ जमा कर ले। इन दिनों सस्ते दामों पर सूखी लकड़ियाँ मिल जाती हैं। पिछले साल तो कमरा

धुएँ से भर जाता था जिसके कारण कँपकँपाते जाड़े में भी उसे खिड़की खोलकर ही सोना पड़ता था।

आईने में लतिका ने अपना चेहरा देखा—वह मुस्करा रही थी। पिछले साल अपने कमरे की सीलन और ठण्ड से बचने के लिए कभी-कभी वह मिस वुड के ख़ाली कमरे में चोरी-चुपके सोने चली जाया करती थी। मिस वुड का कमरा बिना आग के भी गर्म रहता था, उनके गदोले सोफे पर लेटते ही आँख लग जाती थी। कमरा छुट्टियों में ख़ाली पड़ा रहता है, किन्तु मिस वुड से इतना नहीं होता कि दो महीनों के लिए उसके हवाले कर जाएँ। हर साल कमरे में ताला ठोंक जाती हैं। वह तो पिछले साल गुसलखाने में भीतर की साँकल देना भूल गयी थीं, जिसे लतिका चोर दरवाज़े के रूप में इस्तेमाल करती रही थी।

पहले साल अकेले में उसे बड़ा डर-सा लगता था। छुट्टियों में सारे स्कूल और हॉस्टल के कमरे साँय-साँय करने लगते हैं। डर के मारे उसे जब कभी नींद नहीं आती थी, तब वह करीमुद्दीन को रात में देर तक बातों में उलझाये रखती। बातों में जब खोयी सी वह सो जाती, तब करीमुद्दीन चुपचाप लैम्प बुझाकर चला जाता। कभी-कभी बीमारी का बहाना करके वह डॉक्टर को बुलवा भेजती थी और बाद में बहुत ज़िद करके दूसरे कमरे में उनका बिस्तर लगवा देती।

लतिका ने कंघे से बालों का गुच्छा निकाला और उसे बाहर फेंकने के लिए वह खिड़की के पास आ खड़ी हुई। बाहर छत की ढलान से बारिश के जल की मोटी-सी धार बराबर लॉन पर गिर रही थी। मेघाच्छन्न आकाश में सरकते हुए बादलों के पीछे पहाड़ियों के झुण्ड कभी उभर आते थे, कभी छिप जाते थे, मानो चलती हुई ट्रेन से कोई उन्हें देख रहा हो। लतिका ने खिड़की से सिर बाहर निकाल लिया—हवा के झोंके से उसकी आँखें झिप गयीं। उसे जितने काम याद आते हैं, उतना ही आलस घना होता जाता है। बस की सीटें रिज़र्व करवाने के लिए चपरासी को रुपये देने हैं। जो सामान हॉस्टल की लड़कियाँ पीछे छोड़े जा रही हैं, उन्हें गोदाम में रखवाना होगा। कभी-कभी तो छोटी क्लास की लड़कियों के साथ पैकिंग करवाने के काम में भी उसे हाथ बँटाना पड़ता था।

वह इन कामों से ऊबती नहीं। धीरे-धीरे सब निपटते जाते हैं, कोई ग़लती इधर-उधर रह जाती है, सो बाद में सुधर जाती है—हर काम में किचकिच रहती है, परेशानी और दिक़्क़त होती है—किन्तु देर-सवेर इससे छुटकारा मिल ही जाता है। किन्तु जब लड़कियों की आख़िरी बस चली जाती है, तब मन उचाट-सा हो जाता है—ख़ाली कॉरीडोर में घूमती हुई वह कभी इस कमरे में जाती है और कभी

उसमें। वह नहीं जान पाती कि अपने से क्या करे--दिल कहीं भी नहीं टिक पाता, हमेशा भटका-भटका-सा रहता है।

इस सबके बावजूद जब कोई सहज भाव से पूछ बैठता है, "मिस लतिका, छुट्टियों में आप घर नहीं जा रहीं?" तब...वह क्या कहे?

डिंग-डांग-डिंग...स्पेशल सर्विस के लिए स्कूल चैपल के घण्टे बजने लगे थे। लतिका ने अपना सिर खिड़की के भीतर कर लिया। उसने झटपट साड़ी उतारी और पेटीकोट में ही कन्धे पर तौलिया डाले ग़ुसलखाने में घुस गयी।

लेफ्ट-राइट-लेफ्ट...लेफ्ट...

कण्टोनमेण्ट जानेवाली पक्की सड़क पर चार-चार की पंक्ति में कुमाऊँ रेज़ीमेण्ट के सिपाहियों की एक टुकड़ी मार्च कर रही थी। फ़ौजी बूटों की भारी खुरदरी आवाज़ें स्कूल चैपल की दीवारों से टकराकर भीतर 'प्रेयर-हाल' में गूँज रही थीं।

"ब्लेसेड आर द मीक..." फादर एल्मण्ड एक-एक शब्द चबाते हुए खँखारते स्वर में 'सर्मन ऑफ़ द माउण्ट' पढ़ रहे थे। ईसा मसीह की मूर्ति के नीचे 'कैण्डलब्रियम' के दोनों ओर मोमबत्तियाँ जल रही थीं, जिनका प्रकाश आगे बेंचों पर बैठी हुई लड़कियों पर पड़ रहा था। पिछली लाइनों की बेंचें अँधेरे में डूबी हुई थीं, जहाँ लड़कियाँ प्रार्थना की मुद्रा में बैठी हुई सिर झुकाये एक-दूसरे से खुसर-पुसर कर रही थीं। मिस वुड स्कूल सीज़न के सफलतापूर्वक समाप्त हो जाने पर विद्यार्थियों और स्टाफ़ सदस्यों को बधाई का भाषण दे चुकी थीं--और अब फादर के पीछे बैठी हुई अपने में ही कुछ बुड़बुड़ा रही थीं मानो धीरे-धीरे फादर को 'प्रौम्प्ट' कर रही हों।

"आमीन..." फादर एल्मण्ड ने बाइबिल मेज़ पर रख दी और 'प्रेयर-बुक' उठा ली। हाल की ख़ामोशी क्षण भर के लिए टूट गयी। लड़कियों ने खड़े होते हुए जान-बूझकर बेंचों को पीछे धकेला--बेंचें फ़र्श पर रगड़ खाकर सीटी बजाती हुई पीछे खिसक गयीं--हाल के कोने से हँसी फूट पड़ी। मिस वुड का चेहरा तन गया, माथे पर भृकुटियाँ चढ़ गयीं। फिर अचानक निस्तब्धता छा गयी--हाल के उस घुटे हुए धुँधलके में फादर का तीख़ा फटा हुआ स्वर सुनाई देने लगा--"जीसस सेड, आई एम द लाइट ऑफ़ द वर्ल्ड--ही दैट फालोएथ मी शैल नॉट वाक इन डार्कनेस, बट शैल हैव द लाइट ऑफ़ लाइफ़...।"

डॉक्टर मुकर्जी ने ऊब और उकताहट से भरी जमुहाई ली, "कब यह

क़िस्सा ख़त्म होगा?" उसने इतने ऊँचे स्वर में लतिका से पूछा कि वह सकुचाकर दूसरी ओर देखने लगी। स्पेशल सर्विस के समय डॉक्टर मुकर्जी के होठों पर व्यंग्यात्मक मुस्कान खेलती रहती और वह धीरे-धीरे अपनी मूँछों को खींचता रहता।

फादर एल्मण्ड की वेशभूषा देखकर लतिका के दिल में गुदगुदी-सी दौड़ गयी। जब वह छोटी थी, तो अकसर यह बात सोचकर विस्मित हुआ करती थी कि क्या पादरी लोग सफ़ेद चोग़े के नीचे कुछ नहीं पहनते, अगर धोखे से वह ऊपर उठ जाय तो?

लेफ्ट...लेफ्ट...लेफ्ट...मार्च करते हुए फ़ौजी बूट चैपल से दूर होते जा रहे थे—केवल उनकी गूँज हवा में शेष रह गयी थी।

"हिम नम्बर 117—" फादर ने प्रार्थना-पुस्तक खोलते हुए कहा। हाल में प्रत्येक लड़की ने डेस्क पर रखी हुई हिम-बुक खोल ली। पन्नों के उलटने की खड़खड़ाहट फिसलती हुई एक सिरे से दूसरे सिरे तक फैल गयी।

आगे की बेंच से उठकर ह्यूबर्ट पियानो के सामने स्टूल पर बैठ गया। संगीत शिक्षक होने के कारण हर साल स्पेशल सर्विस के अवसर पर उसे 'कॉयर' के संग पियानो बजाना पड़ता था। ह्यूबर्ट ने अपने रूमाल से नाक साफ़ की। अपनी घबड़ाहट छिपाने के लिए ह्यूबर्ट हमेशा ऐसा ही किया करता था। कनखियों से हाल की ओर देखते हुए उसने काँपते हाथों से हिम-बुक खोली।

लीड काइण्डली लाइट...

पियानो के सुर दबे, झिझकते से मिलने लगे। घने बालों से ढँकी ह्यूबर्ट की लम्बी, पीली अँगुलियाँ खुलने-सिमटने लगीं। 'कॉयर' में गानेवाली लड़कियों के स्वर एक-दूसरे से गुँथकर कोमल, स्निग्ध लहरों में बिंध गये।

लतिका को लगा, उसका जूड़ा ढीला पड़ गया है, मानो गर्दन के नीचे झूल रहा है। मिस वुड की आँख बचा लतिका ने चुपचाप बालों में लगे क्लिपों को कसकर खींच दिया।

"बड़ा झक्की आदमी है...सुबह मैंने ह्यूबर्ट को यहाँ आने से मना किया था, फिर भी चला आया"—डॉक्टर ने कहा।

लतिका को करीमुद्दीन की बात याद हो गयी। रात भर ह्यूबर्ट को खाँसी का दौरा पडा था...कल जाने के लिए कह रहे थे...

लतिका ने सिर टेढ़ा करके ह्यूबर्ट के चेहरे की एक झलक पाने की विफल चेष्टा की। इतने पीछे से कुछ भी देख पाना असम्भव था; पियानो पर झुका हुआ केवल ह्यूबर्ट का सिर दिखाई देता था।

लीड काइण्डली लाइट...संगीत के सुर मानो एक ऊँची पहाड़ी पर चढ़कर हाँफती हुई साँसों को आकाश की अबाध शून्यता में बिखेरते हुए नीचे उतर रहे हैं। बारिश की मुलायम धूप चैपल के लम्बे-चौकोर शीशों पर झिलमिला रही है, जिसकी एक महीन चमकीली रेखा ईसा मसीह की प्रतिमा पर तिरछी होकर गिर रही है। मोमबत्तियों का धुआँ धूप में नीली-सी लकीर खींचता हुआ हवा में तिरने लगा है। पियानो के क्षणिक 'पॉज़' में लतिका को पत्तों का परिचित मर्मर कहीं दूर अनजानी दिशा से आता हुआ सुनाई दे जाता है। एक क्षण के लिए उसे भ्रम हुआ कि चैपल का फ़ीका-सा अँधेरा उस छोटे से 'प्रेयर हाल' के चारों कोनों से सिमटता हुआ उसके आस-पास घिर आया है—मानो कोई उसकी आँखों पर पट्टी बाँधकर उसे यहाँ तक ले आया हो और अचानक उसकी आँखें खोल दी हों। उसे लगा कि जैसे मोमबत्तियों के धूमिल आलोक में कुछ भी ठोस, वास्तविक न रहा हो—चैपल की छत, दीवारें, डेस्क पर रखा हुआ डॉक्टर का सुघड़-सुडौल हाथ—और पियानो के सुर अतीत की धुन्ध को भेदते हुए स्वयं उस धुन्ध का भाग बनते जा रहे हों...

एक पगली-सी स्मृति, एक उद्भ्रान्त भावना—चैपल के शीशों के परे पहाड़ी सूखी हवा, हवा में झुकी हुई वीपिंग विलोज की काँपती टहनियाँ, पैरों तले चीड़ के पत्तों की धीमी-सी चिर-परिचित खड़...खड़...! वहीं पर गिरीश एक हाथ में मिलिट्री का ख़ाकी हैट लिये खड़ा है—चौड़े, उठे हुए, सबल कन्धे, अपना सिर वहाँ टिका दो, तो जैसे सिमटकर खो जाएगा...चार्ल्स वोयर, यह नाम उसने रखा था, वह झेंपकर हँसने लगता।

"तुम्हें आर्मी में किसने चुन लिया, मेजर बन गये हो, लेकिन लड़कियों से भी गये-बीते हो...ज़रा-ज़रा-सी बात पर चेहरा लाल हो जाता है।" यह सब वह कहती नहीं, सिर्फ़ सोचती भर थी—सोचा था कभी कहूँगी, वह 'कभी' कभी नहीं आया...

बुरुस का लाल फूल
लाये हो
न
झूठे

ख़ाकी कमीज़ के जिस जेब पर बैज चिपके थे, उसमें से मुसा हुआ बुरुस का फूल निकल आया।

छिः सारा मुरझा गया
अभी खिला कहाँ है?
(हाउ क्लम्ज़ी)

उसके बालों में गिरीश का हाथ उलझ रहा है—फूल कहीं टिक नहीं पाता, फिर उसे क्लिप के नीचे फँसाकर उसने कहा—

देखो

वह मुड़ी और इससे पहले कि वह कुछ कह पाती, गिरीश ने अपना मिलिट्री का हैट धप से उसके सिर पर रख दिया। वह मन्त्रमुग्ध-सी वैसी ही खड़ी रही। उसके सिर पर गिरीश का हैट है—माथे पर छोटी-सी बिन्दी है। बिन्दी पर उड़ते हुए बाल हैं। गिरीश ने उस बिन्दी को अपने होठों से छुआ है, उसने उसके नंगे सिर को अपने दोनों हाथों में समेट लिया है—

लतिका

गिरीश ने चिढ़ाते हुए कहा—मैन ईटर ऑफ़ कुमाऊँ—(उसका यह नाम गिरीश ने उसे चिढ़ाने के लिए रखा था)...वह हँसने लगी।

"लतिका...सुनो..." गिरीश का स्वर कैसा हो गया था!

"ना, मैं कुछ भी नहीं सुन रही।"

"लतिका...मैं कुछ महीनों में वापस लौट आऊँगा..."

"ना...मैं कुछ भी नहीं सुन रही..." किन्तु वह सुन रही है—वह नहीं जो गिरीश कह रहा है, किन्तु वह जो नहीं कहा जा रहा है, जो उसके बाद कभी नहीं कहा गया...

लीड काइण्डली लाइट...

लड़कियों का स्वर पियानो के सुरों में डूबा हुआ गिर रहा है, उठ रहा है...ह्यूबर्ट ने सिर मोड़कर लतिका को निमिष भर देखा—आँखें मूँदे ध्यानमग्ना प्रस्तर मूर्ति-सी वह स्थिर-निश्चल खड़ी थी। क्या यह भाव उसके लिए है? क्या लतिका ने ऐसे क्षणों में उसे अपना साथी बनाया है? ह्यूबर्ट ने एक गहरी साँस ली और उस साँस में ढेर-सी थकान उमड़ आयी।

"देखो...मिस वुड कुर्सी पर बैठे-बैठे सो रही हैं"—डॉक्टर होठों में ही फुसफुसाया। यह डॉक्टर का पुराना मज़ाक़ था कि मिस वुड प्रार्थना करने के बहाने आँखें मूँदे हुए नींद की झपकियाँ लेती हैं।

फादर एल्मण्ड ने कुर्सी पर फैले अपने गाउन को समेट लिया और प्रेयर बुक बन्द करके मिस वुड के कानों में कुछ कहा। पियानो का स्वर क्रमशः मन्द पड़ने लगा; ह्यूबर्ट की अँगुलियाँ ढीली पड़ने लगीं। सर्विस के समाप्त होने से पूर्व मिस वुड ने ऑर्डर पढ़कर सुनाया। बारिश होने की आशंका से आज के कार्यक्रम में कुछ आवश्यक परिवर्तन करने पड़े थे। पिकनिक के लिए झूला देवी के मन्दिर जाना सम्भव नहीं हो सकेगा, इसलिए स्कूल से कुछ दूर 'मीडोज़' में ही सब

लड़कियाँ नाश्ते के बाद जमा होंगी। सब लड़कियों को दुपहर का 'लंच' हॉस्टल किचन से ही ले जाना होगा, केवल शाम की चाय 'मीडोज़' में बनेगी।

पहाड़ों की बारिश का क्या भरोसा? कुछ देर पहले धुआँधार बादल गरज रहे थे, सारा शहर पानी में भीगा ठिठुर रहा था—अब धूप में नहाता नीला आकाश धुन्ध की ओट से बाहर निकलता हुआ फैल रहा था। लतिका ने चैपल से बाहर आते हुए देखा—वीपिंग विलोज की भीगी शाखाओं से धूप में चमकती हुई बारिश की बूँदें टपक रही थीं...लड़कियाँ चैपल से बाहर निकलकर छोटे-छोटे गुच्छे बनाकर कॉरीडोर में जमा हो गयी हैं। नाश्ते के लिए अभी पौन घण्टा पड़ा था और उनमें से अभी कोई भी लड़की हॉस्टल जाने के लिए इच्छुक नहीं थी। छुट्टियाँ अभी शुरू नहीं हुई थीं, किन्तु शायद इसीलिए वे इन चन्द बचे-खुचे क्षणों में अनुशासन के घेरे के भीतर भी मुक्त होने का भरपूर आनन्द उठा लेना चाहती थीं।

मिस वुड को लड़कियों का यह गुल-गपाड़ा अखरा, किन्तु फादर एल्मण्ड के सामने वह उन्हें डाँट-फटकार नहीं सकी। अपनी झुँझलाहट दबाकर वह मुस्कराते हुए बोलीं—"कल सब चली जाएँगी, सारा स्कूल वीरान हो जाएगा।"

फादर एल्मण्ड का लम्बा ओजपूर्ण चेहरा चैपल की घुटी हुई गरमाई से लाल हो उठा था। कॉरीडोर के जँगले पर अपनी छड़ी लटकाकर वह बोले—"छुट्टियों में पीछे हॉस्टल में कौन रहेगा?"

"पिछले दो-तीन सालों से मिस लतिका ही रह रही हैं..."

"और डॉक्टर मुकर्जी?"—फादर का ऊपरी होठ तनिक खिंच आया।

"डॉक्टर तो सर्दी-गर्मी यहीं रहते हैं"—मिस वुड ने विस्मय से फादर की ओर देखा। वह समझ नहीं सकीं कि फादर ने डॉक्टर का प्रसंग क्यों छेड़ दिया है।

"डॉक्टर मुकर्जी छुट्टियों में कहीं नहीं जाते?"

"दो महीने की छुट्टियों में बर्मा जाना काफ़ी कठिन है, फादर!"—मिस वुड हँसने लगीं।

"मिस वुड, पता नहीं आप क्या सोचती हैं। मुझे तो मिस लतिका का हॉस्टल में अकेले रहना कुछ समझ में नहीं आता।"

"लेकिन फादर," मिस वुड ने कहा, "यह तो कॉन्वेण्ट स्कूल का नियम है कि कोई भी टीचर छुट्टियों में अपने ख़र्चे पर हॉस्टल में रह सकती है।"

"मैं फिलहाल स्कूल के नियमों की बात नहीं कर रहा। मिस लतिका डॉक्टर

के संग यहाँ अकेली ही रह जाएँगी और सच पूछिए मिस वुड, डॉक्टर के बारे में मेरी राय कुछ बहुत अच्छी नहीं है..."

"फादर, आप कैसी बात कर रहे हैं...मिस लतिका बच्चा थोड़े ही हैं..." मिस वुड को ऐसी आशा नहीं थी कि फादर एल्मण्ड अपने दिल में ऐसी दक़ियानूसी भावना को स्थान देंगे।

फादर एल्मण्ड कुछ हतप्रभ से हो गये, बात पलटते हुए बोले—"मिस वुड, मेरा मतलब यह नहीं था। आप तो जानती हैं, मिस लतिका और उस मिलिट्री अफ़सर को लेकर एक अच्छा-ख़ासा स्कैण्डल बन गया था, स्कूल की बदनामी होने में क्या देर लगती है।"

"वह बेचारा तो अब नहीं रहा। मैं उसे जानती थी फादर! ईश्वर उसकी आत्मा को शान्ति दे।"

मिस वुड ने धीरे से अपनी दोनों बाँहों से क्रास किया।

फादर एल्मण्ड को मिस वुड की मूर्खता पर इतना अधिक क्षोभ हुआ कि उनसे आगे और कुछ नहीं बोला गया। डॉक्टर मुकर्जी से उनकी कभी नहीं पटती थी, इसलिए मिस वुड की आँखों में वह डॉक्टर को नीचा दिखाना चाहते थे। किन्तु मिस वुड लतिका का रोना ले बैठीं। आगे बात बढ़ाना व्यर्थ था। उन्होंने छड़ी को जँगले से उठाया और ऊपर साफ़ खुले आकाश को देखते हुए बोले—"प्रोग्राम आपने यूँ ही बदला, मिस वुड, अब क्या बारिश होगी।"

ह्यूबर्ट जब चैपल से बाहर निकला तो उसकी आँखें चकाचौंध-सी हो गयीं। उसे लगा जैसे किसी ने अचानक ढेर-सी चमकीली उबलती हुई रोशनी मुट्ठी में भरकर उसकी आँखों में झोंक दी हो। पियानो के संगीत के सुर रुई के छुई-मुई रेशों की भाँति अब तक उसके मस्तिष्क की थकी-माँदी नसों पर फड़फड़ा रहे थे। वह काफ़ी थक गया था। पियानो बजाने से उसके फेफड़ों पर हमेशा भारी दबाव पड़ता, दिल की धड़कन तेज़ हो जाती थी। उसे लगता था कि संगीत के एक नोट को दूसरे नोट में उतारने के प्रयत्न में वह एक अँधेरी खाई पार कर रहा है।

आज चैपल में मैंने जो महसूस किया, वह कितना रहस्यमय, कितना विचित्र था, ह्यूबर्ट ने सोचा। मुझे लगा, पियानो का हर नोट चिरन्तन ख़ामोशी की अँधेरी खोह से निकलकर बाहर फैली नीली धुन्ध को काटता, तराशता हुआ एक भूला-सा अर्थ खींच लाता है। गिरता हुआ हर 'पॉज़' एक छोटी-सी मौत है, मानो घने छायादार वृक्षों की काँपती छायाओं में कोई पगडण्डी गुम हो गयी हो, एक छोटी-सी मौत जो आनेवाले सुरों को अपनी बची-खुची गूँजों की साँसें

समर्पित कर जाती है...जो मर जाती है, किन्तु मिट नहीं पाती, मिटती नहीं इसलिए मरकर भी जीवित है, दूसरे सुरों में लय हो जाती है...

"डॉक्टर, क्या मृत्यु ऐसे ही आती है?" अगर मैं डॉक्टर से पूछूँ तो वह हँसकर टाल देगा। मुझे लगता है, वह पिछले कुछ दिनों से कोई बात छिपा रहा है—उसकी हँसी में जो सहानुभूति का भाव होता है, वह मुझे अच्छा नहीं लगता। आज उसने मुझे स्पेशल सर्विस में आने से रोका था—कारण पूछने पर वह चुप रहा था। कौन-सी ऐसी बात है, जिसे मुझसे कहने में डॉक्टर कतराता है। शायद मैं शक्की मिज़ाज होता जा रहा हूँ, और बात कुछ भी नहीं है।

ह्यूबर्ट ने देखा, लड़कियों की क़तार स्कूल से हॉस्टल जानेवाली सड़क पर नीचे उतरती जा रही है। उजली धूप में उनके रंग-बिरंगे रिबन, हलकी आसमानी रंग की फ्राकें और सफ़ेद पेटियाँ चमक रही हैं। सीनियर कैम्ब्रिज की कुछ लड़कियों ने चैपल की वाटिका से गुलाब के फूलों को तोड़कर अपने बालों में लगा लिया है। कण्टोन- मेण्ट के तीन-चार सिपाही लड़कियों को देखते हुए अश्लील मज़ाक़ करते हुए हँस रहे हैं और कभी-कभी किसी लड़की की ओर ज़रा झुककर सीटी बजाने लगते हैं।

"हलो मि. ह्यूबर्ट," ह्यूबर्ट ने चौंककर पीछे देखा। लतिका एक मोटा-सा रजिस्टर बगल में दबाये खड़ी थी।

"आप अभी यहीं हैं?" ह्यूबर्ट की दृष्टि लतिका पर टिकी रही। वह क्रीम रंग की पूरी बाँहों की ऊनी जैकट पहने हुई थी। कुमाऊँनी लड़कियों की तरह लतिका का चेहरा गोल था, धूप की तपन से पका गेहुआँ रंग कहीं-कहीं हलका-सा गुलाबी हो आया था, मानो बहुत धोने पर भी गुलाल के कुछ धब्बे इधर-उधर बिखरे रह गये हों।

"उन लड़कियों के नाम नोट करने थे, जो कल जा रही हैं...सो पीछे रुकना पड़ा। आप भी तो कल जा रहे हैं मि. ह्यूबर्ट?"

"अभी तक तो यही इरादा है। यहाँ रुककर भी क्या करूँगा। आप स्कूल की ओर जा रही हैं?"

"चलिए..."

पक्की सड़क पर लड़कियों की भीड़ जमा थी, इसलिए वे दोनों पोलो-ग्राउण्ड का चक्कर काटती हुई पगडण्डी से नीचे उतरने लगे।

हवा तेज़ हो चली। चीड़ के पत्ते हर झोंके के संग टूट-टूटकर पगडण्डी पर ढेर लगाते जाते थे। ह्यूबर्ट रास्ता बनाने के लिए अपनी छड़ी से उन्हें बुहारकर दोनों ओर बिखेर देता था। लतिका पीछे खड़ी हुई देखती रहती थी। अल्मोड़ा

की ओर से आते हुए छोटे-छोटे बादल रेशमी रूमालों से उड़ते हुए सूरज के मुँह पर लिपटे से जाते थे, फिर हवा में बह निकलते थे। इस खेल में धूप कभी मन्द, फ़ीकी-सी पड़ जाती थी, कभी अपना उजला आँचल खोलकर समूचे शहर को अपने में समेट लेती थी।

लतिका तनिक आगे निकल गयी। ह्यूबर्ट की साँस चढ़ गयी थी और वह धीरे-धीरे हाँफता हुआ पीछे से आ रहा था। जब वे पोलो-ग्राउण्ड के पवेलियन को छोड़कर सिमिट्री के दायीं ओर मुड़े, तो लतिका ह्यूबर्ट की प्रतीक्षा करने के लिए खड़ी हो गयी। उसे याद आया, छुट्टियों के दिनों में जब कभी कमरे में अकेले बैठे-बैठे उसका मन ऊब जाता था, तो वह अकसर टहलते हुए सिमिट्री तक चली जाती थी। उससे सटी पहाड़ी पर चढ़कर वह बर्फ़ में ढँके देवदार वृक्षों को देखा करती थी, जिनकी झुकी हुई शाखों से रुई के गालों सी बर्फ़ नीचे गिरा करती थी। नीचे बाज़ार जानेवाली सड़क पर बच्चे स्लेज पर फिसला करते थे। वह खड़ी-खड़ी बर्फ़ में छिपी हुई उस सड़क का अनुमान लगाया करती थी जो फादर एल्मण्ड के घर से गुज़रती हुई मिलिट्री अस्पताल और डाकघर से होकर चर्च की सीढ़ियों तक जाकर गुम हो जाती थी। जो मनोरंजन एक दुर्गम पहेली को सुलझाने में होता है, वही लतिका को बर्फ़ में खोये रास्तों को खोज निकालने में होता था।

"आप बहुत तेज़ चलती हैं, मिस लतिका"—थकान से ह्यूबर्ट का चेहरा कुम्हला गया था। माथे पर पसीने की बूँदें छलक आयी थीं।

"कल रात आपकी तबीयत क्या कुछ ख़राब हो गयी थी?"

"आपने कैसे जाना? क्या मैं अस्वस्थ दीख रहा हूँ?" ह्यूबर्ट के स्वर में हलकी-सी खीज का आभास था। सब लोग मेरी सेहत को लेकर क्यों बात शुरू करते हैं, उसने सोचा।

"नहीं, मुझे तो पता भी नहीं चलता, वह तो सुबह करीमुद्दीन ने बातों ही बातों में ज़िक्र छेड़ दिया था।" लतिका कुछ अप्रतिभ-सी हो आयी।

"कोई ख़ास बात नहीं, वही पुराना दर्द शुरू हो गया था—अब बिलकुल ठीक है।" अपने कथन की पुष्टि के लिए ह्यूबर्ट छाती सीधी करके तेज़ क़दम बढ़ाने लगा।

"डॉक्टर मुकर्जी को दिखलाया था?"

"वह सुबह आये थे। उनकी बात कुछ समझ में नहीं आती। हमेशा दो बातें एक-दूसरे से उल्टी कहते हैं। कहते थे कि इस बार मुझे छह-सात महीने

की छुट्टी लेकर आराम करना चाहिए, लेकिन अगर मैं ठीक हूँ, तो भला इसकी क्या ज़रूरत है?"

ह्यूबर्ट के स्वर में व्यथा की छाया लतिका से छिपी न रह सकी। बात को टालते हुए उसने कहा—"आप तो नाहक चिन्ता करते हैं, मि. ह्यूबर्ट! आजकल मौसम बदल रहा है, अच्छे-भले आदमी तक बीमार हो जाते हैं।"

ह्यूबर्ट का चेहरा प्रसन्नता से दमकने लगा। उसने लतिका को ध्यान से देखा। वह अपने दिल का संशय मिटाने के लिए निश्चिन्त हो जाना चाहता था कि कहीं लतिका उसे केवल दिलासा देने के लिए ही तो झूठ नहीं बोल रही।

"यही तो मैं सोच रहा था, मिस लतिका! डॉक्टर की सलाह सुनकर तो मैं डर ही गया। भला छह महीने की छुट्टी लेकर मैं अकेला क्या करूँगा। स्कूल में तो बच्चों के संग मन लगा रहता है। सच पूछो तो दिल्ली में ये दो महीनों की छुट्टियाँ काटना भी दूभर हो जाता है...।"

"मि. ह्यूबर्ट...कल आप दिल्ली जा रहे हैं...?"

लतिका चलते-चलते हठात् ठिठक गयी। सामने पोलो-ग्राउण्ड फैला था, जिसके दूसरी ओर मिलिट्री की ट्रकें कण्टोनमेण्ट की ओर जा रही थीं। ह्यूबर्ट को लगा, जैसे लतिका की आँखें अधमुँदी-सी खुली रह गयी हैं, मानो पलकों पर एक पुराना भूला-सा सपना सरक आया है।

"मि. ह्यूबर्ट...आप दिल्ली जा रहे हैं"—इस बार लतिका ने प्रश्न नहीं दुहराया—उसके स्वर में केवल एक असीम दूरी का भाव घिर आया।

"बहुत अर्सा पहले मैं भी दिल्ली गयी थी, मि. ह्यूबर्ट! तब मैं बहुत छोटी थी—न जाने कितने बरस बीत गये। हमारी मौसी का ब्याह वहीं हुआ था। बहुत-सी चीज़ें देखी थीं, लेकिन अब तो सब कुछ धुँधला-सा पड़ गया है। इतना याद है कि हम कुतुब पर चढ़े थे। सबसे ऊँची मंज़िल से हमने नीचे झाँका था—न जाने कैसा लगा था। नीचे चलते हुए आदमी चाभी भरे हुए खिलौनों से लगते थे। हमने ऊपर से उन पर मूँगफलियाँ फेंकी थीं, लेकिन हम बहुत निराश हुए थे क्योंकि उनमें से किसी ने हमारी तरफ़ नहीं देखा। शायद माँ ने मुझे डाँटा था, और मैं सिर्फ़ नीचे झाँकते हुए डर गयी थी। सुना है, अब तो दिल्ली इतना बदल गया है कि पहचाना नहीं जाता..."

वे दोनों फिर चलने लगे। हवा का वेग ढीला पड़ने लगा। उड़ते हुए बादल अब सुस्ताने से लगे थे, उनकी छायाएँ नन्दादेवी और पंचचूली की पहाड़ियों पर

गिर रही थीं। स्कूल के पास पहुँचते-पहुँचते चीड़ के पेड़ पीछे छूट गये, कहीं-कहीं ख़ुबानी के पेड़ों के आस-पास बुरुस के लाल फूल धूप में चमक जाते थे। स्कूल तक आने में उन्होंने पोलो-ग्राउण्ड का लम्बा चक्कर लगा लिया था।

"मिस लतिका, आप कहीं छुट्टियों में जाती क्यों नहीं—सर्दियों में तो यहाँ सब कुछ वीरान हो जाता होगा?"

"अब मुझे यहाँ अच्छा लगता है," लतिका ने कहा, "पहले साल अकेलापन कुछ अखरा था—अब आदी हो गयी हूँ। क्रिसमस से एक रात पहले क्लब में डांस होता है, लाटरी डाली जाती है और रात को देर तक नाच-गाना होता रहता है। नये साल के दिन कुमाऊँ रेज़ीमेण्ट की ओर से परेड-ग्राउण्ड में कार्नीवाल किया जाता है, बर्फ़ पर स्केटिंग होती है, रंग-बिरंगे गुब्बारों के नीचे फ़ौजी बैण्ड बजता है, फ़ौजी अफ़सर फैन्सी ड्रेस में भाग लेते हैं—हर साल ऐसा ही होता है, मि. ह्यूबर्ट। फिर कुछ दिनों बाद विण्टर स्पोर्ट्स के लिए अँग्रेज़ टूरिस्ट आते हैं। हर साल मैं उनसे परिचित होती हूँ, वापस लौटते हुए वे हमेशा वादा करते हैं कि अगले साल भी आएँगे, पर मैं जानती हूँ कि वे नहीं आएँगे, वे भी जानते हैं कि वे नहीं आएँगे, फिर भी हमारी दोस्ती में कोई अन्तर नहीं पड़ता। फिर...फिर कुछ दिनों बाद पहाड़ों पर बर्फ़ पिघलने लगती है, छुट्टियाँ ख़त्म होने लगती हैं, आप सब लोग अपने-अपने घरों से वापस लौट आते हैं—और मि. ह्यूबर्ट, पता भी नहीं चलता कि छुट्टियाँ कब शुरू हुई थीं, कब ख़त्म हो गयीं..."

लतिका ने देखा कि ह्यूबर्ट उसकी ओर आतंकित भयाकुल दृष्टि से देख रहा है। वह सिटपिटाकर चुप हो गयी। उसे लगा, मानो वह इतनी देर से पागल-सी अनर्गल प्रलाप कर रही हो।

"मुझे माफ़ करना मि. ह्यूबर्ट, कभी-कभी मैं बच्चों की तरह बातों में बहक जाती हूँ।"

"मिस लतिका..." ह्यूबर्ट ने धीरे से कहा। वह चलते-चलते रुक गया था। लतिका ह्यूबर्ट के भारी स्वर से चौंक-सी गयी।

"क्या बात है मि. ह्यूबर्ट?"

"वह पत्र...उसके लिए मैं लज्जित हूँ। उसे आप वापस लौटा दें, समझ लें कि मैंने उसे कभी नहीं लिखा था।"

लतिका कुछ समझ न सकी, दिग्भ्रान्त-सी खड़ी हुई ह्यूबर्ट के पीले उद्विग्न चेहरे को देखती रही।

ह्यूबर्ट ने धीरे से लतिका के कन्धे पर हाथ रख दिया।

"कल डॉक्टर ने मुझे सब कुछ बता दिया। अगर मुझे पहले से मालूम होता तो...तो..." ह्यूबर्ट हकलाने लगा।

"मि. ह्यूबर्ट..." किन्तु लतिका से आगे कुछ भी नहीं कहा गया। उसका चेहरा सफ़ेद हो गया था।

दोनों चुपचाप कुछ देर तक स्कूल के गेट के बाहर खड़े रहे।

मीडोज़...पगडण्डियों, पत्तों, छायाओं से घिरा छोटा-सा द्वीप, मानो कोई घोंसला दो हरी घाटियों के बीच आ दबा हो। भीतर घुसते ही पिकनिक के काले आग से झुलसे हुए पत्थर, अधजली टहनियाँ, बैठने के लिए बिछाये गये पुराने अख़बारों के टुकड़े इधर-उधर बिखरे हुए दिखाई दे जाते हैं। अकसर टूरिस्ट पिकनिक के लिए यहाँ आते हैं। मीडोज़ को बीच में काटता हुआ टेढ़ा-मेढ़ा बरसाती नाला बहता है, जो दूर से धूप में चमकता हुआ सफ़ेद रिबन-सा दिखाई देता है।

यहीं पर काठ के तख़्तों का बना हुआ टूटा-सा पुल है, जिस पर लड़कियाँ हिचकोले खाती हुई चल रही हैं।

"डॉक्टर मुकर्जी, आप तो सारा जंगल जला देंगे"—मिस वुड ने अपनी ऊँची एड़ी के सैण्डल से जलती हुई दियासलाई को दबा डाला, जो डॉक्टर ने सिगार सुलगाकर चीड़ के पत्तों के ढेर पर फेंक दी थी। वे नाले से कुछ दूर हटकर चीड़ के दो पेड़ों से गुँथी हुई छाया के नीचे बैठे थे। उनके सामने एक छोटा-सा रास्ता नीचे पहाड़ी गाँव की ओर जाता था, जहाँ पहाड़ की गोद में शकरपारों के खेत एक-दूसरे के नीचे बिछे हुए थे। दोपहर के सन्नाटे में भेड़-बकरियों के गलों में बँधी हुई घण्टियों का स्वर हवा में बहता हुआ सुनाई दे जाता था।

घास पर लेटे-लेटे डॉक्टर सिगार पीते रहे।

"जंगल की आग कभी देखी है, मिस वुड...एक अलमस्त नशे की तरह धीरे-धीरे फैलती जाती है।"

"आपने कभी देखी है डॉक्टर?" मिस वुड ने पूछा, "मुझे तो बड़ा डर लगता है।"

"बहुत साल पहले शहरों को जलते हुए देखा था।" डॉक्टर लेटे हुए आकाश की ओर ताक रहे थे। "एक-एक मकान ताश के पत्तों की तरह गिरता जाता है। दुर्भाग्यवश ऐसे अवसर देखने में बहुत कम आते हैं।"

"आपने कहाँ देखा, डॉक्टर?"

"लड़ाई के दिनों में अपने शहर रंगून को जलते हुए देखा था।"

मिस वुड की आत्मा को ठेस लगी, किन्तु फिर भी उनकी उत्सुकता शान्त नहीं हुई।

"आपका घर—क्या वह भी जल गया था?"

डॉक्टर कुछ देर तक चुपचाप लेटा रहा।

"हम उसे ख़ाली छोड़कर चले आये थे—मालूम नहीं बाद में क्या हुआ।" अगने व्यक्तिगत जीवन के सम्बन्ध में कुछ भी कहने में डॉक्टर को कठिनाई महसूस होती है।

"डॉक्टर, क्या आप कभी वापस बर्मा जाने की बात नहीं सोचते?" डॉक्टर ने अँगड़ाई ली और करवट बदलकर औंधे मुँह लेट गये। उनकी आँखें मुँद गयीं और माथे पर बालों की लटें झूल आयीं।

"सोचने से क्या होता है मिस वुड...जब बर्मा में था, तब क्या कभी सोचा था कि यहाँ आकर उम्र काटनी होगी?"

"लेकिन डॉक्टर, कुछ भी कह लो, अपने देश का सुख कहीं और नहीं मिलता। यहाँ तुम चाहे कितने वर्ष रह लो, अपने को हमेशा अजनबी ही पाओगे।"

डॉक्टर ने सिगार के धुएँ को धीरे-धीरे हवा में छोड़ दिया—"दरअसल अजनबी तो मैं वहाँ भी समझा जाऊँगा, मिस वुड। इतने वर्षों बाद मुझे कौन पहचानेगा! इस उम्र में नये सिरे से रिश्ते जोड़ना काफ़ी सिरदर्द का काम है.. .कम-से-कम मेरे बस की बात नहीं है।"

"लेकिन डॉक्टर, आप कब तक इस पहाड़ी कस्बे में पड़े रहेंगे—इसी देश में रहना है तो किसी बड़े शहर में प्रैक्टिस शुरू कीजिए।"

"प्रैक्टिस बढ़ाने के लिए कहाँ-कहाँ भटकता फिरूँगा, मिस वुड। जहाँ रहो, वहीं मरीज़ मिल जाते हैं। यहाँ आया था कुछ दिनों के लिए—फिर मुद्दत हो गयी और टिका रहा। जब कभी जी ऊबेगा, कहीं चला जाऊँगा। जड़ें कहीं नहीं जमतीं, तो पीछे भी कुछ नहीं छूट जाता। मुझे अपने बारे में कोई ग़लतफ़हमी नहीं है मिस वुड, मैं सुखी हूँ।"

मिस वुड ने डॉक्टर की बात पर विशेष ध्यान नहीं दिया। दिल में वह हमेशा डॉक्टर को उच्छृंखल, लापरवाह और सनकी समझती रही हैं, किन्तु डॉक्टर के चरित्र में उनका विश्वास है—न जाने क्यों, क्योंकि डॉक्टर ने जाने-अनजाने में उसका कोई प्रमाण दिया हो, यह उन्हें याद नहीं पड़ता।

मिस वुड ने एक ठण्डी साँस भरी। वह हमेशा यह सोचती थीं कि यदि डॉक्टर इतना आलसी और लापरवाह न होता, तो अपनी योग्यता के बल पर काफ़ी चमक सकता था। इसलिए उन्हें डॉक्टर पर क्रोध भी आता था और दुःख भी होता था।

मिस वुड ने अपने बैग से ऊन का गोला और सलाइयाँ निकालीं, फिर उसके नीचे से अख़बार में लिपटा हुआ चौड़ा कॉफ़ी का डिब्बा उठाया, जिसमें अण्डों की सैण्डविचें और हैम्बर्गर दबे हुए थे। थर्मस से प्यालों में कॉफ़ी उँड़ेलते हुए मिस वुड ने कहा—"डॉक्टर, कॉफ़ी ठण्डी हो रही है..."

डॉक्टर लेटे-लेटे बुड़बुड़ाया। मिस वुड ने नीचे झुककर देखा, वह कोहनी पर सिर टिकाये सो रहा था। ऊपर का होठ ज़रा-सा फैलकर मुड़ गया था, मानो किसी से मज़ाक़ करने से पहले मुस्करा रहा हो।

उसकी अँगुलियों में दबा हुआ सिगार नीचे झुका हुआ लटक रहा था।

"मेरी, मेरी, वाट डू यू वाण्ट, वाट डू यू वाण्ट..." दूसरे स्टैण्डर्ड में पढ़नेवाली मेरी ने अपनी चंचल, चपल आँखें ऊपर उठायीं—लड़कियों का दायरा उसे घेरे हुए कभी पास आता था, कभी दूर खिंचता चला जाता था।

"आई वाण्ट...आई वाण्ट ब्लू—" दोनों हाथों को हवा में घुमाते हुए मेरी चिल्लायी। दायरा पानी की तरह टूट गया। सब लड़कियाँ एक-दूसरे पर गिरती-पड़ती किसी नीली वस्तु को छूने के लिए भाग-दौड़ करने लगीं।

लंच समाप्त हो चुका था। लड़कियों के छोटे-छोटे दल मीडोज़ में बिखर गये थे। ऊँची क्लास की कुछ लड़कियाँ चाय का पानी गर्म करने के लिए पेड़ों पर चढ़कर सूखी टहनियाँ तोड़ रही थीं।

दोपहर की उस घड़ी में मीडोज़ अलसाया-ऊँघता सा जान पड़ता था। हवा का कोई भूला-भटका झोंका...चीड़ के पत्ते खड़खड़ा उठते थे। कभी कोई पक्षी अपनी सुस्ती मिटाने झाड़ियों से उड़कर नाले के किनारे बैठ जाता था, पानी में सिर डुबोता था, फिर ऊबकर हवा में दो-चार निरुद्देश्य चक्कर काटकर दुबारा झाड़ियों में दुबक जाता था।

किन्तु जंगल की ख़ामोशी शायद कभी चुप नहीं रहती। गहरी नींद में डूबी सपनों-सी कुछ आवाज़ें नीरवता के हलके झीने परदे पर सलवटें बिछा जाती हैं...मूक लहरों-सी हवा में तिरती हैं...मानो कोई दबे पाँव झाँककर अदृश्य संकेत कर जाता है—"देखो मैं यहाँ हूँ..."

लतिका ने जूली के 'बॉब हेयर' को सहलाते हुए कहा, "तुम्हें कल रात बुलाया था।"

"मैडम, मैं गयी थी—आप अपने कमरे में नहीं थीं।" लतिका को याद

आया कि कल रात वह डॉक्टर के कमरे के टैरेस पर देर तक बैठी रही थी—और भीतर ह्यूबर्ट पियानो पर शोपाँ का नौक्टर्न बजा रहा था।

"जूली, तुमसे कुछ पूछना था।" उसे लगा, वह जूली की आँखों से अपने को बचा रही है।

जूली ने अपना चेहरा ऊपर उठाया। उसकी भूरी आँखों से कौतूहल झाँक रहा था।

"तुम आफ़िसर्स मेस में किसी को जानती हो?"

जूली ने अनिश्चित भाव से सिर हिलाया। लतिका कुछ देर तक जूली को अपलक घूरती रही।

"जूली, मुझे विश्वास है, तुम झूठ नहीं बोलोगी।" कुछ क्षण पहले जूली की आँखों में जो कौतूहल था, वह भय में परिणत होने लगा।

लतिका ने अपनी जैकेट की जेब से एक नीला लिफ़ाफ़ा निकालकर जूली की गोद में फेंक दिया।

"यह किसकी चिट्ठी है?"

जूली ने लिफ़ाफ़ा उठाने के लिए हाथ बढ़ाया, किन्तु फिर एक क्षण के लिए उसका हाथ काँपकर ठिठक गया—लिफ़ाफ़े पर उसका नाम और हॉस्टल का पता लिखा हुआ था।

"थैंक यू मैडम, मेरे भाई का पत्र है, वह झाँसी में रहते हैं।" जूली ने घबराहट में लिफ़ाफ़े को अपने स्कर्ट की तहों में छिपा लिया।

"जूली, ज़रा मुझे लिफ़ाफ़ा दिखलाओ।" लतिका का स्वर तीखा, कर्कश-सा हो आया।

जूली ने अनमने भाव से लतिका को पत्र दे दिया।

"तुम्हारे भाई झाँसी में रहते हैं?"

जूली इस बार कुछ नहीं बोली। उसकी उद्‌भ्रान्त उखड़ी-सी आँखें लतिका को देखती रहीं।

"यह क्या है?"

जूली का चेहरा सफ़ेद, फक पड़ गया। लिफ़ाफ़े पर कुमाऊँ रेज़ीमेण्टल सेण्टर की मुहर उसकी ओर घूर रही थी।

"कौन है यह..." लतिका ने पूछा। उसने पहले भी हॉस्टल में उड़ती हुई अफ़वाह सुनी थी कि जूली को क्लब में किसी मिलिट्री अफ़सर के संग देखा गया था, किन्तु ऐसी अफ़वाहें अकसर उड़ती रहती थीं, और उसने उस पर विश्वास नहीं किया था।

"जूली, तुम अभी बहुत छोटी हो..." जूली के होठ काँपे—उसकी आँखों में निरीह याचना का भाव घिर आया।

"अच्छा अभी जाओ...तुमसे छुट्टियों के बाद बातें करूँगी।"

जूली ने ललचायी दृष्टि से लिफ़ाफ़े की ओर देखा, कुछ बोलने को उद्यत हुई, फिर बिना कुछ कहे चुपचाप वापस लौट गयी।

लतिका देर तक जूली को देखती रही, जब तक वह आँखों से ओझल नहीं हो गयी। क्या मैं किसी खूसट बुढ़िया से कम हूँ? अपने अभाव का बदला क्या मैं दूसरों से ले रही हूँ?

शायद...कौन जाने...शायद जूली का यह प्रथम परिचय हो, उस अनुभूति से, जिसे कोई भी लड़की बड़े चाव से सँजोकर, सँभालकर अपने में छिपाये रहती है, एक अनिर्वचनीय सुख, जो पीड़ा लिये है, पीड़ा और सुख को डुबोती हुई उमड़ते ज्वार की खुमारी...जो दोनों को अपने में समो लेती है...एक दर्द, जो आनन्द से उपजा है और पीड़ा देता है...

यहीं इसी देवदार के नीचे उसे भी यही लगा था, जब गिरीश ने पूछा था—"तुम चुप क्यों हो?" वह आँखें मूँदे सोच रही थी—सोच कहाँ रही थी, जी रही थी, उस क्षण को जो भय और विस्मय के बीच भिंचा था—बहका-सा पागल क्षण। वह अभी पीछे मुड़ेगी तो गिरीश की 'नर्वस' मुस्कराहट दिखाई दे जाएगी, उस दिन से आज दोपहर तक का अतीत एक दुःस्वप्न की मानिन्द टूट जाएगा। वही देवदार है, जिस पर उसने अपने बालों के क्लिप से गिरीश का नाम लिखा था। पेड़ की छाल उतरती नहीं थी, क्लिप टूट-टूट जाता था, तब गिरीश ने अपने नाम के नीचे उसका नाम लिखा था। जब कभी कोई अक्षर बिगड़कर टेढ़ा-मेढ़ा हो जाता था तब वह हँसती थी, और गिरीश का काँपता हाथ और भी काँप जाता था...

लतिका को लगा कि जो वह याद करती है, वही भूलना भी चाहती है, लेकिन जब सचमुच भूलने लगती है, तब उसे भय लगता है कि जैसे कोई उसकी किसी चीज़ को उसके हाथों से छीने लिये जा रहा है, ऐसा कुछ जो सदा के लिए खो जाएगा। बचपन में जब कभी वह अपने किसी खिलौने को खो देती थी, तो वह गुमसुम-सी होकर सोचा करती थी, कहाँ रख दिया मैंने। जब बहुत दौड़-धूप करने पर खिलौना मिल जाता, तो वह बहाना करती कि अभी उसे खोज ही रही है, कि वह अभी मिला नहीं है। जिस स्थान पर खिलौना रखा होता, जान-बूझकर उसे छोड़कर घर के दूसरे कोनों में उसे खोजने का उपक्रम करती। तब खोयी हुई चीज़ याद रहती, इसलिए भूलने का भय नहीं रहता था...

आज वह उस बचपन के खेल का बहाना क्यों नहीं कर पाती? 'बहाना' ...शायद करती है, उसे याद करने का बहाना, जो भूलता जा रहा है...दिन, महीने बीत जाते हैं, और वह उलझी रहती है, अनजाने में गिरीश का चेहरा धुँधला पड़ता जाता है, याद वह करती है, किन्तु जैसे किसी पुरानी तसवीर के धूल भरे शीशे को साफ़ कर रही हो। अब वैसा दर्द नहीं होता, सिर्फ़ उसको याद करती है, जो पहले कभी होता था—तब उसे अपने पर ग्लानि होती है। वह फिर जान-बूझकर उस घाव को कुरेदती है, जो भरता जा रहा है, ख़ुद-ब-ख़ुद उसकी कोशिशों के बावजूद भरता जा रहा है...

देवदार पर खुदे हुए अधमिटे नाम लतिका की ओर निस्तब्ध निरीह भाव से निहार रहे थे। मीडोज़ के घने सन्नाटे में नाले पार से खेलती हुई लड़कियों की आवाज़ें गूँज जाती थीं...

वाट डू यू वाण्ट? वाट डू यू वाण्ट?

तितलियाँ, झींगुर, जुगनू...मीडोज़ पर उतरती हुई साँझ की छायाओं में पता नहीं चलता, कौन आवाज़ किसकी है? दोपहर के समय जिन आवाज़ों को अलग-अलग करके पहचाना जा सकता था, अब वे एकस्वरता की अविरल धारा में घुल गयी थीं। घास से अपने पैरों को पोंछता हुआ कोई रेंग रहा है। झाड़ियों के झुरमुट से परों को फड़फड़ाता हुआ झपटकर कोई ऊपर से उड़ जाता है...किन्तु ऊपर देखो तो कहीं कुछ भी नहीं है। मीडोज़ के झरने का गड़गड़ाता स्वर...जैसे अँधेरी सुरंग में झपाटे से ट्रेन गुज़र गयी हो, और देर तक उसमें सीटियों और पहियों की चीत्कार गूँजती रही हो...

पिकनिक कुछ देर तक और चलती, किन्तु बादलों की तहें एक-दूसरे पर चढ़ती जा रही थीं। पिकनिक का सामान बटोरा जाने लगा। मीडोज़ के चारों ओर बिखरी हुई लड़कियाँ मिस वुड के इर्द-गिर्द जमा होने लगीं। अपने संग वे अजीबोगरीब चीज़ें बटोर लायी थीं। कोई किसी पक्षी के टूटे पंख को बालों में लगाये हुए थी, किसी ने पेड़ की टहनी को चाकू से छीलकर छोटी-सी बेंत बना ली थी। ऊँची क्लास की कुछ लड़कियों ने अपने-अपने रूमालों में नाले से पकड़ी हुई छोटी-छोटी बालिश्त भर की मछलियों को दबा रखा था जिन्हें मिस वुड से छिपकर वे एक-दूसरे को दिखा रही थीं।

मिस वुड लड़कियों की टोली के संग आगे निकल गयीं। मीडोज़ से पक्की सड़क तक तीन-चार फर्लांग की चढ़ाई थी। लतिका हाँफने लगी। डॉक्टर मुकर्जी सबसे

पीछे आ रहे थे। लतिका के पास पहुँचकर वह ठिठक गये। डॉक्टर ने दोनों घुटनों को ज़मीन पर टेकते हुए सिर झुकाकर एलिज़ाबेथ-युगीन अँग्रेज़ी में कहा—"मैडम, आप इतनी परेशान क्यों नज़र आ रही हैं..."

और डॉक्टर की नाटकीय मुद्रा को देखकर लतिका के होठों पर एक थकी-सी ढीली-ढीली मुस्कराहट बिखर गयी।

"प्यास के मारे गला सूख रहा है...और यह चढ़ाई है कि ख़त्म होने में नहीं आती।"

डॉक्टर ने अपने कन्धे पर लटकते हुए थर्मस को उतारकर लतिका के हाथों में देते हुए कहा—"थोड़ी-सी कॉफ़ी बची है, शायद कुछ मदद कर सके।"

"पिकनिक में तुम कहाँ रह गये डॉक्टर, कहीं दिखाई नहीं दिये?"

"दोपहर भर सोता रहा—मिस वुड के संग। मेरा मतलब है, मिस वुड पास बैठी थीं।"

"मुझे लगता है, मिस वुड मुझसे मुहब्बत करती हैं।" कोई भी मज़ाक़ करते समय डॉक्टर अपनी मूँछों के कोनों को चबाने लगता है।

"क्या कहती थीं?" लतिका ने थर्मस से कॉफ़ी को मुँह में उँड़ेल लिया।

"शायद कुछ कहतीं, लेकिन बदकिस्मती से बीच में ही मुझे नींद आ गयी। मेरी ज़िन्दगी के कुछ ख़ूबसूरत प्रेम-प्रसंग कम्बख़्त इस नींद के कारण अधूरे रह गये हैं।"

और इस दौरान में जब दोनों बातें कर रहे थे, उनके पीछे मीडोज़ और मोटर रोड के संग चढ़ती हुई चीड़ और बाँज के वृक्षों की क़तारें साँझ के घिरते अँधेरे में डूबने लगीं, मानो प्रार्थना करते हुए उन्होंने चुपचाप अपने सिर नीचे झुका लिये हों। इन्हीं पेड़ों के ऊपर बादलों में गिरजे का क्रास कहीं उलझा पड़ा था। उसके नीचे पहाड़ों की ढलान पर बिछे हुए खेत भागती हुई गिलहरियों से लग रहे थे, जो मानो किसी की टोह में स्तब्ध ठिठक गयी हों।

"डॉक्टर, मि. ह्यूबर्ट पिकनिक पर नहीं आये?"

डॉक्टर मुकर्जी टार्च जलाकर लतिका के आगे-आगे चल रहे थे।

"मैंने उन्हें मना कर दिया था।"

"किसलिए?"

अँधेरे में पैरों के नीचे दबे हुए पत्तों की चरमराहट के अतिरिक्त कुछ सुनाई नहीं देता था। डॉक्टर मुकर्जी ने धीरे से खाँसा।

"पिछले कुछ दिनों से मुझे सन्देह होता जा रहा है कि ह्यूबर्ट की छाती

का दर्द शायद मामूली दर्द नहीं है।" डॉक्टर थोड़ा-सा हँसा, जैसे उसे अपनी यह गम्भीरता अरुचिकर लग रही हो।

डॉक्टर ने प्रतीक्षा की, शायद लतिका कुछ कहेगी। किन्तु लतिका चुपचाप उसके पीछे चल रही थी।

"यह मेरा महज़ शक है, शायद मैं बिलकुल ग़लत होऊँ, किन्तु यह बेहतर होगा कि वह अपने एक फेफड़े का एक्स-रे करा लें—इससे कम-से-कम कोई भ्रम तो नहीं रहेगा।"

"आपने मि. ह्यूबर्ट से इसके बारे में कुछ कहा है?"

"अभी तक कुछ नहीं कहा। ह्यूबर्ट ज़रा-सी बात पर चिन्तित हो उठता है, इसलिए कभी साहस नहीं हो पाता..."

डॉक्टर को लगा, उसके पीछे आते हुए लतिका के पैरों का स्वर सहसा बन्द हो गया है। उन्होंने पीछे मुड़कर देखा, लतिका बीच सड़क पर अँधेरे में छाया-सी चुपचाप निश्चल खड़ी है।

"डाक्टर..." लतिका का स्वर भर्राया हुआ था।

"क्या बात है मिस लतिका...आप रुक क्यों गयीं?"

"डॉक्टर—क्या मि. ह्यूबर्ट..."

डॉक्टर ने अपनी टार्च की मद्धिम रोशनी लतिका पर उठा दी...उसने देखा लतिका का चेहरा एकदम पीला पड़ गया है और वह रह-रहकर पत्ते-सी काँप जाती है।

"मिस लतिका, क्या बात है, आप तो बहुत डरी-सी जान पड़ती हैं?"

"कुछ नहीं डॉक्टर...मुझे...मुझे...कुछ याद आ गया था..."

वे दोनों फिर चलने लगे। कुछ दूर जाने पर उनकी आँखें ऊपर उठ गयीं। पक्षियों का एक बेड़ा धूमिल आकाश में त्रिकोण बनाता हुआ पहाड़ों के पीछे से उनकी ओर आ रहा था। लतिका और डॉक्टर सिर उठाकर इन पक्षियों को देखते रहे। लतिका को याद आया, हर साल सर्दी की छुट्टियों से पहले ये परिन्दे मैदानों की ओर उड़ते हैं, कुछ दिनों के लिए बीच के इस पहाड़ी स्टेशन पर बसेरा करते हैं, प्रतीक्षा करते हैं बर्फ़ के दिनों की, जब वे नीचे अजनबी, अनजाने देशों में उड़ जाएँगे...

क्या वे सब भी प्रतीक्षा कर रहे हैं? वह, डॉक्टर मुकर्जी, मि. ह्यूबर्ट—लेकिन कहाँ के लिए, हम कहाँ जाएँगे?

किन्तु उसका कोई उत्तर नहीं मिला—उस अँधेरे में मीडोज़ के झरने के भुतैले स्वर और चीड़ के पत्तों की सरसराहट के अतिरिक्त कुछ सुनाई नहीं देता था।

लतिका हड़बड़ाकर चौंक गयी। अपनी छड़ी पर झुका हुआ डॉक्टर धीरे-धीरे सीटी बजा रहा था।

"मिस लतिका, जल्दी कीजिए, बारिश शुरू होनेवाली है।"

हॉस्टल पहुँचते-पहुँचते बिजली चमकने लगी थी। किन्तु उस रात बारिश देर तक नहीं हुई। बादल बरसने भी नहीं पाते थे कि हवा के थपेड़ों से धकेल दिये जाते थे। दूसरे दिन तड़के ही बस पकड़नी थी, इसलिए डिनर के बाद लड़कियाँ सोने के लिए अपने-अपने कमरों में चली गयी थीं।

जब लतिका अपने कमरे में गयी, तो उस समय कुमाऊँ रेज़ीमेण्ट सेण्टर का बिगुल बज रहा था। उसके कमरे में करीमुद्दीन कोई पहाड़ी धुन गुनगुनाता हुआ लैम्प में गैस पम्प कर रहा था। लतिका उन्हीं कपड़ों में, तकिये को दुहरा करके लेट गयी। करीमुद्दीन ने उड़ती हुई निगाह से लतिका को देखा, फिर अपने काम में जुट गया।

"पिकनिक कैसी रही मेम साहब?"

"तुम क्यों नहीं आये, सब लड़कियाँ तुम्हें पूछ रही थीं?" लतिका को लगा, दिन भर की थकान धीरे-धीरे उसके शरीर की पसलियों पर चिपटती जा रही है। अनायास उसकी आँखें नींद के बोझ से झपकने लगीं।

"मैं चला आता तो ह्यूबर्ट साहब की तीमारदारी कौन करता। दिन भर उनके बिस्तरे से सटा हुआ बैठा रहा...और अब वह ग़ायब हो गये हैं।"

करीमुद्दीन ने कन्धे पर लटकते हुए मैले-कुचैले तौलिये को उतारा और लैम्प के शीशों की गर्द पोंछने लगा।

लतिका की अधमुँदी आँखें खुल गयीं। "क्या ह्यूबर्ट साहब अपने कमरे में नहीं हैं?"

"खुदा जाने, इस हालत में कहाँ भटक रहे हैं। पानी गर्म करने कुछ देर के लिए बाहर गया था, वापस आने पर देखता हूँ कि कमरा ख़ाली पड़ा है।"

करीमुद्दीन बड़बड़ाता हुआ बाहर चला गया। लतिका ने लेटे-लेटे पलँग के नीचे चप्पलों को पैरों से उतार दिया।

ह्यूबर्ट इतनी रात कहाँ गये? किन्तु लतिका की आँखें फिर झपक गयीं। दिन भर की थकान ने सब परेशानियों, प्रश्नों पर कुंजी लगा दी थी; मानो दिन भर आँखमिचौनी खेलते हुए उसने अपने कमरे में 'दय्या' को छू लिया था। अब वह सुरक्षित थी, कमरे की चहारदीवारी के भीतर उसे कोई नहीं पकड़ सकता। दिन के उजाले में वह गवाह थी, मुजरिम थी, हर चीज़ का उससे तकाज़ा था, अब इस अकेलेपन में कोई गिला नहीं, उलाहना नहीं, सब खींचातानी ख़त्म हो

गयी है, जो अपना है, वह बिलकुल अपना-सा हो गया है, जो अपना नहीं है, उसका दुःख नहीं, अपनाने की फ़ुरसत नहीं...

लतिका ने दीवार की ओर मुँह घुमा लिया। लैम्प के फ़ीके आलोक में हवा में काँपते परदों की छायाएँ हिल रही थीं। बिजली कड़कने से खिड़कियों के शीशे चमक-चमक जाते थे, दरवाज़े चटखने लगते थे, जैसे कोई बाहर से धीमे-धीमे खटखटा रहा हो। कॉरीडोर से अपने-अपने कमरों में जाती हुई लड़कियों की हँसी, बातों के कुछ शब्द—फिर सब कुछ शान्त हो गया, किन्तु फिर भी देर तक कच्ची नींद में वह लैम्प का धीमा-सा 'सी-सी' स्वर सुनती रही। कब वह स्वर भी मौन का भाग बनकर मूक हो गया, उसे पता न चला।

कुछ देर बाद उसको लगा, सीढ़ियों से कुछ दबी आवाज़ें ऊपर आ रही हैं, बीच-बीच में कोई चिल्ला उठता है, और फिर सहसा आवाज़ें धीमी पड़ जाती हैं।

"मिस लतिका, ज़रा अपना लैम्प ले आइए"—कॉरीडोर के ज़ीने से डॉक्टर मुकर्जी की आवाज़ आयी थी।

कॉरीडोर में अँधेरा था। वह तीन-चार सीढ़ियाँ नीचे उतरी, लैम्प नीचे किया। सीढ़ियों से सटे जँगले पर ह्यूबर्ट ने अपना सिर रख दिया था, उसकी एक बाँह जँगले के नीचे लटक रही थी और दूसरी डॉक्टर के कन्धे पर झूल रही थी, जिसे डॉक्टर ने अपने हाथों में जकड़ रखा था।

"मिस लतिका, लैम्प ज़रा और नीचे झुका दीजिए...ह्यूबर्ट...ह्यूबर्ट..." डॉक्टर ने ह्यूबर्ट को सहारा देकर ऊपर खींचा। ह्यूबर्ट ने अपना चेहरा ऊपर किया। ह्विस्की की तेज़ बू का झोंका लतिका के सारे शरीर को झिंझोड़ गया। ह्यूबर्ट की आँखों में सुर्ख डोरे खिंच आये थे, कमीज़ का कॉलर उलटा हो गया था और टाई की गाँठ ढीली होकर नीचे खिसक आयी थी। लतिका ने काँपते हाथों से लैम्प सीढ़ियों पर रख दिया और आप दीवार के सहारे खड़ी हो गयी। उसका सिर चकराने लगा था।

"इन ए बैक लेन ऑफ़ द सिटी, देयर इज़ ए गर्ल हू लव्ज़ मी..." ह्यूबर्ट हिचकियों के बीच गुनगुना उठता था।

"ह्यूबर्ट प्लीज़...प्लीज़," डॉक्टर ने ह्यूबर्ट के लड़खड़ाते शरीर को अपनी मज़बूत गिरफ़्त में ले लिया।

"मिस लतिका, आप लैम्प लेकर आगे चलिए..." लतिका ने लैम्प उठाया। दीवार पर उन तीनों की छायाएँ डगमगाने लगीं।

"इन ए बैक लेन ऑफ़ द सिटी, देयर इज़ ए गर्ल हू लव्ज़ मी..." ह्यूबर्ट

डॉक्टर मुकर्जी के कन्धे पर सिर टिकाये अँधेरी सीढ़ियों पर उल्टे-सीधे पैर रखता चढ़ रहा था।

"डॉक्टर, हम कहाँ हैं?" ह्यूबर्ट सहसा इतनी ज़ोर से चिल्लाया कि उसकी लड़खड़ाती आवाज़ सुनसान अँधेरे में कॉरीडोर की छत से टकराकर देर तक हवा में गूँजती रही।

"ह्यूबर्ट..." डॉक्टर को एकदम ह्यूबर्ट पर गुस्सा आ गया, फिर अपने गुस्से पर ही उसे खीझ-सी हो आयी और वह ह्यूबर्ट की पीठ थपथपाने लगा।

"कुछ बात नहीं है ह्यूबर्ट डियर, तुम सिर्फ़ थक गये हो।" ह्यूबर्ट ने अपनी आँखें डॉक्टर पर गड़ा दीं, उनमें एक भयभीत बच्चे की सी कातरता झलक रही थी, मानो डॉक्टर के चेहरे से वह किसी प्रश्न का उत्तर पा लेना चाहता हो।

ह्यूबर्ट के कमरे में पहुँचकर डॉक्टर ने उसे बिस्तरे पर लिटा दिया। ह्यूबर्ट ने बिना किसी विरोध के चुपचाप जूते-मोज़े उतरवा दिये। जब डॉक्टर ह्यूबर्ट की टाई उतारने लगा, तो ह्यूबर्ट अपनी कुहनी के सहारे उठा, कुछ देर तक डॉक्टर को आँखें फाड़ते हुए घूरता रहा, फिर धीरे से उसका हाथ पकड़ लिया।

"डॉक्टर, क्या मैं मर जाऊँगा?"

"कैसी बात करते हो ह्यूबर्ट!" डॉक्टर ने हाथ छुड़ाकर धीरे से ह्यूबर्ट का सिर तकिये पर टिका दिया।

"गुड नाइट ह्यूबर्ट..."

"गुड नाइट डॉक्टर," ह्यूबर्ट ने करवट बदल ली।

"गुड नाइट मि. ह्यूबर्ट..." लतिका का स्वर सिहर गया।

किन्तु ह्यूबर्ट ने कोई उत्तर नहीं दिया। करवट बदलते ही उसे नींद आ गयी थी।

कॉरीडोर में वापस आकर डॉक्टर मुकर्जी रेलिंग के सामने खड़े हो गये। हवा के तेज़ झोंकों से आकाश में फैले बादलों की परतें जब कभी इकहरी हो जातीं, तब उनके पीछे से चाँदनी बुझती हुई आग के धुएँ-सी आस-पास की पहाड़ियों पर फैल जाती थी।

"आपको मि. ह्यूबर्ट कहाँ मिले?" लतिका कॉरीडोर के दूसरे कोने में रेलिंग पर झुकी हुई थी।

"क्लब की बार में उन्हें देखा था, मैं न पहुँचता तो न जाने कब तक बैठे रहते।" डॉक्टर मुकर्जी ने सिगरेट जलायी। उन्हें अभी एक-दो मरीज़ों के घर जाना था। कुछ देर तक उन्हें टाल देने के इरादे से वह कॉरीडोर में खड़े रहे।

नीचे अपने क्वार्टर में बैठा हुआ करीमुद्दीन माउथ आर्गन पर कोई पुरानी फ़िल्मी धुन बजा रहा था।

"आज दिन भर बादल छाये रहे, लेकिन खुलकर बारिश नहीं हुई..."

"क्रिसमस तक शायद मौसम ऐसा ही रहेगा।" कुछ देर तक दोनों चुपचाप खड़े रहे। कॉन्वेण्ट स्कूल के बाहर फैले लॉन से झींगुरों का अनवरत स्वर चारों ओर फैली निस्तब्धता को और भी अधिक घना बना रहा था। कभी-कभी ऊपर मोटर रोड पर किसी कुत्ते की रिरियाहट सुनायी पड़ जाती थी।

"डॉक्टर...कल रात आपने मि. ह्यूबर्ट से कुछ कहा था—मेरे बारे में?"

"वही जो सब लोग जानते हैं और...ह्यूबर्ट, जिसे जानना चाहिए था, नहीं जानता था..."

डॉक्टर ने लतिका की ओर देखा, वह जड़वंत अविचलित रेलिंग पर झुकी हुई थी।

"वैसे हम सबकी अपनी-अपनी ज़िद होती है, कोई छोड़ देता है, कोई आख़िर तक उससे चिपका रहता है।" डॉक्टर मुकर्जी अँधेरे में मुस्कराये। उनकी मुस्कराहट में सूखा-सा विरक्ति का भाव भरा था।

"कभी-कभी मैं सोचता हूँ मिस लतिका, किसी चीज़ को न जानना यदि ग़लत है, तो जान-बूझकर न भूल पाना, हमेशा जोंक की तरह उससे चिपटे रहना—यह भी ग़लत है। बर्मा से आते हुए मेरी पत्नी की मृत्यु हुई थी, मुझे अपनी ज़िन्दगी बेकार-सी लगी थी। आज इस बात को अर्सा गुज़र गया और जैसा आप देखती हैं, मैं जी रहा हूँ, उम्मीद है कि काफ़ी अर्सा और जीऊँगा। ज़िन्दगी काफ़ी दिलचस्प लगती है, और यदि उम्र की मजबूरी न होती तो शायद मैं दूसरी शादी करने में भी न हिचकता। इसके बावजूद कौन कह सकता है कि मैं अपनी पत्नी से प्रेम नहीं करता था—आज भी करता हूँ..."

"लेकिन डॉक्टर..." लतिका का गला रुँध आया था।

"क्या मिस लतिका..."

"डॉक्टर—सब कुछ होने के बावजूद वह क्या चीज़ है जो हमें चलाये चलती है, हम रुकते हैं तो भी अपने रेले में वह हमें घसीट ले जाती है।" लतिका को लगा कि वह जो कहना चाह रही है, कह नहीं पा रही, जैसे अँधेरे में कुछ खो गया है, जो मिल नहीं पा रहा, शायद कभी नहीं मिल पाएगा।

"यह तो आपको फादर एल्मण्ड ही बता सकेंगे मिस लतिका," डॉक्टर की खोखली हँसी में उनका पुराना सनकीपन उभर आया था।

"अच्छा चलता हूँ, मिस लतिका, मुझे काफ़ी देर हो गयी है," डॉक्टर ने दियासलाई जलाकर घड़ी को देखा।

"गुड नाइट मिस लतिका।"

"गुड नाइट डॉक्टर...।"

डॉक्टर के जाने पर लतिका कुछ देर तक अँधेरे में रेलिंग से सटी खड़ी रही। हवा चलने से कॉरीडोर में जमा हुआ कुहरा सिहर उठता था। शाम को सामान बाँधते हुए लड़कियों ने अपने-अपने कमरे के सामने जो पुरानी कापियों, अख़बारों और रद्दी के ढेर लगा दिये थे, वे सब अब अँधेरे कॉरीडोर में हवा के झोंकों से इधर-उधर बिखरने लगे थे।

लतिका ने लैम्प उठाया और अपने कमरे की ओर जाने लगी। कॉरीडोर में चलते हुए उसने देखा, जूली के कमरे में प्रकाश की एक पतली रेखा दरवाज़े के बाहर खिंच आयी है। लतिका को कुछ याद आया। वह कुछ क्षणों तक साँस रोके जूली के कमरे के बाहर खड़ी रही। कुछ देर बाद उसने दरवाज़ा खटखटाया। भीतर से कोई आवाज़ नहीं आयी। लतिका ने दबे हाथों से हलका-सा धक्का दिया, दरवाज़ा खुल गया। जूली लैम्प बुझाना भूल गयी थी। लतिका धीरे-धीरे दबे पाँव जूली के पलँग के पास चली आयी। जूली का सोता हुआ चेहरा लैम्प के फ़ीके आलोक में पीला-सा दीख रहा था। लतिका ने अपनी जेब से वही नीला लिफ़ाफ़ा निकाला और उसे धीरे से जूली के तकिये के नीचे दबाकर रख दिया।

1955

2
अँधेरे में

बीच की तीन पगडण्डियों को पार करके बानो आती थी। आते ही पूछती थी, "कुछ पता चला?" मेरा मन झूठ बोलने के लिए मचल उठता। सोचता, कह दूँ—"हाँ, पता चल गया...हम दिल्ली जा रहे हैं।" लेकिन बानो झूठ ताड़ जाएगी, इसलिए आँखें मूँदे रहता।

बानो मेरे माथे पर हाथ रखती। जब उसका हाथ ठण्डा लगता, मैं जान जाता कि अभी बुख़ार है, जब गरम लगता तो मन उल्लसित हो उठता। आँखें खोलकर पूछता—"कैसा लगता है बानो?" और बानो निराशा भरे स्वर में कहती, "अभी तो कम है, लेकिन शाम तक ज़रूर चढ़ जाएगा।" बानो समझती थी कि जब तक बुख़ार रहेगा, हम उसके संग शिमले में ही रहेंगे—बुख़ार उतरने लगता, तो उसे निराशा होती। जब कभी बानो की आहट मिल जाती, मैं जान-बूझकर पास रखे ठण्डे पानी से अपना माथा रगड़ लेता। जब वह आती तो उसका हाथ अपने माथे पर रखकर पूछता, "देख तो बानो, कितना ठण्डा है।" बानो गुमसुम-सी खिड़की के बाहर देखती रहती।

खिड़की के बाहर नीले जंगल हैं, ऊँची-ऊँची पहाड़ियाँ हैं, पेड़ों के घने झुरमुट हैं। जब हवा का झोंका परदे को डुलाता हुआ भीतर आता है, दूर-दिगन्त की एक स्वप्निल-सी ख़ुशबू कमरे में बिखर जाती है।

"इन पहाड़ों के पीछे दिल्ली है, है न बानो?" मैं पूछता।

बानो ने चुपचाप सिर हिला दिया—उसे दिल्ली की बातों में कोई दिलचस्पी नहीं थी। कभी-कभी मुझे उस पर काफ़ी तरस आता—उस बेचारी ने अब तक दिल्ली नहीं देखी थी। उसके अब्बा का दफ़्तर बारहों महीने शिमले रहता था।

"मैं आज गयी थी—अपने घर," बानो ने कहा। जिस 'अपने घर' का नाम सुनकर मैं सब कुछ भूल जाता था, आज उसके प्रति मेरे मन में कोई उत्सुकता नहीं जगी।

"मेरे अलूचे तुम ले लेना...बानो," मैं आँखें मूँदे लेटा रहा।

"तुम्हारे गले-सड़े अलूचे कौन खाएगा, जब दिल्ली जाओगे, अपनी पोटली में बाँधकर ले जाना।" बानो खीजकर बाहर बरामदे में भाग गयी।

मुझे ग़ुस्सा लगा। लेकिन बीमारी में ग़ुस्सा भी टूटा-टूटा आता है, कोई भी भाव अन्त तक नहीं पहुँच पाता, बीच रास्ते में ही सूख जाता है। जब रोने को जी करता है, तो रोना नहीं आता, आँखें ही बिफरी-सी रह जाती हैं। जब ख़ुशी होती है, तो दिल तेज़ी से नहीं धड़कता, केवल होठ काँपकर रह जाते हैं।

इन दिनों मेरे कमरे में आने से पहले बानो की तलाशी ली जाती थी कि कहीं वह खट्टे अलूचे और कच्ची ख़ूबानियाँ लुक-छिपकर भीतर न ले आये। उसके दुपट्टे के सिरे में नमक-मिर्च की पुड़िया बँधी रहती—बीमारी से पहले अलूचों को उनमें भिगोकर हम चटनी बनाया करते थे।

बानो ने जिसे अभी 'अपने घर' कहा था, वह पड़ोस में एक भुतहा मकान था, जो बारहों महीने ख़ाली-उजाड़ पड़ा रहता था। कहते थे, वहाँ एक मेम ने अपने हाथों से अपने को जान से मार लिया था। उस मकान का एक कमरा ग़ुसलखाने से खुलता था—वहीं मैं और बानो अपनी कच्ची-पक्की ख़ूबानियों और अलूचों का ख़ज़ाना छिपाकर रखते थे। यह एक गुप्त व्यापार था, जिसकी ख़बर अभी तक किसी तीसरे व्यक्ति के कान में नहीं पड़ी थी।

बानो बाहर बरामदे में देर तक झूला झूलती रही। जब वह झोटा लेकर झूला ऊपर लाती है, उसकी सलवार गुब्बारे-सी फूल जाती है। झूले को ऊपर-नीचे घूमता देखते हुए मेरी आँखें झपकने लगीं। कब आँख लग गयी, याद नहीं आता। सपना आया था। दुपहर को सोते हुए जो सपना आता है, वह मुझे हमेशा याद रहता है। दफ़्तर से बाबू का टिफिन लेने के लिये चपरासी आया है। उसने हँसते हुए बताया है कि हम दिल्ली जा रहे हैं। भुतहा मकान के कमरे की खिड़की से बानो मेरे अलूचों को बाहर फेंक रही है, और दूर पहाड़ियों में कालका-शिमला की रेल में वही मेम बैठी है, जिसने आत्महत्या की थी। बानो जो अलूचे बाहर फेंकती है, रेल के डिब्बे से वही मेम खिड़की से हाथ बाहर निकालकर उन्हें पकड़ती जा रही है।

जब मेरी आँख खुली तो बानो कब की जा चुकी थी।

शाम को माँ चाय लेकर आयी, तो मैंने पूछा—"चपरासी आया था?" माँ

ने हैरान होकर कहा, "हाँ आया था, क्यों?" "कुछ कहता था?" मैंने पूछा। माँ ने कहा—"नहीं—क्यों क्या बात है?" मैं कुछ नहीं बोला और तकिये के सहारे अधलेटा-सा चाय पीने लगा।

माँ ने थर्मामीटर लगाकर देखा, फिर झटक दिया। पहले मैं अपना बुख़ार पूछ लिया करता था, किन्तु जब देखा कि माँ झूठ बताती हैं, तो पूछना छोड़कर केवल उनके चेहरे को पढ़ने की कोशिश किया करता था। कभी-कभी माँ मेरे गम्भीर चेहरे को देखकर कहतीं—"जल्दी ठीक हो जाओ, फिर दिल्ली चलेंगे।" वह इस निश्छल, हलके ढंग से कहतीं, मानो ठीक होना मेरे बस की बात है, जैसे मैं जान-बूझकर ज़िद किये हुए बीमार पड़ा हूँ और वह मुझे ठीक होने के लिए फुसला-मना रही हैं। इससे मुझे गुस्सा आता और मैं करवट बदलकर खिड़की की ओर मुँह मोड़ लेता। किन्तु उन्हें काफ़ी देर तक पता नहीं चलता कि मैं गुस्सा किये हूँ। मैं अपने पाँव ऐंठ लेता, दोनों हाथों की मुट्ठियाँ बन्द कर लेता और दाँतों को भींचता हुआ ज़ोर-ज़ोर से साँस लेने लगता। माँ जो खिड़की से बाहर देख रही होतीं, एकदम घबरा उठतीं। मेरे चेहरे को देखतीं, फिर एक ठण्डी साँस लेकर सिरहाने बैठ जातीं। न जाने मैं कैसे जान लेता कि वह मेरे अभिनय को भाँप गयी हैं। किन्तु ऊपर से वह कुछ नहीं बतलातीं...धीरे से अलमारी से कैडबरी चॉकलेट निकालकर मेरे तकिये के नीचे रख देतीं। "बाबू को मत बताना," उन्होंने मेरे बालों को अपनी अँगुलियों से सहलाते हुए कहा। दूसरे क्षण वह मुझे भूल गयीं। उनकी अँगुलियों के अनिश्चित, अर्ध-सोये स्पर्श से मुझे पता चल जाता है कि वह स्वयं मुझसे कोसों दूर खो गयी हैं। चॉकलेट जो मुझे दी है, वह मुझे रिझाने को नहीं, बल्कि मुझसे छुटकारा पाने के लिए, जिससे वह बिना किसी विघ्न-बाधा के अपने में सिमटी रह सकें। ऐसे क्षणों में मैं चुपचाप उनकी ओर देखता रहता। वह नहीं जानतीं कि मैं उनकी ओर देख रहा हूँ। उनके चेहरे के बल ढीले पड़ जाते, सब उतार-चढ़ाव मिट जाते और एक शून्य-सी समतलता बिछ जाती। मुझे लगता जैसे उनकी आँखों में सूखी तपिश की गरमायी-सी फैल गयी है, किन्तु दूसरे क्षण ही भ्रम होता कि उनमें धुँधला-सा गीलापन है जो चमक रहा है। मुझे अकसर यह ख़ुशफ़हमी होती कि वह मेरी बीमारी के सम्बन्ध में सोच रही हैं—हालाँकि भीतर ही भीतर मुझे मालूम था कि ऐसे क्षणों में उनके ख़यालों से मेरा दूर का भी वास्ता नहीं है।

तब मैंने धीरे से उनके हाथ पर अपना हाथ रख दिया। वह एकदम हड़बड़ाकर चौंक गयीं। मुझे लगा जैसे मैं उन्हें ज़बर्दस्ती कहीं बहुत दूर से खींच लाया हूँ। वह मुझे कुछ देर तक घूरती रहीं। फिर अचानक मेरे होठों को चूम

लिया। मैंने कमीज़ की बाँह से अपने होंटों को पोंछा, वह मुस्कराने लगीं।

"बच्ची, एक बात पूछूँ?"

"क्या?"

"अगर मैं कहीं चली जाऊँ, तो क्या तुम मुझे समझोगे?"

माँ अपलक, एकटक मुझे देख रही हैं।

"क्या मैं भी तुम्हारे संग चलूँगा?"

"न"—उन्होंने सिर हिलाया।

"बाबू के संग जाओगी?"

"न।"

"फिर...?" मैं विस्मित-सा उनकी ओर देखता रहा।

वह हँसने लगीं और मेरे संग पलँग पर लेट गयीं।

मैंने अपने गाल उनके गालों से सटा लिये। माँ बहुत ख़ूबसूरत हैं। घर में सब उनसे डरते हैं; मुझे कभी-कभी काफ़ी आश्चर्य होता है कि उनमें कौन-सी ऐसी बात है जो सबको इतना आतंकित किये रहती है। वैसे डर मुझे भी लगता है—उनकी आँखों से, जब वह मेरे पास बैठकर मुझे देखती हैं।

मैं बहुत दिन पहले बाबू के संग उनके एक मित्र के घर गया था। वापस आते हुए हमें पहाड़ी नाले के संग-संग ऊपर चढ़ना पड़ा था। ऊपर आकर हम पेड़ों के घने अँधेरे झुरमुट के बीच कुछ देर सुस्ताने के लिए खड़े हो गये थे। मैं उस जगह की वीरान चुप्पी से डर गया था।

आज जब कभी मैं माँ की आँखों को देखता हूँ, तो न जाने क्यों मुझे उस रात जंगल के झुरमुट का घना-घना सा अँधेरा याद आ जाता है।

संगमरमर-सी चिकनी सफ़ेद उनकी बाँहें हैं, जिन्हें मैं शरमाते-शरमाते छूता हूँ। वह अपने बालों को बहुत कसकर बाँधती हैं, इसलिए उनका माथा इतना चौड़ा दिखाई देता है। बालों के बीचों-बीच सीधी माँग है—जिसे देखकर अकसर मैं उदास हो जाता हूँ। उनके कान बहुत छोटे-छोटे हैं, गुड़िया के कानों से—जिन्हें वे अपने बालों के भीतर छिपाये रखती हैं। जब कभी वे मुझसे सटकर लेटती हैं, तो मैं उनके कानों को बालों के भीतर से निकाल लेता हूँ। मुझे बानो की बात याद आती है, और मेरे सारे शरीर में एक हलकी-सी झुरझुरी फैलने लगती है। "जिनके कान छोटे होते हैं," बानो ने एक दिन कहा था, "वे लोग बहुत जल्दी मर जाते हैं।" मैंने यह बात माँ को नहीं बतायी है, सोचता हूँ, जब वह मरने लगेंगी तो कह दूँगा कि वह अपने छोटे-छोटे कानों की वजह से ही मर रही हैं।

कभी-कभी मुझे लगता है कि उन्हें मेरी बीमारी की विशेष चिन्ता नहीं है।

मुझे लगता है कि वह यह भी भूल जाती हैं कि मैं बीमार हूँ। एक दिन जब मैंने केक खाने की इच्छा प्रकट की, तो उन्होंने बुआ अथवा बाबा की तरह मेरी नाजायज़ माँग का कोई विरोध नहीं किया। चुपचाप अलमारी से केक का एक टुकड़ा तश्तरी पर रखकर मेरे सामने धर दिया और खुद आँखें मूँदकर कुर्सी पर लेटी रहीं। मुझे कुछ बुरा लगा और केक खाने की मेरी इच्छा उसी क्षण मर गयी। मुझे भय था कि कुछ भी खा लेने से बीमारी लम्बी हो जाएगी, और तब दिल्ली जाने का दिन और भी पीछे टल जाएगा।

मुझे मालूम है—माँ दिल्ली नहीं जाना चाहतीं। इसका कारण मुझे आज भी समझ में नहीं आता, किन्तु एक बार उन्होंने यह बात बीरेन चाचा से कही थी।

कभी-कभी चोरी-चुपके से मैं माँ के कमरे में जाता हूँ। पिछले कुछ महीनों से माँ और बाबू अलग-अलग, अपने-अपने कमरे में सोते हैं। पहले मुझे यह बात कुछ अजीब-सी लगी थी—किन्तु कुछ चीज़ें हैं, जिन्हें मैं किसी से नहीं पूछता, मन का एक कोना है, जिसमें सबकी आँखों से छिपाकर उन्हें दबा देता हूँ।

माँ का कमरा छज्जे के अन्तिम सिरे पर है। मुझे अपने कमरे से उनके कमरे की दो खिड़कियाँ दिखाई देती हैं—खिड़कियों के बीच दीवार का छोटा-सा टुकड़ा है, जिस पर पत्तों की जालीदार छाया हर शाम सिमट आती है। कभी-कभी खिड़की का नीला परदा उड़कर दीवार से चिपक जाता है, तब पत्तों की जाली दीवार से उठकर परदे पर मँडराने लगती है। खुली खिड़की से माँ का सिर दिखाई देता है। जब वह सिर ज़रा ऊपर उठाती हैं, तो धूप में उनका जूड़ा सुनहरा-सा होकर चमक उठता है। मैं समझ जाता हूँ, माँ खिड़की के पास कुर्सी पर बैठी पढ़ रही हैं।

मैं कई बार माँ के कमरे में गया हूँ—सोफे पर, उनके पलँग पर तकिये के पास, पलँग के नीचे किताबें बिखरी रहती हैं। माँ को शायद बहुत कम नींद आती है—रात को अनेक बार मैंने उनके कमरे में बत्ती का प्रकाश देखा है। सोचता हूँ, वह इन्हीं किताबों को पढ़ती रहती होंगी।

एक बार मैंने कोई किताब खोली थी, उस पर छोटे-छोटे, टेढ़े-नीले अक्षरों में बीरेन चाचा का नाम लिखा था—मैं मन्त्रमुग्ध-सा उन अक्षरों में खो गया था। बाद में वह नाम मैंने माँ के कमरे में रखी अनेक किताबों पर देखा था।

मुझे बीरेन चाचा की छोटी-सी कॉटेज याद आती है, जहाँ एक दिन मैं माँ के संग गया था। एक बड़े कमरे में छत तक किताबें चुनी रखी थीं। हर शेल्फ़ के नीचे छोटी-छोटी सीढ़ियाँ खड़ी थीं, जिन पर चढ़कर किताबों को उतारना पड़ता था। दूसरे कमरे में टेढ़ी-मेढ़ी बेडौल शक्लों के अजीब चित्र टँगे थे, जिन्हें देखकर

मैं स्तम्भित-सा खड़ा रह गया था। बाबू बताते हैं कि लड़ाई से पहले बीरेन चाचा ने इन चित्रों को योरोप में खरीदा था। मुझे बीरेन चाचा पर कभी अचम्भा होता, कभी दया आती—वह बारहों महीने सर्दी, गर्मी में इस निर्जन, अकेले मकान में कैसे रह पाते होंगे?

बाबू के मित्रों में शायद बीरेन चाचा का स्थान सबसे अलग है। बाबू केवल उनके संग मेरे कमरे में चाय पीते हैं—उनके अन्य मित्र बाहर बैठक में बैठते हैं। जब वह आते हैं, उस शाम मुझे जल्दी सोने के लिए मजबूर नहीं किया जाता—देर तक मेरे कमरे में ही बातचीत होती है। मेरे लिए ये रातें बहुत सुखद होती हैं।

एक शाम बीरेन चाचा जब हमारे घर आये, तो उनकी वेशभूषा देखकर उन्हें एकदम नहीं पहचान सका। घुटनों तक लम्बे बूट, कन्धे पर ख़ाकी थैला, दूसरे पर कैमरा और सिर पर सोला हैट—इस पोशाक में उनकी छोटी-सी दाढ़ी बड़ी बेमेल और कृत्रिम लग रही थी। पैण्ट की दोनों जेबों में किताबें ठूँस रखी थीं।

वह मेरे पलँग के पास आये और मुझसे हाथ मिलाया। वह मुझसे ऐसे पेश आते हैं जैसे मैं बीमार हूँ ही नहीं, और न कभी मेरी तबीयत ही पूछते हैं।

माँ पास की कुर्सी पर बैठी बुन रही थीं—एक बार उन्होंने बीरेन चाचा को देखा और फिर सिर झुका लिया।

उन्होंने बताया कि वह एक रात के लिए कुफ़्री जा रहे हैं, रेस्ट हाउस में ही ठहरेंगे और अगले दिन शाम तक वापस लौट आएँगे।

"कहते हैं, रेस्ट हाउस का चौकीदार बड़ा क़ाबिल आदमी है। वह पिछले तीस साल से कुफ़्री में रह रहा है—उससे शायद कुफ़्री के बारे में बहुत-सी बातें मालूम होंगी," बीरेन चाचा ने कहा।

माँ के चेहरे पर हलकी-सी मुस्कान सिमट आयी, मानो उनकी आँखों में बीरेन चाचा की बात रत्ती भर मूल्य नहीं रखती।

"इस तरह के इण्टरव्यू तुम कितने बरसों से ले रहे हो।" माँ ने आँखें झुकाये बुनते हुए कहा।

"ओह, तुम्हें विश्वास नहीं होता—लेकिन तुम्हें मेरे नोट्स देखने चाहिए।" बीरेन चाचा की नीली आँखें चमक उठीं। वह जब कभी अपनी किताब 'शिमला का इतिहास' का ज़िक्र छेड़ते हैं, माँ ऐसे ही हँसती हैं।

"कभी-कभी इस किताब के सिलसिले में खोज करते हुए अजीब चीज़ें मिल जाती हैं।"

"कैसी चीज़ें, बीरेन चाचा," मैं बीरेन चाचा की किताब के बारे में काफ़ी उत्सुकता दिखलाता हूँ। मुझे मालूम है, इससे उन्हें काफ़ी प्रसन्नता होती है।

"एक बहुत पुरानी फ़ोटो मिली थी—किसी अँग्रेज़ ने ली होगी।"

"क्या था फ़ोटो में?" इस बार माँ की आँखें सलाइयों से ऊपर उठ जाती हैं।

"रेस-कोर्स की भीड़ दिखाई गयी है...बहुत से लोग भीड़ में खो गये हैं, लेकिन एक अँग्रेज़ लड़की का चेहरा बिलकुल साफ़ दिखता है—वह पवेलियन के पास छाता लिये खड़ी है—जबकि और सब लोगों की आँखें भागते हुए घोड़ों पर जमी हैं...वह गहरी उत्सुक आँखों से पीछे की ओर देख रही है—उसका इस तरह पीछे मुड़कर देखना मुझे काफ़ी अजीब-सा लगा।"

बीरेन चाचा अचानक चुप हो गये—माँ के हाथों में सलाइयाँ चलती-चलती ठहर गयीं।

"फ़ोटो के नीचे लिखा था—'ऐननडेल, शिमला, 1903'...पचास साल गुज़र गये और वह वैसे ही छाता लिये पीछे मुड़कर देख रही है...।"

बीरेन चाचा धीरे से हँसने लगे, मानो उन्हें अपनी बात काफ़ी बेतुकी-सी जान पड़ी हो। माँ गुमसुम-सी उनकी ओर देख रही हैं और मुझे आश्चर्य होता है कि बीरेन चाचा कभी-कभी इस प्रकार की अर्थहीन-सी बातें क्यों करते हैं।

"कभी-कभी मैं सोचता हूँ कि लोगों की अपेक्षा शहरों की कहानी लिखना बहुत कठिन है—मेरे पास शिमला के बारे में इतने पुराने फ़ोटो, नोट्स, किताबें, टूरिस्टों के यात्रा-लेख जमा हैं, किन्तु मुझे लगता है कि मैं किताब शायद कभी नहीं लिख पाऊँगा।"

"क्यों?" माँ ने पूछा।

"शहर...हर शहर—अपने में हमेशा इतना चुप जो रहता है।" बीरेन चाचा उठ खड़े हुए—धीरे से उन्होंने मेरा माथा छुआ।

"रास्ते में डॉक्टर मिले थे—कहते थे, दो-चार दिनों में तुम घूमने-फिरने लगोगे", उन्होंने तनिक झुककर मुझसे कहा।

"ज़रा बैठ जाओ—देखूँ, तुम्हारा फ़ोटो कैसा आता है!" उन्होंने अपने कन्धे से कैमरा उतार लिया। मेरा फ़ोटो लेने के बाद वह अपनी छड़ी उठाकर जाने लगे।

"कब वापस लौटोगे?" माँ ने पहली बार सीधे उनकी ओर देखा।

"शायद कल शाम तक—कुछ देर के लिए आऊँगा," बीरेन चाचा जब माँ की ओर देखते हैं, तो उनकी आँखें चौंधिया-सी जाती हैं—और वह अपना मुँह दूसरी ओर मोड़ लेते हैं।

"बीरेन चाचा..." मैं बुरी तरह शरमा रहा हूँ।

"क्या बच्ची?" उन्होंने आश्चर्य से मेरी ओर देखा।

"एक फ़ोटो मैं खींचूँगा।"

बीरेन चाचा ने मुस्कराकर कैमरा मेरे हाथों में थमा दिया। माँ की ओर देखता हूँ...

"नहीं बच्ची, मेरी नहीं..." माँ एकदम झुँझला-सी उठती हैं।

"सिर्फ़ तुम नहीं...बीरेन चाचा भी रहेंगे।" मैंने कहा। बीरेन चाचा का चेहरा क्षण भर के लिए म्लान-सा हो उठा—वह माँ की ओर देखते हैं। माँ ने इस बार विरोध नहीं किया, वह कुर्सी से उठ खड़ी हुईं, "बच्ची, तुम बहुत जिद्दी हो", उन्होंने कहा।

"बीरेन चाचा, तुम जँगले के पास खड़े हो जाओ, वहाँ धूप आ रही है, और माँ, तुम इधर दायीं तरफ़।" मैं पलँग से उतरकर दीवार के सहारे खड़ा हो गया हूँ। मेरा सिर चकरा रहा है, लेकिन फ़ोटो ठीक आता है। आज भी वह फ़ोटो मेरे पास है...

कमरे में शाम का धुँधलका कब चुपके से घिर आया, पता नहीं चला। बीरेन चाचा बहुत पहले जा चुके थे। माँ मेरे पलँग के पास कुर्सी पर बैठी हैं—जब से बीरेन चाचा गये हैं, तब से वह वैसे ही चुपचाप बिना हिले-डुले उस कुर्सी पर अधलेटी-सी पड़ी हैं। मैं बत्ती नहीं जलाता, मुझे कमरे में अँधेरे का धीरे-धीरे आना अच्छा लगता है।

मेरी आँखों के सामने बहुत दिन पहले की एक शाम घूम जाती है—तब मैं बीमार नहीं पड़ा था। माँ उस शाम मुझे बीरेन चाचा के घर ले गयी थीं।

हमें देखकर बीरेन चाचा हैरान से हो गये थे। फाटक खोलकर वह माँ के सामने ठिठक गये।

"पोनो—तुम..." एक क्षण के लिए वह खोये से खड़े रहे। पहली बार उन्होंने मेरे सामने माँ को उनके नाम से पुकारा था। उनके मुँह से माँ का नाम सुनकर मुझे बहुत अजीब-सा लगा था। माँ हँसने लगीं और न जाने क्यों मुझे माँ की वह हँसी अच्छी नहीं लगी—एक घुटा-घुटा सा डर मेरे मन में समा गया।

"यूँ ही शहर को निकले थे, सोचा तुमसे मिलते चलें।" माँ ने कहा। पहली बार मैंने माँ को झूठ बोलते देखा था।

बीरेन चाचा की नीली आँखों में हलका-सा विस्मय घिर आया। उन्होंने मेरी अँगुली पकड़ी और चुपचाप कॉटेज के भीतर चले आये।

वहीं मैंने पहली बार उनकी लाइब्रेरी देखी थी। उन्होंने मुझे अपनी अलबमों

में शिमले की पहाड़ियों, घाटियों और झरनों के फ़ोटो दिखलाये, जो उन्होंने अपनी किताब के लिए जमा किये थे। मेज़ पर ढेर-सी किताबों के पास हलके हरे रंग के शेड से ढका टेबिल-लैम्प जल रहा था। उन्होंने जब दो चॉकलेटें मुझे दीं, तो मैं कुछ हैरान-सा हो गया। उन्होंने हँसते हुए कहा—"मेरे पास बहुत-सी रखी हैं, बर्फ़ के दिनों में बाहर जाना नहीं होता, इसलिए जमा कर रखता हूँ।" मैं क्षण भर उन्हें देखता रह जाता हूँ। बीरेन चाचा बाबू से कितने अलग हैं—उनमें वह तनाव, बोझिल गम्भीरता अथवा भारीपन नहीं है, जो मैं बाबू में देखता हूँ। हर चीज़ पर उनका स्पर्श एक स्निग्ध कोमलता लिये रहता है। उनकी छोटी-सी दाढ़ी के ऊपर जो आँखें हैं, उन्हें देखकर मुझे हमेशा लगता है, जैसे वह धीमे-धीमे कुछ कह रही हों, मानो जिस वस्तु पर वे टिक जाएँगी, वह अपने आप सँवर-निखर जाएगी।

"तुमने कभी बहुत पास से किसी पहाड़ी की चोटी पर बर्फ़ देखी है?" उन्होंने मुझसे पूछा। मैंने सिर हिला दिया।

"वहाँ से बर्फ़ का रंग बिलकुल नीला दीखता है। मैंने एक कलर्ड फ़ोटो लिया है..." वह उस फ़ोटो को लाने के लिए दूसरे कमरे में चले गये। मैं मेज़ पर रखी अलबमों को उलटने-पलटने लगा। हर फ़ोटो में शिमले का कोई न कोई दृश्य था : ग्लैन, जाखू, चैटविक फॉल। मैंने इन सब स्थानों को आसानी से पहचान लिया। कुछ देर बाद जब बीरेन चाचा नहीं आये, तो मैं ऊब गया। पास किताबों के शेल्फ़ पर एक छोटा-सा अलबम कोने में रखा था, मैंने उसे खोला और खोलते ही एक क्षण के लिए मुझे लगा—यह चेहरा मैंने कहीं देखा है, किन्तु दूसरे ही क्षण मेरी आँखें स्तब्ध-सी स्थिर हो गयीं। फ़ोटो माँ का था।

क्या माँ कभी ऐसी थीं? मेरे भीतर कहीं एक गहरा-सा साँस उखड़ आया। वही चौड़ा-सा माथा, किन्तु उस पर छोटी-सी बिन्दी लगी थी, जो माँ अब नहीं लगातीं, दोनों चोटियाँ कन्धे के नीचे लटक रही थीं, पूरे स्लीव का स्वेटर पहन रखा था और बालों के भीतर वही छोटे-छोटे कान छिपे थे। सहसा मुझे आभास हुआ कि इस चेहरे में कुछ ऐसा है, जिसका मुझसे कोई सम्बन्ध नहीं, बाबू से कोई सम्बन्ध नहीं।

फ़ोटो माँ का था, लेकिन उसमें माँ कहाँ थीं?

अचानक मुझे बीरेन चाचा के पैरों की आहट सुनाई दी। न जाने मेरे भीतर क्या चोर छिपा था कि मैंने डरकर झटपट वह अलबम किताबों में छिपा दी।

जब हम वापस लॉन में आये तो हलका, फ़ीका-फ़ीका सा अँधेरा छाने लगा था। माँ शाल में दुबकी हुई पत्थर की बेंच पर बैठी थीं।

"इतनी देर कहाँ लगा दी?" उन्होंने मुझे खींचकर अपने से सटा लिया। बीरेन चाचा माँ के पैरों के निकट घास पर बैठ गये। मेरी आँखें, माँ के चेहरे पर टिकी रहीं, मानो मैं कुछ खोज रहा हूँ, माँ की आँखें, मुँह, माथा हर चीज़ अलग-अलग देखो तो वैसी ही थी, किन्तु आपस में मिलकर जो भाव बनता था, वह उस चेहरे से बिलकुल अलग था, जो मैंने अभी कुछ देर पहले बीरेन चाचा की अलबम में देखा था।

जो अन्तर है--उसे समझा नहीं सकता, उस पर अँगुली नहीं रख पाता ...वह कैसा भाव था जो किसी लम्बी दूरी को हमारे पास ले आता है, लेकिन अपने को दूर ही रहने देता है।

"बच्ची क्या बात है--?" माँ मेरे बालों को धीरे-धीरे अपनी अँगुलियों में उलझाने लगीं।

मैंने सिटपिटाकर मुँह फेर लिया।

माँ ने आगे कुछ नहीं पूछा। हम तीनों इसी तरह अपने-अपने में सिमटे चुप बैठे रहे। जब से हम आये थे, बीरेन चाचा ने माँ से कोई बात नहीं की थी। मुझे शुरू-शुरू में कुछ आश्चर्य-सा हुआ था, किन्तु मैंने उस पर अधिक ध्यान नहीं दिया।

लॉन पर नीला-नीला सा अँधेरा घिर आया। दूर पहाड़ियों के बीच छोटे-छोटे जुगनुओं-सी बत्तियाँ बिखरी थीं--और अँधेरे में पहाड़ियों के छिप जाने से लगता था कि आकाश बहुत नीचे सरक आया है, कभी-कभी तो पता भी नहीं चलता कि तारों और बत्तियों में कौन-सी बत्तियाँ और कौन-से तारे हैं।

बीमारी के दिनों में मुझे अकसर वह शाम याद आ जाती है--हालाँकि उस शाम कोई भी ऐसी बात नहीं हुई थी, जिसे याद रखा जाता। जब हम वापस लौटने लगे, तो बीरेन चाचा कुछ दूर हमारे संग आये थे। फिर माँ के कहने पर कि हम खुद चले जाएँगे, वापस मुड़ गये थे। मैं और माँ कुछ दूर ऊपर की सड़क पर चुपचाप चढ़ते रहे। मैं तेज़ क़दमों से माँ के आगे-आगे चल रहा था। कुछ दूर चलने के बाद सहसा मेरे पाँव ठिठक गये। मुझे लगा, माँ मेरे पीछे नहीं आ रही हैं। मैं वापस मुड़कर पीछे की ओर चलने लगा। अँधेरे में मेरा दिल ज़ोर-ज़ोर से धड़क रहा था।

कुछ दूर नीचे उतरकर अचानक मेरे पाँव रुक गये--मैं अँधेरे में आँखें फाड़ता हुआ हतबुद्धि-सा खड़ा रहा। माँ सड़क के मोड़ पर खड़ी थीं, किनारे पर लगी तार पर झुकी हुई--उनकी साड़ी का आँचल हवा से उड़कर कन्धे पर आ गिरा था--अपने में बिलकुल खोयी-सी वह अपलक नीचे देख रही थीं...

उतराई के नीचे थी—बीरेन चाचा की कॉटेज, जो शाम के धुँधलके में बिलकुल सूनी और निर्जन दिखाई दे रही थी। लाइब्रेरी की खिड़की से आती हुई मद्धिम-सी प्रकाश-रेखा में लॉन की घास झिलमिला रही थी।

कुछ देर तक शाम के झुटपुटे में हम बिलकुल ख़ामोश खड़े रहे, फिर माँ अचानक आगे मुड़कर चलने लगीं—उनकी चाल इतनी धीमी थी कि एक क्षण मुझे लगा, मानो वह सोते हुए चल रही हों।

वह मेरे पास आ गयीं—आँखें ऊपर उठाकर एक लम्बे क्षण तक अपनी आकुल, विवश निगाहों से मुझे निहारती रहीं, फिर झपटकर उन्होंने मुझे अपने पास घसीट लिया और बार-बार अपने ठण्डे, सूखे होठों से मुझे चूमने लगीं।

कुछ दिनों बाद एक सुबह मुझे अपने मुँह का स्वाद अच्छा-सा लगा। अंगों में एक हलकी-सी स्फूर्ति का आभास हुआ। पहले मैं धूप से बचने के लिए खिड़की बन्द किये रहता था, अँधेरे कमरे में आँखें मूँदकर लेटना भला लगता था। अब मैंने खिड़की खोलकर परदों को उठा दिया। बाहर की गर्म, ऊनी धूप मेरे पलँग को चारों ओर से घेर लेती है। मैं बिस्तर से उतरकर मेज़ के सहारे खड़ा हो जाता हूँ। सिर पहले की तरह नहीं चकराता, मैं पायदान की ओर कुछ क़दम बढ़ाता हूँ, और मुझे लगता है, मानो मैंने ज़िन्दगी में पहली बार अपने आप चलना सीखा हो।

मैं चुपके से बाहर बरामदे में आ जाता हूँ। कुछ दूर पर बुआ गीली धोती काठ के जँगले पर सुखा रही हैं—मैं उनकी आँख बचाकर बाबू के कमरे के पीछेवाले छज्जे पर चला जाता हूँ। कमरे के दरवाज़े और खिड़कियाँ बन्द हैं, भीतर के लाल परदे नीचे गिरे हुए हैं। जब माँ मौसी के घर चली जाती हैं, तो बाबू उस कमरे को बन्द कर देते हैं। अपनी सारी चीज़ें ऊपर छत पर 'स्टडी' में ले जाते हैं और रात को वहीं सोते हैं।

छज्जा निपट सूना है। नीचे 'आउट-हाउस' के क्वार्टरों की छतों के चौड़े नीले टिन के पटरों पर बड़ियाँ चमक रही हैं, जो पहाड़ी खानसामा की औरत हीरा ने सुखाने रख छोड़ी हैं। सामने मदरसे के छोटे से मैदान में लड़के बस्ता घुमाते हुए चार-चार की पाँत में खड़े नकियाते, अलसाये स्वर में प्रार्थना कर रहे हैं "लब पे आती है दुआ बन के तमन्ना तेरी।"

उनकी तीखी-रूखी आवाज़ को सुनकर जब मैं ऊब जाता हूँ, तो मेरी आँखें खड्ड के ऊपर मेम के उस रहस्यमय बँगले पर टिक जाती हैं, जहाँ हम कच्चे अलूचे छिपाकर रखते थे। उससे ज़रा दूर पेड़ों और झाड़ियों से घिरी हुई एक

पगडण्डी साँप की तरह बल खाती हुई बानो के मकान के ऊबड़-खाबड़ अहाते में जाकर गुम हो गयी है। मैं अपने कमरे से बाबू की पुरानी छड़ी ले आता हूँ, जिसके सिरे पर मैंने माँ की लाल साड़ी का चीथड़ा बाँध रखा है। मैं जँगले से बाहर गर्दन निकालकर छड़ी को हवा में दायें-बायें घुमाता हूँ—लाल रेशम की झण्डी हवा में फरफराती है। बानो ने मेरी लाल झण्डी को देख लिया है—उसने हाथ उठाकर कुछ कहा है, जिसे मैं कुछ भी सुन-समझ नहीं पाता। यह मेरा और बानो का पुराना और प्रिय खेल है। हमारे और उसके मकान के बीच ढलान पर कई कोठियाँ और दूकानें हैं, किन्तु ऊँचाई पर होने के कारण हम एक-दूसरे को छज्जे से देख पाते हैं—हालाँकि हम चाहे कितना भी चिल्लाकर क्यों न बोलें, एक-दूसरे की बात नहीं सुन पाते। इसीलिए इशारों से बात करने के लिए मैं बाबू की छड़ी से सिगनल का उपयोग करता हूँ।

बानो अपनी अम्मी को भीतर से बरामदे में खींच लायी है—अम्मी ने हाथ उठाकर मुझे बुलाया है। अम्मी मुझे इतनी दूर से नहीं देख पातीं, फिर भी मैं शरमा जाता हूँ और छड़ी को बरामदे में फेंककर अपने कमरे में भाग आता हूँ।

कमरे की देहरी पर सहसा मेरे पाँव ठिठक गये—बाबू का स्वर सुनाई दिया। नौकर ने आकर बताया कि बाबू अपने कमरे में मुझे बुलाते हैं।

मेरे दिल में ख़ुशी की लहर-सी दौड़ गयी। ऐसा बहुत कम होता है कि बाबू मुझे अपने कमरे में बुलाकर मुझसे बातें करें—अकसर वह हाल-चाल पूछने मेरे कमरे में ही आ जाते हैं। मैं झटपट अपने नाख़ून दाँतों से काट लेता हूँ क्योंकि बाबू हमेशा सबसे पहले मेरे दोनों हाथों को देखते हैं। आँखों को गीले तौलिये से पोंछ लेता हूँ और हाथों को मुँह पर रखकर फूँक मारता हूँ, और फिर उन्हें सूँघता हूँ—यह देखने के लिए कि मुँह साफ़ है या नहीं। फिर शीशे में मुँह देखकर कंघी करता हूँ (माँ के न होने से पिछले कुछ दिनों से मुझे ये सब काम ख़ुद करने पड़ते हैं) और जब कन्धे से अपने बालों को झरता हुआ देखता हूँ, तो न जाने क्यों मुझे अपने ऊपर गहरी-सी दया आने लगती है, और मेरी आँखों में आँसू भर आते हैं।

ड्राइंग रूम (जिसे उन दिनों हम हाल कहते थे—क्योंकि वह हमारे घर का सबसे बड़ा कमरा था) के कालीन पर पैरों की आहट नहीं होती, फिर भी मैं बहुत हौले-हौले दबे पाँवों से बाबू के कमरे की ओर जाता हूँ। सुबह मैं ठीक था, किन्तु अब सिर चकराता है, मानो कनपटियों से धुएँ की दो लकीरें ऊपर उठती हुई सिर के बीचोंबीच मिलने की चेष्टा कर रही हों और बीच में रुई का एक घुटा-घुटा सा बादल इन दोनों के बीच आकर अड़ गया हो।

मैं उनके कमरे की देहरी पर खड़ा हूँ—परदों के रिंग हाथ लगाने से धीरे-धीरे बजते हैं। वह बिना मेरी ओर देखे मुझे भीतर बुलाते हैं। मैं और आगे खिसक आता हूँ। बाबू के कमरे को पहचानना कितना आसान है—सिगार के धुएँ की गर्म-गर्म सी गन्ध, चारों ओर फैली गहरी, बोझिल-सी चुप्पी, एक अजीब धुँधली-सी रोशनी, जो दिन और रात दोनों समय एक-सी रहती है। और एक खट्टी और भीनी-सी बू, जो मेरी दवा की बू से मिलती हुई भी कहीं दूर जाकर उससे अलग हो जाती है। उसके बारे में मैं कभी तय नहीं कर पाता कि वह मुझे अच्छी लगती है या बुरी—लगता है, वह बू नहीं है, महज़ एक हलका-सा रंग है जो बाबू के कमरे की हवा में तिरता रहता है।

"बाहर क्या कर रहे थे!" मैं उनकी आवाज़ पहचानता हूँ, उसमें गुस्सा नहीं है।

"बानो को देख रहा था—" और मैं सकुचाकर चुप हो जाता हूँ।

"बाबू..."

उनकी आँखें ऊपर उठ आयीं।

"आज मैं ठीक हूँ...बुख़ार नहीं है।"

बाबू ने मेरे दोनों हाथों को अपनी गोद में रख लिया। "अभी कुछ दिन तुम्हें बिस्तर पर लेटना होगा..." उन्होंने मेरे हाथ को एक-दूसरे के ऊपर रख दिया, और उन्हें अपने खुरदरे, बालों से भरे हाथों में समेट लिया।

"बाबू—हम दिल्ली कब जा रहे हैं!" जब कभी मुझे उनसे बात करने का मौक़ा मिलता है, मैं हर बार उनसे यह प्रश्न करता हूँ।

उन्होंने सिगार को मुँह से निकालकर अँगुलियों में थाम लिया। वह कुछ देर तक चुपचाप दीवार के बेल-बूटोंवाले काग़ज़ को देखते रहे मानो उस पर कुछ लिखा है, जिसे वह बड़े गौर से पढ़ रहे हों।

"बच्ची, तुम्हें डर तो नहीं लगता?"

"डर?" मैं विस्मित-सा होकर उनकी ओर देखने लगा। उनकी आँखें दीवार से उतरकर मुझ पर टिक गयीं।

"माँ घर में नहीं हैं...शायद इसलिए..."

"लेकिन वह तो कुछ दिनों में आ जाएँगी?" मैं चाहता था कि बाबू मेरी बात का समर्थन करें, किन्तु वह चुपचाप मेरी ओर देखते रहे।

"हाँ वह आएँगी," बाबू का स्वर इतना धीमा, इतना सोया-सा था मानो वह यह बात मुझसे न कहकर अपने से कह रहे हों।

"बच्ची...?"

"क्या बाबू?"

"तुम क्या उन्हें देखना चाहोगे?"

बाबू का स्वर एकदम भारी-सा हो आया। उनका यह प्रश्न मुझे काफ़ी विचित्र और निरर्थक-सा लगा था—सोचा, कह दूँ, हाँ...उनके पास जाऊँगा; और दूसरे ही क्षण मुझे लगा कि बाबू मुझसे इस उत्तर की आशा नहीं कर रहे हैं, जैसे वह सच जानते हुए भी जान-बूझकर मुझसे झूठ कहलवाना चाह रहे हों।

मैंने 'नहीं' में सिर हिला दिया। हैरत-भरी दृष्टि से वह मुझे देखते रहे—फिर धीरे-से उन्होंने मेरे हाथों को अपनी गोद से हटा दिया।

"अच्छा, अब अपने कमरे में जाओ—अभी दो-तीन दिन तक बाहर खेलने मत जाना।"

वह कुर्सी से उठ खड़े हुए और मेरी ओर से मुँह मोड़कर खिड़की से बाहर देखने लगे।

कुछ देर तक मैं वहाँ चुपचाप खड़ा रहा। मेरे मन में अचानक बाबू के प्रति भीगी-भीगी सी सहानुभूति उमड़ने लगी। माँ के संग मेरा सम्बन्ध अधिक सहज और सीधा था। बाबू के संग जो संकोच और तनाव रहता है, वह माँ के संग बिलकुल नहीं है। वह कोई भी प्रतिवाद किये बिना मेरी हर फ़रमाइश को चुपचाप मान लेती हैं—किन्तु इतना सब करने पर भी वह मुझसे हमेशा दूर रहती हैं, कभी न मिटनेवाला एक अलगाव बनाये रखती हैं। उनके सामने मुझे लगता है कि मैं एक बहुत ही छोटा, बेडौल और निरर्थक-सा प्राणी बन गया हूँ। किन्तु बाबू की बात दूसरी है। मैं उनसे डरता हूँ, कोई भी फ़रमाइश करते समय मेरा दिल धड़कने लगता है, कभी खुलकर उनसे मैंने अपने मन की बात नहीं की—इसके बावजूद वह मुझे अपने अधिक निकट और जाने-पहचाने लगते हैं। कुछ ऐसा है, जो हम दोनों को माँ से अलग कर देता है, इसलिए माँ को चाहते हुए भी उन पर कभी सहानुभूति नहीं होती और बाबू से डरते हुए भी उन्हें देखकर कभी-कभी मेरे भीतर कुछ रुआँसा हो जाता है।

बाबू ने पीछे मुड़कर मुझे देखा और एकटक देखते रहे। मुझे लगा जैसे वह कुछ देर के लिए मेरी उपस्थिति बिलकुल भूल गये थे और अब सहसा मुझे अपने सम्मुख देखकर समझ न पा रहे हों कि मैं कौन हूँ, उनके कमरे में कैसे खड़ा हूँ।

मैं कमरे से बाहर चला आया। कुछ देर तक बड़े कमरे की दीवार से सटकर बाबू के कमरे की देहरी पर खड़ा रहा। सोचा था, बाबू बाहर आकर मुझसे कुछ कहेंगे, किन्तु यह मेरा भ्रम था। उनके कमरे में सिर्फ़ सन्नाटा था—एक घना

गहरा-सा सन्नाटा जो हमारे सारे घर पर घिर आया था।

और तब उस क्षण मुझे लगा कि मैं बहुत अकेला हूँ, बाबू भी अपने में बहुत अकेले हैं। माँ के बिना हर कमरा साँय-साँय सा करता प्रतीत होता है।

मैं दीवार से सटकर आँखें मूँद लेता हूँ।

जिस दिन माँ मौसी के घर मुझसे मिले बिना चली गयीं, उससे एक दिन पहले आधी रात को मेरी आँख खुल गयी थी।

कमरे में अँधेरा था। हवा से खिड़की का परदा मेरे तकिये के ऊपर ज़ोर-ज़ोर से फड़फड़ा उठता था। कुछ देर तक मेरे मन में एक अजीब-सा भ्रम मँडराता रहा। मुझे लगा कि इस कमरे में—जहाँ मैं लेटा हूँ—हर चीज़ अपने पुराने स्थान को छोड़कर नये कोनों में उठ आयी है। मुझे लगा कि जो खिड़की मेरे बायीं ओर होती थी, वह अँधेरे में चुपचाप खिसककर बिलकुल मेरे सामने आ गयी है। मेरे पलँग से दो गज़ की दूरी पर जहाँ पहले दीवार थी, वहाँ दरवाज़ा सिमट आया है। दरवाज़ा आधा खुला हुआ था। उसके भीतर से बाबू के कमरे की रोशनी थर्मामीटर की चमकती हुई पारे की रेखा-सी फ़र्श पर खिंच आयी थी—इतनी महीन, इतनी म्लान मानो हाथ से छूते ही टूट जाएगी, चारों ओर पानी-सी बिखर जाएगी।

अचानक वह दरवाज़ा दोनों बड़े-बड़े काले पंखों-सा फड़फड़ाता हुआ खुल गया, प्रकाश की पतली-सी रेखा फ़र्श पर तेज़ी से लपकती हुई सामने की दीवार पर चढ़ गयी। दरवाज़े के पीछे छोटे से गलियारे में कोई ज़ोर-ज़ोर से हाँफ रहा था। पहले क्षण मुझे लगा था कि दरवाज़ा हवा के झोंके से खुल गया है—किन्तु माँ उसे बन्द करने आयी हैं। किन्तु कुछ देर तक कोई भीतर नहीं आया। दरवाज़े के पीछे गलियारे में उखड़ी हुई साँसों का एक हलका-सा बवण्डर उठता था और फिर दब जाता था। कुछ सहमे हुए शब्द सुनाई देते थे—कभी दूर से—इतने दूर से कि शब्दों के बजाय आहट ही मुझ तक पहुँच पाती थी, कभी पास से, इतने पास से मानो कोई मेरे कानों में फुसफुसा रहा हो।

"नहीं, तुम भीतर नहीं जाओगी," मैंने बाबूजी का स्वर पहचान लिया।

एक पतली-सी चीख़ चमकीले काँच के टुकड़े-सी अँधेरे को छील गयी। माँ को क्या हो गया है? वह इस अजीब ढंग से चीख़ क्यों रही हैं?

"छोड़ो...मेरा हाथ छोड़ दो।"

"पोनो...तुम भीतर नहीं जाओगी।"

"कौन हो तुम मुझे रोकनेवाले—छिः, शर्म नहीं आती?"

"पोनो...वह सो रहा है...इस तरह मत चिल्लाओ।"

"मैं चिल्लाऊँगी नहीं, मुझे भीतर जाने दो।"

"नहीं...इस वक़्त नहीं।"

"तुम समझते हो, मैं पागल हूँ...उसे सब कुछ बता दूँगी?"

"पोनो, अपने कमरे में चलो...यहाँ मैं कुछ नहीं सुनूँगा। इस वक़्त तुम होश में नहीं हो।"

किन्तु बाबू अपनी बात पूरी नहीं कह पाये—बीच में ही किसी ने झपटकर परदा हटा दिया—गलियारे की रोशनी में मेरा बिस्तर चमक उठा, पलँग और खिड़की के बीच की दीवार अँधेरे से बाहर निकल आयी।

मैंने देखा—संगमरमर-सी सफ़ेद दो बाँहें परदे के बाहर हवा में फैली हैं। पीछे एक छाया है, भूखी, फटी-फटी सी दो आँखें हैं...परदे को नोचती हुई लम्बी-पतली काँपती अँगुलियाँ हैं और बिजली में चमचमाती नाक की लौंग, जो बार-बार फड़फड़ाते होठों के ऊपर तारे-सी टिकी है...यह सब कुछ मैंने एक छोटे से क्षण में देखा था—दूसरे क्षण मुझे लगा मानो परदा अपनी जगह वापस खींच लिया गया है, सिर्फ़ एक भर्रायी-सी आवाज़ सुनाई दे जाती है, जो ऊपर उठने से पहले ही दबा दी जाती है, मानो किसी ने अपने हाथ से उसे भींच रखा हो।

तब जो मैंने सुना, उस पर एकाएक विश्वास नहीं हो पाया। मुझे लगा परदे के पीछे कोई धीरे-धीरे हँस रहा है। नहीं, यह माँ नहीं हो सकतीं। माँ को जब कभी फिट आता है, तब केवल उनके दाँत कटकटाते हैं। मैंने उन्हें इतने विचित्र ढंग से हँसते हुए कभी नहीं सुना। फिर भी मैं जानता था कि यह माँ की ही आवाज़ है—मैं आगे कुछ भी नहीं सुन पाता—लगता है मानो कमरे का अँधेरा कमरे से अलग होकर एक मैले चीथड़े की तरह मेरी आँखों के चारों ओर घूम रहा है। संगमरमर-सी सफ़ेद दो बाँहें काली झील से ऊपर उठी हैं—कातर-सी होकर मुझे बुलाती हैं—बार-बार अपनी ओर खींचती हैं।

उस रात देर तक मैं बिस्तर पर बैठा-बैठा काँपता रहा। एक अजीब-सी आवाज़ हवा के संग खिड़की से भीतर आती थी और मेरे चेहरे को छूती-सहलाती धीरे-धीरे हँसने लगती थी।

बानो टैरेस के नीचे गिरी हुई ख़ूबानियाँ बीन रही है।

बानो...

मैं हौले से कहता हूँ...बानो।

शिमले की एक दुपहर–जब मैं टैरेस पर लेटा हूँ–बीमारी के बाद के दिन हैं, जब हमें कोई नहीं पूछता। सब निश्चिन्त से हो गये हैं, बाबू अब मेरे कमरे में हर शाम नहीं आते, बीरेन चाचा एक लम्बे अर्से से दिखाई नहीं दिये। मेरे ठीक होने पर अगर दुःख है तो शायद बानो को–मैं अगर बीमार बना रहता, तो दिल्ली जाने के दिन टलते रहते।

टैरेस के पीछे दो छोटी-छोटी पहाड़ियाँ खुली हुई कैंची की तरह आकाश की ओर उठी हैं–उनके बीच पेड़ों की लम्बी शृंखला दूर तक चली गयी है। जब कभी कालका जानेवाली ट्रेन वहाँ से गुज़रती है, तो धुएँ की एक लट आकाश के चेहरे पर उड़ जाती है।

बानो...हम दिल्ली जा रहे हैं।

दिल्ली! इस एक शब्द में कितनी स्मृतियाँ छिपी हैं–शिमला-कालका की साँप-सी बल खाती टेढ़ी-मेढ़ी लाइन, लम्बी-लम्बी अँधेरी सुरंगें और रेल के डिब्बे की खिड़की से बाहर हवा में फिसलती तारें...शाम हो जाती और मैं ऊँघ जाता। माँ कन्धा झकझोरकर जगातीं, "बच्ची, उठो!" मैं हड़बड़ाकर उठ बैठता। बाहर अँधेरे मैदान में दूर-दूर तक कालका की झिलमिल-झिलमिल सी रोशनियों को देखकर लगता मानो ढेर से तारे आकाश से उतरकर ज़मीन पर बिखर गये हों...

बानो सीढ़ियाँ चढ़कर कब टैरेस पर आ गयी, मुझे पता नहीं लगा। उसने अपनी फ्राक को ऊपर उठाकर झोला बना लिया है, जिसमें ठसाठस ख़ूबानियाँ भरी हैं। नंगे पेट के चारों ओर जाँघिये के नेफे के निशान जहाँ-तहाँ छोटी-छोटी मछलियों से उभर आये हैं।

वह फ्राक नीची करके ख़ूबानियाँ बिखेर देती है–कच्ची, पक्की ख़ूबानियाँ हैं, हरी, पीली, कुछ-कुछ लाल...

"लो खाओ।" वह एक पकी हुई पीले रंग की ख़ूबानी मेरे आगे कर देती है।

मैंने सिर हिला दिया। बाबू ने बाहर की कोई भी चीज़ खाने से मना किया है।

"यह कच्ची नहीं है, इससे कुछ नहीं होगा," किन्तु उसने मेरी स्वीकृति की प्रतीक्षा नहीं की और जो ख़ूबानी वह मुझे दे रही थी, उसे निश्चिन्त होकर ख़ुद खाने लगी।

खाने को ख़ूबानी खा लेता, बाबू का तो बहाना है। असली कारण दूसरा

है, जो कोई नहीं जानता, बानो बेचारी तो बिलकुल नहीं जानती। जब से बुख़ार उतरा है, मुझे लगता है, जैसे मैं सब लोगों से भिन्न हूँ, अलग हूँ। कमज़ोरी के कारण जब कभी सिर चकराता है, पाँव काँपते हैं, तो अच्छा लगता है, मन में अजीब-सी ख़ुशी होती है, अपने पर गर्व होता है, लगता है मुझमें एक अद्भुत परिवर्तन हो गया है और मैं असाधारण हूँ। पहले—बीमारी से पहले, माँ के मौसी के घर जाने से पहले—मेरा अपना घेरा था, जिसमें बानो और माँ, बीरेन चाचा और बाबू सब कोई थे। न मालूम, बीमारी के इस लम्बे अर्से में कौन-सा क्षण आया था, जब यह घेरा टूट गया था। पिछले कुछ दिनों से मैं जिस चीज़ को जैसे देखता हूँ, वैसे शायद कोई नहीं देखता। पहले मैं हर चीज़ को दूसरों की आँखों से देखता था—और निश्चिन्तता थी। अब उनके पीछे एक रहस्य है, डर है जो मेरा अपना है, और जिसे कोई नहीं जानता।

टैरेस के पास पवेलियन की छत पर खटखटाहट होती है। लगता है जैसे टपाटप बूँदें गिर रही हों। मैं जँगले के बाहर हाथ निकालकर देखता हूँ—बारिश नहीं है, केवल कुछ पहाड़ी चिड़ियाँ हैं जो छत पर एक कोने से दूसरे कोने तक फुदक-फुदककर उड़ती हैं।

बानो ख़ूबानी को गाल के भीतर लट्टू की तरह घुमाती है—उसका कहना है कि इस तरह मुँह का सारा थूक ख़ूबानी के भीतर जाकर रस बन जाता है।

"दिल्ली जाना पक्का हो गया?"

"माँ आ जाएँ, तब!"

"कहाँ गयी हैं तुम्हारी माँ?"

"मौसी के घर।"

"तुम्हें पक्का मालूम है कि वह मौसी के घर गयी हैं?" बानो ने रहस्यभरी आँखों से मेरी ओर देखा।

मैं विस्मय से बानो की ओर देखता हूँ—"क्या बात है बानो?"

"कुछ नहीं, ऐसे ही पूछा था," बानो ने थूक में भीगी ख़ूबानी को होठों पर रगड़ते हुए कहा।

"अम्मी ने मना किया है—कहा है तुमसे कुछ न कहूँ।"

मैं चुपचाप लापरवाही से मुस्कराता हूँ। बानो पर मुझे बेहद गुस्सा है। मुझे जब बहुत गुस्सा आता है, तो मैं हमेशा मुस्कराता हूँ ताकि कोई यह न समझे कि मेरा मन इतना कच्चा और छोटा है।

सुर्मई रंग के बादल नीचे झुके आ रहे हैं। टैरेस के पीछे पहाड़ियाँ काली, भूरी-सी हो गयी हैं। जब कभी बादलों की ओर से सूरज का मुँह बाहर निकलता

है, तो पतली-दुबली छायाएँ पूर्व से पश्चिम की ओर भागने लगती हैं।

टैरेस पर—चारों ओर आस-पास अब सन्नाटा है। बरसों पहले एक मेम यहाँ रहती थी। उसके मर जाने के बाद अब यहाँ कोई नहीं रहता। बारहों महीने—गर्मी, सर्दी—कमरे बन्द रहते हैं, बरामदा और उसके आगे लम्बा गलियारा सूना पड़ा रहता है। हम गेस्ट हाउस के पिछवाड़े सीढ़ियाँ चढ़कर पवेलियन पर चोरी-चुपके चले जाते हैं और वहीं एक कोने में अपने अलूचे और ख़ूबानियों का खज़ाना जमा करते हैं।

कौन-सी बात है, जो बानो मुझसे छिपा रही है, क्या सचमुच उसकी अम्मी ने मना किया है, या वह सिर्फ़ मुझे चिढ़ाने के लिए बहका रही है।

मैं टैरेस पर लेटे-लेटे अधमुँदी आँखों से अपने घर की छत देखता हूँ। दायीं ओर छज्जे के सिरे पर माँ के कमरे की खिड़की दिखाई देती है—माँ जब घर में नहीं होतीं, तो वह हमेशा बन्द रहती है। वह अभी तक वापस क्यों नहीं लौटीं? मौसी के घर वह इतने दिन कभी नहीं रही थीं। क्या वह जानती हैं कि मैं अब चल-फिर लेता हूँ और बाबू ने मुझे अब यहाँ—मेम के भुतहे मकान तक आने की अनुमति दे दी है?

उस रात से मैंने उन्हें नहीं देखा जब वह चीख़ती हुई मेरे दरवाज़े तक आयी थीं और बाबू ने उन्हें भीतर आने से रोक दिया था। मैं निश्चय नहीं कर पाता कि क्या ऐसा सचमुच हुआ था, या मैंने सिर्फ़ कोई सपना देखा है।

"दिल्ली पहाड़ों के ऊपर है या नीचे?" बानो ने पूछा।

"दिल्ली मैदान में है—वहाँ जाने के लिए नीचे उतरना पड़ता है," मैंने सुनी-सुनाई बात बड़े गर्व से कह दी।

बानो ने अविश्वास भरी दृष्टि से मुझे देखा।

"नीचे तो ऐननडेल का मैदान है और उसके नीचे खड्ड है—दिल्ली क्या खड्ड के नीचे है?"

बानो कभी दिल्ली नहीं गयी, मुझे उस पर हमेशा तरस आता है। मैं उसकी जिज्ञासा को शान्त करने का कोई प्रयत्न नहीं करता, और लापरवाही से सिर फेर लेता हूँ।

बानो ने ख़ूबानियों की गुठलियाँ पवेलियन के पीछे गेस्ट रूम में फेंक दीं और वहीं कुछ देर तक दरवाज़े से सटकर खड़ी रही।

हवा से ख़ूबानी के पेड़ की शाखाएँ छतों पर झुकती हैं। ख़ूबानियाँ झरती हैं—कुछ ज़मीन पर, कुछ पवेलियन की छत पर—खट-खट...

दुपहर और शाम के बीच सारा शिमला चुप हो जाता है, बस केवल

ख़ूबानियों की खट-खट आवाज़ पहाड़ी हवा में गूँजती है...

बानो ने हाथ के इशारे से मुझे अपने पास बुलाया है। गेस्ट-रूम के दरवाज़े का एक शीशा टूटा हुआ था, उसी में अपना सिर डालकर वह कमरे के भीतर झाँक रही थी। उसके सिर के ऊपर जो ज़रा-सी ख़ाली जगह बच गयी थी, वहीं मैंने खींचतान करके अपना सिर अड़ा दिया।

कमरा बिलकुल ख़ाली था। दीवार के बेल-बूटेदार काग़ज़ों का रंग फ़ीका पड़ गया था। छत के एक कोने में मकड़ी का जाला धीरे-धीरे फैल रहा था। बासी हवा की गन्ध चारों ओर फैली थी। फ़र्श के बीचोंबीच मैली-सी रोशनी जम गयी थी, जो कभी पीली हो जाती थी, कभी फ़ीकी-फ़ीकी सी सफ़ेद। कमरे के धुँधलके में यह सफ़ेद धब्बा बड़ा अजीब और भयावह-सा लग रहा था।

"वह मेम यहाँ रहती होगी।" बानो ने धीमे स्वर में कहा।

"और शायद यहीं मरी होगी।" मैंने कहा, और मेरे सारे शरीर में एक हलकी-सी झुरझुरी फैल गयी। मुझे लगा, सामने दीवार के कटे-फटे, उखड़े पलस्तर पर एक बेडौल-सा चेहरा उभर आया है--जिसके जबड़े खुले हैं, फटी-फटी सी आँखें हैं और जो मेरी ओर देखता हुआ हँस रहा है। मुझे लगता है कि वह चेहरा उस मेम का रहा होगा जो बरसों पहले उस कमरे में न जाने क्यों अपने-आप मर गयी थी...और वह हँसी, उस रात जैसे दरवाज़े के पीछे माँ हँस रही थीं...

टूटे हुए शीशे के भीतर झाँकता हुआ मेरा चेहरा बानो के सिर पर टिका है। मेरे मुँह के ज़रा नीचे बानो के अखरोटी रंग के बाल हैं, उन बालों की गन्ध पानी में भीगी मिट्टी की गन्ध से मिलती है। बालों के बीच छोटी-सी माँग है—माँ की माँग जैसी, किन्तु माँ की माँग ज़रा लम्बी थी और हमेशा बहुत उदास दीखती थी।

"बानो..." मेरे होठों पर सफ़ेद काग़ज़-सा थूक जम गया।

"क्या?"

"अम्मी ने क्या तुमसे माँ के बारे में कुछ कहा था?"

"तुमसे क्या?" बानो ने ढीठ बनकर कहा।

हवा चलने से सूने, ख़ाली मकान के दरवाज़े खड़खड़ा उठते हैं। फ़र्श पर सिमटा हुआ सफ़ेद धब्बा धीरे-धीरे सरक रहा है।

"बानो...जब मैं बीमार था, तो कभी-कभी बड़ा अजीब-सा लगता था..."

"कैसा...बच्ची?"

"लगता था जैसे मैं भी माँ की तरह हूँ—जैसे उनकी कोई बात मुझमें भी है।"

"कैसी बात?"

"जिसे सब छिपाते हैं।"

बानो का सिर सिहर जाता है।

"एक सफ़ेद छाया है बानो -जैसे बर्फ़ से लिपटी हो। वह अँधेरे में भी चमकती है और संगमरमर से सफ़ेद उसके हाथ हैं, जो हमेशा हवा में खुले रहते हैं। कभी-कभी मुझे लगता है कि पीछे से चुपचाप आकर उसने मुझे अपने में ओढ़ लिया है, और मैं अपने से ही अलग हो गया हूँ—सच बानो—लगता है जैसे मैं अपने से ही अलग हो गया हूँ..."

मुझे लगा कि बानो पत्ते-सी काँप रही है, भय से उसकी आँखें फैल गयी हैं।

मैं हँसने लगता हूँ।

"डर गयी बानो...?"

बानो चुप है, उसकी गर्म साँस मेरे सूखे होठों को छूती है।

"बानो सच—मैं तुम्हें बहका रहा था—जो मैंने कहा वह बिलकुल झूठ है।" बानो कुछ नहीं कहती, वह दरवाज़े को छोड़कर तेज़ी से टैरेस की सीढ़ियाँ उतरने लगती है।

"बानो..." मैंने एक-दो बार उसे बुलाया, किन्तु उसने एक बार भी पीछे मुड़कर नहीं देखा।

बूँदें आती हैं, पवेलियन की छत टप-टप करती है...और मैं समझ नहीं पाता कि मेरे गालों पर जो बूँदें हैं, वे बादलों से आयी हैं—या पहले से ही वहाँ थीं...

घर का सामान बाँधा जा चुका है। सन्दूक़ों, थैलों और बिस्तरों पर लेबल चिपकाये जा रहे हैं जिन पर मोटी-मोटी सुर्खियों में 'शिमला-दिल्ली' और उसके नीचे बाबू का नाम लिखा है। घर में बड़ी चहल-पहल मची है—नौकर, जमादार, कुली और बाबू के दफ़्तर के चपरासी सब इधर से उधर भागते हुए दिखाई देते हैं।

माँ ऊपरवाले कमरे में हैं। वह इस बार कुछ काम नहीं कर रहीं—उनकी तबीयत शायद ठीक नहीं है, बाबू ने मुझे उनके पास जाने से मना किया है। जब से वह मौसी के घर से आयी हैं, मैंने उन्हें नहीं देखा, वह शायद रात को आयी थीं, जब मैं सो रहा था।

सब अपने काम में जुटे थे। मैं ही अकेला एक ऐसा था जिसे कोई काम

नहीं था। कभी छज्जे में जाता था, कभी बरामदे में, किन्तु हर जगह अपनी व्यर्थता महसूस होती थी। ख़ाली-ख़ाली से कमरे, नंगी दीवारें, कोनों में कूड़े के ढेर...मेरा दम घुटने-सा लगा और मैं बाबू की आँख बचाकर बाहर चला आया।

पगडण्डी से उतरकर मैं खड्ड के ऊपर नाले के किनारे-किनारे चलने लगा। कभी-कभी खड्ड के भीतर कोई बड़ा, मोटा-सा गेला मिल जाता तो उसे उठाकर जेब में रख लेता : रेल की खिड़की से मैं इन गेलों को छोटे-छोटे तालाबों में फेंका करता था। जब दोनों जेबें भर चुकीं, तो देखा कि मैं घर से काफ़ी दूर निकल आया हूँ। सूरज ढलने लगा था हालाँकि दूर की पहाड़ियों पर धूप अब भी थकी-माँदी सी रेंग रही थी। मैं बीच रास्ते में मुड़ गया और एक छोटी-सी पगडण्डी से घर की ओर चलने लगा।

कुछ दूर चला हूँगा कि अचानक पाँव ठिठक गये। दायीं ओर नीचे की तरफ़ बीरेन चाचा की कॉटेज दिखाई दे रही थी। पेड़ों के झुरमुट में चारों ओर झाड़-झंखाड़ से घिरे उस घर को देखकर मुझे सहसा वह शाम याद आ गयी जब मैं माँ के संग यहाँ आया था। माँ भूली-सी, खोयी-सी नीचे देख रही थीं, और मैं चुपचाप उनके पीछे खड़ा था। जब से माँ मौसी के घर गयी थीं, बीरेन चाचा हमारे घर नहीं आये थे। एक बार उनके बारे में बाबू से पूछा था, किन्तु बाबू का चेहरा इतना कठोर, इतना भावहीन-सा हो आया था कि आगे उनसे कुछ भी पूछने का साहस नहीं हुआ।

ढलती धूप में कॉटेज की ढलुआँ छत लाल चमक रही थी। मैं धीरे-धीरे सड़क के किनारे लगी तार के संग नीचे उतरने लगा।

फाटक खुला है। मैं दबे क़दमों से भीतर चला आया हूँ। हवा आती है तो लॉन की घास पर छोटी-बड़ी सलवटें पड़ जाती हैं, झाड़ियों की सरसराहट आस-पास की नीरवता को और भी अधिक घनी बना जाती है। लॉन के किनारे वही पत्थर का बेंच है, जहाँ उस दिन माँ बैठी थीं।

सोचता हूँ वापस लौट जाऊँ, लेकिन पाँव बजरी की सड़क पर बँधे-से खड़े रह जाते हैं।

दरवाज़ा खटकाता हूँ—धीरे-धीरे। "बीरेन चाचा...बीरेन चाचा"—मुझे अपनी आवाज़ उस अकेली, निस्तब्ध कॉटेज में गूँजती सी सुनाई देती है। लगता है यह कोई अजनबी आवाज़ है, जो मेरी आवाज़ के पीछे-पीछे दौड़ रही है।

"बच्ची, भीतर आ जाओ, दरवाज़ा खुला है।" बीरेन चाचा का स्वर सुनाई दिया।

मेरे पाँव देहरी के भीतर जाते ही एक क्षण के लिए रुक गये हैं, टेबल

लैम्प का मद्धिम-सा प्रकाश मेज़ पर बिखरे कागज़ों, किताबों पर गिर रहा है। एक-दो मिनट तक मैं बेवक़ूफ़-सा देहरी पर खड़ा रहा—और तब सहसा आभास हुआ कि कमरा ख़ाली नहीं है, कोने में ईज़ी चेयर पर बीरेन चाचा बैठे हैं। जहाँ वह बैठे थे, वहाँ अँधेरा था, इसलिए कमरे में घुसते ही वह मुझे एकदम दिखाई नहीं पड़े थे।

उन्होंने मुझे अपने पलँग पर बैठने के लिए कहा और अपनी कुर्सी मेरे नज़दीक खींच ली।

"इतनी दूर अकेले आये हो?" उन्होंने मेरे हाथ को अपने हाथ में ले लिया और मुस्कराने लगे।

मेरी आँखें अनायास अपने निकट की फूली हुई जेबों पर टिक गयीं। संकोच से मेरा मुँह लाल हो गया।

"क्या भर रखा है इनमें—गेले हैं?"

मैंने चुपचाप सिर हिला दिया।

"क्या करोगे इनका?"

"रेल के लिए रखे हैं।" मैंने अटपटा-सा उत्तर दे दिया।

"रेल के लिए?" बीरेन चाचा की प्रश्न भरी दृष्टि मुझ पर टिक गयी। और तब सहसा मुझे ख़याल आया कि बीरेन चाचा को कुछ भी नहीं मालूम है। मुझे भीतर ही भीतर बहुत ख़ुशी हुई कि मैं पहला व्यक्ति हूँ जिससे उन्हें यह ख़बर मिलेगी।

"बीरेन चाचा—आज रात हम दिल्ली जा रहे हैं।"

वह कुछ देर तक अपलक मेरी ओर देखते रहे, मानो उन्होंने मेरी बात नहीं सुनी। फिर वह कुर्सी से उठे और मेरी ओर कोई ध्यान दिये बिना खिड़की से बाहर देखने लगे।

कुछ देर तक कमरे में घुटा-घुटा सा सन्नाटा छाया रहा। मुझे लगा मानो बीरेन चाचा को यह बात पहले से ही मालूम थी, तभी शायद उन्होंने कोई कौतूहल नहीं दिखाया।

तभी वह खिड़की से मुड़े। भूरी दाढ़ी के ऊपर उनकी नीली आँखें चमक रही थीं।

"तुमने उस दिन जो फ़ोटो लिया था।—वह धुल गया है...देखोगे?"

उन्होंने अलमारी से एक छोटा-सा लिफ़ाफ़ा निकालकर मेरे हाथ में रख दिया।

"तुम्हारा हाथ बहुत सधा हुआ है, फ़ोटो बिलकुल साफ़ आया है।"

मैंने फ़ोटो निकाला और मुझे लगा मानो बहुत अर्से पहले की एक घड़ी—जिसे मैं बिलकुल भूल चुका था—मेरी आँखों के सामने हूबहू वैसी ही वापस लौट आयी है।

छज्जे के पीछे जँगले पर माँ की साड़ी सूख रही है—उसके पीछे पहाड़ियों की धुँधली-सी रेखा है, बिजली के तार हैं, कोने में सिमटा आकाश का एक टुकड़ा है। आगे के हिस्से में बीरेन चाचा जँगले से सटे खड़े हैं। उनकी एक बाँह माँ की साड़ी से छू भर गयी है और माँ...न जाने क्यों उनकी आँखें मुँद-सी गयी हैं, दोनों होंठ मरी हुई तितली के परों के समान अधखुले रह गये हैं, मानो वे कुछ कहते-कहते अचानक रुक गये हों।

मैं न जाने कितनी देर तक फ़ोटो को निहारता रहा।

अचानक ध्यान आया कि मुझे बहुत देर हो गयी है। स्टेशन जाने का समय पास सरक आया था। बाबू देर से मेरी प्रतीक्षा करते होंगे।

मैं झटपट पलँग से उतर आया।

"अच्छा बीरेन चाचा..." मुझसे आगे और कुछ नहीं कहा गया।

बीरेन चाचा ने मुझे देखा—एकटक देखते रहे, फिर धीरे से मेरे पास आये, अपने हाथों से मेरे बालों को छुआ और धीरे से मेरे माथे को चूम लिया—बिलकुल वैसे ही जैसे उस रात माँ ने मुझे चूमा था।

उन्होंने दरवाज़ा खोला और हम बाहर बरामदे में आ गये।

"मैं तुम्हारे संग चलूँ—तुम्हें डर तो नहीं लगेगा?"

मैंने सिर हिलाकर मना कर दिया, मुझे घर का रास्ता मालूम था।

कुछ देर तक हम बरामदे में चुपचाप खड़े रहे।

"बच्ची..." बीरेन चाचा का स्वर सुनकर मैं चौंक सा गया।" मैंने उनकी ओर देखा।

"माँ ने एक किताब माँगी थी, मुझे याद नहीं रहा।" वह झिझकते हुए चुप हो गये।

"आप मुझे दे दीजिए—मैं दे दूँगा।"

किताब देते हुए मुझे लगा मानो वह कुछ कहना चाह रहे हैं, किन्तु वह चुप रहे और मैं तेज़ी से फाटक की ओर चल पड़ा।

कॉटेज बहुत पीछे छूट गयी है। मैं एक सँकरी-सी सुनसान सड़क पर चल रहा हूँ। सामने पहाड़ी के ऊपर पेड़ों की एक लम्बी क़तार चली गयी है। उसके पीछे डूबते सूरज की पीली, गुलाबी, सोनाली छायाएँ आकाश पर खिंच आयी हैं। चारों ओर एक हलकी, हरी-सी धुन्ध फैल गयी है। घर से कुछ दूर मैं लैम्प पोस्ट

के नीचे खड़ा हो गया और किताब खोलकर देखने लगा।

मैंने देखा—पन्नों के बीच में वही फ़ोटोवाला लिफ़ाफ़ा रखा था।

किताब बहुत पुरानी थी—आज भी उसके जर्द, भुरभुरे पन्ने याद आते हैं—"फ़्लाबेज़ लेटर्स टू जार्ज सां।" उन दिनों न मैं फ्लाबे को जानता था, न जार्ज सां को। बरसों बाद जब मैंने उसे पढ़ा तो माँ नहीं थीं और बीरेन चाचा एक लम्बे अर्से से इटली में जाकर बस गये थे।

किन्तु उस दिन मेरे लिए उस पुस्तक का कोई महत्त्व नहीं था। उसे हाथ में लिये मैं देर तक अँधेरे में खड़ा रहा, अपने घर के ऊपरवाले कमरे की ओर देखता रहा।

माँ के कमरे की खिड़की बन्द थी, सफ़ेद-पीली रोशनी खिड़की के शीशे पर बुझी-बुझी सी झिलमिला रही थी।

वह शिमले में हमारी आख़िरी शाम थी।

1957

3

लन्दन की एक रात

मैं दूसरी बार वहाँ गया था। पहली रात देर से पहुँचा था। जाने से पहले ही सारा काम बँट चुका था। मैं फिर भी अनिश्चित-सा गेट के बाहर खड़ा था। सोच रहा था, शायद आख़िरी क्षण उन्हें किसी आदमी की ज़रूरत पड़ेगी और वे मुझे बुला लेंगे। देर तक धड़धड़ाती मशीनों के भीतर सोडे की ब्रोतलों का स्वर सुनाई दे रहा था। हममें से जिन्हें काम मिल गया था, वे जल्दी-जल्दी अपने सूट उतारकर काम के कपड़े पहन रहे थे।

बाहर दालान में बोतलें थीं—फ़ीकी चाँदनी में चमकती हुई, एक के ऊपर दूसरी—सिलसिलेवार, फैक्टरी की दीवार से सटी हुई। दूर से देखने पर लगता था जैसे काँच के किसी लम्बे टीले पर बहुत-सी बिल्लियाँ एक-दूसरे का गला पकड़े बैठी हों।

मैं खड़ा रहा। फिर कुछ देर बाद एक अँग्रेज़ सज्जन मेरे पास आये—तुम अभी तक खड़े हो?...मैंने कहा न, आज कुछ भी नहीं है।—उसने अपना हाथ मेरे कन्धे पर रख दिया।

"नहीं, मैं सिर्फ़ देख रहा था", मैंने धीरे से उसका हाथ अपने कन्धे से अलग कर दिया।

"कल पन्द्रह मिनट पहले आ जाना। अगर कुछ लोग कल नहीं आये, तो तुम्हें ले लिया जाएगा। गुड नाइट।" और वह चला गया।

यह दूसरी रात थी। ट्यूब-स्टेशन की सीढ़ियाँ चढ़कर ऊपर आया, तो देखा कल की चाँदनी आज पूरी तरह निखरकर फैली है। दूर मिल की चिमनियों के बीच लन्दन का धूमिल आकाश सिमट आया था।

मुझे दुबारा रास्ता टटोलना पड़ा। मैं उन सड़कों पर दुबारा चलने लगा, जिन पर कल चला था, जो अब परिचित थीं, किन्तु चाँदनी में अजीब-सी, अजानी दिखाई दे रही थीं।

किन्तु नार्थ एक्टन से ज़रा आगे चलकर मेरे पाँव खुद-ब-खुद ठिठक गये। सोचा था, आज मैं जल्दी आ गया हूँ और गेट पर मेरे अलावा कोई दूसरा नहीं होगा। किन्तु मेरा अनुमान सही न था। वहाँ पहले से ही बीस-पच्चीस बेरोज़गार युवकों की भीड़ जमा थी। अँग्रेज़ लड़के, कुछ छात्र, जो देखने में बर्मी जान पड़ते थे, दक्षिणी अफ्रीका और वेस्ट इण्डीज़ के नीग्रो—सब अलग-अलग गुच्छों में खड़े थे। सबकी आँखें गेट पर टिकी थीं। कुछ के चेहरे जाने-पहचाने लगते थे। उन्हें शायद कल रात देखा था। उन सबकी आँखें मुझ पर उठ आयीं, ख़ामोश और तनी हुईं। मुझे लगा, जैसे उस ख़ामोशी में एक अजीब-सा भय उभर आया है, मेरे प्रति उतना नहीं जितना उस अज्ञात नियति के प्रति, जिसका निर्णय अगले चन्द लमहों में होनेवाला था।

मैं भी उनके संग एक कोने में खड़ा रहा—उनसे डरता हुआ, फिर भी उनसे बँधा हुआ।

पौने नौ के क़रीब मैनेजर हमारे पास आये। मुझे तनिक निराशा हुई। वह कलवाले सज्जन नहीं थे, जिन्होंने मेरे कन्धे पर हाथ रखा था। उनके हाथ में काग़ज़ का एक पुरज़ा था। हम सब उनके पास खिसक आये—चिड़ियाघर के उन मूक, निरीह जन्तुओं की भाँति, जो कुछ भी पाने के लालच से यन्त्र-चालित गति में सीखचों के पास घिसटते आते हैं। एक क्षण के लिए उन्होंने हमें देखा। हमारे खुले, नंगे, भावहीन चेहरे उन्हें अजीब-से भयावह लगे होंगे, क्योंकि उन्होंने अपनी आँखें जल्दी ही काग़ज़ पर झुका लीं और तेज़ी से एक के बाद एक नाम पढ़ने लगे।

वे सब लोग छाँट लिये गये, जिन्होंने पिछली रात काम किया था। उनके अलावा सिर्फ़ तीन और लड़कों को चुना गया—दो लावारिस-से दीखनेवाले अँग्रेज़ युवक और एक दक्षिणी अफ्रीका का विद्यार्थी, जो सबसे आगे खड़ा था और बार-बार झुककर मैनेजर के कानों में कुछ फुसफुसा देता था।

"आज इतना ही," उन्होंने सहानुभूतिपूर्ण भाव से हमारी ओर देखा—आप लोग। कल आइए, शायद कुछ आदमियों की ज़रूरत पड़ेगी।

भीड़ में से तीन-चार युवकों ने आगे बढ़कर उनसे बहस करने की कोशिश की, किन्तु उन्होंने बहुत असहाय भाव से अपने हाथ हिला दिये और मुस्कराती आँखों से हमारी ओर देखते हुए भीतर चले गये।

हमारी प्रतीक्षा का अन्त आ पहुँचा है, इसे जानते हुए भी हममें से कोई उस पर विश्वास नहीं कर सका। मैनेजर के जाने के बाद भी हममें से कोई अपनी जगह से नहीं हिला। लगता था, जैसे पिछले तीन मिनटों में जो-कुछ भी घटा-बढ़ा है, वह अभी अपूर्ण है, एक ऐसा अवास्तविक तथ्य, जिसका शायद हमसे कोई वास्ता नहीं...अभी कुछ ऐसा है, जो बाक़ी है, जो प्रतीक्षा के बाद भी अपने दरवाज़े खुले रखता है...हममें से बहुत-से ऐसे थे जो ट्यूब में तीन या चार शिलिंग का टिकट लेकर लन्दन के सुदूर कोनों से यहाँ आये थे। हम सबके हाथों में एक-एक थैला था, जिसमें हमने रात की ड्यूटी के कपड़े और खाने का सामान बाँध रखा था। हममें से किसी के लिए भी यह विश्वास करना कठिन था कि हमें अगली ट्यूब से वापस लौट जाना होगा। पाइप से निकलता गुनगुना पानी, चाँदनी में झिलमिलाते कीचड़ के गढ़े...यहाँ तक कि नाली में पड़ी एक ख़ाली बोतल हमें काफ़ी अप्रासंगिक और बेतुके-से जान पड़े—हम शायद यह भी भूल गये कि हम यहाँ किसलिए आये थे। चन्द लमहों पहले जो नौकरी न मिलने का दुःख था, अब वह सिर्फ़ एक बेडौल, विकृत बोझ-सा हमारी टाँगों के इर्द-गिर्द लिपट गया था, जिसे हमें दुबारा घर तक घसीट ले जाना होगा।

उस क्षण भूख और निराशा के बावजूद हमारे मन में कहीं भी कोई खीझ या कटुता नहीं थी।

किन्तु कुछ लमहों के लिए ही। सहसा वह मायावी क्षण टूट गया। हम फिर वापस अपने-अपने में लौट आये। एक लम्बी, बोझिल-सी साँस उस अदृश्य, बेडौल भीड़ के ऊपर उठी और चन्द अश्लील, अनर्गल गालियों में खो गयी। एक-दूसरे की देह की गन्ध—जिसे हम पास-पास खड़े सूँघ सकते थे, गालियों के बावजूद अपना सकते थे—अब अलग-अलग रास्तों पर छितराने लगी थी। केवल हम तीन व्यक्ति अब भी अहाते के भीतर अनिश्चित-सी मुद्रा में खड़े रहे। मेरे पीछे हलकी-सी सरसराहट हुई।

"ब्लडी-बास्टर्ड!" पहले व्यक्ति ने कुछ दबे कुछ भर्राए-से स्वर में कहा। वह आगे बढ़ आया। भयभीत, आशंकित आँखों से चारों ओर देखा और फिर बोतल की टोकरियों के ढेर से सोडे की एक बोतल निकालकर पीने लगा। दूसरी बोतल उसने तीसरे व्यक्ति के हाथ में ज़बरदस्ती पकड़ा दी—पियो यार, उन सालों को कुछ भी पता नहीं चलेगा!

तीसरा व्यक्ति, जो कम उम्र का नीग्रो छात्र-सा दीखता था, बोतल लेने में झिझक रहा था, किन्तु फिर न जाने क्या सोचकर उसने अपने सिर को हलका-सा झटका दिया और एक दूध-पीते शिशु की तरह बोतल को दोनों हाथों

से पकड़कर होठों से लगा लिया। एक लम्बा घूँट लेकर उसने नंगी बाँह से अपना मुँह पोंछा और बोतल मेरे सामने कर दी।

"यह तीसरी बार है जब यहाँ मैं आया हूँ। कल जिस बाबू ने काम देने का वायदा किया था, आज वह दिखाई नहीं दिया।"

"कल भी ऐसा ही होगा। कोई नया बास्टर्ड आएगा और उसे पता नहीं चलेगा कि हम आज रात आये थे।"

"कल कौन आएगा—मैं तो इस तरफ़ झाँकूँगा भी नहीं। डैम दीज़..."

पहले व्यक्ति ने अपने ओवरकोट के बटन खोल दिये। इतनी गर्मी में ओवरकोट पहने था—इससे मुझे ख़ास आश्चर्य नहीं हुआ। उसका व्यक्तित्व कुछ ऐसे ढंग से ओवरकोट से जुड़ा था कि एक को दूसरे से अलग करना ही आश्चर्यजनक होता। वह एक लम्बा हृष्ट-पुष्ट युवक था, छोटी-सी 'गोरी' दाढ़ी थी, जिसके पीछे आँखें एक सूखी, तिक्त बौखलाहट में झपकती रहतीं। बौखलाहट भी नहीं, एक अजीब-सा नर्वस तनाव जो अकसर शिकार किये जानेवाले जानवरों में मिलता है। हॉलिवुड के विलेन-सा उसका डील-डौल अँधेरे में किसी भी अजनबी को काफ़ी भयानह लग सकता था।

हम धीरे-धीरे क़दम बढ़ाते हुए नार्थ एक्टन के पुल पार आ गये थे। लन्दन की डबल-डैकर बस हमारे पास से गुज़र गयी। अगस्त महीने के पीले-करारे पत्तों का रेला देर तक बस के पीछे भागता रहा।

तीसरा व्यक्ति, नीग्रो युवक, अब भी काफ़ी उदास था और चुपचाप सड़क पर आँखें झुकाए चल रहा था।

"लन्दन में कब से हो?" दाढ़ीवाले युवक ने (बाद में जिसने अपना नाम विली बताया था) नीग्रो के कन्धे पर हाथ रखकर पूछा।

वह चुप रहा।

"कहाँ से आये हो?"

"दक्षिणी अफ्रीका से...यहाँ पढ़ता हूँ।"

वह शायद बात को यहीं ख़त्म करना चाहता था। उसने जेब से सिगरेट का पैकेट निकाला और हम दोनों के आगे कर दिया। हमने धन्यवाद देकर आँखें मोड़ लीं। यह उसकी आख़िरी सिगरेट थी और अपनी भूखी लालसा के बावजूद हममें इतनी शिष्टता बाकी थी कि उसे लेने से इनकार कर दें। किन्तु यह शिष्टाचार अधिक देर तक न चल सका। कुछ देर बाद हम तीनों उस सिगरेट को बारी-बारी से पी रहे थे।

सामने लन्दन की रात थी—बोझिल, गँदली, शान्त। वह शहर का एक

उजाड़ कोना था और सड़क ख़ाली थी। ख़ाली, लेकिन वीरान नहीं। पत्तों की सरसराहट, पुराने मकानों की बासी गन्ध—लगता था, जैसे बीच में हम अनेक निष्प्राण चीज़ों को ठेलते हुए आगे बढ़ रहे हैं—हालाँकि बीच में हवा और लैम्प-पोस्ट के दायरों के अलावा कुछ भी न था...

"तुम कहाँ जाओगे?"

"वारेन स्ट्रीट," उसने कहा—"पिछले दो दिनों से आ रहा हूँ। अब तक पाँच पॉप्स सिर्फ़ आने-जाने में ख़र्च हो गये। इतने पैसों से तो मैं टेनिस खेलने जा सकता था।"

उस समय टेनिस खेलने की चर्चा काफ़ी विचित्र जान पड़ी—उसके चेहरे से भ्रम होता था कि पिछले कई दिनों से उसे भर-पेट खाने को भी नहीं मिला है।

"मेरे दोस्त को काम मिल गया है," नीग्रो छात्र ने तनिक उत्साहपूर्वक कहा, "हम दोनों साथ रहते हैं। कल शायद वह मुझे कुछ शिलिंग उधार दे सकेगा।"

"डेम हिम, इफ़ ही डज़ण्ट!"—विली ने अजीब खीझे स्वर में कहा—मैं तो कल किसी हालत में नहीं आऊँगा।...प्लीज़ कम टुमारो! मैनेजर की नकल उतारते हुए उसने मुँह सिकोड़ लिया—टुमारो बि डैम्ड! तुम कल आओगे?—उसने पहली बार मेरी ओर उन्मुख होकर पूछा।

"शायद आऊँगा," मैंने जान-बूझकर उसे कुछ अधिक खिझाने के लिए कहा। उसके इस समय 'कल' की बात करने से मुझे काफ़ी अफ़सोस हुआ था।

"साले कितना देते हैं?"

"ढाई पाउण्ड," नीग्रो छात्र ने कहा।

"हर सुबह?"

"हाँ, हर सुबह। आधी रात के समय चाय और सेण्डविचेज़ भी देते हैं, मेरा दोस्त बता रहा था। कल मैं और वह संग आये थे, उसे ले लिया गया, मैं रह गया।"

"नीग्रो था?"

"नहीं, वह बर्मी है।"

"और आप?" विली ने सन्दिग्ध भाव से मेरी ओर देखा, जैसे अपनी नज़रों से मुझे तौल रहा हो—आप क्या जापानी हैं?

मैंने सिर हिला दिया। इतनी-सी बात पर उसका प्रतिवाद करना मुझे निरर्थक जान पड़ा।

कुछ देर तक हम चुपचाप ट्यूब-स्टेशन की ओर चलते रहे। जब कभी गरम

हवा का झोंका आता, हम सिहर जाते। तब हमारी भूख अपने सब पैबन्द तोड़कर उघड़ जाती। लगता, जैसे हवा लैम्प-पोस्ट के पीले, मद्धिम आलोक को तोड़ जाती हो, तोड़कर अपने संग बहा ले जाती हो...

"गर्मी काफ़ी है...पिछले पाँच साल से ऐसी गर्मी नहीं देखी।"

"पिछले पाँच साल से लन्दन में हो?"

"शायद ज़्यादा...तब से कई काम कर चुका हूँ। अब ज़्यादा नहीं रहूँगा।"

"क्या वापस घर जाओगे?" विली ने पूछा।

"घर?" नीग्रो छात्र, जार्ज के स्वर में एक सूना-सा खोखलापन उभर आया, मानो 'घर' शब्द बहुत विचित्र हो, जैसे उसने पहली बार उसे सुना हो, मैं चाहता था, यहीं रहूँ। लेकिन वे हमें चाहते नहीं।

"वे...आह!" विली ने कहा।

वे...अनायास हमने चारों ओर देखा। कोई भी न था, हालाँकि वे हर जगह हर समय हमारे संग थे। हमारे बाहर उतने ही, जितने भीतर...

"तुम यहीं थे, जब जारिंग हिल में फ़साद हुआ?" विली के सफ़ेद दाँत चमक उठे।

"नहीं, तब मैं लन्दन नहीं आया था।"

"मैं वहीं रहता हूँ। तीन दिन तक एक अँग्रेज़ लड़की के घर छिपा रहा। जब वे एक-एक नीग्रो को चुनकर लिंच कर रहे थे, मैं उस सफ़ेद 'ह्वोर' के संग सोता रहा। उसने सोचा था, मैं उसे चाहता हूँ...लेकिन मैंने उसे उसके बाद देखा तक नहीं। उसे नहीं मालूम, मैं बदला ले रहा था...उसकी सफ़ेद चमड़ी के संग. ..और उसने हाथ से इशारा किया, अश्लील उतना नहीं जितना जुगुप्सामय।"

दूर कारखानों के धुएँ के परे ट्यूब-स्टेशन की बत्तियाँ चमक रही थीं। लगता था, जैसे धरती का कोई टुकड़ा अचानक बीच में से फट गया हो और उसके नीचे से हीरों की चमचमाती झालर ऊपर निकल आयी हो।

"तुम यहाँ पढ़ते हो?"

"हाँ...लेकिन गर्मियों की छुट्टियों में काम करता हूँ। पहले डांस के लिए जाता था।" जार्ज ने कहा। उसका स्वर भी काफ़ी उदास था, जैसे काम न मिलने का दुःख अभी पूरी तरह न मिटा हो।

"काण्टीनेण्ट में क्यों नहीं जाते, यार?" विली ने कहा, "मेरा एक दोस्त जर्मनी गया है, वहाँ नौकरियों की कमी नहीं। सुना है, वहाँ लड़कियाँ काले रंग के पीछे भागती हैं—सिर्फ़ इशारा करने की देर है।"

"शायद पिछली लड़ाई की वजह से," जार्ज ने कहा, "कुछ साल पहले मेरे

फादर वहाँ गये थे। कहते थे, कहीं आदमी नज़र नहीं आता। हर तरफ़ औरतें...”

“ओह, हाऊ आई विश फ़ार एनदर वार...एनदर ऐण्ड देन एनदर!” विली ने कहा।

जार्ज ने आश्चर्य से विली की ओर देखा, फिर मेरी ओर। वह शायद कुछ कहना चाहता था, किन्तु फिर कुछ सोचकर उसने सिर्फ़ सिर हिला दिया। कहा कुछ भी नहीं।

और शायद यह ठीक भी था। लन्दन की उस ख़ामोश गरम रात में ‘वार’ बहुत दूर की चीज़ लगती थी--अर्थहीन और हास्यास्पद। उस पर बहस करना कोई भी मानी नहीं रखता था। हुआ भी यही। हम बहुत जल्द विली की बात को भूल गये। उसके बाद हम देर तक अलग-अलग देशों की लड़कियों के बारे में बातें करते रहे। लगता था, जैसे पुरानी भूख के भीतर से एकाएक नयी भूख जाग गयी हो।

मैं स्पेन जाना चाहता था। उधर की लड़कियाँ...आह! पैशन! लेकिन सालों ने वीसा नहीं दिया। अपने देश की कुँवारियों की वर्जिनिटी का उन्हें बहुत ख़याल है!

स्पेन...किसी ने जैसे कुछ बहुत पुरानी राख कुरेद दी हो।

“तुम गये हो?”

“मैं जाना चाहता था, बहुत पहले।”

“सिविल वार में?”

“तब मैं बहुत छोटा था।”

“सिविल वार हमारे देश में शायद...” और जार्ज अचानक चुप हो गया। उसके घुँघराले बालों पर पसीने की बूँदें चमक रही थीं।

“आई डोण्ट लाइक सिविल वार,” विली ने कहा।

हमारी बात फिर वहीं आ अटकी थी--बैगाटेल की उस गोली की तरह जो चारों ओर घूम-फिरकर एक ही छेद में आ फँसती है। हमारा उससे कोई वास्ता नहीं था। वह लन्दन की बहुत ख़ामोश और गरम रात थी और वार बहुत दूर की चीज़ लगती थी...

रास्ते के दायीं ओर एक पुरानी टेबर्न से हँसी और संगीत का मिला-जुला स्वर बह आता था। टेबर्न के पीछे गली-गली के अँधेरे कोने में दो छायाएँ--एक-दूसरे से लिपटी हुई--बार-बार हिल उठती थीं। ऊपर उठी हुई स्कर्ट के नीचे एक सुडौल नंगी टाँग रह-रहकर काँप जाती थी और फिर टटोलते हुए विह्वल हाथों के नीचे भिंच जाती थी।

"चलो, कुछ बियर पी जाए। बिना कुछ पिये मैं ठीक से सो नहीं सकता," विली ने कहा।

मुझे हलकी-सी दुविधा हुई। मेरी जेब में आख़िरी दो शिलिंग पड़े थे, जो मैंने ट्यूब के लिए बचा रखे थे। जार्ज का हाल ज़्यादा बेहतर नहीं दिखाई दिया। विली के प्रस्ताव को सुना-अनसुना किये वह अँधेरे में सीटी बजा रहा था।

विली शायद समझ गया। जार्ज के कन्धे पर हाथ रखकर उसने कहा, "फ़िक्र की कोई बात नहीं। यहाँ के लोग मुझे जानते हैं। एक ज़माने में मैं यहाँ अकसर आता था।"

जार्ज का उपेक्षा-भाव अचानक मिट गया, एक अजीब बचकानी-सी ख़ुशी चेहरे पर फैल गयी।

"मैं थोड़ी-सी जिन लूँगा। आशा है, कल मेरा मित्र कुछ शिलिंग उधार दे सकेगा।"

हमारे पाँव पब की ओर मुड़ गये।

दरवाज़ा खोलते ही आवाज़ों के एक गरम उफ़नते रेले ने हमें अपने में समेट लिया—धुएँ में गुँथती, उलझाती, एक-दूसरी को छीलती आवाज़ें, जो कहीं निस्तार न पाकर गँदले, उबलते पानी की तरह एक ही गड्ढ में इकट्ठी होती गयी थीं। रोशनी थी, मद्धिम, धुएँ के घेरे में घिरी, जिसमें किसी एक चेहरे को पहचानना, उसे दूसरे से अलग कर पाना असम्भव था।

नीचे बेसमेण्ट था, कुछ सीढ़ियाँ उतरकर। कभी-कभार नाचते हुए जोड़ों की छायाएँ ज़ीने पर गिर जाती थीं। कभी बेडौल और लम्बी, कभी इतनी छोटी कि लगता, जैसे पारदर्शी जल-तले मछलियाँ ऊपर उठती हों और दूसरे क्षण ही डूब जाती हों।

हम कोने की मेज़ के इर्द-गिर्द बैठ गये। विली कुछ देर बाद बियर की तीन बोतलें और गिलास ले आया। हम पीने लगे।

"पहले मैं यहाँ काम करता था। कुछ महीने रहा, फिर मन ऊब गया। इस पब का मालिक इटालियन है। बुरा नहीं है, लेकिन डरता बहुत है। इस तरफ़ आया तो तुमसे मिलवाऊँगा," विली ने कहा।

"काफ़ी टिप मिलता होगा?"

"अँग्रेज ज़्यादा नहीं देते। बहुत हुआ तो एक छह पेनी। लेकिन काण्टीनेण्ट से जो टूरिस्ट आते हैं, उनकी बात दूसरी है। दिल उनका खुला होता है, लेकिन बेवक़ूफ़ वे भी होते हैं।"

"मुझे अब कोई भी काम मिल जाए मैं कर लूँगा," जार्ज ने कहा।

भीतर की गाँठों-बीच बियर ने रास्ता बनाया है—जहाँ पहले बन्द सीख़चा था, अब वहाँ फड़फड़ाते पंख हैं—उड़ने को आतुर।

"मैं अब ज़्यादा दिन यहाँ नहीं रहूँगा।" विली ने कहा। "मेरा दोस्त जर्मनी में है। हो सका, तो एक दिन वहाँ जाऊँगा।" विली ने गिलास ख़तम कर दिया। फिर उसे मेज़ पर उलटा कर दिया, एक भी बूँद नहीं गिरी। बियर का झाग दाढ़ी पर छितर आया था, जैसे रेत के कण हों—गीले और सफ़ेद।

"मैं जर्मनों को नहीं सहन कर सकता," जार्ज ने फिर कहा।

"देयर इज़, रियल लाइफ़! हर कोने पर जवान लड़कियाँ खड़ी रहती हैं," विली ने कहा।

"मैं जर्मनों को सहन नहीं कर सकता," जार्ज ने कहा।

मैं हँसने लगा।

जार्ज ने मेरी ओर देखा। उसकी आँखें बहुत निरीह-सी हो आयी थीं।

"सब लोग एक-जैसे ही हैं," विली ने कहा।

"लेकिन वे लोग..." जार्ज ने इशारा किया, बाहर की ओर, दरवाज़े के बाहर, जहाँ महज़ अँधेरा था।

"वे लोग भी...तुम सिर्फ़ डरते हो," विली ने कहा।

एक पल के लिए जार्ज का हाथ, जो गिलास पर टिका था, सिहर गया।

"यू आर ए राटर," जार्ज ने कहा।

उसके स्वर में कुछ रहा होगा कि विली का चेहरा अचानक पीला पड़ गया।

"देखो, मैं काफ़ी बुरा आदमी हूँ। इस लफ्ज़ को दुबारा मुँह पर कभी न लाना।"

"ओह!...सचमुच?" जार्ज की आवाज़ काँप रही थी, जैसे वह हवा में लटकी रस्सी पर चल रही हो और नीचे गड्ढा हो, जहाँ वह कभी भी फिसल सकती है—प्रेस, यू आर ए राइटर।

विली गिलास लेकर अचानक खड़ा हो गया, जैसे यह कोई खेल हो, और नियम के अनुसार उसे खड़ा होना ही हो।

"एक बार फिर कहो..." उसका गिलास जार्ज के सिर के पास सरक आया था। काँच पर चिपकी बियर का फेन रोशनी में चमक रहा था।

जार्ज की अधमुँदी आँखें उस पर उठ आयीं। यस, यू आर ए राटर ऑल राइट!"

गिलास तले उसका सिर हिल रहा था। आदमी का सिर पूरे धड़ से अलग होकर केवल अपनी धुरी पर इस तरह काँप सकता है, यह मुझे काफ़ी हास्यास्पद-सा लगा।

विली ने गहरे विस्मय से उसकी ओर देखा और फिर हँसने लगा, "शायद तुम ठीक हो...मे बि, आई एम"–वह फिर अपनी कुर्सी पर बैठ गया।

हमने ज़्यादा नहीं पी थी, सिर्फ़ किसी ने हमारे इर्द-गिर्द एक भयावह-सा फन्दा डाल दिया, जिसे छूते ही ख़ून बहने लगता था।

कुछ देर बाद पब का मालिक हमारी मेज़ के पास आकर खड़ा हो गया। गोल-मटोल देह, किन्तु काफ़ी सुगठित, रंग काफ़ी पीला। छोटे-से माथे पर तेल से भीगे, स्याह घुँघराले बाल झुक आये थे।

"और चाहिए?" उसने मुस्कराते हुए विली की ओर देखा।

"अभी है...बाद में," विली ने कहा। उसके स्वर में पहले-सा तनाव नहीं था, हालाँकि तिरस्कार का स्पर्श हमसे छिपा नहीं रह सका, "ये मेरे दोस्त हैं।"

इटालियन ने हमारी ओर देखा, किन्तु उसकी आँखों में कोई उत्सुकता नहीं जगी।

"विली हमारे यहाँ काम करता था," उसने गर्व से विली की ओर देखा, मानो उसे हम लोग विली की तुलना में काफ़ी तुच्छ जान पड़ रहे थे।

"काफ़ी देर से हो?" उसने पूछा।

जार्ज चुप रहा (ईश्वर भला करे, उसका सिर अब नहीं काँप रहा था) मैं ख़ाली गिलास से खेल रहा था, मेरे हाथ रुक गये।

"सिर्फ़ कुछ दिन," मैंने कहा।

"इज़ण्टिट फ़ाइन?"

"इट इज़ फ़ाइन," मैंने कहा।

"कोई काम?" वह मेरी कमीज़ के कॉलर को देख रहा था। न जाने कितने देशों की धूल उस पर जमा थी।

"अभी कुछ नहीं..."

"विली को काम मिल सकता है, लेकिन यह एक जगह टिकता नहीं," उसने विली की ओर देखा, कुछ प्यार से, कुछ उलाहने से।

"मैं तुम्हारे यहाँ रह सकता था। सिर्फ़ तुम..." विली ने कहा।

इटालियन का चेहरा अचानक क्षुब्ध-सा हो आया, "तुम जानते हो..." उसने कहा।

"आह!" विली ने कहा, "तुम सब लोग। एक-जैसे ही हो।"

"बहुत गर्मी है," जार्ज ने कहा।

"तुम जानते हो..." इटालियन ने बहुत आग्रह से कहा।

"न...मैं कुछ भी नहीं जानता। मैं सिर्फ़ इतना जानता हूँ कि मैं अभी डांस

करूँगा," विली ने अपनी कुर्सी पीछे ठेल दी और उठ खड़ा हुआ।

किन्तु इटालियन ने झपटकर उसे कन्धों से पकड़ लिया। उसकी आँखें सहसा आक्रान्त-सी हो उठीं। विली की लम्बी, पतली देह के सम्मुख उसका ठिगना, गेंदनुमा शरीर एकाएक बहुत दयनीय-सा दीखने लगा।

"विली!...तुम जानते हो, यहाँ पर..."

विली ने धक्का देकर झटके से अपना कन्धा छुड़ा लिया। उसकी पीठ हमारी मेज़ के सहारे टिक गयी। जार्ज ने बियर की बोतल को हाथों से पकड़ लिया। एक क्षण के लिए लगा, जैसे हम किसी जहाज़ के डगमगाते डेक पर बैठे हों।

आर्केस्ट्रा शुरू होते ही पब के अलग-अलग कोनों के लड़के-लड़कियों के जोड़े बेसमेण्ट की सीढ़ियों पर उतरने लगे थे।

इटालियन ने पीछे मुड़कर भी नहीं देखा। वह सिर्फ़ हवा में ताक रहा था।

विली कहीं भी नहीं था।

उसका ख़ाली गिलास हमारी मेज़ पर रखा था। जार्ज ने बोतल से हाथ उठा लिया। उसकी हथेली के पसीने की पूरी छाप काँच पर एक सफ़ेद धब्बे की तरह अंकित हो गयी थी।

इटालियन ने हमारी ओर देखा। लगा, जैसे वह हमें पहचान न पा रहा हो। फिर अवश भाव से दोनों हाथ फैला दिये थे।

"पागल है...है नहीं?"

हम चुप रहे। उस समय वहाँ कुछ था, जिसका हमसे कुछ सम्बन्ध नहीं था, जिसकी म्लान छाया चुपचाप हमारे बीच आ सिमटी थी। वह भारी, थके क़दमों से काउण्टर की ओर मुड़ गया।

"बहुत गर्मी है।" जार्ज ने कहा, "तुम्हारे पास कितने पैसे हैं?"

"क्यों?" मुझे अचानक खीझ-सी हो आयी सब पर।

"डेढ़ शिलिंग मेरे पास है। इसमें लागर आ सकती है?" उसने पूछा।

मैं विली के ख़ाली गिलास को देख रहा था...कहाँ हो सकता है?

मद्धिम रोशनी के नीचे जूतों और सैण्डिलों की खटखटाहट, इर्द-गिर्द टूटती, बेशक्ल आवाज़ों का सैलाब फैल गया था, जिसके एक छोर पर हम थे—एक मेज़, जार्ज, लागर के दो गिलास। सब-कुछ वैसा ही था, जैसा हमने पहले-पहल देखा था।

सिर्फ़ अब एक कुर्सी ख़ाली थी।

"शायद वह नाराज़ था...मैं अपने को रोक नहीं सका," जार्ज ने कहा।

"तुमने उसे कुछ भी नहीं कहा?"

"मैं अपने को रोक नहीं सकता," उसने मेज़ पर पड़ा मेरा हाथ ज़ोर से पकड़ लिया। मेरी अँगुलियाँ उसकी हथेलियों-तले चिपचिपाने लगीं।

"तुम्हें नहीं मालूम...मुझे बॉक्सिग का बहुत शौक़ है।...जब मैं पहले-पहल लन्दन आया था और बेकार नहीं था, तो मैं हर रोज़ बॉक्सिग के लिए जाता था। लेकिन मैं आज तक एक बार भी नहीं जीत सका हूँ। सुनते हो, एक बार भी नहीं। ...मुझमें एक अजीब तनाव-सा फैलने लगा है। मैं प्रतीक्षा करता हूँ, कुछ लमहों तक, कि दूसरा आदमी मुझे हिट करे...और जब वह नहीं करता तो मेरा ख़ून खौलने लगता है। मैं आनेवाले ख़तरे का मुँह नहीं जोह सकता। ठीक मौक़ा आने से पहले ही मैं अन्धाधुन्ध टूट पड़ता हूँ...हालाँकि मैं जानता हूँ, यह ग़लत है कि लड़ना इस तरह नहीं होता। और इसीलिए मैं घर से भागकर यहाँ आ गया हूँ, मैं अपने पिता की तरह प्रतीक्षा नहीं कर सकता।"

"और वह...तुम्हारे पिता किसकी प्रतीक्षा कर रहे हैं?"

"मुझे नहीं मालूम...मुझे राजनीति में कोई दिलचस्पी नहीं है।" उसका माथा लागर के गिलास के पीछे छिप गया।

मैंने अपना हाथ धीरे से छुड़ा लिया...वह पसीने में भीगा था। मैं उसे अपने पास ले आया, जैसे वह कोई पालतू चीज़ हो—अँगुलियों से गुँथा हुआ, एक सफ़ेद मांस का लोथ, उसके ऊपर भूरे बाल, बहुत-से बाल, जो उसके स्पर्श से अभी तक दबे थे। और मैंने सोचा, हम सचमुच कितनी कम बार अपने हाथों को इस तरह देखते हैं, जैसे वे हैं, जैसे वे असल में हैं और तब भ्रम होता है कि जो भी चीज़ उनकी पकड़ में आएगी वह हमारी नहीं हो सकती।

"जानते हो, मैंने विली को राटर क्यों कहा?"

"इट इज़ नथिंग," मैं उसके चेहरे को सीधी आँखों से नहीं देख पा रहा था।

"क्योंकि...असल में मैं ख़ुद एक हूँ। मैंने अभी तुमसे कहा था कि मैं अपने पिता की बहुत कद्र करता हूँ (हालाँकि यह उसने मुझे कभी नहीं कहा था) तुम उन्हें नहीं जानते। वह जीवित भी हैं या नहीं, मुझे नहीं मालूम। वे उनके पीछे थे।"

"वे कौन?"

"वे..." एक बहुत ही ठण्डा आतंक, साँप की कुण्डली-सा उसकी आँखों में बैठ गया था।

"तुमने कभी नहीं देखा," उसने मेरे हाथ को अपनी हथेलियों में बहुत ही

सख़्तीं से जकड़ लिया। उसके काले चेहरे पर सिर्फ़ सफ़ेद दाँत नज़र आ रहे थे—एक कान से दूसरे कान तक खिंचे हुए—और मैं समझ नहीं सका कि वह हँस रहा है या सिर्फ़ एक भूले क्षण में उसके दाँत ख़ुद-ब-ख़ुद खुले रह गये हैं।

"मैं यहाँ सुरक्षित हूँ...ऐण्ड फार दैट आई हेट हिम, आई हेट हिम लाइक हेल।"

हम चुपचाप पीते रहे। मेरे आगे घड़ी की डायल थी, जिसे मैंने पहली बार देखा था। मैं सोचता हूँ, मुझे एक सिगरेट पीनी चाहिए...मुझे लगता है, मैंने लम्बी मुद्दत से सिगरेट नहीं पी।

"तुम क्या सोचते हो?" उसके स्वर में बच्चों का-सा आग्रह था।

"कुछ भी तो नहीं।"

"यदि तुम मेरी जगह होते, तो क्या करते?"

"तुम्हारी जगह पर?" मैं हँसने लगा। मुझे आज तक यह भी नहीं मालूम कि मुझे अपनी जगह पर क्या करना चाहिए।

"लेकिन तुमने अवश्य निर्णय कर लिया होगा...अपना देश छोड़ने से पहले?"

"शायद बचने के लिए।"

"किससे बचने के लिए?"

"अपने देश के लोगों से...शायद और चीज़ों से भी, जो अब मुझे याद नहीं।"

और तब उस क्षण मुझे लगा कि ज़्यादा पीना शायद सम्भव नहीं होगा। सुबह से कुछ भी नहीं खाया था। ख़ाली अन्तड़ियों को लागर भिगो गयी थी। एक नीली-हरी-सी धुन्ध कहीं भीतर से रास्ता टटोलती हुई हर उस खिड़की के आगे जमा हो गयी थी, जहाँ से मैं बाहर देख सकता था। वहाँ घड़ी की डायल थी...बहुत सफ़ेद ...हवा में डोलते एक बहुत पुराने मुरदे की मानिन्द, जो न जाने कब से मेरे संग घिसट रहा था...

"तुम हँस क्यों रहे हो?"

मुझे यह जानकर काफ़ी आश्चर्य हुआ कि मैं हँस रहा हूँ...और जब मैंने जान लिया कि मैं हँस रहा हूँ, तो फिर अपने को रोकना बेमानी-सा लगा।

"क्या बात है?"

"कुछ नहीं, कुछ याद आ गया था," मैंने टहलते हुए कहा। याद मुझे कुछ भी नहीं आया था।

"क्या याद आ गया था?" वह मुझ पर झुक आया, जैसे अभी गले पर लटक जाएगा, "बताओ, क्या याद आ गया था?"

"जानते हो...तीन दिन पहले मैं जेल जानेवाला था। मैं बाल-बाल बच गया।"

असह्य दबाव तले कोई भी चीज़ याद की जा सकती है...और मुझे सचमुच तीन दिन पहले की एक घटना याद हो आयी।

"हाँ, सचमुच मैं बाल-बाल बच गया (मुझे इस तरह के मुहावरे बहुत पसन्द हैं, और मैं उन्हें मौक़े-बेमौक़े दुहराता रहता हूँ)।"

"जानते हो, लन्दन में मैं अपने एक दोस्त के घर ठहरा हूँ। पिछले कुछ दिनों से उसकी गर्ल-फ्रेण्ड फ़िनलैण्ड से उसके संग रहने आयी थी। कमरा एक ही था, इसलिए मैं बाहर रहता था। मैं दिन-भर म्यूज़ियम की लाइब्रेरी में रहता और रात को सोने के लिए यूस्टेण्ड स्टेशन चला जाता था। हर रोज़ नियत समय पर मेरा मित्र मुझे कुछ शिलिंग दे जाता था। उस शाम किसी कारणवश वह मेरे पास नहीं आ सका। मेरे पास सिर्फ़ दस पेनी बचे थे। दिन-भर म्यूज़ियम में बैठे भूख का कुछ पता नहीं चला, लेकिन रात होते-होते मैं अपने को नहीं रोक सका। उस समय तक किंग्स क्रॉस के सस्ते रेस्तराँ बन्द हो चुके थे और बस में बैठकर शहर के 'सेण्टर' में जाने की सामर्थ्य नहीं थी। मैं काफ़ी देर तक वारेन स्ट्रीट स्टेशन के इर्द-गिर्द बदहवास-सा घूमता रहा। आख़िर में एक ग्रीक रेस्तराँ दिखाई दिया, जो ऊपर से काफ़ी सस्ता दिखाई देता था। आलू के चिप्स और टोस्ट का आर्डर देकर मैं भीतर बैठ गया। तुम जानते हो ये चीज़ें सबसे सस्ती होती हैं, ज़्यादा-से-ज़्यादा आठ पेनी। मैं काफ़ी निश्चिन्त था। कुछ देर बाद अनायास मेरी निगाह सामने दीवार पर जा पड़ी प्राइस-लिस्ट पर, जिसे शुरू में घबराहट के कारण मैं नहीं देख सका था। टोस्ट और चिप्स के दाम डेढ़ शिलिंग थे...और मेरे पास दस पेनी से आधी पेनी भी ज़्यादा नहीं...फिर जानते हो, मैंने क्या किया? मैं एकदम खड़ा हो गया (इस तरह मैं जार्ज के सन्मुख खड़ा हो गया) और ज़ोर से चिल्लाया, गुड ईवनिंग! अरे बाहर कैसे खड़े हो? (और मैं सचमुच चिल्ला रहा था—जार्ज के मुँह पर) होटल का मालिक उत्सुकता से मेरी ओर देख रहा था। मेरे एक दोस्त बाहर खड़े हैं...उनसे मिलकर अभी आता हूँ। टोस्ट और चिप्स की प्लेट मेज़ पर छोड़कर मैं आगे बढ़ा, दरवाज़े की तरफ़, बिलकुल सधे कदमों से इस तरह (और मैं सचमुच चल रहा था—मेज़ों के बीच) और दरवाज़ा पार करते ही...तुम जानते हो, मैंने फिर मुड़कर नहीं देखा (मैं फिर मुड़कर जार्ज के पास आ गया था...लागर का एक लम्बा घूँट पीकर मैं बैठ गया था) मैं बहुत देर तक भागता रहा था।"

"और वह तुम्हारे पीछे था?"

"नहीं। हँसी की बात तो यही है कि वह मेरे पीछे नहीं था और फिर भी मैं एक अँधेरी गली से दूसरी अँधेरी गली में भागता रहा था...और देखो, मेरी जेब में दस पेनी बच गये थे, हालाँकि मेरी भूख बिलकुल मिट गयी थी।"

"तुम भी ख़ूब हो!" जार्ज ने हँसते हुए कहा।

मुझे काफ़ी ख़ुशी हुई कि वह हँस रहा है। मेरा मित्र और उसकी प्रेमिका भी इसी तरह हँसने लगे थे, जब दूसरे दिन मैंने उन्हें यह घटना सुनाई थी। हालाँकि मुझे हमेशा आश्चर्य होता है कि लोग, विशेषकर वे लोग जिन पर ऐसी घटनाएँ बीतती हैं, बाद में किस तरह आसानी से उन्हें हलका-सा रंग दे देते हैं। क्योंकि देखो, उस घड़ी में, बिलकुल उस घड़ी में, जब घटना सचमुच घट रही होती है, आदमी कितना बदहवास-सा हो जाता है, बगलों से ठण्डा पसीना टपकता हुआ कमीज़ से चिपक जाता है और भीतर विह्वल-सी कातरता भर आती है, बावजूद हमारी उम्र के, बावजूद हमारे अनुभव के।...मैं तो जानता हूँ कि उस रात जब मैं दस पेनी जेब में दबाकर अँधेरी सड़क पर भाग रहा था, तो कोई बार-बार मुझसे कह रहा था—यू फकिंग फूल यू ईडियट...यू...

"तुम भी कमाल हो!" जार्ज ने कहा। जब उसने तीसरी बार यही बात कही, तो मुझसे नहीं बैठा गया। आँखों के आगे घड़ी का डायल फिर घूमने लगा और मैं टायलेट की तरफ़ बढ़ गया। टायलेट नीचे बेसमेण्ट में था। मैं जल्दी-जल्दी सीढ़ियाँ उतरने लगा। मुझे डर था कहीं सीढ़ियों पर कुछ न हो जाए। मैंने मुँह पर हाथ रख लिया और बहुत रहस्यमय ढंग से मुस्कराने लगा।

हुआ कुछ भी नहीं—न सीढ़ियों पर, न वाश-बेसिन में, जिस पर मैं देर तक झुका रहा था—इस इन्तज़ार में कि कुछ बाहर आएगा। और अब घड़ी की सफ़ेद डायल नहीं घूम रही थी। मैंने पम्प खोल दिया था ताकि मैं निश्चिन्त होकर एक-एक चीज़ याद कर सकूँ और अपनी आवाज़ न सुन सकूँ (रात की इस घड़ी में मैं यहाँ क्या कर रहा हूँ? नहीं ऐसे नहीं चलेगा, मुझे इस सिलसिले से ब्यौरेवार हर चीज़ याद करनी चाहिए—जैसे यह बहुत महत्त्वपूर्ण हो, जैसे कोई बड़ा 'सत्य' इस पर निर्भर हो)। 'ब्यौरेवार'...यह शब्द मुझे जँच गया था और मैं बार-बार इसे ज़बान पर फेर रहा था, क्योंकि मैं कितनी देर तक चीज़ों को याद करने के बजाय यही दुहराता रहा कि मुझे हर चीज़ 'ब्यौरेवार' याद करनी चाहिए।

टायलेट से बाहर आया, तो पाँव ठिठके-से रह गये। नाचते हुए जोड़ों के भँवर में मैं घिर गया था। लोग धक्का देकर आगे निकल जाते थे और मैं कभी दायें, कभी बायें, एक कठपुतली की तरह घूम जाता था। जब कभी अपने पाँव जमाने का यत्न करता, तो डान्सिंग-फ्लोर पैरों-तले सिकुड़ने लगता और लगता,

जैसे मैं एक बहुत तेज़ी से घूमते लट्टू पर खड़ा हूँ। तभी मुझे अपने कन्धों पर एक अजीब-सा बोझ मालूम हुआ।

"तुम यहाँ हो?" विली की दाढ़ी मेरे माथे को छू रही थी—और जार्ज?

"वहीं है," मैंने ऊपर की ओर इशारा किया।

जिस लड़की के संग वह नाच रहा था, उसका चेहरा उसके सीने-तले छिप गया था—सिर्फ़ उसके ब्लोण्ड बाल दिखाई दे जाते थे।

"तुम आओगे नहीं?...तुम्हारी लागर..." मैंने कहा।

"आऊँगा।...तुम नाचोगे नहीं?"

इस बार लड़की ने चेहरा ऊपर उठाया। उसके नंगे कन्धों पर पाउडर के हलके निशान थे और उसने सस्ती छींट की समर-स्कर्ट पहन रखी थी। होठों पर पसीने की बूँदें थीं, जो शायद देर तक नाचने के कारण लिपिस्टिक के ऊपर छितरा आयी थीं।

भीड़ में खड़े रहना असम्भव था। वे मेरे नज़दीक ही बहुत धीमे क़दमों से नाचने लगे थे—एक बहुत तंग घेरे के भीतर—कभी विली का सिर मेरे पास सरक आता, कभी लड़की के ब्लोण्ड बाल।

"कैसी है?" विली ने धीरे से उसके बालों को झिंझोड़ दिया। वह हँस रही थी।

"यह बहुत ख़राब है...है न?" उसने हँसते हुए कहा और पहली बार मुझे लगा, जैसे उसकी आँखें सोती-जागती गुड़िया-सी हैं, जो सिर पीछे होते ही मुँद जाएँगी और सीधा होते ही खुल जाएँगी।

"नाचोगे?...मे बि विद हर!" विली ने कहा।

वे दोनों घूम रहे थे...बहुत ही हलके स्टेप्स के संग। जब जिसका चेहरा मेरे पास आता, वह मेरे कानों में कह देता।

"इसके हमजोली वहाँ बैठे हैं...मर जाएँगे मुझे इसके संग देखकर।" विली ने कहा।

"तुम नाचोगे नहीं? मे बि विद मी," लड़की ने कहा।

"वह इटालियन मना करता था," मैंने विली से कहा।

"मरने दो उसे," विली ने कहा।

आर्केस्ट्रा की उस घिसी-पिटी धुन में जाने कैसे मोत्सार्ट के 'लिटल-नाइट' म्यूजिक की हलकी-सी आहट ऊपर तिर आती थी—महज़ आधे मिनट के लिए—और तब मुझे लगता था, जैसे किसी ने मेरी साँस को धागे की तरह अँगुली में लपेटकर खींच लिया हो।

"जिन पिओगे?...पैसे यह देगी," विली ने धीमे स्वर में फुसफुसाते हुए कहा।

"मे बि विद मी," लड़की ने वैसे ही उदासीन स्वर में कहा।

इससे पहले कि मैं कुछ कह पाता, नाचते हुए जोड़ों की भीड़ उन्हें मुझसे बहुत दूर घसीट ले गयी। वे अचानक आँखों से ओझल हो गये।

मेरा सिर अब भी घूम रहा था, किन्तु यह चकराहट वैसी नहीं थी, जैसी टायलेट जाने से पहले। अब इस चकराहट में एक विचित्र-सा हलकापन था, जैसे धुन्ध की जगह वहाँ सिर्फ़ छितरे, बरसे हुए बादल हों और असीम खुलापन हो।

भीड़ के भीतर रास्ता टटोलना सुगम नहीं था। बेसमेण्ट की सीढ़ियों के पास आकर मैं रुक गया। एक अदम्य इच्छा हुई वहीं सीढ़ियों पर लेट जाने की, सो जाने की।

"हलो!" मेरे हाथ को किसी ने जकड़ लिया था। पीछे मुड़कर देखा, पब का मालिक इटालियन खड़ा था। शायद वह दूर से भागकर मेरे पास आया था। हाथों पर कमीज़ की मुड़ी हुई बाँहें लटक आयी थीं। वह हाँफ रहा था, जैसे आस-पास की हवा उसके साँस लेने के लिए बिलकुल नाकाफ़ी हो।

"सुनो, वह तुम्हारा दोस्त है?"

मैंने कन्धे सिकोड़ लिये।

"क्या तुम उसे यहाँ से नहीं ले जा सकते, मेरा मतलब है, इस जगह से?"

हमारे चारों ओर नाचते हुए लोगों का दायरा कभी बहुत तंग हो जाता, कभी एकदम फैल जाता था। बैण्ड के आगे कोई व्यक्ति लाउडस्पीकर को दोनों हाथों से पकड़कर गाने लगा था।

हम दोनों के बीच हमारी निगाहों के अलावा कोई और नहीं था।

"तुम क्यों नहीं कह देते?" मैंने कहा।

"मैं उससे कुछ भी नहीं कह सकता...वह मेरी बात कभी नहीं मानेगा।"

"लेकिन क्यों...वह यहाँ क्यों नहीं रह सकता?"

"यह जगह उसके लिए ठीक नहीं है," एक अवश-सी कातरता उसके स्वर में उभर आयी। "मैं उसे पहले भी कई बार मना कर चुका हूँ।"

मेरे मन में फिर इच्छा हुई—वहीं सीढ़ियों पर लेट जाने की।

"देखिए, मैं कुछ भी नहीं कर सकता। हमारी मुलाक़ात कुछ घण्टे पहले हुई थी। आप विश्वास नहीं करते?" एक क्षण के लिए मुझे उसके दयनीय चेहरे से घृणा हुई, जैसे मैंने किसी गिलगिली-सी चीज़ को छू लिया हो—मैं उसे ठीक से भी नहीं जानता, यह भी नहीं जानता कि उसका पूरा नाम क्या है—मैंने कुछ

इस तरह कहा, जैसे ज़िन्दगी में पूरा नाम जानना बहुत महत्त्वपूर्ण हो, जैसे उसके बिना कुछ भी नहीं हो सकता।

एकाएक उसने मेरे दोनों हाथ पकड़ लिए। वह बिलकुल मेरे पास सरक आया, "तुम...तुम यहीं रहोगे?"

"हाँ।" मैंने सिर हिलाया। "जब तक तुम बाहर न फेंक दो।"

उसकी पकड़ ढीली हो गयी। किन्तु उसकी आँखें अब भी मुझे टटोल रही थीं। मैं सीढ़ियाँ चढ़ने लगा।...मुझे बराबर यह लगता रहा कि अब भी उसने मुझे पीछे से पकड़ रखा है...हे ईश्वर, मैं एक सिगरेट पी सकता!...लगता है, मैंने एक मुद्दत से सिगरेट नहीं पी।

जब मैं धक्के खाता और अपनी सामर्थ्य के अनुसार दूसरों को धक्के देता हुआ अपनी मेज़ के पास पहुँचा, तो जार्ज सबके प्रति तटस्थ होकर सो रहा था। उसका सिर मेज़ के किनारे पर टिका था, उसकी देह कुर्सी पर सिकुड़ गयी थी, अधमुँदी आँखों के बीच सफ़ेद पुतलियाँ मैली रुई के फाहों-सी उभर आयी थीं। पहले मुझे भ्रम हुआ कि वह मुझे देख रहा है, जो सच नहीं था। उसके होठों के कोरों पर थूक बह आया था—चाक की महीन रेखा-सा, सूखा और सफ़ेद, जो मैंने रूमाल से, सबकी आँखें बचाकर, पोंछ दिया।

उस रात पहली बार मुझे लगा कि वह उम्र में बहुत छोटा है—हास्यास्पद रूप से छोटा और अनजान।

मेरा गिलास ख़ाली था।...मैंने थोड़ी-सी लागर उसके गिलास से अपने गिलास में उँड़ेल ली। एक क्षण के लिए लगा, जैसे वह अधमुँदी आँखों से मुझे देखता हुआ मुस्करा रहा है...और उसमें हलका-सा व्यंग्य छिपा है। शायद बन रहा है, मैंने सोचा, सो नहीं रहा और मुझे देख रहा है...लेकिन शायद यह भी मेरा भ्रम हो, मैंने सोचा और पीने लगा। फिर मुझे कुछ अकेला-सा लगा। सोचा, अपने मित्र को टेलीफ़ोन कर दूँ, हो सकता है, उसकी गर्ल-फ्रेण्ड अब तक चली गयी हो और मैं उसके कमरे में सो सकता हूँ लेकिन यदि वह हुई, तो उसे बुरा लगेगा।...इसे उठा दूँ, यह कब तक ऐसे सोता रहेगा, मैंने सोचा, इतनी उम्र में घर से भाग आया है और अब—अब सो रहा है।...मुझे एक बहुत पुरानी बात याद हो आयी। यूरोप आने से पहले वह घर में आख़िरी रात थी। माँ बार-बार उठती थी और पानी पीने के बहाने मुझे देखती थी।...अपने घर की छत पर मेरी आख़िरी रात थी—वह जुलाई की रात थी और मुझे दूसरे दिन चले जाना था. ..और बाबू मेरे बिस्तर के पास खड़े रहे थे, सोचा था, मैं सो रहा हूँ...मैं सब-कुछ देख सकता था...वैसे भी हमारे शहर में जुलाई की रातें बहुत उजली होती

थीं—आँखें मूँद भी लो तो भी सब-कुछ दीखता था।...फिर सहसा इच्छा हुई कि मैं बाहर चला जाऊँ...यह बहुत आसान था। पहले मैं अपनी कुर्सी से उठ खड़ा हूँगा, फिर दरवाज़ा खोलूँगा और बाहर चला आऊँगा...जस्ट टू कम आउट...यह बड़ी बात है, मैंने सोचा...उनके मुँह पर थूक फिर बह आया था, होठों से बहता हुआ ठुड्डी तक, जहाँ नीले काँटों से बाल उग आये थे...मैं रूमाल से फिर उसका मुँह पोंछ देता हूँ।...

आवाज़ें...एक बदहवास-सी चीख़!

बेसमेण्ट की दीवार पर छायाएँ डोलती जाती हैं—एक भयंकर दुःस्वप्न-सी। कुर्सियों को खींचने की आवाज़, अटपटी-सी हँसी...लेकिन है कुछ नहीं। मैं उठता नहीं...गिलास में अब भी लागर बची है और मैं उठ नहीं सकता...और तब अचानक उस क्षण मुझे अपने में एक अजीब-सी शान्ति महसूस होती है...घनी चिलचिलाती, गरम रेत के अन्तहीन फैलाव-सी और मैं उसे पकड़े रहता हूँ।

जस्ट टु कम आउट, जस्ट टु...

मैं पूरी शक्ति से जार्ज को झिंझोड़ने लगता हूँ।

वह एकदम हड़बड़ाकर उठ बैठा और विमूढ़ भाव से मुझे देखने लगा—कुछ-कुछ उस ट्रेण्ड जानवर की तरह, जो ऐन मौक़े पर अपना 'पाठ' भूलकर आस-पास खड़े तमाशबीनों को देखने लगता है। फिर सहसा उसकी आँखें अजीब-सी आतंक-ग्रस्त हो आयीं।

"बात क्या है?"

"चलो...यहाँ से चलना होगा।"

"लेकिन...क्या अभी?"

वह कुछ भी नहीं जानता। मैं जल्दी में निश्चय नहीं कर पा रहा था कि क्या उसे कुछ भी बताना उचित होगा।

"क्या मैं सो गया था?" उसने पूछा। न जाने मेरे चेहरे पर क्या था कि वह एकाएक शंकित-सा हो उठा।

"यह शोर कैसा है?"

उसका चेहरा बिलकुल वैसा हो गया, जब हम सोडा-फैक्टरी के बाहर अँधेरे में खड़े थे।...अब वह घड़ी कितनी दूर लगती है और कितनी अप्रासंगिक!

"हमें चलना होगा...बाहर।"

बाहर लन्दन की रात है...हमारी प्रतीक्षा करती हुई—हमें निगल जाने के लिए आतुर।

"विली कहाँ है?...हम उसके बिना नहीं जा सकते।"

"वह...वह आ नहीं सकता।"

पब का दरवाज़ा खुलता है...कुछ लोग हड़बड़ाकर भीतर घुसते हैं।

दे आर देयर...द डैम्ड...एक बहुत ही भद्दी गाली और आवाज़ें, मक्खियों की भिनभिनाहट की मानिन्द अर्थहीन।

मैं उसका हाथ पकड़कर घसीटता हूँ।

"मैं जाऊँगा नहीं..."

"तुम पागल तो नहीं हो?"

"वे कहाँ हैं..."

"वे," मैं गुस्से में उसे उठा देता हूँ। वह बिलकुल मेरे सामने खड़ा है। "बताओ, वे कौन?" मैं उनके कन्धे हिलाता हूँ और वह...

"बोलो, वे कौन?"

"यू आर ड्रंक!" उसने कहा और एक झटके से अपने को छुड़ा लिया।

शायद यह सच है, मैंने सोचा...शायद मैंने बहुत पी ली है। इस ख़याल से मुझे बहुत सान्त्वना मिली है।

"तुम यहीं रहोगे?"

"मैं कहीं भी रहूँ," उसने कहा।

"सुनो," मैं बीच की कुर्सी हटाने की चेष्टा करता हूँ।

"यू आर ड्रंक!" वह पीछे हट गया।

मैं जाने लगा। वह भी, लेकिन मुझसे अलग। लगा, जैसे यह कोई खेल है, जिसमें दो व्यक्ति आँखों पर पट्टी बाँधकर चलते हैं और वे समझते हैं कि वे एक-दूसरे से दूर जा रहे हैं, लेकिन दरअसल वे एक-दूसरे के निकट सरकते आते हैं।

दरवाज़े की तरफ़...पहले मेज़ें आती हैं, अधजली सिगरेटों के टोटे, ख़ाली गिलास और बोतलें, कुर्सियों पर रखे शाम के अख़बार, फ़र्श के एक कोने में गिरी हुई लिपिस्टिक की डिब्बी, जिसे हड़बड़ाहट में कोई स्त्री उठाना भूल गयी थी...और मुझे लगा जैसे कोई घटना अचानक हुई होगी, बिलकुल अप्रत्याशित रूप से, और सब लोग बिना किसी तैयारी के भागती भीड़ के भँवर में फँस गये होंगे।

विली कहाँ है?

और यह इटालियन...

आगे सोचना नहीं हुआ। दरवाज़ा झपाटे से खुला था और मुझे लगा, जैसे एक झटके से जार्ज मुझसे अलग हो गया है—आख़िरी लमहे में (या सबसे शुरू

के लमहे में)। मैंने कोशिश की कि उसे अपने से जकड़े रखूँ, जैसे यह अपने में एक महत्त्वपूर्ण चीज़ है, किन्तु मेरा सिर सनसनाता हुआ नीचे की तरफ़ घूम गया। जो हाथ मैंने जार्ज को पकड़ने के लिए फैलाया था, वह मुड़ता गया। छत, न यह छत नहीं है, सिर्फ़ रोशनी है—एक अजीब ढंग से झूलता हुआ बल्ब... और मेरी बाँह मुड़ती गयी, (डोण्ट लेट देम एस्केप—एक फूत्कारती-सी आवाज़, फिर वह भी नहीं) और वह एक तख्ते की तरह काँप रही थी और उसे मैं देख सकता था...काँपते हुए...जैसे वह मेरी बाँह न हो। कोई कसता जा रहा है आख़िरी बिन्दु तक और वहाँ पहुँचने से पहले ही टूट जाती है...समूची देह में...न, यह पीड़ा नहीं है, पीड़ा की एक सीमा होती है और उसके परे उसकी पहचान ख़त्म हो जाती है...

आई से...लीव हिम एलोन...यह क्या इटालियन की आवाज़ है? मुझे हलका-सा आश्चर्य होता है। मेरे ऊपर झुके हुए चेहरे एक-एक करके उठ रहे हैं, लेकिन मैं उन्हें देख नहीं सकता...सिवाय उनकी गरम साँसों के, जो गर्दन को बार-बार छू जाती हैं—फिर वह भी नहीं।

"तुम उठ सकते हो?"

मैं अपनी बाँह को देखता हूँ...वह अब फ़र्श पर पड़ी है—आश्चर्य है, वह अब तक मुझसे जुड़ी है।

मैं बैठ गया हूँ। फिर अनायास मेरे हाथ गालों पर चले जाते हैं। वे गीले हैं...वे आँसू हो सकते हैं, इस पर मैं विश्वास नहीं कर सका—वे बेहूदा ढंग से खुद-ब-खुद निकल आये थे और मुझे पता नहीं चला था...कुछ उस व्यक्ति की तरह जो सुबह अपने बिस्तर को गीला पाता है और विश्वास नहीं कर पाता कि उसने ही...

"कुछ पिओ!" इटालियन मेरे इर्द-गिर्द मँडरा रहा है।

"विली कहाँ है?" मैंने पूछा।

"वे उसे मार डालेंगे...मैंने तुमसे क्या कहा था?" उसका गला अजीब ढंग से रुँध गया है।

"क्या कहा था?" मुझे अब कुछ भी याद नहीं आता।

"तुम्हें मालूम है।...तुम अगर उसे अपने संग ले जाते, तो कुछ भी नहीं होता।"

"कुछ भी नहीं होता...लेकिन जो हुआ है, इसे कोई रोक सकेगा, यह कोई भी नहीं जानता।"

"अब मैं जाऊँगा," मैंने कहा।

"कहाँ?" इटालियन दरवाज़े के सामने खड़ा था।

"कहीं भी...बाहर," चारों ओर देखा, जार्ज कहीं भी नहीं था। मुझे हलकी-सी ख़ुशी होती है।

"बाहर?" इटालियन को शायद विश्वास नहीं हुआ, वह शायद निश्चय नहीं कर पा रहा था किस सीमा तक मैं पी चुका हूँ...किस सीमा तक वह मुझे गम्भीरता से ले सकता है।

"इस समय नहीं...वे बाहर खड़े हैं।"

"सुनो," मैंने बहुत सहज भाव से कहा। "मैं कुछ भी नहीं करूँगा। मैं सीधा घर चला जाऊँगा।"

"कैसी बात करते हो," इस बार वह एकदम भभक-सा उठा। "वे जानते हैं, तुम विली के संग आये हो...तुम उनसे बचकर नहीं जा सकते।"

बहस करना व्यर्थ था, वह मानेगा नहीं।

बाहर एकाएक कोलाहल बढ़ गया है...एक क्षण के लिए टेढ़ी-सी उमठन मेरी पीठ पर सरकने लगती है—बर्फ़ के डले की तरह। इसे मैं पहचानता हूँ। डर है...बहुत शुरू का डर, अपने में बिलकुल नंगा—बिलकुल नीरव।

मुझे लगा, जैसे मैं मुस्करा रहा हूँ।

"देखो...तुम मुझे एक छोटी ह्विस्की दे सकते हो?"

वह कुछ देर तक मुझे घूरता रहा। आगे घिसट आया था। हम दोनों के चेहरे पास थे कि बाहर के शोर के बावजूद मैं उसकी साँसों को सुन सकता था।

"तुम जाओगे नहीं," सन्देह और अनिश्चय से उसका स्वर एक तनाव में खिंच आया था।

"मैं पागल नहीं हूँ।"

वह कुछ देर तक चुपचाप मुझे घूरता रहा।

"तुम्हें यहाँ छोड़कर मैं नहीं जा सकता," उसने कहा।

एकबारगी जी में आया कि मैं उसके पसीने में लथपथ, गोल-मोल, गदराए चेहरे को अलग-अलग हिस्सों में तोड़ दूँ...किन्तु मैं वैसे ही मुस्कराता रहा।

"मैं यहीं रहूँगा...तुम्हारे लिए नहीं तो ह्विस्की के लिए। तुम मेरा इतना भी विश्वास नहीं करते?"

इस बार उसके होठ एक अप्रत्याशित हँसी में फैल गये। उस हँसी में एक विवश निरीहता छिपी थी, मानो वह हँसकर खुद अपने को विश्वास दिला रहा हो कि उसने मुझ पर विश्वास कर लिया है।

वह काउण्टर की ओर बढ़ा, जहाँ विभिन्न शराबों और बियर की बोतलें

रखी थीं। वह बार-बार पीछे मुड़कर मेरी ओर देख लेता था।

मैं खड़ा रहा।

स्कॉच की बोतल उसने काउण्टर पर रख दी। फिर मेरी ओर देखा जैसे हम दोनों के बीच कोई रहस्यमय समझौता हो।

हमारा मौन जैसे इन आवाज़ों में बड़ा था, जो लहरों की मानिन्द उठती थीं—एक-दूसरे से उलझी हुई...उठती थीं, दरवाज़े से टकराती थीं और फिर अन्तहीन अन्धकार में बिखर जाती थीं।

वह गिलास धो रहा था। पम्प से बहता पानी...और चमकीले गिलास पर फिसलती हुई उसकी एक-एक बूँद—मैं उन बूँदों को देखता रहा और मुझे बराबर महसूस होता रहा कि मैं उलटी करूँगा। मैं नंगे काँच पर बहते पानी को नहीं देख सकता...मेरे भीतर एक अजीब-सी झुरझुरी फैलने लगती है...मैं आगे बढ़ता हूँ, दरवाज़े की तरफ़। उसकी पीठ अब भी मेरी तरफ़ थी...पम्प से बहते पानी की आवाज़ मेरे दिल की धड़कन को ढकती रही...और तब उस लमहे अचानक मुझे लगा, जैसे अब मैं चाहूँ तो भी नहीं मुड़ सकता, जैसे ख़ुद मेरा अपनी टाँगों पर, अपने पर, कोई नियन्त्रण नहीं रहा था...जैसे मैं ख़ुद अपने से मुक्त हूँ।

और दरवाज़ा खुल गया...दूसरे क्षण मैं बाहर था।

बाहर...अँधेरे में।

जस्ट टू आउट...मैंने अपने से कहा।

वह गर्मियों की एक खुली और नरम रात थी...एक विराट, बनैले जन्तु की तरह ख़ामोश...जो दिन-भर की थकान के बाद अपनी माँद में समूची देह फैलाकर सो गया हो।

पसीना सूख रहा था। मैंने भरपूर साँस ली एक बार...दो बार...हलका-सा पछतावा होता है...मैं ह्विस्की छोड़कर चला आया था...इस समय यदि वह मेरी देह के भीतर होती...मैं फिर साँस खींचता हूँ...काश, मैं एक सिगरेट पी सकता!. ..मैं बड़ी सड़क छोड़कर एक सँकरी लेन में चला आया हूँ।...अकसर गलियों के नुक्कड़ पर सिगरेटों की ऑटोमशीनें लगी रहती हैं...

"हियर ही इज़...द सन ऑफ़ ए विच!"

मैं रुक जाता हूँ...न, यह डर नहीं है। मैं बहुत शान्त हूँ...सिर्फ़ एक ठण्डी-सी चीज़ मेरी रीढ़ की हड्डी पर फिसल रही है—एक गिलगिली छिपकली की तरह तटस्थ।

वे वहाँ थे...दीवार से सटी छायाएँ आगे सरकती हैं।

"होल्ड हिम!" एक फटी-सी चीख़...और मैं अचानक पीछे मुड़ गया

हूँ...एक सरसराती-सी हवा मेरी बगलों के बीच से निकल जाती है।

गो, डेम्ड निगर...

वेट, जस्ट वेट...

वह पीछे से आया था—मुझे पता भी नहीं चला कि मेरा सिर पीछे की ओर मुड़ता गया है...एक क्षण और...और मैं दो हिस्सों में बँट जाऊँगा...

काश, मैं उसके चेहरे को देख पाता?...

हाथ है, जो नम है...मैं अपनी कनपटियों में सरसराता ख़ून सुन सकता था। मैं थोड़ा-सा हिलता हूँ...और कुछ आगे की तरफ़ घिसट आता हूँ। वह भी मेरे संग घिसट आता है—यह कोई अन्य व्यक्ति है, इसने सिर्फ़ मेरे हाथ जकड़ रखे थे।

एक क्षण के लिए मुझे गहरा आश्चर्य होता है—यह क्या मेरी देह है, जो इस तरह थरथरा रही है?

"यू शिटिंग स्वाइन!"

मैं एक झटके से अपने को खींचता हूँ...लेकिन मेरे बाल...मेरे बाल उसके हाथों में फँस गये हैं—उसकी नंगी बाँह मेरे मुँह के सामने हिलती है...और अनायास मैं अपने दाँत उसमें गड़ा देता हूँ...ओह, लीव इट, बगर!...एक टूटती-सी साँस...वह मुझे हिलाता है एक बार, दो बार—और हर बार मैं शराबी-सा उसकी बाँह पर झूल जाता हूँ।

"लीव हिम एलोन, यू सन ऑव ए ह्वाइट ह्वोर!"

क्या यह विली की आवाज़ है?...मैं पूरी शक्ति से चीख़ने की चेष्टा करता हूँ, किन्तु सिवाय एक भयावह घुर्र-घुर्र के मेरे मुँह से कोई भी स्वर नहीं निकल पाता।

और तब सहसा मुझे लगा, उसकी पकड़ ढीली पड़ गयी है...मैं अपने को उठा सकता हूँ। मेरी आँख खुलती है। अँधेरे का एक नीला दरिया मेरे सामने से गुज़र जाता है और उसके परे लाल, हरे, गुलाबी, धब्बे तिरते जाते हैं—मैंने इन्हें कभी देखा है, मुद्दत पहले कभी देखा है, जैसे यह कोई पहचाना-सा दुःस्वप्न है, जिसे मैं दुहरा रहा हूँ...शुरू से अन्त तक।

मुझसे दो गज़ के फ़ासले पर वह खड़ा था—गली की दीवार से सटा हुआ। एक क्षण के लिए विश्वास नहीं हो सका कि वह विली है, वही व्यक्ति जिसके संग कुछ देर पहले मैं लागर पी रहा था...

किन्तु क्या वह मुझे पहचान सकता है?...

और वह ब्लोण्ड लड़की...और जार्ज...क्या वे स्मृति के घेरे से बाहर कहीं

रात में डूब गये हैं...हमें यहाँ छोड़कर...जो इस क्षण ख़ुद अपने को नहीं पहचान पाते?

सिर्फ़ दो गज़...और बीच का अँधेरा।

भीड़, आधा चेहरा और एक लम्बा युवक, जो विली पर झुका है...विली की कमीज़ का कॉलर हाथ में पकड़कर वह उसे दीवार के पास घसीट लाता है—खटाक ...खटाक...

वह स्कॉर्फ फूल जाता है...स्कॉर्फ जो उस लम्बे व्यक्ति ने गले में बाँध रखा है...रंगीन—उस पर गुलाब के फूल छपे हैं...

गुलाब के फूल...और ख़ून, जो विली के होठों से फिसलता हुआ उसकी 'गोटी' तक बह आया है...

एक क्षण के झलमले में सब-कुछ उभर आया है...आवाज़ें, पसीना लेन की खट्टी-सी गन्ध...और हँसी...

और तब वह आया था...एक ठिगना-सा व्यक्ति, जो अभी तक भीड़ के अँधेरे में छिपा था। उसकी घनी भौंहों के बीच छोटी अस्थिर आँखें चमक रही थीं ...भौंहों के बाल इतने लम्बे और घने होकर उसकी आँखों पर झुक आये थे कि लगता था, जैसे उसने अपने चेहरे पर किसी कुत्ते का मॉस्क पहन रखा हो...

वह बहुत ही धीमे क़दमों से विली की ओर बढ़ रहा था...

"कहाँ गयी तुम्हारी डार्लिंग?" उसने झटके से विली की ठुड्डी को ऊपर उठा दिया।

"बोलो...कहाँ गयी?"

हर बार 'कहाँ गयी' कहते समय वह विली के सिर को दीवार पर धकेल देता था...हर बार विली की देह एक शराबी की तरह झूम जाती थी।

और वे हँस रहे थे...

"बैश हिम देयर!" दूसरे ने अपने...की ओर इशारा किया।

खट-खट सिर के दीवार से टकराने की आवाज़। खट-खट मेरे दिल की पगली ज्वर-ग्रस्त धड़कन। पसीने और ख़ून से लिथड़ी विली की कमीज़ और एक अनवरत, कभी न ख़त्म होनेवाली खट-खट और एक भुतैली-सी हँसी...

"बोलो, कहाँ गयी?...स्पीक! स्पीक! स्पीक! यू फिल्दी...हा-हा-हा... खट-खट- खट..."

स्कॉर्फ में झूलते हुए रंगीन गुलाब के फूल...

मुझे अब कुछ भी याद नहीं...सच पूछो, तो मुझे यही नहीं मालूम कि मैं स्वयं चिल्लाया था या कोई बाहर की चीख़ मुझे सहसा झिंझोड़ गयी थी। (नहीं.

..आज भी मैं विश्वास नहीं कर पाता कि वह भयावह चीख़ मेरे गले से निकली होगी।) मुझे सिर्फ़ इतना-भर लगा था कि मेरी साँस...एक अन्धे चिमगादड़ की तरह मेरी छाती की दीवार से टकराती हुई बेतहाशा फड़फड़ाने लगी थी। और मैंने एक धक्के से उन दोनों हाथों को अपनी गर्दन से छुड़ा लिया, जिन्होंने अब तक मुझे रोक रखा था...

सिर्फ़ दो गज़...और बीच का अँधेरा।

मैं विली की तरफ़ बढ़ा था। मैं उससे कुछ कहना चाहता हूँ। उसे छूना चाहता हूँ। मुझे लगता है यह बहुत महत्त्वपूर्ण है।

बीच का अँधेरा--और वे ठण्डे हाथ और तब वह चीख़...

मेरा सिर उस अदृश्य व्यक्ति की ठुड्डी से टकराया था, जिसने मुझे बीच में पकड़ लिया था। दूसरे हाथ से उसने मेरा चेहरा भींच लिया...मेरा मुँह उसकी कमीज़ पर घिसटता गया। आई विल टीच यू–हाउ टु रन...बास्टर्ड...न जाने क्यों, मैं अपनी टाँगों को बेतहाशा, मिरगी के मरीज़ की तरह, हवा में घुमाने लगा--कुछ नहीं होगा ...मैंने सोचा...वह मुझे छोड़ेगा नहीं...और तब मुझे लगा, जैसे अब मैं साँस नहीं ले सकूँगा। किन्तु यह ग़लत था, हर दूसरी साँस पहली साँस की गिरफ़्त से अपने को छुड़ाकर ऊपर आती थी और फिर मुझसे चिपक जाती थी और मैं सोचता था, यह आख़िरी है, लेकिन तीसरी साँस फिर छटपटाते हुए अपने को दूसरी साँस के पिंजरे से छुड़ा लेती थी और मुझे आश्चर्य हुआ कि कोई भी साँस पीछे रहकर आख़िरी नहीं बनना चाहती...और तब एक भयंकर-सी ख़ुशी ने मुझे अपने में लपेट लिया, जैसे मैं अब तक सिर्फ़ इस लमहे के लिए जी रहा था और अब वह आ गया है और आनेवाली घड़ियों में कोई भी ऐसी चीज़ नहीं होगी, जिसके मानी वही होंगे, जो पहले थे, कोई भी डर पहले जैसा डर नहीं होगा...मैं भूल गया था कि मैं अकेला हूँ...मैं सिर्फ़ यह जानता था कि वे मुझे अकेला नहीं छोड़ेंगे और मैं बच नहीं सकता और उस रात मुझे पहली बार लगा कि अकेला होना ही काफ़ी नहीं है...काफ़ी नहीं है क्योंकि वे हर जगह हैं और यह मैं जानता था, सिर्फ़ यह नहीं जानता था कि एक दिन वे मुझे पकड़ लेंगे ..अब वह पहले जैसा आकारहीन नहीं था–वह डर। अब वह ठोस था और सीमित था–उतना ही बड़ा जितना मैं हूँ। हम दोनों अँधेरे में जानवरों की तरह साँस ले रहे थे और मुझे लगा, जैसे मैं आख़िर तक अपनी टाँगों को इसी हवा में घुमाता रहूँगा। आह डियर, हाऊ फ़नी इट इज़...हाऊ फ़नी! कोई हँस रहा है--(क्या यह मैं हूँ?) हँसी, जिसकी कोई आवाज़ नहीं। घूँसे...गालियाँ ...और फिर वही हँसी!

वे मुझे घसीटते ले गये हैं–गली के कोने तक।

मैं उठने की कोशिश करता हूँ और बैठ जाता हूँ। फिर इच्छा होती लेट जाने की। वहीं सड़क पर। लेकिन आँखें बन्द करते ही लगता है, जैसे और चीज़ एक ज्वार की तरह ऊपर उठती है—मेरी टाँगों में, छाती में, बाँहों के जोड़ों में—उठती है और बह जाती है...क्या यह पीड़ा है? और मुझे हलका-सा आश्चर्य होता है कि मैंने ज़िन्दगी के इतने बरस बिता डाले और कभी इसे नहीं जाना। लगता है, मेरी चेतना ने इस पीड़ा का एक छोर पकड़ लिया है और घिसटती जा रही है...कभी सिर्फ़ चेतना रह जाती है—पीड़ा से अलग। तब लगता है जैसे मैंने कुछ खो दिया है। बारिश की शाम है और मैं दुबारा अपने शहर की सड़क पर एक सिरे से दूसरे सिरे तक भाग रहा हूँ...एक छोटा-सा खोखल मेरे सामने खुल गया है और एक उत्कट भयंकर-सी आकांक्षा मन में जगती है उसमें छिप जाने की...जैसे उसमें छिप जाने से ही सब-कुछ सुलझ जाएगा, सब-कुछ बहुत सहज हो जाएगा...लेकिन यह खोखल नहीं है। यह पीड़ा है, जो बराबर-बराबर से बँट गयी है, मेरी देह के विभिन्न अंगों में—बिलकुल नये क़िस्म का दर्द, जो अपने में सम्पूर्ण है और जिसे आज तक मैंने नहीं पहचाना (हाऊ फ़नी इट इज़ ...हाऊ वण्डरफुल फ़नी!) बीच-बीच में चेतना का परदा खुल जाता है और मुझे आश्चर्य होता है कि यह मैं हूँ...और मुझे सहसा विश्वास नहीं होता कि मैं बाहर आ गया हूँ...अपने से बाहर जहाँ मुझे कोई नहीं बचा सकता।

अँधेरे से बाहर—जहाँ वे हैं।

वह शुरू अगस्त की एक रात थी। वे मुझे गली के एक गँदले, ख़ामोश कोने में छोड़ गये थे। कितनी देर तक मैं वहाँ पड़ा रहा, मुझे कुछ भी याद नहीं। बीच-बीच में मेरी आँख खुल जाती थी, एक पतली और पारदर्शी धुन्ध के पीछे लन्दन का आकाश घिर आता था। फिर आँखें मुँद जाती थीं और...मुझे लगता था, जैसे मैं एक धुन्ध को छोड़कर दूसरी धुन्ध में सिमट आया हूँ।

कितनी देर ऐसे ही रहा। फिर मैं सतर्क हो गया। पैरों की आहट मेरे पास चली आयी थी। बहुत मन्द गति से। मैं ऊँघने लगा था। शायद यह सपना हो। देर तक मालूम नहीं हो सका कि कोई बराबर मेरे कन्धों को हिला रहा था...

"क्या ज़्यादा चोट आयी है?"

"नहीं...ज़्यादा नहीं," आँखें खुल गयीं। मेरे ऊपर जार्ज का चेहरा झुका था। लागर की हलकी-सी गन्ध मुझे छू गयी। न जाने क्यों, उस गन्ध के संग एक दूसरी स्मृति उभर आयी...मोत्सार्ट के सेरेनाड की एक बहुत पुरानी ट्यून—ट्यून भी नहीं, महज़ एक टूटी टहनी-सी थिरकन, जिसे कुछ घड़ियों पहले 'पब' में अचानक पहचाना था...

"तुम यहाँ हो?"

"मुझे मालूम था, वे तुम्हें यहाँ लाए हैं।...मैं देख रहा था," उसने कहा।

"विली कहाँ है?"

"लेट हिम गो टु हेल...अगर वह नहीं होता...तो कुछ भी नहीं होता।"

"क्या कुछ नहीं होता?"

अचानक बड़ी सड़क से एक कार गुज़र गयी। हमारी आँखें चुँधिया गयीं। मेरा ध्यान पहली बार अपनी ओर खिंच आया--कमीज़ का कॉलर ऊपर से फट गया था, पैण्ट पर गर्द, धूल और बियर के धब्बे थे और मुझे लग रहा था कि बदन के पसीने से चिपकी मेरी बनियान से एक बोझिल, गीली-गीली सी भाप निकल रही हो।

"तुम वापस क्यों आये?"

"मैं भीतर आना चाहता था, तुम लोगों के पास, लेकिन तुम जानते हो..."

"इट इज़ ऑल राइट, जार्ज," मैंने उसे बीच में ही रोक दिया। मेरे मुँह का स्वाद एकदम कसैला-सा हो आया, जैसे मैं एक लम्बे बुख़ार के बाद उठा होऊँ। पास ही लैम्प-पोस्ट का पीला दायरा था। मैंने उसके बीचोंबीच थूक दिया—बिलकुल लाल, जैसे पान की पीक हो। यह ख़ून है...मुझे बहुत जजीब-सा लगा। मैंने एक बार फिर थूका, इस बार अपने ख़ून को दुबारा देखने का लोभ संवरण न कर सका।

"तुम्हें ज़्यादा चोट तो नहीं आयी?" जार्ज ने कहा। उसके स्वर में एक बँधी-बँधी सी कुण्ठा थी। मुझे वह कुछ अजीब-सी लगी।

मैं चुप रहा और फिर खड़ा हो गया। एक क्षण तक गली की दीवार से मेरा सिर टिका रहा...

खट-खट-खट...

अब भी वह आवाज़ मेरी नसों के बीच फड़फड़ा रही थी।

हम चुपचाप ट्यूब-स्टेशन की ओर चलने लगे। मेरी जेब में अब भी दो शिलिंग पड़े थे। अनायास मेरी काँपती अँगुलियाँ उन्हें सहला देती थीं।

बाहर सड़क पर अगस्त के पत्ते थे...लन्दन का धुआँ रात के परे गिरता जा रहा था।

"तुम मेरा विश्वास नहीं करते...तुम समझते हो...जार्ज ने ज़बरदस्ती मेरा कन्धा पकड़ लिया।"

"इट इज़ ऑल राइट" मैंने उसका हाथ कन्धे से अलग कर दिया। काश, वह इस समय मेरे संग न होता!

हम ट्यूब-स्टेशन की सीढ़ियाँ उतरने लगे।

प्लेटफ़ॉर्म उजाड़ पड़ा था। बेंचों पर इक्के-दुक्के आदमी बैठे ऊँघ रहे थे। हमारे बिलकुल पास खम्भे की आड़ में एक जोड़ा दीवार से सटा था...लड़की अपने बालों पर बार-बार हाथ फेरती-थी। उसके सामने खड़ा युवक कुछ दबे स्वर में फुसफुसा रहा था। लड़की बार-बार हँसने लगती थी और फिर चौंककर दोनों ओर देख लेती थी।

टिकट खरीदकर हम पास की खाली बेंच पर बैठ गये।

"तुम लन्दन में ही रहोगे?"

वह चुप रहा। उसकी आँखें बत्तियों के परे अण्डर ग्राउण्ड की सुरंग पर थिर थीं—अँधेरी, सीली। लगता था, सुरंग का अँधेरा ऊपर शहर के अँधेरे से कट गया हो...जैसे गँदले पानी का ठहरा चहबच्चा हो।

"न जाने विली कहाँ चला गया?"

"विली...मैंने उसे देखा नहीं," उसने कहा।

"लेकिन तुम बाहर खड़े थे, तुमने अभी कहा था?"

"मैंने कुछ भी नहीं देखा।"

हम फिर चुप हो गये। किन्तु उस चुप्पी में एक बोझिल-सा तनाव था, जैसे कोई चीज़ बार-बार हमारे बीच आ जाती हो, और हम बार-बार उसे अलग ठेल देते हों।

"तुम समझते हो...मैं झूठ बोल रहा हूँ?" उसने कहा।

मैं दूसरी ओर देखने लगा।

"तुम कुछ भी समझो, मुझे इसकी कतई परवाह नहीं," उसने कहा।

"डोण्ट बि सिली," मैंने कहा।

"तुम मेरा विश्वास नहीं करते," इस बार उसने मेरी ओर देखा।

"तुम सोचते हो मैं भाग गया था..." उसके होंठ काँप रहे थे।

"डैम इट, आई से डैम इट!"

"उन्होंने मुझे पकड़ रखा था...और मैं तुम्हारे पास..."

"इट इज़ ऑल राइट, जार्ज!"

"ओ नो...इट इज़ नाट ऑल राइट," वह जैसे चीख़ रहा हो। पास की बेंच पर ऊँघता हुआ आदमी उठ बैठा और हमारी ओर देखने लगा।

"जार्ज, सुनो," मैंने उसके कन्धे पर हाथ रख दिया। बेंच के हत्थे पर उसका चेहरा दोनों हाथों के बीच दबा था और बार-बार हिल उठता था।

"आई वाज़ अफ्रेड, टेरिब्ली अफ्रेड।"

हम दोनों काँप रहे थे।

"अफ्रेड..."

मैं सामने देखता रहा...अण्डर ग्राउण्ड का अँधेरा जैसे धीरे-धीरे हिल रहा हो—एक परदे के मानिन्द जो अभी उठ जाएगा। मैं उस क्षण जार्ज से डरने लगा, खुद अपने से डरने लगा। मुझे लगा, जैसे मैं अब कभी उसकी ओर नहीं देख सकूँगा। उस क्षण मैं कोई भयंकर चीज़ कर सकता था—मैं उससे बहुत-कुछ कहना चाहता था, कुछ भी...किन्तु अब हम दोनों एक संग होते हुए भी अचानक अकेले पड़ गये थे और वह रो रहा था और मैं कुछ भी नहीं कर सकता था... शायद इससे भयंकर और कोई चीज़ नहीं, जब दो व्यक्ति एक संग होते हुए भी यह अनुभव कर लें कि उनमें से कोई भी एक-दूसरे को नहीं बचा सकता, जब यह अनुभव कर लें कि बीती घड़ियों की एक भी स्मृति, एक भी क्षण उनके मौजूदा ...इस गुज़रते हुए क्षण के निकट अकेलेपन में हाथ नहीं बँटा सकता, साझी नहीं हो सकता...

तब हम चौंक गये। दूसरे प्लेटफ़ॉर्म पर वॉरेन स्ट्रीट जानेवाली ट्यूब आ रही थी। जार्ज को इसी में जाना था। हमारे आस-पास की बेंचों पर ऊँघते हुए लोग सहसा उठ खड़े हुए। ट्यूब की तेज़ हेडलाइट में न्यू एक्टन की अगली सुरंग का अँधेरा ज़रा पीछे खिसक गया। सीढ़ियों से कुछ लोग भागते हुए नीचे प्लेटफ़ॉर्म पर उतर रहे थे, ताकि वॉरेन स्ट्रीट जानेवाली आख़िरी ट्यूब को पकड़ सकें।

जार्ज खड़ा हो गया। उसने एक बार भी मुझे नहीं देखा और दूसरे क्षण भीड़ के संग वह भी ट्यूब की तरफ़ भागने लगा। ट्यूब के ऑटोमेटिक दरवाज़े क्षण-भर के लिए खुले और भीड़ को अपने भीतर निगलकर दूसरे क्षण ही बन्द हो गये।

पहियों की भड़भड़ाती आवाज़ धीरे-धीरे मन्द पड़ती गयी और फिर सब पूर्ववत् शान्त हो गया। सुरंग के जिस अँधेरे को ट्यूब की हेडलाइट ने पीछे खिसका दिया था, वह फिर वापस लौट आया।

सिर्फ़ प्लेटफ़ॉर्म की खुली छत के परे न्यू एक्टन की रोशनियाँ अँधेरे में चुपचाप झिलमिलाती रहीं।

खम्भे की आड़ में युवक ने कहा—अगली गाड़ी से—और उसे चूम लिया। लड़की की आँखें मुँद गयीं।

उसने देखा भी नहीं...

और मुझे लगा, जैसे मुद्दत से मैंने सिगरेट नहीं पी।

1964

4

पिछली गर्मियों में

वह दो सीढ़ियाँ नीचे उतरा और अन्तिम सीढ़ी पर आकर ठिठक गया। पाँव के अगूँठे से पानी को छुआ। एक गुनगुनी-सी झनझनाहट उसकी नंगी देह में फैलने लगी। एक आतुरता-सी हुई अपने को खुला छोड़ देने की, किन्तु उसने अपने को रोके रखा। उसकी निगाह 'पूल' (तालाब) पर टिक गयी जो उजली सफ़ेद धूप में शान्त और स्थिर था, कुछ-कुछ अलसाया-सा भी, जैसे अकसर गर्मियों में ठहरा पानी हो जाता है।

वह अपने को और अधिक नहीं रोक सका। एक क्षण बाद ही उसकी देह सफ़ेद-नीले पानी में खो गयी।

गर्मी के उन अन्तिम दिनों में वह अकसर यहाँ आता था। वह दोपहर-भर नीचे रहता–पानी के नीले और ठण्डे अँधेरे में। कुछ देर के लिए अपने शहर को भूल जाता, घर को भी। पानी के भीतर उसे लगता, जैसे वह सो रहा हो।

जब वह बाहर आया, महीप हवा में हाथ हिलाता हुआ उसे बुला रहा था। वह पूल के किनारे घास पर लेटा था। पीछे की ओर क्लब की सफ़ेद इमारत पर धूप उतर रही थी।

"काफ़ी हो गया...चलो, भीतर चलें।" महीप ने कहा।

"तुम नहीं नहाओगे?"

"आज नहीं। तुम जल्दी करो, तुम्हारे लिए मैंने अपनी प्यास रोक रखी है।"

वह चाहता था, कुछ देर और पानी में लेटा रहे। वह चाहता था, रातभर पानी में लेटा रहे। पूल के चारों तरफ़ बिजली के हण्डे जलने लगे थे। दूसरी तरफ़ एक छोटी-सी लड़की डाइविंग बोर्ड पर खड़ी थी। शायद कूदते हुए डर रही

है—उसने सोचा। वह तौलिये से अपनी देह रगड़ने लगा।

"तुम ऊब नहीं जाते?"

"किससे?"

"मैं पाँच मिनट से ज़्यादा पानी में नहीं रह सकता।"

उसने गीला जाँघिया उतार दिया। महीप का मुँह लाल हो गया और दूसरी ओर मुँह फेर लिया।

"तुम बिलकुल प्रिमिटिव हो!" महीप ने कुछ झल्लाकर कहा।

वह हँसने लगा। उसके मन में ज़बरदस्त इच्छा हुई कि वह पूल में दोबारा चला जाए—इस बार बिना जाँघिये के। कितना फ़र्क़ पड़ जाता है अगर पानी में देह बिलकुल नंगी हो।

कुछ देर बाद वे क्लब के लाउंज़ में चले आये। देर तक तैरने के बाद बियर-जैसी कोई चीज़ नहीं—उसने सोचा, अगर वह ठण्डी हो और कोई काम न हो। पिछले कई दिनों से उसके पास कोई काम नहीं है। वियना से आते हुए वह अपने साथ कुछ भी नहीं ला सकता था। बहुत अनिश्चित था। तीन वर्षों बाद वह वापस आया था और इस अरसे में यह उसकी पहली लम्बी छुट्टी थी।

"केशी का कोई पत्र आया?" महीप ने पूछा।

"नहीं," उसने कहा, "वह शायद नहीं आ सकेगा।"

"जाने से पहले उससे एक बार तो मिलोगे?"

"अभी कुछ तय नहीं है। मुझे शायद इतना समय नहीं मिल सकेगा।" उसने कहा।

उसने महीप को देखा। वह चुपचाप अपनी बियर पी रहा था। केशी के वह बहुत-से मित्रों को जानता था, किन्तु लौटने पर वह केवल महीप से मिल पाया है। उसके अपने मित्र पहले भी बहुत कम थे, जो थे वे इन वर्षों में केशी के इतने निकट आ गये हैं कि कभी-कभार, जब वह उनसे मिलता है, तो लगता है, जैसे वह अपने नहीं केशी के मित्रों से ही मिल रहा है।

बियर पीते हुए जब सब बातें चुक जाती हैं तो वे केशी को ले बैठते हैं।

"सीट बुक करा ली?" महीप ने कुछ लापरवाही से पूछा। वह शायद यह प्रश्न तीन सौ बार पूछ चुका है...। हर बार लापरवाही पहले से कुछ ज़्यादा बढ़ जाती है।

"अभी नहीं।" उसने गिलास में बोतल की बची हुई बियर उँड़ेल दी। "अभी काफ़ी दिन हैं," उसने कहा। अरसे से उसने गिनना बन्द कर दिया है। पहले वह सोचता था—यह दिन है, यह रात। पानी के नीचे कटे-निखरे और साबुत

पत्थरों की तरह वे चमकते रहते। वे अब भी वहाँ होंगे लेकिन अब वह उन्हें गिनता नहीं। वे अब उसके लिए नहीं हैं।

"मैं एक बियर और लूँगा। तुम?" महीप ने पूछा।

"तुम एक ले लो, मैं उसी में थोड़ी-सी ले लूँगा।"

"सुनते हैं, वियना में 'बियर-गार्डन्स' होते हैं।...तुम कभी गये हो?"

"मैं गया नहीं...लेकिन इन दिनों खुल जाते हैं। इन दिनों वहाँ बाहर आर्केस्ट्रा भी होता है...।" उसने कहा। उसे मालूम है कि महीप को इसमें कोई दिलचस्पी नहीं है। अगर केशी यहाँ होता तो वे आपस में बातें कर सकते थे। और वह चुपचाप इन दोनों की बातें सुनता रहा। पहले ऐसा ही हुआ करता था। लेकिन इन दिनों, यहाँ केशी नहीं है, महीप को यह अपनी ज़िम्मेदारी लगती है कि वह इससे बातें करे। उसने कई बार महीप से कहने की कोशिश की है, कि अगर वे चुप रहें तो उसे बुरा नहीं लगेगा। लेकिन यह असम्भव है।

"तुम्हारा मन घर में ऊब नहीं जाता?" महीप ने पूछा। बियर ख़त्म हो गयी थी और लाउंज़ में अँधेरा घिर आया था।

"नहीं," उसने कहा, "मुझे ठीक लगता है।"

"तुम्हें यहाँ अजीब तो लगता होगा...इतने बरसों बाद!"

"इतना नहीं।" उसने सिगरेट सुलगा ली। उसे अपना स्वर कुछ अजीब-सा लगा। उसे हलकी-सी ख़ुशी हुई कि महीप अँधेरे में उसका चेहरा नहीं देख सकता।

"तुमने कभी यहीं रहने के लिए नहीं सोचा? तुम्हें आसानी से कोई पोस्ट मिल सकती है।"

"मैंने कभी सोचा नहीं," उसने कहा। पहले वह कभी-कभी सोचता था—शुरू में जब वह आया था। शुरू में, जब आया था तो उसमें काफ़ी उत्साह था। उसे अब कभी-कभी स्वयं अपने उस उत्साह पर हँसी आने लगती है।

कुछ देर बाद जब वे बाहर आये तो उसे लगा, उसके गीले बाल धीरे-धीरे हवा में सूख रहे हैं। दिल्ली में उसे अगस्त के दिन हमेशा अच्छे लगते रहे हैं। वे तुम पर छाते नहीं और तुम इन दिनों दूसरे दिनों के बारे में सोच सकते हो—जो बीत गये हैं या जो आनेवाले हैं। सारे साल में अगस्त का महीना ही एक पुल की तरह है, तुम उस पर से गुज़र जाते हो लेकिन खुद अपने में वह कुछ भी नहीं है।

वे विलिंग्डन क्रीसेण्ट से निकलकर कुशक रोड पर आ गये। गरम हवा का रेला आता था और सड़कों की धूल उड़कर फ़ुटपाथ पर, फ़ुटपाथ से उड़कर जामुन

के पेड़ों से छनती हुई बँगलों की भूरी झाड़ियों पर बिछ जाती थी। अरसा पहले वे शहर के इस हिस्से में रहते थे। तब बाबू रिटायर्ड नहीं हुए थे। और केशी आर्मी में नहीं गया था। उन दिनों वे बाहर घास पर सोते थे और रात को हवा चलने से बेडमिण्टन का जाल बहुत देर तक फड़फड़ाता रहता था। उन रातों में नीता हमेशा रोती रहती थी (वह उसकी बहन है) और उन्हें पता नहीं चलता था कि उसने कोई बुरा स्वप्न देखा है या वह हवा में जाल की फड़फड़ाहट सुनकर डर गयी है। उसने सोचा, वह यह बात महीप से कहे। किन्तु फिर वह कुछ सोचकर चुप रह गया। महीप सोचेगा--वह बियर पीकर यह सब कह रहा है। ऐसे क्षणों में केशी हमेशा चुप रहता था। वह कहा करता था कि पीने के बाद अगर तुम अतीत के बारे में सोचने लगो तो तुममें 'डीपर फीलिंग' नहीं है।

मुझमें वह नहीं है—उसने सोचा। शायद बचपन में रही होगी। एक रात उसने केशी से कहा—"देखो, मैं मर रहा हूँ।" तब वह बहुत छोटा था। केशी उससे बहुत प्रभावित हुआ था। बाद में उसने उससे कहा, "अगर तुम उस दिन सचमुच मर जाते तो कुछ भी नहीं होता। तब मैं सिर्फ़ उदास हो जाता। लेकिन तुमने सिर्फ़ कहा और मरे नहीं, यह डीप फीलिंग है। यह बहुत ही डीप फीलिंग है।"

सेक्रेटेरियट की इमारत के सामने आकर वे ठहर गये। वहाँ बहुत-सी बसें खड़ी थीं। लेकिन समय काफ़ी था। वे चुपचाप खड़े रहे। महीप ने एक लम्बी साँस ली।

"तुम अरुणा से मिले हो?" उसने पूछा।

"अभी नहीं। मैं एक दिन वहाँ जाऊँगा।"

"घर में ही बैठना था तो इतनी दूर से आने की क्या ज़रूरत थी?"

"अभी काफ़ी दिन हैं," उसने कहा। उसे लगा, महीप उसकी ओर देख रहा है। उसे हलकी-सी दुविधा हुई और वह दूसरी ओर देखने लगा जहाँ पुराने बैरक थे। उन गर्मियों में उसे अनेक बार भ्रम हुआ है कि लोग कुछ देर उसके संग रहने के बाद विस्मय से उसकी ओर देखते हैं। वे कहते कुछ भी नहीं। शायद यह महज़ भ्रम है, और है कुछ भी नहीं। शायद कुछ पीने के बाद उसे ऐसा लगता है, बाद में उसे ख़याल भी नहीं आता।

महीप की बस आ गयी थी, वह उसमें बैठ गया। "तुम कल आओगे?" उसने पूछा।

"हाँ। मैं पूल के पास रहूँगा।" उसने कहा।

वह उसे कुछ और भी कहना चाहता था, किन्तु बस चल दी थी और वह अकेला खड़ा रहा।

गर्मी की उन रातों में वह अकसर देर से घर पहुँचता था। इससे कभी उसके पिता को बुरा नहीं लगा। उन्हें मालूम था कि इन दिनों उसके पास कुछ भी करने को नहीं है। उन्हें सिर्फ़ यही चिन्ता रहती कि वह कहीं घर में ऊब तो नहीं रहा। वह उन्हें आश्वासन देना चाहता कि वह बहुत सुखी है। उन दिनों के बारे में आज जब वह सोचता है तो लगता है कि वह तब सचमुच सुखी था। लेकिन वह यह कह नहीं सकता था। यह कहना कि तुम सुखी हो, बहुत हास्यास्पद है। कहोगे भी तो तुम पर कोई विश्वास नहीं करेगा।

उन गर्मियों में उसके पास कुछ भी करने को नहीं था। उसका छोटा भाई केशी आर्मी में चला गया था और जब वह अपने कमरे में अकेला ऊब जाता तो स्विमिंग पूल चला जाता था। वहाँ उसे घर से ज़्यादा अच्छा लगता था। उसे घर में भी अच्छा लगता था, लेकिन वहाँ माँ और बाबू थे और वे बहुत अकेले थे और वह उनके लिए कुछ भी नहीं कर सकता था।

रात को जब वे सो जाते थे तो वह कोन्याक पीने लगता था। कभी-कभी माँ उसे देख लेती थी और वह कुछ भी नहीं कहती थी। माँ का कुछ न कहना उसे काफ़ी बुरा लगता था और उसकी इच्छा होती थी कि वह दोबारा नहाने के लिए चला जाए, लेकिन रात को तुम पूल में नहीं जा सकते।

उस रात वह सीढ़ियों पर चढ़ता हुआ सहसा ठिठक गया। बाबू के कमरे में माँ का स्वर सुनकर वह चौंक गया था। वह बाबू के कमरे में बहुत कम आती थी।

"पता नहीं, दिन-भर वह कहाँ रहता है! तुमसे कभी कुछ कहा है?" बाबू का स्वर था।

"तुम्हें हमेशा फ़िजूल की चिन्ता लगी रहती है," माँ ने कहा। "वह तीन साल बाद लौटा है। तुम समझते हो, वह पहले जैसा ही रहेगा?"

"नहीं...नहीं, मैंने यह थोड़े ही कहा।" बाबू का स्वर अजीब खिसियाना-सा हो गया था।

उसने आगे नहीं सुना और चुपचाप सीढ़ियाँ चढ़ने लगा।

छत पर आकर उसे अजीब-सी शान्ति मिलती थी। उसने वहाँ बहुत-से पेण्ट और सफ़ेदी के पीपे और ब्रुश जमा कर रखे थे। वह लकड़ी की सीढ़ी को दीवार के सहारे खड़ा कर देता और एक रस्सी से रंग के पीपे सीढ़ी पर बाँध देता। जब चाँदनी बढ़ने लगती तो सब चीज़ें रात को भी दिखाई देती थीं। वह देर तक दीवार के पलस्तर-भरे कोनों पर ब्रुश फेरता रहता। वह भूल जाता कि नीचे माँ खाना लेकर बैठी है। वह चमगादड़ की तरह दीवार से चिपका खड़ा

रहता। चाँदनी रात में उसकी धुँधली छाया दीवार पर एक बेडौल पशु-सी पड़ती रहती।

अगस्त की इन गरम रातों में उसने छत और दीवारों को करीने और साफ़-सफ़ाई से लीप-पोत डाला था। उसे कभी-कभी अजीब-सा लगता, जब वह ऊपर सीढ़ी पर खड़ा होता। चारों ओर हवा होती और अन्तहीन खुलापन। तब उसे लगता कि किसी चीज़ से अपने को ढक पाना, अपने को घेर पाना कितनी तसल्ली देता है। यह वही जान सकता है जो कभी खुली छत पर एक नंगी दीवार पर चढ़ा हो। उसे तब कुछ-कुछ वैसा ही महसूस होता, जैसा दिन के समय स्विमिंग पूल के नीले अँधेरे में—बहुत शान्त, बहुत ख़ाली।

जब कुछ देर बाद वह नीचे उतरा, उसने देखा, अँधेरे में माँ खड़ी है। उसे देखकर वह तनिक लज्जित-सी हो आयी।

"तुम यहाँ कब से खड़ी हो?" उसने पूछा।

"कुछ नहीं। तुझे देख रही थी। तू कमरे में नहीं था, इसलिए यहाँ चली आयी।"

माँ एक बहुत छोटी स्त्री है। उम्र के साथ वह सिकुड़ती गयी है।

"खाना नहीं खाएगा? कब से पड़ा है!" उसने कहा।

वह व्यस्त-सा हो उठा। चूने में भीगा हुआ ब्रुश और पीपा उसने कोने में रख दिया। सीढ़ी को लिटा दिया। "तुम चलो, मैं आता हूँ," उसने कहा।

जब से वह आया है, उसे माँ का व्यवहार विचित्र-सा लगता है। पहले वह इससे बातचीत करती थी—शुरू में। किन्तु जब से उसके जाने के दिन पास आ गये हैं, वह चुप रहने लगी है। बोलती अब भी है, लेकिन कुछ आतंकित भाव से और उन्हीं बातों को दुहराती है जिन्हें वह पहले कह चुकी है। तीन साल पहले जब वह गया था, उसने कुछ नहीं कहा था। अब वह दोबारा जा रहा है, तो भी उसके बारे में उसने कभी कोई चर्चा नहीं की।

वह उसके कमरे में आती है तो भी दबे पाँवों से। एक बार आधी रात में उसकी आँख खुल गयी थी। उसे हलका-सा आभास हुआ कि कोई अँधेरे में खड़ा है—उसके सिरहाने के पास। उसे इतना साहस भी नहीं हो पाया कि वह करवट ले सके। बाद में माँ को पहचानकर उसे काफ़ी क्रोध भी आया, लेकिन दूसरे दिन वह उससे कुछ भी कह नहीं सका।

रात का खाना वे एक साथ खाते थे। माँ चटाई पर बैठी रहती। बाबू रेडियो के पास दीवान पर। मेज़ के इर्द गिर्द दो कुर्सियाँ खाली पड़ी रहतीं—एक नीता की, दूसरी केशी की। नीता अपनी ससुराल में रहती, केशी आर्मी में। जब कभी

वह इन कुर्सियों को देखता, उसे सारा घर सूना-सा लगता।

बाबू रेडियो सुनने के बहाने काफ़ी देर तक कमरे में बैठे रहते। माँ को यह अखरता था। उसे बाबू के प्रश्न भी ज़्यादा समझ में नहीं आते थे। वह विस्मय से कभी उसकी ओर देखती थी, कभी बाबू की ओर।

वे कभी न समझ पाते थे, इन तीन वर्षों के अन्तराल के बाद कैसे बात की जाए।

"यह सब तो तुम्हें वहाँ क्या खाने को मिलता होगा?" बाबू माँ की ओर देखते और मुस्कराने लगते।

वह चाहता, जल्दी से खाना ख़त्म करके ऊपर चला जाए, लेकिन वह बैठा रहता।

खाने की बात सुनकर माँ कहती, "अच्छा, नीता कहती थी, वहाँ मांस-मच्छी के सिवा कुछ मिलता नहीं...क्यों?"

अभी वह जवाब नहीं दे पाया होता था कि बाबू पूछते, "अच्छा, सर्दी तो वहाँ काफ़ी पड़ती होगी?"

"हाँ, लेकिन कमरों में सेण्ट्रल हीटिंग रहती है। भीतर पता नहीं चलता।" वह धीरे-धीरे कहता।

"मैंने तुम्हें ओवरकोट खरीदने के लिए लिखा था।"

माँ उठकर अपने कमरे में चली जाती। घर में एक बोझिल-सा सन्नाटा घिर आता। वह प्रतीक्षा करता। उसे लगता, बाबू उससे कुछ कहेंगे। बाहर अगस्त की गर्मी और उजली रात सिमट आती। बाबू कुछ न कहते और अपलक उसकी ओर देखते रहते। बगलों के पास उसकी कमीज़ पसीने से तर हो जाती। वह भीतर-ही-भीतर प्रार्थना करता रहता कि वह कुछ कह दें जिससे बरसों से खिंचा यह अजीब-सा तनाव टूट सके। किन्तु आख़िरी छोर पर आकर सहसा बाबू इरादा बदल देते हैं।

दरवाज़े के पास जाकर वह रुक जाते, कहते, "क्या छुट्टी बढ़ा नहीं सकते?"

वह प्रश्न-भरी दृष्टि से उनकी ओर देखने लगता। बाबू समझ न पाते तो पूछता, "क्या कुछ काम है?"

"नहीं, काम क्या होगा!" बाबू के चेहरे पर वही एक खिसियानी-सी मुस्कराहट चली आती, "मैं सोचता हूँ, दीवाली इस बार यहाँ की कर लेते। उन दिनों केशी भी आ जाएगा।"

वह चुप रहता। उसे मालूम है, यह असम्भव है। लेकिन वह कहता कुछ नहीं।

वह ऊपर छत की बरसाती में चला गया। इस घड़ी सारा घर ख़ामोश हो जाता। बरामदे की बत्ती बुझ जाती। केवल देर तक माँ के कमरे की बत्ती जली रहती। उसे बहुत कम नींद आती थी। खाने के बाद वह अपने कमरे में चली जाती और वहीं अकेली बैठी रहती।

उसे हलकी-सी ख़ुशी होती। अब कोई नहीं आएगा। वह अपने पलँग पर बैठ गया। कोने में एक पोटली रखी थी, जिस पर पिछले वर्षों में धीरे-धीरे धूल और गर्द इकट्ठा होती गयी थी। वियना जाने से पहले उसने अपने स्कूल और कॉलेज की किताबें इसी पोटली में बाँधकर रख दी थीं। दीवार पर ज़ुआँ-ग्रीकी एक प्रिण्ट लगा था जो उसने लाइपार्ज़िम से केशी को भेजा था। केशी को हमेशा बहुत-सी चीज़ों में दिलचस्पी रही थी—पुराने चित्र, रिकार्ड, किताबों के पहले एडिशन। वियना में उसकी चीज़ों को खरीदते हुए उसे हमेशा परेशानी उठानी पड़ती थी। उसे स्वयं कभी इन चीज़ों से लगाव नहीं रहा। इन छुट्टियों में भी, जब उसके पास कुछ भी करने को नहीं है, वह उन किताबों में से एक को भी नहीं पढ़ पाता।

उस रात जब माँ दूध का गिलास देने आयी तो कुछ देर तक उसके कमरे में खड़ी रही।

वह पलँग पर बैठ गया। उसे लगा, माँ कुछ कहना चाह रही है और संकोच में नहीं कह पाती।

"यहाँ बैठ जाओ, माँ!" उसने कहा।

"नहीं, मुझे काम है।" माँ ने कहा, "तुम अरुणा से मिले थे?"

"नहीं, अभी नहीं।" उसने कहा। फिर उसे अपने झूठ पर हलका-सा खेद हुआ।

"किसी दिन हो आओ। जब तुम यहाँ नहीं थे, वह अकसर तुम्हारे बारे में पूछती थी।"

"मैं किसी दिन वहाँ जाऊँगा," उसने कहा। "माँ, तुम कब तक खड़ी रहोगी?"

"मैं ठीक हूँ। मैं अब जा रही हूँ," माँ ने कहा। लेकिन फिर भी वह खड़ी रही। वह शायद समझ गयी थी कि वह झूठ बोल रहा है। वह हमेशा समझ जाती है।

"मैं सोचती हूँ, कुछ दिनों के लिए केशी के पास हो आओ, वहाँ तुम्हारा मन लग जाएगा।"

"मेरा मन यहाँ भी लग गया है...फिर अब तो ज्यादा दिन भी नहीं रहे!" उसने कहा।

"हाँ, अब ज़्यादा दिन नहीं रहे।" माँ ने कहा। उसका स्वर सुनकर वह चौंक-सा गया। उसकी ओर देखा, लेकिन उसके चेहरे पर कुछ भी ऐसा न था जो वह पकड़ सकता।

माँ दरवाज़े के पास चली गयी और फिर देहरी पर रुक गयी।

"अगले इतवार को नीता आएगी, तुम घर में ही रहोगे?"

"अगर नीता आएगी तो मैं घर में ही रहूँगा।" उसने कहा।

माँ चली गयी और वह खिड़की के पास आकर खड़ा हो गया। मकान के परे सूने अहाते में आँखें कुछ खोजने लगीं—झाड़ियों के परे, लेन की छाया के ऊपर, जहाँ अगस्त की गरम रात फैली थी। तुम अब भी डरते हो लेकिन किसके लिए? तुम कुछ दिनों बाद चले जाओगे और किसी को कुछ भी मालूम नहीं होगा।

किसी को मालूम नहीं होगा कि वियना में कोई लड़की तुम्हारे साथ रह रही है जिसके बारे में माँ या अरुणा नहीं जानतीं। तुम्हें शुरू में कह देना चाहिए था। अगर तुम शुरू में कह देते तो शायद कुछ भी न होता।

लेकिन इससे कोई फ़र्क़ नहीं पड़ेगा...वह कुछ दिनों बाद चला जाएगा और किसी को कुछ भी मालूम नहीं होगा। और जब उन्हें मालूम पड़ेगा, तब भी कोई फ़र्क़ नहीं पड़ेगा।

आख़िर में...बिलकुल आख़िर में कभी कोई फ़र्क़ नहीं पड़ता—अगर तुम्हारे माँ-बाप बहुत बूढ़े हों—उसने सोचा।

उसे हलकी-सी ख़ुशी हुई कि केशी घर में नहीं है। तीन साल बाद उसे देखकर वह ज़रूर कुछ सन्देह करने लगता। वह शायद पूछता कुछ भी नहीं, लेकिन एक दीवार-सी खड़ी हो जाती।

खिड़की के बाहर हवा चली थी। वह वापस मुड़कर पलँग पर लेट गया। बत्ती बुझा दी। उस रात वह देर तक अपने बचपन के बारे में सोचता रहा। उन दिनों लोग मज़ाक़ में केशी को चीनी मेण्डारिन कहा करते थे। वह हमेशा बहुत चुप रहता था। वह और नीता उसके पीछे हमेशा उसका मज़ाक़ उड़ाते थे। लेकिन उसके सामने हमेशा कुछ आतंकित-सा हो जाते थे। उसे एक बहुत पुरानी घटना याद हो आयी और वह अँधेरे में ही हँसने लगा।

तब वे बहुत छोटे थे। उन दिनों वे एक पहाड़ी स्टेशन पर रहते थे। गर्मी की छुट्टियाँ थीं। एक दिन वह, केशी और नीता कॉटेज के पीछे एक बाग़ में चले गये। वह उजड़ा बाग़ था और वहाँ कोई नहीं आता था। उन्हें यह भ्रम था कि ऐसे निर्जन स्थानों में अकसर बहुत-सी बहुमूल्य चीज़ें छिपी रहती हैं। उन्होंने खोदना शुरू किया। वे देर तक खोदते रहे। नीता ऊब चली थी। आख़िर

कुदाली किसी सख़्त चीज़ से टकरायी। एक बड़ा पत्थर था। तीनों ने मिलकर उसे उठाया। धड़कते हुए दिल से नीचे गढ़े में देखा और वे स्तब्ध-से होकर देखते रहे।

गढ़े में पड़ी थी एक पेड़ की डाल, एक लम्बी हड्डी और एक टूटे काँच का टुकड़ा।

उन्होंने बारी-बारी से हर चीज़ को छुआ—डाल को, हड्डी को, काँच के टुकड़े को। फिर अचानक नीता रोती हुई घर की तरफ़ भाग गयी। उन चीज़ों को वहीं छोड़कर वे चुपचाप लौट आये।

उस रात सोने से पहले केशी ने बिना उसकी ओर मुँह मोड़े, छत की ओर देखते हुए पूछा, "जानते हो, नीता क्यों रोने लगी थी?"

"शायद वह डर गयी थी?"

"नहीं, डर तो हम गये थे। वह बहुत सेन्सिटिव है।"

"फिर?" उसने केशी की ओर देखा। वह अब भी छत की ओर देख रहा था।

"जब तुम उन्हें छू रहे थे तो तुम्हें ऐसा नहीं लगा कि वे रेज़िस्ट कर रही हैं?" वह कुछ देर तक चुप रहा, फिर धीमे स्वर में बोला, "रेज़िस्ट कर सकना यह एक बड़ी चीज़ है।" केशी ने एक लम्बी साँस ली और करवट बदलकर सो गया।

केशी ऐसा ही था—बचपन से। उस रात उसे देर तक नींद नहीं आ सकी। वह अपने वियना के एपार्टमेण्ट के बारे में सोचने लगा जहाँ उसने पिछले तीन साल गुज़ारे थे। वहाँ से डैन्यूब की कैनाल दिखाई देती थी। इन दिनों वहाँ पत्ते झरना शुरू हो चुके होंगे—उसने सोचा। फिर उसे बाबू की खाँसने की आवाज़ सुनाई दी। जब वह सुराही से पानी भरते थे तो ऊपर तक आवाज़ जाती थी। माँ ने ज़ीने के दरवाज़े की साँकल लगायी होगी—सीढ़ियों पर हलकी पदचाप सुनकर उसने सोचा। फिर सारा घर शान्त हो गया।

सिर्फ़ हवा चलने से जुआँ-ग्रीकी स्टिल लाइफ़ पर परदे की छाया डोल जाती थी।

उस शाम जब वह स्विमिंग पूल से लौटा, नीता उसकी प्रतीक्षा कर रही थी। उसने बूलू को चूमा। उसकी पलकें बहुत लम्बी थीं और जब वह उसे चूमता था तो उसके गालों पर गुदगुदी-सी होने लगती थी।

"मैंने तुम्हारे लिए बहुत-सी चीज़ें जमा की हैं।" उसने उसके बालों को सूँघा। उसे बहुत पहले की वह अजीब-सी गन्ध याद हो आयी जो नीता के बालों से आती थी।

"कौन-सी चीज़ें?" बूलू ने उसकी ओर देखा।

"अलमारी में रखी हैं।"

"मामा, तुमने कहा था, मुझे चार्ल्स स्टोन सिखाओगे।"

बूलू ने जिज्ञासा से उसकी ओर देखा।

"जब तुम सीख जाओगी तो सिर्फ़ मेरे साथ नाचोगी; अपने किसी और दोस्त के साथ नहीं?" उसने कहा।

"बड़े होने पर भी?" बूलू के स्वर में हलकी-सी निराशा थी।

"बड़े होने पर ही! अभी तो तुम कुछ नहीं हो।" बड़े होने पर बूलू उन्नीसवीं शताब्दी की कोई रूसी प्रिन्सेस दिखाई देगी—उसने सोचा। उतनी ही ख़ूबसूरत, उतनी ही डिकेडेण्ट।

वे ऊपर आ गये। जब नीता आती थी तो वे सब केशीवाले ही कमरे में बैठते थे। चाय सब एक साथ पीते। बूलू के लिए ख़ास चॉकलेट कप तैयार किया जाता। नीता बाबू के कमरे से उनकी आरामकुर्सी खींच लाती थी। वे उसी पर आँखें मूँदकर अधलेटे-से पड़े रहते। बाबू के सामने आज भी वह और नीता एक अजीब-सी हिचक महसूस करते रहे हैं। जब केशी होता था तो यह हिचक नहीं रहती थी। लेकिन उसके न रहने से एक चुप्पी-सी छायी रहती। वह स्वयं कभी भी ठीक से बात शुरू नहीं कर पाता था।

"तुम आये नहीं। तुम्हारे जीजाजी तुमसे बहुत मिलना चाहते थे।" नीता ने उसकी ओर देखा। "क्या करते हो दिन-भर?"

वह हँस दिया।

"मैं कभी-कभी तैरने चला जाता हूँ...,महीप के क्लब में।" उसने कहा।

नीता ने तनिक कुतूहल से उसकी ओर देखा।

"मैंने वहाँ सीख लिया था," उसने जल्दी से कहा।

"नीता, तुम्हें भी सीखना चाहिए। वहाँ बहुत-सी लड़कियाँ तैरने जाती हैं।"

"इस उम्र में? तुम पागल हो!" उसने हँसते हुए बाबू को देखा। वह अब भी आँखें मूँदे लेटे थे।

"तुम्हारी उम्र कुछ भी नहीं है," उसने कहा। जब नीता इस तरह हँसती है तो सचमुच विश्वास नहीं हो पाता कि वह बूलू की माँ है। दोनों छोटी-बड़ी बहनें लगती हैं।

उस घर में सिर्फ़ नीता ही ऐसी थी जिसे बीच के बरस अछूता छोड़ गये थे। या शायद अछूता शब्द ठीक नहीं, उन्होंने उसे छुआ है, जैसे हम किताब को छूते हैं। ऊपर का कवर पुराना हो जाता है, किन्तु भीतर सबकुछ वैसा ही है जैसा पहले था।

धीरे-धीरे शाम का आलोक फ़ीका पड़ने लगा। वे तीनों चुपचाप चाय की मेज़ के इर्द-गिर्द बैठे रहे। बूलू छत पर चली गयी।

"आपको गर्मियों में कहीं चले जाना चाहिए था," नीता ने बाबू को देखकर कहा। "यहाँ अकेले बैठे-बैठे तो वैसे भी जी उचाट हो जाता होगा?"

"हाँ, केशी ने लिखा तो था," बाबू ने कुछ आगे झुककर कहा। "लेकिन हमारी अब कहीं आने-जाने की हिम्मत नहीं होती।" वह कुछ झेंपते हुए हँस दिये।

"आप कहें तो मैं केशी को चिट्ठी डाल दूँ। वह आपको ले जाएगा," नीता ने कहा।

बाबू कुछ देर तक सूनी आँखों से हवा में देखते रहे, फिर धीरे-से बोले, "मैं चला तो जाता लेकिन फिर तुम्हारी माँ पीछे अकेली रह जाएगी। इसके जाने के बाद तो घर ख़ाली हो ही जाएगा। बाद में कहीं चले जाएँगे।"

नीता की आँखें उस पर उठी थीं। वह खिड़की से बाहर देखने लगा। उसकी इच्छा हुई, वह जेब से सिगरेट निकाल ले, लेकिन फिर उसके हाथ ठिठककर जेब में ही रह गये। बाबू के सामने सिगरेट पीने में उसे आज भी अजीब-सी झिझक होती है। वह कुछ कहते नहीं, फिर भी खुद ही इच्छा मर जाती है।

शाम का पीलापन कमरे में फैल गया। आख़िरी धूप का उजलापन चाय की प्यालियों पर सिमट आया था। कभी-कभी कोई चिड़िया रोशन-दान से उड़कर कमरे का चक्कर लगाने लगती और उसकी छाया उन तीनों के सिरों पर मँडराकर हवा में घुल जाती।

उन गर्मियों में उसे पहली बार बाबू इतने अकेले जान पड़े थे।

छत से उतरकर बूलू कमरे में चली आयी। कमरे का वातावरण अचानक ढीला-सा पड़ गया।

"मामा, कहाँ हैं हमारी चीज़ें?"

वह उसके सामने आकर खड़ी हो गयी।

"कैसी चीज़ें?" नीता ने पूछा।

वह उठा और अलमारी के पास चला गया। निचली दराज़ से उसने चमड़े का एक लम्बा बैग निकाल लिया जो उसने आने के पहले वियना में ख़रीदा था।

लेकिन बूलू में इतना धैर्य कहाँ था कि प्रतीक्षा कर सके! उसने हाथ के झटके से बैग छीन लिया और मेज़ पर रखकर उसे खोलने लगी। दूसरे ही क्षण बहुत-से छोटे-बड़े सिक्के चमचमाते हुए मेज़ पर बिखर पड़े।

एक क्षण के लिए बूलू विश्वास नहीं कर सकी।

"ये सब मेरे हैं?" उसके स्वर में प्रश्न इतना नहीं था जितना यह विस्मयकारी विश्वास कि ये सब उसके हो सकते हैं।

उसने अपनी कुर्सी मेज़ के पास खींच ली। वह धीरे-धीरे उसे समझाने लगा—आस्ट्रियन शिलिंग, फेरो आइलैण्ड्स का क्राउन, इटैलियन लीरा—वह जिन-जिन देशों में गया था, उन सबके सिक्के उसके पास होते गये थे। जर्मनी का मार्क दिखाते हुए सहसा उसके हाथ ठिठक गये—उसे अचानक वह रात याद हो आयी जो उसने बर्लिन की सड़कों पर बितायी थी। लेकिन बाक़ी सिक्कों को छूते हुए उसे विशेष कुछ भी याद नहीं आया। लगा, जैसे बूलू के साथ वह भी उन्हें पहली बार देख रहा हो।

"तुम फ़ेरो आइलैण्ड भी गये थे?" नीता ने तनिक आश्चर्य से पूछा। "तुमने कभी ख़त में नहीं लिखा।"

"हम वहाँ सिर्फ़ एक रात ठहरे थे," उसने कहा।

"क्या वे उतने ही छोटे हैं जितने नक़्शे पर दीखते हैं?" बूलू ने कुतूहल से पूछा।

उसने बूलू की हथेली को अपने गाल से दबा लिया। "वे तुम्हारी हथेलियों से छोटे हैं," उसने कहा।

"मामा, शुरू करें?" बूलू उससे सट गयी।

उसने नीता की ओर देखा। वह दीवार के एक कोने में बैठी थी। बाबू बहुत पहले अपने कमरे में जा चुके थे। अगस्त का धुँधलापन हर चीज़ पर मटियाली रेत-सा बिछ गया था—गरम और किरकिरा-सा।

उसने मेज़ बीच से हटा दी। बूलू जल्दी-जल्दी सिक्कों को समेटने लगी। उसके भूरे बाल ढीले होकर कन्धे पर झुक आये थे।

उसे आज भी अगस्त की वह शाम याद है। वह कुछ क्षणों के लिए भूल गया था कि वह दिल्ली में अपने घर में है। बूलू को चार्ल्सस्टोन सिखाने में ज़्यादा देर नहीं लगी। उन्होंने रेडियो में बहुत खींचतान के बाद एक ऐसा स्टेशन खोज निकाला था जहाँ से थोड़ा-बहुत म्यूज़िक रुक-रुककर बाहर आता था। चार्ल्सस्टोन से उसका दूर का सम्बन्ध भी नहीं था, शायद वह ट्यून किसी ने पहली लड़ाई के ज़माने में बनायी थी। लेकिन उनके लिए इतना ही काफ़ी था।

इतना ही काफ़ी था, क्योंकि कुछ देर बाद वे रेडियो को भूल गये। बूलू जब घूमकर उसकी ओर देखती तो वह अकेला-सा हो जाता। फिर वे पास आते। बूलू उसकी बाँहों में सिमट जाती। एक छोटी, उड़ती हुई मुस्कराहट उसके होठों को छू जाती और वे अलग हो जाते। यह मुस्कराहट उसके लिए नहीं थी। इस उम्र में पहली बार चार्ल्सस्टोन नाचते हुए लड़कियों की यह मुस्कराहट किसी के लिए नहीं होती, यह वह वियना में बहुत पहले जान पाया था।

"मामा, तेज़ी से!" बूलू धीरे से उसके कानों में फुसफुसायी। उसका चेहरा पीला-सा पड़ गया था और वह बहुत उत्तेजित-सी हो आयी थी। नाचते हुए उसकी आँखें बहुत उज्ज्वल-सी हो जाती थीं, उसने यह पहले भी देखा था। हर बार वह कुछ घबरा-सा जाता था। किसी लड़की की आँखों को सह पाना, जब वे बिलकुल चेहरे के सामने हों और इतनी ही उज्ज्वल हों जैसी बूलू की अकसर हो जाती थीं, उसके लिए हमेशा यातनामय रहा है।

"अच्छा, अब बन्द करो...बहुत हो गया।" कमरे के अँधेरे कोने से नीता का स्वर सुनाई दिया। वे उसे बिलकुल भूल गये थे।

"मामा...अभी नहीं," बूलू ने कहा।

उसने माथे से पसीना पोंछा। उसे लगा जैसे पिछले महीनों में उसकी आदत बिलकुल छूट गयी है।

"अब नहीं, बूलू, फिर किसी दिन।" उसने कहा।

"फिर कब?" बूलू की आँखें अचानक डबडबा आयीं।

"तुम चले जाओगे और मैं सब भूल जाऊँगी।" फिर उसे अपने ही आँसुओं पर शर्म-सी हो आयी। उसने हँसते हुए कहा, "तुमने मुझे सबसे पहले वाल्ट्स सिखाया था, याद है?" उसने उसकी आँखों में देखा और उसे अपना स्वर ही अजीब-सा लगा, "बूलू, लेट अस हैव ए वाल्ट्स!"

बूलू ने नीता की ओर देखा और मुस्कराने लगी। वाल्ट्स के लिए बूलू में कुछ ऐसी चीज़ थी जो वह कभी नहीं समझ पाया—केशी की डीप फीलिंग नहीं बल्कि एक ख़ास तरह का मोह जिसे देखकर वह हमेशा आतंकित-सा हो जाता। लेकिन उस शाम वे बहुत सुखी थे। नीता भी दीवान के आगे खिसक आयी थी और मुस्कराते हुए उन्हें देख रही थी। एक बार उन्होंने उसे भी अपने साथ खींचने की कोशिश की थी, लेकिन उसने हँसते हुए अपने को छुड़ा लिया था। कमरे में पीला-सा अँधेरा घिर आया था। उनके स्टेप्स की गति इतनी धीमी थी कि कभी-कभी उसे भ्रम होता था कि वे एक ही जगह पर खड़े हों, हालाँकि रेडियो की गड़गड़ाहट के बीच वह ट्यून अब भी सुनायी पड़ जाती थी—वही ट्यून जो

किसी ने पहले युद्ध के ज़माने में बनायी थी। उसके नोट्स माचिस की जलती तीली की तरह हवा के छोटे-से घेरे में ही सिमट गये थे, जब ज़रा ऊपर भी उठते थे तो लगता था जैसे तीली से हाथों का घेरा हट गया हो और वह नंगी होकर अँधेरे कमरे में फड़फड़ा रही हो। उस धुँधलके में उसे बूलू बहुत बड़ी-सी लग रही थी। उसने अपना सिर उसके कन्धों पर टिका दिया था। लेकिन उसकी साँसों से लगता था जैसे वह अभी बहुत छोटी है। उसके बालों से वही पहचानी-सी गन्ध आ रही थी—बहुत अर्सा पहले गर्मी की छुट्टियों और पहाड़ी स्टेशन की गन्ध जो बचपन में उसकी माँ या नीता के बालों से आती थी।

वे ठहर गये। रेडियो की ट्यून अचानक बुझ गयी थी। नीता ने उठकर कमरे की बत्ती जला दी।

"तुम तो पूरे एक्सपर्ट जान पड़ते हो।" नीता ने हँसते हुए कहा। उसकी साँस उखड़ने लगी थी। सिगरेट लगाकर वह उस आरामकुर्सी पर बैठ गया जिस पर अभी कुछ देर बाबू बैठे थे।

"मामा, तुम तो वहाँ हर शाम को नाचने जाते होगे?" बूलू ने ईर्ष्या से उसकी ओर देखा। उसने अपने बाल पीछे समेट लिये थे।

उसकी बड़ी आँखों में एक ज्वरग्रस्त आलोक सिमट आया था।

खिड़की के बाहर लैम्प-पोस्ट जलने लगा था। उसके परे दिल्ली का आकाश था—अगस्त के बुझते आलोक में अवसन्न और सूना-सा।

बूलू थककर दीवान पर लेट गयी थी। माँ ने नीता को किसी काम से रसोई में बुला लिया। वह कुछ देर तक कमरे में अकेला बैठा रहा—नीता की प्रतीक्षा में। नींद के बोझ से बूलू की आँखें मुँदने लगी थीं, लेकिन अब भी उसके गाल जल रहे थे। उसने धीरे से बूलू के जूते उतारकर कोने में रख दिये।

"मामा!" बूलू ने अपनी आँखें खोल दीं।

"क्या बात है, बूलू?"

"तुम जा रहे हो?"

"मैं कहीं भी नहीं जा रहा।"

बूलू ने आँखें फिर मूँद लीं और दीवार की ओर करवट बदल ली। उसने कमरे की बड़ी बत्ती बुझा दी, सिर्फ़ टेबल-लैम्प जलते रहने दिया। वह कुछ देर तक बूलू को देखता रहा। उसे लगा जैसे वह तुर्गनेव की कोई हीरोइन हो। फिर धीमे-दबे क़दमों से वह बाहर चला गया।

ऊपर कोई नहीं था, सिर्फ़ हलकी-सी चाँदनी थी जो अगस्त की उन उमस-भरी रातों में फटे-मैले चीथड़े-सी हर मकान की छत पर पड़ी रहती थी।

सामने बहुत-से मकान थे—एक-दूसरे से सटे हुए। पानी के पाइपों के बीच चौकोर दीवारें किसी घिसे-पिटे सिनेमा-स्क्रीन-सी दिखाई देती थीं, जिनके आर-पार कभी-कभी कोई बेडौल-सी छाया रेंग जाती थी।

अब शायद कोई नहीं आएगा—उसने सोचा। वह बरसाती में चला आया। बत्ती जलायी, फिर अपना सूटकेस खोला। आर्कियोलॉजी की कुछ पुस्तकें ऊपर रखी थीं जिन्हें वह अपने साथ वियना से ले आया था। नीचे कपड़े थे। उन्हें हटाकर उसने तौलिये से लिपटी कोन्याक की बोतल निकाल ली जो वह आते समय अपने साथ ले आया था।

शुरू-शुरू में यहाँ अकेले बैठकर पीना उसे काफ़ी मनहूस-सा जान पड़ता था। इच्छा होती भी थी तो उसे टाल जाता था। लेकिन जब किसी रात देर तक नींद नहीं आती थी तो वह थोड़ी-सी पी लेता था। वैसे भी कोन्याक वह एक साथ ज़्यादा नहीं पी सकता था।

यों घर में पीते हुए उसे आज भी थोड़ी-सी झिझक होती थी। तसल्ली भी होती थी लेकिन बाद में। कुछ पी लेने के बाद वह हमेशा वियना के बारे में सोचने लगता था। लेकिन यह वह बाद में सोचता था—शुरू में एक अजीब-सा डर लगता था। लेकिन जब पी लेने के बाद वह बिस्तर पर लेटता था, तो न डर लगता था और न वियना के बारे में सोचता था। तब सिर्फ़ सो जाने को मन करता था।

लेकिन उस रात वह जानता था, नींद आएगी। वह बहुत थक गया था। लेकिन जब वह नींद के बारे में निश्चिन्त हो जाता तो वह उसे कुछ और देर के लिए ठेलना चाहता था। वह चाहता था, वह स्वयं अपनी इच्छा से नींद के घेरे में जा सके जैसे वह स्विमिंग पूल के नीचे अँधेरे में धीरे-धीरे खो जाता था।

उसने बोतल से गिनी-नपी कोन्याक की मात्रा गिलास में ढाल दी। तब उस क्षण वह छाया दीवार पर पड़ी थी। उसका हाथ रुक गया। लेकिन उसे जल्दी नहीं थी। पीछे मुड़ने के पहले उसने गिलास से एक लम्बा घूँट ले लिया था। उसे बहुत अच्छा महसूस हुआ। उसे कोन्याक हमेशा अच्छी लगती थी।

उसने पीछे मुड़कर देखा—देहरी पर नीता खड़ी थी।

"मैं समझी थी, तुम सो गये।" वह भीतर आकर पलँग के पैताने पर बैठ गयी। उसने धीरे से कोन्याक की बोतल पलँग के नीचे खिसका दी। उसने सोचा था, उसे पीता देखकर वह चली जाएगी। वह चली जाती तो उसे विशेष दुःख न होता।

"बूलू सो गयी?" उसने पूछा।

"वह बहुत जल्दी उत्तेजित हो जाती है। तुम्हें इतनी देर तक उसके साथ नहीं नाचना चाहिए था।"

"वह ठीक है। वह ठीक तुम्हारे-जैसी है, जब तुम छोटी थीं।" उसने कहा।

"तुम हमारे घर आये नहीं। तुम्हारे जीजाजी ने कई बार मुझसे पूछा था।"

उसके स्वर में कुछ रहा होगा, उलाहना नहीं, फिर भी कुछ जो उन दोनों के बीच है बरसों से। वह अकसर भूल जाता है कि वह उससे बड़ी है—सिर्फ़ उम्र में ही नहीं, उसका अपना एक अतीत है जिसे वह कभी छू नहीं पाता।

"नीता, तुम्हें बुरा तो नहीं लगेगा अगर..."

"नहीं...नहीं," उसने कुछ असमंजस में कहा, "लेकिन क्या तुम हर रात को..."

"हर रोज़ कहाँ!" उसने कोन्याक पलँग के नीचे से बाहर निकाल ली। इस बार झूठ बोलते हुए हलकी-सी ख़ुशी हुई। शुरू के क्षणों में कोन्याक आदमी को कितना तटस्थ बना देती है! हम अपने से ही खेलने लगते हैं।

"निन्दी!" नीता कुछ कहते-कहते रुक गयी। उसने उसकी ओर देखा। उसकी आँखें अचानक उजली-सी हो आयी थीं—बूलू की तरह।

"क्या नीता?" उसने पूछा।

वह एक लम्बे क्षण तक उसे देखती रही।

"तुम बदल-से गये हो।" उसका स्वर बहुत धीमा और अनिश्चित-सा था।

"तुम्हें सचमुच ऐसा लगता है?" उसने मज़ाक़ में पूछा।

"तुम नहीं सोचते?"

"सोचता हूँ।" उसने कहा। "जब वहाँ था, तो कभी ख़याल नहीं आता था।"

कुछ देर तक वे ख़ामोश बैठे रहे।

"तुम अकसर घर आती हो?"

नीता ने विस्मय से उसकी ओर देखा।

"अब वैसे नहीं जैसे पहले। जब केशी था तो अकसर आती थी।"

कुछ देर तक वे केशी के बारे में सोचते रहे जो आर्मी में चला गया था। उसकी किताबें, उसकी फ़ोटो, उसके एलबम, उसके प्रिण्ट्स अब भी ऊपर के दराज़ में रखे थे।

उसने थोड़ी-सी कोन्याक और गिलास में ढाल ली। एक हलकी-सी गरमायी उसे धीरे-धीरे अपने में घेरने लगी थी।

"तुमसे एक बात कहनी थी...मैं आज इसीलिए यहाँ आयी थी।" कमरे के सन्नाटे में उसे नीता का स्वर पराया-सा लगा।

वह गिलास से खेल रहा था। उसके हाथ ठिठक गये। उसे लगा जैसे वह बहुत पहले से इस क्षण की प्रतीक्षा कर रहा था।

"तुम रुक नहीं सकते?" नीता का स्वर भावहीन-सा हो आया था।

"इससे होगा क्या?"

"माँ और बाबू बहुत अकेले हैं। जब केशी था, तो मुझे फ़िक्र नहीं रहती थी।"

"इससे कुछ बनेगा नहीं।" उसने कहा, "मैं चाहूँ तो भी घर ऐसा ही रहेगा।"

"तुम चाहते भी नहीं।"

पीने के बाद उसे हर चीज़ हलकी-सी लग रही थी।

"हाँ, शायद मैं चाहता भी नहीं।" उसने कहा।

कुछ देर तक दोनों एक-दूसरे को देखते रहे।

"केशी ने मुझे बताया था, क्या यह सच है?" नीता का स्वर सूखा था।

"क्या सच है?" उसने पूछा।

"तुम वहाँ अकेले नहीं रहते..."

वह उसकी ओर देखता रहा।

"हाँ, हम एक साथ रहते हैं।"

"तुमने उससे विवाह नहीं किया?"

"नहीं, हम सिर्फ़ एक साथ रहते हैं," उसने कहा।

"तुमने अरुणा से इसके बारे में कुछ कहा है?"

"नहीं।" उसने कोन्याक का एक लम्बा घूँट लेकर गिलास नीचे रख दिया। "उससे कोई फ़ायदा नहीं।"

कुछ देर तक दोनों भाई-बहन चुप बैठे रहे। उनके पास एक-दूसरे से कहने के लिए अब कुछ भी नहीं था। एक क्षण के लिए उसके मन में एक अजीब-सी इच्छा हुई थी कि वह नीता से कुछ कहे—वह सब कुछ जो इन वर्षों में घर के बाहर बीता है। लेकिन वह चुप रहा।

उससे कोई भी अन्तर नहीं पडेगा—उसने सोचा।

"मुझे अब चलना चाहिए।" नीता पलँग से उठ खड़ी हुई। फिर उसने कमरे में चारों ओर देखा।

"यह रंग तुमने किया है?"

"तुम्हें कैसा लगा?" उसने हँसते हुए पूछा और उसी साँस में कहा, "मैंने बाहर भी किया है।"

"केशी आएगा तो पहचान नहीं सकेगा।" नीता अब भी विस्मय से दीवारों को देख रही थी। वे धीमे क़दमों से चलते हुए किताबों की लम्बी लकड़ी के शेल्फ़ के पास आकर खड़े हो गये। यह शेल्फ़ बहुत पहले केशी और नीता ने मिलकर बनायी थी।

"तुम्हारी किताबें भी यहाँ पड़ी हैं।" उसने नीता से कहा। उसे कभी-कभी आश्चर्य होता था कि विवाह के बाद नीता एक भी किताब अपने साथ नहीं ले गयी।

नीता अनमने भाव से किताबों के टाइटल देखती रही, फिर अचानक उसने उसकी ओर देखा। उसे लगा जैसे एक बहुत पुरानी स्मृति उसके भीतर उखड़ आयी है।

"तुमने वियना में ज़्वायग का घर देखा?" उसने पूछा।

"ज़्वायग? नहीं। इतना वक़्त कहाँ था!" उसने कहा। उसे कभी किताबों और लेखकों में दिलचस्पी नहीं रही।

"निन्दी, तुम्हें अजीब-सा नहीं लगता?" वह शेल्फ़ से मुँह मोड़कर उसकी ओर देखने लगी।

"कैसा अजीब-सा?"

"इस रात...इस रात हम सब घर में हैं...बहुत अरसे बाद...सिवा केशी के।"

उसका स्वर कुछ इस तरह भर-सा आया था कि वह दूसरी ओर देखने लगा। उसे अचानक लगा, मानो वे दोनों ज़मीन के एक टुकड़े के सामने खड़े हैं जो बिलकुल अपरिचित और अजाना-सा है। उनके बीच—उन भाई-बहन के बीच—एक मूक समझौता है कि वे उस पर नहीं चलेंगे। वहाँ उनकी बढ़ती हुई उम्र थी। उसे वैसा ही छोड़ देंगे जैसा वह है।

वहाँ वे अकेले थे।

फिर सितम्बर के दिन आये। आकाश का रंग दिन-भर नीला रहने लगा। सड़कों पर पत्ते झरते रहते। अगस्त के दिनों में वे बहुत चमकीले और उज्ज्वल थे। अब उनका रंग काला पड़ने लगा। हवा में एक खुश्क़ करारापन आ गया। लेकिन तह अब बहुत सफ़ेद और उजली थी। जो शहर गर्मियों में सिकुड़-सा गया था, अब वह खुला-खुला सा दिखाई देने लगा।

उन दिनों वह अकसर घर में रहता। माँ उसके सामने ज़्यादा नहीं आती थीं। बाबू अधिकतर अपने कमरे में रहते। वह एक बार नीता के घर गया था।

बूलू का स्कूल खुल गया था और वह उससे बहुत कम समय के लिए मिल पायी थी। लेकिन जिस दिन वह जाएगा, वह एयरोड्रोम आएगी—चाहे उसे अकेली ही आना पड़े। लेकिन इन दिनों उसके पास समय बिलकुल नहीं था।

जब वह घर में रहता, उसे यही डर लगा रहता कि कहीं बाबू यह न समझें कि उसका मन नहीं लग रहा। इसलिए शाम होते ही वह कपड़े बदल लेता, ताकि वह समझ लें कि उसे अपने मित्रों से मिलने जाना है। सिगरेट खरीदकर वह किसी पासवाले रेस्तराँ में जा बैठता और जब उसे यह निश्चय हो जाता कि वह सैर के लिए बाहर चले गये होंगे तो फिर वापस अपने कमरे में लौट आता।

जाने से एक दिन पहले वह स्विमिंग पूल गया था। महीप ने उसे शाम को आने के लिए कहा था, किन्तु वह अपने को रोक नहीं सका और बहुत जल्दी आ गया। वह शुरू सितम्बर का दिन था। मौसम में भीगा हलकापन था। धूप उन दिनों भी काफ़ी गरम रहती थी, लेकिन उसके तीखे कोने झर गये थे।

वह दिन-भर पूल में तैरता रहा। जब थक जाता था तो हाथ-पाँव छोड़कर धूप में लेटा रहता। अब पानी के नीचे वह स्याह बोझिलपन नहीं था जो उसे जुलाई के दिनों में महसूस होता था। पानी की झीनी छत उसके ऊपर खिसक आती और उसके ऊपर सूरज पिघलती हुई मोमबत्ती-सा काँपता रहता।

एक बार उसने हलकी-सी सरसराहट सुनी थी जो न पानी की आवाज़ थी न हवा की। उसे लगा था जैसे कहीं बहुत नीचे—पानी के अँधेरे में—कोई खट्-खट्-खट् कर रहा हो, जैसे हम कभी जंगल में पेड़ के कटने की आवाज़ सुनते हैं। जब वह पूल के ऊपर आया तो कहीं भी कोई आवाज़ नहीं थी। सूरज डूबने लगा था और ठण्ड से उसके दाँत कटकटा रहे थे।

वह कपड़े बदलकर क्लब के टैरेस पर आ गया।

टैरेस की कुर्सियाँ ख़ाली पड़ी थीं। सिर्फ़ एक कोने में महीप बैठा था।

"तुम भी अजीब आदमी हो!" महीप ने कहा।

"क्या बहुत देर हो गयी है?" उसने मेज़ के पास अपनी कुर्सी खिसका ली।

"कुछ पियोगे?" महीप ने पूछा।

वह आज पीने के बारे में ज़्यादा निश्चित नहीं था। घर में पैकिंग के लिए सब चीज़ें बिखरी पड़ी थीं।

"कुछ पी लो...तुम्हारे होठ नीले पड़ गये हैं। जाने से पहले ठण्ड में मरने से क्या फ़ायदा!" महीप ने कहा।

उसने चाय में रम मिला हुआ 'ग्राक' का एक गिलास मँगवा लिया। महीप अपनी बियर से चिपका रहा। उसे कुछ याद आया और वह हँसने लगा।

"आज मुझे पूल में एक अजीब-सी आवाज़ सुनाई दी।" उसने महीप से कहा।

"कैसी आवाज़?" महीप ने पूछा।

"मैं अब उसे याद नहीं कर सकता।" उसने हँसते हुए कहा।

"तुम अब आवाज़ें भी सुनने लगे हो?"

लेकिन उसने महीप के मज़ाक़ की ओर कोई ध्यान नहीं दिया। उसे अब भी अपनी कनपटियों पर एक धीमी खट्-खट् सुनाई दे रही थी।

"कल का पक्का है?" महीप ने पूछा।

"हाँ"—उसने कहा। "कल सुबह।"

टैरेस पर उनके अलावा कोई नहीं था। नीचे क्लब की 'बार' थी, उससे सटा डान्सिंग फ्लोर था। कभी-कभी कुछ बातों के टुकड़े या हँसी के स्वर उन्हें सुनाई दे जाते थे। एक क्षण के लिए उसे विश्वास नहीं हो सका कि कल इस समय वह यहाँ नहीं होगा।

नीचे डान्सिंग फ्लोर से 'कुआडरिले' की आरम्भिक 'बार' ऊपर उठी थी—इतनी ऊँची और कर्णभेदी कि मेज़ पर रखे उनके गिलास हलके से झनझना उठे। इस ज़माने में भी वे यहाँ कुआडरिले नाचते होंगे, उसने कभी नहीं सोचा था।

ग्राक पीने के बाद उसे अपने ख़ून में एक मीठी-सी तरलता महसूस हुई।

"तुम अरुणा से मिले थे?" महीप ने पूछा।

"नहीं...वहाँ जाना नहीं हो सका।" उसने कहा।

महीप ने बियर के गिलास से उसकी ओर देखा, "पहले तुम अकसर उसके घर जाते थे।"

उसने महीप की ओर देखा और चुप रहा। तीन साल पहले...उसने याद करने की कोशिश की। उसे हलका-सा विस्मय हुआ कि उसे उन दिनों के बारे में पछतावा नहीं है। उसे ख़ुशी हुई कि वह अरुणा से नहीं मिला। तुम उससे नहीं मिल सकते जिससे तुम कभी बहुत प्यार करते थे और अब नहीं करते। पर वह यह बात महीप से नहीं कहना चाहता था। उसे सचमुच दुःख होगा।

उसे पहली बार महीप के साथ कुछ अकेलापन-सा लगा। यदि कुछ और मित्र उनके साथ होते तो शायद ठीक रहता। तब अपने को इतना अरक्षित छोड़ देने की सम्भावना न रहती।

"सुना था, पिछले साल तुम हाइकिंग के लिए गये थे?" उसने महीप से पूछा।

"हाँ, पिछली गर्मियों में।" महीप ने कुछ उत्साहित होकर कहा। हाइकिंग हमेशा से महीप के लिए एक फ़ैशन रहा है। वह आज तक उसके इस अजीब पागलपन को समझ नहीं सका।

"हम रोहतांग पास गये थे।" महीप ने बियर का गिलास सामने से हटा दिया। "केशी साथ था। इस साल अगर तुम रह जाते तो एक साथ प्रोग्राम बना सकते थे।" महीप ने कहा।

कुछ लड़के-लड़कियों के जोड़े टैरेस पर आ गये। वे ऊँचे स्वरों में बातचीत कर रहे थे। वे शायद डान्सिंग रूम से आये थे। उनके हाथों में कोकाकोला की बोतलें थीं और वे कुर्सियाँ खिसकाकर दूसरे कोने में बैठ गये थे।

नाच ख़त्म हो गया था। नीचे बार में अब ख़ामोशी थी। दूर अँधेरे लॉन में स्विमिंग पूल की रोशनियाँ झिलमिला रही थीं।

"क्या सोच रहे हो?" महीप ने पूछा।

"कुछ नहीं।" उसने हँसकर कहा।

"सुनो," महीप भी हँसने लगा, "मैं सोचता था, तुम अरुणा से विवाह करोगे। हम सब यही सोचते थे।"

उसने महीप की ओर देखा। उसने शायद बहुत पी ली है, वह शायद शाम से पी रहा है—उसने सोचा।

टैरेस के परे दिल्ली का आकाश था—नीरव और अबाध। कहीं किसी कोने से सर्चलाइट की शहतीर ऊपर उठती थी और सितम्बर के धूमिल अँधेरे को काटती हुई ग़ायब हो जाती थी। बरसों से यह उसका अपना शहर रहा है, एक क्षण के लिए उसे विश्वास नहीं हो सका। आसपास के मकानों से धुआँ उड़कर हवा में ठहर गया था। दूर से देखने पर लगता था जैसे सारा शहर एक हलका, नीली धुन्ध से घिर गया हो।

और तब उसने सोचा—मैं चाहूँ तो रुक सकता हूँ। कम-से-कम इस उम्र में हर आदमी थोड़ी-बहुत फ़िक्र करने लगा है। वह यह जान लेता है कि यह उसकी ज़मीन है, वह यहाँ खड़ा है। उसने आज तक कभी इसके बारे में नहीं सोचा। केशी इसे जानता था और वह आर्मी में चला गया। लेकिन उसके लिए यह कभी सम्भव नहीं रहा।

नीचे बार से ब्लू डैन्यूब की बहुत पुरानी ट्यून टैरेस पर चली आयी। टैरेस पर बैठे लड़के-लड़कियाँ सीढ़ियाँ उतरकर डान्सिंग रूम में चले गये।

"तुमने तो देखा होगा?" महीप ने पूछा।

"क्या?"

"डैन्यूब को। क्या उसका रंग सचमुच नीला है?"

वह हँसने लगा। उसे वियना के वे दिन याद हो आये जिन्हें वह बहुत पहले भूल चुका था।

नीला एक बहुत उदास रंग है–उसने सोचा। ब्लू पीरियड, नीग्रो ब्लूज़...वह एक रंग है जो तुम बनाते हो, जो होता कुछ भी नहीं।

"वहाँ ख़ूब मज़ा रहता होगा।" महीप ने बियर पीते हुए कहा।

"हाँ, बहुत ज़्यादा।" उसने कहा, "तुम्हें वहाँ कभी आना चाहिए। मेरे एपार्टमेण्ट में दो सोफा हैं...मैंने उन्हें तुम्हारे और केशी के लिए रख छोड़ा है।" उसने कहा। ग्राक पीने के बाद उसे गर्मी-सी महसूस हो रही थी। उसकी इच्छा हुई कि वह स्विमिंग पूल में फिर चला जाए, लेकिन वह बैठा रहा। उसने महीप को रिंग स्ट्रासे के बारे में बताया, उनकी बियर पब्स के बारे में भी बताया, जो इतनी बड़ी थीं कि वहाँ पाँच सौ आदमी एक साथ बैठ सकते हैं। और फिर वहाँ स्टाइट पार्क भी था–सबसे बड़ा पार्क। वह इतवार के दिन वहाँ जाता था। इन दिनों वहाँ दिन-रात पत्ते झरते रहते हैं। शाम के वक़्त आर्केस्ट्रा भी बजता है और तुम अपनी फ़रमाइश भी भेज सकते हो...तुम जो कुछ सुनना चाहो, फ़रमाइश भेजकर सुन सकते हो और तुम्हारा 'पीस' बजाने के बाद कण्डक्टर तुम्हारी ओर झुककर सलाम करता है।

वह रुक गया। बियर के गिलास के सामने महीप की आँख मुँदने लगी थी।

"हमें चलना चाहिए," उसने कहा।

नीचे बार बन्द हो चुका था। टैरेस पर वे अकेले रह गये थे।

"तुम चाहो तो कुछ देर के लिए मेरे कमरे में चल सकते हो...मेरे पास कुछ पोर्ट हैं।" महीप ने जम्हुआई लेते हुए कहा।

"मैं अब घर चलूँगा...मैंने अभी कुछ भी पैक नहीं किया।"

वे बाहर आ गये। सितम्बर की रात चारों ओर फैली थी। आकाश में एक भी बादल नहीं था। सिर्फ़ तारे थे जो पालिश किये पीतल के बटनों-से चमचमा रहे थे।

टैक्सी लेने के पहले वे चुपचाप फ़ुटपाथ पर खड़े रहे।

"सुबह कितने बजे जाओगे?"

"काफ़ी जल्दी...तुम बिस्तर पर होगे।" उसने कहा।

"मैं कोशिश करूँगा"—महीप ने टैक्सी में बैठकर कहा और अपना सिर सीट की गद्दी पर टिका दिया। वह सो रहा था।

वह उस रात काफ़ी देर से घर पहुँचा था। माँ दरवाज़े की साँकल खोलने आयी थी। वह रास्ता छोड़कर एक तरफ़ खड़ी रही। उसे डर था, उसके पाँव सीधे नहीं पड़ रहे थे। वह बहुत लापरवाही से सीटी बजाता हुआ ज़ीना चढ़ने लगा।

वह पहले गुसलखाने में गया। देर तक हाथ-मुँह धोने के बाद भी उसे लगता रहा जैसे ग्राक की गन्ध उससे चिपकी है। माँ जान लेगी। उसे आज नहीं पीना चाहिए था—उसने सोचा। उसे लगा, उसका सिर धीरे-धीरे चकरा रहा है। उसे ख़ुशी हुई कि सोने तक उसका सिर ऐसे ही चकराता रहेगा।

वह अपने कमरे में आया। माँ ने उसकी चीज़ें अलग-अलग कोनों से बटोरकर सूटकेस के पास रख दी थीं। उसके मोज़ों और रूमालों को धोकर अलग रख दिया था। पैकिंग के लिए उसके पास ज़्यादा चीज़ें नहीं थीं। कुछ दिन पहले वह ज़रूरी चीज़ें ख़रीद लाया था—सर्दियों के लिए एक ऊनी मफलर, दस्ताने, जूतों की एक जोड़ी, दो डिटेक्टिव उपन्यास जो वह हमेशा यात्रा में वक़्त काटने के लिए ख़रीद लेता था। उसे नीता और केशी की पुस्तकों में कभी दिलचस्पी नहीं रही। इन छुट्टियों में उसने उन्हें कई बार पढ़ने की कोशिश की थी लेकिन हर बार वह ऊब जाता था।

कुछ देर बाद माँ कमरे में आयी। उसके हाथ में एक छोटा-सा लेबिल था। दातुन को स्याही में भिगोकर उस पर बड़े-बड़े अक्षरों में उसका नाम लिखा था। नाम के नीचे उन दोनों शहरों के नाम लिखे थे जहाँ से वह जा रहा है और जहाँ वह उतरेगा।

"इसे बाबू ने दिया है।" माँ ने कहा। "इसे अपने सूटकेस पर चिपका लेना. ..खोएगा नहीं।"

"इसकी ज़रूरत नहीं थी।" उसने कहा।

"टिकट रख लिये?" माँ ने पूछा।

"हाँ...वे मेरी जेब में हैं।" उसने कहा।

"एक बटुआ खरीद लेता, तुझे हर चीज़ जेब में रखने की आदत है।" माँ ने कहा।

वह सूटकेस में अपनी चीज़ें रखने लगा। कोन्याक की बोतल वह बाहर फेंक देना चाहता था, किन्तु माँ के सामने वह उसे बाहर नहीं निकाल सका। उसने उसे सूटकेस में ही रहने दिया।

"नीता और बूलू को कह दिया था?" माँ ने पूछा।

"उन्हें मालूम है।" उसने कहा।

खाना खाते समय भी माँ सामने बैठी रही। उसे भूख नहीं थी किन्तु उस रात वह जल्दी नहीं उठ सका।

"क्या एक दिन के लिए केशी के पास नहीं रुक सकोगे?" माँ ने पूछा।

"देखो...कोशिश करूँगा।" उसने कहा। उसे मालूम है, यह असम्भव है। लेकिन उसे यह बात माँ से कहना निरर्थक जान पड़ा।

कुछ देर तक कमरे में सन्नाटा रहा। उसे माँ की चुप्पी कुछ अजीब-सी जान पड़ी। सिर उठाकर देखा, वह दीवार की ओर मुँह मोड़कर बैठी थी—निश्चल और मौन।

पहली बार उसने माँ को ज़रा ध्यान से देखा। देखता वह शुरू से आया है, लेकिन पहली बार उसे लगा जैसे वह पहले से अधिक दुबली, क्षीण और मुरझायी हुई दीख रही है। वह सिकुड़कर बैठी थी, मानो उसे स्वयं अपनी नगण्यता पर संकोच हो...। बरसों पहले जो चीज़ उसमें थी, अब वह इतनी पीछे और दूर सरक गयी थी कि उसे देख पाना भी असम्भव-सा जान पड़ा।

अचानक वह चौंक गया। माँ ने कुछ कहा था और उसका स्वर बहुत धीमा-सा हो आया था।

"एक बात कहनी थी...तुम्हें बुरा तो नहीं लगेगा?"

उसने माँ की ओर देखा।

"कभी-कभी अरुणा को चिट्ठी लिख दिया करो। वह तुम्हें और केशी को बहुत मानती है।"

उसने कुछ नहीं कहा। अनजाने में एक दबा-दबा सा गुस्सा उसके भीतर उमड़ आया। देर तक उसे पता नहीं चल सका कि वह गुस्सा किस पर है। किन्तु वह अधिक देर तक नहीं टिक सका। उसे तसल्ली हुई कि माँ अभी तक कुछ भी नहीं जानती।

वह ऊपर आ गया। कल की चाँदनी अब भी छत पर बिखरी थी—फ़ीकी सफ़ेद और बुझी-बुझी सी। हवा चलने से नीम का पेड़ दीवार के ऊपर डोले जाता था।

केशी के लिए वह जो पुराने प्रिण्ट्स और रिकार्ड्स वियना से लाया था, उन्हें पोटली में बाँधकर उसने कोने में रख दिया। वह शायद क्रिसमस में आएगा—उसने सोचा।

दीवार पर जुआँ-ग्रीकी स्टिल लाइफ़ अब भी लटकी थी...। पता नहीं, केशी

उसे अपने साथ क्यों नहीं ले गया। कमरे में केशी और नीता की चीज़ें कुछ इस तरह रखी थीं मानो वे कुछ देर के लिए बाहर गये हों। वह उन्हें छूते भी डरता था। उसने उन्हें वैसा ही छोड़ दिया था जैसा उसने पहली बार उन्हें देखा था।

उसने बत्ती बुझा दी और पलँग पर लेट गया। वह उन गर्मियों के बारे में सोचने लगा जो उसने घर में बितायी थीं। किन्तु वह उनके बारे में कुछ भी याद नहीं कर सका। उसका ध्यान बार-बार छोटी और महत्त्वहीन चीज़ों में भटक जाता था। जब कभी उसे नींद नहीं आती थी तो वह एक-एक करके उन मकानों को याद करने लगता जहाँ वे बहुत पहले रहे थे। जब मकान ख़त्म हो जाते तो वह यूरोप के उन शहरों को गिनने लगता जहाँ वह गया था—पिछली गर्मियों में और उससे पिछली गर्मियों में...।

सहसा उसे लगा जैसे उसने कमरे में एक धीमी-सी सरसराहट सुनी है। वह शायद सो रहा होगा—उसने सोचा। किन्तु उसे पूरी तरह निश्चय नहीं हो सका। वह बिस्तर पर बैठ गया। एक लम्बे क्षण तक वह अँधेरे में अपलक घूरता रहा। उसे लगा जैसे एक सफ़ेद-सी आकृति उसके सामने हिली हो।

"बाबू...क्या तुम हो?"

"ज़रा बत्ती तो जला, यहाँ कुछ दिखाई नहीं देता।" अँधेरे में उसे बाबू का स्वर सुनाई दिया।

वह कुछ इस बुरी तरह घबरा गया था कि कितनी ही देर तक उसे स्विच नहीं मिल सका। जब कमरे में प्रकाश हुआ तो भी एक छोटे क्षण तक उसे लगता रहा जैसे यह उसका भ्रम है—वह आँखें खोलेगा और कमरे में कोई भी नहीं होगा।

लेकिन दूसरे ही क्षण उसकी आँखें बाबू पर टिक गयीं।

"आप...आप यहाँ क्या कर रहे हैं?" इच्छा न रहते हुए भी उसके स्वर में क्रोध उभर आया था।

"मैं समझा था, तुम अभी जाग रहे हो।" उन्होंने कहा। एक निरीह-सी खिसियाहट उनके चेहरे पर सिमट आयी थी।

किन्तु उसे विश्वास नहीं हुआ। उसे लगा जैसे उसके जागने के पहले वह काफ़ी देर तक अँधेरे में खड़े रहे थे। उसे ध्यान आया, वह अब भी खड़े हैं।

"आप बैठ तो जाइए!" उसने पलँग से उठते हुए कहा। उसके स्वर में अब भी झुँझलाहट भरी थी।

"नहीं...नहीं, तुम बैठे रहो। मैं तुम्हें सिर्फ़ यह दिखाने आया था। ज़रा देखो ...यह कैसा रहेगा?"

उसकी निगाह अनायास बाबू के पीछे छिपी कुर्सी पर चली गयी। कुर्सी

के हत्थे पर एक पुराना ओवरकोट रखा था। उसकी समझ में नहीं आया, वह इसे यहाँ क्यों लाये हैं।

"ज़रा पहनकर देख लो। अगर ठीक लगे तो अपने साथ ले जाओ...मेरे पास तो ऐसे ही पड़ा है।" उन्होंने कहा।

"मेरे पास एक कोट पहले से है, मैंने आपको कहा भी था।"

"एक है तो दूसरा रखने में बुराई नहीं है। तुम्हें तीन-चार साल अभी वहाँ और रहना है...आजकल ऐसे ओवरकोट नहीं मिलते। इससे बरसाती का काम भी निकल जाएगा।"—उन्होंने कहा।

"सूटकेस में जगह कहाँ निकलेगी?" उसने कहा, लेकिन उसे स्वयं अपना स्वर अनिश्चित-सा जान पड़ा।

"अपने हाथ में ले जाना।" बाबू ने कहा, "आजकल प्लेन में लोग अपने हाथों में न जाने कितनी चीज़ें ले जाते हैं।"

वह चुप रहा। खीज की जगह अब सिर्फ़ ख़ालीपन था।

"ज़रा पहनकर तो देख...।"

"नहीं। यों ही ठीक है। मैं ले जाऊँगा।"

बाबू कुछ देर तक सिटपिटाये-से चारों ओर देखते रहे...इस बीच उन्होंने एक बार भी ओवरकोट की तरफ़ नहीं देखा जैसे कोई आदमी उस जगह को दोबारा देखने से कतराता है जहाँ उसने कोई अपराध किया हो।

वह ज़्यादा देर तक उसके कमरे में नहीं रहे। बाद में उसे हलका-सा खेद हुआ। अगर वह उनके सामने ओवरकोट पहन लेता तो शायद उन्हें काफ़ी ख़ुशी होती। लेकिन उसने उसके बारे में ज़्यादा नहीं सोचा और पलँग पर लेट गया।

देर तक वह बत्ती बुझाने का साहस नहीं कर सका। उसका दिल अब भी तेज़ी से धड़क रहा था। उसे ख़याल आया कि अगर वह न जागता तो शायद बाबू कोट कुर्सी पर छोड़, चुपचाप बाहर चले जाते। आज भी बाबू को कोई चीज़ आमने-सामने देने में मुश्किल-सी महसूस होती है। जब वह छोटा था तो वह उसके जेब-ख़र्च के रुपये मेज़ पर रख जाते थे—हाथ में कभी नहीं देते थे।

उसने करवट बदली। देर तक वह घर की आवाज़ें सुनता रहा। माँ ज़ीने के दरवाज़े की साँकल लगाने नीचे उतरी थी। कहीं एक छत से रेडियो का स्वर हवा में तिरता हुआ दूसरी छत पर आकर ठहर जाता था। कभी-कभी बाबू के कमरे से खाँसने की आवाज़ सुनाई दे जाती थी।

कुछ देर बाद सब ख़ामोश हो गया। उसने बत्ती बुझा दी। दरवाज़ा खुला था। बाहर की चाँदनी धीरे-धीरे फैलती हुई देहरी के भीतर सरक आयी थी। वह फिर सोने की कोशिश करने लगा।

बहुत रात बीते उसे लगा था, जैसे वह और केशी स्कीइंग के लिए कुफ़्री गये हैं। चारों तरफ़ बर्फ़ फैली थी। वह बहुत तेज़ी से नीचे फिसल रहा था। कुछ दूर नीचे जाकर उसे लगा जैसे उसकी 'स्की' की नोक किसी कड़ी चीज़ से जा टकरायी है। उसे हलका-सा विस्मय हुआ। वह वहीं बर्फ़ पर बैठ गया और अपनी स्की की मुड़ी हुई नोक से बर्फ़ खोदने लगा। बहुत-सी बर्फ़ ऊपर आती थी और वह उसे दूसरी तरफ़ फेंक देता था। फिर अचानक उसके हाथ ठिठक गये...नीचे। बर्फ़ के बहुत नीचे एक गड्ढा दिखाई दिया और उसे लगा जैसे उसके भीतर कोई रो रहा है। उसने नीचे झुककर गड्ढे में देखा लेकिन वहाँ कुछ भी नहीं था; सिर्फ़ एक हड्डी, पेड़ की एक डाल और एक काँच का टुकड़ा पड़ा था।

उसकी आँख खुल गयी। घर सूना पड़ा था। कहीं भी कोई नहीं था—सिर्फ़ छत की चाँदनी देहरी लाँघकर उसके बिस्तर पर सरक आयी थी। उसने करवट ली और दोबारा सो गया।

1966

5

बीच बहस में

उसने अपना बिस्तर खोला और तहाकर फ़र्श पर बिछा दिया। फ़र्श काफ़ी गर्म था, हालाँकि रात के समय कमरे ठण्डे हो जाते थे। उस रात कोई हवा नहीं थी। साफ़ क़िस्म का अँधेरा था और उसे आशा थी कि लेटते ही वह सो जाएगा। सिर्फ़ आशा थी, इच्छा नहीं। पिछली रातों में उसने जो नींद खो दी थी, उसने उसे बहुत ढीला करके छोड़ दिया था। शुरू के दिनों की घबराहट अब एक मज़ाक़-सी जान पड़ती थी।

वह चौकन्ना हो गया। दरवाज़े पर रात की नर्स आकर खड़ी हो गयी थी। लगता था, वह गुज़रते हुए सिर्फ़ एक क्षण के लिए रुकी है और फिर आगे बढ़ जाएगी।

"अब कैसा है तुम्हारा मरीज़?" उसने पूछा। उस स्वर में हलकी-सी फ़िक्र थी, जो बिना आत्मीयता के नंगी-सी दिखाई देती है। पहले उसे 'अपने मरीज़' की बात बेतुकी जान पड़ती थी, मानो वह किसी 'चीज़' का रखवाला हो... पहरेदार। अब वे महज़ शब्द थे, जिन्हें वह हर रात सुनता था और अनसुना कर देता था।

"क्या बात है...आप सो रहे हैं?" नर्स ने कुछ खीजकर कहा।

"नहीं। ज़रा धीरे बोलिए। वे सो रहे हैं।"

वह झिड़की नहीं थी, एक ख़ाली जगह को भरने की कोशिश थी—नाकाम कोशिश, क्योंकि नर्स को गुस्सा आ गया था—नर्सवाला नहीं, ऐसा गुस्सा, जो औरत को आता है।

"पेशाब किया था?"

वह पहले कुछ हिचका, फिर हाँ में सिर हिलाया।

"किया था, तो कहाँ है?"

बोतल ख़ाली पड़ी थी...एक गवाह की तरह उसे कोसती हुई।

"आपने फेंक तो नहीं दिया?"

"नहीं, उन्होंने बिस्तर पर किया था।"

"बिस्तर पर?" नर्स ने हताश भाव से उसकी ओर देखा, मानो मरीज़ वह हो, बिस्तर पर लेटा आदमी नहीं।

"आप यहीं सोएँगे?"

"जी!"

"इस बार आये तो मुझे बुलाना, मैं बोतल में करवा दूँगी।"

जब नर्स जाने लगी, वह भी दरवाज़े तक आया। एक अजीब डर ने उसे पकड़ लिया, मानो मरीज़ के साथ में अकेला रहना, सारी रात अकेला रहना, असम्भव हो। लेकिन देहरी पर उसके पाँव ठिठक गये। बाहर अस्पताल का नंगा गलियारा था, दिन की धूप में तपा हुआ और वहाँ जाने का मतलब कुछ भी नहीं था। वह लौट गया।

पहले शुरू के दिनों में वह इस तरह नहीं लौट जाता था। जब भी कोई नर्स या डॉक्टर फेरी पर आते, वह उनके साथ हो लेता। वह उनसे सबकुछ नये सिरे से पूछना चाहता। उनके जवाबों को न सुनकर उनके स्वर के उतार-चढ़ाव को भाँपने की कोशिश करता। वे उससे कतराकर आगे बढ़ जाते। वह उनका पीछा करता, जब तक वे दूसरे वार्ड में न घुस जाते। कुछ हास्यास्पद भी लगता, जब बाद में वह अपनी हरकतों के बारे में सोचता कि पैंतीस-चालीस साल का आदमी, ऊपर से शिक्षित और भद्र दीखनेवाला आदमी, एक घबरालू औरत की तरह डॉक्टरों के इर्द-गिर्द मँडरा रहा है। वे अब उसकी ओर ज़्यादा ध्यान नहीं देते थे। वह अस्पताल का फ़र्नीचर-सा बन गया था, जिसे सब लोग देखकर भी अनदेखा कर देते हैं।

वह मुड़ गया। एक क्षण के लिए टूटा-सा भ्रम रोशनी की शहतीर-सा उसकी देह में बिंध गया। लगा, कमरे में उसके अलावा कोई नहीं है। छोटा-क्यूबिकल-सा दीखनेवाला कमरा दो वार्डों के बीच में था। दोनों तरफ़ की आहें लहरों-सी आकर यहाँ टूट जाती थीं। जब कभी-कभी उसे नींद न आती, तो वह उन्हें सुनता—रोगियों की पीड़ित देहों से उठती हुई लहरों को और तब उसे मायावी-सा भ्रम होता कि समूचा अस्पताल एक जहाज़ हो, लहरों से जूझता हुआ, जबकि वह और उसका मरीज़ अपने केबिन में सुरक्षित हों।

पलँग पर लेटे व्यक्ति ने करवट ली। आँखें खुली थीं–रुई के पीले फाओं-सी। नीचे खोखला था, जो पहले कभी मुँह रहा होगा।

वह झट जहाज़ इत्यादि की कल्पनाओं से छूटकर अपने में आ गया। पलँग के पास आकर सिरहाने पर झुका।

"कुछ चाहिए आपको?"

वृद्ध को अपलक देखता रहा–कमरे के परे। बहुत-सी साँसें ऊपर आती थीं, फिर सूखी की सूखी नीचे चली जाती थीं। वह कहीं जा रहे हैं, उसने सोचा। वह भी उसके साथ हो लिया। फिर ठहर गये। आँखें शून्य से लौटकर उसके चेहरे पर अड़ गयीं। वह भी ठिठक गया।

"कुछ चाहिए।" उसने दुबारा पूछा। उसके लिए हर प्रश्न एक मन्त्र की तरह था। कभी ज़बान खींच लाता था, कभी ख़ाली लौट आता था।

"तुम सोए नहीं?" वृद्ध ने मुँह खोला।

"मैं सो जाऊँगा। आपको कुछ चाहिए?"

"तुम नीचे सोओगे?"

"मैं हमेशा नीचे सोता हूँ, आपको याद नहीं?"

उसने अपने गुस्से को व्यंग्य में ढालना चाहा। इस बीच न वह गुस्सा रहा, न व्यंग्य, महज़ एक धब्बे की तरह फैल गया।

वह दो बिस्तरों का कमरा था। एक बिस्तर ख़ाली पड़ा रहता था। बहुत लम्बे अर्से से वहाँ कोई दूसरा मरीज़ नहीं आया था। लगता था, वे नये मरीज़ को लाने की नहीं, जितनी पुराने मरीज़ से छुटकारा पाने की प्रतीक्षा कर रहे थे। करने दो...वह सोचता। आख़िर कब तक करेंगे।

"तुम नीचे सोओगे?" वृद्ध ने कहा। वह कहीं दूर का चक्कर लगाकर अपने पुराने मकान पर लौट आये थे।

"आप मेरी फ़िक्र मत करें," उसने कहा, "मैं आराम से हूँ।"

"मुझे मालूम है।" वृद्ध ने कहा।

"क्या मालूम है आपको?" उसने तेज़ी से कहा। लेकिन आवाज़ ऊँचे नहीं उठे, इसका ध्यान रहा। उसे बार-बार अपने को ध्यान दिलाना पड़ता था कि यह घर नहीं है, जहाँ मन-मुताबिक़ गुस्सा किया जा सके। उसे पछतावा-सा भी होता था। जब वह कुछ ज़ोर से बोलता, बूढ़ा कुछ हैरत से उसकी ओर देखने लगता। उसमें एक अबोध-सी निरीहता होती जो उसने पिछले वर्षों में नहीं देखी थी। वह हमेशा उनसे कुछ-कुछ डरता था–बचपन से नहीं, बल्कि बाद में, जब उम्र

की दुपहर शुरू होती है और एक तितीरी-सी चमक में माँ-बाप पराये हो जाते हैं। हमेशा के लिए नहीं, बल्कि बीच-बीच में—लम्बी गर्मियों में अचानक ठण्डे दिनों की तरह।

अब कोई नहीं था। इसलिए सबकुछ इतना भयानक था। अब नंगा-सा मैदान था, जहाँ वह लेटे थे—उसकी छाया में। वह बाहर चला जाता, तो छाया भी उठ जाती और वह निराश्रित-से पड़े रहते। उसे हैरानी भी होती थी कि जब वह कुछ भी करे, वह बिस्तर पर दम रोके, चुपचाप लेटे रहेंगे। पहली बार जब इंजेक्शन देने के लिए नर्स ने उनका पाजामा खोला था, तो उसे असह्य लगा था कि वह बेरोक-टोक उनकी नंगी सफ़ेद जाँघों को देख सकता है। वह अपनी आँखें भी नहीं हटा सका, मन्त्रमुग्ध उनकी नंगी देह देखता रहा।

दोनों लेटे रहे—एक पलँग पर, दूसरा फ़र्श पर।

"कितने दिन की छुट्टियाँ मिली हैं?" पलँग से आवाज़ आयी।

"दस दिन की।" उसने कहा।

"छोटे ने तार दिया होगा?"

"आप ज़्यादा बोलें नहीं।"

बूढ़े के होठों पर एक कड़वा-सा भाव चिपक आया, किन्तु बोलते हुए उन्होंने उत्तर दिया, "मेरा भरोसा नहीं है," उन्होंने कहा, "शायद दस दिन से ज़्यादा लग जाएँ।"

वह समझा नहीं, मन ज़रूर बैठ गया।

"डॉक्टर ने कहा है..."

"मुझे मालूम है, जो कहा है!" बूढ़े ने बेचैन होकर उसकी बात बीच में काट दी।

उसे हलकी-सी तसल्ली हुई कि वह ओछा-सा झूठ बोलने से बच गया। लेकिन भयभीत वह ज़रूर हो गया था। बाबू जानते हैं, यह वह समझ सकता था। लेकिन किस हद तक जानते हैं, इस बारे में उसे कुछ नहीं मालूम था।

"कितना ख़र्चा है?" बूढ़े ने अचानक पूछा।

"कैसा ख़र्चा?"

"इस कमरे का?"

"आपको इससे क्या है?" उसने कहा।

"क्यों, मुझे कुछ भी नहीं है?" बूढ़े ने भभकते हुए कहा।

"मेरा मतलब यह नहीं था," वह हकलाने लगा, "लेकिन आप क्यों परेशान होते हैं?"

"परेशानी की बात नहीं...मेरे लिए अब नहीं है।" वह ढीले पड़ गये। वह

ऊपर चढ़ते थे, फिर नीचे उतर आते थे और चूँकि चढ़ने-उतरने में वह उनके साथ रहता था, कभी-कभी वह थककर निढाल-सा हो जाता था। कभी-कभी वह सबकुछ छोड़कर किनारे पर बैठ जाता। उसके पिता चक्कर लगाते—अपनी ही भूल-भुलैया में और जब वह रास्ता भूल जाते, तो वह उनका हाथ पकड़कर दुबारा वहाँ ले आता, जहाँ कि वह आज हैं—अँधेरे क्यूबिकल के बिस्तर पर।

रात की नर्स आयी, तो वे दोनों चुप हो गये, बाप-बेटे को यह नर्स अच्छी लगती थी। पहली नर्स की तरह यह बात-बात पर तमतमाती न थी। अधेड़ उम्र की, लेकिन उम्र ने इसे निगला नहीं था। और उसमें एक अजीब क़िस्म का हौसला था, जिसकी गन्ध मरीज़ों को दूर से ही मिल जाती थी। केरल से आयी थी, शायद इसीलिए रंग बहुत गहरा था, हालाँकि उसके सफ़ेद कपड़े बहुत ठण्डे लगते थे। और उसमें किसी तरह की कोई गर्मी नहीं थी। वह उसके पिता से अँग्रेज़ी में बोलती थी। यह भी शायद एक कारण रहा होगा कि वह उससे बहुत ख़ुश रहते थे।

किन्तु इस बार वह कुछ नहीं बोली। दोनों को देखकर सिर्फ़ मुस्करा दी। इसने सूखी सफ़ेद चादरें नीचे बिछा दीं और भीगी चादरों को लपेटकर नीचे डाल दिया। बुख़ार लेने के लिए जब वह आगे बढ़ी, वृद्ध ने हड़बड़ाकर मुँह खोल दिया। कुछ देर बाद जब नर्स ने उनके मुँह से थर्मामीटर निकाला, तो वह अपने को दबा नहीं सके।

"कितना है?"

"यह हमारी परेशानी है, आपकी नहीं।" फिर उसने लड़के की ओर देखा, "आप कैसे हैं?"

"मैं मरीज़ नहीं हूँ।" उसने हँसने की कोशिश की।

"अब आप आराम कीजिए...इतनी देर तक आप दोनों क्या बहस करते रहते हैं?"

वे दोनों चुप रहे। उसे हलका-सा आश्चर्य हुआ कि उनकी बातें दूसरों को 'बहस' जान पड़ती हैं। कुछ शर्म-सी भी आयी और वह मुँह गड़ाए बैठा रहा।

बाहर जाते हुए वह देहरी पर रुक गयी।

उसे इशारे से बाहर बुलाया।

"मैंने..." वह रुकी, जैसे अपने शब्दों पर उसकी दो फटी-फटी आँखों को तोल रही हो, "मैंने डॉक्टर से बात की थी।" उसने दबे स्वर में कहा।

"जी," उसने कहा।

"इन्हें आप पता न चलने दें...कोई फ़ायदा नहीं है।"

"जी," उसने कहा।

"आप चाहें, तो ग्यारह के आसपास चाय पीने आ सकते हैं...अगर आप सो गये, तो मैं जगाने नहीं आऊँगी।" वह हँसी और तब वह जल्दी-जल्दी गलियारे को पार करके स्टाफ़-रूम में चली गयी।

उसने मुक्ति क़ी साँस ली। वह गलियारे के बेंच पर बैठ गया। शायद कुछ देर में वह सो जाएँगे। उसके जी में आया कि भीतर से सिगरेट ले आये। उसका मुँह सूख चला था। लेकिन उठने की बजाय वह बेंच पर पसर गया। वह सो नहीं रहे। जब वह सो जाते हैं, वह एकदम जान जाता है—उनके साँस लेने के ढंग से। कभी-कभी उसे भ्रम होता कि जैसे वह उनके सो जाने की बाट जोहता है, वृद्ध भी वैसे ही उसके सो जाने की प्रतीक्षा करते हैं, परिणामस्वरूप दोनों ही जागते रहते हैं। कभी-कभी उसे यह स्थिति हास्यास्पद-सी जान पड़ती और वह सोचता, अगर वह अपने शहर लौट जाए, तो भी कोई अन्तर नहीं पड़ेगा। भाई ने उसे हड़बड़ाहट में तार दिया था—यह सोचकर कि आख़िरी वक़्त सब साथ रहें। अब वे साथ हैं, एक साथ उनसे अलग हैं—आपको सब चीज़ों के लिए तैयार रहना चाहिए, डॉक्टर ने पहले दिन ही उससे कहा था। पिछले दिनों उसने तैयार होने की कोशिश की है, किन्तु जिन्हें सचमुच तैयार होना है, वह चक्कर लगाते हैं, ऊपर जाते हैं नीचे आते हैं। वह उनके साथ नत्थी होकर भागता है। वह यह भी भूल जाता है कि वह उनके बाप हैं। कोई भी आदमी चौबीस घण्टों अपने रिश्ते को याद नहीं रख सकता।

वह दबे पाँव अन्दर आया। नर्स बड़ी बत्ती बुझा गयी थी। सिर्फ़ कोने में एक हलका गुलाबी बल्ब जलता रहता। उसके आलोक में सब चीज़ें अपनी हैसियत खोकर, दिवालिया-सी हो जातीं—पेशाब की बोतल, दवाइयों की शीशियाँ, पानी के दो गिलास—उसका अलग, बूढ़े का अलग—और दिल्ली के एक मकबरे की तसवीर, जो उसने अस्पताल के हर कमरे में टँगी देखी थी।

उसने अपना बिस्तर फ़र्श पर खोल दिया। सोने के पहले उसने एक जासूसी उपन्यास निकाला। न जाने क्यों, गुलाबी रोशनी में किताब की हत्याएँ अनिवार्य-सी जान पड़ती थीं। गुर्दों का आना-जाना स्वाभाविक बन जाता।

बूढ़ा सो नहीं रहा था, एकटक उसकी कार्रवाइयों को देख रहा था। आख़िर उनसे न रहा गया।

"इस पर तुम्हें नींद आएगी?"

वह एकदम चौंक गया। उसके पिता हमेशा अरक्षित मौक़े पर उसे पकड़ते थे।

"नीचे गद्दा है, मैं आराम से सोता हूँ," उसने अपने को छिटकाने की कोशिश की।

"जैसा तुम सोते हो, मैं जानता हूँ।" बूढ़े ने कहा।

"आप क्या जानते हैं?" उसके हाथ अधबीच में टँगे रहे।

"तुम बहस करते हो! तुम्हारी यह आदत जैसी की तैसी बनी है।"

"बहस आप कर रहे हैं, या मैं कर रहा हूँ?" वह उचककर बैठ गया, ज़ुबान लड़खड़ाने लगी, "आपको हमेशा मेरी चिन्ता लगी रहती है। आप यह नहीं जानते कि आप कितनी बार सोते हुए पलँग गीला कर देते हैं।" पलँग गीला करने की बात उसने जान-बूझकर कही थी—उन्हें चोट पहुँचाने के लिए।

"ये नर्सें किसलिए हैं?" बूढ़े ने हिकारत-भरे स्वर में कहा—पुरानी अफ़सरी का स्वर उनसे पूरी तरह छूटा नहीं था, हालाँकि दफ़्तर से वह मुद्दत पहले रिटायर हो चुके थे।

"आप..." गुस्से में उसका स्वर रुआँसा हो आया—"आप समझते हैं, वे घर की लौंडिया हैं, जो रात-भर आपकी चादरें बदलती रहेंगी?"

"तुम्हें सबके लिए हमदर्दी है—क्यों?" बूढ़े के स्वर में हलका-सा आरोप था, लेकिन आवाज़ में एक अजीब-सी नर्मी भर आयी थी, "तुम घर में क्यों नहीं सोते?"

उसने बूढ़े को देखा और कहा कुछ नहीं। वह अस्पताल की ख़ामोश घड़ी थी और वे दोनों सहसा उसका हिस्सा बन गये थे। लगता था, वे अपने घर लौट आये हों...वह उनकी छड़ी पकड़कर आगे-आगे चल रहा है, लेकिन वह पीछे नहीं हैं। वह उसके पीछे आते थे और अब नहीं हैं, यह ख़याल उसे भयंकर-सा लगा। वह अपने पिता का बिस्तर टटोलने लगा।

"क्या कर रहे हो?" बूढ़े ने चीख़ते हुए कहा।

"कुछ नहीं।" वह घबराकर बोला।

"डरो नहीं, अभी पेशाब नहीं किया!" बूढ़े ने हलके व्यंग्य से कहा।

पेशाब? नहीं, वह कुछ और टटोल रहा था...पसीने में तर-बतर।

सुबह होती, तो वह कमरे के बाहर आकर बैठ जाता। नर्सिंग-होम के पीछे दूर-दूर तक पठार थे—ख़ाली, बंजर ज़मीन। मिट्टी के टीलों पर चीलें उड़तीं—सफ़ेद

चमकती धूप में काले अपशगुनों-सी, वह एक छोटी-सी नींद में झूलने लगता--साफ़ हलकी नींद, जो परदे की तरह आर-पार डोलती रहती। भीतर चिलमची में गर्म पानी भरने की गुड़-गुड़ आवाज़ आती। उसकी अनुपस्थिति में बूढ़े की देह को रगड़-रगड़कर साफ़ किया जाता, पेशाब में डूबी चादरों को बाहर लाया जाता और उनके बदले में नयी धुली सफ़ेद चादरें भीतर आतीं। फिनाइल और साबुन की झुरमुरी लानेवाली मीठी गन्ध उसे घेरने लगती। नर्सें भीतर जातीं, तो वह उन्हें देखता। जब वे बाहर आतीं, तो वे उसे देखतीं। इतनी सफ़ाई, इतनी हलचल, इतनी रोशनी के बीच उसे अपने रात के दुःस्वप्न बेकार-से लगते। उसे अपना आपा भी बेकार लगता, क्योंकि बीमारी चाहे कितनी असाध्य क्यों न हो, अगर वह दूसरे की हो, अपने साधन ख़ुद जुटा लेती है और बीच के रिश्तों को कूड़े की तरह बुहार देती है।

इन्हीं रिश्तों में उसकी माँ और भाई भी शामिल थे।

वह दूर से ही उन्हें देख लेता। वे झिझकते हुए फाटक के भीतर आते। दूर से वे किसी पराये लोक के प्राणी जान पड़ते। लेकिन ज्यों-ज्यों वे उनके पास रेंगते जाते, वह उन्हें पहचानने लगता। वह जल्दी से उठकर उनके पास जाता और गलियारे के एक ठण्डे कोने में वे तीनों चुपचाप बैठ जाते।

"कैसे रहे?" माँ पूछतीं। पहला प्रश्न हमेशा यही रहता।

"ठीक!" वह कहता, "रात अच्छी गुज़री।"

"तुम ठीक से सो गये थे?" भाई के स्वर में हमेशा हलकी-सी बेचैनी होती। वह उम्र में उससे छोटा था। आपस में दोनों एक-दूसरे को तुम कहते। पिता की बीमारी उन्हें एक-दूसरे के पास लाने के बजाय दूर खींच ले गयी थी। उसके मन में आता कि कहीं अपने भाई को अकेले में ले जाए--किसी आत्मीय जगह में--बचपन में अकसर वह जगह घर की रसोई होती थी--और उसे उन रातों के बारे में विस्तार से बताए, जो उसने बूढ़े के साथ बिताई थीं। किन्तु कोई चीज़ उसे आख़िरी दम पर रोक लेती। वह चीज़ कोई चीज़ नहीं थी, फिर भी उसके सामने वह रुक जाता।

"मैं आज दफ़्तर से सीधा आ जाऊँगा। तुम घर जाकर आराम करना।" उसके भाई ने कहा।

"मैं दिन-रात आराम करता हूँ।" उसने कहा।

उसके भाई ने सन्दिग्ध निगाहों से उसकी ओर देखा, मानो उसने कोई गुप्त क़िस्म का मज़ाक़ किया हो। हर परिवार के अपने निजी इशारे होते हैं, जिन्हें बरसों पहले वह पकड़ सकता था, पर जिसकी डोर अरसा पहले छूट चुकी थी।

"क्या वे होश में रहते हैं?" माँ ने पूछा।

"वह ज़्यादा समय सोए रहते हैं।" उसने कहा। सोना होश में गिना जाएगा, या बेहोशी में, इसका निर्णय वह अब तक नहीं कर सका था।

"घर लौटने के लिए तो ज़िद नहीं करते?"

"कैसा घर?"

"अपना घर, और कैसा घर?" माँ ने झुँझलाकर कहा।

"वह सोए रहते हैं।" उसने कहा। माँ और भाई ने कुछ आतंकित होकर उसकी ओर देखा।

"नहीं, डरने की बात नहीं," उसने कहा, "यह सिर्फ़ थकान है, और कुछ नहीं।"

किन्तु उसके शब्द दोनों के ऊपर से निकल गये। वे वार्ड के भीतर बूढ़े को महसूस कर सकते थे, हालाँकि सुन कुछ भी न सकते थे। माँ कभी-कभी यह भी भूल जातीं कि बरसों पहले भीतर का मरीज़ उनका पति रह चुका है। वह दया से भीतर झाँकतीं, किन्तु इतना हौसला न बटोर पातीं कि देहरी पार करके उनके सामने जा सकतीं, जिनका अब किसी से सामना नहीं था।

"तुम लोग अब जाओ," उसने कहा, "मैं तो हूँ ही।" भाई जैसे इन्हीं शब्दों की प्रतीक्षा में हो। वह उठ खड़े हुए।

"मैं शाम को आऊँगा।" उन्होंने दिलासा देते हुए कहा। वह दिलासे के परे था। वह उसे रोकना चाहता था...मुझे उनके पास अकेला मत छोड़कर जाओ। वह कहना चाहता था। हम सबको एक साथ रहना चाहिए, ताकि रस्सी खींचकर हम उन्हें अपनी तरफ़ खींच लाएँ। अपनी तरफ़, जहाँ डॉक्टर और नर्सें नहीं हैं, न ही बेहोशी की बड़बड़ाहट है। न ही पेशाब में भीगी हुई चादरें हैं। अपनी तरफ़, जहाँ सिर्फ़ दस्तक देते ही रसोई का दरवाज़ा खुल जाता था। वह अपने भाई और माँ के साथ बैठा रहता था। पिता की प्रतीक्षा में। बहुत पहले के दिनों में।

वह अपनी तरफ़ की तरफ़ें दबोचे बैठा रहता और भाई गेट से बाहर निकल जाते।

जाते हुए माँ ठिठक जातीं, जैसे अस्पताल पर उड़ती हुई चीलों को घूर रही हों।

डरो नहीं—उनकी आँखें कहतीं। हर परिवार का शुरू चाहे अलग हो, अन्त एक जैसा ही होता है।

"चिट्ठी-पत्री आती है?" माँ ने पूछा।

"आती है। सब ठीक है।"

"और बच्चे तुम्हें याद तो नहीं करते?"

वह चाहता, माँ के कन्धे पकड़ ले, फिर उन्हें झिंझोड़े और दोनों एक-दूसरे को झिंझोड़ते हुए शराबियों से बोलते रहें।

भाई गेट पर ठिठककर माँ को बुलाते। यह हड़बड़ाकर पोटली उसके आगे कर देतीं। हर रोज़ की तरह उसमें वही एक-सी चीज़ें रहतीं—फल, घर की बनी हुई मठरियाँ, मक्खन और डबलरोटी। कोई फुसफुसाकर उसके कानों में कहता—जा, तू खा ले। दिन-रात जी हलाट करता है, पेट में कुछ ठूँस ले। मरते के साथ मरता कोई नहीं। कोई नहीं? वह चारों तरफ़ सिटपिटायी आँखों से चोरों की तरह देखता और फिर अस्पताल के आगे लॉन पर बैठ जाता। मरीज़ों के दल से अलग। हरी घास पर अपना मैला-कुचैला रूमाल बिछाता। एक विचित्र-सा ख़याल आता कि वह पिकनिक पर है। दोनों पिकनिक पर हैं। बाबू भीतर, वह बाहर। ठीक भी है। वह रोटी को चबाता हुआ सोचता, कुतुब और ओखला नहीं गये, अस्पताल के बाहर खुले में बैठ गये। फ़र्क़ ज़रा भी नहीं।

"जी नहीं, फ़र्क़ ज़रा भी नहीं, आप नीचे सोएँ या ऊपर, हमें कोई एतराज़ नहीं।" नर्सें उसे आश्वासन देतीं। वह उन्हें पहचानने लगा था, हालाँकि शुरू-शुरू में वे उसे एक जैसी ही जान पड़ती थीं। फिर वे, जो रात की ड्यूटी पर आती थीं, उनसे अलग दीखने लगीं, जो दिन में सिर्फ़ कुछ घण्टों के लिए आती थीं। वे उसे फ़र्श पर लेटा देखकर अकसर कहती थीं कि वह ख़ाली पलँग पर लेट सकता है, जब जी चाहे, सो सकता है। उसे कभी इच्छा न हुई। वे मार्च की रातें थीं और फ़र्श गर्म रहता था। उस पर लेटकर वह उस अन्तर को बनाए रहता था, जो उसके और बूढ़े के बीच में था। जिस कमरे में वह पलँग पर लेटे, वहाँ वह भी बगल के पलँग पर लेटे, यह चीज़ उसके गले नहीं उतर पाती थी। ज़िन्दगी में कभी ऐसा मौक़ा नहीं पड़ा था और अब इस छोर पर आकर उसे नये प्रयोग करने में कोई दिलचस्पी न थी।

लेकिन बूढ़े का ध्यान भटकता रहता था। वह ख़ाली आँखों से ख़ाली बिस्तरों को देखते और अपने को रोक न पाते।

"क्या ये मरीज़ों के लिए हैं?"

"जी...लेकिन यहाँ आएगा कोई नहीं। आप बेफ़िक्र रहें।" वह उन्हें दिलासा देते हुए कहता।

"अगर आएगा कोई नहीं, तो तुम क्यों नहीं इनमें से एक बिस्तर पर लेट

जाते...नंगे फ़र्श पर सोने का कोई फ़ायदा है?"

"फ़ायदा?" वह हँसने लगता, "मैंने आपसे कहा न कि ये मरीज़ों के बिस्तर हैं, उनके रिश्तेदारों के लिए नहीं।"

"मरीज़ तुम्हें दिखाई देते हैं?" बूढ़े का मुँह व्यंग्य में तिरछा हो गया, "या तुम सोचते हो, वे उनका इन्तज़ार कर रहे हैं?"

"यहाँ कोई किसी का इन्तज़ार नहीं कर रहा," उसने कहा, "यहाँ सिर्फ़ मैं और आप हैं।" कुछ देर तक वह एकटक अपने पिता का चेहरा देखता रहा. ..इन आख़िरी दिनों में क्या उनका मन इन छोटी-छोटी चीज़ों में भटकता रहेगा?

"तुम फ़र्श पर इस तरह दिखा-दिखाकर लेटते हो, जैसे बहुत बड़ा त्याग कर रहे हो!" बूढ़े ने कहा।

वह उचककर बैठ गया।

"आप जानते हैं आप क्या कह रहे हैं?" उसकी आवाज़ थर-थर काँपने लगी, "मैं आपको दिखाने के लिए फ़र्श पर लेटता हूँ! आपका दिमाग़ तो ठीक है?"

"दिमाग़ ठीक होता, तो यहाँ अपनी दुर्दशा कराने आता?"

"यहाँ आपकी दुर्दशा हो रही है? पूरा एक कमरा...इतना ख़र्च...।" उससे आगे नहीं बोला गया।

"नहीं मुझे आराम है! यहाँ भला किस बात की कमी।" बूढ़े के स्वर में कड़वा तिरस्कार उभर आया।

उसका ख़ून उबलने लगा। लगा, जैसे सिर पर किसी ने हथौड़ा मारा हो, "आप बड़बड़ कर रहे हैं...आपको मालूम है, डॉक्टर ने आपकी हालत के बारे में क्या कहा है? आप घर में होते, तो अभी तक...।"

हे ईश्वर, मैं चुप नहीं रह सकता! मैं बराबर बहस किये जाता हूँ। जैसे बीमार मैं हूँ, वह नहीं। जबकि मुझे कोशिश यह करनी चाहिए कि किसी-न-किसी तरीके से उनका मन फेर सकूँ...उनका ध्यान नकली नोंक-झोंक से हटाकर ऐसी चीज़ों की तरफ़ मोड़ सकूँ, जो सचमुच असली हैं, जिन्हें कम-से-कम ज़िन्दगी के इस किनारे आकर समझना चाहिए।

कौन-सी असली चीज़ें?

वह निपट सूनी आँखों से खिड़की के बाहर देखने लगा। अस्पताल के बाहर घास का एक छोटा-सा मैदान था। जनरल वार्ड के मरीज़ वहाँ टहलते रहते थे। नीली धारियों के कमीज़-पाजामों में वे जेल के कैदी-से दिखाई देते थे। उसके पिता अगर उनके बीच खड़े हों, तो उन्हें अलग करके पहचानना असम्भव हो

जाए, यह सोचते ही एक ठण्डी-सी सिहरन उसकी देह में दौड़ गयी। उसने बूढ़े की ओर देखा, जैसे कोई पीला-पुराना गुड्डा बिस्तर पर औंधा पड़ा हो। बहुत पहले जिससे बच्चे खेलते थे, किन्तु अब उसका कोई आकर्षण नहीं। वह मैले चीथड़ों का हौआ भी नहीं, जिससे डरा जा सके। दूसरों को डराया जा सके।

वह बेचैन-सा होकर बिस्तर पर लपका और बूढ़े की देह धीरे-धीरे सहलाने लगा। बूढ़े ने विरक्ति से उसका हाथ अलग कर दिया। वह हर किसी की छुअन से घबराते थे। न जाने, मुद्दत पहले कैसे उसकी माँ के साथ एक बिस्तर पर लेटते होंगे? पर इस बार वह हटेगा नहीं। बच्चों की ज़िद में आकर उसने बूढ़े का हाथ फिर पकड़ लिया।

"आपका मन भटका रहता है। आप कुछ पढ़ते क्यों नहीं?"

सिरहाने की तिपाई पर गीता रखी थी। घर में थे, तो रोज़ सुबह-शाम पढ़ते थे, किन्तु जब से अस्पताल आये थे, एक बार भी उन्होंने उसे नहीं छुआ था।

"इस हालत में!" बूढ़े ने तनिक उत्सुक आँखों से अपने को देखा—नीचे बेडपेन, ऊपर गीता! वह धीरे-से हँसे, हालाँकि कोई आवाज़ बाहर नहीं आयी।

"आप चाहें, तो मैं पढ़ता हूँ...आप लेटे रहें।"

वृद्ध ने न इनकार किया, न सहमति दी, वह छत की तरफ़ देख रहे थे। उनका हौसला मन्द पड़ गया। आदमी जब गीता-रामायण सुनता है, तो अपने भीतर झाँकता है, छत की तरफ़ नहीं। वह बुझे स्वर में पढ़ने लगा, पोथी के हाशियों पर वृद्ध ने टीका लिखी थी—अपने हाथों अँग्रेज़ी में। उन्हें किसी दूसरे की टीका पर विश्वास नहीं था। श्लोकों को पढ़ते-पढ़ते चोरी-चुपके वह हाशिये पर नज़र डाल लेता था। मानो गीता पर टिप्पणी नहीं, अपने पिता की बहुत पुरानी डायरी पढ़ रहा हो।

बूढ़े ने हाथ ऊपर उठाया। वह सहसा पढ़ते-पढ़ते रुक गया और प्रश्नभरी दृष्टि से पिता को देखने लगा।

"आख़िर तुम कर क्या रहे हो?" बूढ़े ने कहा।

"पढ़ रहा हूँ। आप देखते नहीं?"

"क्या यह रास्ता है?"

"कैसा रास्ता?"

"गीता पढ़ने का, और कैसा? इस रास्ते से स्कूली लड़के टेनीसन भी नहीं पढ़ते...?"

उसके मन में आया कि वह पोथी उछालकर खिड़की के बाहर फेंक दे, किन्तु सहसा बूढ़े के कोमल स्वर से उसके हाथ रुक गये।

"जब तुम छोटे थे, तो इसी ढंग से पढ़ते थे, तुम्हें सुनते हुए मैं सोच रहा था कि तुम दो बच्चों के बाप बन गये, लेकिन तुम्हारे पढ़ने के ढंग में रत्ती भर फ़र्क़ नहीं आया!"

साँस लेकर करवट ली, मानो बोलने की इस मेहनत ने उन्हें सहसा बहुत थका दिया हो। बाहर घिरती शाम अपने सूनेपन का एक अंश कमरे में छोड़ गयी—उन दोनों के बीच और तब बिस्तर की तरफ़ ताकते हुए उसे काफ़ी अजीब लगा कि जिस दौरान वह गीता पढ़ रहा था, वृद्ध अपनी ज़िन्दगी के बारे में नहीं, उसके बचपन के बारे में सोच रहे थे। शाम के धुँधलके में टेनीसन और गीता के बीच भेद की टोह लेना आसान नहीं था। उसे तब पहली बार ख़याल आया कि बूढ़े के साथ-साथ उसका अपना बचपन भी झर रहा है।

"आप सो रहे हैं?" उसने अनिश्चित स्वर में पूछा।

बूढ़े का मुँह डिबिया-सा खुला था, खट से बन्द करके बोले, "नहीं...क्यों?" खिसियानी-सी मुस्कराहट उनके चेहरे पर सिमट आयी।

"आप कुछ खाएँगे?" उसने पूछा, हालाँकि वह रात को कुछ भी नहीं खाते थे। शाम शुरू होते ही वृद्ध की आँखें मुँदने लगती थीं। वह चाहता था कि वह जागे रहें, ताकि सचमुच रात आने पर वह ठीक से सो सकें।

"तुम बाहर टहल आओ।" बूढ़े ने अँधेरे में उसे पहचानने की कोशिश की, "मुझे किसी चीज़ की ज़रूरत पड़ेगी, तो मैं नर्स को बुला भेजूँगा।"

वह कहीं बहुत दूर नहीं जाता था। इसलिए नहीं कि उसे कोई अन्देशा था, लेकिन टहलने के नाम से ही उसे ऊब लगती थी।

लेकिन कमरे में बैठना ख़तरे से ख़ाली न था। वह चाहे सो रहे हों, या जाग रहे हों, उसका 'होना' ताड़ लेते थे, जैसे उसकी उपस्थिति एक बोध हो। इसलिए नहीं कि वह उससे कुछ छिपाना चाहते थे, या खुद छिपना चाहते थे, या अकेले रहना चाहते थे, लेकिन उसे लगता था, जैसे वह एक छुट्टी भोगना चाहते हों, जैसे ये लम्बी बीमारी की छुट्टियाँ हों, जिनमें किसी का साझा उन्हें बर्दाश्त नहीं।

छुट्टी की इन घड़ियों में वह बूढ़े को अकेला छोड़ देता, कुछ देर तक अँधेरे गलियारे की बेंच पर बैठा रहता। उसे सहसा अपने बच्चे याद आते, जो काफ़ी छोटे थे। वह पिछले दिनों की दौड़-धूप में लगभग उन्हें भूल गया था। उसे यह चीज़ काफ़ी हास्यास्पद जान पड़ती कि वे अपने पिता के आने की उसी तरह प्रतीक्षा कर रहे होंगे, जैसे वह अपने पिता के जाने की। घबराकर वह अपनी

पत्नी की चिट्ठी बाहर निकालता और अस्पताल के अँधेरे में उसे पढ़ने की कोशिश करता और शब्दों के बीच वह स्त्री के प्रेम को टटोलने लगता, जो अरसा पहले उसकी चाहना रही थी। वह उसे पकड़ने को आगे बढ़ता और भूल से उस दरवाज़े को पकड़ लेता, जिसके पीछे वह अँधेरे में तप रहे होते। वह बुख़ार चढ़ने की घड़ी होती और वह भाँप जाते कि दरवाज़े के पीछे कोई खड़ा है। गो अवे... बुख़ार में वह अँग्रेज़ी में चीख़े...गो अवे! लीव मी एलोन! गो...गो...गो...जैसे वह किसी भूत से अपना पिण्ड छुड़ा रहे हों। वह अँधेरे में भागने लगता और फिर सहसा रुक जाता। बीच के गलियारे में वह केरल की नर्स मिल जाती, जो फ्लोरेंस नाइटिंगेल की तरह मरीज़ों के कमरों में चक्कर लगाया करती, हाथ में लालटेन की जगह सिर्फ़ टार्च होती, और एक क्षण उसके प्रकाश में उसकी आँखें चुँधिया जातीं।

"आप कहाँ भाग रहे थे?" वह हैरानी से पूछती।

"आपके पास!" वह कहता।

"हमारे पास?" वह दिलचस्पी से उसे देखती। चालीस वर्ष का आदमी, अँधेरे गलियारे में भागता हुआ—आइए, हम चाय बनानेवाले थे। आपका इन्तज़ार था।

वह तफ़रीह की घड़ी होती। ग्यारह बजे रात। बड़े गलियारे के छोर पर उनका कमरा। कोई शोर नहीं। लगता, वह अपने घर की रसोई में चला आया हो। सब कमरे से अलग। एक चौड़ी काउच, जिस पर दो नर्सें आराम से अगल-बगल सो सकती थीं। दीवार पर एक तस्वीर—दिल्ली का कोई मकबरा, झाड़ियों के झुरमुट में सोया हुआ, जिसे देखकर हमेशा दूसरे दिनों की याद आती थी। धूप और पिकनिक की, लड़कियों की, हवा में हँसती लड़कियों की। वह काउच पर औंधे पड़ जाता और सिसकने लगता। गो, लीव मी एलोन! गो! गो! कोई आवाज़ फुसफुसाती, जैसे वह टेप पर दर्ज हो, जिसे वह किसी क्षण सुन सकता है। गीदड़ों की रिरियाहट से अलग। कितने गीदड़ थे, भले आदमी! मार्च के दिनों में गीदड़ और जंगल की ख़ुशबू! वह ऊँघने लगता। माँ पोटली लेकर खड़ी है—जा, कुछ खा ले, पेट में डाल ले। मैं कितना ज़िन्दा हूँ। माँ! इतना ढेर-सा ज़िन्दापन! एक नशीली-सी गन्ध उसे घेरने लगती, नर्सों के उतरे हुए कपड़ों से आती हुई, जिन्हें वे काउच पर छोड़ जातीं। आप सो गये? देखिए, पानी उबल रहा है! केरल की नर्स उसके कन्धे को सहलाती और वह हड़बड़ाकर उठता ...जी नहीं, बीच-बीच में नींद के झोंके आते हैं। आप चक्कर लगा आयीं? रात के आख़िरी चक्कर। वह परदा उठातीं और टार्च से मरीज़ों को देखतीं, फिर लौट

आतीं। लगता, समूचा अस्पताल एक अन्तहीन बुख़ार में तप रहा है, सिर्फ़ यह कमरा नहीं। घर की रसोई-सा अलग, गर्म होते हुए भी शीतल। इतना शीतल कि लगता, यह तफ़रीह की घड़ी है। दूसरे दिनों की तरह। काउच पर गिरे, उतरे हुए कपड़ों की तरह।

"आपकी तबीयत तो ठीक है?" वह हर रात को पूछती।

"जी हाँ, मेरे साथ कोई ख़राबी नहीं..." वह कृतज्ञ सा हो जाता। उसे लगता, चाय चाहे अपने में कुछ न हो, दो-चार प्यालों के बीच अपनी दुनिया समेट लेती है।

"आप दिल्ली ज़्यादा आते-जाते नहीं?" वह उत्सुकता से पूछती।

"जी, अब अरसे से नहीं, लेकिन मेरा पहचाना शहर है.।" केरल की नर्स उन लोगों में से थी, जो अपनी बेफ़िक्री से दूसरों को भी बेफ़िक्र बना देते हैं. ..उन लोगों में से, जिनसे पहली मुलाकात में ही सबकुछ कहने को मन ललकता है। अपनी उजड़ी गृहस्थी के बारे में, अपने बड़े होते बच्चों के बारे में...लेकिन वह अब जाएगी, इस डर से वह चुप रहता। शायद उसकी थकान को देखकर भी ज़ुबान रुक जाती। वह हर रात निढाल-सी होकर कुर्सी पर बैठ जाती और सिगरेट सुलगा लेती। रात की नर्सों में एक वही थी, जो बेझिझक सबके सामने सिगरेट पीती थी।

"मैं अभी आपके कमरे से ही आ रही हूँ।" उसने केतली उतारी। उबलता पानी सहसा शान्त हो गया।

वह उठ बैठा। तेज़ी से दिल धड़कने लगा—"आपने भीतर देखा?"

सिस्टर ने हलके कुतूहल से पूछा—"हाँ, देखा, क्यों?"

"कुछ कहा आपसे?"

"कहेंगे क्या? सो रहे हैं।"

सो रहे हैं? उसके भीतर एक भीगा-सा परदा उतर आया। क्षोभ नहीं, ग्लानि नहीं, महज़ एक भीगा-सा आतंक। जब जागेंगे, तो अँधेरे में जागेंगे। इतनी शक्ति भी नहीं कि उसे बुला सकें। फिर भी वह अपने को रोके रहा, अपने को रोककर बैठा रहा। कम-से-कम एक कप चाय पीने का मुझे अधिकार है। और तब उसने अपना मुँह दोनों हाथों से ढाँप लिया। सिर के सफ़ेद होते बाल अपनी-अपनी जगह खड़े होकर चमकने लगे। हे ईश्वर, हे ईश्वर...मुझे होता क्या जा रहा है! भले आदमी, यह अपने अधिकारों के बारे में सोचने का समय है?

अस्पताल के पीछे पहाड़ी से गीदड़ों की चीख़ें काँच पर चाकू फेरती हुई उठने लगीं। पहले एक, फिर दूसरी, उस पहली का पीछा करती हुई।

"आपके फादर सरकारी दफ़्तर में थे?" नर्स ने उसकी ओर देखा।

"जी हाँ, सारी ज़िन्दगी।" सिस्टर ने 'फादर' शब्द कुछ इतने स्नेह से कहा कि लगा, मानो वह उसके पिता के बारे में नहीं, अपने गाँव के पादरी के बारे में पूछ रही है। देर तक वह उस शब्द को सहलाता रहा।

"बहुत अच्छी अँग्रेज़ी बोलते हैं...बिलकुल अँग्रेज़ों के ज़माने की।" सिस्टर धीरे से हँसी। थकान के चिह्न डूबने लगे।

"जी...वह हमेशा शिमला में रहते आये थे।" उसने बच्चों के-से गर्व से कहा, मानो अच्छी अँग्रेज़ी का शिमला से कोई अज्ञात सम्बन्ध हो।

"आप तो तब बहुत छोटे रहे होंगे?" सिस्टर ने दिलचस्पी से सामने बैठे व्यक्ति को देखा, जो चालीस पार कर रहा था। मरीज़ों से अधिक उसे मरीज़ों के रिश्तेदार रहस्यमय जान पड़ते थे।

"काफ़ी छोटे?" वह हँसते-हँसते रुक गयी।

"जी हाँ," वह भी मुस्कराया, "मैं उनकी छड़ी पकड़कर उतराई उतरता था।" इच्छा हुई, कुछ और कहे, उन दिनों के बारे में, जो पत्तों की तरह लिथड़कर ज़मीन पर चिपक गये थे, लेकिन ज्यों ही वह छूने आगे बढ़ा, उसके हाथ उन्होंने पकड़ लिए...लीव मी एलोन! फॉर गॉड्स सेक, लीव मी एलोन! और उसके हाथ जहाँ थे, वहीं टँगे रहे।

"आप और चाय लेंगे?"

"जी नहीं...मैं अब चलूँगा।" लेकिन वह उठा नहीं। कमरे की सूनी गरमाई ने उसे बाँध रखा था। नर्स खिड़की के बाहर देख रही थी। अँधेरे मैदान के बीच अस्पताल की बत्तियाँ जैसे अकेले दिन की धड़कन हों, धक-धक टिमटिमाती हुई।

"आप रात भर जागती हैं?"

"अजी कहाँ?" सिस्टर ने कहा, "जब सिर्फ़ कोई नया एडमिशन होता है, तभी उठना पड़ता है। नहीं होता, तो रात-भर सोते हैं।"

"लेकिन अगर आपको कोई मरीज़..." वह हकलाने लगा, जैसे मुँह पर आते शब्द को मक्खी की तरह हटा रहा हो, "मेरा मतलब है अगर कोई केस सचमुच बिगड़ा हुआ हो?"

सिस्टर ने लम्बी, थकी हुई साँस ली, "ऐसे लोग बहुत शान्त हो जाते हैं ...आख़िरी स्टेज पर कोई ड्रामा नहीं होता।"

"आख़िरी स्टेज पर...?" उसकी देह ऊपर से नीचे ठिठुरने लगी।

"जी हाँ, उस घड़ी वे हमें तंग नहीं करते।"

"सब मरीज़?"

"तक़रीबन सब।"

वह कुछ देर तक सिस्टर के शब्दों पर लटका रहा। वह एकदम हलका हो गया। तक़रीबन सब, यानी 'वह' भी। एक गहरी चैन की छाँह में उसने आँखें मूँद लीं।

"आप वापस चले जाएँगे?" सिस्टर को उसकी शान्ति अजीब-सी लगी।

"वापस कहाँ?" काँपते हाथों से उसने चाय का ख़ाली कप तिपाई पर रख दिया।

"मेरा मतलब था, छुट्टी ख़त्म होने पर।" सिस्टर ने मानो उसे दिलासा देते हुए कहा।

"ओह!" वह ढीला होकर हँसने लगा, "जी हाँ, मेरा परिवार है। बच्चे हैं, जो बड़े हो रहे हैं।"

सिस्टर चुपचाप उसकी ओर देखती रही। लोगों की अपनी दुनिया हो सकती है, अस्पताल की चहारदीवारी के बाहर, यह बात उसे हमेशा मायावी जान पड़ती थी।

"मैं आपसे एक बात पूछना चाहता था।" उसने जी कड़ा करके कहा।

"जी कहिए..."

"आने के पहले मैंने दस दिन की लीव ली थी," उसने थूक निगलते हुए कहा, "आप क्या सोचती हैं...मुझे कुछ और दिन बढ़ा लेने चाहिए?"

"आपको हमारे यहाँ कोई तकलीफ़ है?" सिस्टर के स्वर में अचानक एक गहरी थकान भर आयी।

"मुझे कैसी तकलीफ़?" उसने हैरानी से पूछा।

"नहीं...ऐसे ही।"

सिस्टर के स्वर में जो ठहराव चला आया था, उसे पहचानकर वह बौखला उठा, "नहीं...देखिए...मुझे कोई तकलीफ़ नहीं...मैं बिलकुल ठीक हूँ..." उसे लगा, जैसे बाहर चीख़ते गीदड़ों की आवाज़ से उसकी आवाज़ चिपक गयी है और वह बेतहाशा उसे अलग करने की कोशिश कर रहा हो।

बड़ी नर्स उठ खड़ी हुई। किसी मरीज़ ने घण्टी बजायी थी। किन्तु जाने के पहले वह दरवाज़े पर ठिठक गयी, "बीमारों के लिए यहाँ रहना ज़बरदस्ती है।" उसने धीमे, साफ़ स्वर में कहा, "आपके लिए कोई ऐसी बात नहीं।"

उसने सिर उठाया। नहीं, उसके स्वर में कोई व्यंग्य नहीं था, न कोई सहानुभूति। सिर्फ़ एक ठण्डा तथ्य था, जो धुँधले आईने को साफ़ करके अपनी जगह बैठ जाता है। वह भी उठ खड़ा हुआ।

वह दुबारा वार्ड में आकर लेट गया। फिर उठ बैठा। कहीं नींद नहीं थी। अपनी टॉर्च जलायी। रोशनी का गोल चक्कर दीवार पर हिल रहा था। बिस्तर पर कोई हलचल नहीं थी। जैसे वह काली हो। टॉर्च को कापी की तरफ़ मोड़ लिया, एक ख़ाली पन्ना खोला और अपनी पत्नी को पत्र शुरू किया...मैं यहाँ ठीक हूँ। तुम मेरी चिन्ता न करो। रात को अस्पताल में रहता हूँ। दिन में घर चला जाता हूँ। मैंने और भाई ने शिफ्टें बाँध रखी हैं। बीच-बीच में माँ आ जाती हैं। कहना मुश्किल है, अभी कितने दिन यहाँ रहना पड़ेगा। डॉक्टरों को भी निश्चित तौर से कुछ नहीं मालूम। कल ख़ून चढ़ेगा, तो मौक़ा देखकर उनसे पूछूँगा...

कलम सहसा ठिठक गया। मौक़ा देखकर...उसने दुबारा पढ़ा। फिर बिस्तर की ओर देखा, जो अँधेरे में डूबा था। शायद आज नर्स ने नींद की गोलियाँ दी होंगी, नहीं तो इस तरह गुमसुम नहीं लेटनेवाले। वह भी लेट गया। टॉर्च बुझा दी। वह अँधेरा, जो बूढ़े के बिस्तर पर था, अब उसके ऊपर सरक आया। गलियारे में सन्नाटा था। सिर्फ़ जब कभी रात की सिस्टर टॉर्च लेकर गुज़रती, आलोक का एक दायरा मरीज़ों की बेचैन साँसों को समेटता हुआ आगे बढ़ जाता।

"तुम यहाँ हो?" पलँग धीरे-से कराह उठा।

"जी। कुछ चाहिए?" अँधेरे में उसकी आँखें चौकन्नी हो गयीं।

"तुम ज़रा यहाँ कुछ देर बैठोगे...मैं अभी लौटकर आता हूँ।"

नींद और बुख़ार के बीच उनकी आवाज़ पारे-सी चमक रही थी। वह बिस्तर पर उठ बैठा। ठण्डे पसीने की धार माथे पर बहने लगी।

"कहाँ जाइएगा? मैं आपके साथ चलता हूँ।" उसने कहा।

"तुम नहीं," बूढ़े ने कहा, "मैं जाता हूँ। अभी लौट आता हूँ।"

"आप कहीं नहीं जाएँगे...यह घर नहीं है!" गुस्से और क्षोभ में उसकी आवाज़ थरथराने लगी।

बिस्तर पर लेटे आदमी ने करवट ली।

"कौन-सा घर! तुम्हें मालूम है, हम कितने घर बदलते रहे हैं?" बूढ़े ने कहा।

यह नींद की गोलियों की गफ़लत है, उसने हताश होकर सोचा।

"तुमने बताया नहीं कौन-सा घर?"

गलियारे में हवा उठी थी। मार्च के पत्ते सरसराते हुए घूम रहे थे।

"कोई बाहर है?" बूढ़े ने पूछा।

"जी नहीं, बाहर सिर्फ़ हवा है," उसने कहा, "आप सोते क्यों नहीं?"

कुछ देर दोनों के बीच सन्नाटा रहा, फिर अचानक बूढ़ा अपने पलँग पर बैठ गया, "मेरी बात मानोगे?"

"कहिए..."

"मुझे घर ले चलो!" बूढ़े का स्वर बहुत धीमा हो आया था।

वह अँधेरे में उन्हें देखने लगा। कुछ देर तक दोनों की साँसें आसपास घूमती रहीं।

"आप घबराते हैं?" उसने धीरे-से कहा, "घर में क्या है, जो यहाँ नहीं है?"

"वहाँ कुछ नहीं है, इसीलिए मैं जाना चाहता हूँ।" बूढ़े की आवाज़ नींद के इस छोर पर चली आयी थी, जैसे कोई डूबकर बाहर निकला हो..."यहाँ... यहाँ..." वह टटोलने लगे।

"यहाँ क्या?" उसने उतावली से पूछा।

"यहाँ मुझे लगता है, तुम सब लोग मेरा इन्तज़ार कर रहे हो।" लगा, जैसे साँसों के झुरमुट में एक काला साँप निकल आया है। वह उसे बहुत भीतर निगलता ले गया।

अब वे दोनों बैठे थे। एक पलँग पर, दूसरा फ़र्श पर। दोनों अँधेरे में एक-दूसरे को घूर रहे थे।

"तुम बोलते नहीं?" बूढ़े ने कहा।

"आपको मालूम है, कितना बजा है?"

"मुझे जाने दोगे!"

"आप सोएँगे नहीं?" उसका गला रुँध आया। अँधेरे में उसे अपने आप से डर लगने लगा।

"तुम समझते हो, मैं बहक रहा हूँ। अपना हाथ दो...हाँ, मुझे छुओ...अब मुझे छुओ...तुम सोचते हो, मैं बाहर भाग जाऊँगा।" अँधेरे में उनकी हँसी बिल्ली की आँखों-सी चमकी, "छुओ, डरो नहीं। अब तुम बच्चे नहीं हो...छुओ, यहाँ और यहाँ ...देखा तुमने, मैं बाहर हूँ। आइ ऐम आउट आउटसाइड। लुक...कहाँ हैं तुम्हारे हाथ? तुम्हें अब भी हथेलियों पर पसीना आता है। छुओ, यहाँ हाथों को, पैरों को, टाँगों को, गर्दन को...पकड़ो, मेरी गर्दन पकड़ो...नहीं, नहीं, आइ ऐम नॉट हिस्टीरिकल ...आइ ऐम नॉट! छूकर देखो, मैं बाहर हूँ। अब मुझे जाने दोगे? बताओ...मुझे रोकोगे?"

वह छूने लगा, अँधेरे में उनकी देह को। बारिश के बाद जैसे पेड़ गर्म हो जाते हैं, वैसी उनकी देह थी। हर अंग हवा में थरथराता हुआ, जैसे पुरानी, ऐंठी

नसों में उलझी हुई टहनियाँ उसे अपने में लपेट रही हों, भींच रही हों, जैसे पेड़ के तने में अपने तन का एक-एक तिनका बिखरने लगा हो। "छोड़ो!" वह अमानवीय ढंग से चीख़ा, "मुझे जाने दो!" उसे सहसा बच्चे याद हो आये! और वह सुन्न होकर बैठ रहा...बाप होने की वीरानगी...यह भी कोई वीरानगी है?

फिर सबकुछ ख़त्म हो गया। ज्वार उतरने लगा। बाहर एकदम शान्ति घिर आयी। दोनों हाँफते हुए अपने-अपने बिस्तरों पर पसर गये।

सोने के पहले एक धुँधली-सी आकांक्षा हुई। आकांक्षा भी नहीं। सिर्फ़ भीतर एक दस्तक कि कुछ ऐसा कहे, जिसे 'वह' यात्री की तरह इस्तेमाल कर सकें। और उसे खोल सकें, जो अरसे से बन्द है, रसोई की गरमाई, घर के कमरे, बरामदे की पहाड़ी हवा, जहाँ धूल इकट्ठा होती गयी है, खोल सकें और देख सकें ...आख़िर तक खोल सकें।

बन्द करने के लिए कितनी चाभियाँ हैं, खोलने के लिए एक भी नहीं!

ख़ून चढ़ रहा था—एक-एक बूँद बूढ़े की देह में अपना रिश्ता खोजता हुआ, उसमें घुलता हुआ। जब कभी शीशे की नली में अटक जाता, भाई उसे हिला देते और झिझकती बूँदें दुबारा से बूढ़े की बाँह में सफर करने लगतीं।

भाई ने दफ़्तर से छुट्टी ली थी। वह डॉक्टरों को जानता-पहचानता था, नर्सों से हँसी-मज़ाक़ भी कर लेता था। बाहर पेड़ की छाया बाबू के तकिए पर गिर रही थी...हवा में डोलते हुए कभी-कभार ख़ून पर जा गिरती, लाल बूँदों के बीच जैसे कोई बड़ी तितली फँस गयी हो। उसका सिर घूमने लगा। वह बाहर आकर बरामदे में बैठ गया उसी बेंच पर, जहाँ माँ बैठी थीं। उसी बरामदे में, जहाँ कल रात वह अँधेरे में भाग रहा था।

माँ ने उसे देखा और पोटली खोलने लगीं। उसे यही अन्देशा था...।

"अभी नहीं..." उसने फूत्कारते हुए कहा, "अभी मैं कुछ नहीं खाऊँगा!" माँ का हाथ जहाँ था, वहीं टिका रहा। वह उसके गुस्से से घबराती थीं, वह पिछले दिनों पीछे हटकर रहती थीं, जैसे वह कोई नाटक हो, जिसमें उसके बच्चों और बच्चों के बाबू का मुख्य पार्ट हो और जब वे तमतमाते, धमकाते हुए स्टेज के पीछे आते, तो वह उनके पसीने को पोंछतीं, उखड़ा हुआ पेण्ट-पाउडर दुबारा जोड़ देतीं, ताकि वे दुबारा सज-धजकर मंच पर जा सकें।

"तुम नाहक दिन-रात जी हलाट करते हो...आख़िर बीमारी अपने दिन लेगी।" माँ ने कहा। उनके ठण्डे, तटस्थ स्वर को सुनकर वह बौखला उठा।

"कितने दिन?" उसने पूछा, "तुम गिनती हो?" वह माँ की सपाट तटस्थता को भीगे तौलिए की तरह निचोड़ना चाहता था, ताकि उसमें सलवटें पड़ सकें,

ख़ूब ढेर-सी सलवटें...तब उसे सुख होता, "कितने दिन...?" उसने दुबारा पूछा।

लेकिन वे दिन गये, जब माँ उसके शब्द को सुनती थीं। अब वह उसके शब्दों को नहीं, उनके सहारे उसे सुनने की कोशिश करती थीं। शायद एक उम्र बाद ऐसा ही होता है सबके साथ, लेकिन सबसे ज़्यादा माँ-बाप के साथ, जो अपने बच्चों की बढ़ती उम्र की छाया-तले स्वयं छोटे होते जाते हैं।

"सुनो...!" माँ ने उसके शब्दों को बुहारकर एक तरफ़ सरका दिया, "तुम घर जाकर थोड़ा आराम कर लो...मैं और छोटे तो हैं ही...ज़रूरत पड़ी, तो तुम्हें बुलवा भेजेंगे।"

वह जैसे किसी ज़िद्दी बच्चे को पुचकार रही हों। उसने माँ को देखा और मुट्ठियाँ बन्द करके बैठा रहा। वह ताड़ गयी थीं कि वह यही चाहता है। वह यही चाहता था, लेकिन वह एकदम उठा नहीं। वह यह नहीं जतलाना चाहता था कि अस्पताल से छुटकारा पाने के लिए, चाहे कुछ देर के लिए ही, वह इतना उतावला है। माँ और भाई के हाथों में उन्हें सौंपकर वह छुट्टी लेना चाहता था। कितने वर्षों से उसे छुट्टी नहीं मिली, उसने विस्मय से सोचा। जब वहाँ था, तो अपनी पत्नी और बच्चों से छुटकारा पाने की हविश उठती थी। हमेशा नहीं, कभी-कभी दाँत के दर्द की तरह...लेकिन छुटकारा पाना एक बात है, गोली निगलकर दर्द दबाना दूसरी बात है। छुट्टी बीच में कहीं नहीं आती।

भीतर लहू उतर रहा था, चढ़ रहा था। लाल बूँदों के बीच बाबू बेहोशी में बह रहे थे। तकिए पर बाहर की डाल जैसे कोई बारिश में भीगी रहती हो, हिलते ही लाल-लाल बूँदें झरने लगतीं। बूढ़े के चेहरे पर मक्खी घूमने लगती, बेंगाटेल की गोली की तरह, जो बार-बार चारों तरफ़ घूमती हुई एक छेद में आ फँसती है।

वह बिना किसी से कुछ कहे बाहर आ गया। वह कुछ इतने झपाटे से बाहर आया, मानो पेशाब करने जा रहा हो...अभी आया, अभी आया की तरह।

नर्सिंग-होम के अहाते के बाहर आते ही उसके पाँव धीमे पड़ गये। ख़ाली दुपहर में ख़ाली घर जाते उसका दिल सहम उठा! पिछले वर्षों में उसके जान-पहचान के लोग तितर-बितर हो गये थे और जब कभी संयोगवश मिल भी जाते, तो उसका दिल बैठने लगता था। हाल-चाल पूछने के बाद वे बगलें झाँकने लगते। उसे काफ़ी हैरत होती कि वे सब पहले की तरह जी रहे हैं और तब उसे ज़िन्दगी पहाड़-सी जान पड़ती, जिस पर वे सब चींटियों की तरह एक दूसरे को सूँघते हुए ऊपर चढ़ते जा रहे हैं...अपने-अपने बाल-बच्चों के साथ...उसी जगह पहुँचने के लिए, जहाँ आज भी उसके पिता एक-एक साँस के लिए हाँफ रहे हैं।

दम उसका भी उखड़ने लगा, लेकिन वह काफ़ी देर तक चलता रहा, जैसे अस्पताल से जितना दूर भागता जाएगा, छुट्टी उतनी पास आती जाएगी। अस्पताल के पीछे भूली भटियारी का मैदान था। एक यूथ-हॉस्टल जिस पर अलग-अलग देशों के झण्डे फहरा रहे थे। कुछ हिप्पी क़िस्म के लड़के-लड़कियाँ धूप में लेटे थे। चारों तरफ़ भूरे झाड़-झंखाड़। धूल के अटे हुए बनजारों के डेरों से धुआँ उड़ रहा था। औरतें अपने बच्चों के बालों को उधेड़ रही थीं...जुओं और जीवों की खोज में। मांस और मैल की एक देह तनानेवाली गन्ध फैली थी। अस्पताल की ठण्डी, सभ्य गन्ध से बिलकुल अलग, बाहर की दुनिया पर मार्च की नीली छत, खुली छत पर घोंसलों के बादल...वह इन्हें नहीं देखेंगे। उन्हें कुछ भी नहीं मालूम, एक-एक बूँद में रिसता हुआ एक परायी देह का पथराया ख़ून उनकी देह में गिर रहा था। वह उसके नीचे बैठ गया, जैसे भीग रहा हो। उनके ख़ून की सुर्ख छाया-तले, जिस पर चीलें थीं, डॉक्टर थे, माँ थीं...प्रतीक्षा करते हुए। घर था...हाँ, उनका घर।

सुनते हो, मुझे घर ले चलो! पहाड़ी के नीचे। वह उनकी छड़ी पकड़कर नीचे उतरता। उन्होंने पी हुई होती। लड़खड़ाते हुए नीचे उतरते और ऊपर चढ़ते और फिर नीचे उतरते। पहले माल रोड की ढलुवाँ सड़क, फिर काली बाड़ी की उतरायी। वह बार-बार उनकी छड़ी सँभाल लेता। मुन्ने भाई, आज हमने बहुत पी डाली! वह हँसते। क्लब में बैठकर वह दोस्तों के साथ पीते रहते और वह सबसे अलग-थलग खड़ा रहता। खिड़की के पास खड़ा रहता, जिसके ऊपर बर्फ़ में शिमले की बत्तियाँ धुँधुआती रहतीं...आधी रात की बर्फ़ में कोई उन्हें देखता, तो हैरत में पड़ जाता...एक बदहवास-सा लड़का अपने बाप की छड़ी से खुद अपने बाप को घसीटता नीचे उतर रहा होता। दोनों की साँसें बर्फ़ पर धुआँ बन जातीं। माल रोड पर पहुँचते ही वह बहकने लगते, झटके से उसके हाथ से छड़ी छुड़ा लेते और उसे हवा में इस तरह घुमाते, मानो बाबू नहीं, खुद छड़ी शराब के नशे में झूल रही हो। मुन्ने बाबू! हिचकियों के बीच वे कहते—मालूम है, अँग्रेज़ों ने ये सीढ़ियाँ क्यों बनवायी थीं, जो सीधी लोअर बाज़ार में उतरती हैं? तुम क्या जानोगे! तुम तो उस समय पैदा भी नहीं हुए थे! वह रुकते, फिर उसकी तरफ़ ताकते, एक क्षण के लिए बिलकुल गम्भीर बन जाते, कहते, बहुत पहले जब शिमला बना था, माल रोड पर सिर्फ़ अँग्रेज़ चल सकते थे। जब कोई हिन्दुस्तानी भूल से भी माल पर चला जाता, तो पुलिस उसे फ़ौरन सीढ़ियों के रास्ते नीचे लोअर बाज़ार में पहुँचा देती। सच...! हँसते-हँसते वह दुहरे हो जाते। उसके गले में हाथ डाल देते—इतनी जल्दी मत चलो! देखो, हमारी साँस फूलती

है! आई ऐम ब्रेथलेस! वह अँग्रेज़ी पर उतर आते—लुक, डोण्ट रन! माई ब्रेथ! इट इज़ रनिंग आउट...इट कम्स ऐण्ड गोज़...

टूटती हुई साँस। कितने वर्षों बाद वह अब भी है, बेहोशी के आर-पार झाँकती हुई...अपने को पराये ख़ून के कतरों में पिरोती हुई...सनसनाती लू की तरह सफ़ेद अस्पताली बिस्तर पर...बेडपेन के आसपास...अपने ही ख़ून-पेशाब में तर-बतर।

वह भागता हुआ लौटा, जैसे किसी काम को पूरा करके लौट रहा हो। अस्पताल के अहाते में घूमते ही उसे चैन मिली, मानो उसने आसपास की भटकती प्रेत-छायाओं से छुटकारा पा लिया है। पिछले दस वर्षों में वह पहली बार निकम्मा और ख़ाली रहा था...ख़ाली और खुला और अपने में लौटता हुआ। कितना अजीब था वह मार्च का दिन...उसने कुछ भी नहीं खोया था...जिन चीज़ों को वह अरसे से भूल चुका था, वे सब अपनी-अपनी जगह क़ायम थीं, मौक़ा पाते ही अपने फड़फड़ाते पंखों समेत उसके कन्धों पर बैठ जाती थीं। जहाँ-जहाँ उसके पैबन्द लगाये थे, अपनी चोंचों से उन्हें चीरती हुई, फाड़ती हुई...और वह हवा में उड़ती उन फटी हुई थिगलियों के पीछे दौड़ने लगता। उन्हें पकड़ने, अपने में दबोचने के लिए...सुनो, मेरी साँस...वह आती है और जाती है...तुम सुन रहे हो?

वार्ड के आगे ही उसे भाई मिले। वह उसी की प्रतीक्षा में बैठे थे। उन्होंने यह भी न पूछा कि वह दिन भर कहाँ घूमता रहा था।

"तुम थके-से जान पड़ते हो," उन्होंने उसे देखकर कहा, "आज घर में ही सो जाते।" वह खुद काफ़ी ढीले और म्लान दिखाई दे रहे थे। भाई पर मन भर-सा आया।

"ख़ून देना ज़ारी है?" उसने पूछा।

भाई के चेहरे पर एक खोयी-सी परेशानी उतर आयी, "आधा ख़ून देंगे—अगर ठीक हालत रही।" अगर हालत ठीक रही? उसने प्रश्न-भरी दृष्टि से भाई को देखा, "साँस उखड़ती है।" भाई ने धीमे स्वर में कहा, "वह ज़्यादा सँभाल नहीं पाते।" दोनों देर तक बाहर डूबती रोशनी को निहारते रहे। वह डूबते हुए भी अँधेरा नहीं बनी थी। उस क्षण उसे लगा, जैसे बाप की बीमारी एक सहारा हो, जिसके बहाने वे दोनों एक-दूसरे को सहारा दे सकें। बीच में कोई ड्रामा नहीं। संवाद ज़रूर हैं, लेकिन वे बाबू के साथ हैं, जो जब तक कोई क्यू न दें, आगे

बोलने का मतलब नहीं। वह 'मतलबी' आदमी हैं...ख़त्म हो जाएँगे। मतलब की पोटली नहीं खोलेंगे...

"यह पोटली है," भाई ने कहा, "माँ तुम्हारे लिए छोड़ गयी हैं। कुछ खा लेना। सुबह दफ़्तर जाने के पहले मैं एक बार ख़बर लेता जाऊँगा। तुम भी सोने की कोशिश करना। कोई फ़ायदा नहीं, तुम भी बीमार पड़ जाओगे।" जाने के पहले भाई भीतर झाँकते हैं। भीतर कोई आवाज़ नहीं। एक पीले बल्ब के नीचे बाबू की सुतवाँ नाक चमकती है...नयी उभरी दृष्टियों के बीच एक पुराने टीले-सी, जिस पर साँस चढ़ती है और उतर जाती है...

"तुम घबराओ नहीं!" उसने भाई के कन्धे को पीछे खींच लिया, "मैं यहाँ हूँ। मैं रात-भर इनके साथ रहूँगा...।" भाई ख़ाली आँखों से उसकी ओर देखते हैं ...एक रेगिस्तान पार करते हैं और फिर एक हरी घास के टुकड़े पर आकर ठिठक जाते हैं, जहाँ कभी उनका बचपन रहा होगा—"देखो, अगर कुछ ऐसा-वैसा हुआ, तो मुझे बुला लेना। मैं एकदम आ जाऊँगा। आगा-पीछा मत देखना। होगा कुछ नहीं, लेकिन कुछ अन्देशा हो...मेरा मतलब है, एक आदमी एक ही है और दो आदमी...और देखो, चादरें बदलते रहना...मेरा मतलब है, यह गीले में लेटे रहते हैं और नर्सों को पता भी नहीं चलता...।"

उसके मन में आया कि भाई से कहे...तुम रुक जाओ। इतनी चिन्ता है, तो एक रात रुक जाओ, कौन-सी रात आख़िरी होगी, किसी को नहीं मालूम। वह तुमसे थोड़ा-बहुत डरते हैं, मुझे वह बाहर का आदमी समझते हैं। बात-बात पर बहस करते हैं। तुम कहोगे, मुझे चाहते भी हैं। शुरू से तुम्हारे मन में रहा है कि मुझे तुमसे ज़्यादा चाहते हैं, लेकिन अगर तुम बुरा न मानो, तो एक बात कहूँ कि मैं उनके चाहने से आजिज़ आ गया हूँ...सच, उन्हें शर्म-सी आती है, जैसे चाहना गैरत की बात है और मैं घबराता हूँ। लेकिन उसने कहा कुछ नहीं और भाई ठहरे नहीं। वह उससे ज़रूरी बातें कर लेते थे, लेकिन उसके परे रेगिस्तान फैल जाता था। गर्म झुलसती रेत पर नंगे पैरों की तरह उनकी बातें चलती थीं। जल्दी-जल्दी पाँव बढ़ाते हुए वह निकल जाते और वह अपनी मैली, मन्द छाँह तले खड़ा रहता...एक पाँव पर, फिर दूसरे पाँव पर, जैसे कोई रिश्ता इतना ठण्डा न हो जहाँ दोनों पाँव एक साथ रखे जा सकें।

वह पोटली लेकर कमरे के कोने में बैठ गया और हबड़-हबड़ खाने लगा। दिन-भर की भूख एक साथ उभड़ आयी थी। उसकी आँखें कभी दरवाज़े पर जातीं, कभी बूढ़े के बिस्तर पर—चिड़ियाघर के जानवर की तरह, जो बोटी-बोटी भकसता हुआ पिंजरे के बाहर देखता जाता है कि कोई बीच में बाधा न डाल

बैठे। लेकिन बाधा-विघ्न उसके मन का था। बाहर शान्ति थी...अस्पताल का ख़ास बोझिल सन्नाटा, जब मरीज़ों के मेहमान विदा हो जाते हैं और मरीज़ सहमे-से अपने-अपने बिस्तरों पर आ दुबकते हैं।

सहसा हाथ बीच में ही ठिठक गये। केवल जबड़ों की 'सी-साँ' में रोटी के टुकड़े ऊपर-नीचे होते रहे।

रात की नर्स ने भीतर झाँका था, "नहीं, नहीं, आप आराम से खाइए...मैं सिर्फ़ देखने आयी थी। सो रहे हैं?"

"जी, हाँ," उसका हौसला तीन गज़ पीछे जाकर एक इंच आगे बढ़ा, "रोज़ इस वक़्त नहीं सोते।"

"घबराने की बात नहीं," वही पुरानी थकान सिस्टर के चेहरे पर उमड़ आयी, "आज ख़ून चढ़ा है, इसलिए थकावट है।"

जब वह जाने लगी, एक वनैले-से डर ने उसे पकड़ लिया...ऐसा डर जिसका कोई रूप नहीं, सिर्फ़ एक खट्टे स्वाद में लिथड़ा हुआ...घबराने की कोई बात नहीं? वह धीरे से हँसा, "नहीं जी, मैं घबराऊँगा क्यों?" ईडियट की तरह उसने सिस्टर का वाक्य दुहराया।

"कुछ ज़रूरत पड़े, तो मैं ड्यूटी-रूम में हूँ...ठीक?" वह कोमल स्वर में बोली ...ज़रूरत से ज़्यादा नर्म, मानो वह उसकी हँसी से अप्रतिभ हो आयी हो। फिर वह बिना कुछ कहे उल्टे पाँव लौट गयी।

उसकी हँसी अपनी जगह तनी रही। वह इनसे एक-एक करके बदला लेगा! जब चाहें, कमरे में फटाफट आ जाती हैं! उससे और कुछ नहीं खाया गया। उसने पोटली बाँधी और फ़र्श पर बिखरे रोटी के टुकड़े समेटने लगा। एक बार इच्छा हुई, लगे हाथों सारे कमरे को बुहार दे। फिर यह सोचकर ठिठक गया कि कहीं उसकी खटर-पटर से बाबू न उठ बैठें। लेट दि स्लीपिंग डॉग्स लाई। काफ़ी बेहूदा अँग्रेज़ी कहावतें उसे ग़लत-सही मौक़ों पर याद आती थीं। बचपन की आदत, जिससे अभी तक छुटकारा नहीं मिला था। उसने अपना बिस्तर खोला और लेट गया...सोते हुए कुत्ते, सड़क के आर-पार जिनसे बच-बचकर निकलना पड़ता है। साले मुँह फाड़े, लेटे रहते हैं चिलचिलाती धूप में सुर्ख़ आँखें मूँदकर...ज़ुबान बाहर निकालकर बूँद-बूँद थूक की लार टपकाते हुए, हाँफते हुए। बहुत देर तक वह पासवाले पलँग से हाँफती हुई साँसें सुनता रहा। जब वह थोड़ा-सा सोने लगता, वे उसकी नींद में सूराख कर जातीं और बड़ी मुश्किल मेहनत से वह जिस

थोड़ी-सी नींद को इकट्ठा कर पाता, वह एक गन्दे परनाले की तरह इन सूराखों से बाहर बह जाती।

फिर सबकुछ बहने लगा। स्टाफ़-रूम में नर्सों की हँसी, गलियारे में पत्तों के भागने का शोर, जो दरवाज़ों को खटखटाकर खुद ख़ामोश हो जाता। मार्च के पागल पत्ते और उनके साथ झरती हुई दिल्ली, जहाँ बहुत पहले वह परीक्षाएँ देने आया करता था। इतने बरसों बाद भी जब वह दिल्ली की सड़कों पर लोटते, हवा में घूमते, पापड़-से पपड़ाए पत्तों को देखता, तो उसे और कुछ न याद आकर परीक्षाओं के दिन याद आते थे...साफ़, चमकीले और पीले वर्क में लिपटे हुए ...और बगल में दबाए हुए बाबू के नोट्स, जो वह ख़ास उसके लिए लिखते थे।

परीक्षाओं के दिन और उनके नोट्स, जैसे वे भी बहती नदी का हिस्सा हों। अस्पताल के बाहर अँधेरे में गीदड़ों के रोने में हाथ बँटाते हुए वह हड़बड़ाकर उठ बैठा। यह बाहर नहीं, भीतर की आवाज़ थी, कमरे के भीतर की। वह रो रहे थे, जैसे कमरे में वह अकेले हों और उनके साथ कोई न हो। उसने अपना काँपता हाथ बिस्तर पर रखा और उसे खोजने लगा, जहाँ वह थे। वह अब हाँफ नहीं रहे थे, उखड़ी हुई साँसें किनारे पर बैठकर सुस्ताने लगी थीं। लगता था, चढ़ाई ख़त्म हो गयी और अब वह नीचे उतर रहे होंगे। फिर यह बिलखना क्यों ...जैसे उतरना कोई शर्म की बात हो। वह उन्हें सहारा देने के लिए झुका, जैसे छड़ी की मूँठ टटोल रहा हो। अँधेरे में उसके हाथ ख़ून देने की नली से जा टकराये। एक सहमी-सी झनझनाहट बिजली-सी लपलपाती हुई दोनों के आरपार डोल गयी।

"तुम यह कर क्या रहे हो?" वह एकदम चिल्लाने लगे।

"मैंने सोचा..."

"सोचो नहीं, सो जाओ...तुम्हें मेरी नींद की गोलियाँ चाहिए, तो ले लो ...मुझे छुट्टी दो!"

वह जहाँ था, वहीं बैठ गया। नींद की गोलियाँ वह खाएगा? फिर वही मैला, बरसों पुराना गुस्सा फन निकालकर घूमने लगा। भीतर-बाहर की तहों को छीलता हुआ ऊपरी मांस को कुरेदने लगा, जहाँ से ख़ून निकलता है। उसे लगा, जैसे अब भी वह पुराने दिनों की तरह जूते हाथ में उठाए सीढ़ियाँ चढ़ रहा है, चुपचाप, एक-एक क़दम चुराते हुए, जिससे बाबू की नींद में कोई खलल न पड़े। लेकिन वह पहले से ही ऊपर उसके इन्तज़ार में खड़े हैं, सो नहीं रहे, सिर्फ़ देख रहे हैं कि कैसे वह जूतों को हाथ में लिये चोरों की तरह ऊपर चढ़ रहा है ..कम, कम गू कांण्ट फील मी! वह हँस रहे थे...वह उन दिनों इसी तरह हँसते थे।

वह रो रहे हैं।

उसे पगली-सी आकांक्षा हुई कि वह इन दोनों के बीच से निकल जाए ...उनके वैसे हँसने और ऐसे रोने के बीच से। फिर वह बीच में ही रुक गया। उसे लगा, वह जीत रहा है। वह जी रहा है, इसलिए जीत रहा है। यह अनुभव भयंकर रूप से विस्मयकारी था। एक ख़ास सीढ़ी पर पहुँचकर महज़ जीना ही जीतना हो जाता है...बिना बदला चुकाए, बिना अपनी तरफ़ से हाथ-पैर मारे ...एक घिनौने क़िस्म की जीत...लेकिन खालिस, ठोस जीत, जिसे तुम छोड़ना भी चाहो, वह तुम्हें नहीं छोड़ती।

उसने झपाटे से बत्ती जलायी। बिस्तर चमकने लगा। चादर के छोर पर काले-से धब्बे थे...वही ख़ून, जो दिन के समय उन्हें दिया गया था, जगह-जगह बिस्तर पर छिटक आया था, पान के कत्थे-सा, जो सूखने के साथ-साथ स्याह पड़ गया था।

"तुम मेरे ऊपर खड़े हो?" बूढ़े ने हवा में हाथ हिलाया, मानो किसी अदृश्य मक्खी को अपनी देह से उड़ा रहे हों।

"आपको कोई बुरा सपना आया?"

"बुरा सपना? तुम बहक रहे हो!" बूढ़े ने फूत्कारते हुए कहा।

"आप...आप रो रहे थे।"

रोशनी का एक दायरा उन दोनों के बीच सरक आया। वे आमने-सामने थे। पीछे, कहीं बहुत पीछे पत्तों का कोलाहल था...गलियारे में ख़ामोशी से खेलता हुआ।

"जब तुम छोटे थे, तुम्हें सोते हुए पसीना आता था।" बूढ़े ने कहा।

"अब भी आता है।" उसने कहा।

"मुझे मालूम है, मैं तुम्हें हर रात देखता हूँ।"

"आप देखते हैं जब मैं सो रहा होता हूँ?" उसके स्वर में एक हिकारत-सी भर आयी...घृणा से दूर, ग्लानि के पास।

"हम तुम्हारी चादरें बदलते थे..." बूढ़े ने कहा।

"आप मेरे बारे में मत सोचिए...अपना देखिए!" उसने थरथराते स्वर में कहा।

"अपना देख रहा हूँ...तुम भी कभी देखते हो?" वह अश्लील ढंग से हँसे। हे ईश्वर! इस उम्र में...ज़ोर से मन में आया कि उनके दोनों हाथ पकड़कर झिंझोड़े, लेकिन वह बैठा रहा। जहाँ कुछ क्षण पहले उसकी जीत थी, वहाँ अब कुछ न था। उस कुछ नहीं की दीवार से वह चिपटा हुआ बैठा रहा, छिपकली-सा,

जिसे वह लाठी से कुरेदते हैं और वह कभी इधर भागता है, कभी उधर, लेकिन दीवार को नहीं छोड़ता।

वह धुँधुआता हुआ अपने बिस्तर पर लौट आया। लेकिन लेटा नहीं। जैसे आधा खेल अभी बाक़ी हो। वह बीच में भागेगा नहीं, आख़िर तक उनके साथ चलेगा। उनके ब्लफ के साथ-साथ उस दाँव तक, जहाँ उन्हें अपने पत्ते दिखाने या गिराने के अलावा कोई दूसरा रास्ता नहीं रहेगा।

पत्ते? वे भाग रहे थे, अस्पताल के अँधेरे गलियारे में, हर वार्ड का दरवाज़ा खटखटाते हुए।

"सो रहे हो, तो बत्ती बुझा दो।" बूढ़े ने करवट ली। वह बत्ती बुझाने बिस्तर के पास आया।

"सुनो!"

"आपने कुछ कहा?" उसके हाथ ठिठक गये।

"मैं तुमसे माफ़ी माँगता हूँ।"

उसे लगा, वह हँस रहे हैं। चेहरे से नहीं, शब्दों से...शब्दों से नहीं सिर्फ़ अपनी बुख़ार में तपी समूची देह से, जो वह थे, जो वह बनते गये थे।

उसने पत्थर उठाया, तो नीचे 'माफ़ी' नहीं थी। वह पुराने कीड़े-केंचुल थे, जो सूरज की रोशनी में तिलमिलाने लगे। उसने जल्दी से पत्थर पुरानी जगह सरका दिया। वह लेट गया। फिर वह वहीं लौटने लगा, जहाँ मिट्टी में लिथड़ा पत्थर चमक रहा था—'आप कसकर लाठी की मूँठ पकड़े रहिए', उसने बाबू से कहा। अँधेरी ऊबड़-खाबड़ उतराई पर उनके पाँव लड़खड़ा जाते थे, जैसे सफ़ेद बर्फ़ पर वह अपने नशे के लाल सुर्ख फूलों के इर्द-गिर्द चक्कर लगा रहे हों...।

"माफ़ी कैसी?" उसने भर्राए स्वर में कहा, "आप कह क्या रहे हैं?"

"मैं सोच रहा था..." बूढ़े का स्वर विनीत-सा हो आया, "मैं सोच रहा था, तुम हमेशा ग़ुस्से में तने रहते हो।"

"सुनिए, आप मेरी फ़िक्र मत कीजिए।" उसका स्वर अनायास बहुत धीमा पड़ गया, "मैं बहुत सुखी हूँ।"

"तुम दिखते नहीं।"

"मैं उतना ही सुखी हूँ, जितना हो सकता हूँ।" उसने कहा, जैसे बूढ़े के सामने प्रार्थना कर रहा हो। किन्तु उन्होंने शायद उसे सुना भी नहीं। वह कहीं बहुत दूर चले गये थे। बातों के बीच-बीच में रस्सी छूट जाती थी और बाबू दूसरे छोर पर बह जाते थे....वह दुबारा रस्सी खींचता था और वह दुबारा आ जाते थे—आधी बेहोशी के धुन्ध में घिसटते हुए, पानी-कीचड़ में लथपथ।

उसने उन्हें वैसे ही छोड़ दिया। अपना बिस्तर दुबारा से बनाया और टॉर्च को सिरहाने रख दिया। फिर अँधेरे में उनका बिस्तर टटोला। उसे हल्की-सी ख़ुशी हुई कि अभी तक कोई भी चादर गीली नहीं हुई थी। सिर्फ़ पीठ के पीछे हल्की-सी नमी थी, जो अकसर बूढ़ों और बच्चों के बिस्तरों पर आ जाती है, पेशाब और पसीने से अलग, देह की एक अलग कुलबुलाती दूधिया गन्ध...।

कुछ देर तक दोनों ही इस गन्ध-तले लेटे रहे...दिन, महीनों, वर्षों के बुने हुए कम्बल के नीचे। वह और वह, ऊपर और नीचे, एक-दूसरे से अलग एक-दूसरे का ख़ून सँभालते, पिता और पुत्र। रात की सिस्टर ने भी झाँका तो सन्नाटा था और दोनों की साँसें इतनी समतल और लीक-बँधी थीं कि उसे कोई भी ख़तरा महसूस न हुआ। वह निश्चिन्त होकर उलटे पाँव, दबे क़दमों से लौट गयी, दरवाज़े को आधा खुला छोड़कर, ताकि मौक़ा पड़ने पर वह तुरन्त भीतर आ सके।

मौक़ा पड़ा, तो आधी रात को, जब वह ऊपर उठी थी, बाहर घास पर जहाँ मरीज़ों के मेहमान चारों तरफ़ बासी अख़बार, मूँगफलियों के छिलके और मरी हुई सिगरेटें बिखरा गये थे। वे सब अँधेरे में उठती हवा के साथ बह रहे थे।

"तुम्हारी माँ कहाँ हैं?" वह आधी बेहोशी में फुसफुसाए, "मेरा मतलब है, इस वक़्त कहाँ होंगी? सुनो, वह इस तरह मुझे छोड़कर नहीं जा सकतीं, आख़िर हम मुद्दत से साथ रहे हैं। तुम लड़के हो, तुम कुछ भी नहीं थे, जब हम थे। वह भी कुछ नहीं है। हालाँकि एक ज़माने में, जब तुम नहीं थे, वह सब कुछ थीं... चलें? बाहर मार्च है, तुम्हें याद है तुम इसी महीने में हुए थे। तुम्हें क्या याद होगा? तुम्हारी माँ, और मैं और तुम....।"

"क़हाँ? आप कहाँ जा रहे हैं?"

"मैं लौट रहा हूँ। मुझे छोड़ो, इस वक़्त छोड़ो! जानते हो, तुम चालीस के हो, कुछ तो शर्म करो!"

"आप ठहरिए...मैं बुलाता हूँ, आप सब समझ जाएँगे।"

"तुम बहक रहे हो...नहीं, नहीं, गीता को रहने दो, वह किसी काम की नहीं! नहीं। गलत मत समझो। मैं हमेशा विश्वास करता आया हूँ...लेकिन इस वक़्त वह किसी काम की नहीं! हमें आख़िर तक जाना चाहिए...गीता बीच में रहने की चीज़ है, आख़िर तक जाने की नहीं...आख़िर तक कुत्ता जाता है और वह भी बिलकुल आख़िर तक नहीं...यह तुम क्या कर रहे हो? तुम उठकर गीला बिस्तर बदलोगे, उससे पहले मैं उसे कई बार भिगोना चाहता हूँ। जितना गीला होता जाएगा, उतना सूखता जाएगा और जब तुम उठोगे, तो वह सूखा होगा,

सिर्फ़ तुम्हारे हाथ पसीने से भीगे होंगे...सुनो, इस तरह मुझे मत पकड़ो... मैं कोई भाग नहीं रहा...तुम... ।"

"आप कर क्या रहे हैं...ऐसी घड़ी में?" उसने बूढ़े को दोनों हाथों से भींच लिया। वह छटपटा रहे थे।

"ज़रा ठहरिए, मैं नर्स को बुलाता हूँ। वह आपको ठिकाने लगाएगी । हे ईश्वर! आप सो नहीं सकते! अच्छा! न सोइए, अब आप बोलिए, मैं सबकुछ सुनूँगा, लेकिन माँ के बारे में बहस नहीं... वह घर में हैं। सुना, यह घर नहीं है, जहाँ आप कुछ भी कर सकते हैं...इतने लोग बीमार होते हैं, लेकिन आप की तरह..." वह ग़ुस्से में हकलाने लगा..."आपकी तरह कोई इतना बेताब नहीं हो पाता!" माथे पर पसीने की धार बहने लगी। उसका स्वर रुआँसा हो आया, "फिर वही...देखिए, आप जा कहाँ रहे हैं...? आपको मालूम है, आप तमाशा कर रहे हैं...आधी रात के वक़्त...छिः छिः छिः छिः।"

बूढ़े ने फड़फड़ाती आँखों से उसे देखा। देर तक शून्य आँखों से देखते रहे। फिर धीरे-से कहा, "आइ ऐम एशेम्ड ऑफ़ यू! सुन लिया, या दुबारा कहूँ...? आज की बात नहीं...आई हैव आलवेज़ बीन एशेम्ड ऑफ़ यू...ऑफ़ यू आल!" उनके मुँह से लार बहती हुई गले तक चली आयी, जहाँ सफ़ेद मांस की थैलियाँ झूल रही थीं। सफ़ेद मांस पर, नीली नसों के बीच रास्ता टटोलते हुए, एक काली लकीर, जंगल की गर्मी में हाँफते, फुफकारते साँप की तरह। वह एकटक जड़, मन्त्रमुग्ध-सा होकर उन्हें ताकता रहा। मुँह पर बहते साँप को... फिर एक भयानक ख़तरे ने उसे जकड़ लिया, "आप रुक क्यों गये? बोलिए ...आप इस तरह चुप नहीं हो सकते! देखिए ...आपको हम पर शर्म है, उसके आगे? बोलिए! नहीं, आप इस तरह नहीं जा सकते...बहस के बीच में...आप सुनते हैं, यह घर नहीं है, जहाँ से आप कहीं भी जा सकते हैं। यहाँ से आप कहीं भी नहीं जा सकते!" वह हँसने लगा और बूढ़े के दोनों कन्धों में अपना सिर सिमटा लिया। उनके अंग-अंग को जगाने की बेतहाशा कोशिश करने लगा— "...स्पीक...स्पीक...! यू काण्ट गो, लाइक दिस...स्पीक...स्पीक...स्पीक...!"

दरवाज़े पर नर्स खड़ी थी। टॉर्च के दायरे में दो गुँथी हुई देहों को देखकर वह एक क्षण समझ न पायी, मरीज़ कौन है, मेहमान कौन है? कौन बाक़ी है, कौन जा चुका है?

1970

6

दो घर

बीच सड़क पर उनकी पुकार सुनाई दी। हकबकाकर मैंने चारों तरफ़ देखा। पहली निगाह में अधूरी-सी पहचान आयी और फिर वे ख़ुद दौड़ती हुई मेरी तरफ़ चली आयीं।

हम आमने-सामने खड़े रहे। वे हाँफती रहीं। बन्द कमरे की स्मृति को खुली सड़क पर खोलो, तो सिवाय विस्मय के कुछ हाथ नहीं आता। उन्हें सिर्फ़ एक बार भीतर घर में देखा था—साड़ी में। अब वे स्कर्ट पहने थीं, कन्धे पर सब्ज़ी-सामान का झोला था, बालों पर स्कार्फ। दुपहर की धूप में उनका चेहरा बिलकुल साफ़ और उजला—बिलकुल निस्पन्द लग रहा था।

उन्होंने कुछ नहीं कहा। मेरा हाथ पकड़ा और लगभग घसीटते हुए मुझे फ़ुटपाथ पर ले गयीं।

"मैं दो बार आपके घर गयी थी—दोनों बार ताला लगा था।" उन्होंने पर्स से रूमाल निकाला और माथा पोंछने लगीं।

जब आदमी बीच में पकड़ा जाता है, तो सबकुछ बताता है—कुछ अपनी खिसियाहट छिपाने, कुछ आगे का रास्ता टटोलने। मैं भी उन्हें अनावश्यक विस्तार से सबकुछ बताने लगा—अपनी यात्राओं के बारे में, उन सब शहरों के बारे में, जहाँ-जहाँ मैं गया था; बिना इस चीज़ का ध्यान किये कि वे एकटक अपलक आँखों से मुझे घूरे जा रही हैं—सुन कुछ भी नहीं रहीं। वे सचमुच कुछ भी नहीं सुन रही थीं।

मेरे दिल में उनके प्रति जो रूखापन था, नापसन्दगी तक को छूता हुआ, वह एकदम ऊपर सरक आया।

"आपके बच्चे..." अचानक कुछ याद आया, हल्की-सी पीड़ा उठी। मैंने उसे दबाया नहीं, "आपके बच्चे ठीक हैं?"

एक लावारिस-सी हँसी उनके चेहरे पर आयी। उन्होंने मेरा हाथ छोड़ दिया। मुझे हैरानी हुई कि वे अब तक मेरा हाथ पकड़े थीं।

"आपको तकलीफ़ देनी थी।" उन्होंने एक बार फिर माथा पोंछा, मानो पसीने के बहाने परेशानी सोखना चाहती हों, "कलकत्ते से चिट्ठियाँ आती हैं। मैं एक लफ़्ज़ भी नहीं पढ़ सकती..." वे बीच में ही रुक गयीं। हड़बड़ाते हाथों से अपना पर्स खोलने लगीं। मैंने जल्दी से उनका हाथ पकड़ लिया।

"अभी नहीं..." मैंने कहा, "एक दिन घर आऊँगा।" उन्होंने आँखें ऊपर उठायीं। धूप की रोशनी दो डबडबाते धब्बों में बँटकर उनकी आँखों से बाहर झाँकने लगी। न कातरता, न अवसाद। सिर्फ़ दो उद्भ्रान्त-सी निगाहें मुझ पर गड़ी थीं।

"आप आएँगे?" उनके स्वर में सन्देह उतना नहीं, जितना विस्मय था, "यहाँ कोई हिन्दुस्तानी नहीं, जिसके पास जा सकूँ।"

एक बार इच्छा हुई, उन्हें आश्वासन दूँ। उन्हें आश्वासन देकर मैं खुद अपने बोझ से छुटकारा पा लेना चाहता था। किन्तु इतनी भीड़, इतने कोलाहल में कोई भी दिलासे की चीज़ नहीं निकल सकी।

धीरे-धीरे भीड़ में उनका चेहरा खो गया। उनके छितरे बालों पर कसा हुआ भूरे रंग का स्कार्फ, कन्धे पर लटकता हुआ झोला, घुटनों के नीचे खिसकती हुई पुराने तर्ज़ की स्कर्ट। कुछ व्यक्ति होते हैं, जिनका चेहरा खो जाता है—उनकी वेशभूषा आख़ीर तक अटकी रहती है—या चेहरा खोता नहीं, सिर्फ़ उनकी वेशभूषा के आईने से वह देखा जा सकता है। पहले दिन जब उनसे मिला था...

लेकिन वह बिलकुल अलग दिन था। मुझे उस शहर में रहते सिर्फ़ कुछ अरसा गुज़रा था। पहली बार विदेश में यों भी अकेलापन खटकता है—फिर वे ढलते पतझर के दिन थे। घर और बाहर के बीच समूचा शहर एक पीली छाया-सा फैला रहता है। नदी किनारे बेंचों पर बैठा-बैठा जब ऊब आता, तो किसी कन्सर्ट-हाल में शरण पाने की इच्छा होती। उन दिनों बाख़ या मोत्सार्ट के प्रति इतना लगाव नहीं था, लालसा सिर्फ़ यह थी कि सड़कों के ठण्डे परायेपन से कुछ देर के लिए छुटकारा पा सकूँ। मैं अकसर ऐसी सीट चुनने की कोशिश करता कि अगर सो भी जाऊँ, तो भद्र पड़ोसियों के रसास्वादन में कोई खलल न पड़ सके।

उस शाम कौन-सा प्रोग्राम रहा होगा, यह मुझे ठीक से याद नहीं। इण्टरवल होने पर मैं कन्सर्ट-हाल के रेस्तराँ में ही कॉफ़ी पीने चला आया। यहाँ बहुत अधिक भीड़ थी। लम्बी क्यू से बचने के लिए मैं बाहर गलियारे में चला आया। वहाँ काफ़ी कम लोग थे, हालाँकि सर्दी ज़्यादा थी। थोड़ा-सा सो लेने के बाद मैं फिर जीवन्त महसूस करने लगा था—बाक़ी प्रोग्राम को सुनने की इच्छा जगने लगी थी।

वे मुझे बहुत देर से देख रहे थे, यह बाद में पता चला। मुझे उनकी उपस्थिति का एहसास भी न था। मैं गलियारे के लम्बे शीशों के बाहर देख रहा था, जहाँ शुरू शाम का हल्का-सा अँधेरा था। पीछे नदी थी, जो पतझर की इकट्ठा होती धुन्ध में छिप गयी थी; किन्तु जिसके होने का एहसास बराबर बना था। मुझे तब सहसा अपने कन्धे पर हल्का-सा दबाव महसूस हुआ।

मैं पीछे मुड़ता, इससे पहले ही उनकी आवाज़ सुनाई दी—"ज़रा सुनिए ...आप इण्डियन हैं?"

उनका यह प्रश्न अपने बेलौस नंगेपन में अब भी ज्यों का त्यों टँगा है।

"मैंने आपको पहचाना नहीं।" मैंने झिझकते हुए उनकी ओर देखा। वे बहुत छोटे क़द के दुबले-पतले आदमी थे—साँवला तीखा चेहरा, जिस पर शर्म या असमंजस की कोई शिकन नहीं थी।

"मैंने भी नहीं..." उन्होंने मुस्कराते हुए कहा, "यहाँ कोई हिन्दुस्तानी नहीं आता। आप अकेले खड़े थे।"

उनकी आँखें बराबर मुझे नाप रही थीं...लेकिन उनमें अनुभव नहीं था। वे न विचलित करती थीं, न अपनी तरफ़ खींचती थीं। सिर्फ़ उनकी मुस्कराहट में एक उदासीन धुँधुआते किस्म की गर्मी थी, जो अपने देश की याद दिलाती थी।

"आपको यहाँ देखकर काफ़ी हैरानी हुई।" उन्होंने कहा।

"किसलिए?" मैंने खुद हैरान होकर पूछा।

"आप पहले हिन्दुस्तानी हैं जिनसे यहाँ मिला हूँ।"

"आप अकसर यहाँ आते हैं?"

"शुरू में बहुत आता था...आप जानते हैं, शुरू में हर हिन्दुस्तानी भूखे भेड़िये की तरह घूमता है।" वे धीरे से हँसे, जिसमें खुशी नहीं थी...सिर्फ़ पास आने की कोशिश थी।

"आप काफ़ी अरसे से यहाँ हैं?" मैंने पूछा।

"नौ साल..." इस बार उन्होंने मुझे न देखकर मुझसे परे देखा...जैसे अचानक उनकी दिलचस्पी मुझमें बुझ गयी हो। एकदम अजनबी स्वर में पूछा,

"आपने बुरा तो नहीं मान लिया...न जान, न पहचान, आपको यूँ ही रोक लिया?"

मैंने विरोध किया, तो कुछ ढीले पड़े।

"लगता है, आप बिलकुल नये हैं?"

अपने लिए 'नया' शब्द मुझे कौतूहलपूर्ण लगा, लेकिन उनके स्वर में कोई व्यंग्य नहीं था—कम-से-कम उस क्षण मुझे नहीं लगा। वे शायद कुछ और पूछते, एक अतृप्त, भूखी-सी जिज्ञासा अब भी उनके चेहरे पर थी, लेकिन उसी समय इण्टरवल की घण्टी सुनाई दी।

"कन्सर्ट के बाद मिलेंगे। मैं यहीं आपका इन्तज़ार करूँगा।"

बिना उत्तर की प्रतीक्षा किये वे भीतर जानेवाली भीड़ में मिल गये। मैं कुछ देर अपनी सिगरेट पूरी करने को सूने गलियारे में खड़ा रहा। कुछ लोग अपने को दूसरों पर थोप देते हैं—उनमें ऐसा कुछ नहीं था फिर भी उनके स्वर में कुछ ऐसा आग्रह था, जो मुझे आख़ीर तक बेचैन करता रहा। अपनी सीट पर दुबारा लौटकर भी देर तक मैं उनसे छुटकारा नहीं पा सका। उनसे दुबारा मिलने की उत्सुकता कहीं भीतर ही भीतर मर गयी।

किन्तु वे नहीं भूले थे। कन्सर्ट ख़त्म होने पर जब बाहर आया, तो वे भीड़ से अलग दरवाज़े पर खड़े थे। मुझे देखकर धीरे-से मुस्कराए। कहा कुछ नहीं—चुपचाप मेरे साथ बाहर चले आये।

ट्राम-स्टेशन जाने का एक ही रास्ता था। इसलिए साथ चलने में कोई दुविधा नहीं पड़ी—न मुझे, न शायद उन्हें। हम अँधेरे में चलते रहे। ठण्ड काफ़ी थी। पेड़ों के नीचे शान्ति थी...हवा का निशान नहीं था, इसलिए जो पत्ते नंगी शाखाओं पर अधमरे लटके थे, उनके गिरने की कोई आशंका नहीं थी।

"आप यहाँ अकेले ही रहते हैं?"

"जी..." मैंने कहा।

"तब तो आपको घर लौटने की जल्दी नहीं होगी।" उनके स्वर में आश्वासन था, जैसे रात अभी शुरू हुई हो और वे वर्षों बाद मुझसे मिले हों।

"आपका तो यह पहला पतझड़ होगा।" उन्होंने कहा।

"हाँ...इस शहर में।" मैंने कहा।

"मैं जब शुरू में आया था, तो मुझे बहुत अजीब लगा था। अपने देश में पत्ते कब उगते है, कब झरते हैं, पता नहीं चलता। यहाँ एक बाढ़-सी आ जाती है मैं उन दिनों आप ही की तरह अकेला था। आज भी जब कभी नंगे पेड़ों के नीचे चलता हूँ, तो शुरू का महीना याद हो आता है।"

"काफ़ी अरसा हो गया आपको..." मैंने कहा, "बीच में कभी देश लौटना नहीं हुआ?"

वे चुप रहे, सिर्फ़ थोड़ी-सी देर तक, लेकिन अँधेरे में चलते हुए लगा, मानो वे बहुत देर से चुप हैं। फिर सहसा वे बीच फ़ुटपाथ पर ठहर गये, जैसे सोचने का सिलसिला एक गाँठ में अटक गया हो।

"लौटना कोई आसान है...आप ही बताइए?"

मैं भी ठहर गया था। इच्छा हुई, उनका चेहरा देख सकूँ लेकिन अँधेरे में एक मटियाली छाँह के अलावा कुछ भी दिखाई नहीं दिया।

"यहाँ पास ही एक बहुत पुरानी पब है...मैं तो पीता नहीं, लेकिन अगर आप कुछ देर के लिए बैठना चाहें..." वे बीच में रुक गये, मानो मुझे थाह रहे हों कि मैं कितने पानी में हूँ।

मैं एकदम कृतज्ञ-सा हो आया। घर लौटने की जल्दी नहीं थी, लेकिन मेरे लिए इस तरह सर्दी में चलते रहना भी दूभर था। अब मुझे उनके साथ रहना भी नहीं अखर रहा था...एक सीमा के बाद हम दूसरों के साथ रहकर भी अपने में सुरक्षित रह लेते हैं।

वे शहर की तरफ़ जानेवाली एक सँकरी गली में मुड़ गये। मैं उनके पीछे-पीछे चलने लगा। उनकी चाल-ढाल से लगता था कि वे शहर के हर राज-मिराज को पहचानते हैं। किन्तु जब वे एक अधेड़ खँडहरनुमा इमारत के सामने आकर रुक गये, तो मुझे उनकी पहचान पर हल्का-सा सन्देह हुआ। उन्होंने मुड़कर मेरी तरफ़ देखा, "पुरानी जगह है... अठारहवीं सदी से यहाँ बियर बनती है। मैं लम्बे अरसे से यहाँ आता हूँ।"

बात सचमुच सही थी। भीतर आते ही लगा, वे घरेलू घेरे में चले आये हैं। वेटर से लेकर हर मेज़ के पियक्कड़ उन्हें जानते थे। जब वे उनसे बात कर रहे थे, मैं अपने चारों तरफ़ देखने लगा। दीवारों पर शेर-चीतों के भूसा-भरे सिर मेरी ओर ताक रहे थे...छत की शहतीरों पर बरसों का धुआँ चिपका हुआ था। काउण्टर के ऊपर मैडोना की एक बहुत जर्द, फटी-पुरानी तस्वीर थी...

वे आये तो उनका चेहरा दमक रहा था, "बहुत पुराने दोस्त हैं, बरसों से इन्हें जानता हूँ।" कन्सर्ट-हाल के गलियारे में जो झिझक उनके चेहरे पर देखी थी, अब वह एक हौसले में बदल गयी थी—वे बिलकुल दूसरे आदमी लग रहे थे।

उन्होंने मेरे लिए बियर मँगवायी, अपने लिए नीबूवाली चाय। मुझे कुछ संकोच-सा हुआ—वे ऐसे व्यक्ति नहीं लगते थे, जो परहेज़ में विश्वास रखते हों।

परहेज़ी लोग दूर से ही पहचान लिए जाते हैं—कम-से-कम मैं हमेशा पहचान लेता हूँ।

"आप यहाँ यह पीने आते हैं?" मैंने कुछ हँसी में कहा।

"हमेशा से नहीं..." उन्होंने कहा, "डॉक्टरों ने बिलकुल मना किया है... पुरानी लत है, इसलिए कभी-कभी यहाँ चला आता हूँ।"

पब की रोशनी ज़्यादा नहीं थी, लेकिन जितनी थी, उसमें उनका नाक-नक़्श उभर आया था। कभी बहुत कोमल चेहरा रहा होगा। अब चारों तरफ़ ख़ुश्की थी हालाँकि आँखों में अब भी डूबा जा सकता था। बहुत घनी पलकें थीं, आसपास के साँवले घेरों को सँभालती हुई—लेकिन अब वे ख़ुद आँखों पर बोझ जान पड़ती थीं।

"आप बिलकुल नहीं पिएँगे?" अकेले पीना यों भी जबर्दस्ती जान पड़ती है, किसी दूसरे के साथ तो लगभग दयनीय-सा लगता है।

"डॉक्टरों ने कहा कि अब केवल अपने जोख़िम पर पी सकता हूँ..." वे ज़ोर से हँसे, "जैसे पहले कभी दूसरों के जोख़िम पर पीता था। अस्पताल में था, तो सिगरेट तक पर मनाही थी।"

मैंने ज़ोर नहीं डाला, लेकिन वे अस्पताल में थे, यह बात मुझे बहुत दूर ले गयी। पूरे साल-भर...उन्होंने बताया कलकत्ता से आने के कुछ महीनों बाद ही बीमार पड़ गये...फेफड़ों का रोग था। पहले साल किसी सेनेटोरियम में रहना पड़ा। उसके बाद अलग-अलग अस्पतालों में...."अब भी बहुत मुश्किल से पीछा छुड़ाकर भागा हूँ।" उन्होंने हल्के अन्दाज़ में कहा, किन्तु एक महीन-सी अपराध-भावना उनके चेहरे पर सिमट आयी।

कन्सर्ट-हाल में जो बेचैनी आयी थी, वह अब क्षीण पड़ने लगी, लेकिन बिलकुल बुझी नहीं थी। वे अब अजनबी नहीं थे। सिर्फ़ बाहर के आदमी थे, अस्पताल की दुनिया से इस दुनिया में लौटे हुए। शायद वे लोग, जो बहुत से अकेले दिन जेल या अस्पताल या पहाड़ों पर गुजारकर लौटते हैं। उसकी छाया उनके चेहरों पर हमेशा मँडराती रहती है।

मुझे चुप देखकर वे बहुत आत्मीय ढंग से मुस्कराए—पहली बार मुझे उनकी आँखों में अजीब सी व्यथा दिखाई दी।

"अब मैं ठीक हूँ," उन्होंने कहा, "कलकत्ते में होता, तो कब का किनारे लग गया होता।"

"क्या बहुत तकलीफ़ रहती थी?"

"तकलीफ़..." उन्होंने धीरे से मेरे शब्द को दुहराया। कई शब्द पुराने होने

पर भी दूसरे के मुँह से पारदर्शी जान पड़ते हैं—जैसे उस एक शब्द के पीछे समूची ज़िन्दगी का नक़्शा टँगा हो। न जाने क्यों, मैं स्वयं अपने शब्द के सामने बहुत छोटा-सा पड़ गया।

"नहीं...मेरा भाग्य काफ़ी अच्छा है," उन्होंने कहा, "एक महिला मिल गयीं जो अस्पताल में ही काम करती थीं। उन्होंने मेरी बहुत मदद की...एक तरह से कहिए तो उन्होंने मुझे बचा लिया। अब वे..." वे थोड़ी देर ठिठके, फिर धीरे से कहा, "अब वे मेरी पत्नी हैं। पहला हिन्दुस्तानी था जिससे वे मिली थीं.... आपको अजीब नहीं लगता?"

"नहीं।" वह मेरी दूसरी बियर थी और मैं धीरे-धीरे उस छायादार सीमा पर पहुँचने लगा था, जहाँ या तो एक साथ बहुत-सी चीज़ें अजीब लगती हैं, या कुछ भी अजीब नहीं लगता। मुझे उनकी बात सुनकर सुखद आश्चर्य ज़रूर हुआ था कि वे उतने अकेले नहीं हैं, जितना मैंने सोचा था। गृहस्थी चाहे दूसरे की हो, ख़ुद अपने को गरमाई पहुँचाने लगती है।

"आपको थोड़ी-बहुत हैरानी ज़रूर हुई होगी?" उन्होंने मेरी ओर देखा। "किस बात की हैरानी?"

"यही कि...इतनी रात गये मैं आपके साथ बैठा हूँ।" वे थोड़ा-सा हिचकिचाए, मानो अपनी शर्मिन्दगी का एहसास उन्हें मुझसे ज़्यादा हो, "जब से अस्पताल से लौटा हूँ, घर में बैठना असम्भव लगता है। वे ड्यूटी पर चली जाती हैं, बच्चे खेलने चले जाते हैं। अपना शहर होता, तो बात दूसरी होती...यहाँ कुछ भी समझ में नहीं आता।"

"आप घर क्यों नहीं लौट जाते?"

मैंने साहस करके पूछा—ऐसा साहस, जो सिर्फ़ पीने के बाद आता है। और दुबारा कभी नहीं लौटता।

"घर..." उन्होंने भयभीत दृष्टि से मेरी ओर देखा, "कौन-सा घर! मैं आपका मतलब नहीं समझा।"

वे मेरे इतने नज़दीक थे कि मैं अलग हो गया। एक क्षण ऐसा आता है, जब हम भय की गन्ध पा लेते हैं जानवरों की तरह। बीच की धुन्ध कट जाती है। यह मौक़ा होता है, उस गन्ध के साथ-साथ अँधेरी खोह में जाने का, जहाँ दूसरे जुआ खेलते हैं। उस रात मैं बीच में ही रुक गया, मानो उन्होंने अपनी बाज़ी मुझे दिखाई हो, और मैंने आँखें फेर ली हों।

"आप कुछ और पिएँगे?" उन्होंने बहुत ही औपचारिक स्वर में कहा... शायद उन्होंने मेरा पीछे हटना देख लिया था।

"नहीं...अब चलना चाहिए।" मैं उठ खड़ा हुआ। उन्होंने बिल चुकाया और हम बाहर चले आये।

बाहर सबकुछ उजाड़ था। दुकानें बन्द हो गयी थीं। सिर्फ़ उनकी नियॉन-लाइट्स में गली का कूड़ा-कचरा दिखाई दे जाता था। इक्के-दुक्के शराबी स्क्वायर की सीढ़ियों पर बैठे गा रहे थे।

बड़ी सड़क तक हमें साथ जाना था। मैं सर्दी से बचने के लिए जल्द-से-जल्द ट्राम-स्टेशन पहुँच जाना चाहता था। वे बिलकुल चुप थे। अँधेरे में केवल उनकी बोझिल साँसें भयावह जान पड़ रही थीं।

आख़िर मोड़ पर आकर वे सहसा खड़े हो गये।

"आप इस वक़्त घर ही जाएँगे?" उन्होंने अपनी आवाज़ को ज़रूरत से ज़्यादा सहज बनाकर पूछा।

"जी...?"

"मेरा घर यहाँ से बहुत पास है..."

मैं तब भी कुछ नहीं समझ सका।

"वे घर में ही होंगी...आप उनसे नहीं मिलेंगे?"

"इस वक़्त?"

"वे इसी वक़्त अस्पताल से लौटती हैं। उन्हें आपसे मिलकर बहुत ख़ुशी होगी।"

वही भींचता-सा आग्रह—जैसे उन्हें अँधेरे में अकेला छोड़कर मैं न केवल उन्हें जोखिम में डाल रहा हूँ, बल्कि खुद ख़तरा मोल ले रहा हूँ।

"मैं किसी और दिन आऊँगा...जब उनकी छुट्टी होगी।" वे अँधेरे में मुझे देखते रहे।

"पता आपको याद रहेगा?"

"मुझे मालूम है...भूलूँगा नहीं।"

मेरे स्वर में विश्वास इतना नहीं था, जितना अपने को बचाने की कोशिश थी।

वह कोशिश कितनी बेकार थी, यह उस रात मैं नहीं समझा था। मैं कुछ जल्दी पहुँचा था। सोचा था, मकान ढूँढ़ने में देर लगेगी। देर कुछ भी न लगी। स्क्वायर और नदी के बीच उनका मकान था। मैं सीधे रास्ते पर वहाँ चला आया था। कभी-कभी पराए शहरों में यह होता है कि गलियों के शोर से गुजरते हुए अचानक

किसी ऐसे चौराहे पर पहुँच जाते हैं, जहाँ एकदम ख़ामोशी होती है—मानो आवाज़ों का सिरा बीच में टूट गया हो। वहीं उसी टूटे हुए सिरे के पास उनका घर था।

मैं शायद उसे अनदेखा कर देता, अगर वे मुझे दिखाई न दे जाते, धूप में खेलते हुए। बच्ची मुश्किल से छह-सात बरस की रही होगी, छोटा लड़का मुँह पलटकर बैठा था, जिससे उसकी उम्र का अन्दाज़ा एकदम न हो सका। पिता का नाम सुनते ही बच्ची बीच खेल में ठिठक गयी। असीम उत्सुकता से मेरी ओर देखा। बोली कुछ नहीं, हाथ के इशारे से मुझे दरवाज़ा दिखाया और जब तक मैं भीतर नहीं चला गया, मुझे लगता रहा, उसकी आँखें मेरी पीठ पर जमी हैं।

जब कभी मैं उस दिन के बारे में सोचता हूँ, मुझे हमेशा वह अवसन्न पतझड़ी धूप याद हो आती है, स्क्वायर के बीच खेलते हुए वे दोनों बच्चे, और तब मुझे अपनी पीठ जलती-सी जान पड़ती है।

घण्टी बजायी। दरवाज़ा खुलने पर सारा घर खाली दिखाई दिया। वे भी नहीं, जिन्होंने दरवाज़ा खोला था। सिर्फ़ एक बासी गन्ध थी, जो अकसर उन घरों में होती है, जो अधिकांश समय बन्द रहते हैं—एक घरेलू हवा, जिससे घर के प्राणी अपरिचित रहते हैं, किन्तु जो बाहर के आदमियों को सहसा पकड़ लेती है।

"माफ़ कीजिए...मैं अभी आती हूँ।"

भीतर कमरे से आवाज़ सुनाई दी—एक औरत की आवाज़, अगर चेहरा न भी दिखाई दे, तो भी जानने का सिलसिला शुरू हो जाता है।

मैं बैठा नहीं। अपनी जगह बनाने के लिए चीज़ों की जगह बिगाड़नी पड़ती—और वहाँ हर जगह चीज़ें थीं। कोच पर बच्चों की किताबें, कुर्सियों पर कपड़े, फ़र्श पर आधा सिमटा हुआ कूड़ा। मैं सचमुच समय से पहले आ गया था।

"वे आते होंगे...उन्होंने मुझे आपके बारे में सब बता दिया था।"

उन्होंने कमरे में आते ही मुझसे कहा। उनकी साँस चढ़ आयी थी। हालाँकि वे सिर्फ़ एक कमरे से दूसरे कमरे में आयी थीं।

"मैं शायद जल्दी आ गया।"

"नहीं...बल्कि उन्हें आपको जल्दी आने के लिए कहना चाहिए था आजकल एकदम अँधेरा घिर आता है।"

"कहीं बाहर गये हैं?"

"अभी आते होंगे। आपको मकान ढूँढ़ने में तो तंगी नहीं हुई?" चेहरे पर परेशानी थी, जो स्थायी जान पड़ती थी। वे तनिक घबरायी आँखों से मुझे और आसपास की चीज़ों को देख रही थीं, मानों वे अपने घर में न होकर किसी परायी जगह बैठी हों।

मैं जब पीछे मुड़ता हूँ, तो उनका चेहरा याद नहीं आता, जैसा पहले-पहल देखा था। एक रीते अवसाद का अनुभव होता है--काफ़ी हद तक बेमानी--क्योंकि अजनबियों से मिलकर ख़ुशी होती है या झिझक, अवसाद के लिए जगह नहीं होती। शायद इसलिए कि पहली बार एक सफ़ेद महिला को साड़ी में देखा था, तीखा, फूहड़ किस्म का गुलाबी रंग, जो किसी से मेल न खाता था, न उनकी घबराहट से, न मेरी औपचारिकता से। यह साड़ी शायद उन्होंने मुझे दिखाने के लिए पहनी है, यह सन्देह बार-बार मुझे उनकी दृष्टि से दयनीय-सा बना देता था।

"आप हाल ही में हिन्दुस्तान से आये हैं?"

"एक महीना पहले....आपके पति मिल गये, वरना मैं यहाँ किसी को न जानता था।"

"मेरे पति!" एक क्षण के लिए उनका चेहरा कस गया, फिर अचानक वे हँस पड़ीं। "हाँ...वे चुन-चुनकर हिन्दुस्तानियों को पकड़कर लाते हैं, जो जहाँ मिल जाता है।"

उनके स्वर में हल्का-सा व्यंग्य था--ख़ास मेरे प्रति नहीं, समूची स्थिति पर, जिसका मैं अंश था। वे गौर से मुझे देख रही थीं--एकबारगी नहीं--बार-बार। मानो अपने पति के 'हिन्दुस्तानियों' में मेरा दर्ज़ा तौल रही हों।

"बच्चे आपके हैं--बाहर?" मैंने पूछा।

"कौन-से बच्चे?" उन्होंने सशंकित दृष्टि से मेरी ओर देखा।

"खेल रहे हैं," मैंने कहा, "बड़ी लड़की ने ही मुझे आपका घर दिखाया था।"

"ओह सच?" वे हँसने लगीं, "अपर्णा होगी, छोटे भाई के साथ।" उन्होंने इतनी लापरवाही से कहा कि लगा, जैसे वे किसी दूसरे के बच्चों की चर्चा कर रही हों।

"आप चाय लेंगे या कुछ और?"

"अभी कुछ नहीं, उन्हें आने दीजिए।" मैंने कहा।

"वे कब आएँगे, आपको मालूम है?"

मैंने आश्चर्य से उनकी ओर देखा, "नहीं...मैंने सोचा था, वे घर में होंगे।"

"घर में होना चाहिए था—हैं नहीं," वे धीरे से हँसीं, "आपसे सचमुच कुछ नहीं कहा? वे काफ़ी देर तक आपके साथ बैठे रहे थे।" वे एकटक मुझे ताक रही थीं। पहली बार वे उम्र में बहुत पकी-सी जान पड़ीं। चेहरे पर आँखों के नीचे दो-तीन झुर्रियाँ गढ़ी थीं, पुरानी शिकायतों की तरह।

"आप जानती हैं, हम सिर्फ़ एक बार मिले थे।" मैंने कहा।

"एक बार काफ़ी है...वे सबको बताते हैं।" उन्होंने धीरे से कहा। इस बार उनके स्वर में व्यंग्य-आरोप कुछ भी न था—सिर्फ़ यह एक हठीली-सी थकान थी, जो पीछा नहीं छोड़ती, "मैंने सोचा, आपको भी कुछ-न-कुछ बताया होगा" उन्होंने कहा।

"अपनी बीमारी के बारे में?"

"हाँ उसके बारे में भी। देश लौटने के बारे में कुछ नहीं कहा?"

उन्होंने मुझ पर आँखें उठायीं, एक भेदिये की तरह जैसे मैं कुछ छिपा रहा हूँ। कोई ऐसी बात, जिसे वे जानती हैं, फिर भी मेरे मुँह से सुनना चाहती हैं। मेरे पास कहने को कुछ भी न था।

"आपसे सचमुच और कुछ नहीं कहा?" इस बार सन्देह उतना नहीं, जितना भय था, वह भय मुझे भी छू गया।

"नहीं, विश्वास कीजिए, और कुछ नहीं।"

कुछ देर तक हम ऐसे ही अनिश्चित ख़ामोशी के झिलमिले में बैठे रहे। बाहर बच्चों की आवाज़ें सुनाई दीं तो वे चौंककर खड़ी हो गयीं।

"देखिए, बैठे-बैठे अँधेरा हो गया और कुछ पता भी न चला।"

उन्होंने कमरे की बत्ती जलायी—शाम के धुँधलके में हम अनायास आत्मीय-से हो आये थे। अब रोशनी में फिर नये सिरे से अजनबी हो गये। वे भीतर चली गयीं।

सहसा जबर्दस्त इच्छा हुई कि चुपके से बाहर निकल जाऊँ। उन्हें कुछ भी पता न चलेगा। फिर अपने पर ही ग्लानि हुई...इस तरह चोरों की तरह भाग जाना! मैं अपने को दबाए बैठा रहा।

समूचे घर में सन्नाटा था। बाहर हवा चलती, तो दीवार पर टँगा कैलेण्डर खड़खड़ाने लगता। किसी हिन्दुस्तानी फर्म का कैलेण्डर था, शिव-पार्वती का ओज-भरा पोज़। मेण्टल-पीस पर अगरबत्तियों का बण्डल, काली घाट के चित्र। शेल्फ़ में बंगला पुस्तकें। नज़र जहाँ जाती थी, कोई हिन्दुस्तानी चीज़ दिखाई दे जाती। विदेशी घरों में वे ज़रूरत से ज़्यादा 'हिन्दुस्तानी' जान पड़ती थीं। कोने

में तानपूरा रखा था—धूल में अटा हुआ। शायद बहुत अरसे से उसे छेड़ा नहीं गया था।

दरवाज़ा खुला, तो देहरी पर वे दिखाई दिये। कोई अन्तर नहीं था। कपड़े वही थे, जो उस शाम कन्सर्ट-हाल में देखे थे, जो न नये दिखते हैं, न कभी मैले होते हैं।

"देर से बैठे हैं—वे कहाँ हैं?"

"अभी भीतर गयी हैं, आती होंगी..."

"अच्छा तो आपकी मुलाक़ात हो गयी।" उन्होंने उड़ती निगाह से मुझे देखा। कन्धे के थैले उतारकर कोने में रख दिये।

"आप ऊब तो नहीं गये? कैसी लगीं आपको?"

"कौन?" मैंने बिना कुछ सोचे-समझे कहा।

"मेरी पत्नी और कौन? उन्हें हिन्दुस्तानियों से मिलने का शौक़ है। मैंने भी सोचा, आप से मन भरकर बातें कर लें।" उन्होंने जिज्ञासा-भरी निगाहों से मेरी ओर देखा—और तब अचानक मुझे लगा, उनकी दृष्टि में वही सन्देह और भय था, जो कुछ देर पहले उन महिला की आँखों में देखा था।

"वे कभी हिन्दुस्तान नहीं गयीं।" उन्होंने धीरे से कहा। फिर कुर्सी पर बैठ गये।

भीतर रसोई में सन्नाटा था। आस-पड़ोस की आवाज़ें भी बुझ गयी थीं। केवल दीवार पर कैलेण्डर की खड़खड़ाहट सुनाई दे जाती थी।

कुछ देर बाद दोनों बच्चे आये। छोटा लड़का एक क्षण भी न ठहरा, सीधा भागता हुआ रसोई में घुस गया, बड़ी बहन ठिठकी थी—कुछ आश्चर्य से अपने पिता को देख रही थी, मानो उनका इस वक़्त घर में होना कोई अनहोनी बात हो।

"नाम बताओ।" उन्होंने उसे अपने पास खींच लिया।

"अपर्णा" उसने धीरे से कहा। पहली बार मैं समझा नहीं और उसे दो बार अपना नाम दुहराना पड़ा...दोनों बार उतने ही धीमे स्वर में, जितना पहली बार।

"बंगाली आती है?" मैंने पूछा। वह चुपचाप मेरी ओर देखती रही।

"अभी समझती नहीं...माँ की भाषा बोलती है।" उन्होंने उसे अपने से सटा लिया, "जब छोटी थी, मैं अस्पताल में था। कुछ भी सिखाने का मौक़ा नहीं मिला।"

बिजली की रोशनी में उसका साँवला रंग बहुत धुला-धुला सा लग रहा था, बाल और भौंहें भी पिता पर गये थे। सिर्फ़ आँखें और ठुड्डी के नीचेवाली कठोरता माँ की याद दिलाती थी।

"कुछ बोलोगी नहीं? वे समझेंगे तुम गूँगी हो।" उन्होंने धीरे से उसके बालों को सँवारा। बोली वह फिर भी नहीं, सिर्फ़ आँखें झपकी थीं—हम दोनों को अपने भीतर समेटते हुए।

मैंने उसका हाथ अपने हाथ में ले लिया। उसने उसे वहीं रहने दिया, न विरोध किया, न अपनी तरफ़ खींचा—मानो इतनी देर से वह इस संकेत की प्रतीक्षा कर रही हो।

"कई बार इच्छा हुई है, इन सबको कलकत्ता ले जाने की..." वे बराबर उसके बालों को सहला रहे थे...भूली, खोयी हुई अँगुलियों से, जो अपने आप चलती रहती हैं।

"ले क्यों नहीं जाते?" मैंने कहा, "आपको भी लम्बा अरसा हो गया है।"

"हर साल सोचता हूँ...फिर अगले साल के लिए टल जाता है।"

"इन्हें शौक़ है जाने का?"

"शौक़ नहीं, पागलपन!" वे हँसने लगे, "हर साल प्रतीक्षा करते हैं, माँ और बच्चे, जैसे कलकत्ता मेरा नहीं इनका शहर हो!"

बच्ची का हाथ गुमसुम मेरी हथेली पर टिका था। पता नहीं, उसे हमारी बातें कहाँ तक समझ में आ रही थीं। शायद वह सुन भी नहीं रही थी—सिर्फ़ एकटक उस चेहरे को निहार रही थी, जो उसके पिता का चेहरा था।

रसोई से उनकी आवाज़ सुनाई दी, और हम सब भीतर चले आये। खाने का कमरा और भी छोटा था, किन्तु मेज़ और कुर्सियाँ न होने के कारण खुला-खुला सा लग रहा था। हम नीचे चटाई पर ही बैठ गये।

वे सब चीज़ों को एक साथ ले आयी थीं। एक खोयी-सी निर्जनता अब भी उनके चेहरे पर थी—लेकिन अब पहले की-सी परेशानी नहीं थी। पसीने की बूँदों और रसोई की गरमाई ने उन्हें घरेलू-सा बना दिया था। पहली बार वे मुझे आकर्षक जान पड़ीं और यह मैं कभी न जान पाता, अगर उनकी बच्ची को इतने पास से न देखा होता। हम अकसर बच्चों में माँ-बाप को देखने के इतने आदी हो जाते हैं कि जब खुद माँ-बाप में उनके बच्चों की झलक दिखाई दे जाती है, तो हमेशा आश्चर्य होता है।

"आपने यह सब बनाया है?"

वे हँसने लगीं, "इन्होंने सब सिखाया है, मुझे तो कुछ भी नहीं आता था।"

ढेर-सा सामान था—ताहिरी, मछली का झोल, पुदीने की चटनी। अरसे बाद मुझे हिन्दुस्तानी खाना नसीब हुआ था।

"मुझे डर था, आपको कुछ पसन्द नहीं आएगा।" उन्होंने झिझकते हुए मेरी ओर देखा, "यहाँ मिर्च-मसाले कुछ नहीं मिलते।"

पसन्द की बात बिलकुल नहीं थी। सिर्फ़ एक हल्की-सी उदासी घिर आयी थी, जो अजनबी स्थान में अकसर जानी-पहचानी चीज़ों के साथ अपने-आप चली आती है।

दोनों बच्चे पिता के इर्द-गिर्द बैठ गये थे। मुझे भ्रम हुआ कि वे माँ की अपेक्षा उनके अधिक निकट हैं...शायद इसलिए कि वे अधिकांश समय घर के बाहर रहते थे।

"दोनों दिन-भर आपस में ही खेलते हैं..." उन्होंने कहा, "मैंने इनकी टीचर से शिकायत की, लेकिन यहाँ सुनता कौन है।"

"शिकायत कैसी?" मैंने पूछा।

"दूसरे बच्चे इन्हें चिढ़ाते हैं। कहते हैं, ये जिप्सी हैं।" वे हँसने लगीं। "यहाँ ज़रा-सा भी रंग काला हो, तो उन्हें सब जिप्सी दिखाई देते हैं। कोई इनसे बोलता नहीं। कोई इनके साथ खेलता नहीं।"

"तुम बहुत जल्दी घबरा जाती हो...जब पहले-पहल मैं यहाँ आया था, तो मुझे भी लोग अचरज की निगाहों से देखते थे।" उन्होंने कहा।

"तुम्हारी बात अलग है। बच्चे बहुत महसूस करते हैं।" उन्होंने मेरी ओर समर्थन के लिए देखा, "अगर ये कलकत्ते में होते, तो इन्हें कुछ पता भी न चलता।"

"तुम हमेशा कलकत्ते की रट लगाए रहती हो..." उनके स्वर में हल्की-सी झुँझलाहट थी—हताश क़िस्म की, मानो इस विषय पर कई बार बहस हो चुकी हो।

दोनों बच्चे तटस्थ भाव से खाने में जुटे थे, जैसे उनका इन बातों से कोई सम्बन्ध न हो।

उनकी चुप्पी हमें भी छू गयी। खाते समय कोई कुछ नहीं बोला। सिर्फ़ उन्होंने सफ़ेद शराब की बोतल खोली, जो वे अपने साथ बाज़ार से लाए थे। खाने के बाद वे छोटे लड़के को सुलाने दूसरे कमरे में चली गयीं। केवल बड़ी लड़की बैठी रही, उनके कन्धे पर सिर टिकाए। उसका हाथ मेरी हथेली से बहुत पहले निकल चुका था, लेकिन पीते हुए लग रहा था, जैसे उसकी गरमाई मेरी अँगुलियों के बीच सुलग रही हो।

"कुछ सुनना चाहेंगे...?" उन्होंने अनिश्चित स्वर में पूछा।

"ज़रूर..." मुझे सबकुछ सम्भव जान पड़ रहा था।

उन्होंने बड़ी लड़की से कुछ कहा, इतने धीमे से कि मैं कुछ नहीं समझ सका। वह चुपचाप अपनी जगह से उठकर तानपूरा ले आयी। मेज़ के नीचे से एक छोटी-सी नोटबुक निकाली, लाल कपड़े के कवर में बँधी हुई जैसे राजस्थानी बही-खाते होते हैं। दोनों एक-दूसरे को देखकर मुस्कराए, मानों मेरी आँखों से कतराकर अपनी आँखों में कोई पुराना भेद बाँट रहे हों।

मैंने पहली बार लड़की के होठ खुले देखे थे, मुस्कराते हुए।

फिर वह ज़रा पीछे खिसक गयी, वे कुछ आगे सरक आये। एक हाथ में तानपूरे को टिका लिया, दूसरे हाथ से नोटबुक के पन्ने उलटने लगे। दरवाज़े की ओर देखा—सब जगह सन्नाटा था। सन्नाटा भी नहीं, एक बेचैनी-सी चुप्पी, जो जिस जगह टूटती है, अपना निशान छोड़ जाती है।

वह निशान आज भी है, हालाँकि मैं अपनी अँगुली उस पर नहीं रख सकता। रवीन्द्रनाथ का कोई गीत था, जिसे वे गा रहे थे। लड़की बहुत पीछे दुबककर बैठी थी। आँखें अँगुलियों पर स्थिर थीं, तानपूरे पर फिसलती हुई—उन्हीं फिसलती अशरीरी छायाओं की तरह, जहाँ झर-झर करते पत्ते थे, अलसायी दक्षिणी हवा में शोर मचाते हुए, जो अपने देश में कोई माने नहीं रखते—लेकिन उस शाम एक विदेशी घर में शराब पीते हुए उनका स्वर अपने घर टपकती छत की आवाज़ था, बारिश और धूप और धुएँ के बीच एक डोलता हुआ जाला, जो कहीं भीतर हमें मकड़ी की तरह फँसाए रहता है...मैं उन्हें देखता रहा, तानपूरे पर चलती अँगुलियों को। एक बार वे ठिठकी थीं, जब वे बच्चे को सुलाकर कमरे में आयी थीं, लेकिन कुछ देर के लिए ही, एक क्षण से भी कम। वे दबे क़दमों से चुपचाप एक कोने में आकर बैठ गयी थीं, और किसी को पता भी न चला था।

वे देर तक गाते रहे। कभी-कभी नोटबुक के पन्नों को उलटकर नया गीत ढूँढ़ने लगते और तब हम उत्सुक प्रतीक्षा में बाट जोहते। एक अधूरी-सी मुस्कान उनके चेहरे पर थी, आधी भीतर, आधी बाहर, लेकिन हमसे बहुत दूर। कोने में खड़ी किसी प्रेत-छाया सी, जिसे वे देख सकते थे, हम नहीं किन्तु उससे हमें कोई शिकायत नहीं थी। दरअसल उस घड़ी मुझे बहुत सुखद-सा अकेलापन लगा, जो अकसर भरे-पूरे परिवारों के बीच अचानक आ जाता है। पत्नी, लड़की, मालिक, भीतर कमरे में सोते हुए बच्चे की साँसें, लगता है, ये सब सही हैं, अपने भीतर का ठिठुरता प्रवासीपन ही झूठा लगता है।

गाना ख़त्म हुआ, तो भी हम प्रतीक्षारत बैठे रहे—जैसी अभी कुछ बाक़ी है। बाक़ी कुछ भी न था। कुछ देर बाद लड़की उठी, नोटबुक को झाड़ा-पोंछा, तानपूरे को अलग कमरे में रख दिया।

"आप ऊब तो नहीं गये?" उन्होंने मेरी ओर देखा।

"ऊबता तो समय का पता चल जाता...देखिए, कितनी देर हो गयी।" देर सचमुच हो गयी थी। आख़िरी ट्राम मिल जाएगी, इसका भी कोई भरोसा नहीं था। विदा माँगने के लिए मैंने उनकी पत्नी की ओर देखा...वे अब भी जैसे 'बाक़ी' की प्रतीक्षा में अलग-थलग बैठी थीं। साड़ी का पल्लू फ़र्श पर गिर आया था और उन्होंने दोनों हाथों से सिर ढक रखा था। पहली बार मुझे आभास हुआ—एक अजीब-सा भ्रम—कि परिवार के भीतर रहते हुए भी वे कहीं बाहर हैं। मेरी ही तरह, एक मेहमान की मानिन्द वहाँ बैठी हैं।

बच्ची सबसे आगे खड़ी थी—दरवाज़े से सटी हुई, पिता के कहने पर हाथ जोड़े। मैं दरवाज़े तक आया, तो उनकी आवाज़ सुनाई दी, जैसे सोते हुए जागी हों, "ट्राम न मिले, तो घर लौट आइएगा...यहाँ सो रहिएगा।" मैंने हामी भरी। कौन-सी स्थिति में उनके घर दुबारा लौटना होगा, उस क्षण इसकी कल्पना भी न की थी।

वे मेरे साथ-साथ ट्राम-स्टैण्ड आये। हवा में पतली-सी धुन्ध थी, जो शुरू पतझड़ के दिनों में पेड़ों के इर्द-गिर्द जमा हो जाती है। ऊपर चाँद उठ आया था। बिलकुल ठण्डा और निस्पन्द। वे मेरे साथ आ रहे थे, लेकिन बहुत देर तक लगता रहा कि जैसे हम दोनों एक-दूसरे से बेख़बर अलग-अलग चल रहे हों।

"आपको कोई अफ़सोस तो नहीं है?" उन्होंने चलते-चलते पूछा।

"अफ़सोस कैसा!"

"आप मुझसे मिले, इस पर।" अँधेरे में मुझे उनकी हँसी अजीब भयानक-सी जान पड़ी—एक चिमगादड़ की अन्धी फड़फड़ाहट-सी, जो दिखाई नहीं देती, लेकिन समूचा तन झिंझोड़ जाती है।

सूनी गलियों के बीच हम तेज़ी से चलते रहे। कुछ भी सुनाई न देता था—केवल उनकी बोझिल साँसें और उनसे भी अधिक बोझिल मेरे क़दमों की चाप।

"एक बात आपसे कहूँ...आप बहुत सौभाग्यवान हैं।"

"कैसे?" मैंने हँसने कोशिश की। मैंने आज तक अपने 'सौभाग्य' के बारे में नहीं सोचा था।

"आपका मन चाहे तो किसी भी समय घर लौट सकते हैं..." उन्होंने कहा।

"यह बहुत छोटा-सा सौभाग्य है।" मैंने कहा।

"नहीं-नहीं, ऐसा मत कहिए। यह बहुत बड़ी बात है।" वे अचानक बीच गली में ठिठक गये। लैम्प-पोस्ट का आलोक सीधा उनके चेहरे पर गिर रहा था, "मैंने आज तक यह बात किसी से नहीं कही...दरअसल कुछ लोगों को अपने देश जाते हुए भी डर लगता है। यहाँ रहकर सोचना अच्छा लगता है, लौटने की हिम्मत नहीं होती।"

याद नहीं आता, हम कितनी देर इस तरह खड़े रहे थे। सुनसान घरों के सामने, लैम्प-पोस्ट की रोशनी के आर-पार। वे शायद कुछ और कहते (शायद कुछ भी नहीं), लेकिन दूर से ही ट्राम के पहियों की घड़घड़ाहट सुनाई दी। सड़क के पत्थर एकाएक चमचमा उठे। हम उसी तरफ़ भागने लगे। ट्राम-स्टैण्ड पर आकर एक मिनट की भी फ़ुरसत नहीं मिली कि हम ठीक-ठाक एक-दूसरे से जुदा हो पाते। वे बाहर हाँफ रहे थे, मैं भीतर। आख़िर तक वह हाँफना ही याद रहा।

•

मैं अब दुबारा उनके घर के सामने खड़ा था। इस बीच सर्दियाँ बीत गयीं और फिर वसन्त के धूपीले दिन, जब मैं खुद अपने में बीतने लगा। उनकी याद भी धुँधली पड़ गयी। फिर गर्मियों के लम्बे दिन आये और मैं यूरोप के दूसरे शहरों में घूमने निकल गया। जब वापस लौटा, तो सात घाटों का पानी मेरे ऊपर था। मैं लगभग वैसा ही पका हुआ, अनुभवी आदमी बन गया, जो विदेश में दूसरे नौसिखिए हिन्दुस्तानियों से कतराते हैं। अब मैं 'निरीह प्रवासी' नहीं था और यद्यपि अकेलेपन का खोल अब भी था, मैं उसके भीतर रस-बस गया था।

वे नहीं रहे, यह ख़बर भी उन्हीं दिनों मिली थी। उस शहर में 'इण्डियन कॉलोनी' इतनी छोटी थी कि जीते-जी सुख-दुख की ख़बर चाहे न मिले, जन्म-मृत्यु का लेखा-जोखा किसी से छिपा न रहता था। अफ़वाह यह थी—एक दिन वे घर से लापता हो गये और दो दिन बाद ही एक दूसरे शहर के अस्पताल ने उनकी मृत्यु की सूचना दी। कैसी परिस्थितियों में उन्हें अस्पताल जाना पड़ा, इस बारे में अनेक अनुमान थे, किन्तु निश्चित रूप से किसी को कुछ मालूम नहीं था।

मैं उस 'अफ़वाह' को बहुत जल्दी भूल जाता, यदि उस दिन रास्ते में वे अचानक न रोक लेतीं। यह शायद बिलकुल आकस्मिक था कि उनकी नज़रों के सामने मैं पड़ गया। फिर भी मुझे आश्चर्य ज़रूर हुआ था कि मेरी अनुपस्थिति

में वे दो बार मेरे घर आ चुकी थीं। वे सिर्फ़ चिट्ठी पढ़वाने इतनी दूर आयी होंगी, यह चीज़ मुझे काफ़ी विचित्र जान पड़ी थी।

वही स्क्वायर था...वही एक साल पहले की धूप। पत्ते अभी झरना शुरू नहीं हुए थे। हवा में ख़त्म होती गर्मियों की गन्ध थी—एक सोनाली-सी गन्ध, जो उन दिनों समूचे शहर में तिरती रहती थी।

मकान चुप था, चुप मकानों की तरह आसपास की आवाज़ों के प्रति अनासक्त। सिर्फ़ वे दोनों खेल रहे थे—पहले दिन की तरह, जब मैं आया था। 'दिन-भर अकेले खेलते हैं।' मुझे उनकी बात याद हो आयी। मुझे देखकर दोनों खेल रोककर एक-दूसरे को देखने लगे। छोटा लड़का अपनी जगह जमा रहा, बड़ी बहन के चेहरे पर उड़ती हुई पहचान आयी, लेकिन उसका अतीत से कोई सम्बन्ध नहीं था। पहचान बच्चों के पास आती नहीं, वे उसे लेकर चलते हैं।

वह अपनी जगह से उठी, सधे क़दमों से मेरे सामने आयी और बिना कुछ कहे मेरे सामने से गुज़र गयी। मैं उसके पीछे-पीछे दरवाज़े तक चला आया। उसे इस बार दरवाज़ा नहीं खटखटाना पड़ा—वह हमारे पैरों की आहट सुनते ही खुल गया था।

वे देहरी पर खड़ी थीं। उनकी छाया दूर दहलीज़ तक खिंच आयी थी।

एक क्षण के लिए मुझे आशा हुई कि मैं वहाँ उनके साथ बिलकुल अकेला नहीं हूँ। कभी-कभी हम किसी घर में बाहर की दुनिया का सहारा लेकर घुसते हैं और जब देहरी के परे वह हाथ छोड़ देता है, तो ख़ुद घर का भीतर बेसहारा-सा लगता है। वे मेरी दुविधा को भाँप गयीं, देखते ही बोलीं, "ऊपर चलिए। इन दिनों शाम के वक़्त हम ऊपर ही बैठते हैं।"

वही साड़ी थी, जिसे पहले दिन उन्होंने पहना था, तेज़ गुलाबी, आँखों को चुभनेवाली। माथे पर सिन्दूर की बिन्दी थी, जिसे पहली बार उनके माथे पर देखा था। दोनों कलाइयों में सस्ते क़िस्म की रंग-बिरंगी काँच की चूड़ियाँ थीं, जिन्हें देखकर—न जाने क्यों—पुराने उदास हिन्दुस्तानी दिन याद आते थे।

अँधेरे जीने से चढ़कर ऊपर आये, तो सबकुछ बहुत खुला-सा जान पड़ा—हालाँकि टैरेस बहुत छोटा था। एक छत का कोना, जहाँ रेलिंग के बजाय ईंटों की दीवार लगी थी। वहाँ दो कुर्सियाँ पहले से रखी थीं। मेरे आने से पहले वे शायद वहीं बैठी थीं। वहीं से उन्होंने मुझे आते हुए देखा होगा। नीचे उतरी होंगी। दरवाज़ा खोला होगा। उनसे बिना पूछे ही मैं कुर्सी पर बैठ गया। लगता

था जैसे पूरे एक साल की थकान मुझ पर घिर आयी हो।

"आपको यहाँ सर्दी तो नहीं लगेगी?" उन्हांने मुड़कर मेरी ओर देखा।

"इतनी धूप में?" मैंने हँसकर कहा, "मुझे नहीं मालूम था, आपके पास इतना ख़ूबसूरत टैरेस है, बिलकुल हमारे शहर की छतों की तरह।"

"आपको पसन्द है?" उन्होंने उत्सुकता से पूछा और पास ही एक स्टूल पर बैठ गयीं, बहुत ही निचले क़िस्म का स्टूल। उनकी साड़ी के अटपटे घेरे में वह बिलकुल अदृश्य-सा हो गया था, "उन्हें भी बहुत पसन्द था। मैं उन्हें सारे घर में ढूँढ़ती थी और वे यहाँ बैठे रहते थे।" उन्होंने धीमे स्वर में कहा।

"बहुत शुरू के दिनों की बात होगी?" मैंने पूछा।

"हाँ...उन दिनों हम पहले-पहल इस घर में आये थे। बाद में...बाद में आदी हो गयी थी।" वे कुछ देर तक चुपचाप टैरेस के नीचे देखती रहीं, जहाँ दूसरे मकानों की छतें थीं।

"आदी होना कोई अच्छी बात नहीं।" उन्होंने मेरी ओर देखा उनके स्वर का हल्कापन मुझे भी छू गया था।

"मैं खुद ऐसी चीज़ों का आदी हो चला हूँ, जिसकी कल्पना भी न की थी।" मैंने कहा।

"किन चीज़ों के आदी?"

"यूँ ही...आदिवासियों की तरह घूमना।" मैंने कहा।

वे धीरे-से हँस पड़ीं, "नहीं...इसमें कोई बुरी बात नहीं।" उनका स्वर बहुत कोमल हो आया था, मानो शाम की ढलती धूप उसे छू गयी हो, "बुरी बात है, दूसरों के लिए आदी हो जाना...तब वे फ़ायदा उठाने लगते हैं।"

पता नहीं, उनका संकेत किस तरफ़ था? इस बार मैं कुछ नहीं बोला, वे ख़ुद जैसे अपने से परे एक हाशिए पर चली आयी थीं—जिसके परे सिर्फ़ बच्चों की आवाज़ें थीं, स्क्वायर पर चक्कर काटती हुई।

"आप कुछ पिएँगे...?" उन्होंने कहा।

"नहीं, अभी रहने दीजिए।" पता नहीं क्यों, मुझे सहसा नीचे से आती बच्चों की आवाज़ों ने पकड़ लिया था।

"अब भी अकेले खेलते हैं?" मैंने पूछा।

"आजकल छुट्टियाँ हैं...हर साल इन्हीं दिनों का इन्तज़ार करते थे।" उनकी आवाज़ कहीं दूसरी तरफ़ थी—धीमी और साफ़। स्क्वायर की धूप अपने को समेटकर दूर मकानों की छतों पर फैल आयी थी।

"वे पूछते तो होंगे?" मैंने आँखें ऊपर उठायीं—अपने शब्दों से पुरानी स्मृति

को खींचते हुए, जैसे बच्चे मरी हुई चिड़िया को खेल-खेल में खींचते हैं और वह धूल में घिसटती जाती है।

"हाँ...यही दिन कलकत्ता जाने के होते थे...हर साल इन्हीं दिनों का इन्तज़ार होता था।" उन्होंने बिना मेरी ओर देखे कहा। वे नीचे स्क्वायर की तरफ़ देख रही थीं, "उन्हें कुछ भी नहीं मालूम...मैंने उन्हें कुछ भी नहीं बताया।"

कुछ भी नहीं मालूम! एक अजीब ठण्डी-सी सिहरन मेरे भीतर सिमटने लगी। बहुत पुरानी शाम याद हो आयी, जैसे किसी म्यूज़ियम में कोई चित्र याद रह जाता है—तानपूरे पर टिकी उनकी अँगुलियाँ, पीछे की तरफ़ दुबकी बच्ची की आँखें, कोने में सिर झुकाए बैठीं वे जो अब मेरे सामने दिन की डूबती रोशनी में बैठी थीं। लगा, जैसे इस शाम से अलग हम उस शाम के शाश्वत फ्रेम में अब भी बैठे हैं।

"आपने कुछ भी नहीं बताया?" मैंने अनिश्चित भाव से उनकी ओर देखा।

"मुझे खुद कहाँ मालूम था?" एक लम्बे नीरव क्षण तक वे मुझे देखती रहीं, "आपने क्या सुना था?"

"मैंने?" मुझे लगा, जैसे मैं कोई अपराध करता हुआ पकड़ लिया गया हूँ, "सिर्फ़ यह कि एक दिन घर छोड़कर चले गये और..."

"फिर वापस नहीं लौटे।" उन्होंने मेरा वाक्य पूरा कर दिया। हालाँकि मुझे लगा, वह अब भी अधूरा हवा में लटक रहा है।

"मैंने अभी आपसे कहा था कि आदी होना अच्छी बात नहीं है। यह मैं अब कहती हूँ। तब नहीं जानती थी। जब वे घर में नहीं होते थे, मैं समझती थी, वे कहीं बाहर गये हैं, यहाँ टैरेस पर हैं। कभी-कभी वे रात-भर नीचे भी नहीं आते थे, यहीं सो जाते थे, हालाँकि यह उनके लिए बहुत ख़तरनाक था..."

"आपने कभी मना नहीं किया?"

"कई बार शुरू में, जब वे अस्पताल से लौटे थे...फिर मैं धीरे-धीरे आदी हो गयी। पिछले एक बरस से वे मेरी नहीं सुनते थे। और मेरी दिलचस्पी भी ख़त्म होती गयी...आपको हैरानी होती है? कभी-कभी ऐसा होता है कि पुराना लगाव बचा रहता है, लेकिन दिलचस्पी ख़त्म हो जाती है।" वे क्षण-भर रुकीं, मानो खुद अपने शब्द से भयभीत हो गयी हों, अनजाने में बहुत आगे निकल आयी हों। एक क्षण झिझकी-सी खड़ी रहीं, फिर कहा, "मैंने सोचा, वे टैरेस पर होंगे, इसलिए बच्चों को सुलाकर खुद नीचे सो गयी। जब दूसरे दिन भी नहीं आये, तो भी चिन्ता नहीं हुई...वे इसी तरह बाहर चले जाते थे। तीसरे दिन पता चला, वे अस्पताल में हैं..."

वे चुप हो गयीं। हल्का-सा अँधेरा हमारी छत पर सिमट आया था, हालाँकि दूर गिरजों की बुर्जियाँ अब भी धूप में चमक रही थीं। नीचे स्क्वायर का शोर बहुत मन्द पड़ गया था, केवल इक्की-दुक्की बुझी-बुझी आवाज़ें ऊपर चली आती थीं।

"आप अस्पताल गयी थीं!"

"हाँ...तब कोई फ़ायदा नहीं था। उनमें इतना होश भी न था कि मुझे पहचान सकते।"

एक असह्य-सी बेचैनी ने मुझे पकड़ लिया।

"उन्होंने कुछ भी नहीं कहा?"

वे चुपचाप मेरी ओर देखती रहीं।

"नहीं, कुछ भी नहीं।"

"और बच्चे...?"

"मैं उन्हें साथ नहीं ले गयी थी। मुझे डर था, उन्हें देखकर उन्हें और भी कष्ट होगा।" वे एक क्षण रुकीं, फिर सीधे मेरी ओर देखा, "उन्हें यूँ भी उनके बारे में बहुत तकलीफ़ होती थी। आख़िरी क्षणों में तो और भी..." उन्होंने मेरी हैरान निगाहों को देखा, और हल्के-से चौंक गयीं "आपको शायद नहीं मालूम. ..हम विवाहित नहीं थे।" वे धीरे-से हँसीं, जैसे उन्हें खुद मेरे अज्ञान पर हैरानी हो, हँसी रुक जाती है, लेकिन चुप्पी ठहरती नहीं। शब्दों को बहाकर हमें उस सूखे किनारे तक ले जाती है, जहाँ से वह खुद शुरू हुई थी। वहाँ निरा सन्नाटा था। नीचे स्क्वायर की बत्तियाँ जलने लगी थीं।

"अब आप कुछ पिएँगे!"

"आज रहने दें..." मैंने कुछ अनिश्चित स्वर में कहा, "मुझे जल्दी जाना है।"

"ठहरिए, मैं अभी आती हूँ।"

वे नीचे गयीं। कुछ देर तक मैं अकेला बैठा रहा। बिलकुल अकेला भी नहीं। उनके शब्द मेरे पास थे—एक अधूरे सिलसिले की तरह, पूरा होने की प्रतीक्षा में। पहली शाम याद आयी, जब वे कन्सर्ट-हाल में मिले थे। फिर ट्राम-स्टैण्ड पर उनकी छाया, एक हल्की-सी व्यंग्यात्मक मुस्कान लिये मुझे घूरते हुए। लगा, कहीं अँधेरी छत पर वे अब भी वैसे ही खड़े हैं। मैं धीरे-से पीछे मुड़ा। तब उनके पैरों की आहट सुनाई दी...वे अपने साथ दो गिलास और एक बोतल लायी थीं, "सोडा नहीं है, आप पानी के साथ पी लेते हैं?" उन्होंने इतने आत्मीय स्वर में कहा, मानो हम दोनों बरसों से एक-दूसरे को जानते हों।

कुछ देर तक हममें से कोई भी कुछ नहीं बोला। शायद अन्तिम गर्मियों का खुला-खुला सा अँधेरा रहा होगा, या व्हिस्की पीने का आलोक (क्योंकि पीने का अपना आलोक होता है) कि हम एक-दूसरे से दूर होते हुए भी समझने लगे कि जो नहीं रहे, उसके बहाने एक-दूसरे के पास हो सकते हैं, कम-से-कम कुछ देर के लिए उसका भ्रम पाल सकते हैं।

"आपसे इन्हीं दिनों मिले थे?" उन्होंने कहा।

"जी...हाँ, वे पतझड़ के दिन थे।" मैंने कहा।

"आपकी बहुत चर्चा करते थे।" उन्होंने कहा।

"कैसी चर्चा?" मैंने तनिक विस्मय से पूछा, "मैं उनसे सिर्फ़ दो बार मिला था।"

"आपको बहुत कम जानते थे, इसीलिए उन्हें लगता था कि वे आपसे बहुत कुछ कह सकते हैं।"

सम्भव है, वे ठीक कहती हों। हर व्यक्ति अपने निजी भेदों के लिए एक अजनबी चुन लेता है। उन्होंने शायद मुझे चुना था। बहुत ग़लत आदमी। आख़ीर तक मैं उनके बारे में कुछ नहीं जान सका।

"आपसे कभी कुछ नहीं कहा...अपने बारे में?" उन्होंने पूछा।

"कभी-कभी कलकत्ता लौटने की बात करते थे...लेकिन मुझे उसमें अजीब कुछ भी जान नहीं पड़ा। घर लौटने की बात सब करते हैं।"

वे गिलास को हाथ में थामे देर तक अँधेरे में ताकती रहीं।

"वह नहीं..." उन्होंने एक छोटा-सा घूँट लिया, "वे आख़िर तक कुछ भी तय नहीं कर सके। वे न खुद जाना चाहते थे, न यहाँ रहना चाहते थे।"

"क्या कहते थे?"

कुछ देर तक वे ख़ामोशी में पीती रहीं—बिना मेरी ओर ध्यान दिये। नीचे बच्चों का शोर एकाएक बन्द हो गया था, सिर्फ़ ट्राम की घण्टियों का स्वर कभी-कभी ऊपर चला आता था।

"कहते कुछ नहीं थे...सिर्फ़ डरते थे।"

"डरना कैसा?"

वे कुछ देर तक अपलक मेरी ओर देखती रहीं, फिर गिलास नीचे रख दिया, "आपसे कभी कुछ नहीं कहा। वहाँ उनकी पत्नी थी, आठ बरस का लड़का था ...जब यहाँ ट्रेनिंग के लिए आये थे, तो वह एक बरस का रहा होगा।"

"आपको मालूम था?"

"मुझे नहीं मालूम होगा?" वे हँसने लगीं, "वहाँ से चिट्ठियाँ आती थीं...

कभी-कभी पढ़कर सुनाते थे। उनके लड़के का फ़ोटो बड़ी बच्ची के पास है। उसे वह अपने साथ लेकर सोती है!"

उन्होंने दोनों गिलास भरे। पहली बार उस शाम मुझे प्यास महसूस हुई, जब गला सूखने लगता है...सचमुच की प्यास, जो मरुस्थल के बीच अकेले झुलसते जानवर की तरह आँख खोलती है।

"आपने चिट्ठियों के बारे में कहा था?"

"उन्हीं के लिए आपको बुलाया था..." वे धीरे-से हँसीं, "मैं अभी तक बंगाली नहीं पढ़ सकती...एक बार उनसे सीखने की कोशिश की थी, फिर सबकुछ बीच में छूट गया।"

"किसकी चिट्ठियाँ हैं?"

"नीचे चलेंगे, तो आपको दिखाऊँगी...कभी उनकी पत्नी भेजती है, कभी उनके पिता...उन्हें अभी तक कुछ भी नहीं मालूम।"

"उन्हें यह मालूम था, वे यहाँ..."

"नहीं, उन्हें कुछ भी मालूम नहीं था। वे हर साल उनके लौटने की राह देखते थे..."

वे चुप हो गयीं...टैरेस पर अब अँधेरा पूरी तरह फैल गया था। ऊपर आकाश में तारे छिटक आये थे, बहुत चमकीले और बहुत साफ़, जैसे अकसर जुलाई की रातों में हिन्दुस्तानी पहाड़ी स्टेशनों के ऊपर दिखाई देते हैं।

"आपने कलकत्ता देखा है?"

"बहुत साल पहले...स्कूल के ट्रिप में जाना हुआ था।" मैंने कहा।

"क्या बहुत बड़ा शहर है?" उन्होंने उत्सुकता से मेरी ओर देखा।

"हाँ...हर बड़े शहर की तरह।"

"वे हमेशा बच्चों को उसके बारे में बताते थे...हुगली नदी, हावड़ा ब्रिज, ब्रिज पर लोगों की भीड़।" वे बोलती रहीं, एक अनवरत लय में, जो पीने के बाद खुद-ब-खुद रस्सी में बँधकर घिसटती रहती है।

"बताते थे, बारिश के दिनों में सड़कों पर इतना पानी जमा हो जाता है कि बच्चे कपड़े उतारकर नहाते हैं...क्या सचमुच ऐसा होता है?"

पहली बार उनकी आँखें चमकीली-सी जान पड़ीं, पानी की चमक जो अँधेरे में भी दिखाई दे जाती है।

"मुझे एक बात कभी समझ में नहीं आयी...वे सबसे कहते थे, मुझसे एक बार भी नहीं।" एक काँपती हुई शिकायत उनकी आँखों के कोरों पर फिसल आयी।

"किसके बारे में?"

"घर लौटने के...मैं उन्हें कभी न रोकती। मैं यहाँ अपने बच्चों के साथ सुखी हूँ। वे वहाँ सुखी रह सकते थे।"

सुख...! उस रात अँधेरी छत पर यह शब्द बेगाना-सा लगा, जिसका नाम सुना था, देखा कहीं न था। उनकी साड़ी, माथे पर बिन्दी, हाथों की चूड़ियाँ, ये सब जैसे उस 'सुख' की निशानी थे, जो कहीं कलकत्ते में आज भी उनकी प्रतीक्षा कर रहा था।

मुझे सहसा कुछ याद आया...सड़क की एक बात, जो चलते हुए उन्होंने मुझसे कही थी।

"एक बार जब पब से लौट रहे थे...कहने लगे, आप न होतीं तो वे बच नहीं सकते थे।" मैंने कहा।

"मैंने उन्हें बचाया कहाँ?" उन्होंने आँखें मोड़ लीं, "वे सिर्फ़ मुझसे बँधे रहे...और कुछ नहीं।"

गिलास को दुबारा भरने के लिए उन्होंने बोतल उठायी।

"नहीं, अब मैं चलूँगा।"

उन्होंने अबूझी आँखों से मुझे देखा, "अभी से? आपको कहीं जाना है?"

"नीचे बच्चे अकेले होंगे।" मैंने कहा।

"वे अब तक सो गये होंगे...बैठिए, अब थोड़ी-सी बची है। इसे अब यहाँ पीनेवाला कोई नहीं।"

मैंने उनका हाथ रोका, लेकिन व्हिस्की सचमुच बहुत कम थी। दोनों में बँटकर सब ख़त्म हो गयी थी।

"क्या वे पीते थे?"

"मुझे मालूम भी नहीं था...जब अस्पताल से लौटी, तो यह आधी बोतल उनकी अलमारी में रखी थी...दवा की शीशियों के पीछे।"

टैरेस के नीचे स्क्वायर ख़ाली पड़ा था। मैं उठकर ईंटों की दीवार के पास चला आया...वहीं उस पर अपना गिलास रख दिया। वे नहीं थे, उनकी आख़िरी व्हिस्की मेरे गिलास में थी। मरकर भी आदमी पूरी तरह से नहीं चुकता, जब तक दूसरे लोग उसकी अन्तिम चीज़ों को पूरा नहीं कर देते। जब वे पूरी हो जाती हैं, तो वह दूसरी बार मर जाता है, इस बार अन्तिम तौर से।

पीछे मुड़ा, तो देखा, वे नहीं थीं। तिपाई पर उनका गिलास ख़ाली पड़ा था। वे कहीं न थीं। सारी छत ख़ाली पड़ी थी। सिर्फ़ छत का अँधेरा भरा-भरा

सा लग रहा था। मैं काफ़ी देर प्रतीक्षा करता रहा...उनके आने के लिए उतना नहीं, जितना अपने जाने के लिए।

मैंने दोनों गिलास उठाये, ख़ाली बोतल वहीं रहने दी। एक बार चारों तरफ़ अँधेरे में देखा, जैसे अब भी कोई चीज़ बाक़ी बची हो...फिर सीढ़ियाँ उतरने लगा।

वे रसोईघर में थीं। बड़े कमरे में दोनों बच्चे काऊच पर सो रहे थे–गहरी नींद में, पीछे कोने में तानपूरा था, नीचे मेज पर लाल जिल्दवाली नोटबुक... अपनी-अपनी जगह पर ठीक वैसे ही उस शाम उन्हें देखा था।

चिट्ठियाँ पढ़ने का साहस मर चुका था। शायद किसी और दिन...मैंने सोचा। मैंने उनसे विदा नहीं माँगी। माँगने के लिए कुछ भी नहीं था, जिसके लिए मैं उनके पास जाता, वे मेरे पास आतीं।

बाहर आया, तो एक अजीब डर ने मुझे पकड़ लिया। मैं अँधेरे में ही भागने लगा। फिर बीचोबीच सड़क पर रुक गया, वह बहुत शान्त गर्मियों की रात थी। मुझे खुद अपने डर पर हँसी आयी। मैं कुछ देर तक एक जगह खड़ा रहा। नहीं, मेरे आगे-पीछे कोई न था। हिन्दुस्तान बहुत आगे था और वे बहुत पीछे छूट गये थे। मैं सधे क़दमों से ट्राम-स्टैण्ड की तरफ़ चलने लगा।

1971

7
दूसरी दुनिया

बहुत पहले मैं एक लड़की को जानता था। वह दिन-भर पार्क में खेलती थी। उस पार्क में बहुत-से पेड़ थे, जिनमें मैं बहुत कम को पहचानता था। मैं सारा दिन लाइब्रेरी में रहता था और जब शाम को लौटता था, तो वह उन पेड़ों के बीच बैठी दिखाई देती थी। बहुत दिनों तक हम एक-दूसरे से नहीं बोले। मैं लन्दन के उस इलाके में सिर्फ़ कुछ दिनों के लिए ठहरा था। उन दिनों मैं एक जगह से दूसरी जगह बदलता रहता था, सस्ती जगह की तलाश में।

वे काफ़ी ग़रीबी के दिन थे।

वह लड़की भी काफ़ी ग़रीब रही होगी, यह मैं आज सोचता हूँ। वह एक आधा-उधड़ा स्वेटर पहने रहती, सिर पर कत्थई रंग का टोप, जिसके दोनों तरफ़ उसके बाल निकले रहते। कान हमेशा लाल रहते और नाक का ऊपरी सिरा भी—क्योंकि वे अक्तूबर के अन्तिम दिन थे—सर्दियाँ शुरू होने से पहले के दिन और ये शुरू के दिन कभी-कभी असली सर्दियों से भी ज़्यादा क्रूर होते थे।

सच कहूँ तो ठण्ड से बचने के लिए ही मैं लाइब्रेरी आता था। उन दिनों मेरा कमरा बर्फ़ हो जाता था। रात को सोने से पहले मैं अपने सब स्वेटर और जुराबें पहन लेता था, रज़ाई पर अपने कोट और आवेरकोट जमा कर लेता था—लेकिन ठण्ड फिर भी नहीं जाती थी। यह नहीं कि कमरे में हीटर नहीं था, किन्तु उसे जलाने के लिए उसके भीतर एक शिलिंग डालना पड़ता था। पहली रात जब मैं उस कमरे में सोया था, तो रात-भर उस हीटर को पैसे खिलाता रहा—हर आधा घण्टे बाद उसकी जठराग्नि शान्त करनी पड़ती थी। दूसरे दिन, मेरे पास नाश्ते के पैसे भी नहीं बचे थे। उसके बाद मैंने हीटर को अलग छोड़

दिया। मैं रात-भर ठण्ड से काँपता रहता, लेकिन यह तसल्ली रहती कि वह भी भूखा पड़ा है। वह मेज़ पर ठण्डा पड़ा रहता--मैं बिस्तर पर—और इस तरह हम दोनों के बीच शीत-युद्ध ज़ारी रहता।

सुबह होते ही मैं जल्दी-से-जल्दी लाइब्रेरी चला आता। पता नहीं, कितने लोग मेरी तरह वहाँ आते थे—लाइब्रेरी खुलने से पहले ही दरवाज़े पर लाइन बनाकर खड़े हो जाते थे। उनमें से ज़्यादातर बूढ़े लोग होते थे जिन्हें पेंशन बहुत कम मिलती थी, किन्तु सर्दी सबसे ज़्यादा लगती थी। मेज़ों पर एक-दो किताबें खोलकर वे बैठ जाते। कुछ ही देर बाद मैं देखता, मेरे दायें-बायें सब लोग सो रहे हैं। कोई उन्हें टोकता नहीं था। एक-आध घण्टे बाद लाइब्रेरी का कोई कर्मचारी वहाँ चक्कर लगाने आ जाता, खुली किताबों को बन्द कर देता और उन लोगों को धीरे-से हिला देता, जिनके ख़ुर्राटे दूसरों की नींद या पढ़ाई में खलल डालने लगे हों।

ऐसी ही एक ऊँघती दोपहर में मैंने उस लड़की को देखा था--लाइब्रेरी की लम्बी खिड़की से। उसने अपना बस्ता एक बेंच पर रख दिया था और ख़ुद पेड़ों के पीछे छिप गयी थी। वह कोई धूप का दिन न था, इसलिए मुझे कुछ हैरानी हुई थी कि इतनी ठण्ड में वह लड़की बाहर खेल रही है। वह बिलकुल अकेली थी। बाक़ी बेंचें ख़ाली पड़ी थीं। और उस दिन पहली बार मुझे यह जानने की तीव्र उत्सुकता हुई थी कि वे कौन-से खेल हैं, जिन्हें कुछ बच्चे अकेले में खेलते हैं।

दोपहर होते ही वह पार्क में आती, बेंच पर अपना बैग रख देती और फिर पेड़ों के पीछे भाग जाती। मैं कभी-कभी किताब से सिर उठाकर उसकी ओर देख लेता। पाँच बजने पर सरकारी अस्पताल का गजर सुनाई देता। घण्टे बजते ही, वह लड़की जहाँ भी होती, दौड़ते हुए अपनी बेंच पर आ बैठती। वह बस्ते को गोद में रखकर चुपचाप बैठी रहती, जब तक दूसरी तरफ़ से एक महिला न दिखाई दे जाती। मैं कभी उन महिला का चेहरा ठीक से न देख सका। वह हमेशा नर्स की सफ़ेद पोशाक में आती थीं। और इससे पहले कि बेंच तक पहुँच पातीं—वह लड़की अपना धीरज खोकर भागने लगती और उन्हें बीच में ही रोक लेती। वे दोनों गेट की तरफ़ मुड़ जाते और मैं उन्हें उस समय तक देखता रहता, जब तक वे आँखों से ओझल न हो जाते।

मैं यह सब देखता था, हिचकॉक के हीरो की तरह, खिड़की से बाहर, जहाँ यह पैण्टोमिम रोज़ दुहराया जाता था। यह सिलसिला शायद सर्दियों तक चलता रहता, यदि एक दिन अचानक मौसम ने करवट न ली होती।

एक रात सोते हुए मुझे सहसा अपनी रज़ाई और उस पर रखे हुए कोट बोझ जान पड़े। मेरी देह पसीने से लथपथ थी, जैसे बहुत दिनों बाद बुख़ार से उठ रहा हूँ। खिड़की खोलकर बाहर झाँका, तो न धुन्ध, न कोहरा; लन्दन का आकाश नीली मखमली डिबिया-सा खुला था, जिसमें किसी ने ढेर-से तारे भर दिये थे। मुझे लगा, जैसे यह गर्मियों की रात है और मैं विदेश में न होकर अपने घर की छत पर लेटा हूँ।

अगले दिन खुलकर धूप निकली थी, मैं अधिक देर तक लाइब्रेरी में नहीं बैठ सका। दोपहर होते ही मैं बाहर निकल पड़ा और घूमता हुआ उस रेस्तराँ में चला आया, जहाँ मैं रोज़ खाना खाने जाया करता था। वह एक सस्ता यहूदी रेस्तराँ था। वहाँ सिर्फ़ डेढ़ शिलिंग में कोशर गोश्त, दो रोटियाँ और बियर का एक छोटा गिलास मिल जाता था। रेस्तराँ की यहूदी मालकिन, जो युद्ध से पहले लिथूनिया से आयी थीं, एक ऊँचे स्टूल पर बैठी रहतीं। काउण्टर पर एक कैश-बॉक्स रखा रहता और उसके नीचे एक सफ़ेद सियामी बिल्ली गाहकों को घूरती रहती। मुझे शायद वह थोड़ा-बहुत पहचानने लगी थी, क्योंकि जितनी देर मैं खाता रहता, उतनी देर वह अपनी हरी आँखों से मेरी तरफ़ टुकुर-टुकुर ताकती रहती। ग़रीबी और ठण्ड और अकेलेपन के दिनों में बिल्ली का सहारा भी बहुत होता है, यह मैं उन दिनों सोचा करता था। मैं यह भी सोचता था कि किसी दिन मैं भी ऐसा ही हिन्दुस्तानी रेस्तराँ खोलूँगा और एक-साथ तीन बिल्लियाँ पालूँगा।

रेस्तराँ से बाहर आया, तो दोबारा लाइब्रेरी जाने की इच्छा मर गयी। लम्बी मुद्दत बाद उस दिन घर से चिट्ठियाँ और अख़बार आये थे। मैं उन्हें पार्क की खुली धूप में पढ़ना चाहता था। मुझे हल्का-सा आश्चर्य हुआ, जब मेरी नज़र पार्क के फूलों पर गयी। वे बहुत छोटे फूल थे, जो घास के बीच अपना सिर उठाकर खड़े थे। इन्हीं फूलों के बारे में शायद जीसस ने कहा था, लिलीज़ ऑफ़ द फील्ड, ऐसे फूल, जो आनेवाले दिनों के बारे में नहीं सोचते।

वे गुज़री हुई गर्मियों की याद दिलाते थे।

मैं घास के बीच उन फूलों पर चलने लगा।

बहुत अच्छा लगा। आनेवाले दिनों की दुश्चिन्ताएँ झरने लगीं। मैं हल्का-सा हो गया। मैंने अपने जूते उतार दिये और घास पर नंगे पाँव चलने लगा। मैं बेंच के पास पहुँचा ही था कि मुझे अपने पीछे एक चीख़ सुनाई दी। कोई तेज़ी से

भागता हुआ मेरी तरफ़ आ रहा था। पीछे मुड़कर देखा, तो वही लड़की दिखाई दी। वह पेड़ों से निकलकर बाहर आयी और मेरा रास्ता रोककर खड़ी हो गयी।

"यू आर कॉट," उसने हँसते हुए कहा, "अब आप जा नहीं सकते।"

मैं समझा नहीं। जहाँ खड़ा था, वहीं खड़ा रहा।

"आप पकड़े गये..." उसने दोबारा कहा, "आप मेरी ज़मीन पर खड़े हैं।"

मैंने चारों तरफ़ देखा, घास पर फूल थे, किनारे पर ख़ाली बेंचें थीं, बीच में तीन एवरग्रीन पेड़ और एक मोटे तनेवाला ओक खड़ा था। उसकी ज़मीन कहीं दिखाई न दी।

"मुझे मालूम नहीं था," मैंने कहा और मुड़कर वापस जाने लगा।

"नहीं, नहीं...आप जा नहीं सकते," बच्ची एकदम मेरे सामने आकर खड़ी हो गयी। उसकी आँखें चमक रहीं थीं, "वे आपको जाने नहीं देंगे।"

"कौन नहीं जाने देगा?" मैंने पूछा।

उसने पेड़ों की तरफ़ इशारा किया, जो अब सचमुच सिपाही-से दिखाई दे रहे थे, लम्बे हट्टे-कट्टे पहरेदार। मैं बिना जाने उनके अदृश्य फ़न्दे में चला आया था।

कुछ देर तक हम चुपचाप आमने-सामने खड़े रहे। उसकी आँखें बराबर मुझ पर टिकी थीं—उत्तेजित और सतर्क। जब उसने देखा, मेरा भागने का कोई इरादा नहीं है, तो वह कुछ ढीली पड़ी।

"आप छूटना चाहते हैं?" उसने कहा।

"कैसे?" मैंने उसकी ओर देखा।

"आपको इन्हें खाना देना होगा। ये बहुत दिन से भूखे हैं।" उसने पेड़ों की ओर संकेत किया। वे हवा में सिर हिला रहे थे।

"खाना मेरे पास नहीं है।" मैंने कहा।

"आप चाहें, तो ला सकते हैं।" उसने आशा बँधायी, "ये सिर्फ़ फूल-पत्ते खाते हैं।"

मेरे लिए यह मुश्किल नहीं था। वे अक्तूबर के दिन थे और पार्क में फूलों के अलावा ढेरों पत्ते बिखरे रहा करते थे। मैं नीचे झुका ही था कि उसने लपककर मेरा हाथ रोक लिया।

"नहीं, नहीं—यहाँ से नहीं। यह मेरी ज़मीन है। आपको वहाँ जाना होगा।" उसने पार्क के फेंस की ओर देखा। वहाँ मुरझाये फूलों और पत्तों का ढेर लगा था। मैं वहाँ जाने लगा कि उसकी आवाज़ सुनाई दी।

"ठहरिए—मैं आपके साथ आती हूँ, लेकिन अगर आप बचकर भागेंगे तो

...यहीं मर जाएँगे।" वह रुकी, मेरी तरफ़ देखा, "आप मरना चाहते हैं?"

मैंने जल्दी से सिर हिलाया। वह इतना गर्म और उजला दिन था कि मरने की मेरी कोई इच्छा नहीं थी।

हम फेंस तक गये। मैंने रूमाल निकाला और फूल-पत्तियों को बटोरने लगा। मुक्ति पाने के लिए आदमी क्या कुछ नहीं करता।

वापस लौटते हुए वह चुप रही। मैं कनखियों से उसकी ओर देख लेता था। वह काफ़ी बीमार-सी बच्ची जान पड़ती थी। उन बच्चों की तरह गम्भीर, जो हमेशा अकेले में अपने साथ खेलते हैं। जब वह चुप रहती थी, तो होठ बिचक जाते थे--नीचे का होठ थोड़ा-सा बाहर निकल आता, जिसके ऊपर दबी हुई नाक बेसहारा-सी दिखाई देती थी। बाल बहुत छोटे थे--और बहुत काले--गोल छल्लों में धुली हुई रुई की तरह बँटे हुए, जिन्हें छूने को अनायास हाथ आगे बढ़ जाता था। लेकिन वह अपनी दूरी में हर तरह की छुअन से परे जान पड़ती थी।

"अब आप इन्हें खाना दे सकते हैं।" उसने कहा। वह पेड़ों के पास आकर रुक गयी थी।

"क्या वे मुझे छोड़ देंगे?" मैं कोई गारण्टी, कोई आश्वासन पाना चाहता था।

इस बार वह मुस्करायी--और मैंने पहली बार उसके दाँत देखे--एकदम सफ़ेद और चमकीले--जैसे अकसर नीग्रो लड़कियों के होते हैं।

मैंने वे पत्तियाँ रूमाल से बाहर निकालीं, चार हिस्सों में बाँटीं और बराबर-बराबर से पेड़ों के नीचे डाल दीं।

मैं स्वतन्त्र हो गया था--कुछ ख़ाली-सा भी।

मैंने जेब से चिट्ठियाँ और अख़बार निकाले और उस बेंच पर बैठ गया, जहाँ उसका बैग रखा था। वह काले चमड़े का बैग था, भीतर किताबें ठुँसी थीं, ऊपर की जेब से आधा कुतरा हुआ सेब बाहर झाँक रहा था।

वह ओझल हो गयी। मैंने चारों तरफ़ ध्यान से देखा, तो उसकी फ्रॉक का एक कोना झाड़ियों से बाहर दिखाई दिया। वह एक खरगोश की तरह दुबककर बैठी थी--मेरे ही जैसे, किसी भूले-भटके यात्री पर झपटने के लिए। किन्तु बहुत देर तक पार्क से कोई आदमी नहीं गुज़रा। हवा चलती तो पेड़ों के नीचे जमा की हुई पत्तियाँ घूमने लगतीं--एक भँवर की तरह--और वह अपने शिकार को भूलकर उनके पीछे भागने लगती।

कुछ देर बाद वह बेंच के पास आयी, एक क्षण मुझे देखा, फिर बस्ते की जेब से सेब निकाला। मैं अख़बार पढ़ता रहा और उसके दाँतों के बीच सेब की कुतरन सुनता रहा।

अचानक उसकी नज़र मेरी चिट्ठियों पर पड़ी, जो बेंच पर रखी थीं। उसके हिलते हुए जबड़े रुक गये।

"यह आपकी हैं?"

"हाँ।" मैंने उसकी ओर देखा।

"और यह?"

उसने लिफ़ाफ़े पर लगे टिकट की ओर उँगली उठायी। टिकट पर हाथी की तस्वीर थी, जिसकी सूँड ऊपर हवा में उठी थी। वह अपने दाँतों के बीच हँसता-सा दिखाई दे रहा था।

"तुम कभी जू गयी हो?" मैंने पूछा

"एक बार पापा के साथ गयी थी। उन्होंने मुझे एक पेनी दी थी और हाथी ने अपनी सूँड से उस पेनी को मेरे हाथ से उठाया था।"

"तुम डरी नहीं?"

"नहीं, क्यों?" उसने सेब कुतरते हुए मेरी ओर देखा।

"पापा तुम्हारे साथ यहाँ नहीं आते?"

"एक बार आये थे। तीन बार पकड़े गये।"

वह धीमे-से हँसी—जैसे मैं वहाँ न हूँ, जैसे कोई अकेले में हँसता है, जहाँ एक स्मृति पचास तहें खोलती है।

अस्पताल की घड़ी का गजर सुनाई दिया, तो हम दोनों चौंक गये। लड़की ने बेंच से बस्ता उठाया और उन पेड़ों के पास-पास गयी, जो चुप खड़े थे। बच्ची हर पेड़ के पास जाती थी, छूती थी, कुछ कहती थी, जिसे सिर्फ़ पेड़ सुन पाते थे। आख़ीर में वह मेरे पास आयी और मुझसे हाथ मिलाया, जैसे मैं भी उन पेड़ों में से एक हूँ।

उसकी निगाहें पीछे मुड़ गयीं। मैंने देखा, कौन है? वह महिला दिखाई दीं। वह नर्सोंवाली सफ़ेद पोशाक हरी घास पर चमक रही थी। बच्ची उन्हें देखते ही भागने लगी। मैंने ध्यान से देखा—यह वही महिला थीं, जिन्हें मैं लाइब्रेरी की खिड़की से देखता था। छोटा क़द, कन्धे पर थैला और बच्ची-जैसे ही काले-घुँघराले बाल। वे मुझसे काफ़ी दूर थे, लेकिन उनकी आवाज़ सुनाई दे जाती थी—अलग-अलग शब्द नहीं, सिर्फ़ दो स्वरों की एक आहट। वे घास पर बैठ गये थे। बच्ची मुझे भूल गयी थी।

मैंने जूते पहने। अख़बार और चिट्ठियाँ जेब में रख दीं। अभी समय काफ़ी है, मैंने सोचा। एक-दो घण्टे लाइब्रेरी में बिता सकता हूँ। पार्क के जादू से अलग, अपने अकेले कोने में।

मैं बीच पार्क में चला आया। पेड़ों की फुनगियों पर आग सुलगने लगी थी। समूचा पार्क सोने में गल रहा था। बीच में पत्तों का दरिया था, हवा में हिलता हुआ।

कौन--कौन है? कोई मुझे बुला रहा था और मैं चलता गया, रुका नहीं। कभी-कभी आदमी खुद अपने को बुलाने लगता है, बाहर से भीतर–और भीतर कुछ भी नहीं होता। लेकिन यह बुलावा और दिनों की तरह नहीं था। यह रुका नहीं, इसलिए अन्त में मुझे ही रुकना पड़ा। इस बार कोई शक नहीं हुआ। सचमुच कोई चीख़ रहा था, "स्टॉप, स्टॉप...!" मैंने पीछे मुड़कर देखा, लड़की खड़ी होकर दोनों हाथ हवा में हिला रही थी।

सच! मैं फिर पकड़ा गया था--दोबारा से। बेवक़ूफ़ों की तरह मैं उसकी ज़मीन पर चला आया था, चार पेड़ों से घिरा हुआ। इस बार माँ और बेटी दोनों हँस रहे थे।

वे झूठी गर्मियों के दिन थे। ये दिन ज़्यादा देर नहीं टिकेंगे, इसे सब जानते थे। लाइब्रेरी उजाड़ रहने लगी। मेरे पड़ोसी, बूढ़े पेंशनयाफ़्ता लोग, अब बाहर धूप में बैठने लगे। आकाश इतना नीला दिखाई देता कि लन्दन की धुन्ध भी उसे मैला न कर पाती। उसके नीचे पार्क एक हरे टापू-सा लेटा रहता।

ग्रेता (यह उसका नाम था) हमेशा वहाँ दिखाई देती थी। कभी दिखाई न देती, तो भी बेंच पर उसका बस्ता देखकर पता चल जाता कि वह यहीं कहीं है, किसी कोने में दुबकी है। मैं बचता हुआ आता, पेड़ों से, झाड़ियों से, घास के फूलों से। हर रोज़ वह कहीं-न-कहीं, एक अदृश्य भयानक फ़न्दा छोड़ जाती और जब पूरी सतर्कता के बावजूद मेरा पाँव उसमें फँस जाता, तो वह बदहवास चीख़ती हुई मेरे सामने आ खड़ी होती। मैं पकड़ लिया जाता। छोड़ दिया जाता। फिर पकड़ लिया जाता...।

यह खेल नहीं था। वह एक पूरी दुनिया थी। उस दुनिया से मेरा कोई वास्ता नहीं था–हालाँकि मैं कभी-कभी उसमें बुला लिया जाता था। ड्रामे में एक ऐक्स्ट्रा की तरह। मुझे हमेशा तैयार रहना पड़ता था, क्योंकि वह मुझे किसी भी समय बुला सकती थी। एक दोपहर हम दोनों बेंच पर बैठे थे, अचानक वह उठ खड़ी हुई।

"हलो मिसेज़ टामस...।" उसने मुस्कराते हुए कहा, "आज आप बहुत दिन बाद दिखाई दीं--यह मेरे इण्डियन दोस्त हैं, इनसे मिलिए।"

मैं अवाक् उसे देखता रहा। वहाँ कोई न था।

"आप बैठे हैं? इनसे हाथ मिलाइए।" उसने मुझे कुछ झिड़कते हुए कहा।

मैं खड़ा हो गया, ख़ाली हवा से हाथ मिलाया। ग्रेता खिसककर मेरे पास बैठ गयी, ताकि कोने में मिसेज़ टामस बैठ सकें।

"आप बाज़ार जा रही थीं?" उसने ख़ाली जगह को देखते हुए कहा, "मैं आपका थैला देखकर समझ गयी। नहीं, माफ़ कीजिए, मैं आपके साथ नहीं आ सकती। मुझे बहुत काम करना है। इन्हें देखिए (उसने पेड़ों की तरफ़ इशारा किया), ये सुबह से भूखे हैं, मैंने अभी तक इनके लिए खाना भी नहीं बनाया—आप चाय पिएँगी या कॉफ़ी? ओह—आप घर से पीकर आयी हैं। क्या कहा—मैं आपके घर क्यों नहीं आती? आजकल वक़्त कहाँ मिलता है। सुबह अस्पताल जाना पड़ता है, दोपहर को बच्चों के साथ—आप तो जानती हैं। मैं इतवार को आऊँगी। आप जा रही हैं..."

उसने खड़े होकर दोबारा हाथ मिलाया। मिसेज़ टामस शायद जल्दी में थीं। विदा लेते समय उन्होंने मुझे देखा नहीं। बदले में मैं बेंच पर ही बैठा रहा।

कुछ देर तक हम चुपचाप बैठे रहे। फिर सहसा वह चौंक पड़ी।

"आप कुछ सुन रहे हैं?" उसने मेरी कुहनी को झिंझोड़ा।

"कुछ भी नहीं।" मैंने कहा।

"फ़ोन की घण्टी—कितनी देर से बज रही है। ज़रा देखिए, कौन है?"

मैं उठकर बेंच के पीछे गया, नीचे घास से एक टूटी टहनी उठायी और ज़ोर से कहा, "हलो!"

"कौन है?" उसने कुछ अधीरता से पूछा।

"मिसेज़ टामस।" मैंने कहा।

"ओह—फिर मिसेज़ टामस।" उसने एक थकी-सी जम्हाई ली, धीमे क़दमों से पास आयी, मेरे हाथ से टहनी खींचकर कहा, "हलो, मिसेज़ टामस—आप बाज़ार से लौट आयीं? क्या-क्या लायीं? मीट-बॉल्स, फ़िश-फिंगर्स, आलू के चिप्स?" उसकी आँखें आश्चर्य से फैलती जा रही थीं। वह शायद चुन-चुनकर उन सब चीज़ों का नाम ले रही थी, जो उसे सबसे अधिक अच्छी लगती थीं।

फिर वह चुप हो गयी—जैसे मिसेज़ टामस ने कोई अप्रत्याशित प्रस्ताव उसके सामने रखा हो। "ठीक है मिसेज़ टामस, मैं अभी आती हूँ—नहीं, मुझे देर नहीं लगेगी। मैं अभी बस-स्टेशन की तरफ़ जा रही हूँ—गुड बाई, मिसेज़ टामस!"

उसने चमकती आँखों से मेरी ओर देखा।

"मिसेज़ टामस ने मुझे डिनर पर बुलाया है—आप क्या करेंगे?"

"मैं सोऊँगा।"

"पहले इन्हें कुछ खिला देना...नहीं तो ये रोएँगे।" उसने पेड़ों की ओर इशारा किया, जो ठहरी हवा में निस्पन्द खड़े थे।

वह तैयार होने लगी। अपने बिखरे बालों को सँवारा, पाउडर लगाने का बहाना किया–हथेली का शीशा बनाकर उसमें झाँका–धूप और पेड़ों की छाया के बीच वह सचमुच सुन्दर जान पड़ रही थी।

जाते समय उसने मेरी तरफ़ हाथ हिलाया। मैं उसे देखता रहा, जब तक वह पेड़ों और झाड़ियों के घने झुरमुट में ग़ायब नहीं हो गयी।

ऐसा हर रोज़ होने लगा। वह मिसेज़ टामस से मिलने चली जाती और मैं बेंच पर लेटा रहता। मुझे अकेला नहीं लगता था। पार्क की अजीब, अदृश्य आवाज़ें मुझे हरदम घेरे रहतीं। मैं एक दुनिया से निकलकर दूसरी दुनिया में चला आता। वह पार्क के सुदूर कोनों में भटकती फिरती। मैं लाइब्रेरी की किताबों का सिरहाना बनाकर बेंच पर लेट जाता। लन्दन के बादलों को देखता–वे घूमते रहते और जब कभी कोई सफ़ेद टुकड़ा सूरज पर अटक जाता, तब पार्क में अँधेरा-सा घिर जाता।

ऐसे ही एक दिन जब मैं बेंच पर लेटा था, मुझे अपने नज़दीक एक अजीब-सी खड़खड़ाहट सुनाई दी। मुझे लगा, मैं सपने में मिसेज़ टामस को देख रहा हूँ। वे मेरे पास–बिलकुल पास–आकर खड़ी हो गयी हैं, मुझे बुला रही हैं।

मैं हड़बड़ाकर उठ बैठा।

सामने बच्ची की माँ खड़ी थीं। उन्होंने ग्रेता का हाथ पकड़ रखा था और कुछ असमंजस में वे मुझे निहार रही थीं।

"माफ़ कीजिए..." उन्होंने सकुचाते हुए कहा, "आप सो तो नहीं रहे थे?"

मैं कपड़े झाड़ता हुआ उठ खड़ा हुआ।

"आज आप जल्दी आ गयीं?" मैंने कहा। उनकी सफ़ेद पोशाक, काली बेल्ट और बालों पर बँधे स्कार्फ़ को देखकर मेरी आँखें चुँधिया-सी गयीं। लगता था, वे अस्पताल से सीधी यहाँ चली आ रही थीं।

"हाँ, मैं जल्दी आ गयी," वे मुस्कराने लगीं, "शनिवार को काम ज़्यादा नहीं रहता मैं दोपहर को ही आ जाती हूँ।"

वे वेस्टइण्डीज़ के चौड़े उच्चारण के साथ बोल रही थीं जिसमें हर शब्द का अन्तिम हिस्सा गुब्बारे-सा उड़ता दिखाई देता था।

"मैं आपसे कहने आयी थी आज आप हमारे साथ चाय पीने चलिएगा? ...हमलोग पास में ही रहते हैं।"

उनके स्वर में कोई संकोच या दिखावा नहीं था, जैसे वे मुझे मुद्दत से जानती हों।

मैं तैयार हो गया। मैं अरसे से किसी के घर नहीं गया था। अपने बेड-सिटर से लाइब्रेरी और पार्क तक परिक्रमा लगाता था। मैं लगभग भूल गया था कि उसके परे एक और दुनिया है—जहाँ ग्रेता रहती होगी, खाती होगी, सोती होगी।

वह आगे-आगे चल रही थीं। कभी-कभी पीछे मुड़कर देख लेती थीं कि कहीं हम बहुत दूर तो नहीं छूट गये। उसे शायद कुछ अनोखा-सा लग रहा था कि मैं उसके घर आ रहा हूँ। अजीब मुझे भी लग रहा था—उसके घर आना नहीं, बल्कि उसकी माँ के साथ चलना। वे उम्र में काफ़ी छोटी जान पड़ती थीं, शायद अपने क़द के कारण। मेरे साथ चलते हुए वे कुछ इतनी छोटी दिखाई दे रही थीं कि भ्रम होता था कि मैं किसी दूसरी ग्रेता के साथ चल रहा हूँ।

रास्ते-भर वे चुप रहीं। सिर्फ़ जब उनका घर सामने आया, तो वे ठिठक गयीं।

"आप भी तो कहीं पास रहते हैं?" उन्होंने पूछा।

"ब्राइड स्ट्रीट में," मैंने कहा, "ट्यूब-स्टेशन के बिलकुल सामने।"

"आप शायद हाल में ही आये हैं?" उन्होंने मुस्कराते हुए कहा, "इस इलाके में बहुत कम इण्डियन रहते हैं।"

वे नीचे उतरने लगीं। उनका घर बेसमेण्ट में था और हमें सीढ़ियाँ उतरकर नीचे जाना पड़ा था। बच्ची दरवाज़ा खोलकर खड़ी थी। कमरे में दिन के समय भी अँधेरा था। बत्ती जलायी, तो तीन-चार कुर्सियाँ दिखाई दीं। बीच में एक मेज़ थी। ज़रूरत से ज़्यादा लम्बी और नंगी—जैसे उस पर पिंग-पाँग खेली जाती है। दीवार से सटा सोफ़ा था, जिसके सिरहाने एक रज़ाई लिपटी रखी थी। लगता था, वह कमरा बहुत-से कामों के काम आता था, जिसमें खाना, सोना—और मौक़ा पड़ने पर—अतिथि-सत्कार भी शामिल था।

"आप बैठिए, मैं अभी चाय बनाकर लाती हूँ।"

वे पर्दा उठाकर भीतर चली गयीं। मैं और ग्रेता कमरे में अकेले बैठे रहे। हम दोनों पार्क के पतझड़ी उजाले में एक-दूसरे को पहचानने लगे थे। पर कमरे के भीतर न कोई मौसम था, न कोई माया। वह अचानक एक बहुत कम उम्रवाली बच्ची बन गयी थी, जिसका जादू और आतंक दोनों झर गये थे।

"तुम यहाँ सोती हो?" मैंने सोफ़े की ओर देखा।

"नहीं, यहाँ नहीं," उसने सिर हिलाया, "मेरा कमरा भीतर है—आप देखेंगे?"

किचेन से आगे एक कोठरी थी, जो शायद बहुत पहले गोदाम रहा होगा। वहाँ एक नीली चिक लटक रही थी। उसने चिक उठायी और दबे क़दमों से भीतर चली आयी।

"धीरे-से आइए—वह सो रहा है।"

"कौन?"

"हिश!" उसने अपना हाथ मुँह पर रख दिया।

मैंने सोचा, कोई भीतर है। पर भीतर बिलकुल सूना था। कमरे की हरी दीवारें थीं, जिन पर जानवरों की तस्वीरें चिपकी थीं। कोने में उसकी खाट थी, जो खटोला-सी दिखाई देती थी। तकिये पर थिगलियों में लिपटा एक भालू लेटा था, गुदड़ी के लाल-जैसा—

"वह सो रहा है।" उसने फुसफुसाते हुए कहा।

"और तुम?" मैंने कहा, "तुम यहाँ नहीं सोतीं?"

"यहाँ सोती हूँ। जब पापा यहाँ थे, तो वे दूसरे पलँग पर सोते थे। माँ ने अब उस पलँग को बाहर रखवा दिया है।"

"कहाँ रहते हैं वे?" इस बार मेरा स्वर भी धीमा हो गया, भालू के डर से नहीं, अपने उस डर से, जो कई दिनों से मेरे भीतर पल रहा था।

"अपने घर रहते हैं—और कहाँ?"

उसने तनिक विस्मय से मुझे देखा। उसे लगा, मैं पूरी तरह आश्वस्त नहीं हुआ हूँ। वह अपनी मेज़ के पास गयी, जहाँ उसकी स्कूल की किताबें रखी थीं। दराज़ खोला और उसके भीतर चिट्ठियों का पुलिन्दा बाहर निकाला। पुलिन्दे पर रेशम का लाल फीता बँधा था, मानो वह क्रिसमस का कोई उपहार हो। वह उन्हें उठाकर मेरे पास ले आयी—सबसे ऊपरवाले लिफ़ाफ़े पर लगा टिकट दिखाया।

"वे यहाँ रहते हैं।" उसने कहा।

मुझे याद आया, वह मेरी नकल कर रही है—बहुत पहले पार्क में मैंने उसे अपने देश की चिट्ठी दिखायी थी।

बैठक से उसकी माँ हमें बुला रही थीं। आवाज़ सुनते ही वह कमरे से बाहर चली गयी।

मैं एक क्षण वहीं ठिठका रहा। खटोले पर भालू सो रहा था। दीवारों पर जानवरों की आँखें मुझे घूर रही थीं। बिस्तर के पास ही एक छोटी-सी बेसिनी थी, जिस पर उसका टूथ-ब्रश, साबुन और कंघा रखे थे।

बिलकुल मेरे बेड-सिट की तरह—मैंने सोचा। किन्तु मुझसे बहुत अलग।

में अपना कमरा छोड़कर कहीं भी जा सकता था, उसका कमरा अपनी चीज़ों में शाश्वत-सा जान पड़ता था।

मेज़ पर चिट्ठियों का पुलिन्दा पड़ा था, रेशमी डोर में बँधा हुआ, जिसे जल्दी में वह अकेला छोड़ गयी थी।

"कमरा देख लिया आपने?" उन्होंने मुस्कराते हुए कहा।

"यहाँ जो भी आता है, सबसे पहले उसे अपना कमरा दिखाती है।" वे कपड़े बदलकर आयी थीं। लाल छींट की स्कर्ट और खुला-खुला भूरे रंग का कार्डीगन। कमरे में सस्ती सेण्ट की गन्ध फैली थी।

"आप चाय नहीं--दावत दे रही हैं।" मैंने मेज़ पर रखे सामान को देखकर कहा। टोस्ट, जैम, मक्खन, चीज़--पता नहीं, इतनी सारी चीज़ें मैंने पहले कब देखी थीं।

"अस्पताल की कैण्टीन से ले आती हूँ--वहाँ सस्ते में मिल जाता है।"

वे परेशान लगती थीं। हँसती थीं, लेकिन परेशानी अपनी जगह क़ायम रहती थी। पता नहीं, बच्ची कहाँ थी? वे उसे चीख़ते हुए बुला रही थीं और चाय ठण्डी हो रही थी।

वे सिर पकड़कर बैठी रहीं। फिर याद आया, मैं भी हूँ। "आप शुरू कीजिए--वह बाग़ में बैठी होगी।"

"आपका अपना बाग़ है?" मैंने पूछा।

"बहुत छोटा-सा किचेन के पीछे। जब हम यहाँ आये थे, उजाड़ पड़ा था। मेरे पति ने उसे साफ़ किया। अब तो थोड़ी-बहुत सब्ज़ी भी निकल आती है।"

"आपके पति यहाँ नहीं रहते?"

"उन्हें यहाँ काम नहीं मिला--दिन-भर पार्क में घूमते रहते थे। वही आदत ग्रेता को पड़ी है..."

उनके स्वर में हल्की-सी थकान थी। खीज से ख़ाली--लेकिन ऐसी थकान, जो पोली धूल-सी हर चीज़ पर बैठ जाती है।

"पार्क में तो मैं भी घूमता हूँ।" मैंने उन्हें हल्का करना चाहा। वे हो भी गयीं। हँसने लगीं।

"आपकी बात अलग है।" उन्होंने डूबे स्वर में कहा, "आप अकेले हैं। लेकिन लन्दन में अगर परिवार साथ हो, तो बिना नौकरी के नहीं रहा जा सकता।"

वे मेज़ की चीज़ें साफ़ करने लगीं। बर्तनों को जमा करके मैं किचेन में ले गया। सिंक के आगे खिड़की थी, जहाँ से उनका बाग़ दिखाई देता था। बीच

में एक वीपिंग-विलो खड़ा था, जिसकी शाखाएँ एक उलटी छतरी की सलाखों की तरह झूल रही थीं।

पीछे मुड़ा तो वे दिखाई दीं। दरवाज़े पर तौलिया लेकर खड़ी थीं।

"क्या देख रहे हैं?"

"आपके बाग़ को...यह तो कोई बहुत छोटा नहीं है।"

"है नहीं—पर इस पेड़ ने सारी जगह घेर रखी है। मैं इसे कटवाना चाहती थी, लेकिन वह अपनी ज़िद पर अड़ गयी—जिस दिन पेड़ कटना था, वह रात-भर रोती रही।"

वे चुप हो गयीं—जैसे उस रात को याद करना अपने में एक रोना हो।

"क्या कहती थी?"

"कहती क्या थी—अपनी ज़िद पर अड़ी थी। बहुत पहले कभी इसके पापा ने कहा होगा कि पेड़ के नीचे समर-हाउस बनाएँगे—अब आप बताइए, यहाँ ख़ुद रहने को जगह है नहीं, बाग़ में गुड़ियों का समर-हाउस बनेगा?"

"समर-हाउस?"

"हाँ, समर-हाउस—जहाँ ग्रेता अपने भालू के साथ रहेगी।"

वे हँसने लगीं—एक उदास-सी हँसी जो एक ख़ाली जगह से उठकर दूसरी ख़ाली जगह पर ख़त्म हो जाती है—और बीच की जगह को भी ख़ाली छोड़ जाती है।

मेरे जाने का समय हो गया था—लेकिन ग्रेता कहीं दिखाई नहीं दी। हम सीढ़ियाँ चढ़कर ऊपर चले आये। लन्दन की मैली धूप पड़ोस की चिमनियों पर रेंग रही थी।

जब विदा लेने के लिए मैंने हाथ आगे बढ़ाया, तो उन्होंने कुछ सकुचाते हुए कहा, "आप कल ख़ाली हैं?"

"कहिए—मैं तक़रीबन हर रोज ख़ाली रहता हूँ।"

"कल इतवार है..." उन्होंने कहा, "ग्रेता की छुट्टी है, पर मेरी अस्पताल में ड्यूटी है। क्या मैं उसे आपके पास छोड़ सकती हूँ?"

"कितने बजे आना होगा?"

"नहीं, आप आने की तकलीफ़ न करें। अस्पताल जाते हुए मैं इसे लाइब्रेरी के सामने छोड़ दूँगी...शाम को लौटते हुए ले लूँगी।"

मैंने हामी भरी और सड़क पर चला आया। कुछ दूर चलकर जेब से पैसे निकाले और उन्हें गिनने लगा। आज खाने के पैसे बच जाएँगे, यह सोचकर ख़ुशी हुई। मैंने बची हुई रेजगारी को मुट्ठी में दबाया और घर की तरफ़ चलने लगा।

मैं लाइब्रेरी के दरवाज़े पर खड़ा था।

उन्हें देर हो गयी थी—शायद सर्दी के कारण। धूप कहीं न थी। लन्दन की इमारतों पर अवसन्न-सा आलोक फैला था—पीली और ज़र्द, जिसमें वे और भी दरिद्र और दुखी दिखाई देती थीं।

मुझे उनकी सफ़ेद पोशाक दिखाई दी। दोनों पार्क से गुज़रते हुए आ रहे थे। आगे-आगे वे और पीछे भागती हुई ग्रेता। जब उन्होंने मुझे देख लिया तो हवा में हाथ हिलाया। बच्ची को जल्दी से चूमा और तेज़ क़दमों से अस्पताल की तरफ़ मुड़ गयीं।

किन्तु बच्ची में कोई जल्दी न थी। वह धीमे क़दमों से मेरे पास आयी। सर्दी में नाक लाल-सुर्ख हो गयी थी। उसने पूरी बाँहोंवाला ब्राउन स्वेटर पहन रखा था—सिर पर वही पुरानी कैप थी, जिसे मैं पार्क में देखा करता था।

वह निढाल-सी खड़ी थी।

"चलोगी?" मैंने उसका हाथ पकड़ा।

उसने चुपचाप सिर हिला दिया। मुझे हल्की-सी निराशा हुई। मैंने सोचा था, वह पूछेगी, कहाँ—और तब मैं उसे आश्चर्य में डाल दूँगा। पर उसने पूछा कुछ भी नहीं और हम सड़क पार करने लगे।

जब हम पार्क को छोड़कर आगे बढ़े तो एक बार उसने प्रश्न-भरी निगाहों से मेरी ओर देखा—जैसे वह अपने किसी सुरक्षित घेरे से बाहर जा रही हो। पर मैं चुप रहा—और उसने कुछ पूछा नहीं। तब मुझे पहली बार लगा कि जब बच्चे माँ-बाप के साथ नहीं होते तो सब प्रश्नों को पुड़िया बनाकर किसी अँधेरे गड्ढे में फेंक देते हैं।

ट्यूब में बैठकर वह कुछ निश्चिन्त नज़र आयी। उसने मेरा हाथ छोड़ दिया और खिड़की के बाहर देखने लगी।

"क्या अभी से रात हो गयी?" उसने पूछा।

"रात कैसी?"

"देखो—बाहर कितना अँधेरा है।"

"हम ज़मीन के नीचे हैं।" मैंने कहा।

वह कुछ सोचने लगी, फिर धीरे-से कहा, "नीचे रात है, ऊपर दिन।"

हम दोनों हँसने लगे। मैंने पहले कभी ऐसा नहीं सोचा था।

धीरे-धीरे रोशनी नज़र आने लगी। ऊपर आकाश का एक टुकड़ा दिखाई दिया—और फिर अथाह सफ़ेदी में डूबा दिन सुरंग के बाहर निकल आया।

ट्यूब-स्टेशन की सीढ़ियाँ चढ़ते हुए वह रुक गयी। मैंने आश्चर्य से उसकी ओर देखा।

"रुक क्यों गयीं!"

"मुझे बाथरूम जाना है।"

मुझे दहशत हुई। टॉयलेट नीचे था और वह इस तरह अपने को रोके बहुत दूर तक नहीं जा सकती थी। मैंने उसे गोद में उठा लिया और उलटे पाँव सीढ़ियों पर भागने लगा। गलियारे के दूसरे सिरे पर टॉयलेट दिखाई दिया—पुरुषों के लिए—मैं जल्दी से उसे भीतर ले गया। दरवाज़ा बन्द करके बाहर आया, तो लगा जैसे वह नहीं, मैं मुक्त हो रहा हूँ।

वह बाहर आयी तो परेशान-सी नज़र आयी। "अब क्या बात है?"

"चेन बहुत ऊँची है।" उसने कहा।

"तुम ठहरो, मैं खींच आता हूँ।"

उसने मेरा कोट पकड़ लिया। वह ख़ुद खींचना चाहती थी। उसके साथ मैं भीतर गया, उसे दोबारा गोद में उठाया और तब तक उठाता गया, जब तक उसका हाथ चेन तक नहीं पहुँच गया। हम दोनों विस्मय से टॉयलेट में पानी को बहता देखते रहे, जैसे यह चमत्कार ज़िन्दगी में पहली बार देख रहे हों।

हम सीढ़ियाँ चढ़ने लगे। ऊपर आये तो उसने कसकर मेरा हाथ भींच लिया। ट्रिफाल्गर स्क्वैयर आगे था, चारों तरफ़ भीड़, उजाला, शोर। मैं उसे आश्चर्य में डालना चाहता था। किन्तु वह डर गयी थी। वह इतना डर गयी थी कि मेरी इच्छा हुई कि मैं उसे दोबारा नीचे ले जाऊँ—ट्यूब-स्टेशन में, जहाँ ज़मीन का अपना सुरक्षित अँधेरा था।

लेकिन जल्दी ही डर बह गया—और कुछ देर बाद उसने मेरा हाथ भी छोड़ दिया। वह स्क्वैयर के अनोखे उजाले में खो गयी थी। वह उन शेरों के नीचे चली आयी थी, जो काले पत्थरों पर अपने पंजे खोलकर भीड़ को निहार रहे थे। बहुत-से बच्चे कबूतरों को दाना डाल रहे थे।

पंखों की छाया एक बादल-सा दिखाई देती थी, जो हवा में कभी इधर जाती थी, कभी उधर—सिर के ऊपर से निकल जाती थी और कानों में सिर्फ़ एक गर्म, सनसनाती फड़फड़ाहट बाक़ी रह जाती थी।

वह सुन रही थी। वह मुझे भूल गयी थी।

मैं उसकी आँख बचाकर स्क्वैयर के बीच चला आया। वहाँ एक लाल लकड़ी का केबिन था, जहाँ दाने बिकते थे। एक कप दाने के दाम—चार पेंस। मैंने एक कप ख़रीदा और भीड़ में उसे ढूँढ़ने लगा।

बच्चे बहुत थे—कबूतरों से घिरे हुए। किन्तु वह जहाँ थी, वहाँ खड़ी थी।

अपनी जगह से एक इंच भी न हिली थी। मैं उसके पीछे गया और दानों का कप उसके आगे कर दिया।

वह मुड़ी और हकबकाकर मेरी ओर देखा। बच्चे कृतज्ञ नहीं होते, सिर्फ़ अपना लेते हैं। एक तीसरी आँख खुल जाती है, जो सब चुप्पियों को पाट देती है। उसने कप को लगभग मेरे हाथों से खींचते हुए कहा, "क्या वे आएँगे?"

"ज़रूर आएँगे...पहले तुम्हें एक-एक दाना डालना होगा—उन्हें पास बुलाने के लिए, फिर...।"

उसने मेरी बात नहीं सुनी। वह उस तरफ़ भागती गयी, जहाँ इक्के-दुक्के कबूतर भटक रहे थे। शुरू-शुरू में उसने डरते हुए हथेली आगे बढ़ायी। कबूतर उसके पास आते हुए झिझक रहे थे, जैसे उसके डर ने उन्हें भी छू लिया हो। किन्तु ज़्यादा देर वे अपना लालच नहीं रोक सके। नखरे छोड़कर पास आये—इधर-उधर देखने का बहाना किया—और फिर खटाखट उसकी हथेली से दाने चुगने लगे। वह अब अपनी फ्रॉक फैलाकर बैठ गयी थी। एक हाथ में दोना दूसरे हाथ में दाने। मैं अब उसे देख भी नहीं सकता था। पंखों की सलेटी, फड़फड़ाती छत ने उसे अपने में ढक लिया था।

मैं बेंच पर बैठ गया। फ़व्वारों को देखने लगा, जिनके छींटे उड़ते हुए घुटनों तक आ जाते थे। बादल इतने नीचे झुक आये थे कि नेल्सन का सिर सिर्फ़ एक काले धब्बे-सा दिखाई देता था।

दिन बीत रहा था।

कुछ ही देर में मैंने देखा, वह सामने खड़ी है।

"मैं एक कप और लूँगी।" उसने कहा।

"अब नहीं..." मैंने कुछ हिचकिचाते हुए कहा, "काफ़ी देर हो गयी है। अब चाय पिएँगे—और तुम आइसक्रीम लोगी।"

उसने सिर हिलाया।

"मैं एक कप और लूँगी।"

उस स्वर में ज़िद नहीं थी। कुछ क्षण पहले जो पहचान आयी थी, वह मानो मुझसे नहीं, उससे आग्रह कर रही हो।

मैंने उसके हाथ से ख़ाली कप लिया और दुकान की तरफ़ बढ़ गया। पीछे मुड़कर देखा। वह मुझे देख रही थी। मैं दुकान के पीछे मुड़ गया। वहाँ भीड़ थी और उसकी आँखें मुझ तक नहीं पहुँच सकती थीं। कोने में सिमटकर मैंने जेब से पैसे निकाले। चाय और आइसक्रीम के पैसे एक तरफ़ किये, ट्यूब के किराये के पैसे दूसरी तरफ़—बाक़ी सिर्फ़ दो पेंस बचे थे। मैंने चाय के कुछ पेंस

उसमें मिलाये और दुकानदार के आगे लगी क्यू में शामिल हो गया।

इस बार जब मैंने उसे कप दिया, तो उसने मुझे देखा भी नहीं। वह तुरन्त भागती हुई उस जगह चली गयी, जहाँ सबसे ज़्यादा कबूतर इकट्ठा थे। अब उसका हौसला बढ़ गया था। और कबूतर भी उसे पहचानने लगे थे। वे आसपास उड़ते हुए कभी उसके हाथों, उसके कन्धों, उसके सिर पर बैठ जाते थे। वह हँसती जा रही थी, पीला चेहरा एक ज्वरग्रस्त खिंचाव में विकृत-सा हो गया था—और हाथ—वे हाथ, जो मुझे हमेशा इतने निरीह जान पड़ते थे—अब एक अजीब बेचैनी में कभी खुलते थे, कभी बन्द होते थे जैसे वे किसी भी क्षण कबूतरों की फड़फड़ाती मांसल धड़कनों को दबोच लेंगे। उसे पता भी न चला, कब दानों की कटोरी ख़ाली हो गयी—वह कुछ देर तक हवा में हथेली खोले बैठी रही। सहसा उसे आभास हुआ, कबूतर उसे छोड़कर दूसरे बच्चों के आसपास मँडराने लगे हैं। वह खड़ी हो गयी और बिना कहीं देखे चुपचाप मेरे पास चली आयी।

वह एकटक मुझे देख रही थी। मुझे शक हुआ, वह मुझ पर शक कर रही है। मैं बेंच से उठ खड़ा हुआ।

"अब चलेंगे।" मैंने कहा।

"मैं एक कप और लूँगी।"

"अब और नहीं—तुम दो ले चुकी हो।" मैंने गुस्से में कहा, "तुम्हें मालूम है, हमारे पास कितने पैसे बचे हैं?"

"सिर्फ़ एक और—उसके बाद हम लौट जाएँगे।"

लोग हमें देखने लगे थे। मैं बहस कर रहा था—दानों की एक कटोरी के लिए। मैंने उसे उठाकर बेंच पर बिठा दिया, "ग्रेता, तुम बहुत जिद्दी हो। अब तुम्हें कुछ नहीं मिलेगा।"

उसने ठण्डी आँखों से मुझे देखा।

"आप बुरे आदमी हैं। मैं आपके साथ कभी नहीं खेलूँगी।" मुझे लगा जैसे उसने मेरी तुलना किसी अदृश्य व्यक्ति से की हो। मैं ख़ाली-सा बैठा रहा। कभी-कभी ऐसा होता है कि अपने लिए कोई उम्मीद नहीं रहती। सिर्फ़ घोर हैरानी होने लगती है, अपने होने पर, अपने होने पर ही हैरानी होने लगती है। फिर मुझे वह आवाज़ सुनाई दी, जो आज भी मुझे अकेले में सुनाई दे जाती है...और मुँह मोड़ लेता हूँ।

वह रो रही थी। हाथ में दानों का ख़ाली कप था, और उसकी कैप खिसककर माथे पर चली आयी थी। वह चुप्पी का रोना था। अलग-अलग साँसों के बीच बिंधा हुआ। मुझसे वह नहीं सहा गया। मैंने उसके हाथ से कप लिया

और लाइन में जाकर खड़ा हो गया। इस बार पैसों को गिनना भी याद नहीं आया। मैं सिर्फ़ उसका रोना सुन रहा था, हालाँकि वह मुझसे बहुत दूर थी, और बीच में कबूतरों की फड़फड़ाहट और बच्चों की चीख़ों के कारण कुछ भी सुनाई नहीं देता था। पर इन सबके परे मेरे भीतर का सन्नाटा था, जिसके बीच उसकी रुँधी साँसें थीं—और वे मैं अन्तहीन दूरी से सुन सकता था।

किन्तु इस बार पहले जैसा नहीं हुआ। बहुत देर तक कोई कबूतर उसके पास नहीं आया। उसकी अपनी घबराहट के कारण या घिरते अँधेरे के कारण—वे पास तक आते थे, लेकिन उसकी खुली हथेली की अवहेलना करके दूसरे बच्चों के पास चले जाते थे। हताश होकर उसने दानों की कटोरी ज़मीन पर रख दी और स्वयं मेरे पास बेंच पर आकर बैठ गयी। उसके जाते ही कबूतरों का जमघट कटोरी के इर्द-गिर्द जमा होने लगा। कुछ देर बाद हमने देखा, दानों की कटोरी औंधी पड़ी है—और उसमें एक भी दाना नहीं है।

"अब चलोगी?" मैंने कहा।

वह तुरन्त बेंच से उठ खड़ी हुई, जैसे वह इतनी देर से सिर्फ़ इसकी ही प्रतीक्षा कर रही हो। उसकी आँखें चमक रही थीं—एक भीगी हुई चमक—जो आँसुओं के बाद चली आती है।

उन दिनों ट्रिफाल्गर स्कैयर के सामने लायंस का रेस्तराँ होता था। गन्दा और सस्ता दोनों ही। सड़क पार करके हम वहीं चले आये।

इस बीच मैंने जेब में हाथ डालकर पैसों को गिन लिया था—मैंने उसके लिए दो टोस्ट मँगवाये, अपने लिए चाय। आइसक्रीम को भुला देना ही बेहतर था।

वह पहली बार किसी रेस्तराँ में आयी थी। गहरी उत्सुकता से चारों तरफ़ देख रही थी। मुझे लगा, कुछ देर पहले का सन्ताप घुलने लगा है। हम क़रीब-क़रीब दोबारा एक-दूसरे के क़रीब आ गये थे। लेकिन पहले जैसे नहीं—कबूतरों की छाया अब भी हम दोनों के बीच फड़फड़ा रही थी।

"मैं क्या बहुत बुरा आदमी हूँ?" मैंने पूछा।

उसने आँखें उठायीं, एक क्षण मुझे देखती रही, फिर बहुत अधीर स्वर में कहा, "मैंने आपको नहीं कहा था।"

"मुझे नहीं कहा था?" मैंने आश्चर्य से उसकी ओर देखा, "फिर किसको कहा था?"

"मि. टामस को—वे बुरे आदमी हैं। एक दिन जब मैं उनके घर गयी, वे डाँट रहे थे और मिसेज़ टामस बेचारी रो रही थीं।"

"ओह!" मैंने कहा।

"आप समझे—मैंने आपको कहा था?"

वह हँसने लगी, जैसे मैंने सचमुच बड़ी मूर्खता की भूल की है—और उसकी हँसी देखकर, न जाने क्यों, मेरा दिल बैठने लगा।

"हम यहाँ फिर कभी आएँगे?" उसने कहा।

"गर्मियों में," मैंने कहा, "गर्मियों में टेम्स पर चलेंगे, वह यहाँ से बहुत पास है।"

"क्या वहाँ कबूतर होंगे?" उसने पूछा।

मुझे बुरा लगा, जैसे कोई लड़की अपने प्रेमी की चर्चा बार-बार छेड़ दे। किन्तु मैं उसे दोबारा निराश नहीं करना चाहता था। गर्मियाँ काफ़ी दूर थीं, बीच में पतझड़ और बर्फ़ के दिन आएँगे—तब तक मेरा झूठ भी पिघल जाएगा, मैंने सोचा।

हम बाहर आये, तो पीला-सा अँधेरा घिर आया था। हालाँकि दोपहर अभी बाक़ी थी। उसने खोयी हुई आँखों से स्कैयर की तरफ़ देखा, जहाँ कबूतर अब भी उड़ रहे थे। मेरी जेब में अब उतने ही पैसे थे, जिनसे ट्यूब का किराया दिया जा सके। इस बार उसने कोई आग्रह नहीं किया। बच्चे एक सीमा के बाद, बड़ों की ग़रीबी न सही, मजबूरी सूँघ लेते हैं।

मैंने सोचा था, ट्रेन में बैठेंगे, तो मैं उससे समर-हाउस के बारे में पूछूँगा—उस विलो के बारे में भी, जो अकेला उसके बाग़ में खड़ा था। मैं उसे दोबारा उसकी अपनी दुनिया में लाना चाहता था—जहाँ पहली बार हम दोनों एक-दूसरे से मिले थे। पर ऐसा हुआ नहीं। सीट पर बैठते ही उसकी आँखें मुँदने लगीं। ट्रिफाल्गर स्कैयर से इसलिंग्टन तक का काफ़ी लम्बा फ़ासला था। कुछ देर बाद उसने मेरे कन्धों पर अपना सिर टिका लिया और सोने लगी।

इस बीच मैंने एक-आध बार उसके चेहरे को देखा था—मुझे हैरानी हुई कि सोते हुए वह हू-ब-हू वैसी ही लग रही है, जैसे पहली बार मैंने उसे देखा था पार्क में पेड़ों के बीच—तल्लीन और साबुत। कबूतरों के लिए जो भटकाव आया था, वह अब कहीं न था। आँसू कब के सूख गले थे। नींद में वह उतनी ही मुकम्मिल जान पड़ती थी, जितनी झाड़ियों के बीच और तब मुझे अजीब-सा विचार आया। पार्क में उसने कई बार मुझे पकड़ा था, किन्तु उसके सोते हुए तल्लीन चेहरे को देखकर मुझे लगा कि वह हमेशा से पकड़ी हुई लड़की है, जबकि मेरे जैसे लोग सिर्फ़ कभी-कभी पकड़ में आते हैं और उसे इसका कोई पता नहीं है और यह एक तरह का वरदान है, क्योंकि दूसरों को हमेशा छूटने का, मुक्त

होने का भ्रम रहता है, जबकि बच्ची को इस तरह की कोई आशा नहीं थी। तब पहली बार मैंने उसे छूने का साहस किया। मैं धीरे-धीरे उसके गालों को छूने लगा, जो आँसुओं के बाद गर्म हो आये थे, कुछ वैसे ही, जैसे बारिश के बाद घास की पत्तियाँ हो जाती हैं।

वह जगी नहीं। ट्यूब-स्टेशन आने तक आराम से सोती रही।

उस रात बारिश शुरू हुई, सो हफ़्ते-भर चलती रही। झूठी गर्मियों के दिन ख़त्म हो गये। सारे शहर पर पीली धुन्ध की परतें जमी रहतीं। सड़क पर चलते हुए कुछ भी दिखाई न देता—न पेड़, न लैम्प-पोस्ट, न दूसरे आदमी।

मुझे वे दिन याद हैं, क्योंकि उन्हीं दिनों मुझे काम मिला था। लन्दन में वह मेरी पहली नौकरी थी। काम ज़्यादा था, लेकिन मुश्किल नहीं। एक पब में काउण्टर के पीछे सात घण्टे खड़ा रहना पड़ता था। बियर और लिकर के गिलास धोने पड़ते थे। ग्यारह बजे घण्टी बजानी पड़ती थी और पियक्कड़ लोगों को बाहर खदेड़ना पड़ता था। कुछ दिन तक मैं कहीं बाहर न जा सका। घर लौटता और बिस्तर पकड़ लेता, मानों पिछले महीनों की नींद कोई पुराना बदला निकाल रही हो। नींद खुलती, तो बारिश दिखाई देती, जो घड़ी की टिक-टिक की तरह बराबर चलती रहती। कभी-कभी भ्रम होता कि मैं मर गया हूँ—और अपनी क़ब्र की दूसरी तरफ़ से—बारिश की टप-टप सुन रहा हूँ।

लेकिन एक दिन आकाश दिखाई दिया—पूरा नहीं—सिर्फ़ एक नीली डूबी-सी फाँक—और उसे देखकर मुझे अकस्मात पार्क के दिन याद हो आये, यहूदी रेस्तराँ की बिल्ली और बाज़ार जाती हुई मिसेज़ टामस। वह मेरी छुट्टी का दिन था। उस दिन मैंने अपने सबसे बढ़िया कपड़े पहने और कमरे से बाहर निकल आया।

लाइब्रेरी खुली थी। सब पुराने चेहरे वहाँ दिखाई दिये। पार्क खाली पड़ा था। पेड़ों पर पिछले दिनों की बारिश चमक रही थी। वे सिकुड़े-से दिखाई देते थे, जैसे आनेवाली सर्दियों की अफ़वाह उन्हें छू गयी हो।

मैं दोपहर तक प्रतीक्षा करता रहा। ग्रेता कहीं दिखाई न दी, न बेंच पर, न पेड़ों के पीछे। धीरे-धीरे पार्क का पीला, पतझड़ी आलोक मन्द पड़ने लगा। पाँच बजे अस्पताल का गजर सुनाई दिया और मेरी आँखें अनायास फाटक की ओर उठ गयीं।

कुछ देर तक कोई दिखाई नहीं दिया। फाटक के ऊपर लोहे का हैण्डिल

शाम की आख़िरी धूप में चमक रहा था। उसके पीछे अस्पताल की लाल ईंटोंवाली इमारत दिखाई दे रही थी। मुझे मालूम था, उन्हें घर जाने के लिए पार्क के बीच से निकलना होगा, किन्तु फिर भी मैं अनिश्चित निगाहों से कभी फाटक को देखता था, कभी सड़क को। ये ख़याल भी आता था कि शायद आज उनकी ड्यूटी अस्पताल में न हो और वे दोनों घर में ही बैठे हों।

सड़क की बत्तियाँ जलने लगीं। मुझे अजीब-सी घबराहट हुई, जैसे प्रतीक्षा का अन्त आ पहुँचा है और मैं उसे टालता जा रहा हूँ। मैं बेंच से उठ खड़ा हुआ—खड़े होकर प्रतीक्षा करना ज़्यादा आसान जान पड़ा। किन्तु तभी मुझे फाटक के निकट सरसराहट सुनाई दी। उनके चेहरे को बाद में देखा, उनकी सफ़ेद पोशाक पहले दिखाई दी। वे तेज़ क़दमों से पार्क के बीच पगडण्डी पर चल रही थीं। उन्होंने मुझे नहीं देखा था। यदि वे मेरी दिशा में आ रही होतीं, तो भी शायद धुँधलके में मुझे नहीं पहचान पातीं।

मैं भागता हुआ उनके पीछे चला आया।

"मिसेज़ पार्कर!" पहली बार मैंने उन्हें उनके नाम से बुलाया था।

वे ठहर गयीं और भौचक-सी मेरी ओर देखने लगीं। "आप यहाँ कैसे?" अब भी वे अपने को नहीं सँभाल पायी थीं।

"मैं यहाँ दोपहर से बैठा हूँ।" मैंने मुस्कराते हुए कहा।

वे हकबकायी-सी मुझे देख रही थीं। उन्होंने मुझे पहचान लिया था, लेकिन जैसे उस पहचान का मतलब नहीं टोह पा रही थीं। मैं कुछ असमंजस में पड़ गया और सहज स्वर में पूछा, "आज आप इतनी देर से लौट रही हैं? पाँच का गजर तो कब का बज चुका है?"

"पाँच का गजर?" उन्होंने विस्मय से पूछा।

"आप हमेशा पाँच बजे लौटती थीं।" मैंने कहा।

"ओह!" उन्हें याद आया, जैसे मैं किसी प्रागैतिहासिक घटना का उल्लेख कर रहा हूँ।

"आप लन्दन में ही थे।" उन्होंने पूछा।

"मुझे काम मिल गया, इतने दिनों से इसलिए नहीं आ सका। ग्रेता कैसी है?"

वे हिचकिचायीं—एक छोटे क्षण की हिचकिचाहट, जो कुछ भी मानी नहीं रखती—लेकिन शाम के धुँधलके में मुझे वह अपशकुन-सा जान पड़ी।

"मैं आपको बताना चाहती थी, लेकिन मुझे आपका घर नहीं मालूम था..."

"वह ठीक है?"

"हाँ, ठीक है," उन्होंने जल्दी में कहा, "लेकिन वह अब यहाँ नहीं है। कुछ दिन पहले उसके पिता आये थे, वे उसे अपने साथ ले गये..."

मैं उन्हें देखता रहा। मेरे भीतर जो कुछ था, वह ठहर गया—मैं उसके भीतर था, उस ठहराव के, और वहाँ से दुनिया बिलकुल बाहर दिखाई देती थी। मैंने कभी इतनी सफ़ाई से बाहर को नहीं देखा था।

"कब की बात है?"

"जिस दिन आप उसके साथ ट्रिफाल्गर स्कैयर गये थे—उसके दूसरे दिन ही वे आये थे...आप जानते हैं, उन्हें वहाँ काम मिल गया है।"

"और आप?" मैंने कहा, "आप यहाँ अकेली रहेंगी?"

"मैंने अभी कुछ सोचा नहीं है।" उन्होंने धीरे-से सिर उठाया, आवाज़ हल्के से काँपती थी, और एक क्षण के लिए मुझे उनके चेहरे पर बच्ची दिखाई दी, ऊपर उठा हुआ होठ और भीगी आँखें, हवा में उड़ते हुए कबूतरों को निहारती हुई।

"आप कभी घर ज़रूर आइएगा..." उन्होंने विदा माँगी और मैंने हाथ आगे बढ़ा दिया। मैं बहुत दूर तक उन्हें देखता रहा। फिर काफ़ी देर तक बेंच पर बैठा रहा। मुझे कहीं नहीं जाना था, न ही प्रतीक्षा करनी थी। धीरे-धीरे पेड़ों के ऊपर तारे निकलने लगे। मैंने पहली बार लन्दन के आकाश में इतने तारे देखे थे, साफ़ और चमकीले, जैसे बारिश ने उन्हें भी धो डाला हो।

"इट इज़ टाइम डियर!"

पार्क के चौकीदार ने दूर से ही आवाज़ लगायी। वह गेट की चाभियाँ खनखनाता हुआ पार्क का चक्कर लगा रहा था। टार्च की रोशनी में वह हर बेंच, झाड़ी और पेड़ के नीचे देख लेता था कि कहीं कोई छूट तो नहीं गया—कोई खोया हुआ बच्चा, कोई शराबी, कोई घरेलू बिल्ली।

वहाँ कोई नहीं था। कोई भी चीज़ नहीं छूटी थी। मैं उठ खड़ा हुआ और गेट की तरफ़ चलने लगा। सहसा हवा उठी थी। हल्का-सा झोंका अँधेरे में चला आया और पेड़ सरसराने लगे। और तब मुझे धीमी-सी आवाज़ सुनाई दी, एक असीम आग्रह में लिपटी हुई—'स्टॉप...स्टॉप...' मेरे पाँव बीच पार्क में ठिठक गये। चारों ओर देखा। कोई न था। न कोई आवाज़, न खटका—सिर्फ़ पेड़ों की शाखाएँ हवा में डोल रही थीं। उस समय एक पगली-उत्कट, नंगी-सी, आकांक्षा मेरे भीतर जागने लगी कि यहीं बैठ जाऊँ। इन पेड़ों के बीच जहाँ मैं पहली बार पकड़ा गया था। मेरी अब और आगे जाने की इच्छा नहीं थी। मैं इस बार अन्तिम और

अनिवार्य रूप में पकड़ लिया जाना चाहता था...

"इट इज़ क्लोजिंग टाइम!" चौकीदार ने इस बार बहुत पास आकर कहा। मेरी तरफ़ जिज्ञासा से देखा कि क्या मैं वही आदमी हूँ, जो अभी कुछ देर पहले बेंच पर बैठा था।

इस बार मैं नहीं मुड़ा। पार्क से बाहर आकर ही साँस ली। मेरा गला सूख गया था और देह खोखली-सी जान पड़ती थी। पार्क में सामने पब की लालटेन झूलती दिखाई दी। मैंने जेब से पर्स निकाला, पैसे गिनने के लिए। पुरानी ग़रीबी की यह आदत अब भी बची थी। मैंने हैरानी से देखा कि मेरे पास पूरे दो पौण्ड हैं—और तब मुझे याद आया कि मैं उन्हें कबूतरों के दानों के लिए लाया था।

1976

8
सुबह की सैर

वे छड़ी उठाते हैं, सीढ़ियाँ दायें पैर से उतरना शुरू करते हैं; उनका यह विश्वास है कि दिन दायें पैर पर उठाया जाए, तो वे किसी विपत्ति में नहीं गिर सकते। वे सुबह उठते भी दायीं करवट से हैं और जब उनकी बायीं आँख फड़कती है, तो उन्हें अपने लड़के का ख़याल आता है, जो बरसों से विदेश में पड़ा है।

छड़ी घुमाते हुए वे नाले की तरफ़ चलने लगते हैं। वहाँ अब नाला नहीं है। तीन बरस पहले कमेटी ने उसे पाट दिया था, लेकिन आस-पड़ोस के लोग अब भी उनके घर को नालेवाला मकान कहते हैं। पुराने दोस्तों की चिट्ठियाँ अब भी इस पते पर आती हैं : कर्नल निहालचन्द्र, नालेवाला मकान; और डाकिया भी उन चिट्ठियों को सीधा उनके घर ले आता है।

वे चलते जाते हैं। नाले के परे एक छोटी-सी पुलिया है, सफ़ेद चूने में चमचमाती हुई। यहाँ आकर वे ठहर जाते हैं—यह उनकी सुबह की सैर का पहला स्टेशन है। वे अपनी छड़ी को पुलिया के सहारे टिका देते हैं, थैले को कन्धे से उतारकर मूठ पर लटका देते हैं, सीधे खड़े हो जाते हैं, लगभग अटेंशन की मुद्रा में। एक साँस खींचते हैं, भीतर ले जाते हैं, फिर एक गाँठ में कसकर बाहर फेंक देते हैं। फिर दूसरी साँस खींचते हैं, वही कसावट, वही गाँठ, वही ढील। फिर तीसरी साँस...इससे उन्हें कोई आराम मिलता है? किसी को नहीं मालूम। वे अपने से पूछते नहीं और कोई दूसरा उनसे पूछनेवाला नहीं।

उन्हें यह भी चिन्ता नहीं कि पुलिया के नीचे स्कूल जानेवाले लड़के उन्हें देखकर हैरत में खड़े हो जाते हैं—एक पतली सींक-सा लम्बा आदमी, हवा में साँस खींचता हुआ, बाँस-सा हिलता हुआ।

"कर्नल-सा' ब, कर्नल सा' ब...

कहाँ है आपकी बन्दूक-तलवार?..."

हँसते, चीख़ते, डरते हुए वे भागते जाते हैं। बारिश के पानी में उनके पैर छप-छप करते हैं और हवा में घास सरसराती रहती है।

उस दिन निहालचन्द्र के कानों में देर तक बच्चों की आवाज़ें गूँजती रहीं। फिर सबकुछ शान्त हो गया। उन्होंने आख़िरी साँस खींची, जो एक गीली-सी उच्छ्वास बनकर बाहर निकल आयी। पुलिया से अपनी छड़ी उठायी और रूमाल से उसकी मूठ साफ़ करने लगे। उसी रूमाल में अपनी नाक सिनकी और आँखें पोंछीं। फिर थैला उठाकर कन्धे पर लटका दिया। गले में सूखी-सी किरक चुभने लगी। धुँधला-सा ख़याल आया, शायद कहीं भीतर कोई तकलीफ़ है, लेकिन इतनी जुर्रत नहीं हुई कि इस तकलीफ़ को 'प्यास' का नाम दे सकें। वे तकलीफ़ों की धुन्ध में रहते थे, नाम देने का मतलब था, पिण्डारे की पिटारी खोलना, जिसके भीतर से पता नहीं कितनी दूसरी तकलीफ़ें बाहर निकल पड़ेंगी। ना भाई, इससे बेहतर यह धुन्ध है, जहाँ सबकुछ एक जैसा है।

निहालचन्द्र पुलिया पार करने लगे।

नीचे, आगे, पीछे चारों तरफ़ मैदान फैला है। पूरा मैदान भी नहीं; आधा हिस्सा धोबीघाट है, बाक़ी हिस्सा पेड़ों में ढक गया है। वह नाला जिसे शहर में ढक दिया गया था, अब यहाँ बेशर्मी से नंग-धड़ंग बहता है। किनारे पर चौड़े सपाट पत्थर बिखरे हैं, जो आँखों में शूल-से चुभते हैं। निहालचन्द्र ने थैले से धूप का चश्मा निकाला, पहनकर चारों तरफ़ देखा तो ठण्डा-सा अँधेरा दिखाई दिया, रात का ठहरा हुआ अँधेरा जैसा नहीं, बल्कि काली रोशनी का दरिया, वे धीरे-धीरे उसमें उतरते हैं और पत्थरों से बच-बचकर चलने लगते हैं।

कहाँ जा रहे हैं कर्नल बाबू?

पत्थरों पर कपड़े पीटती हुई धोबिनों की आँखें ऊपर उठती हैं; हाथ हवा में ठिठक जाते हैं; धोबियों के कुत्ते—घर के न घाट के—कर्नल निहालचन्द्र की एकनिष्ठ, नीरव, मन्द चाल को देखकर कुछ ज़्यादा ही भभक आते हैं, दाँत निपोरते, खँखारते हुए उनके पीछे भागते हैं, किन्तु उनके पास आने की हिम्मत नहीं करते; उनकी मीटर-भर लम्बी छड़ी को देखकर बीच में मीटर-भर का फ़ासला छोड़ना नहीं भूलते। और निहालचन्द्र? उनके लिए जैसे चिंघाड़ते बच्चे, वैसे रिरियाते कुत्ते, सब एक चलते हुए दृश्य का हिस्सा हैं, एक धुएँ-सी ध्वनि, जिसमें सबकुछ समा जाता है...

यह नज़ारा अगर टूटता है, तो सिर्फ़ एक जगह—जहाँ जंगल शुरू होता

है। वहाँ कोई आवाज़ नहीं, न कोई रंग, न रोशनी....सिर्फ़ पेड़ों की लम्बी क़तार के नीचे धूप के धब्बे टिमटिमाते हैं। यहाँ काले चश्मे की कोई ज़रूरत नहीं। निहालचन्द्र कन्धे से थैला उठाकर दूसरे कन्धे पर लटका लेते हैं। कोट के बटन खोलते हैं, तो नवम्बर की हवा सर्र-सर्र करती देह को खटखटाने लगती है। ऊपर पेड़, नीचे झाड़ियाँ, बीच-बीच में गुलमोहर की सुर्ख, लहराती लपटें, सुर्र-सुर्र-सी आवाज़ें, जिन्हें सुनकर निहालचन्द्र को ग्वालियर के जंगल याद आ जाते, जहाँ वे अपने फ़ौजी दोस्तों के साथ शिकार पर जाते थे। वे अब उसे याद भी नहीं करते थे। खट-से कोई स्लाइड पर्दे पर चमक जाती थी...पुरानी ज़िन्दगी का एक हिस्सा साँस लेने ऊपर आता था—फिर छप से अँधेरे में डूब जाता—और निहालचन्द्र तेज़ी के क़दम बढ़ाते हुए जंगल में गुम हो जाते।

कुछ देर तक पता भी नहीं चलता था, वह कहाँ हैं, किधर ग़ायब हो गये? सिर्फ़ झाड़ियों में हल्की-सी सरसराहट सुनाई देती—जैसे कोई जानवर भागा जा रहा हो—और तब अचानक उनका सिर दिखाई देता। अभी यहाँ, अभी वहाँ! कोई छिपकर उन्हें देखता, तो हैरत में पड़ जाता कि इतनी उम्र में भी वे इतनी तेज़ी से भाग सकते हैं, छड़ी और थैले के साथ। किन्तु निहालचन्द्र के लिए यह मामूली-सी कसरत होती। महज़ कसरत नहीं—एक तरह का ध्यान। उनका चेहरा एक अलौकिक-सी तल्लीनता में डूबा रहता। एक अजीब-सा भ्रम होता, मानो वे एक जगह स्थिर हों, सिर्फ़ उनकी लम्बी, सींकियाँ टाँगें भागी जा रही हों, फिर धीरे-धीरे उनकी टाँगें भी स्थिर हो जातीं, सिर्फ़ बूढ़ा दिल हड्डियों के सीकचे पर टकराता रहता और ...वे रुक जाते, अधमुँदी पलकों को खोल देते, चारों तरफ़ देखने लगते।

सामने हवामहल दिखाई देता, पीले पत्थरों का मुगलिया मानूमेण्ट। नवम्बर की मन्द धूप में सुलगता हुआ... निहालचन्द्र के सफ़ेद बालों से पसीने का परनाला बहता हुआ उनकी कनपटियों पर चूने लगता। वे सिर को झटका देते, रूमाल से माथा पोंछते, छड़ी और थैले को हवामहल की सीढ़ियों पर टिका देते। साँस लेते। सैर की थकान उनकी देह से टूटकर टूटे हुए खँडहर से जुड़ जाती।

यह उनकी सैर का दूसरा स्टेशन होता।

यह हवाघर बहुत पहले शायद सचमुच कोई 'स्टेशन' रहा हो, एक पड़ाव, जहाँ मुग़ल सेनाएँ दिल्ली से मार्च करती, यहाँ घड़ी-दो घड़ी डेरा डालती होंगी। स्वयं शहंशाह शायद यहाँ छुट्टी के दिन पिकनिक के लिए आते हों। वरना इस उजाड़ जंगल में इतने नखरे-नक्काशीवाली इमारत ही क्यों बनाते? निहालचन्द्र को यह छिपा खज़ाना अचानक ही मिल गया था—एक दिन सैर करते-करते यहाँ

आ भटके और आँख उठाते ही हवा से हवाघर उतर आया। सफ़ेद सीढ़ियाँ, झालरदार झरोखे, बड़ी-बड़ी आँखों से रोशनदान—किन्तु जो चीज़ निहालचन्द्र को हमेशा अचम्भे में डाल देती थी, वह था नीला गुम्बद, भूरे पीले जंगल में वह नीलापन उनकी आँखों को अजीब-सी राहत देता था—एक ठण्डे, स्वच्छ हीरे-सा झिलमिलाता हुआ।

उस दिन भी निहालचन्द्र गुम्बद को निहारते रहे। फिर एक लम्बी साँस खींची, जो 'आह' और 'हे ईश्वर' के बीच जैसी कराहट में बुझ गयी। फिर थैले से एक ख़ाकी रंग की बरसाती निकाली और हवाघर की सीढ़ियों तले क़रीने से बिछा दी। यह उनकी प्रिय जगह थी...झरोखों से आती हवा में डोलता गुम्बद, नवम्बर की धूप—और क्या चाहिए?

कुछ भी नहीं। सारी हलचल बन्द। न कोई आवाज़, न शोर, न किसी तरह की हलचल। एक तिनका भी हिलता तो उसकी गूँज निहालचन्द्र की नसों को खटखटा जाती। कभी-कभी किसी जंगली परिन्दे की चीत्कार हवा में थरथरा जाती जैसे वह अपनी भूखी चीख़ से निहालचन्द्र की दबी भूख को कुरेद रहा हो। उसकी चीख़ सुनकर निहालचन्द्र को अपना लंच याद हो आया और उनका हाथ अनायास अपनी पोटली की तरफ़ मुड़ गया।

उबला हुआ अण्डा, टमाटर और खीरे की सैण्डविचेज़, थर्मस में कॉफ़ी—देवीसिंह हर चीज़ बड़े क़रीने से रखता था, मानो वह सुबह की सैर के लिए नहीं, ज़िन्दगी के सफ़र पर निकल रहे हों। उस पहाड़ी छोकरे को सबकुछ याद रहता था, यहाँ तक कि वह नमक और काली मिर्च की पुड़िया भी रखना नहीं भूलता था। थैले के दूसरे कोने में ट्रांजिस्टर भी दुबका होता था, जिसे मुन्नू विदेश से उनके लिए लाया था—जर्मन ट्रांजिस्टर—उनकी हिन्दुस्तानी ऊब और शून्यता को भरने के लिए। वे उसे शायद ही कभी खोलते। कई बार इच्छा हुई थी कि उसे देवीसिंह को दे दें—वह भी तो दिन-भर साँय-साँय करते मकान में ऊँघा करता है, घड़ी-दो घड़ी इस खिलौने से ही खेल लिया करेगा। किन्तु फिर वे अपनी इच्छा दबा डालते; गूँगे ट्रांज़िस्टर से बेटे की आवाज़ सुनाई देती, "आप दिन-भर ख़ाली बैठे रहते हैं, ज़रा इसे ही सुना कीजिएगा।" और तब उन्हें अजीब-सा सन्नाटा घेर लेता, दम-तोड़ती जम्हाई खींचते हुए वह बुड़बुड़ाने लगते, "ख़ाली कहाँ प्रभु, मुझे एक मिनट की फ़ुरसत नहीं।"

पता नहीं, यह बात वे अपने बेटे से कहते, जो विदेश में था, या अपनी पत्नी से, जो परलोक में थी या सचमुच प्रभु से, जो कहीं न था। उन्हें शायद ख़ुद भी पता नहीं होता था, कि वे अपने से क्या कहते हैं, हवा में जहाँ इतनी

आवाज़ें बहती हैं, वहाँ उन्हें अपनी बातें भी उड़ती जान पड़ती थीं—कोई उनसे पूछता आपको एक मिनट की फ़ुरसत नहीं, आख़िर आप करते क्या हैं? तो वह झट कह देते, देखते नहीं, खाना खा रहा हूँ। और यह सच भी होता—खाना, देखना, चलना, सोना...जीने के साथ-साथ ये काम एक रौ में चलते थे—और निहालचन्द्र इस बीच अपने से बातें भी करते थे और अपने को ही सुनते थे।

सुनना। वह सोते हुए भी होता था। खाने के बाद आँखें मुँदने लगतीं। निहालचन्द्र डबलरोटी के कण्डल और अण्डे के छिलके अख़बार में बटोरकर अलग रख देते, थैले की गुड़मुड़ी बनाकर, बरसाती के सिरहाने टिका देते पैर पसारकर लेट जाते—किन्तु इससे पहले कि नींद आती, परिन्दों का रेला उनकी जूठन पर टूट पड़ता। खट, खट, खट—निहालचन्द्र को लगता जैसे उनकी चोंचें अख़बार पर नहीं, उनकी नींद में सुराख भेद रही हों। चिड़ियों के पीछे चीलें आतीं और उन्हें खदेड़कर बचे-खुचे टुकड़ों को दबोचकर ग़ायब हो जातीं। हवा में उनकी डाइव और उठाईगीरी उड़ान के बीच छपाक-सी आवाज़ होती—जैसे नींद के बीचोंबीच किसी ने छलाँग लगायी हो—सिमटते हुए सपने तितर-बितर हो जाते। बादलों की सरकती छाया में नीला गुम्बद कुछ टेढ़ा-सा हो जाता और निहालचन्द्र को लगता जैसे वे सबकुछ एक डोलते पर्दे के पीछे से देख रहे हों; एक लेटा हुआ आदमी, सिरहाने पर दबा थैला, हवा में फड़फड़ाती बरसाती—और तब उनका दिल तेज़ी से धड़कने लगता। वे प्रतीक्षा करने लगते।

वह ऐसे ही आ जाती थी। वह आकर कुछ दूर फ़ासले पर ठिठक जाती थी। गले में झूमती रस्सी, बेचैन-से टटोलते हाथ, झरोखों के भीतर झाँकती आँखें—उस आदमी पर टिकी हुई, जो सीढ़ियों के नीचे ख़ुद एक सीढ़ी-सा लेटा था।

"निहाली रे, ओ निहाली।
तेरी सारी जेबें ख़ाली
हाय निहाली
क्या सचमुच खाली?"

निहालचन्द्र लेटे रहते, आवाज़ को अपनी गति से पास आने देते, न हिलते, न डुलते, दम साधकर दिल को ढाँपे रखते; उन्हें अन्देशा होता, ज़रा-सी भी हरकत करेंगे तो वह बिदक जाएगी, जंगल की अन्य अनर्गल आवाज़ों में खो जाएगी। असली बात विश्वास की है; जब लड़की को विश्वास हो जाता—कि आसपास कोई जोख़िम नहीं है तो वह धीरे-धीरे पास आती, चौकन्नी, सतर्क और झिझकती हुई, इसलिए नहीं कि निहालचन्द्र पर उसे भरोसा न हो, बल्कि इसलिए कि वे जीवित हैं, निरीह भी, ख़तरनाक भी; दोनों ही...इसीलिए वह एकदम पास नहीं

आती थी, एक हाथ की दूरी बनाए रखती थी, दूसरा हाथ आगे बढ़ाती थी, उनकी जेबों को टटोलने लगती थी, आर्मी ओवरकोट की लम्बी अँधेरी जेबें, जिन्हें उसकी अँगुलियाँ धीरे-धीरे सहलाने लगतीं—"निहाली ओ निहाली?"

क्या पूछ रही है, कौन-सा भेद, जिसे वह खींच रही है, ख़ाली जेबों के बीच? उसकी छुअन लगते ही ख़ून सुलगने लगता, दौड़ने लगता, पागल बैल की तरह अन्धाधुन्ध, बदहवास, लगी-बँधी लीकों को तोड़ता हुआ, दिल को अपने साथ घसीटता हुआ, पुरानी हड्डियों से टकराता हुआ और निहालचन्द्र अपनी उम्र के बाद सीकचे उठा देते, देह-पिंजर को खुला छोड़ देते, जाने दो, कोई भीतर कहता, भागने दो, कब तक इसे बचाकर रखोगे?

वह शान्त घड़ी होती। नवम्बर की मुरझायी धूप हवाघर के कंकाली खँडहर पर धीरे-धीरे सरकने लगती। पेड़, पत्ते, झाड़ियाँ निस्पन्द खड़े रहते। निहालचन्द्र दम रोके प्रतीक्षा करते, एक तिनका भी हिलता तो उनकी देह तन जाती। पलकों को कसकर भींच लेते, जिनके भीतर आँखों के डेले धूप में रंग-बिरंगे गोले-से नाचने लगते और तब एक झटके से वे अपने से छूट जाते—देह अलग पड़ी रहती। और निहालचन्द्र? वे दूसरी तरफ़ चले जाते, जहाँ उनका तीसरा और—अन्तिम स्टेशन होता।

वहाँ उन्हें कोई देखनेवाला नहीं था; न डर, न खटका, न कोई गवाह। खँडहर की छाया में उनकी देह औंधी पड़ी रहती। वह उनके पास सरक आती, अपनी चुन्नी को छाती से उड़ाकर कन्धों पर फेंक देती, उनसे सटकर उकड़ूँ बैठ जाती और तब निहालचन्द्र को भ्रम होता कि पलकों के पीछे जो धूप के धब्बे थे, वे असल में सलवार-कमीज़ की सुर्ख़ सुलगती बुँदकियाँ हैं—बिलकुल सामने, वे चाहें, तो उन्हें छू सकते थे। लेकिन वे अपने को रोके रखते। बहाना करते कि वे कुछ भी नहीं देख रहे; उसकी अँगुलियों को अपनी देह से खेलने देते—"ओ निहाली, क्या सबकुछ ख़ाली?"

नहीं, आज उनकी जेबें ख़ाली नहीं थीं; आज मैं सबकुछ साथ लाया हूँ। देखोगी? वे अपना सिर थोड़ा-सा ऊपर उठाते, तो उसकी काली, कलपती आँखें उन्हें लीलने लगतीं; आँखें, जो पिछली ज़िन्दगी की धोखाधड़ी को एक निगाह में तौल लेती हैं।

क्या दिखाएगा, भोंदू! सड़ा हुआ अलूचा, मरा हुआ तीतर या...किसी झींगुर की हरी लोथ? यही चीज़ें तो वह बहुत पहले लड़की को दिखाता था, निवार

की जेबों में ठूँसकर लाता था, एक-एक करके निकालता था, किसी बिल्ली की मूँछ, बुढ़िया का बाल?

कुछ भी नहीं। उस दिन जेब में से एक भी चीज़ ऐसी नहीं निकली, जिसे वे पहचान सकतीं। सिर्फ़ काग़ज़ों के ढेर। बैंक की पासबुक, नयी-ताज़ी चिट्ठियाँ, जायदाद के काग़ज़...और एक नीली-सी नन्ही किताब, जिस पर उसकी निगाहें जम गयीं; कर्नल निहालचन्द्र का पासपोर्ट जिसे वे हमेशा साथ लेकर चलते थे। सड़क पर कुछ हो जाए तो पुलिस उनकी फ़ोटो, नाम-पता देखकर घर-ठिकाने का पता तो लगा ही सकती है। हर तीन साल बाद पासपोर्ट ऑफिस जाकर उसे रिन्यू करवाते थे; सोचते थे, कभी लड़के से मिलने गये तो काम आएगा। तेरी लालसा मरी नहीं, निहाली?

लालसा! एक तितली-सा उड़ता हुआ वह शब्द निहालचन्द्र के इर्द-गिर्द घूमने लगा। क्या कोई ऐसी चीज़ बची रह गयी है, जहाँ वे एक क्षण बैठ सकें...जो सचमुच लालसा हो, जहाँ वे अपने पंख समेटकर आराम से, अकेले में घट सकें? उन्होंने अपने भीतर झाँका, तो वहाँ लालसा नहीं, लड़की बैठी थी—कौन है यह? गले में फँसी चुन्नी, पीला-सा गोल चेहरा, धूल में सनी लटें, और—रस्सी, कूदनेवाली रस्सी जो मानों पिछले पचास सालों से उसके साथ घिसट रही थी। उसका सिर नीचे झुका था और वह एकटक आँखों से उस फ़ोटो को निहार रही थी जो अचानक काग़ज़ों के ढेर से बाहर निकल आयी थी। निहालचन्द्र अपनी उत्सुकता नहीं दबा सके। देखने के लिए नीचे सिर झुकाया तो लड़की की आँखें ऊपर उठ आयीं।

"कौन है यह औरत?"

औरत! उन्हें झटका-सा लगा।

"मेरी पत्नी," उन्होंने कहा।

"सच?"

"हाँ सच नहीं तो क्या ऐसे ही।" निहालचन्द्र का स्वर कुछ संकुचित-सा हो आया...भीतर-ही-भीतर कुछ दहलने-सा लगा।

"और ये पहाड़?"

"पहाड़?" निहालचन्द्र का ध्यान भटकने लगा। नहीं, यह सपना नहीं था। पीछे सचमुच पहाड़ थे, नंगे और धूप में चमकते हुए। उन दिनों उनकी पोस्टिंग लद्दाख में हुई थी। पीछे मानेस्टरी थी, और वहाँ दो बौद्ध भिक्षु उनकी पत्नी को देखते हुए सीढ़ियाँ उतर रहे थे और वह बाज़ार की तरफ़ देख रही थी...कैमरे से बिलकुल बेख़बर।

उनकी पत्नी? हाँ, यह वही थी; फ़ोटो पर निहारता चेहरा, जिस पर आख़िरी बीमारी का अन्देशा अभी नहीं बैठा था। पीड़ा बहुत आगे थी...क्या वह उसे देख रही थी? नहीं, नहीं, यह तुम देखते हो निहालचन्द्र, वह नहीं। कैमरे का क्षण ही उसका चेहरा था, होठ हलके-से खुले थे और वह जानती थी कि तुम हो, पहाड़ है, सीढ़ियों पर पैर रखते हुए बौद्ध भिक्षु, दुकानों पर टँगे हुए सेकेण्डहैण्ड कपड़े, हवा में फड़फड़ाते हुए; उस दिन कितनी हवा थी, साड़ी का पल्लू बार-बार उड़ता हुआ उसके चेहरे को ढक लेता था...लेकिन आश्चर्य! फ़ोटो में सबकुछ शान्त था। वहाँ कोई हवा नहीं थी।

वहाँ सिर्फ़ लड़की की अँगुली थी, धूल में सनी हुई, उस चेहरे पर गड़ी हुई, जो उनकी पत्नी थी, मैला काग़ज़ था, एक गोल सिफर, फ़ोटो की छाँह...

"निहाली," लड़की का स्वर बहुत धीमा था, "क्या वे कभी आते हैं?"

"कौन?" उन्होंने कुछ विस्मय से पूछा, "कौन आते हैं?"

"तुम्हारा लड़का?"

"वह बाहर है।"

"और यह?" लड़की ने फ़ोटो को देखा।

"पागल!" निहालचन्द्र उसकी बेवक़ूफ़ी पर हँस दिये, "वह अब इस दुनिया में नहीं है।"

"फिर तुम?"

"मैं क्या कट्टो?"

पहली बार उनके मुँह से लड़की का नाम निकला—दहशत में। "मैं क्या? क्या मतलब है इसका?" लड़की हकबकी आँखों से उन्हें देखने लगी। मुँह थोड़ा-सा खुला रह गया...

"निहाली?"

"क्या?"

"मुझे देखते हो?"

निहालचन्द्र उसे भूखी, ख़ाली निगाहों से ताकते रहे। अचानक ध्यान आया, इतने बरसों बाद भी कट्टो कितनी ठिगनी और छोटी दिखाई देती है—बौनी-सी। मुद्दत पहले जब वह उम्र में सचमुच छोटी थी, तो कितनी लम्बी-जवान दिखाई देती थी, क्या समय उल्टा चलता है? नहीं, यह उनका भ्रम है। शायद बचपन में हर चीज़ बड़ी दिखाई देती है...घर, पेड़, माँ-बाप और—अचानक निहालचन्द्र चौंक गये जैसे लड़की ने पीछे मुड़कर उनके कानों में फुसफुसाया हो, "और—प्रेम, नहीं तो क्या?"

"प्रेम? क्या तुम किसी से प्रेम कर सके निहाली? कर्नल निहालचन्द्र?"

एक धक्का-सा खाकर वे होश में आये। किसकी आवाज़ थी यह—या सिर्फ़ छल और धोखा था। भीतर की अटपटी पुकार, जो बुढ़ापे के जंगल में उठती है, लावारिस-सी तपती आवाज़, दरवाज़ा खटखटाती है, खोलो, तो कुछ नहीं, शून्य का अनन्त विस्तार दिखाई देता है, दूर-दूर तक कोई नहीं, भीतर का लहू बाहर की झुलसती लू पर धधकता है, न प्रेम, न लगाव, न मोह की पीड़ा—पीड़ा भी नहीं, कुछ भी दिखाई नहीं देता, पत्नी का चेहरा और बेटे की याद, कुछ भी नहीं—सिर्फ़ मैं। तुम कौन निहालचन्द्र, क्या हो तुम?

खट-खट-खट...वह रस्सी कूद रही थी। ऊपर-नीचे, नीचे-ऊपर...खँडहर के सूने में उसके पैरों की गूँज निहालचन्द्र की मुँदी पलकों को छपछपाने लगी।

वे सो रहे थे। खाने के बाद वे घड़ी-दो घड़ी ज़रूर सो लेते थे। जब वे सो रहे होते, चीलों-चिड़ियों का झुण्ड हवाघर के झरोखों पर बैठ जाता। निहालचन्द्र की जूठन खाकर अब उनकी निगाहें निहालचन्द्र की देह पर चिपक जातीं—मानो सोच रहे हों, क्या यह देह भी उनके आहार में शामिल है? उन्हें काफ़ी निराशा हुई, जब निहालचन्द्र ने आँखें खोल दीं। सबसे पहले आकाश दिखाई दिया...नवम्बर का नीला टुकड़ा। वह उनकी नींद से निकलकर गुम्बद पर आ अटका था। नीला और सफ़ेद; सर्दी की धुन्ध में स्वप्न के फाहे-सा; वह नींद की धुन्ध थी—जिसमें आधी देह सोयी रहती है, आधी सिर बाहर निकालकर दुनिया को देखती है ...देवीसिंह! उन्होंने धीरे-से आवाज़ लगायी, फिर अचानक याद आया, वे घर में नहीं, बाहर लेटे हैं। लेटे-ही-लेटे हाथ बढ़ाकर थैले को टटोला; वे थर्मस निकालकर बची हुई कॉफ़ी से गला तर करना चाहते थे; किन्तु उनका हाथ थैले पर नहीं—काग़ज़ों के ढेर पर जा पड़ा।

वे हवा में सरसरा रहे थे। पेंशन के दस्तावेज, फ़ोटो, ख़त, खुला हुआ पासपोर्ट। निहालचन्द्र ने झटके से सिर मोड़ा...ये यहाँ कैसे निकल आये? उन्हें ठीक से याद नहीं पड़ा, कब उन्हें अपनी जेबों से बाहर निकाला था? कुछ चीज़ें उनकी चेतना की चौहद्दी के बाहर हो जाती थीं...अनदेखे घट जाती थीं—अपनी मौजूदगी को अचानक उनके सामने पटक देती थीं...देखो, ये हम हैं, तुम्हारे सामने, और तुम्हें पता भी नहीं? और निहालचन्द्र खिसियाने-से होकर उन्हें स्वीकार कर लेते हैं; कभी यह पूछने का साहस नहीं हुआ, मैंने तो तुम्हें जेब में रखा था, तुम बाहर कैसे निकल आयीं? सच पूछो, तो निहालचन्द्र को चीज़ें

आदमियों से कहीं ज़्यादा सगी और समझदार जान पड़ती थीं—पालतू जानवरों-सी वे बरसों उनके साथ रही थीं और कभी उन्हें धोखा नहीं दिया था। वे आँख मूँदकर सिर्फ़ छूने-भर से उनकी पुरानी, पपड़ायी पहचान को पकड़ लेते थे—यह मुन्नू का पत्र है? और यह है बैंक की पासबुक, यह लद्दाख का फ़ोटो है, ... और यह? अचानक उनकी टटोलती अँगुलियाँ ठिठक गयीं। आँखें खोलीं, तो देवीसिंह का पोस्टकार्ड दिखाई दिया, जो उसने छुट्टियों में गाँव से भेजा था...

देवीसिंह का ध्यान आते ही वे हड़बड़ा-से गये। वह बरामदे में गुड़मुड़ी-सा बना बैठा होगा—पता नहीं कितनी बार खाने को गर्म किया होगा, दरवाज़ा खोलकर बाहर झाँका होगा। उन्हें अकसर देर हो जाती थी और अपनी बड़ी, पहाड़ी आँखें उठाकर गहरे आश्चर्य में देखता था; कहता कुछ नहीं था, किन्तु हर बार एक ही प्रश्न उसकी गूँगी निगाहों में झलक जाता था—आप कहाँ जाते हैं? सुबह की सैर और शाम तक ग़ायब—अगर आपको कुछ हो गया, तो मैं कहाँ आपको ढूँढ़ता फिरूँगा? निहालचन्द्र हर रोज़ कोई-न-कोई बहाना खोज निकालते—लेकिन भीतर एक धुकधुकी-सी मची रहती कि कहीं वह उनकी शिकायत मुन्नू को न लिख भेजे। विदेश जाने से पहले वह बार-बार उनसे कह गया था, "देवीसिंह के अलावा आपके पास कोई नहीं...वह चला गया, तो आप अपाहिज हो जाएँगे।" अपाहिज! ठीक है, हो जाऊँगा। तुम तो देखने नहीं आओगे। बरामदे में खटिया डालकर पड़ा रहूँगा—मुझे अब किसी की ज़रूरत नहीं। मेरे लिए अब सबकुछ एक-जैसा है...जैसी रात वैसा दिन...उनका गुस्सा बहने लगा, एक रुआँसा बेबस क्रोध, उस पानी की तरह बाँझ और बेतुका, जो रेगिस्तान की झुलसती ज़मीन पर बरसता है, बह जाता है, सूख जाता है, अपने पीछे रत्ती-भर हरियाली नहीं छोड़ता।

रेगिस्तान! उनके हाथ बिखरे हुए काग़ज़ पर ठिठक गये। उनकी अन्तिम पोस्टिंग वहीं हुई थी, राजस्थान और पाकिस्तान के बॉर्डर पर; चारों तरफ़ रेगिस्तान फैला था। अब सोचते हैं, तो हँसी आती है, लेकिन उन दिनों वहीं बस जाने की इच्छा होती थी। लगता था, वे अपनी ज़िन्दगी के आख़िरी पड़ाव पर आ पहुँचे हैं। घण्टों रेगिस्तान में घूमते रहते, रेत के कँगूरों पर बैठे रहते, न पत्नी की याद आती, न लड़के की, अकेली घड़ियों में लगता जैसे वे धीरे-धीरे किसी सत्य की तरफ़ पहुँच रहे हैं, उस अँधेरे कुएँ की थाह को छू रहे हैं, जो उम्र के अन्तिम छोर पर उन्हें इतना अकेला छोड़ गया था...कभी-कभी हैरानी भी होती थी कि जो सत्य लद्दाख में बौद्ध भिक्षुओं से नहीं मिल सका, वह आख़ीर में रेगिस्तान की साँय-साँय करती उड़ती धूल में दिख गया?...कैसा सत्य निहाली?

निहालचन्द्र ने सिर मोड़ा, वे कुछ कहना चाहते थे, कोई बात, जो बरसों से भीतर घुमड़ती रही थी—लबालब गले में भर जाती थी, थकान, उम्र और हिचकिचाहट को काटती हुई...किन्तु वहाँ कोई न था। झाड़ियों पर नवम्बर की धूप गिर रही थी। हवाघर का गुम्बद एक निस्पन्द और नीली मुट्ठी-सा हवा में उठा था...न चील, न चिड़िया, न कोई आवाज़। रस्सी कूदने की खटखट भी नहीं। सिर्फ़ एक पथरायी सर्द रोशनी थी... जो अब एक मुरझायी सफ़ेदी-सी सारे जंगल पर फैली थी।

निहालचन्द्र कुछ देर बिना हिले-डुले बैठे रहे...फिर उन्होंने जबर्दस्ती अपने को खड़ा किया, जैसे वह अपनी नहीं, किसी दूसरे की देह को घसीट रहे हों। पोटली, छड़ी, थर्मस....जेबों में ठुँसे क़ागज़। जब निहालचन्द्र चलने लगे, तो सबकुछ उनके पास था। वह कुछ भी नहीं भूले थे। और पीछे कुछ भी नहीं छूटा था।

पीछे मुड़ने का रास्ता वहीं था, जिस पर वे चलकर आये थे। पथरीली पगडण्डी, झाड़-झंखाड़, दूर-दूर तक खड़े मिट्टी के ढूह, पीले और सफ़ेद दागों से दगे हुए, जिन पर परिन्दों ने बीट कर दी थी। वे कब पीछे छूट गये, निहालचन्द्र को पता भी न चला। वे कुछ ख़ास सोच भी नहीं रहे थे, जो उनका मन भटका देता, सिर्फ़ कोई भटका-सा ख़याल आ जाता, जो उनके मन को छूता हुआ निकल जाता, देवीसिंह का चेहरा, घर का कमरा, जेब में ठुँसे कागज़ों की खड़-खड़—इन सबकी छोटी-छोटी चिन्दियाँ उनके रास्ते पर उड़ती जातीं; वे एक को पकड़ते, तो दूसरी उन्हें पकड़ लेती। सुबह की एकाग्र तन्मयता अब ख़त्म हो चुकी थी, जब वे आँखें मूँदे हवाघर की ओर भागते जा रहे थे; अब सिर्फ़ बदहवासी थी, जिसमें आँखें खुली रहती हैं और दिखायी कुछ नहीं देता।

फिर जंगल का टुकड़ा आया और निहालचन्द्र को लगा, जैसे वे धूप की सफ़ेदी से उतरकर एक लम्बी छाँह में चले आये हैं। आँखों को राहत मिली। पत्तों पर पैर आसानी से पड़ते जाते, कभी कोई झाड़ी उनके कोट से अटक जाती, तो वह खड़े हो जाते, बहुत कोमलता से अपने को रिहा करते, एक अजीब-सा भ्रम होता, जैसे कोई दबे पाँव उनके पीछे आ रहा है। वे मुड़कर पीछे देखते तो कोई दिखाई नहीं देता—सिर उठाये पेड़, नीचे झुकी झाड़ियाँ...बीच में नाचते धूप के छल्ले। उन्हें लगता, मानो ऐसा कभी पहले भी हुआ है...मुद्दत पहले—जब वह उनके पीछे ग़ायब हो जाती थी और वे अपने घर के बाग़ में अकेले चक्कर लगाते

थे—कट्टो? वह आवाज़ देने की कोशिश करते, किन्तु कोई उनका गला पकड़ लेता—जाने दो, उनके भीतर का शैतान कहता, तुम्हारे आगे सारी ज़िन्दगी पड़ी है। आगे और आगे....वह उन्हें घसीटता हुआ यहाँ तक ले आया था...

कैसी ज़िन्दगी?

ऊपर हल्की-सी फड़फड़ाहट हुई और उनके पैर सहसा ठिठक गये। सिर उठाया, तो पहले क्षण कुछ दिखाई नहीं दिया। दोनों तरफ़ के पेड़ एक-दूसरे पर झुके थे। पत्तों के बीच आकाश की नीली फाँक चमक जाती थी। उन्हें समझ में नहीं आया, यह आवाज़ कहाँ से आयी है; फिर सोचा, ऊपर की कोई शाख हिली है, एक डाल से जब कोई पक्षी उड़ता है, तो वह काँपती है, किन्तु दूसरी डाल भी थोड़ा-सा हिलती है, जिस पर वह बैठता है, लेकिन ऊपर कोई पक्षी दिखाई नहीं दिया—उस अजीब-सी खड़खड़ाहट के बाद सबकुछ शान्त हो गया था।

निहालचन्द्र आगे बढ़े—और तब उन्हें एक बार किसी ने फिर रोक लिया। इस बार कोई आवाज़ नहीं थी। सिर्फ़ उनकी आँखों के सामने कुछ डोल रहा था। उन्होंने अपने चश्मे को सीधा किया, जो ऊपर देखने से नीचे खिसक आया था—इस बार उनकी आँखें उठीं, तो वहीं थिर होकर रह गयीं।

वह बरगद का छितनार पेड़ था। उसकी शाख नीचे झुकी थी, एक बूढ़ी बाँह की तरह मुड़ी हुई, जिसके किनारे पर एक रस्सी लटकी थी, धीरे-धीरे हवा में डोल रही थी, जैसे कोई साँप बीन सुनता हुआ फन हिलाता है। उन्हें कुछ आश्चर्य हुआ कि रस्सी को पेड़ से बाँधा नहीं गया था, सिर्फ़ टहनी पर फेंक दिया गया था और वह वहाँ अटक गयी थी, अधर में लटकी हुई, दोनों सिरों को हवा में झुलाती हुई। रस्सी के किनारों पर दो नन्हे मेहँदी रँगे हाथों से बेलन जुड़े थे, काठ के बेलन, हथेलियों की रगड़, धूल और पसीने से घिसे हुए...

पता नहीं, कितनी देर निहालचन्द्र उसे निहारते रहे, जैसे वह रस्सी न होकर कोई मायापाश हो...नवम्बर की धूप में झूलती मृगतृष्णा। हवा ठहर गयी थी, सारा जंगल एक घोंसले-सा सिमट आया था...अपने भीतर ही साँसें खींचता हुआ। वह सिर उठाये निश्चल खड़े थे। कोई उन्हें देखता तो भ्रम होता कि वह आदमी नहीं है—जंगल का ही कोई बूढ़ा, लम्बा जन्तु कोई अनहोनी-सी आहट सुनकर बीच पगडण्डी पर खड़ा हो गया है। उनका क़द इतना लम्बा था कि ज़रा-सा हाथ उठाते ही वे रस्सी को छू सकते थे, पकड़कर नीचे खींच सकते थे, किन्तु वे बिना हिले-डुले खड़े रहे; कट्टो—उन्होंने धीरे-से फुसफुसाया, फिर आवाज़ कुछ ऊपर उठ गयी, छाती की बलगम के बीच एक खँखारती पुकार, जो भीतर की दलदल से

बाहर निकलने को छटपटा रही थी। कुछ देर अभेद्य सन्नाटा सनसनाता रहा...फिर अचानक उन्हें अपनी चीख़ सुनाई दी, जो किसी तरह बाहर निकल आयी थी, और इस बार किसी ने उनको नहीं रोका, गला दबाकर उन्हें चुप नहीं कराया और वे उसे सुनते रहे, जो उनकी आवाज़ थी, जंगल के आर-पार, झाड़ियों और पेड़ों के बीच, बचपन के एक सिरे से बुढ़ापे के दूसरे सिरे तक गूँजती हुई...

कोई जवाब नहीं मिला। आसपास कहीं कोई न था। हवा उठी थी और पेड़ सरसरा रहे थे। ...रस्सी के दोनों सिरे नशे में झूल रहे थे। कुछ देर तक वे इस आशा में खड़े रहे कि वह अचानक झाड़ियों के बीच प्रकट हो जाएगी, अपनी रस्सी लेने दोबारा लौट आएगी...किन्तु बहुत देर तक कहीं कोई दिखाई नहीं दिया, न उसकी हँसी, न झाड़ियों की खड़खड़—कुछ भी ऐसा नहीं जो उन्हें विश्वास दिला सके कि वह उस दोपहर उनके पास आयी थी, उनसे सटकर बैठी थी, जेबों की तलाशी ली थी, जब वे सो रहे थे; और उनके काग़ज़ बाहर बिखरे थे, जब वे जागे थे...

निहालचन्द्र? क्या तुम सचमुच जागे थे?

अँधेरा होते ही हवा रुक गयी। कुछ भी नहीं हिल रहा था; न झाड़ी, न पत्ता, न पेड़। कभी-कभी जंगल के भीतर से एक गर्म उसाँस-सी निकलती थी, सिर-सिर करती एक सीटी बजाती थी—ऊपर उठ जाती थी—धोबीघाट के ऊपर...कुत्तों को चौंकाती हुई आगे बढ़ जाती थी, गन्दे नाले पर उतर जाती थी और धीरे-धीरे सरकती हुई निहालचन्द्र के घर के फाटक पर आकर रुक जाती थी।

देवीसिंह उसे ऊँघते हुए सुनता—और रह-रहकर हुड़क जाता। वह पहाड़ी था और बचपन से इस तरह की अँधेरी, स्वरहीन आवाज़ों को सुनता आया था—जो आवाज़ें भी नहीं थीं—केवल जंगल की देह की गूँगी वासनाएँ, जो पशुओं और पेड़ों की कराहों में सिसका करती थीं। वह बार-बार दरवाज़े की तरफ़ भागता, बाहर झाँकता और फिर वैसे ही भागता हुआ रसोई में लौट आता।

उस रात वह रसोई में ही लेटा था। रात का खाना दो बार गर्म होकर अब ठण्डा पड़ गया था। ऐसा बहुत कम होता था कि कर्नल साहब सुबह की सैर को निकलें और दोपहर तक घर न लौट आएँ। देरी हो जाती तो भी अँधेरा होने से पहले ज़रूर लौट आते थे। सीढ़ियों पर छड़ी की खटखटाहट से ही देवीसिंह पहचान जाता था कि वे लौट आये हैं। कभी-कभी गुस्से में भरा वह रसोई में ही लेटा रहता, जैसे उनकी आहट सुनी ही न हो, ऐसे दिनों में निहालचन्द्र

उसे बुलाते नहीं थे, उसकी आँखें बचाकर दबे पाँवों से अपने कमरे में घुस जाते, बिस्तर पर लेट जाते—और तब देवीसिंह का मन हुलसने लगता, जल्दी से चाय बनाकर उनके कमरे में ले आता और वह आँखें मूँदकर बहाना करते, जैसे उसे देखा ही न हो।

किन्तु उस रात उनका कमरा ख़ाली था, पलँग के नीचे उनकी चप्पलें पड़ी थीं। कोने में चिलमची और गर्म पानी का जग, जो अब एकदम ठण्डा पड़ गया था। देवीसिंह ने कमरे की अँगीठी में आग जला दी, ताकि जब वे आएँ, तो उसे परेशान न करें, खाना खाकर तुरन्त सो जाएँ। ख़ुद उसकी आँखें बोझिल हो रही थीं—एक बार इच्छा हुई कि पड़ोस के मकान में ख़बर दे आये कि कर्नल साहब अभी तक नहीं लौटे, किन्तु फिर पैर रुक गये। शहर में छोटी-से-छोटी बात पर पुलिस आ धमकती है। देवीसिंह को पुलिस देखते ही कँपकँपी छूटने लगती थी। चुप रहना ही बेहतर था। अभी नहीं, कुछ देर में आते होंगे, अकेले आदमी, जाएँगे कहाँ? और इस उम्र में भला?

यह बहुत बड़ी सान्त्वना थी। निहालचन्द्र सचमुच ही कहीं नहीं जा सकते थे। सिर्फ़ लौट सकते थे—हर दोपहर साल में तीन सौ पैंसठ बार। बेनागा, उम्र के आख़िरी दिन तक।

धीरे-से कुछ खड़का, तो वह चौंक गया। क्या दरवाज़ा खटका है। या सिर्फ़ हवा है? देवीसिंह कुछ देर अँधेरे में बैठा रहा, फिर दबे पाँव निहालचन्द्र के कमरे में गया। आग में सुलगती लकड़ियाँ कड़क उठती थीं, जिनकी आवाज़ ने उसे जगा दिया था। अँगीठी के पास रखी लोहे की सलाख से उसने नीचे दबी लकड़ियों को ऊपर खिसकाया, राख को कुरेदा और जब वे बल-बल करती हुई दोबारा जलने लगीं तो वहीं लेट गया, निहालचन्द्र के पलँग के नीचे, आग की लपकती लपटों की गरमाई कब उसकी नींद को घेर लायी, उसे पता भी नहीं चला। यह भी पता नहीं चला कि कब वह दरवाज़े की साँकल खोलकर बाहर चला आया, उसी रास्ते पर चलने लगा, जिस पर हर रोज़ निहालचन्द्र सैर के लिए जाते थे, गन्दा नाला, धोबीघाट का मैदान, नहर की चमकीली, सँकरी धारा...

पेड़ों के ऊपर चाँद निकल आया था और सारा जंगल एक अद्भुत उजाले में चमक रहा था। कुछ दूर पर वह दिखाई दिये, दोनों हाथों को हवा में डुलाते हुए। देवीसिंह के पैर ठिठक गये। उसे कुछ अजीब-सा लगा कि कर्नल साहब का वही चेहरा-मोहरा है, वही देह, वही कपड़े—लेकिन उस क्षण वे चौदह बरस के लड़के दिखाई दे रहे थे। साफ़, कुँआरा, उत्सुक चेहरा—वे अपने दोनों हाथ हवा में हिला रहे थे। वे उसे बुला रहे थे—और तब वह निडर होकर भागने लगा।

बिलकुल उनके पास चला आया, वहीं खड़ा हो गया, जहाँ वे पेड़ के नीचे झूल रहे थे।

निहालचन्द्र के गले में रस्सी फँसी थी और रस्सी का सिरा पेड़ की टहनी से बँधा था। टहनी हिल रही थी और निहालचन्द्र लटक रहे थे। नीचे घास पर उनका थैला, उनकी थर्मस, उनकी आर्मी का कोट पड़ा था, दोनों जेबें उघड़ी पड़ी थीं—नंगी और उल्टी, बिलकुल ख़ाली। खट-खट...खट... उसे अजीब-सी आवाज़ सुनाई दी, सिर उठाया, तो बच्चों के कूदनेवाली रस्सी दिखाई दी, चाँदनी में हिलते हुए दो नन्हे पीले बेलन, जो टहनी के हिलने से बार-बार निहालचन्द्र के झूलते सिर से टकरा जाते थे।

1981

9

कव्वे और काला पानी

मास्टर साहब पहले व्यक्ति थे, जिनसे मैं उस निर्जन, छोटे, उपेक्षित पहाड़ी क़स्बे में मिला था। पहले दिन ही...मैं बस से उतर ही रहा था, तो देखा, सारा शहर पानी में भीग रहा है, भुवाली में धूप, रामगढ़ पर बादल और यहाँ बारिश—हमारी बस ने तीन घण्टों के दौरान तीन अलग-अलग मौसम पार कर लिये थे; और अब वह बाज़ार के बीच खड़ी थी—अपनी छत से मेरा सामान नीचे फट-फट फेंकती हुई; फ़टीचर सामान, जो मैं दिल्ली से ढोकर वहाँ लाया था—बाबू का एक पुराना होल्डॉल और पुराने ज़माने का टीन का ट्रंक, जिस पर पुरानी यात्राओं के लेबेल मुर्दा तिलचट्टों-से चिपके थे।

मैं बीच बाज़ार में खड़ा था—पानी में चका डुब्ब; और मेरा सामान किनारे पर पड़ा था अपनी दरिद्रता में भीगता हुआ; पता नहीं कैसे—बारिश में शहर और आदमियों की समूची लुटी-पिटी फटेहाली अपनी थिगलियाँ खोल बाहर निकल आती हैं। सिर्फ़ मेरे ब्रीफ़केस से लगता था कि मैं बाबू-जाति का हूँ और मैंने भी उसे सभ्यता की अन्तिम निशानी की तरह छाती से चिपकाकर रख छोड़ा था...लेकिन सिर्फ़ इसलिए नहीं; इसलिए भी कि उस ब्रीफ़केस में वह समूचा प्रयोजन छिपा था, जिसे लेकर मैं अपना शहर और घर-गृहस्थी छोड़कर उस अजनबी, पहाड़ी शहर में आया था।

हिन्दुस्तान के छोटे, क़स्बाई शहर वैसे ही त्रासदायी लगते हैं—ऊपर से बारिश, ठण्ड और अँधेरा; जब बस चलने लगी तो; पागल-सा विचार आया कि लपककर उसमें घुस जाऊँ और कण्डक्टर से प्रार्थना करूँ कि मुझे दोबारा भुवाली और हलद्वानी और दिल्ली की तरफ़ ले जाए...अपनी ज़िन्दगी की जानी और

सुरक्षित रोशनी में, जहाँ न अजनबी शहर की बारिश थी, न पहाड़ी ढाबों की गन्ध–लेकिन बस रुकी नहीं–न वह मुड़ी, उसे कहीं और आगे जाना था; मैं खड़ा-खड़ा उसके पीछे की लाल सुर्ख रोशनी को देखता रहा जो बारिश की धुन्ध में एक मैले ख़ून के धब्बे-सी दूर तक पीछे सरकती गयी।

मैंने आसपास देखा; सामने एक छोटा-सा बाज़ार था–मोटर रोड से थोड़ा ऊपर उठा हुआ–जिस पर तीन-चार खोखल दिखाई देते थे–पीली लालटेनों में धुँधुआते हुए सबसे निचली खोह में, बस-स्टेशन से लगभग चिपकी हुई एक चाय की दुकान थी, जहाँ दो-चार लोग टाट की खपरैल के नीचे बैठे थे; मैंने अब अपने ब्रीफ़केस को छाते की तरह सिर पर रख लिया था, किन्तु मेरे टीन के सन्दूक और होल्डॉल की हालत बुरी थी, सड़क के किनारे बारिश में भीगते हुए वे मुझसे भी ज़्यादा दयनीय दिखाई दे रहे थे।

मैं कुछ देर इस उम्मीद में खड़ा रहा कि चाय की दुकान में बैठा कोई आदमी ज़रूर मुझ पर रहम करेगा, लेकिन अब वे शायद मुझे देख भी नहीं सकते थे, बारिश की दीवार ने मुझे जैसे अचानक अपनी ओट में बाक़ी दुनिया से अलग कर दिया था। मेरे साथ तीन-चार सवारियाँ, जो बस से नीचे उतरी थीं, पता नहीं शहर के किसी अँधेरे कोटर में ग़ायब हो गयी थीं।

अचानक मुझे अपने सामने एक छाता दिखाई दिया, वह कुछ देर तक मेरे आगे डोलता रहा, मानो तय न कर पा रहा हो कि मैं कौन हूँ, आदमी या प्रेत? फिर छाते के भीतर से एक पीला, पहाड़ी चेहरा बाहर आया, "यह आपका सामान है?" उसने मेरे ट्रंक और होल्डॉल की ओर इशारा किया।

"जी..." मैंने कहा।

"और आप?"

"मैं?"

"कहाँ जाना है?" उन्होंने पूछा।

"पास में कोई होटल है?" मैंने लगभग रिरियाते हुए पूछा।

"होटल, यहाँ?" उन्होंने मुझे कुछ ऐसे देखा, जैसे मैं जीते-जी स्वर्ग की कामना कर रहा हूँ।

"कोई भी जगह रहने के लिए," मैंने कहा।

इस बार उनके चेहरे पर हल्की-सी उत्सुकता चमक आयी।

"कितने दिन के लिए?" उन्होंने पूछा।

मैं असमंजस में खड़ा उन्हें देखता रहा, जब घर से चला था, तो दिन-महीनों का कोई हिसाब नहीं जोड़ा था...मैं कुछ कह पाता, इससे पहले ही उन्होंने अपना

छाता मेरे ऊपर कर दिया। पहले मैं ही भीग रहा था; अब एक छाते के नीचे हम दोनों आधा-आधा भीगने लगे।

"एक रेस्ट-हाउस है—लेकिन आपको तीन कि.मी. ऊपर चढ़ना पड़ेगा।"

"कोई कुली मिल सकता है?"

"इस वक़्त?" उन्होंने बाज़ार की तरफ़ देखा, फिर मेरी तरफ़—और तब सहसा कुछ सोचकर मेरे सन्दूक को हैण्डिल से पकड़ लिया।

"चलिए, मेरे साथ आइए।"

मैंने उन्हें रोकना चाहा, किन्तु वे मेरा सन्दूक उठाकर आगे बढ़ गये थे, मेरे पास कोई चारा नहीं था, सिवा इसके कि मैं भी अपना होल्डॉल उठाकर उनके पीछे-पीछे चल पड़ूँ। मुझे कुछ हैरानी हुई कि इतना दुबला-पतला आदमी एक हाथ में छाता, दूसरे हाथ में ट्रंक पकड़कर इतनी तेज़ी से ऊपर चढ़ सकता है।

बस-स्टेशन पीछे छूट गया। बाज़ार की दुकानें बहुत नीचे ढुलक गयीं—और हम ऊपर चढ़ते गये; शायद यह कहना ठीक होगा कि वे ऊपर चढ़ते गये और मैं उनके पीछे घिसटता रहा। बारिश की चहबच्चों और कीचड़ में मेरे पैर बार-बार रपट जाते थे। एक बार पीछे मुड़कर उन्होंने मुझसे कुछ कहा, जिसे मैं नहीं सुन सका। मैं सिर्फ़ अपने दिल की धुक-धुकी ही सुन पा रहा था, जो हर क़दम पर तेज़ हो जाती थी। माथे पर बहते पानी में कितना पसीना था, कितनी बारिश, इसका पता चलाना भी असम्भव था।

उस दिन मैं अपनी यात्रा की थकान और भीतर की बेचैनी के बावजूद अन्धाधुन्ध कितना ऊपर चढ़ गया था, यह सोचकर हैरानी होती है। मैं उम्र में ही ऊपर चढ़ा हूँ, पहाड़ पर नहीं; पहाड़ की चढ़ाई तो दूर; घर का ज़ीना चढ़ते ही भीतर की अलार्म घड़ी रिरियाने लगती है। ज़िन्दगी में पहली बार किसी अनजानी जगह आना हुआ था—अपनी इच्छा से नहीं—अपनी इच्छा होती तो देहरी के परे पाँव नहीं रखता; कम-से-कम इस जगह नहीं लेकिन वह जगह मैंने नहीं चुनी थी; जिन्होंने चुनी थी, मैं उन्हें ही खोजने इतनी दूर चला आया था...

"आइए, भीतर चले आइए," उन्होंने दरवाज़ा खोलकर मेरी ओर देखा।

पहले क्षण कुछ दिखाई नहीं दिया; मैं देहरी पर खड़ा था, बारिश से बचता हुआ; फिर अचानक कोई चीज़ भक से जल उठी—लालटेन की रोशनी। और तब मुझे पता चला कि वे मुझे किसी होटल या धर्मशाला में नहीं, सीधे अपने घर ले आये हैं। मैं शायद कुछ देर असमंजस में वहीं खड़ा रहता, यदि बाहर से हवा

का थपेड़ा मुझे धकेलकर भीतर न ले आता।

कोई चीज़ है इच्छा? शायद वह आदमी का सबसे बड़ा माया-मोह है। इच्छा जिस लाइन पर चलती है, उससे कितनी दूर छिटककर हम घिसटते हैं। वह हमें काट जाती है और हम दो में बँट जाते हैं। मेरा एक हिस्सा घर में पीछे छूट गया था; दूसरा उस शहर में था, पानी और हवा में ठिठुरता हुआ—और शायद तीसरा हिस्सा भी था, जो बेबस-सा खड़ा हमें असंख्य हिस्सों में बँटता हुआ देखता है।

फिर गुस्सा आता है—नपुंसक, बेबस और रुआँसा—जब पता चलता है कि जो हमारे साथ घट रहा है, उस पर हमारी इच्छा का कोई बस नहीं है, जैसे मास्टर साहब मुझे ऊपर ले आये थे, वैसे ही आँधी का झोंका मुझे उनके घर घसीट लाया था..."अरे, बैठिए...बाहर क्यों खड़े हैं?" उन्होंने पलँग की ओर इशारा किया; वे खुद स्टूल पर बैठे थे और अपने चीकट जूतों के तस्मे खोल रहे थे।

"मैंने आपसे होटल ले जाने के लिए कहा था," मैंने कुछ खीजकर कहा।

"अरे साहब, इसे होटल ही समझ लीजिए, इस मौसम में कहाँ जाएँगे?" वे हँसने लगे। एकबारगी इच्छा हुई, अपना सामान वहीं छोड़कर बाहर निकल जाऊँ। उनकी हँसी, लालटेन में हिलता उनका फटीचर कमरा, कीचड़ में लिथड़ी मेरी देह—इनका कोई मतलब था? हाँ, क्यों नहीं, किसी ने मेरे भीतर कहा, तुम यहाँ आये हो, तो तुम्हें अपने पुराने मतलबों की गठरी छोड़नी होगी...और तब सचमुच मैंने अपने पीछे दरवाज़ा बन्द कर दिया। अँधेरा, बारिश, हवा सब पीछे छूट गये और मैं...

मैं भीतर चला गया।

पहली नज़र में वह किसी आउटहाउस की धुँधुआती कोठरी जान पड़ती थी—बीच हवा में खुली हुई, जहाँ बादल बिना रोक-टोक के भीतर आते थे, किन्तु भीतर का धुआँ बाहर जाने में हिचकिचाता था। कमरे से सटा एक गोदाम था, जहाँ मिट्टी के तेल का स्टोव और कुछ बरतन रखे थे। वही शायद उनकी रसोई थी। कोने में पानी से भरी बाल्टी, लोटा और पटरा रखा था, जिससे पता चलता था, कि शायद वे नहाते भी रसोई में हैं—दीवार में एक चौकोर सुराख खुला था—जिसके पीछे एक छज्ज़ा दिखाई देता था; वहाँ तार पर उन्होंने कपड़े सुखाने के लिए टाँग रखे थे, जो अब बारिश में भीग भी रहे थे।

वे स्टोव जला रहे थे। बार-बार पीछे मुड़कर मेरी तरफ़ देखते जाते थे, मानो उन्हें डर हो कि उनकी आँख बचाकर कहीं अचानक लोप न हो जाऊँ, लेकिन अब मैं उनके पलँग में धँस गया था, मैं कोई भारी आदमी नहीं हूँ, किन्तु

मेरे बैठते ही उनके पलँग की निवाड़ धूल चाटने लगी थी...मैं पलँग पर बैठा हुआ भी फ़र्श से चिपका हुआ था।

वे चाय के दो गिलास लाये और सामने चटाई पर बैठ गये।

"आप पहली बार यहाँ आये हैं?" उन्होंने पूछा।

"जी।"

"वही तो...मैं आपको देखते ही पहचान गया।"

"कैसे?" मैंने आश्चर्य से उन्हें देखा। चाय के गर्म धुएँ में उनका लम्बा पीला चेहरा पहले कहीं देखा हो, याद नहीं आया।

"कोई मुश्किल नहीं; देखते ही पता चल जाता है, कौन यहाँ का है, कौन बाहर का। आप बस से उतरकर बारिश में खड़े हो गये; यहाँ का आदमी होता, तो सीधा अपने घर की तरफ़ भागता।" वे हँसने लगे। दाँत पीले पड़ गये थे, लेकिन गन्दे नहीं लगते थे, उनके पीले, मुरझाये चेहरे पर अपनी जगह फिट जान पड़ते थे।

"वैसे इस मौसम में यहाँ बहुत कम टूरिस्ट आते हैं।" उन्होंने मेरी ओर छलछलाती उत्सुकता से देखा, जैसे उनकी बात सुनते ही मैं उन्हें इस अजीब मौसम में आने का कारण बताऊँगा, लेकिन मैं चुप रहा, अपने को रोके रहा। एक बार उनके साथ आने में जो ग़लती की थी, अब दूसरी बार नहीं दोहराना चाहता था...

"आप कब से यहाँ हैं?" मैंने बात बदलते हुए कहा।

"पाँच साल...नहीं छह साल।" उन्होंने चाय का गिलास नीचे रख दिया और अँगुलियों पर बीते, पुराने साल जोड़ने लगे, "जिस साल शास्त्री जी का ताशकन्द में इन्तक़ाल हुआ, मैं यहीं था; मुझे याद है, मैंने यह दुखदायी ख़बर अस्पताल में सुनी थी।"

"आप अस्पताल में थे?" मैंने विनम्र-सी सहानुभूति दिखायी।

"जी...वैसे अल्मोड़ा में भी डॉक्टरों की कमी नहीं, लेकिन यहाँ मेरे चाचा डॉक्टर थे; उन्होंने मुझे यहीं अस्पताल में दाखिल करवा दिया। जब ठीक हुआ तो पता चला कि यहाँ हाईस्कूल में एक अँग्रेज़ी टीचर की ज़रूरत है, बस फिर यहीं टिक गया," उन्होंने कुछ मुस्कराकर मेरी ओर देखा, "बीमारी ठीक कराने आया था, यह नहीं सोचा था कि बेकारी की समस्या भी हल हो जाएगी।"

"आपका घर यहाँ नहीं है?" मैंने पूछा।

"आप इसे घर कहेंगे?" उन्होंने सरसरी निगाह अपने कमरे में डाली, मानो उसे पहली बार देख रहे हों। उस शिकायत-भरी निगाह में कुछ रहा होगा कि

रसोई में रखी बाल्टी, टिमटिमाती लालटेन, चौके पर रखा स्टोव—और मंजी में धँसा मैं—सब कुछ एकाएक दयनीय-से हो गये।

"आपको सर्दी लग रही हो, तो आग जला दूँ?" उन्होंने कहा।

"नहीं, मैं बिलकुल ठीक हूँ।" मैंने कहा। मैं सचमुच ठीक था, अगर ठीक का मतलब है मन्द पड़ जाना, इतना मन्द कि थकान भी सिर मारकर पीछे मुड़ जाए। मुझे सिर्फ़ बाहर की चीज़ें दिखलाई दे रही थीं, बारिश में भीगती रात और टिपटिपाता उनका घर, और भीतर कुछ भी महसूस नहीं हो रहा था। मेरी इस रूखी उदासीनता को देखकर वे कुछ विचलित-से हो गये, मानो अपने घर लाकर उन्होंने कोई अपराध कर डाला हो।

"यहाँ एक फॉरेस्ट रेस्ट हाउस है, अगर आप चाहें..." उन्होंने मेरी ओर देखा।

"वहाँ परमिट की ज़रूरत पड़ेगी—नहीं?"

"हाँ, यह तो है," उन्होंने कुछ सोचते हुए कहा, "लेकिन एक-दो दिन की बात हो, तो चौकीदार हील-हुज्जत नहीं करता...आपको कितने दिन रहना है?"

इस बार उनके स्वर में भेद लेने की उत्सुकता नहीं थी, सिर्फ़ मेरी मदद करने की इच्छा थी, वे एकटक मेरी ओर देख रहे थे।

उस क्षण शायद मैं उन्हें सबकुछ बता देता—इतनी दूर आने का कारण, वह भी इन सर्दियों में...मेरे बिना बताये भी वे भाँप गये थे कि न मैं कोई तीर्थयात्री हूँ, न सैलानी-टूरिस्ट; फिर कौन हूँ मैं? और तब एक अजीब थकान और हताशा ने मुझे जकड़ लिया; मास्टर जी को यह बताने के लिए, कि मैं वहाँ क्यों आया हूँ, मुझे अपने सारे परिवार का इतिहास बताना होगा—और उसके बाद भी क्या वे मेरे आने का कारण समझ पाएँगे?

पता नहीं, उन्होंने आधे धुँधलके में क्या देखा—मेरा चेहरा या अधेड़ उम्र की बदहवासी—कि आगे कुछ नहीं पूछा; मुझे वहीं छोड़कर वे बाहर छज्जे पर चले गये और अपने भीगे कपड़ों को समेटकर रसोई में ले आये, और एक-एक करके उन्हें निचोड़ने लगे।

मैंने चैन की साँस ली, उनका ध्यान मेरी ओर से हट गया था, मैंने अपना बिस्तर खोलकर फ़र्श पर ही बिछा लिया। लालटेन मेरे सिरहाने के पास तिपाई पर रखी थी; उसकी पीली रोशनी में मैंने ब्रीफ़केस के काग़ज़ बाहर निकाले...मैं उन्हें आख़िरी बार देख लेना चाहता था—कुछ वैसे ही, जैसे कोई विद्यार्थी परीक्षा से पहले अपने नोट्स पलटता है और अचानक सबकुछ व्यर्थ और अर्थहीन जान पड़ता है—जायदाद के बासी, भुरभुरे काग़ज़ जिसे बाबू पीछे छोड़ गये और जो इस

कोठरी में और भी अधिक विपन्न दिखाई दे रहे थे; उनके बीच बहुत सँभालकर तीन पत्र रखे थे—बड़े भाई और छोटी बहन की लिखावट को अलग-अलग से पहचानना मुश्किल नहीं था, किन्तु तीसरा मुड़ा-तुड़ा काग़ज़? स्टेशन जाने से पहले माँ ने सबकी आँख बचाकर वह मुझे दिया था और मैंने उसे जल्दी बिना देखे, बिना पढ़े अन्य काग़ज़ों के बीच फेंक दिया था—माँ की चिट्ठी? वह जो होठ फड़फड़ाते हुए काग़ज़ पर अक्षर चींथा करती थीं, पता नहीं उन्होंने किस भाषा में अपना सन्देश भेजा था? मुझे उस समय भी उसे पढ़ने की इच्छा नहीं हुई; लालटेन की टिमटिमाती रोशनी में मृत पिता के काग़ज़ उतने ही मृत जान पड़ रहे थे, जितने जीवित लोगों के पत्र; यदि उन सबको मास्टर साहब के स्टोव में झोंक दूँ, तो पल-भर में हमारा मकान, घर और गृहस्थी के लोग, मरे और जीवित रिश्तों का लेखा-जोखा एक लपट में भस्म हो जाएगा...सिर्फ़ एक मैं रह जाऊँगा। मैं और वे—वे जिनसे मैं इतनी दूर यहाँ मिलने आया था...

सहसा मास्टर जी की छाया काग़ज़ों पर पड़ी; वे चौके की देहरी पर खड़े थे, हाथ गीले थे और कमीज़ की आस्तीनें बाजुओं पर चढ़ी थीं।

"लगता है, आप कोई मुकदमा लड़ने आये हैं।" वे मुस्करा रहे थे।

मैंने जल्दी-जल्दी सब काग़ज़ समेटकर ब्रीफ़केस में ठूँस दिये; शायद वे ठीक कहते हैं, कल पेशी का दिन होगा; दस साल बाद...पागल-सी इच्छा हुई कि अभी घर पर उनसे मिल लूँ और कल सुबह की बस से दिल्ली लौट जाऊँ किन्तु मास्टर जी ने मेरे पागलपन को बीच में ही तोड़ दिया, "चलिए, हाथ-मुँह धो लीजिए ...पानी गर्म हो गया है।"

उस रात मैं मास्टर जी के कमरे में ही सोया। मैं अपना होल्डॉल साथ लाया था, इसलिए उन्हें कोई परेशानी नहीं हुई—हालाँकि पलँग को लेकर वे थोड़ा बिफ़र गये। वे ख़ुद फ़र्श पर सोना चाहते थे और मुझे पलँग देना चाहते थे; मैं उनसे कैसे कहता कि उनकी मंजी पर डोलते हुए मुझे रात-भर भूकम्प का भ्रम होता रहेगा; मुझे डर था कि खाने को लेकर एक और भूकम्प खड़ा होगा, मेरी पत्नी ने जो टिफ़िन बाँधकर दिया था वह सिर्फ़ बस-यात्रा के लिए नहीं, जीवन-यात्रा के लिए काफ़ी था। मैंने उनसे कहा कि खाना बनाने के बजाय मेरे टिफ़िन को हल्का कर देना बेहतर होगा, ठण्डे मौसम के कारण वह इतना ही ताज़ा था, एक सुदूर गृहस्थी की चिन्ता में रसा-बसा भोजन, जो बारह घण्टे की चढ़ाई के बावजूद अपना शहरी स्वाद पहाड़ों तक खींच लाया था। मेरे खुले टिफ़िन को देखकर

उनके चेहरे पर एक बीहड़-सी वीरानी उमड़ आयी—पूरी, अचार, सब्ज़ी और पुलाव—अलग-अलग कटोरियों में सजे हुए; शायद उन्हें अपनी ग़लती पर पछतावा भी महसूस हुआ कि मुझ जैसे व्यक्ति पर दया करना कोई बहुत ज़रूरी नहीं था, किन्तु उन्होंने कहा कुछ नहीं, चुपचाप स्टोव जलाकर खाना गर्म करने में जुट गये।

उनकी रसोई जितनी साफ़-सुथरी थी, कमरा उतना ही अस्त-व्यस्त था; फ़र्श पर धूल में अँटी किताबों और पुरानी पत्रिकाओं का ढेर लगा था; कोठरी की छत धुएँ की कालिख से पुती हुई थी। दीवार पर एक रंग-उड़ी अलमारी थी, जिसकी अधखुली दराज़ों से कपड़े बाहर झाँक रहे थे। कमरे में कुछ वैसी ही उजाड़ यतीमी थी, जैसी धर्मशाला के कमरों में होती है। मुझे यह सोचकर कुछ भयावह जान पड़ा कि वे यहाँ दिन-रात, गर्मी-सर्दी में अकेले रहते होंगे; शायद इसी अकेलेपन से बचने के लिए वे मुझे अपने साथ ले आये थे; उन्हें मेरे बारे में कुछ नहीं मालूम था, इस बात पर मुझे उतना आश्चर्य नहीं था, जितना इस पर कि एक बार लाने के बाद उन्होंने मुझसे यह भी नहीं पूछा था कि मैं कौन हूँ, कहाँ से आया हूँ? तब एक अजीब-सा सन्देह मुझे कोंचने लगा, शायद उन्हें सब कुछ मालूम है। तभी तो वह बसस्टैण्ड पर पानी में भीगते खड़े थे; और मुझे देखते ही मेरे पास लपक आये, लेकिन किसने उन्हें बताया होगा? सिवा उनके, जिनसे मैं मिलने आया था; क्या किसी ने पहले से ही तो मास्टर जी को मेरे आने के बारे में सूचना नहीं दे दी थी?

"लीजिए, जल्दी खा लीजिए, नहीं तो एक मिनट में सब ठण्डा हो जाएगा।" उन्होंने मेरे टिफ़िन का खाना थाली में परोसकर सामने रख दिया।

"आप नहीं खाएँगे?"

"मैं तो खाने के बाद ही बाहर निकल जाता हूँ; जब तक कुछ देर टहल नहीं लेता, ठीक से नींद नहीं आती...आप खाइए।"

वे मेरे सामने चटाई पर बैठ गये; अकेले खाते हुए मुझे कुछ अजीब-सी वीरानी ने पकड़ लिया; पता नहीं, वे इस घड़ी क्या कर रहे होंगे; पत्नी शायद नीचे माँ के पास होगी और बच्चे अपने कमरों में स्कूल का काम कर रहे होंगे ...मास्टर जी क़ी जर्जर कोठरी और धुँधुआती रोशनी में मुझे अपने घर के लोग किसी दूसरे ग्रह के प्राणी जान पड़ते थे, यह विश्वास करना असम्भव था कि अभी बारह घण्टे पहले मैं उनके साथ था...

"देखिए पानी रुक गया; कल सुबह तक सब साफ़ हो जाएगा।" मास्टर जी के स्वर में बच्चों का उल्लास छलक आया।

मेरे हाथ ठिठक गये; टीन की ढलुआँ छत से पानी की धार नीचे गिर रही थी, किन्तु बारिश सचमुच थम गयी; छज्जे के बाहर धुन्ध अब भी थी, लेकिन इतनी हल्की और इकहरी—कि उसके पीछे धुले हुए तारे चमचमा रहे थे।

"आपका स्कूल कहीं पास में है?" मैंने पूछा।

"मैं आपको बताना भूल गया। आप दरअसल स्कूल में ही बैठे हैं," वे मुस्कराने लगे।

"यह स्कूल है?" मैंने विस्मय से चारों ओर देखा।

"जी, यह स्कूल का ही हिस्सा है। मुझे अभी तक मकान नहीं मिला, इसीलिए उन्होंने स्कूल का एक कमरा मुझे दे दिया; वैसे भी छुट्टियों में सारे कमरे ख़ाली पड़े रहते हैं..."

"आप छुट्टियों में कहीं नहीं जाते?"

"एक-आध दिन के लिए अल्मोड़ा उतर जाता हूँ लेकिन वहाँ मेरा मन घुटता है; वही पुराने लोग आ घेरते हैं, जिनसे मैं बचना चाहता हूँ।"

"यहाँ अकेला नहीं लगता?"

वे कुछ देर चुप रहे, फिर कुछ सोचते हुए कहा, "यहाँ अकेला रहता हूँ तो भी वैसी ऊब नहीं होती जैसी अल्मोड़े में—फिर जब मन करता है, तो बाबा के पास जा बैठता हूँ।"

"बाबा कौन?"

उन्होंने मेरी ओर देखा, अपनी टोहती आँखों से, फिर एक छोटी-सी मुस्कराहट उनके चेहरे पर फैल गयी, "एक ही तो हैं, और कौन?"

इस बार मैं अपने को नहीं रोक पाया, "क्या उन्होंने आपसे कुछ कहा था?"

उन्होंने विस्मय से मुझे देखा, "किस बारे में?"

"मेरे यहाँ आने के..."

"क्यों? आप उनसे मिलने आये हैं?" इस बार उनकी आँखों में विस्मय था।

"सुना है, बहुत दूर-दूर से लोग उनके दर्शन करने आते हैं।" मैंने कहा।

"हाँ...लेकिन इस मौसम में?" वे फैली आँखों से मुझे निहार रहे थे।

"मैं यहाँ छुट्टी पर आया था; सोचा, उनके दर्शन भी कर लूँ। क्या बहुत दूर रहते हैं?"

वे कुछ सोचते हुए चुप बैठे रहे, फिर अनमने भाव से बोले, "ज़्यादा दूर नहीं ...एक-डेढ़ कि.मी. की चढ़ाई होगी।"

मुझे लगा, वे मुझसे कुछ नाराज़ हैं; शायद उन्होंने मुझ पर विश्वास भी नहीं किया; कौन ऐसा पागल है जो सर्दियों में अपना घर-बार छोड़कर इतनी दूर आता है—और वह भी एक अज्ञात पहाड़ी शहर के लोकल महात्मा से मिलने?

वे उठ खड़े हुए और मेरे बरतन बटोरने लगे। कुछ देर तक रसोई में लोटे-बाल्टी की खनखनाहट के अलावा कुछ सुनाई नहीं दिया।

फिर उस रात उनके बारे में कोई चर्चा नहीं हुई।

सोने की तैयारी भी चुपचाप हुई। उन्होंने दोबारा और अन्तिम बार ज़रूर आग्रह किया कि मैं उनके पलँग पर सो जाऊँ, लेकिन मैं पहले से फ़र्श पर अपना होल्डॉल बिछा चुका था और फिर वे भी चुप ही रहे, सिर्फ़ इतना पूछा कि क्या वे लालटेन जलाकर पढ़ सकते हैं और वे देर तक कोई अँग्रेज़ी का उपन्यास पढ़ते रहे, जिसके लेखक का नाम मैंने कहीं पढ़ा-सुना नहीं था।

मैं ब्रीफ़केस को सिरहाने रखकर लेट गया, लेकिन नींद देर तक नहीं आयी। इतनी लम्बी ज़िन्दगी में यह पहला मौक़ा था कि किसी अजनबी के घर मैंने रात काटी हो, और वह सचमुच रात को 'काटना' था, जहाँ एक तरफ़ मैं था, दूसरी तरफ़ मेरा घर-बार, नौकरी, गृहस्थी, जिसे मैं पहली बार छोड़कर अकेला बाहर आया था। मेरी पत्नी को पता चलता कि घर छोड़ते ही मैं पहला पड़ाव किसी स्कूल-मास्टर की कोठरी में डालूँगा, तो उसे सचमुच हैरानी होती; वह मुझे हमेशा घर-घुसू कहती थी और उसे हमेशा यह सदमा सताता था कि इतनी लम्बी विवाहित ज़िन्दगी में मैं कहीं उसके साथ यात्रा पर नहीं गया, कामचलाऊ सफ़र बहुत किये, किन्तु छुट्टी लेकर किसी तीर्थ स्थान या पहाड़ी स्टेशन जाना नहीं हुआ।

और अब यह जगह? पहाड़, लेकिन हिल-स्टेशन नहीं और तीर्थस्थान के नाम पर पशुओं का अस्पताल; एक शिव का मन्दिर, जहाँ वह रहते थे... क्यों—अब भी रहते हैं। मुझे अजीब-सा लगा कि दिल्ली की आदत अब भी मेरे साथ चिपकी थी, जहाँ सब लोग उन्हें 'अतीत' में याद करते थे। ज्यों ही कोई व्यक्ति हमें छोड़कर चला जाता है, हम उसे 'अतीत' में फेंककर बदला चुका लेते हैं, बिना यह जाने कि वह अब भी मौजूद है, जीवित है, अपने वर्तमान में जी रहा है, लेकिन हमारे समय से बाहर है।

उस रात मुझे देर तक नींद नहीं आयी। हवा के थपेड़ों से कोठरी की छत और दीवारें थरथराने लगती थीं, नीचे मोटर-रोड पर कोई बस या लारी गुज़रती, तो उसकी हेडलाइट्स में फँसे पेड़ और झाड़ियाँ दीवार पर सरकते हुए निकल जाते। पहियों की घुरघुराहट देर तक पहाड़ियों के बीच गूँजती रहती। कभी किसी

बस के गुज़रने के बाद मास्टर साहब किताब से सिर उठाकर घड़ी को देखते और लम्बी साँस खींचकर कहते, "यह भुवाली की बस है," या कुछ देर बाद जब दोबारा बस की पों-पों बजती, तो कहते, "यह रामनगर जा रही है।" मैं आँखें मूँदे सोने का बहाना किये पड़ा रहा, फिर न जाने कब यह बहाना किसी नींद के सपने में उलझकर दूर तक घिसटता गया। आधी रात को आँख खुली, तो लालटेन बुझ गयी थी और मास्टर साहब करवट लेकर सो रहे थे, समूची कोठरी में अँधेरा था; एक लम्बे क्षण तक मुझे याद नहीं आया कि पास पलँग पर कौन सो रहा है और मैं वहाँ क्या कर रहा हूँ?

सुबह उठा तो धूप का चकत्ता बिस्तर पर बैठा था। ठण्डी, धुली हुई रोशनी कोठरी में फैली थी। मास्टर जी की मंजी खाली पड़ी थी—रसोई में पानी की बाल्टी और लोटा रखे थे। चूल्हे के पास चाय का सामान था; बाहर हवा में थपथपाती खट-खट की आवाज़ आ रही थी—शायद उसकी आवाज़ सुनकर ही मैं जाग गया था।

घड़ी देखी, तो अचरज हुआ—दस बजे थे; शायद ही कभी मैं इतनी देर तक सोता हूँ। जल्दी-जल्दी हाथ-मुँह धोया; थर्मस और गिलास थैले में रखे, ब्रीफ़केस को खोलकर चिट्ठियाँ बाहर निकालीं, जिनमें पोस्टकार्ड भी था, जो उन्होंने पन्द्रह दिन पहले भेजा था; उन सबको समेटकर कोट की अन्दरूनी जेब में रखा। मास्टर जी को देखने बाहर आया तो आँखें जिस चीज़ पर पड़ीं, वह पहाड़ था।

पहली बार ज्ञान हुआ कि यह पहाड़ है; सड़क पर चलता पहाड़ नहीं, जो कल बस की खिड़की से देखा था—लेकिन एक जगह ठहरा हुआ, बाज़ार के ऊपर, शहर को छाँह देता हुआ; कल अँधेरे और बारिश में उसे नहीं देखा था। अब पहली बार विश्वास हुआ कि मैं घर के बाहर हूँ; यह महज़ यात्रा का स्टेशन नहीं, पूरी जगह है; एक अलग-थलग दुनिया, वह एकान्त जंगल नहीं था, जैसा मैं दिल्ली में सोचा करता था, वह एक पूरी बस्ती थी; जहाँ बाज़ार था, बस का स्टेशन, अस्पताल, एक मन्दिर, एक स्कूल...

स्कूल मैदान में था, बाज़ार के ऊपर और नीचे पेड़ों का पीला झुरमुट था। और वहीं टहनियों के बीच अकस्मात दिखाई दिये मास्टर जी...और तब मुझे उस खट-खट का रहस्य समझ में आया; वह कुल्हाड़ी से पेड़ों की शाखें काटते जाते थे और टहनियाँ छपाछप करती हुई नीचे गिर जाती थीं...

मैं उसी पगडण्डी से नीचे उतरने लगा, जिसके सहारे कल ऊपर चढ़ा था। धीरे-धीरे बाज़ार की छतें दिखाई देने लगीं, साँवले, सलेटी पत्थरों से ढकी धूप

में चमचमाती हुई; लोगों का शोर और दुकानों का धुआँ एक साथ ऊपर उठ रहे थे। बाज़ार के नाम पर कुछ भिनभिनाते ढाबे थे; वहीं मैं एक बेंच पर खुली हवा में बैठ गया; धूप सिर्फ़ माया थी, असली ब्रह्म सर्दी में व्याप रहा था; मैंने एक चाय माँगी, तो दूसरी बेंच पर दो आँखें ऊपर उठीं, केसर-सी लाल और मस्ती में धुत्त..."साह जी, बस एक ही?"

नंग-धड़ंग महात्मा मेरी ओर निहार रहे थे।

मैंने दूसरी चाय मँगवायी, तो वे मुस्कराये, दाँतों के बीच लाल मसूढ़े दाढ़ की कटी फाँक से खुल गये।

"कल ही पधारे हो?"

"जी।"

अब तक वह दूसरे ढाबे की बेंच पर बैठे थे, मेरे 'जी' कहते ही वह अपनी मेज़ का मोह त्यागकर मेरी बेंच पर आ विराजे। "क्यों, हमारे मास्टर के यहाँ ठहरे हो?"

वे अन्तर्यामी जान पड़े; मुझे लगा, उनके सामने 'जी' कहने के अलावा मैं और कुछ नहीं कह सकूँगा। उसके बाद अगर वे यह बताते कि मैं दो बच्चों का बाप हूँ और दिल्ली से आया हूँ तो भी मुझे कोई आश्चर्य नहीं होता। किन्तु उसके बाद वे एकदम चुप्पी साध गये; चाय पीने में ऐसे मगन हो गये जैसे सिर्फ़ उसी को पाने के लिए उन्होंने परिचय बाँधा था।

"आप कहाँ से आ रहे हैं?" कुछ देर बाद मैंने ही पूछा।

चाय के गिलास को बेंच पर रखकर उन्होंने कुहनी से अपनी दाढ़ी पोंछी।

"यह पूछिए, कहाँ जा रहा हूँ; यहाँ तो सिर्फ़ कुछ दिनों के लिए ठहरा हूँ।" उनकी सुर्ख आँखों में एक रूखी-सी लापरवाही झलक आयी।

"कहाँ डेरा लगाया है बाबा ने?"

उन्होंने अँगुली से ऊपर इशारा किया; पहले मैं 'ऊपर' का मतलब ईश्वर समझा, लेकिन सौभाग्य से उनकी अँगुली ईश्वर से कुछ नीचे बैठी, बाज़ार के पीछे पहाड़ी गोमड़ पर, जो धुन्ध और धूप के झिलमिले से बाहर निकल रहा था।

"शिव के मन्दिर में?" पहली बार मेरे भीतर एक जिज्ञासु उत्सुकता जागी।

"शिव नहीं, महाकाल का मन्दिर कहिए," उन्होंने हल्की हिकारत से मुझे देखा, "कभी वहाँ नहीं गये?"

"मैं पहली बार आया हूँ।"

"पहली बार?" वे हँस पड़े, "आपको कैसे मालूम, आप पहली बार आ रहे हैं...पहली बार कुछ नहीं होता..."

"मैंने आपको भी पहली बार देखा है।" मैंने कहा।

"सचमुच?" उन्होंने मेरी ओर देखा, "और इसको?" उन्होंने पाइन की ओर इशारा किया जो सड़क के किनारे नीचे खड्ड से ऊपर उठा था, हवा में डोल रहा था।

"पेड़?" मैंने जिज्ञासा से उन्हें देखा, "इसमें क्या है?"

"और मैं?" उन्होंने लँगोट से बीड़ी निकाली और भट्ठी के सुलगते हुए कोयले पर उसे लगा दिया, "मुझमें क्या है?"

बीड़ी सुलग रही थी और धुएँ की तीखी लट ऊपर उठ रही थी।

मैंने उसकी नंगी देह को देखा, एक-एक हड्डी सर्दी की सफ़ेद धूप में चमक रही थी, ठिठुरती, कृशकाय देह नहीं, बल्कि ऐसा पिंजर जो देह को अपनी ठठरी-गठरी में गरमाये रखता है...नहीं, मैंने उन्हें पहले नहीं देखा था, लेकिन उन्हें देखते हुए मुझे अचानक अपने पिता की अस्थियाँ याद हो आयीं, जिन्हें गठरी में बाँधकर मैं दिल्ली से कनखल ले गया था—जैसे अगर रेल की खड़खड़ाहट में उनकी अस्थियाँ जुड़ जातीं, तो वे सामनेवाली देह की तरह एक बार फिर उठकर खड़ी होतीं...और तब मुझे लगा, चेहरा पहले न भी देखा हो, किसी का होना उसकी याद दिला सकता है, जो पहले कभी जीवित था और अब नहीं है।

"घूमने आये हो?" उनकी तरेरती आँखें मुझ पर टिकी थीं। मुझे चुप देखकर वे कुछ आगे सरक आये, "बाबा के दर्शन करने आये हो—क्यों ठीक कहा?"

"जी?" मैंने उनकी ओर देखा।

"रास्ता मालूम है?" उन्होंने पूछा। इस बार उनके स्वर में न खीज थी, न चिड़चिड़ाहट, सिर्फ़ एक मुलायम-सी नम्रता थी।

"मन्दिर के रास्ते पर है," उन्होंने कहा, "सीढ़ियाँ छोड़कर पगडण्डी पकड़ लेना; सीधी वहीं जाती है।"

"इस समय दर्शन देंगे?" मैंने पूछा।

"देख आओ, अगर बाहर बैठे हुए तो दर्शन होंगे ही लेकिन भीतर हुए तो रहने देना...आजकल थोड़ा बीमार चलते हैं।"

"बीमारी कैसी?"

मेरे स्वर में कुछ रहा होगा कि वे झुँझला उठे। अधबुझी बीड़ी को फेंक दिया, "बीमारी क्या, अन्दर की अवस्था है, बनती-बिगड़ती रहती है।"

उनके स्वर में कुछ ऐसा नहीं था, जो मुझे चिन्तित करता; किन्तु थोड़ी-सी हैरानी ज़रूर हुई; अपनी चिट्ठी में उन्होंने बीमारी के बारे में एक शब्द भी नहीं लिखा था; क्या उन्हें डर था कि मैं अपने साथ माँ को घसीट लाऊँगा; मुझे उनके डर पर हँसी आने लगी...वे जो घर की सीढ़ियाँ नहीं चढ़ सकतीं, बस में धक्के खाते हुए 2100 मी. की ऊँचाई पर आएँगी?

उसके बाद मैंने उनसे कुछ नहीं पूछा। बेंच से उठ खड़ा हुआ; अघोर बाबा ने कुछ आश्चर्य से मुझे देखा, "क्या अभी जा रहे हो?"

"जी...ऊपर पहुँचने में कितनी देर लगेगी?"

"पूरी उम्र!" वे हँसने लगे, "लेकिन तुम भटके नहीं तो आधे घण्टे में पहुँच जाओगे!"

मैंने दुकान से अपने थर्मस में पानी भरवाया। जब चाय के पैसे देने के लिए बटुआ निकाला तो सहसा उनकी आवाज़ सुनाई दी, "तीन गिलासों के, मैं एक और लूँगा।" मैंने पीछे मुड़कर भी नहीं देखा, पैसे दिये और ऊपर चढ़ने लगा।

चढ़ाई खड़ी हथेली की तरह उठी थी; चारों तरफ़ जंगल थे, लेकिन सड़क पर एक पेड़ नहीं जो छाया दे सके। पहाड़ी पसीना परनालों की तरह देह पर बह सकता है, ऐसा कभी सोचा भी न था। मुझे अपने ब्लडप्रेशर का डर था और दिल की धुकधुकी अलग से छाती को खटखटा रही थी।

बाज़ार बहुत नीचे छूट गया था, लेकिन उसकी आवाज़ें और बसों के हॉर्न अब भी एक उनींदी गुनगुनाहट की तरह सुनाई दे जाते थे। कुछ देर बाद वे आवाज़ें भी गुम हो गयीं...और मुझे लगा जैसे वहाँ मेरे अलावा कोई नहीं है—न जानवर, न हवा, न आदमी। अगर मैं कई कि.मी. इसी तरह चलता जाऊँ तो न मैं ख़त्म होऊँगा, न रास्ता ख़त्म होगा। मैं इसी तरह ऊपर चढ़ता रहूँगा पसीने में नहाया हुआ, न कुछ देखता हुआ, न सोचता हुआ—लेकिन तभी पाँव ठिठक गये, जैसे मुझसे कह रहे हों, अगर तुम निढाल हो तो हमें कोई परवाह नहीं।

आगे एक तिराहा था, उठी हुई हथेली पर तीन अँगुलियों की तरह खुला हुआ; दायीं पगडण्डी पर काला बोर्ड दिखाई दिया, जिस पर सफ़ेद खड़िया से एक तीर बना था और तीर की नोक से बिंधे चार अक्षर मेरी तरफ़ ताक रहे थे—टु द फॉरेस्ट रेस्ट हाउस। और तब मुझे अघोरी बाबा की अँगुली याद आयी—ईश्वर की तरफ़ उठी हुई, जहाँ महाकाल का मन्दिर था; अगर नीचे की पगडण्डी फॉरेस्ट हाउस की तरफ़ जाती है, तो बीच की सड़क ज़रूर मन्दिर की ओर चढ़ती होगी। मैंने वही बीच का रास्ता पकड़ लिया। वह रास्ता भी नहीं था, सिर्फ़ एक उठान थी।

शायद बहुत पहले वहाँ सीढ़ियाँ रही होंगी, लेकिन अब वहाँ सिर्फ़ पत्थर थे, काई और घास में लिथड़े हुए, उन पर पाँव रखते ही जूते फ़िसलने लगते। हर पत्थर पर साँस अटकने लगती, एक रस्सी की तरह मेरे पैरों को ऊपर खींचती और जब मैं दूसरा क़दम उठाता तो लगता जैसे मैं अपने पीछे सारी उम्र का बोझ घसीट रहा हूँ। लेकिन वह बोझ उसके सामने कुछ भी नहीं था, जो मैं लादकर अपने साथ लाया था—घर के काग़ज़ और घरवालों के सन्देशे। उन्हें ढोता हुआ मैं ख़ुद अपनी यात्रा का लदा-फ़दा सन्देशा जान पड़ता था; मुझे तब एक अजीब-सा ख़याल आया; अगर उन तक सन्देश पहुँचाना है तो मेरा जाना क्यों ज़रूरी है? मैं यदि सारे काग़ज़-पत्तर, चिट्ठी-सन्देशे मास्टर साहब को सौंपकर शाम की बस से लौट जाऊँ, तो कोई भी अन्तर नहीं पड़ेगा। वे उन्हें सुरक्षित उनके पास पहुँचा देंगे—फिर वे जैसा चाहें, करें। लेकिन इतने पास पहुँचकर ऐसे ही रूखे-सूखे लौट जाना? वे दस साल से यहाँ रह रहे हैं और मैं पहले ही दिन इतना हताश हो गया? वे भी तो पहले दिन ऐसे ही ऊपर चढ़े होंगे; लेकिन उनकी उम्र तब काफ़ी कम रही होगी; मुझे अब भी उनकी फ़ोटो याद है, जो पिता जी ने (तब वे जीवित थे) अख़बारों में दिया था—एक हँसता हुआ चेहरा, जिसे अँग्रेज़ी में चियरफुल कहा जाता है....और फ़ोटो के नीचे बाबू के हाथ का लिखा टेक्स्ट—'प्लीज़ कम...' लेकिन न वे आये, न अपना पता भेजा और तब स्टेशन और अस्पतालों के चक्कर शुरू हुए...पुलिस के साथ माँचुअरी में जाते मुर्दों की क़तार में उन्हें पहचानने की कोशिश करते, जो एक दिन सहसा पहचान के परे चले गये थे...

अचानक बीच रास्ते में मैं ठिठक गया। क्या अब मैं उन्हें पहचान सकूँगा?

सिर का पसीना माथे पर बहता हुआ आँखों पर चिर-चिर चूने लगा; वह जैसे पानी का पर्दा था, जिसके पीछे सारा जंगल झिलमिला रहा था। आख़िर वह मन्दिर दिखाई दिया—सफ़ेद और शीतल—और उसकी शीतलता मेरी थकान को सींचने लगी। हवा में पसीना सूखने लगा—मैं वहीं, सीढ़ियों पर बैठ गया। आसपास बिलकुल सन्नाटा था—न कोई भक्त, न पुजारी, न कोई साधु-संन्यासी—सिर्फ़ मन्दिर की बगल में बाँज के डोलते बाजू पर एक लंगूर बैठा था, अपनी मीटर-भर लम्बी पूँछ को हिलाता हुआ; उसने एक क्षण मेरी ओर घूरा और फिर छपाक् से मन्दिर की छत पर कूद गया। एक छपाक् और, पेड़ की झर-झर और कुछ भी नहीं; जंगल की अथाह नीरवता में जैसे मैं और वह लंगूर एक साथ उस

महाकाल के शरणार्थी हों; कभी-कभी जानवर देवताओं की तरह अचानक हमारी दुनिया में प्रकट होकर हमारी सब दुविधाओं को झाड़ देते हैं–उस लंगूर ने भी जैसे अपनी पूँछ से मेरे सब संशयों को बुहार दिया–और जब मैं आगे बढ़ा, तो सहसा मेरे पैर हल्के हो गये थे।

उसके बाद ज़्यादा नहीं चलना पड़ा; चढ़ाई ख़त्म हो गयी थी और पेड़ों के बीच एक साफ़-सुथरी, समतल पगडण्डी चलने लगी थी। आगे-पीछे चीड़ों का हरा समन्दर लहरें खाता था–झर-झर सुइयाँ नीचे गिरती थीं, और एक खुश्क़, नशीली गन्ध ऊपर उठती थी। अघोरी बाबा की बात सच निकली; सौ मीटर चलने के बाद मैं एक खुली, सपाट जगह पर चला आया जो घने जंगल में अचानक खुल जाती है–एक खुला, ख़ाली-सा आँगन–जहाँ सिर्फ़ घास और पत्थर थे; मैं कुछ आगे बढ़ा ही था कि बायीं तरफ़ एक चट्टान दिखाई दी...किन्तु दूसरे क्षण ही अपनी गलती पता चली और मेरे पाँव अपने-आप ठिठक गये।

वह चट्टान नहीं, एक पथरीला ठठ्ठर था, जिसकी ढलुआँ छत नीचे झुकी थी, एक गुफा की तरह जिसका ऊपरी खण्ड पहाड़ी से चिपका था और निचला हिस्सा धरती में धँसा था; बीच में तीन पत्थर एक-दूसरे के ऊपर रखे थे, ऊपर काठ का दरवाज़ा था। एक चित्र-पहेली की तरह पहली नज़र में जो चट्टान जान पड़ी थी–अब वह एक कोठरी दिखाई दे रही थी; काठ, मिट्टी और पत्थर की इमारत, जिसे देखकर पता नहीं चलता था कि उसका कौन-सा हिस्सा आदमी ने बनाया है और कितना सिर्फ़ प्रकृति का अंग है...क्या यह सम्भव है कि वहाँ कोई रहता होगा?

मैं पास आया; सफ़ेद पत्थरों की सीढ़ियों पर चढ़ता हुआ दरवाज़े के आगे ठहर गया; लकड़ी के दो पल्लों पर खुली साँकल लटक रही थी, भीतर कोई आहट, कोई हलचल नहीं थी; दरवाज़े के भीतर सँकरे सुराख से मैंने भीतर झाँका–पहले क्षण कुछ भी दिखाई नहीं दिया; अँधेरे पर सिर्फ़ एक सफ़ेद झाईं-सी गिर रही थी; वह कहीं बाहर से आ रही थी–लेकिन भीतर कोई खिड़की दिखाई नहीं दी और तब मुझे पता चला कि जिस सुराख से मैं झाँक रहा हूँ, वहीं से रोशनी भी आ रही है–धूप का मैला धब्बा–जिसे सूरज वहाँ फेंक गया था और फिर उठाना भूल गया था...

वे शायद सो रहे थे; या सिर्फ़ बीमार थे और कहीं नीचे लेटे थे; सम्भव है, उन्हें मेरी चिट्ठी भी न मिली हो; उन्हें शायद यह भी नहीं मालूम कि मैं यहाँ हूँ। वे शायद कल शाम से मेरी प्रतीक्षा कर रहे हों और अब सोच लिया हो कि किसी कारण मेरा आना टल गया...यह सोचना था कि मेरा हाथ साँकल पर चला

गया—गर्म काठ के दरवाज़े पर साँकल हिल रही थी, मेरे अनजाने छूने से या भीतर दरवाज़े के खुलने से, यह सोचना भी व्यर्थ था, क्योंकि दूसरे क्षण ही फटाक् से दरवाज़ा खुल गया—वे खड़े थे मुझसे बहुत ऊपर और मैं एक सीढ़ी नीचे उतर आया, जैसे आख़िरी क्षण मैं उनसे बचना चाहता था, लेकिन यह भी सम्भव है कि डर की जगह केवल उत्सुकता थी, जो मुझे एक सीढ़ी नीचे घसीट लायी थी, ताकि मैं उन्हें पूरा देख सकूँ जैसे कुछ पीछे हटकर दीवार पर टँगी तसवीर को पूरा-का-पूरा देखना चाहता हूँ। लेकिन इस बीच उन्होंने मेरे हाथ को पकड़ लिया और मुझे लगा, वे मुझे ऊपर खींच रहे हों, जबकि मैं नीचे जा रहा था और इस खींचतान में मेरा ब्रीफ़केस हाथ से छूट गया, सीढ़ियों पर लुढ़कता हुआ, ठक से नीचे आ गिरा, और गिरते ही उसने एक हिचकी में अपने भीतर के बोझ को बाहर उगल दिया। काग़ज़ चिट्ठियाँ, मकान के दस्तावेज : सब एक-एक करके बाहर निकल आये और हवा में उड़ने लगे। शर्म में बौखलाया अपने को कोसता हुआ मैं सीढ़ी पर ही बैठ गया और जल्दी-जल्दी उन्हें बीनने लगा। वे भी मेरे साथ नीचे बैठ गये थे और काग़ज़ों को चुन-चुनकर मुझे दे रहे थे और मैं जल्दी-जल्दी उन्हें ब्रीफ़केस में ठूँस रहा था, बिना कुछ देखे, मैली-सी बदहवासी में, जबकि उन्होंने अपना हाथ मेरे उठे हुए घुटने पर रख दिया, जो पता नहीं कब से काँप रहा था।

सहसा मैंने देखा; उनका चेहरा नहीं, सिर्फ़ उनके हाथ, दस वर्ष बाद पहली बार उनके हाथ दिखाई दिये।

कितनी देर हम ऐसे बैठे रहे? धीरे-धीरे सिर उठाया, तो वे दिखाई दिये! वही चेहरा—मुझे निहारती आँखें—मैं यह भी भूल गया कि उन्हें दाढ़ी में पहले कभी नहीं देखा था; सफ़ेद-काली छितरी हुई लटों में वे संन्यासी और भाई के बीच कोई पहचाने-से अजनबी जान पड़ते थे।

लेकिन घुटने पर रखा उनका हाथ? उसमें बीता हुआ घर था, और समूचा जमा हुआ अतीत—जो ज़रा-सा छूने पर बूँद-बूँद बहने लगता है।

वे थोड़ा-सा नीचे झुके, सीढ़ी पर रखे ब्रीफ़केस को उठा लिया, "आओ, भीतर बैठेंगे!"

मैं उनके पीछे कोठरी के भीतर चला आया।

"बैठो," उन्होंने धीरे-से मेरे कन्धे को छुआ। मैंने असमंजस में उन्हें देखा।

"इधर," उन्होंने दरी की ओर इशारा किया और स्वयं दीवार के सहारे बैठ

गये। कुछ मिनिट इसी तरह बीत गये; वे मेरे सामने थे; मैं उनकी कुटिया में था, इन सबके रहते भी मुझे विश्वास नहीं हो रहा था कि मेरी यात्रा का अन्त आ पहुँचा है।

"आपको मेरा कार्ड मिल गया था?"

"हाँ, लेकिन तुम्हें तो कल आना था।"

"मैं कल ही आया था—बस तीन घण्टे लेट थी।"

"कहाँ ठहरे हो?"

"मास्टर जी के यहाँ; वे ही मुझे अपने साथ घर ले आये।"

इच्छा हुई, उनसे पूछूँ, क्या उन्होंने ही मास्टर जी को बस-स्टेशन पर भेजा था; लेकिन उनके नीरव, निर्व्यक्त चेहरे को देखकर चुप रह गया। उनके आसपास एक घेरा था; मैं उतना ही पास आ सकता था, जितना वे आने देते थे—कुछ देर पहले देहरी पर उनकी छुअन से जो कुछ भीतर पिघला था, वह सिर्फ़ एक सतह थी—नीचे की सारी परतें सूखी पड़ी थीं। शायद इस सूखे से बचने के लिए ही उन्होंने मौन तोड़ा।

"यहाँ आने में कोई मुश्किल तो नहीं पड़ी?"

"नहीं...सीधा चला आया; बाज़ार में चाय पीने बैठा, तो एक बाबा मिल गये...उन्होंने सबकुछ बता दिया।"

"सब कुछ?" उनके चेहरे पर हल्की-सी जिज्ञासा चमक आयी, "और क्या कहते थे?"

"कुछ और नहीं..." मैंने एक क्षण उनकी ओर देखा, "क्या आप इन दिनों कुछ बीमार रहते हैं?"

"उन्होंने बताया होगा? कुछ ख़ास नहीं...वही पुरानी साँस की तकलीफ़ है; इन दिनों कुछ ज़्यादा बढ़ जाती है।" उन्होंने कुछ ऐसे कहा, जैसे बीमारी का कष्ट कुछ भी हो, उसके बारे में बताना ज़्यादा कष्टमय हो।

"इतनी ऊँचाई पर रहने के कारण तो नहीं है?"

उन्होंने सिर हिलाया, "तुम्हें याद होगा, जब घर में था, तब भी बराबर रहती थी।"

घर का नाम पहली बार आया था। हमारे बीच आकर चुपचाप बैठ गया था। कुछ देर उनकी आँखें मिची रहीं; बाहर एक तिनका भी गिरता तो उसकी आहट भीतर सुनाई दे जाती थी।

"सब वहाँ ठीक है?" एक रूखी साँस में उनका स्वर निकला; घर को न छूता हुआ, फिर भी आसपास मँडराता हुआ...

"जी, हाँ," मैंने कहा।

"अब तो नीचे की मंज़िल ख़ाली होगी?"

"क्यों ख़ाली कैसे?" मैं तुरन्त उनका मतलब नहीं समझ सका; "माँ रहती हैं।" वे कुछ देर हैरत से मुझे देखते रहे। "अकेले ही?" उन्होंने कहा।

"जी।"

"वे ऊपर तुम्हारे पास नहीं रहतीं?"

"जी नहीं...वे नीचे ही रहती हैं?"

वे मेरी तरफ़ इस तरह देखने लगे, जैसे पिछले दस साल में जो गुज़रा-बदला है, वे उसे नहीं जानते...हालाँकि मैंने चिट्ठी में उन्हें सबकुछ लिख दिया था। किन्तु उन्होंने अपनी आँखों से कुछ नहीं देखा था; और मैं जो सबकुछ जानता था, पहली बार उनकी नज़रों से अपने घर को देखने लगा और तब मुझे उनका आश्चर्य समझ में आने लगा--जिस औरत के तीन लड़के हों, वह मकान के अलग, अकेले कोने में पड़ी रहे, एक अजनबी के लिए इससे ज़्यादा आश्चर्य की बात क्या हो सकती है?

बाहर पेड़ों के बीच झनझनाहट हुई; कोई छत पर कूदा और खटाखट दौड़ता चला गया; फ़र्श पर मिट्टी झरने लगी। वे उठ खड़े हुए और दरवाज़े के बाहर चले गये। कुछ देर में उनकी आवाज़ सुनाई दी--एक बार, दो बार--पहाड़ी सन्नाटे में वह ऊपर उठती थी और फिर अपनी ही गूँज को सहलाती-सी गुम हो जाती थी।

वे भीतर आये तो मैंने पूछा, "कौन था?"

"लंगूर," वे मुस्करा रहे थे, "मन्दिर से उतरकर यहाँ धूप सेंकने आते हैं. ..तुम अभी मन्दिर तो नहीं गये?"

"नहीं...सुना है, बहुत पुराना है?"

"मन्दिर तो बहुत पुराना नहीं है किन्तु उसमें रखी शिव की मूर्ति को काफ़ी पुराना माना जाता है। वह यहीं पहाड़ी पर ज़मीन में धँसी हुई मिली थी। अब तुम यहाँ हो तो, किसी दिन देखने चलेंगे। चाय पियोगे?"

"आप बनाएँगे?"

"और कौन?" वे हँसने लगे, "अभी बन जाती है।" वे पर्दा उठाकर नीचे चले गये; नीचे शायद एक दूसरी कोठरी थी, जिसे मैंने सिर्फ़ बाहर से देखा था; बाहर से जो चट्टान दिखाई देती थी, उसे ही दो हिस्सों में काट दिया गया था; ऊपर की कोठरी में शायद उनके मेहमान बैठते होंगे; वहाँ सिर्फ़ दो चटाइयाँ, एक दरी और एक आसन के अलावा कुछ भी नहीं था--कोठरी आधी से ज़्यादा नंगी

दिखाई देती थी; चौकी के पास ही एक सुराही और पीतल के दो गिलास रखे थे—साफ़-सथुरे, धुले हुए; खिड़की के नाम पर दीवार में एक खोखल था—जिसके बाहर पेड़ की कुछ शाखाएँ दिखाई देती थीं...उसके परे पहाड़ी का एक भूरा खण्ड और आकाश दिखाई देता—और कुछ भी नहीं। सिर्फ़ सन्नाटा सुनाई देता था—और कभी-कभी हवा की सरसराहट; एक अजीब विचार आया कि वे बारह महीने इस अकेली कोठरी में रहते होंगे, दिन-रात, सर्दी-गर्मी—बिलकुल अकेले। लेकिन वह महज़ विचार था, उसकी नंगी वास्तविकता नहीं, जब हम किसी मृत व्यक्ति को देखते हैं, तो मत्यु के बारे में सोचते हैं, या व्यक्ति के, किन्तु स्वयं मृत व्यक्ति की वास्तविकता के बारे में एक साथ नहीं सोच पाते...किन्तु मृत्यु क्यों? वे जीवित थे... मैं उनकी कोठरी में बैठा था, हालाँकि मुझे अब तक भरोसा नहीं हो पाया था कि क्या ये वही आदमी थे, जिनसे मिलने मैं आया था?

पर्दा हिला और वे भीतर आये। उनके हाथ में ताँबे की थाली थी, जिस पर चाय के दो गिलास थे। एक तश्तरी में कुछ नमकीन शकरपारे रखे थे।

"इस तरफ़ बैठ जाओ; दरवाज़े से हवा आती होगी।" उन्होंने थाली चौकी पर रख दी।

मैं चाय का गिलास लेकर दीवार से सटकर बैठ गया। कुछ देर तक हम दोनों ही चुप रहे; बीच-बीच में दरवाज़ा हुड़क उठता था। कुछ ऐसा लगता था, जैसे हम दोनों दुनिया के अन्तिम छोर पर बैठे थे—जहाँ हवा और पेड़ों की सरसराहट के अलावा कुछ भी सुनाई नहीं देता था।

"चाय ठीक है? यहाँ लकड़ियों की बास आती है।" उन्होंने मेरी ओर देखा।

"आपके पास स्टोव नहीं है?" मैंने पूछा।

"तेल की झंझट पड़ती है; यहाँ आसानी से नहीं मिलता। सुबह टहलने निकलता हूँ तो लकड़ियाँ चुन लाता हूँ। सर्दियों में बहुत काम आती हैं। शकरपारे लो, तुम्हें तो नमकीन अच्छा लगता है।"

मैं खाने लगा; इतने बरसों बाद भी उन्हें मेरी पसन्द-नापसन्द याद रह गयी थी, हालाँकि जब वे घर में थे, तो शायद ही उन्हें कभी हमारे बारे में पता चलता हो। वे निचली मंजिल में माँ के पास रहते थे और बहुत कम ऊपर आते थे। कभी-कभी मेरे बच्चे नीचे दालान में खेलने चले जाते थे, तभी उनसे हँस-बोल लेते थे। मुझे कुछ अजीब लगा, कि अभी तक उन्होंने घर के बारे में मुझसे कुछ भी नहीं पूछा था...किन्तु शायद यह ठीक ही था। दस साल की हिस्ट्री—वे कहाँ से पूछते और मैं कहाँ से शुरू करता? हमारे बीच जो समय था, वह ही ठीक था; वह बीत

रहा था। दोपहर ख़त्म हो चली थी और कोठरी के आगे पहाड़ों पर छाया उतरने लगी थी।

वही छाया हम दोनों के बीच भी सरक आयी; कोठरी को दो हिस्सों में बाँटती हुई—एक, जहाँ वे बैठे थे, पीले क्लान्त अँधेरे में, दूसरे जहाँ मैं था, शाम की सँकरी, म्लान रोशनी में, जो हौले-से देहरी तक खिसक आती थी। कुछ देर तक हम दोपहर की उस सुन्न, ठिठकी घड़ी में बैठे रहे।

"बच्चे कैसे हैं?" आख़िर उनकी आवाज़ सुनाई दी।

"ठीक," मैंने कहा; मैंने सोचा, वह कुछ और पूछेंगे, लेकिन जब वे चुप रहे, तो मैंने कहा, "मुन्नी अब कॉलेज जाती है।"

"और छोटी?"

"वह काफ़ी बड़ी हो गयी है...यहाँ मेरे साथ आना चाहती थी।" मैंने थोड़ा हँसकर कहा।

"यहाँ?" उन्होंने मेरी ओर देखा।

"उसने पहाड़ कभी नहीं देखे...कहती थी, ताया जी वहाँ कैसे रहते हैं?"

"लेकिन उन दिनों तो वह बहुत छोटी थी, जब..."

"जब आपने घर छोड़ा था?" मैंने उनके वाक्य को पूरा करना चाहा, किन्तु वह अधूरा ही हवा में लटकता रहा, दर्द की उस गुठली के इर्द-गिर्द, जो बरसों पहले मुरझा गयी थी, मरी हुई पीड़ा के नीचे दबी हुई...शायद हर पीड़ा इसी तरह घिसटती रहती है।

बच्चों की बात बीच में छूट गयी; वे उठ खड़े हुए और जूठे बर्तन समेटने लगे। "तुम बैठो, मैं अभी आता हूँ।" वे पर्दा उठाकर नीचेवाली कोठरी में चले गये।

मैं कोठरी की मटियाली रोशनी में बैठा रहा। बाहर अब भी उजाला था। खुले दरवाज़े से सब खुला दिखाई देता था... पहाड़ का निचला हिस्सा अँधेरे में डूबा था, लेकिन ऊपर पीठ पर अब भी धूप रेंग रही थी। कोठरी के नीचे कौओं की काली क़तार नीचे उतर रही थी—अपनी कर्कश चीख़ों से समूचे वायुमण्डल को थरथराती हुई।

वे निचली कोठरी से ऊपर आये, तो हाथ में लालटेन थी। उसे चौकी पर रखकर उन्होंने मेरी ओर देखा; एक क्षण के लिए लगा, वे मुझसे कुछ कहना चाहते हैं; कुछ बहुत महत्त्वपूर्ण, लेकिन वे हिचकिचाहट में चुप बैठे रहे।

उनका सिर चौकी पर झुका था—सोचता हुआ—टिमटिमाती रोशनी मे उनका सिर, सफ़ेद होते बाल, पीछे की गर्दन और कन्धों का उभार, अचानक मुझे

लगा, जैसे मैं उन्हें नहीं—बाबू को देख रहा हूँ, जब मैं बहुत छोटा था और वे स्लेट पर मेरे सवाल हल करते थे और मैं गणित को भूलकर उनकी गर्दन को देखा करता था...

"क्या वे घर आते हैं?"

"कौन?" मैं कुछ सहम गया। बाबू? दूसरे क्षण अपनी ग़लती पता चली; वे बड़े भाई की बात कर रहे थे, जो जीवित थे और दूसरे घर में रहते थे।

"जी...आते हैं। उन्होंने ही मुझे यहाँ आने के लिए कहा था।"

"तुम्हें? किसलिए?"

"वे मकान बेचना चाहते हैं; काग़ज़ों पर आपके दस्तख़त कराने ही मैं आया था।" मैं हल्का-सा हो गया; जिस काम के लिए इतनी दूर आया था, वह इतनी आसानी से उनसे कह दूँगा, यह मुझे चमत्कार-सा जान पड़ा।

उन्होंने चौकी से सिर उठाया, एक क्षण के लिए मेरे ब्रीफ़केस को देखा, जो अभी तक उपेक्षित फ़र्श पर पड़ा था। पहली बार उन्हें उन काग़ज़ों का मतलब समझ में आया, जो कुछ देर पहले उनकी सीढ़ियों पर हवा में उड़ रहे थे।

"और माँ?" उन्होंने मेरी ओर आँखें उठायीं, जिनमें एक अजीब-सी थकान छलक आयी थी, "वे कहाँ रहेंगी?"

"कहीं भी...जैसा वे ठीक समझेंगी।"

"और तुम?"

"मैंने किराये की एक जगह देख ली है।"

"फिर मुझसे पूछने की क्या ज़रूरत थी?"

"आपका भी तो मकान में हिस्सा है..." मैंने कहा।

वे धीरे-से हँस पड़े, "मैं यहाँ हूँ; मेरा हिस्सा पीछे कैसे छूट गया?"

मैं चुप उन्हें देखता रहा।

"मकान बेचना क्या बहुत ज़रूरी है?" उन्होंने आँखें खोलकर मुझे देखा।

"नहीं...ज़रूरी नहीं है; लेकिन बड़े देहरादून में ज़मीन खरीदना चाहते हैं; उसके लिए पैसा कहाँ से आएगा?"

"मकान बेचकर?" उनके स्वर में हल्का-सा व्यंग्य उभर आया।

"और कैसे?"

"लेकिन उसे बाबू ने खरीदा था; उसमें अपनी सारी पेंशन के पैसे लगाये थे।"

"हाँ; मुझे मालूम है...लेकिन बाबू अब नहीं हैं।"

"जो आदमी नहीं रहता, क्या उसकी चीज़ें हमारी हो जाती हैं?"

मैंने विस्मय से उन्हें देखा; मन में आया, कहूँ, आप तो सबकुछ छोड़कर

चले गये थे—अब मकान रहता है या बिकता है, इसकी चिन्ता क्यों?

सहसा वे चौकी के आगे झुक आये, एक अजीब मुस्कराहट में उनके होंठ खुल गये, "जानते हो, जब बाबू ने वह मकान ख़रीदा था, तुम एम.ए. का फाइनल कर रहे थे; उन दिनों उस इलाके में बिजली नहीं आयी थी और तुम ऊपर बरसाती में लालटेन जलाकर पढ़ते थे।"

"जी, याद है।"

"तुम्हारा विवाह नीचे के आँगन में हुआ था।"

बरसाती, छत, आँगन, पता नहीं वे मुझसे यह सब क्यों पूछ रहे थे?

नहीं, मकान नहीं...वे शायद कुछ और बात कहना चाह रहे थे और मैं अपने ग़ुस्से की उमठन में कुछ भी नहीं समझ पा रहा था...

अचानक रोशनदान के ख़ाली खोखल में कुछ चमका, जैसे कोई बनैला जानवर अपनी चमकीली आँख से भीतर झाँककर अँधेरे में ग़ायब हो जाए। मैंने कुछ भयभीत-सा होकर उन्हें देखा, "क्या है?"

"कुछ नहीं, बिजली चमकी है।"

मुझे किसी नयी आशंका ने पकड़ लिया था। "अब चलता हूँ, बारिश आयी तो नीचे उतरना मुश्किल होगा।"

"तुम्हें जल्दी है?" उन्होंने मेरी ओर देखा।

"मास्टर जी परेशान होंगे; मैं उनसे बिना कुछ कहे चला आया था।"

"उन्हें मालूम होगा कि तुम यहाँ हो।" वे एक क्षण ठहरे और फिर कुछ झिझकते हुए कहा, "आज रात यहाँ क्यों नहीं रुक जाते?"

मुझे इसी का डर था; मैं तैयार होकर आया था।

"मुझे ब्लडप्रेशर है...इतनी ऊँचाई पर रहना ठीक नहीं होगा।"

यह मूर्खतापूर्ण बहाना था। एक बार पहाड़ पर आकर ऊँच-नीच क्या देखना? किन्तु उनके साथ रात-भर रहना, यह मेरे लिए असह्य था। हम रात उसी के साथ बिताते हैं, जो बहुत आत्मीय हो, या बिलकुल अजनबी; मेरा उनके साथ बीच का रिश्ता था, न इधर, न उधर; क्या इसीलिए घरवालों ने मुझे उनके पास भेजा था?

मैं झोला लेकर उठ खड़ा हुआ।

"ठहरो, मैं अभी आता हूँ।" वे नीचेवाली कोठरी में गये और जब ऊपर आये तो उनके एक हाथ में छतरी और दूसरे में टॉर्च थी, "इसे रख लो," उन्होंने छतरी मुझे दे दी, "मैं तुम्हारे साथ मन्दिर तक आता हूँ।"

वे कोठरी की सीढ़ियाँ उतरे, फिर टॉर्च आगे करके मेरा हाथ पकड़कर नीचे

उतार दिया। वे आगे-आगे चलने लगे, लेकिन मैं कुछ क्षण अँधेरे में खड़ा रहा; उनके हाथों की छुअन मेरी देह में घूमने लगी, एक शिकारी की तरह मेरी शिराओं में किसी दुबकी हुई याद को टोहती हुई—बीता हुआ स्नेह अँधेरे में जगमगा-सा उठा...क्या वे वही हैं, जिन्होंने घर छोड़ा था?

वे ठिठक गये। पीछे मुड़कर मेरी ओर देखा, हँसने लगे, "मैंने सोचा, तुम पीछे आ रहे हो?"

मैं चलने लगा। चारों तरफ़ साफ़ धुला हुआ अँधेरा फैला था। तारे बिलकुल सिर पर थे, एक-दूसरे के इतना पास सटे हुए कि आकाश में कहीं भी ख़ाली जगह दिखाई नहीं देती थी। मुझे अचम्भा हुआ कि इतनी स्वच्छ रात में बिजली कहाँ से कड़की होगी?

वे टॉर्च जलाकर सधे पैरों से चल रहे थे—रोशनी के गोले में पेड़, झाड़ियाँ, चट्टानें, धीरे-धीरे पीछे सरकते जाते थे। कभी-कभी कोई पक्षी अँधेरे में चीख़ता हुआ ऊपर से उड़ जाता और फिर झाड़ी में खटखटाहट सुनाई देती—जो शायद भ्रम था—झाड़ी पहले खटकती थी और पक्षी की उड़ान बाद में सुनाई देती थी; मेरे थैले में टिफ़िन का कटोरदान बार-बार मेरी थर्मस से टकराता था और तब अचानक मुझे याद आया।

"मेरा ब्रीफ़केस?"

"क्या?" वे भी ठहर गये।

"मैं उसे आपकी कोठरी में ही भूल आया।"

"कोई बात नहीं...कल ले लेना।" फिर बहुत ही सहज स्वर में पूछा, "क्या उसमें कोई तुम्हारी लिखी चीज़ है?"

पहली बार उन्होंने लिखने के बारे में पूछा था; मैं समझा था, वे अरसा पहले की मेरी इस अवैध, गोपनीय बीमारी को भूल चुके होंगे।

"नहीं, उसमें सिर्फ़ जायदाद के काग़ज़ हैं...आपके लिए कुछ पत्र हैं; उन्हें देख लीजिएगा।"

कुछ देर तक हम अँधेरे में चलते रहे, पगडण्डी पर टॉर्च की रोशनी के अलावा कुछ भी दिखाई नहीं देता था।

"बहुत दिनों से तुम्हारी कोई चीज़ नहीं देखी।"

"लिखा नहीं; अख़बार में बहुत काम रहता है। आपके यहाँ पत्रिकाएँ मिल जाती हैं?"

"मास्टर जी स्कूल की लाइब्रेरी से कभी कोई चीज़ ले आते हैं...बहुत पहले शायद तुम्हारी कोई कहानी देखी थी।"

मैं धड़कते दिल को दबोचे अँधेरे में चलता रहा; एक गिलगिलाती शर्म में

डूबा हुआ; बरसों पहले एक कहानी तो लिखी थी, दुर्भाग्यवश वह छपी भी थी; बल्कि छपाने के लिए ही उसे लिखा था; वह उनके बारे में उतनी नहीं थी, जो एक दिन अचानक घर छोड़कर चले गये थे, बल्कि उन लोगों को लेकर थी, जो पीछे छूट गये थे। माँ और बाबू सोचते थे (माँ से ज़्यादा बाबू आशावान थे; तब वे जीवित थे) कि उसे पढ़ते ही वे लौट आएँगे...लौटना तो दूर रहा, उन्होंने बीस पैसे का एक कार्ड भी नहीं भेजा। मुझे खुशी हुई कि वे अँधेरे में न मुझे देख सकते हैं, न मेरी शर्म को, लेकिन बरसों पहले की चोट मेरे भीतर के सब भटकावों को भेदकर सिर उठाने लगी, "आप," मैंने कहा, "आपने ख़बर तक नहीं की?" यह कहते ही मेरा गला रुँध गया—यह दोहरी शर्म थी—दिल्ली से आते समय मैंने प्रण किया था कि उनसे यह प्रश्न कभी नहीं पूछूँगा और अब वह हम दोनों के बीच में था—बियाबान जंगल के बीच टॉर्च की गोल बिन्दी पर अटका हुआ।

"इसका कोई फ़ायदा नहीं था।" उन्होंने कहा।

"आपको मालूम है, हम आपको कहाँ-कहाँ ढूँढ़ते फिरे?"

नहीं, फ़ायदा कुछ भी नहीं था; इस पहाड़ की शान्त चोटी से क्या वे तलहटी के तिलचट्टों की बदहवासी समझ पाएँगे...अस्पतालों और स्टेशनों के चक्कर, पुलिस थानों की लिस्टों पर गुमनाम लोगों के नाम, मुर्दाघर की शिनाख़्त, अख़बारों में इश्तिहार—प्लीज़ कम, मदर इज़ इल...

"फ़ायदा?"

"एक लाइन यह तो लिख सकते थे कि आप कहीं जीवित हैं?"

"अगर तुम्हें मालूम होता कि मैं जीवित हूँ, तो क्या तुम्हारी तकलीफ़ कम हो जाती?"

"मैं तकलीफ़ की बात नहीं कर रहा।"

"फिर?"

मैंने अपने भीतर टटोला और कुछ भी हाथ नहीं आया—न तकलीफ़, न माँ का बुढ़ापा, न अपनी असफलताएँ—सबकुछ ऐसा ही होता, जैसा होना था।

"फिर इतने दिनों बाद चिट्ठी भेजने का क्या फ़ायदा था?" मैंने पूछा।

वे कुछ देर चुप खड़े रहे। "हाँ, शायद नहीं भेजनी चाहिए थी लेकिन... " उन्होंने अँधेरे में एक लम्बी साँस ली।

"मुझे दस साल लगे कि तुम्हें कुछ लिख सकूँ, मैंने सोचा, अब तुम्हें कोई फ़र्क़ नहीं पड़ेगा कि मैं जीवित हूँ या नहीं..."

उनके स्वर में कुछ ऐसी उदास निस्संगता थी, जो हमें आदमियों में नहीं—पेड़ और पत्थरों और पानी में मिलती—जो रिश्तों की लहूलुहान पीड़ा से

बाहर जान पड़ती है—क्या यह निस्संगता उन्होंने पिछले वर्षों के अकेलेपन में अर्जित की थी?

मैं चौंक गया। अँधेरे में कहीं नीचे एक हल्की-सी गड़गड़ाहट सुनाई दी, जैसे कोई भारी पत्थर ऊपर से लुढ़कता नीचे की ओर जा रहा हो।

"यह कैसी आवाज़ है?" मैंने उनकी ओर देखा।

"पहाड़ी झरना है, मैं यहीं से पानी लाता हूँ।"

"काफ़ी नीचे जाना होता होगा?"

"नहीं...मेरी कोठरी के नीचे ही बहता है; कल आओगे, तो देखने चलेंगे।"

वे खुद पानी लाते हैं? पता नहीं कैसे—उस क्षण मेरी शर्म और थकान और पिछले वर्षों की जमी नाराज़गी घुल-सी गयी; हम ठिठके हुए सन्नाटे में पानी का बहना सुनते रहे; कहीं ऊपर से मन्दिर की घण्टियाँ सुनाई दे रही थीं—शाम की आरती शुरू हो गयी थी।

"अब आप लौटिए...मैं चला जाऊँगा।"

"अच्छा," उन्होंने कहा, पर वे गये नहीं और मैं उनके साथ बँधा खड़ा रहा।

"मैं कल आऊँगा," मैंने कुछ ऐसे कहा, मानो जो तसल्ली उन्होंने मुझे अब तक दी थी, अब उन्हें अकेला देखकर वापस लौटा रहा हूँ।

"तुम्हें कोई तकलीफ़ तो नहीं है?"

"कैसी तकलीफ़?" मैंने उन्हें देखा।

"मास्टर जी का घर काफ़ी छोटा है...तुम रेस्ट हाउस में क्यों नहीं आ जाते?"

"नहीं, मैं ठीक हूँ; एक-दो दिन की ही तो बात है।"

एक-दो दिन...मेरे मुँह से निकल गया; हवा और मन्दिर की घण्टियों में ये शब्द पता नहीं कितनी देर तक झूलते रहे।

इस बार मैं रुका नहीं; सीधा मन्दिर की ढलान पर नीचे उतरता गया। आख़िरी मोड़ पर पीछे मुड़ा तो देखा वे वहीं वैसे ही खड़े थे, जैसा मैं उन्हें छोड़ गया था—अविचलित और एक ही जगह।

नीचे मोटर-रोड की रोशनियाँ एक क़तार में चमकीली झालर-सी टिमटिमा रही थीं। बीच में वह पहाड़ी शहर सफ़ेद धुन्ध में लिपटा सो रहा था। क्या वे भी

सो रहे होंगे? या अकेले अपनी कोठरी में बैठे होंगे? तुम पूरे दस साल बाद उनसे मिलने आये थे—और एक रात भी उनके साथ नहीं रह पाए? तुम लिखते हो, लेकिन जब कोई अभूतपूर्व सच्चाई रास्ते में मिल जाती है तो तुम किनारा करके भाग निकलते हो जैसे जीने का सच्चाई से और सच्चाई का लिखने से कोई नाता नहीं है। तीनों चीज़ें मरे मुर्दों की तरह अलग-अलग फाँसियों पर झूलती रहती हैं; और अगर भागना ही था—तो एक रात भी क्यों ठहरे? मकान के काग़ज़ों पर दस्तख़त कराते और अगली बस से वापस लौट जाते? क्या मतलब था रुकने का, अगर एक ही रात और शहर में अलग-अलग छतों के नीचे सोना था? हमारा परिवार और भाई-बहन आख़िरी मौक़े पर पहुँचकर क्यों हम सब रूखे डण्ठल-से सूख जाते थे—सारा प्रेम कहीं राख और रेत में दब जाता था—और हम एक-दूसरे को अपनी हालत पर छोड़कर अलग हो जाते थे; क्या यह उदासीनता अपने में पाप नहीं थी? क्या इसी पाप से आतंकित होकर उन्होंने घर नहीं छोड़ा था?

उस रात मैं नीचे उतरता गया; गड़हे में जाकर अपनी शर्म और लांछना के कीचड़ में लिपटकर सोना—शायद वह उतना ही सुख देता है, जितना पहाड़ की स्वच्छ चोटी पर रहना। लेकिन गड़हा मेरे भीतर था और जब मैं मास्टर साहब के घर पहुँचा तो सिर्फ़ एक इच्छा सुलग रही थी—उनकी आँखों से ग़ायब होकर एक अदृश्य प्राणी की तरह अपने बिस्तर पर जा लेटूँ और सारी रात वहीं काटकर दूसरे दिन दिल्ली रवाना हो जाऊँ।

मास्टर जी शायद रसोई में थे; उन्हें पता भी न चला कि मैं कब दरवाज़ा खोलकर भीतर आ गया हूँ; उस क्षण मुझमें मास्टर जी का सामना करने की न शक्ति थी, न इच्छा; मैं जल्दी से कपड़े बदलकर बिस्तर में छिप जाना चाहता था। कमरे में आग बलबल सुलग रही थी; जब मैं अँगीठी के पास आया, मुझे अपने भीतर की ठण्ड और थकन का बोध हुआ; इसके साथ ही अपने भीतर के तपते बुख़ार का ख़याल आया—कहीं देह के भीतर मन का बुख़ार और मन के भीतर देह की ठिठुरन साथ-साथ एक-दूसरे को सता और सहला रहे थे, जिसमें मेरा साझा कहीं न था। यह अच्छा ही था। हम गृहस्थ लोगों के लिए यही सबसे बड़ी सान्त्वना है; साधु-संन्यासियों की तरह हम संसार का त्याग भले ही न कर सकें, लेकिन कुछ देर के लिए अपने मन और शरीर से छुटकारा पा सकते हैं—अलग हो सकते हैं, थोड़ा-सा हल्के हो सकते हैं; किन्तु उस रात मेरे भाग्य में यह नहीं बदा था। कपड़े बदलकर मैं बिस्तर पर लेटा ही था कि रसोई में हल्की-सी आहट सुनाई दी; मैं चौंककर उठ बैठा; चौके की देहरी पर मास्टर जी खड़े थे। वे मुझे ऐसे घूर रहे थे, जैसे मैं रँगे हाथों पकड़ा गया हूँ, "आप कब आये?"

"अभी कुछ देर पहले...मेरी तबीयत कुछ ठीक नहीं है।" मैंने अपने को बचाते हुए कहा। वे कुछ ढीले पड़े; मेरे बिस्तर के पास आये, "मैंने आपसे पलँग पर सोने के लिए कहा था। इन दिनों फ़र्श पर सीलन रहती है।"

उन्होंने मेरे माथे पर हाथ रखा, फिर नाड़ी को परखा, "बुख़ार तो नहीं है ...थोड़ी-सी थकन होगी। मेरे पास ब्राण्डी रखी है—थोड़ी-सी लीजिए, हाथ-पाँव में गरमाई आ जाएगी।"

उन्होंने अलमारी से एक छोटी-सी क्वार्टर बोतल निकाली और चौके से दो गिलास ले आये। मैं बिस्तर पर उठकर बैठ गया; कमरे की आग के सामने हम दोनों कुछ ऐसे जान पड़ रहे थे जैसे पीने के लिए नहीं—किसी पहाड़ी देवता की पूजा के निमित्त बैठे हैं; बाहर अँधेरे में किसी पक्षी की अजब, आग्रह-भरी आवाज़ सुनाई दे जाती थी—जंगल की ख़ामोशी को अपनी चोंच से छितराती हुई।

"निनीरा है; इसे सुनकर बच्चों को नींद आ जाती है।" उन्होंने ब्राण्डी का घूँट लिया और मेरी ओर देखा, "गर्म पानी चाहिए?"

"नहीं, ऐसे ठीक है...आपको यहाँ मिल जाती है?"

"नहीं, यहाँ कहाँ मिलेगी? कभी-कभी अल्मोड़ा या भुवाली से मँगवा लेता हूँ; बस के ड्राइवर ले आते हैं।"

आग की गरमाई रही होगी या ब्राण्डी का असर, मुझे लगा, मेरे देह की गाँठें धीरे-धीरे खुल रही हैं; कुछ देर पहले मन्दिर के नीचे जो विषाद और विक्षोभ की भावना आयी थी, वह कहीं अलग न झूलती हुई मेरी आत्मा के चौखटे में फिट हो गयी थी; सहसा मुझे लगा, इस दुनिया में कुछ भी बुरा नहीं है...मास्टर जी का एकटक मेरी तरफ़ घूरना भी नहीं। वे अजीब उत्सुकता में मुझे ताक रहे थे।

"मिल आये बाबा से?"

पहले क्षण मैं कुछ भी नहीं समझा, "कौन-से बाबा?"

वे हँसने लगे, "आप भी ख़ूब हैं, जैसे यहाँ बाबाओं की भीड़ लगी है।"

मैं उनके खुले जबड़े और पीले दाँतों को देखता रहा। जिन्हें वे 'बाबा' कह रहे थे, उनका मुझसे कोई रिश्ता हो सकता है, यह उन्हें नहीं मालूम था; साधु-संन्यासियों का घर-परिवार हो सकता है, इसके बारे में कोई कभी सोचता भी नहीं, और यह बात मुझे पहली बार काफ़ी विचित्र जान पड़ी।

"वे क्या अपनी कुटिया में ही थे?"

"जी...भला और कहाँ जाएँगे?" मैंने कुछ हैरानी से उन्हें देखा।

"हर जगह...पहले तो वे हर जगह घूमते थे; अपना सौदा-सुलुफ लेने भी खुद बाज़ार में नीचे आते थे।"

कहीं मेरे भीतर हल्की-सी उत्सुकता जागी।

"अब कहीं नहीं जाते?"

"कभी-कभी महीनों गुज़र जाते हैं और उनके दर्शन नहीं होते; पहले मैं हाल-चाल पूछने उनकी कुटिया में चला जाता था—लेकिन उनका व्यवहार कुछ ऐसा अजीब दिखायी पड़ा कि मैंने भी जाना छोड़ दिया।"

"कैसा व्यवहार?"

वे आग की रोशनी में अपनी हथेली को ऐसे देख रहे थे जैसे मेरी बात का उत्तर वहाँ लिखा हो; फिर उन्होंने ब्राण्डी का छोटा-सा घूँट लिया और मेरी ओर देखा, "पिछली सर्दियों में मैं उनके लिए पानी लाता था; वे बहुत मना करते थे, लेकिन मेरी छुट्टियाँ थीं और मैं हर सुबह उनकी कुटिया में पहुँच जाता था। एक सुबह मैं झरने से पानी भरकर ला रहा था कि वे मुझे रास्ते में मिल गये; मुझे रोककर बोले, 'क्या मैं उनके लिए लकड़ियाँ भी चुनकर ला सकता हूँ?'...'क्यों नहीं', मैंने कहा। वे कुछ देर तक मुझे देखते रहे, फिर मुस्कराकर कहा, 'और रोटी? क्या उनके लिए खाना भी बना सकता हूँ', मैंने कहा, 'नो प्रॉब्लम...' दिन में एक बार खाते हैं; भला उनकी रोटी बनाने में कितनी देर लगेगी? 'और मैं?' उन्होंने पूछा, 'मैं क्या करूँगा?' मैंने कहा, 'बाबा, आप ईश्वर का ध्यान कीजिए, इसीलिए तो आप सबकुछ त्याग कर यहाँ आये हैं...' जानते हो, उन्होंने क्या कहा?"

मास्टर जी रुककर आग की लपटों को देखते रहे; कुछ देर तक जलती हुई लकड़ियों की झिर-झिर के अलावा कुछ भी सुनाई नहीं देता था।

"क्या कहा उन्होंने?" मैंने उनकी ओर देखा।

कहने लगे, "जिसके बारे में कुछ मालूम नहीं, उसका ध्यान कैसे हो सकता है?"

"यह उन्होंने कहा?"

"मैंने पूछा, अगर ऐसी बात है, तो घर-बार छोड़कर यहाँ जंगल में आने की ज़रूरत क्यों? जानते हैं, उन्होंने क्या कहा? कहने लगे, मैंने कुछ भी नहीं छोड़ा—मैं सिर्फ़ यहाँ रहता हूँ। आप मेरा सब काम करेंगे, तो मैं क्या करूँगा? मैंने पानी की बाल्टी रास्ते में ही छोड़ दी...जो आदमी अपने सेवा नहीं कराना जानता वह 'उसकी' क्या सेवा करेगा?"

वे कुछ देर चुप बैठे रहे, फिर एक लम्बी साँस ली।

"मैं यहाँ अकेला रहता हूँ—नौकरी के लिए—लेकिन वे यहाँ क्यों रहते हैं, यह कभी समझ में नहीं आया। न ध्यान-ज्ञान, न पूजा-पाठ...लोग उनसे मिलने आते हैं, तो चुपचाप बैठे रहते हैं—मैंने कभी उन्हें उपदेश का एक शब्द कहते नहीं सुना..."

"फिर भी लोग उनके पास आते हैं?" मैंने पूछा।

"क्यों नहीं...आप भी तो आख़िर इतनी दूर से आये हैं।"

"नाम सुना था..." मैंने कहा।

"कोई मनोकामना लेकर आये हैं—या सिर्फ़ जिज्ञासा?"

मास्टर जी की टोहती आँखें मुझ पर टिकी थीं; मैंने भीतर झाँका—पुराने जालों के बीच जो चीज़ टँगी थी, वह न मनोकामना थी, न जिज्ञासा—हवा में डोलता सिर्फ़ एक टूटे रिश्ते का धागा था—जो कभी मास्टर जी से टकराता था, कभी मुझसे—लेकिन जिसको न वे समझ पाते थे, न मैं हटा पाता था...

"खाना लगाऊँ, बहुत देर हो गयी है।"

मास्टर जी रसोई में चले गये, लेकिन मैं अपने बिस्तर पर बैठा रहा। बाहर झींगुरों का स्वर एक तान में बज रहा था। ब्राण्डी लेने के बाद एक मन्द आँच मेरे भीतर भी जलने लगी थी; अपने घर में था, तो गृहस्थी के बीच पता नहीं चलता था कि अरसे से मेरे भीतर कितनी ठण्ड और थकन जमा होती गयी है।

"आप सो गये?"

मैं चौंककर उठ बैठा। आग की हल्की गरमाई में मैं ऊँघने लगा था। उन्होंने दो थालियाँ फ़र्श पर रख दीं। दाल-सब्ज़ी, मोटी गर्म रोटियाँ...अकेले ही उन्होंने सब बनाया था; उस क्षण मुझे मास्टर जी के जीवन से अद्भुत ईर्ष्या हुई; मैं दो दिन से उनके घर में मेहमान बना बैठा था, जबकि उन्हें मेरे बारे में कुछ भी मालूम नहीं था। एकबारगी इच्छा हुई कि उन्हें सब बता दूँ, कह दूँ; उनके सहजी बाबा और कोई नहीं—मेरे भाई हैं, जिनसे मैं मिलने आया हूँ...लेकिन दूसरे ही क्षण कुछ भी कहने की इच्छा मर गयी; मेरी बात सुनकर वे अजीब संकोच में फँस जाएँगे और फ़ायदा कुछ भी नहीं होगा... कुछ सत्य बिलकुल अनावश्यक होते हैं, उन्हें कहने, न कहने से कोई अन्तर नहीं पड़ता।

"अभी तो आप कुछ दिन यहाँ रहेंगे?" उनके स्वर में कुछ अजीब-सी आतुरता थी।

"मुझे कल ही जाना है," मैंने कुछ झिझकते हुए कहा, "मैं सिर्फ़ दो दिन की छुट्टी लेकर आया था।"

"कहाँ काम करते हैं आप?" उन्होंने पहली बार मुझसे मेरी नीचेवाली

ज़िन्दगी के बारे में पूछा था—उनके स्वर में एक लगाव-भरी चिन्ता थी, जिसके कारण मैं उनका कृतज्ञ-सा हो आया। मैंने उन्हें अपनी अख़बार की नौकरी के बारे में बताया ...अपने बच्चों, गृहस्थी और घर के बारे में—वे चुपचाप सुनते रहे। जब मैं अपनी बात ख़त्म कर चुका और उनकी ओर से फिर भी कोई उत्तर नहीं आया, तो मुझे थोड़ा-सा सन्देह हुआ, कहीं वे सो तो नहीं रहे? सिर उठाकर उन्हें देखा—कमरे की पीली चाँदनी में उनकी आँखें मुझ पर टिकी थीं; मुझे एक अजीब-सा खटका हुआ—पता नहीं वे क्या सोच रहे थे?

"एक बात कहूँ—आप घर-गृहस्थी छोड़कर इतनी दूर आये हैं, कुछ दिन रुक क्यों नहीं जाते?"

"उससे क्या होगा?"

"बाबा का साथ रहेगा और क्या? वे भी इन दिनों कोठरी में अकेले पड़े रहते हैं।"

"आप भी तो यहाँ रहते हैं...फिर भी उनके पास नहीं जाते।"

"मुझे समझ में नहीं आता, उनसे क्या बात करूँ—पहले उनका थोड़ा-बहुत काम करने चला जाता था—अब उन्हें उसकी भी ज़रूरत नहीं पड़ती...पता नहीं, दिन-रात अकेले क्या करते हैं?"

"देखिए—उन्होंने घर-बार अपनी इच्छा से छोड़ा होगा—और अकेले रहना इतना बड़ा सन्ताप भी नहीं है...आप भी तो यहाँ बिलकुल अकेले रहते हैं?" मैंने कहा।

"मेरी बात बिलकुल अलग है...मैं महीने में एक-दो बार अल्मोड़ा का चक्कर लगा आता हूँ, अगर यहाँ कोई ढंग का मकान मिल जाता, तो फेमिली को भी यहाँ ले आता..." वे एक क्षण रुके, मेरी ओर एक अजीब; अर्थ-भरी दृष्टि से देखा, धीरे-से कहा, "एक बात मुझे समझ में नहीं आती, बाबा को यहाँ आये इतने वर्ष बीत गये, लेकिन उनके घर-परिवार का कोई आदमी उनसे नहीं मिलने आया।"

मुझे अजीब-सा सन्देह हुआ कि उन्हें मेरे बारे में सबकुछ मालूम है...शायद पहले दिन से ही उन्हें मालूम था, जब वह बस स्टेशन पर मिले थे...किन्तु उनके चेहरे से कुछ पता नहीं चलता था।

"सम्भव है, उनके घरवालों को मालूम ही न हो कि वे यहाँ हैं।"

"इतने वर्षों में भी?" उन्होंने कुछ अविश्वास से मुझे देखा।

"शायद कोशिश की हो...इतना बड़ा देश है, कोई कहाँ तक छानता फिरेगा!" मैंने कहा।

वे कुछ देर अँधेरे में बाहर देखते रहे, फिर कुछ सोचते हुए कहा, "मुमकिन है, उनका कोई न हो...कुछ लोग तो अपने अकेलेपन से घबराकर ही संन्यास ले लेते हैं।"

"आपने कभी उनसे नहीं पूछा?"

"अपने बारे में वे इतना ही कहते हैं जितना...ईश्वर के बारे में; कभी-कभी तो मुझे उनके संन्यासी होने पर भी शक होने लगता है।"

संन्यासी नहीं, तो और क्या हैं? दस साल पहले सबको रुलाकर घर छोड़ा था--अब ईश्वर को छोड़ कहाँ जाएँगे? किन्तु उस रात इसका उत्तर कहीं न था ...मास्टर जी अपनी मंजी पर लेट गये और मैं अपने बिस्तर पर--बिलकुल पिछली रात की तरह।

लेकिन पिछली रात की तरह कमरे में पूरा अँधेरा नहीं हुआ। चौके की खिड़की पर चाँद भीतर झाँक रहा था और कमरे की हर चीज़ एक महीन, पीले चूरे में चमकती जान पड़ती थी; देर तक मुझे नींद नहीं आयी; घर की याद आती थी तो लगता था, वह कोई दूसरी दुनिया हो--और जब भाई की अकेली कोठरी के बारे में सोचता, तो लगता कि वह कोई तीसरी दुनिया है--और ये सब दुनियाएँ धरती पर अलग-अलग बिखरी हैं--दिखती पास-पास हैं, किन्तु असल में एक-दूसरे से लाखों कि.मी. दूर हैं...क्या इनका आपस में कोई सम्बन्ध नहीं? यह विचार ही मुझे भयकर जान पड़ा; मैंने करवट ली ताकि इस प्रश्न को उठने से पहले ही बाजू में दबाकर सो सकूँ।

ऊपर कौए उड़ रहे थे। लश्कर-के-लश्कर; चीख़ते हुए वे नीचे उतरते और जहाँ थाह मिलती, वहाँ पसर जाते--पेड़, चट्टान, डगर, डाली; उनकी काँव-काँव से बाज़ार और मन्दिर के बीच का आकाश थर्राने लगता था।

मैं बाज़ार में ही था--बस-स्टैण्ड के शेड के नीचे एक छोटी-सी भीड़ जमा थी; ढाबों के आगे कुत्ते और कुली ऊँघ रहे थे। मास्टर जी सबको धकियाते हुए आगे बढ़ गये और टिकट की खिड़की के आगे खड़े हो गये; खिड़की बन्द थी. ..मास्टर जी ने दो-तीन बार उसे अपने घूँसों से खटखटाया, अचानक एक सिर बाहर आया और मास्टर जी उससे बतियाने लगे, कुछ देर बाद वे मेरे पास आये "एडवांस बुकिंग नहीं होती--आपको बस में ही टिकट मिल जाएगा।"

"आपने टाइम पूछा?"

"शाम को एक ही बस दिल्ली जाती है--छह बजे। दूसरी बस आठ बजे;

वह डायरेक्ट नहीं जाती–भुवाली से दूसरी बस लेनी पड़ती है।"

छह बजे। समय काफ़ी था। घर से निकलने से पहले मैं अपना सामान बाँध चुका था...मास्टर जी की सलाह पर उसे बाज़ार में उनकी जान-पहचान के हलवाई की दुकान में रखवा दिया था, ताकि शाम को लौटने पर उसे लेने दोबारा घर न जाना पड़े। मेरे हाथ में सिर्फ़ अपना थैला था–और 'उनका' छाता।

"आइए, एक-एक चाय और हो जाए...आपको पूरी चढ़ाई पार करनी है।" मास्टर जी ने कहा।

सुबह की चाय हम उनके घर में ही ले चुके थे–लेकिन ठण्ड कुछ इतनी ज़्यादा थी कि मैं ढाबे में कुछ देर भट्ठी के आगे बैठने का लालच नहीं रोक सका।

सुबह से ही मास्टर जी चुप थे; एक-दो बार मुझसे रुकने का आग्रह किया था, किन्तु जब मैंने उन्हें बताया कि अगले दिन ही मुझे अख़बार में अपना कॉलम लिखना है, तो उन्होंने ज़ोर नहीं डाला; न सहजी बाबा के बारे में एक शब्द कहा; पिछली रात के बाद हमारे बीच एक मूक समझौता-सा हो गया था कि हम उनके बारे में चुप ही रहेंगे...न उन्होंने उनकी चर्चा छेड़ी, न मैंने कुछ कहा; हमारे बीच वे कुछ वैसे ही अदृश्य हो गये थे–जैसे ऊँचाई पर उनकी कुटिया...वह बादलों में छिप गयी थी; न मन्दिर दिखाई देता था, न फॉरेस्ट रेस्टहाउस; वह कुछ वैसा ही पहाड़ी दिन था, जब बारिश नहीं होती, लेकिन धूप भी दिखाई नहीं देती–सिर्फ़ बादलों की कनात ऊपर से नीचे तनी रहती है।

"ये सब भुवाली से आते हैं।" मास्टर जी ने बादलों को देखते हुए कहा, "बाक़ी सब रानीखेत-नैनीताल की तरफ़ उड़ जाते हैं...बची-खुची खुरचन यहाँ आती है...इनके लिए यह जगह काले पानी की सजा है और क्या..."

मैं चाय पीता हुआ रुक गया, "इसके आगे नहीं जाते?"

वे हँसने लगे, "इसके आगे कौए जाते हैं...देखते नहीं इनके लश्कर?"

वे चारों तरफ़ थे...मन्दिर की पहाड़ी पर, बाज़ार के ऊपर छतों और पेड़ों पर चक्कर काटते हुए...

"आप सोचेंगे, इतना छोटा शहर और इतने कौए? कहते हैं, इस शहर पर एक शाप पड़ा था कि यहाँ के सब निवासी मृत्यु के बाद कौए की योनि प्राप्त करते हैं।"

"फिर भी लोग यहाँ रहते हैं?" मैंने कहा।

"हाँ, रहते हैं–क्योंकि एक विश्वास यह भी है कि ये सब कौए मरने पर मोक्ष प्राप्त करते हैं।" मास्टर जी ने कुछ गम्भीरता से कहा, "यह शहर एक तरह का ट्रांजिट स्टेशन है–कौए की योनि और निर्वाण के बीच।"

इस बार वे मुस्कराये नहीं...अपनी सूनी निगाहों से धुन्ध में डूबे शहर और उसके ऊपर फड़फड़ाते काले डैनों को देखते रहे...काले पानी का शहर...मुझे यह सोचकर कुछ अजीब-सा लगा कि भुवाली के बादल यहाँ आते हैं, आगे नहीं जाते ...जैसे यह दुनिया का अन्तिम छोर हो—मृतात्माओं और कौओं का प्रदेश!

मैं आगे कुछ भी नहीं सोच सका; मास्टर जी ने भी जैसे अपनी मज़ाक़-भरी कथा को आगे नहीं बढ़ाया—शायद वे भी अपनी ज़िन्दगी के बारे में सोचने लगे, जो आधी से ज़्यादा इसी शहर में बीत चुकी थी...

उन्होंने मुझे चाय के पैसे भी नहीं चुकाने दिये...

"मैं शाम को इसी ढाबे के सामने रहूँगा...आप ज़रा जल्दी आ जाइएगा—और..." वे एक क्षण झिझके; "उनसे मेरा प्रणाम कहिएगा।"

"आप भी मेरे साथ चलिए...वे बहुत खुश होंगे।" मैंने आग्रह किया, मैं इस बार उनके पास अकेले नहीं जाना चाहता था।

मेरी बात सुनकर वे एकदम घबरा-से गये, "नहीं...नहीं। मैं तो यहीं रहता हूँ—किसी भी दिन चला जाऊँगा...आप कोई रोज़ थोड़े ही आते हैं।"

वे जल्दी से मुड़ गये, बाज़ार की भीड़ में खो गये।

चढ़ाई पर कीचड़ थी; बूँदा-बाँदी ऊपर से। दोपहर के बीच ही अँधेरा-सा घिरने लगा था। मैंने उनकी छतरी खोल ली और तेज़ क़दमों से ऊपर चढ़ने लगा। मन्दिर की सीढ़ियों तक पहुँचते-पहुँचते मेरी साँस फूल आयी, एक बार इच्छा हुई कुछ देर वहीं बैठकर स्वस्थ हो लूँ, उनके पास इस तरह लस्तम-पस्तम जाना ठीक नहीं होगा; फिर ख़याल आया, अगर शाम की बस पकड़नी है, तो जितना समय उनके पास बिता सकूँ, वही अच्छा है, दो-चार मिनट सीढ़ियों पर सुस्ताकर मैं दोबारा ऊपर चढ़ने लगा।

पगडण्डी के नीचे सुन्दर पहाड़ी कॉटेज थीं, अँग्रेज़ों के ज़माने की...एक क्षण विश्वास नहीं हुआ कि वहाँ सम्भ्रान्त लोग रहते होंगे—जिनका अघोरी बाबा के नंगेपन, भाई की कुटिया और मास्टर जी के अकेलेपन से कोई लेना-देना नहीं, कभी किसी खुले दरवाज़े से भीतर की झलक मिल जाती—सुलगती हुई फायरप्लेस...कहीं गलियारे में लड़कियों की हँसती आवाज़ें...रेडियों का संगीत; यह वही दुनिया थी, जिसकी सुरक्षित चहारदीवारी के बीच मैंने अपने चालीस वर्ष गुज़ारे थे—किन्तु बाहर धुन्ध में ठिठुरते हुए वह दुनिया कितनी बेगानी जान पड़ती थी; सहसा एक रिरियाते से डर ने मुझे पकड़ लिया—अगर कोई मुझे अचानक

इस सुन्दर और सुरक्षित दुनिया से बाहर फेंक दे तो मेरा क्या हाल होगा...मैं उस टिड्डे की तरह अँधेरे में चक्कर लगाऊँगा जिसे एक अँगुली से पकड़कर ड्राइंगरूम की खिड़की के बाहर फेंक दिया जाता है...और जो कभी दोबारा भीतर आने का रास्ता नहीं ढूँढ़ पाता; किन्तु अगले क्षण ही मुझे अपने डर पर हँसी आने लगी—मैंने अपने कोट के भीतर हाथ डाला, वहाँ मेरे बैंक की पासबुक थी; गले में लिपटे मफलर को छुआ, जो पिछली वर्षगाँठ पर मेरी पत्नी ने मुझे भेंट की थी, मेरे चमड़े के वैलेट में मेरे दोनों बच्चों की तस्वीरें थीं, दिल्ली में मकान था, किताबें थीं, जिन पर मेरा नाम लिखा था—सब ठोस पक्की चीज़ें, जिनसे मेरा इस धरती पर होना साबित होता था, मैं वही था, जो चालीस साल पहले इस दुनिया में आया था, एक पीस में जड़ा हुआ जीव, एक निरन्तर प्राणी—जिसके बीच कोई काट-फाँक नहीं थीं; यह असम्भव लगा कि यह जीव मुझे एक दिन अनाथ पतंगे की तरह अँधेरे में छोड़कर ग़ायब हो जाएगा...। जल्दी-जल्दी उनकी कुटिया की तरफ़ बढ़ने लगा; एक अजीब ख़ुशी ने मुझे पकड़ लिया, कुछ घण्टों बाद शाम की बस से मैं अपनी जानी-पहचानी दुनिया में लौट जाऊँगा...डर का कोई कारण नहीं था।

मैंने धीरज की साँस ली, जब देखा, उनकी कोठरी में उजाला है—ज़्यादा नहीं—उतना ही, जितना एक धुँधली दोपहर में लालटेन से बाहर आता है; मेरे लिए उतना ही काफ़ी था। लगभग दौड़ते हुए मैं कुटिया की तीन सीढ़ियाँ चढ़ गया; साँकल खटखटाने के लिए हाथ बढ़ाया, तो बीच में ही ठिठक गया। क्या उनके साथ कोई भीतर है? उनकी आवाज़ सुनाई दी—ऐसी आवाज़—जो न अकेली होती है, न किसी के साथ होती है, जैसे कोई नींद या बुख़ार में बुड़बुड़ाता है, आधे शब्द सुनाई देते हैं, आधे ऊपर से निकल जाते हैं—क्या वे प्रार्थना कर रहे थे, या अपने से ही बोल रहे थे? लेकिन तभी वे दिखाई दिये—दरवाज़े के पल्लों के बीच वे मेरी नज़र के घेरे में आ गये; वे रोशनदान के आगे खड़े थे...

मैं आज भी वह दृश्य नहीं भूल पाता; उसे 'दृश्य' भी कहना ग़लत होगा—दरवाज़े के बीच सुराख से जो दिखाई दिया, वहाँ न सहजी बाबा थे, न मेरे भाई थे—वहाँ एक ऐसे आदमी खड़े थे, जो दीन-दुनिया से बेख़बर अपने से बात कर रहे थे और बीच-बीच में ख़ुद ही हँसने लगते थे...दरवाज़े से चिपटा, लुटा-पिटा मैं उन्हें देखता रहा—एक सम्मोहित पशु-सा, जो भय और मोह के बीच जड़ पुतले-सा खड़ा रहता है...लेकिन मेरा दूसरा हिस्सा मुझसे छिटककर उनसे जा चिपटा था,

हैरत में चीख़ रहा था—यह आप क्या कर रहे हैं? किससे बातें कर रहे हैं? किस पर हँस रहे हैं?

कहते हैं, जब आत्मा गूँगी पड़ जाती है, तब देह की आवाज़ सुनाई देती है; सन्नाटे में ख़ून सनसनाता है और तब हम होश में आ जाते हैं, अपने दिल की धड़कन को पहली बार सुनते हैं; ऐसा ही मेरे साथ हुआ; मुझे पता भी न चला, कब मैंने साँकल खटखटायी, कब उन्होंने दरवाज़ा खोला—मुझे अपने कन्धे पर उनका हाथ और उनके शब्द एक साथ सुनाई दिये, "कहाँ रहे? मैं सुबह से तुम्हारे इन्तज़ार में बैठा था।"

उनका स्वर इतना सहज और शान्त था कि अनायास मैंने ऊपर देखा—वे मुस्करा रहे थे; क्या ये वही आदमी थे, जो कुछ मिनट पहले अकेले में हँस रहे थे?

"आप...?" मैंने कहा; फिर मैंने अपना वाक्य अधूरा छोड़ दिया; किसी ने मेरे भीतर की साँकल लगा दी; मैंने अपने विगत जीवन में आँख मूँदकर इतने दरवाज़े बन्द किये हैं—एक यह भी सही।

"आपका हाथ बहुत गर्म है।" मैंने कहा, "तबीयत ठीक है?"

उन्होंने धीरे-से अपना हाथ मेरे कन्धे से अलग कर दिया, फिर ऐसे कहा, जैसे मेरी बात को सुना भी न हो, "बाहर सर्दी है—भीतर चले आओ।"

मैंने उनकी छतरी कोने में रख दी; जूते उतार दिये; भीतर उतनी ही सर्दी थी, जितनी बाहर; नंगे कमरे में लालटेन की रोशनी और भी अधिक ठण्डी और मैली जान पड़ती थी।

"इतनी देर कहाँ रहे?" उन्होंने पूछा।

"मास्टर जी के साथ बाज़ार आया था...बस में सीट बुक करवानी थी।"

वे चुप रहे; लालटेन के दायरे में उनका सफ़ेद चेहरा, सलेटी दाढ़ी और घनी काली भवें एक निष्प्रभ आकार में सिमट गयी थीं...एक तपता चेहरा—जो न सौम्य था, न कठोर—सिर्फ़ निर्विकार-सा मुझे ताक रहा था।

"आज सुबह टहलता हुआ मैं फॉरेस्ट रेस्ट हाउस गया था...उसके मैनेजर मुझे जानते हैं...वे आसानी से एक कमरा तुम्हारे लिए बुक करवा सकते हैं।"

"उससे क्या होगा?"

"तुम कुछ दिन यहाँ आराम से रह सकते हो...इतनी जल्दी क्या है?"

उनके स्वर में थोड़ा-सा आग्रह था, हल्का-सा सूखा स्नेह...ज़ो दुरकता नहीं था इसलिए उसे झेल पाना और भी दुखद और दुश्वार जान पड़ता था।

"आपको अच्छा लगेगा?" मैंने कहा।

वे धीरे-से हँस पड़े, "तुम सिर्फ़ मेरे लिए ही रुकना चाहोगे?"

"और यहाँ कौन है? मैं आपसे मिलने आया था।"

"नहीं...मैंने सोचा, शायद तुम कुछ दिन यहाँ रुकना चाहो....दिल्ली में तो रहना ही है।"

"आप सचमुच यह चाहते हैं?" मैंने कहा।

"मेरे चाहने की बात नहीं..." वे कुछ देर चुप बैठे रहे, फिर धीरे-से कहा, "अरसे से तुमने छुट्टी नहीं ली...तुम छुट्टी मानकर ही यहाँ रह सकते हो।"

"वे सोचेंगे, मैं भी आपके साथ मिल गया हूँ। घर में क्या एक संन्यासी काफ़ी नहीं है?"

वे मुस्कराने लगे, "क्या वे मुझे संन्यासी समझते हैं? मैं तो यहाँ वैसे ही रहता हूँ, जैसे घर में रहता था...सिर्फ़ जगह बदल जाती है।"

"और आप? आप बिलकुल नहीं बदले?" मैंने कुछ कौतूहल से उन्हें देखा।

"तुम क्या सोचते हो?" उनकी आँखों में एक अजीब शरारती-सी चमक तैर रही थी।

"मैंने कभी नहीं सोचा था कि आपको इस ज़िन्दगी में देखना सम्भव हो पाएगा।"

"इस ज़िन्दगी में?" उन्होंने विस्मय से मुझे देखा, "इसके अलावा दूसरी ज़िन्दगी कौन-सी है?"

क्या वे मेरे साथ खिलवाड़ कर रहे हैं? लेकिन उनकी आँखें स्थिर थीं और चेहरे पर एक उदास-सी निमग्नता घिर आयी थी।

"अगर एक ही ज़िन्दगी है, तो फिर जगह बदलने का भी क्या मतलब है...जैसे यहाँ वैसे वहाँ।" मैंने कहा।

"अन्तर है...वहाँ दूसरों के लिए मेरा कोई मतलब नहीं था।"

"और यहाँ?"

"यहाँ दूसरे नहीं हैं..." वे मुस्कराने लगे, "इसीलिए अपने मतलब के बारे में ही सोचना पड़ता है..."

"क्या यह सम्भव है...दूसरों को बिलकुल छोड़ देना?"

वे कुछ सोचने लगे; दोपहर के मलिन आलोक में उनका सिर चौकी पर रुक आया था, सिर्फ़ बालों की सफ़ेद लटें दिखाई देती थीं—कुछ देर पहले जिस चेहरे को हँसते देखा था वह अब एक अँधेरी बावड़ी पर ठिठकी छाया-सा दिखाई देता था।

"नहीं...सम्भव नहीं है," उन्होंने कहा, "तभी तो मैंने तुम्हें चिट्ठी भेजी थी।

संन्यासी होने के लिए सिर्फ़ छोड़ना ही काफ़ी नहीं है..."

वे दीवार पर पीठ लगाये थोड़ा-सा झुक आये थे; आँखें मुँदी थीं; दरवाज़े का पल्ला धीरे-धीरे हिल रहा था। हवा उठती थी, और बाहर की धूल और पत्तियाँ भीतर ले आती थी।

उन्होंने अचानक आँखें खोल दीं।

"कोई आया था?" उन्होंने कुछ हैरत से मुझे देखा।

"नहीं," मैंने कहा, लेकिन तभी बाहर पैरों की आहट सुनाई दी; कुछ लोग सीढ़ियों के नीचे खड़े थे।

"ज़रा देखो कौन है?" उन्होंने मेरी ओर देखा। मैं उठकर देहरी के पास आया; दरवाज़ा पूरी तरह खोल दिया; नीचे तीन-चार सम्भ्रान्त-से दीखनेवाले व्यक्ति खड़े थे...साथ में दो महिलाएँ भी थीं। मुझे देखकर एक सज्जन आगे बढ़े, "क्या बाबा भीतर हैं?"

मैं कुछ कह पाता कि मुझे अपने पीछे उनकी आवाज़ सुनाई दी, "आप बाहर बैठिए, मैं आता हूँ।"

उनका स्वर सुनते ही सबके हाथ जुड़ गये। मैं अलग हट गया। वह नीचे सीढ़ियों पर आये तो हर व्यक्ति आगे बढ़कर उनके पैर छू लेता था। सबसे बाद में एक बहुत कम उम्र की महिला आयीं, काली शॉल में लिपटी हुई—एक क्षण बाबा को देखा...और फिर बहुत देर तक उनके पैरों के पास सिर टिकाकर बैठी रहीं।

वे निश्चल खड़े थे; न एक शब्द कहा, न हाथ उठाकर कोई आशीर्वाद दिया। कुछ देर बाद वे मेरी तरफ़ मुड़े, "तुम बैठो, मैं अभी आता हूँ।" उनके चेहरे पर अजीब-सा संकोच था; मैं निढाल-सा खड़ा रहा, क्या इन लोगों के सामने उन्हें मुझसे शर्म-सी आ रही थी?

मैं भीतर आया और लालटेन की बत्ती धीमी कर दी...सिर्फ़ इतनी रोशनी रहने दी कि बाहर का हल्का उजाला भीतर आता रहे; वे कुटिया के बाहर बाँज के नीचे एक सफ़ेद चबूतरे पर बैठे थे; कभी-कभी उनमें से किसी की आवाज़ भीतर आ जाती थी, अलग-अलग टुकड़ों में बाबा से कुछ कहती हुई, लेकिन उनका स्वर एक बार भी सुनाई नहीं दिया—और तब मुझे अपने प्रश्न पर ही शर्म आने लगी, जो मैंने उनसे पूछा था...दूसरे लोग? उन्होंने हमें छोड़ दिया था, लेकिन ये लोग? उन्हें इनसे क्या मिलता होगा, जो यहाँ आते हैं, कुछ ज़रूर होगा, जिसके बारे में मुझे कुछ भी नहीं मालूम, क्या मैं अपने भाई के रूप में एक अजनबी से मिल रहा था, उनसे वह सब पूछ रहा था, जिसका इस जगह कोई मतलब नहीं

था और तब मुझे बरसों पहले की घटना याद हो आयी, जब मैं उन्हें ढूँढ़ने अस्पताल के मुर्दाघर में गया था। मुझे लगा, चबूतरे के आगे जो लोग उनके दर्शन करने आये हैं, मैं भी उन्हीं की लाइन में खड़ा हो गया हूँ, किन्तु वह कोई दूसरी जगह थी, दूसरा समय—वहाँ सफ़ेद चबूतरे की जगह बर्फ़ की सिलें रखी थीं, जिन पर लोगों की लाशें मछलियों-सी रखी थीं। मैं हर सिल के आगे रुक जाता था—क्या यह वे हैं? लेकिन हर बार जब मैं रुकता, मुर्दाघर का अटेण्डेण्ट मुझे पीछे से धक्का दे देता था, जल्दी कीजिए, आपके ही नहीं दूसरों के मुर्दे भी पड़े हैं, पहचानिए और आगे बढ़िए...दूसरों के मुर्दे? मैं धक्के खाता हुआ आगे बढ़ गया...दस साल आगे...और अचानक समझ नहीं पाया कि मैं बर्फ़ की सिल पर लेटा हुआ उन्हें देख रहा हूँ या वे ऊपर से झुककर मुझे निहार रहे हैं...

"छोटे!"

एक धीमी-सी आवाज़ सुनाई दी; मेरे ऊपर लालटेन थी और वे मुझे बुला रहे थे, दस साल बाद उनके मुँह से अपना घर का नाम सुनकर मैं हड़बड़ाकर उठ बैठा। लगा, मैं अपने घर में हूँ; आँखें फाड़ते हुए उन्हें देखने लगा जो ऊपर से मुझे देख रहे थे।

"तुम सो गये थे?" उन्होंने धीरे-से कहा। मैंने देखा, मेरे ऊपर उनका कम्बल बिछा है, मेरी देह में गरमाया हुआ।

"वे लोग चले गये?" मैं हड़बड़ाकर उठ बैठा।

"बहुत पहले के..."

"आप यह कम्बल कब दे गये?"

"जब मैं भीतर आया, तुम ऐसे ठिठुर रहे थे, जैसे बर्फ़ पर लेटे हो।" उन्होंने मुस्कराते हुए कहा।

बर्फ़ पर? मुझे लगा, मैं किसी दस साल पुराने सपने से बाहर निकल आया हूँ; कोठरी में हल्की पीली-सी रोशनी फैली थी; डूबने से पहले सूरज बाहर निकल आया था; एक पीली-सी चमक पहाड़ों पर उतर आयी थी।

वे मेरे पास झुक आये, बहुत कोमल स्वर में कहा, "थोड़ा आराम कर लो, अभी चाय बना लाता हूँ।"

मैंने उन्हें देखा—वही शान्त चेहरा और छोटी-सी मुस्कराहट—जैसे वे भी अभी-अभी बर्फ़ की सिल से उठकर बाहर आये हों, बाहर उजाले में, जहाँ उनकी दुनिया मेरे अतीत से मिल गयी थी; शाम की उस घड़ी में मेरा उन्हें देखना और उनका चुप रहना एक तरह की तैयारी थी, जहाँ पिछले वर्षों का गूँगा रेगिस्तान एक क्षण में नाप लिया जाता है...शायद इसीलिए उन्होंने मुझे बुलाया था...वे

शायद अन्तिम बार मुझसे—घर से—छुटकारा पा लेना चाहते थे।

मैं धीरे-से उठा, उनका कम्बल तहाकर कोने में रख दिया। फिर देहरी पर आया, अपने जूते पहने और थैला उठाकर उन्हें देखा; वे अब भी लालटेन लेकर खड़े थे, हालाँकि अब उजाले में उसकी कोई ज़रूरत नहीं थी।

"मैं चलूँगा—बस जाती होगी।"

वे चुप खड़े रहे। फिर धीरे-से कहा, "ठहरो, अभी आता हूँ।"

वे नीचे के कमरे में गये। जब ऊपर आये तो उनके हाथ में लालटेन नहीं थी।

"तुम इसे फिर भूल गये," उन्होंने मेरा ब्रीफ़केस मुझे लौटाते हुए कहा, "पत्र मैंने रख लिए हैं और..." वे एक क्षण रुके, फिर धीमे-से कहा, "तुम देख लेना, काग़ज़ों पर दस्तख़त मैंने कर दिये हैं।"

मैंने उन्हें देखा; वे थोड़ा-सा मुड़ गये थे; बाहर पेड़ों से छनती धूप उनके पैरों पर गिर रही थी। मैं भी झुक गया, कुछ देर झुका रहा...और मुझे लगा जैसे कोई मेरे सिर को सहला रहा है, एक गर्म तपती-सी छुअन जो धीरे-धीरे मेरी देह को तपा रही थी...

सिर उठाया, तो कोठरी में कोई नहीं था, रोशनदान से बाँज के पेड़ की छाया नीचे ढुरक आयी थी और जहाँ वे खड़े थे, वहाँ धूप का एक चकत्ता चुपचाप सरक आया था। मेरी यात्रा का अन्त शायद ऐसे ही होना था।

मैंने ब्रीफ़केस उठाया और बाहर चला आया।

उसके बाद कुछ नहीं है; मैं पेड़ों के बीच धूप में धुली पगडण्डी उतरने लगा—वह कितना नीचे उतरती थी। दिल्ली शहर और दोस्त, अख़बार का दफ़्तर, गर्मी की सनसनाती लू—भरी दोपहरें और मेरी सच्ची-झूठी कहानियाँ...मैं धीरे-धीरे उस ऊँचाई को भूल गया, जहाँ उनसे, मास्टर जी से, अघोरी बाबा से मिला था... वे दोनों ही मुझे बस-अड्डे पर छोड़ने आये थे, उनके चेहरे समय के साथ धुँधले पड़ गये हैं, लेकिन कभी-कभी अकेले क्षणों में सहसा मास्टर जी का प्रश्न उमग आता है। बस की खिड़की से सटकर उन्होंने असीम जिज्ञासा से पूछा था, "आप जो मनोकामना लेकर उनके पास गये थे, वह क्या पूरी हो गयी?" इससे पहले मैं कोई उत्तर सोच पाता, बस चल पड़ी; मास्टर जी कुछ दूर बस के साथ-साथ भागते आये, लेकिन अघोरी बाबा मुझसे उदासीन ऊपर देख रहे थे...पेड़ों के ऊपर हवा में फड़फड़ाता हुआ एक काला बवण्डर उठ रहा था; हज़ारों कौए जंगल पर चक्कर काटते हुए मन्दिर की तरफ़ उड़ रहे थे।

1982

10
सूखा

अख़बार खुला है। पहले पन्ने पर ही उनका फ़ोटो है, नीचे के हिस्से पर, काले बॉर्डर से घिरा हुआ। मेरी आँखें अटकी रहती हैं। क्या यह वही आदमी है, जिनसे मैं तीन महीने पहले मिली थी? बड़ी और उदास-सी आँखें, मुँह थोड़ा खुला हुआ, जैसे कुछ कहने जा रहे हों, नाक और ऊपरी होठ के हाशिए पर एक काला तिल, जो स्याही का धब्बा जान पड़ता है, लेकिन जो असली था। जिसे मैंने देखा था। बहुत निकट से देखा था, पहली बार देखा था और तब यह नहीं सोचा था, कि वह अन्तिम बार होगा।

वह हमारे शहर पहली बार आये थे। वह एक सेमीनार में आये थे, जिसे हमारे कॉलेज ने आयोजित किया था। मुझे मालूम भी नहीं था, वह कौन हैं। सिर्फ़ नाम सुना था, वह भी मिसेज़ जैन से, जो हमारे कॉलेज की प्रिंसिपल थीं। "जानती हो, इस बार कौन आ रहे हैं?" उन्होंने मेरी ओर मुस्कराते हुए देखा, "हम हर साल उन्हें बुलाते थे, लेकिन वह कभी राज़ी नहीं होते थे, इस बार वह पेपर भी पढ़ेंगे।"

मेरी ड्यूटी उनके होटल में ही लगी थी। वह होटल नया बना था, शहर से कुछ बाहर, लेकिन मेरे घर से दूर नहीं। उनके अलावा वहाँ दो डेलीगेट और ठहरे थे, पूना के डॉ. दामले और कलकत्ते की डॉ. सेन—बाक़ी लोगों को यूनिवर्सिटी गेस्ट हाउस में ठहराया गया था। मुझे एक छोटा-सा कमरा बेसमेण्ट में दे दिया गया था, ताकि सेमीनार के दौरान मैं होटल में ही रह सकूँ। मैं जब साइकिल पर अपने घर से कॉलेज जाती थी, तो अक्सर मेरी निगाह उस होटल पर पड़ जाती थी... सफ़ेद दीवारें, लकड़ी की हरी, ढलुआँ छत, आगे एक छोटा-सा

बुगुनबेलिया का पेड़, जिसकी शाखाओं ने फाटक को ढक लिया था। लगता था, वह होटल नहीं, कोई स्विस कॉटेज हो। मैंने कभी कल्पना भी नहीं की थी, कि कभी मुझे वहाँ रहने का मौक़ा मिलेगा—चाहे दो दिन के लिए बेसमेण्ट में ही सही।

बेसमेण्ट में ही मेरा हैडक्वार्टर था, एक मेज़, एक टाइपराइटर, काग़ज़ों के रिम, एक पार्ट टाइम चपरासी, जो कॉलेज और होटल के बीच चक्कर लगाता था। मेरा काम मुश्किल नहीं था, मैं हर दिन का प्रोग्राम टाइप करती और उसकी एक-एक कॉपी डेलीगेटों के कमरों में भिजवा देती। जिन लोगों ने अपने पेपर पहले भिजवा दिए थे, उन्हें थोड़ा-सा एडिट करके चपरासी के हाथ कॉलेज भिजवा देती। और जब वह उनकी साइक्लोस्टाइल्ड कापियाँ मेरे पास लाता, तो उन्हें एक बार फिर पढ़ती, कि कहीं अशुद्धि तो नहीं रह गयी और फिर उन्हें होटल के काउण्टर पर रखवा देती, ताकि हर डेलीगेट को उसकी एक प्रति मिल सके... इसके अलावा मेरी यह ड्यूटी भी थी कि हर डेलीगेट की छोटी-मोटी ज़रूरतों का ख़याल रखूँ। ऐसा नहीं, कि मैं उनके आसपास घूमती रहूँ और वे मुझसे तंग आ जाएँ, लेकिन ऐसा भी नहीं, कि ज़रूरत पड़ने पर मैं दिखाई न दूँ, न बहुत दूर, न बहुत पास, अँग्रेज़ी लॉर्ड के बटलर की तरह, जो आँख उठाते ही प्रगट हो जाता है, और नज़र मोड़ते ही अन्तर्धान हो जाता है।

मैं उस कॉलेज में नयी-नयी लेक्चरर बनी थी... और सेमीनार मेरी पहली परीक्षा थी, जिसमें मैं अच्छे नम्बरों में सफल हो जाना चाहती थी... मुझे नहीं मालूम था, कि मैं जिस परीक्षा की प्रतीक्षा कर रही थी, वह बिल्कुल अलग क़िस्म की होगी, कुछ वैसे ही अप्रत्याशित, जैसे कभी-कभी परीक्षा हाल में विद्यार्थियों को ग़लती से दूसरे प्रश्नपत्र मिल जाते हैं, जिनका उन उत्तरों से कोई सम्बन्ध नहीं होता, जिन्हें वे घर से तैयार करके लाये थे...

मैंने सोचा था, डायनिंग हाल में मुझे अपने तीनों मेहमान दिखाई दे जाएँगे, लेकिन वहाँ मुझे सिर्फ़ मिसेज़ सेन दिखाई दीं। वह कोनेवाली मेज़ पर अकेली बैठी थीं, नाश्ता समाप्त कर चुकी थीं, कॉफ़ी पीते हुए अख़बार पढ़ रही थीं। बाहर की उजली, साफ़ धूप उनके मेज़ पर रखे जूठे बर्तनों पर गिर रही थी।

मुझे देखते ही वह मुस्कराने लगीं। मैं पिछली रात को उनसे मिल चुकी थी। वह कलकत्ता से प्लेन से आयी थीं और मैं उन्हें लेने एयरपोर्ट पर गयी थी।

"बहुत सुन्दर दिन है।" उन्होंने कहा, "आपके लिए भी कॉफ़ी मँगवाऊँ?"

उन्होंने कुछ ऐसे कहा, जैसे वह इस शहर में वर्षों से रहती आयी हैं और मैं उनकी मेहमान हूँ।

"मैं अभी पीकर आयी हूँ।" मैंने उनके सामने तीन साइक्लोस्टाइल्ड पेपर रख दिए, जो आज सेमीनार में पढ़े जानेवाले थे। "मि. दामले कहाँ हैं?" मैंने पूछा।

"वह ज़रा बाहर टहलने गये हैं—अभी आते होंगे?"

"आप उन्हें भी ये पेपर दे दीजिएगा... डॉ. देव अभी नहीं आये?"

"वह कौन?" उनके गोल-मटोल बंगाली चेहरे पर भोली-सी जिज्ञासा उभर आयी, "मैंने उन्हें नहीं देखा।"

"वह सुबह ट्रेन से आनेवाले थे... शायद अपने कमरे में हों।"

"सेमीनार-हाल यहाँ से कितना दूर है?" उन्होंने पूछा।

"सिर्फ़ आध घण्टे का रास्ता है... गाड़ी आपको लेने आएगी।" वह बातों के मूड में थीं, लेकिन मुझे बहुत-से काम निपटाने थे, मैं उठ खड़ी हुई, "यह आपका प्रोग्राम है... आप दस बजे होटल के रिसेप्शन हाल में तैयार रहिएगा..." मैंने उनके हाथ में सेमीनार का प्रोग्राम दिया, जिसे मैंने अभी टाइप किया था...

"आप क्या यहीं पढ़ती हैं?" उन्होंने पूछा।

"नहीं..." मैंने कुछ हड़बड़ाहट में कहा, "मैंने इसी साल पढ़ाना शुरू किया है।"

"अरे! अभी तो बच्ची लगती हो!" वह हँस रही थीं। मैंने उन्हें जल्दी से नमस्कार किया और रिसेप्शन के काउण्टर पर चली आयी।

"आप बता सकते हैं, डॉ. देव कहाँ ठहरे हैं?" मैंने काउण्टर पर खड़े एक ऊबे, उकताये क्लर्क से पूछा। उसने दराज के नीचे से एक लिस्ट निकाली, और नींद के जाले से मुझे झाँकते हुए पूछा, "क्या नाम बताया आपने?"

"डॉ. देव!"

उसकी आँखें काग़ज़ पर तैरती हुई एक जगह अटक गयीं, "रूम नम्बर सत्ताईस... सैकेण्ड फ्लोर!"

"धन्यवाद!" मैं लगभग भागते हुए सीढ़ियाँ चढ़ने लगी। गलियारे में अंधेरा था, सुबह के समय में भी वहाँ बत्तियाँ जलती रहती थीं। सत्ताईस नम्बर बिलकुल अन्तिम सिरे पर था, जहाँ गलियारा ख़त्म होता था और होटल का टैरेस शुरू होता था। दोनों के बीच शीशे का पार्टीशन था, जिसके परे हमारे शहर का आकाश, पेड़ों की फुनगियाँ और धुआँ उगलती चिमनियाँ दिखाई देती थीं। यहाँ

बाहर की रोशनी भीतर आ रही थी, इसलिए कमरे का नम्बर आसानी से दिखाई दे जाता था।

मैंने हल्के से दरवाज़ा खटखटाया। कोई आवाज़ नहीं। न कोई बाहर आया। मैं कहीं ग़लत कमरे के आगे तो नहीं आ गयी? एक बार फिर नम्बर मिलाया और हिम्मत बटोरकर दरवाज़े को हल्के से धक्का दिया। वह झट से खुल गया, दूसरे क्षण मैं कमरे के भीतर थी।

कमरा ख़ाली था। मेज़ पर दो-तीन किताबें पड़ी थीं। काग़ज़ों की फ़ाइल पर एक टूथब्रश दिखाई दिया था। उसके पास एक चमड़े का बैग औंधा पड़ा था, जिसके खुले मुँह से एक थर्मस और प्लास्टिक का गिलास बाहर झाँक रहे थे। पास की चौकी पर एक चमड़े का पुराना सूटकेस रखा था, और उस पर दो कम्बल और एक तकिया रखे थे। कुछ चीज़ों को देखकर हम उनके मालिक का थोड़ा-बहुत अनुमान लगा लेते हैं—किन्तु कमरे में पड़ी वे चीज़ें ऐसी थीं, जिन्हें देखकर लगता था, कि वे—बिना किसी मालिक के—खुद अपने घर से उठकर इस होटल में आकर बैठ गयी हैं।

मैंने जल्दी से उनके मेज़ पर साइक्लोस्टाइल्ड पेपरों का बण्डल और सेमीनार का प्रोग्राम रख दिया। एक चिट पर यह भी लिख दिया, कि वह दस बजे नीचे पहुँच जाएँ। इन सब चीज़ों को मेज़ पर रखकर जब मैं लौटने वाली थी, तभी अचानक मेरे पैर ठिठक गये।

एक छाया दीवार पर बैठी थी—एक झुकी हुई आदमक़द आकृति—जिसे बाहर की धूप ने कमरे की दीवार पर खींच दिया था। मैं मुड़ी—और वह दिखाई दिए, कमरे के बाहर टैरेस पर बैठे थे। वह मुझे देख रहे थे।

मैं असमंजस में खड़ी रही। न बाहर निकल सकती थी, न कमरे में ठहर सकती थी। मुझे लगा, मैं कोई ग़लत काम करते हुए पकड़ ली गयी हूँ। मैं वहाँ से भागना चाहती थी। मैंने एक झिझकता-सा क़दम लिया और जब दरवाज़े के पास पहुँची, मुझे उनका स्वर सुनाई दिया, "ज़रा ठहरिए..." और मैं ठहर गयी।

वह लपकते हुए भीतर आये—और अनिश्चित-से खड़े रहे। "क्या मैं ग़लत कमरे में आ गया हूँ?" उन्होंने कहा।

"ग़लत कमरा?" उनकी घबराहट को देखकर मैं कुछ संयत हुई। अपनी भूली हुई ज़िम्मेदारी का एहसास हुआ, "आपके लिए कौन-सा कमरा बुक करवाया गया था?"

"मुझे नहीं मालूम—होटल का कोई आदमी मुझे यहाँ ले आया था," वह एक अजीब शंका में मुझे देख रहे थे, "शायद यह कमरा आपका है?"

"मेरा कमरा?" मैंने ध्यान से उन्हें देखा—और तब बिजली की कौंध की तरह मुझे उनकी परेशानी समझ में आ गयी। वह इतने उद्भ्रान्त जान पड़ते थे कि मैं हँस भी न सकी। "आप सही कमरे में हैं," मैंने कहा। "मैं तो आपको सेमीनार के पेपर देने आयी थी।"

"ओह!" वह बिस्तर पर बैठ गये। "बैठिए... " उन्होंने कुर्सी की ओर इशारा किया। "मैंने जब आपको अपने कमरे में देखा, तो मुझे लगा, मैं ग़लत कमरे में आ गया हूँ। आप यहाँ कैसे फँस गयीं?"

उन्होंने 'फँसने' की बात इतने भोलेपन के साथ कही, कि इस बार मैं सचमुच हँस पड़ी। समय कम था, इसलिए अपने बारे में मैं उन्हें उतना ही बता सकी, जितना ज़रूरी था। वह चुपचाप मेरी बात सुनते रहे... कुछ ऐसे एकाग्र भाव से—जिसे देखकर भ्रम होता है, कि वह सुन आपकी बात रहे हैं, सोच कुछ और रहे हैं, जिसके कारण वह और अधिक ध्यान से आपकी बात सुनने का बहाना करते हैं, जबकि आपको अपने शब्द अचानक निर्जीव और बेमानी जान पड़ने लगते हैं।

"आपने नाश्ता ले लिया?" मैंने अपने को बीच में रोककर पूछा।

"अभी नहीं... मुझे कहाँ जाना होगा?"

"नीचे डायनिंग हाल है... अगर आप चाहें, तो यहाँ भी आ सकता है।"

"मैं सिर्फ़ एक कप कॉफ़ी लूँगा।"

"खाएँगे कुछ नहीं?"

"इस वक़्त नहीं... मैं अपने साथ बिस्कुट ले आया हूँ।"

"ठहरिए। मैं अभी भिजवा देती हूँ।"

मैं उठ खड़ी हुई, वह शायद कुछ देर अकेले रहना चाहते थे। लेकिन उनसे ज़्यादा शायद मैं... वह मुझे किसी की याद दिलाते थे, और मैं अकेले में सोचना चाहती थी, वह कौन हो सकते थे, जिन्हें मैंने पहली बार देखा था, वह भी होटल के अजान कमरे में?

मैं दरवाज़े के पास पहुँची थी, कि उनकी आवाज़ सुनाई दी।

"ज़रा सुनिए..."

गैं पीछे मुड़ी।

"मुझे अपना पेपर कब पढ़ना होगा?"

मैंने टाइप किया हुआ प्रोग्राम उनकी मेज़ से उठा लिया, "कल... लंच के बाद।" मैंने उनकी ओर देखा, वह कुछ परेशान-से दीख रहे थे।

"आपको मेरा तार मिल गया था...?" उन्होंने पूछा।

"नहीं, कैसा तार?"

"मैंने लिख दिया था, कि मैं अपना पेपर साथ लाऊँगा ... यहाँ आने से पहले मैं बीमार पड़ गया और उसे पूरा नहीं कर सका।"

मैं इस इमर्जेंसी के लिए तैयार नहीं थी। ईश्वर जाने, उनका तार कहाँ बीच में हवा में लोप हो गया था। तभी एक विचार मुझे सूझा, "देखिए, अगर आप कल सुबह तक अपना पेपर दे दें, तो हम दुपहर तक उसे साइक्लोस्टाइल करवा लेंगे... क्या यह सम्भव होगा?"

"मैं कोशिश करूँगा... मैं अपना टाइपराइटर भी नहीं लाया। और, मेरी लिखाई कुछ ऐसी है, जो आसानी से समझ में नहीं आती।"

"अगर ज़्यादा नहीं है, तो आप डिक्टेट करवा दीजिए, मैं लिख लूँगी।"

"आप?" उन्होंने कुछ ध्यान से मेरी ओर देखा, जैसे पहली बार वह मेरी उपस्थिति को अपनी स्मृति में नोट कर रहे हों। "आपको कोई और काम नहीं है?"

मैं हँसने लगी। "मुझे यही काम सौंपा गया है," मैंने कहा।

वह मेरी ओर देखते रहे। जब कोई देखता है, तो उसकी आँखों में हमें अपनी शक्ल दिखाई देती है—जैसे हम कहीं उसके भीतर हैं—और तब उस क्षण मुझे अचानक याद आया, वह मुझे किसकी याद दिलाते थे। बचपन में एक मुस्लिम फ़क़ीर हमारे बाबा के घर आते थे, वह हमेशा जाड़ों में आते थे, एक लम्बा ऊनी लबादा ओढ़े, जिसमें हम भाई-बहिन चिड़ियों के बच्चों-से बैठ जाते थे... और उनकी दाढ़ी से खेलते थे। मुझे एक शॉक-सा लगा, कि जिस आदमी को मैं बरसों पहले भुला चुकी थी, उसकी मरी हुई तस्वीर बिल्कुल एक जीवित आदमी को देखकर याद आएगी, और वह भी होटल के एक अजनबी कमरे में ...हालाँकि ऊपर से देखने में दोनों में कुछ भी समान नहीं दिखाई देता था ...

"अगर ज़रूरत पड़ी तो..." वह थोड़ा-सा हिचकिचाए। "आपसे कैसे सम्पर्क किया जाए?"

"मैं नीचे बेसमेण्ट में ही रहती हूँ। आप जब चाहें, तो रिसेप्शन में फ़ोन कर दें, वे मुझे बुलवा देंगे।"

"आप घर नहीं रहतीं?" उन्होंने कुछ आश्चर्य से मुझे देखा।

"रहती हूँ..." मैंने कहा। "लेकिन सेमीनार के दिनों में आप लोगों के साथ रहूँगी... अगर आपको आपत्ति न हो तो।"

वह मेरी बात को हँसी में लेने के बजाय कुछ परेशान-से हो आये।

"और आपके माता-पिता... वे कुछ नहीं कहेंगे?"

"मेरी सिर्फ़ माँ है... लेकिन अब मैं चलती हूँ... आपने अभी तक अपनी कॉफ़ी नहीं पी।"

मैं गलियारे से सीढ़ियाँ उतरकर नीचे पहुँची, रिसेप्शन काउण्टर के फ़ोन से किचन को सूचना दी कि एक कॉफ़ी सत्ताईस नम्बर में भिजवा दें, फिर मोटे, गुदगुदे कालीनों पर लगभग उड़ते हुए अपने कमरे में पहुँची, बाथरूम के टब का नल खोला, बालों का जूड़ा खोला, कपड़े उतारे और गर्म पानी की धार के नीचे लेट गयी।

यह सुख और सुकून की घड़ी थी। दस बजे तक मुझे कोई तंग करने नहीं आएगा। मैं आराम से नहा सकती थी। घर में मैं बाल्टी से नहाती थी। टब के गर्म पानी में लोटना एक स्वप्न-सा जान पड़ता था। अजीब-सा भ्रम होता, होटल का समय घर के समय से बिलकुल अलग है—एक छोर पर सेमीनार के लोग हैं, काम की भगदड़, छोटी-मोटी परेशानियाँ—दूसरे छोर पर, धर, माँ, उसका कमरा, लेक्चर के नोट्स—मैं जब चाहूँ, अपनी साइकिल से एक छोर से दूसरे छोर पर जा सकती हूँ।

मैंने नल बन्द कर दिया—पानी की बूँदें कानों के बुन्दों पर ढुरक रही थीं, उन्हें उतारकर चौकी पर रख दिया। पिछले साल ये बुन्दे रजत ने दिए थे... जब मेरा एम.ए. का रिज़ल्ट निकला था। वह अख़बार में रिपोर्टर था, इसलिए रिज़ल्ट की ख़बर उसे पहले से ही पता चल गयी थी—और वह मुँह अँधेरे ही मुझे ख़बर सुनाने चला आया था। उस दिन हम दोनों माँ को लेकर रेस्तराँ गये थे और उसने तिब्बती बाज़ार से ये बुन्दे ख़रीदे थे। अगर रजत यहाँ होता, तो वह मेरे साथ बेसमेण्ट में रह सकता था। किसी को पता भी नहीं चलता... और... और? मैंने टब के गुनगुने पानी में आँखें मूँद लीं। बन्द पलकों के बहते अँधेरे में एक अजीब-सी रोशनी ठहर गयी—सेमीनार के ख़त्म होते ही मैं जगतीपुर जाऊँगी ... मैंने सोचा। उसके साथ रहकर ही मैं कोई निर्णय ले सकूँगी।

मैं एक छलाँग में उठ खड़ी हुई, पानी को परे धकेला और टब के ऊपर खूँटी पर लटकते तौलिए को नीचे खींचकर ज़ोर-ज़ोर से अपनी देह से रगड़ने लगी... कोई चीज़ मुझे परेशान कर रही थी, कौन-सी चीज़? टब का पानी सूँ-सूँ करता, सीटी बजाता हुआ बह रहा था... अचानक मुझे याद आया, टाइपराइटर! मुझे अपने घर से अपना छोटा, पोर्टेबल टाइपराइटर मँगवाना होगा।

मैं टब से बाहर निकल आयी। कोई देर से दरवाज़ा खटखटा रहा था।

बाहर स्टाफ़ के सेक्रेटरी चक्रवर्ती खड़े थे।

"मैं गाड़ी ले आया हूँ—आप लोग तैयार हैं?"

"तुम जाकर बैठो... मैं अभी बुलाती हूँ।"

मैं बाहर आयी, तो धूप निखर आयी थी, होटल का रिसेप्शन हाल सफ़ेद धुली हुई रोशनी में चमचमा रहा था। कोने की मेज़ पर मिसेज़ सेन और एक दुबले-पतले सज्जन बैठे थे... मुझे देखते ही दोनों उठ खड़े हुए।

"यह डॉ. दामले हैं... पूना से आये हैं।" मिसेज़ सेन ने कहा।

मैंने उन्हें नमस्कार किया। "आपको कोई तकलीफ़ तो नहीं हुई?" मैंने पूछा।

"मैं तो बहुत आराम से सोया... आपके शहर की सैर भी कर आया।" वह मुस्करा रहे थे। "सुना, आप मेरा सब्जेक्ट ही पढ़ाती हैं... सोश्योलॉजी।"

"जी... अभी शुरू किया है..." मैं अपनी बात कहते हुए हमेशा सकुचाती थी... वैसे भी सेमीनार के दौरान मैं अपने को अदृश्य रखना चाहती थी—जहाँ तक सम्भव हो... "आपको सेमीनार के पेपर मिल गये थे?" मैंने जल्दी से पूछा।

डॉ. दामले कुछ हप्रतिभ हो आये।

"हाँ, अभी मिसेज़ सेन ने दिए हैं... क्या जाने से पहले एक-एक कप चाय मिल सकती है?"

मेरी आँखें कुछ खोज रही थीं। मैं डायनिंग हाल गयी, वहाँ बहुत-से लोग नाश्ता कर रहे थे, वे शायद सुबह की ट्रेन या फ़्लाइट से अभी कुछ देर पहले आये थे। कई लोगों के सूटकेस और बैग ख़ाली कुर्सियों पर पड़े थे। अचानक मुझे किचन मैनेजर दिखाई दिए। मैं उनके पास गयी... "बाहर रिसेप्शन हाल में दो चाय भिजवा दीजिए।"

वह ठिठक गये, "ठीक है—भिजवा देता हूँ...लेकिन वह कॉफ़ी तो वापस आ गयी, जो आपने सत्ताईस नम्बर के लिए मँगवायी थी?"

"क्यों?" मैंने कुछ आश्चर्य में पूछा।

"कमरे में ताला लगा था।"

ताला? वह कहाँ जा सकते थे... मैनेजर साहब जल्दी में थे और मैं उनसे आगे कुछ पूछताछ नहीं कर सकी। ज़ीना चढ़कर मैं ऊपर गयी। वही घुप्प गलियारा और धुँधुआती बत्तियाँ, उनके कमरे में सचमुच ताला लगा था। भागते हुए मैं फिर नीचे आयी... सेमीनार था कि सर्कस? मैं झुँझलाकर पोर्च के बाहर चली आयी, ताकि कुछ देर साफ़, ठण्डी हवा में साँस ले सकूँ—और तभी अचानक डॉ. देव दिखाई दिए। मैं कुछ क़दम आगे बढ़ी—फिर जहाँ थी, वहीं खड़ी रही।

वह सिर मोड़े बाग़ की फेंस पर बैठे थे। वह नीचे देख रहे थे, जहाँ हरे पेड़ों के बीच छतें और छतों के ऊपर उड़ता हुआ धुआँ दिखाई दे रहा था। वह बिल्कुल निश्चल बैठे थे।

एक बार इच्छा हुई, उन्हें बुलाऊँ, लेकिन उनके इर्द-गिर्द एक ऐसा घना सन्नाटा था, कि मैं उसे एकाएक तोड़ना नहीं चाहती थी। किसी व्यक्ति को देखना--जब उसे मालूम न हो, कि वह देखा जा रहा है—एक अजीब अनुभव है। उसकी देह एक गुप्तचर की तरह अपने कोड में विचित्र सन्देशे देने लगती है—अपने अतीत, अपनी उम्र, अपनी यातनाओं के बारे में—इसीलिए हम जल्दी से मुँह मोड़ लेते हैं। हम उसकी गुप्त गवाही का गवाह नहीं होना चाहते।

उसी समय फेंस की झाड़ियों से एक परिन्दा उठा--और अपने पंख फड़फड़ाता हुआ मेरे सिर पर से उड़ गया। उन्होंने चौंककर पीछे देखा, जहाँ मैं खड़ी थी। "आप यहाँ?" उन्होंने कुछ ऐसे कहा, जैसे अबाबील की जगह मुझे देखकर उन्हें हल्की-सी निराशा हुई हो।

"जी, मैं यहाँ भी पहुँच गयी," मैंने मुस्कराते हुए कहा। "चलिए, गाड़ी आ गयी... आपने कॉफ़ी नहीं पी?"

"कमरे में बहुत घुटन थी, इसलिए यहाँ आकर बैठ गया... यहाँ से सारा शहर दिखाई देता है। आप कहाँ रहती हैं?"

"यहाँ से आपको दिखायी नहीं देगा..." मैं उनके पास चली आयी। मैं भी पहली बार अपने शहर को इतनी ऊँचाई से देख रही थी। नवम्बर की धूप में मस्जिदों की मीनारें नीले आकाश में घूम रही थीं। दूर कहीं रेगिस्तान की छाँह थी, जो दिल्ली तक जाती थी... बीच में एक छोटी-सी झील थी, जो शहर के बीचोंबीच किसी जादुई दर्पण-सी चमक रही थी। अचानक मेरी निगाह बिल्कुल पास सफ़ेद जर्जर क़ब्रगाह पर पड़ गयी, जिसकी दीवार के पीछे हमारा घर था, "वह रहा..." मैंने धीरे से उनके कन्धे को छुआ। "हम वहीं रहते हैं।"

पता नहीं, वह मेरे धुँधले इशारे से किस मकान को हमारा घर समझ बैठे—उन्होंने कुछ विस्मय से मेरी ओर देखा, "आप इतनी दूर से यहाँ आती हैं?"

"मैं साइकिल पर आती हूँ। और वह इतना दूर नहीं है, जितना यहाँ से दिखाई देता है।"

वह कुछ देर तक चुपचाप देखते रहे, फिर उनकी निगाह कहीं ऊपर अटक गयी।

"ये कौन-सी पहाड़ियाँ हैं?"

"अरावली की... इसके नीचे ही वह सेंक्चुअरी है, जहाँ आप कल शाम जाएँगे।"

"कल शाम?" उन्होंने मेरी ओर देखा। "मेरा रिज़र्वेशन भी तो कल रात का है?"

"परसों सुबह का..." मैंने कहा, "हमने आपको चिट्ठी में लिख दिया था।"

"ओह!" उन्होंने अपने माथे पर हाथ फेरा। "वह आख़िरी दिनों में आयी होगी... तब मैं आपके पेपर में उलझा था।"

मुझे कुछ याद आया, "सुनिए... मैं आज शाम आपको अपना टाइपराइटर भिजवा दूँगी। फिर आपको मुश्किल नहीं पड़ेगी..."

वह कुछ सिटपिटा-से गये। बिलकुल एक बच्चे-से—जैसे वह मुझे धन्यवाद देना चाह रहे हों, और उसके लिए सही रास्ता नहीं ढूँढ़ पा रहे हों।

"आपको कोई तकलीफ़ तो नहीं होगी?"

"मुझे नहीं... आपको ज़रूर हो सकती है। बहुत पुराना है और बीच-बीच में अटक जाता है।"

वह ऊपर हवा में उड़ती हुई चील को देख रहे थे, "कोई बात नहीं... वह तो बेचारी मशीन है... कुछ लोग तो बरसों अटके रहते हैं।"

उनकी हँसी में कुछ ऐसा था, कि वह मुझे असाधारण-से लगे, जैसे हम अचानक किसी व्यक्ति को उसकी खोयी हुई भंगिमा में पकड़ लेते हैं, जो किसी छोटी-सी बात पर उघड़ आती है।

"आपका घर?" उन्होंने नीचे शहर की छतों को देखते हुए कहा। "क्या आप बचपन से यहीं रहती आयी हैं?"

"इसी घर में नहीं..." मैंने कहा, "लेकिन इस शहर में बहुत बरस गुज़र गये। आप तो यहाँ पहली बार आये हैं?"

"नहीं, एक बार बहुत बरस पहले आया था... लेकिन तब आप बहुत छोटी रही होंगी, मैं सिर्फ़ एक रात यहाँ रेस्टहाउस में ठहरा था..." उनका स्वर बहुत धीमा-सा हो आया, जैसे वह कोई बहुत पुरानी बात याद कर रहे हों।

"किसी काम से आये थे—या वैसे ही सैर के लिए?"

"किसी के लिए नहीं... मेरे सामने उन दिनों कोई उद्देश्य नहीं था... मैं ऐसे ही घर से बाहर निकल जाया करता था।" वह एक क्षण रुके, फिर जैसे अपने से कहा, "मुझे ख़ुशी है कि इस बार मैं यहाँ चला आया..."

"मिसेज़ जैन ने आपको कई बार बुलाया था?"

"हर साल कोई-न-कोई रुकावट आ जाती थी..." उन्होंने कहा। "लेकिन इस बार मैंने सोचा, कि अब नहीं गया—तो फिर कभी नहीं आ सकूँगा।"

वह अचानक रुक गये, मेरी निगाह उन पर पड़ी—एक अजीब निष्क्रिय-सा

भाव उनके चेहरे पर आ जमा था—जैसे हम किसी पुराने दूह पर उड़ती हुई रेत देखते हैं, या शायद यह सिर्फ़ हवा थी, जो शहर के ऊपर साँय-साँय करती हुई बहने लगी थी?

होटल के पोर्च से कार का हॉर्न चीख़ता हुआ सुनाई दिया... मैंने हड़बड़ाकर उनका हाथ पकड़ लिया, "चलिए यह हमारी गाड़ी है।"

सेमीनार शुरू होते ही मैंने तसल्ली की साँस ली। सब डेलीगेट अपनी-अपनी कुर्सियों पर बैठ गये थे। उन्हें वे पेपर बाँट दिये गये थे, जो उस दिन पढ़े जानेवाले थे। भीड़ काफ़ी थी। हमारे शहर के लोकल बुद्धिजीवी, प्रोफ़ेसर, लेखक सब आये थे। जिन पत्रों के सम्पादक नहीं आ सके, उन्होंने अपने रिपोर्टर और संवाददाता भेजे थे। छात्रों का जमघट अलग था। उनके लिए बाहर से आये अतिथि विशेष आकर्षण रखते थे... मुझे कभी-कभी कुछ आश्चर्य-सा होता, जब कोई अपरिचित छात्रा मेरे पास आकर कहती, "मैडम, क्या आप बता सकती हैं, इनमें मि. देव कौन-से हैं..." और मैं भीड़ में उनका चेहरा खोजने लगती, जो अभी कुछ देर पहले तक साथ थे।

वह हाल में आगे की पाँतों में खड़े थे। होटल के कमरे में जिन्हें इतना अकेला और असहाय-सा पाया था, उन्हें अब इतने आदमियों के बीच देखकर कुछ अजीब-सा लगता था। दूर से देखने पर वह काफ़ी युवा-से जान पड़ते थे। काली ट्वीड की जैकेट और ब्राउन रंग की ऊनी टाई, पीछे के बाल कुछ खड़े-से, जैसे सिर के बाक़ी बालों से उनकी कोई दुश्मनी हो—आँखों के नीचे झुर्रियाँ अब उनकी उम्र की गवाह न होकर उनकी हल्की थकान की निशानी जान पड़ती थीं—सिर्फ़ थकान ही ऐसी थी, जो शाश्वत जान पड़ती थी—लोगों के बीच उतनी ही मुकम्मिल—जितनी अकेले कमरे में—जिसे उनकी मुस्कराहट भी नहीं छिपा सकती थी।

मिसेज़ जैन का स्वागत-भाषण शुरू होते ही मैं सबकी आँख बचाकर स्टाफ़-रूम में चली आयी। अब लंचटाइम तक मेरी कोई ज़रूरत नहीं पड़ने वाली थी। इच्छा हुई, साइकिल उठाकर घर चली जाऊँ। लेकिन तभी मुझे स्टाफ़ रूम के डेस्क पर अपनी चिट्ठी दिखाई दी। रजत के अक्षर नीले इनलैण्ड पर चमक रहे थे... वह हमेशा मुझे कॉलेज के पते पर ही पत्र भेजता था और मैं खिड़की के सामने अपने अकेले, प्रिय कोने में बैठकर उन्हें पढ़ती थी...

छोटा-सा पत्र था, हड़बड़ी में लिखा हुआ था। वह भी जगतीपुर से नहीं

था, बल्कि वहाँ से पचास मील दूर किसी क़स्बे से—जहाँ उस साल सूखा पड़ा था। वह अपने पत्र की ओर से वहाँ रिपोर्टिंग के लिए गया था। कुछ दिन वहीं रहेगा और आसपास के गाँवों में घूमेगा। "अगर तुम मेरे साथ होतीं, तो एक-दो दिनों के लिए हम जैसलमेर जा सकते थे, वह यहाँ से दूर नहीं है—लेकिन तुम तो वहाँ सेमीनार में फँसी होंगी।" मेरी आँखें धीरे-धीरे उसके अक्षरों पर फिसलती गयीं और फिर अचानक अन्तिम एक लाइन पर आकर ठिठक गयीं, "सुना है, तुम्हारे सेमीनार में दिल्ली से सुकुमार देव भी आएँगे... क्या तुम उनसे मिली हो? बहुत वर्ष पहले मैंने उनकी कुछ कहानियाँ पढ़ी थीं... मैं उनसे कभी नहीं मिला, लेकिन मेरे मन में एक बात आयी है—अगर वह आये हैं, तो क्या तुम उनसे एक इण्टरव्यू ले सकती हो? हम उसे अपने पत्र के रविवारी रिव्यू में दे सकते हैं... यह एक बहुत बड़ी बात होगी, क्या तुम यह काम कर सकती हो?"

इण्टरव्यू! रजत पागल था। आज तक मैंने किसी से कोई इण्टरव्यू नहीं लिया था—फिर देव साहब से मेरा परिचय कितना था? न मैंने उनकी कोई किताब पढ़ी थी। यह सिर्फ़ संयोग था, कि उनकी देखभाल की ज़िम्मेदारी मुझ पर डाल दी गयी थी—अगर वह किसी दूसरे होटल में ठहरते, तो शायद मैं उन्हें जानती भी नहीं। उनका नाम ज़रूर सुना था, जब कभी-कभी मिसेज़ जैन के घर जाती, तो किताबों की रैक में उनकी पुस्तकों के टाइटल दिखाई दे जाते, लेकिन मैं जिस दुनिया में रहती थी, वहाँ उनका कोई सरोकार नहीं था। वह मुझे थोड़ा-सा विस्मित ज़रूर करते थे—जब पहली बार मैंने उन्हें होटल के कमरे में अकेले बैठे देखा था—या आज सुबह जब वह ख़ाली आँखों से उड़ती हुई अबाबील को देख रहे थे, वह मुझे कुछ सनकी-से दिखाई देते थे और उनके सामने मैं थोड़ा-सा नर्वस महसूस करने लगती थी... लेकिन इससे ज़्यादा कुछ नहीं। अगर मैंने उनकी कोई चीज़ पढ़ी होती, तो शायद मैं अपने को ज़्यादा अच्छी तरह तैयार कर पाती, लेकिन अब उसके लिए समय कहाँ था?

मैंने पर्स से एक इनलैण्ड निकाला, ताकि तुरन्त रजत के पत्र का उत्तर दे सकूँ, लेकिन तभी किसी ने स्टाफ़-रूम का दरवाज़ा खटखटाया। मिसेज़ जैन हड़बड़ाती हुई भीतर आयीं।

"मैं तुम्हें ढूँढ़ रही थी—तुम यहाँ बैठी हो?"

मैं कुछ अपराधी भाव से उन्हें देखने लगी—मैं उनका स्वागत-भाषण छोड़कर स्टाफ़-रूम में बैठी थी। इससे उन्हें शायद कुछ बुरा लगा था।

"कुछ काम है, मेरे लिए?" मैंने पूछा।

उन्होंने तीन सफ़ेद लिफ़ाफ़े मेज़ पर रख दिए। "ये निमन्त्रण-पत्र अपने

होटल के डेलीगेटों को दे देना... आज रात का डिनर सर्किट हाउस में होगा, कलक्टर साहब की तरफ़ से।" वह मुस्कराने लगीं, "देखा, हमारे सेमीनार की शोहरत कहाँ तक पहुँची है... कुछ पीने-पिलाने का इन्तज़ाम भी हुआ है।"

मैं हँसने लगी, "कहीं पिछले साल की तरह न हो... रात के ग्यारह बजे तक खाना चलता रहा था।"

"इसीलिए, इस बार टाइम जल्दी रखा है..." मिसेज़ जैन ने कहा, "सेमीनार के ख़त्म होने के बाद वे एक घण्टे तक कुछ भी करें—साढ़े सात बजे तक उन्हें सर्किट हाउस पहुँच जाना चाहिए और देखो..." उन्हें जैसे कुछ अचानक याद आया, "मैं शाम को देव साहब के लिए कुछ किताबें छोड़ जाऊँगी... तुम उन पर उनके हस्ताक्षर करवा लेना, कुछ लिख सकें तो और भी अच्छा रहेगा।"

मैं संकोच में पड़ गयी, "मिसेज़ जैन, आप खुद उनसे क्यों नहीं मिल लेतीं ... वह बहुत खुश होंगे..."

"नहीं, नहीं, मैं नहीं..." वह एकदम व्यस्त-सी हो गयीं। "उनके जाने से पहले मैं मिल लूँगी... अभी तो मेरे पास दम मारने को फ़ुरसत नहीं है... तुम सौभाग्यवान हो, जो उनके साथ एक ही होटल में रहती हो।"

इससे पहले मैं उनके मज़ाक़ पर कुछ कहती, वह स्टाफ़-रूम से भाग चुकी थीं।

सौभाग्यवान! उनके जाने के बाद भी यह शब्द मुझे अपने सूनेपन में पकड़े रहा। बाहर निस्पन्द-सी धूप फैली थी। नवम्बर की रोशनी में एक नीली-सी धुन्ध झील पर घिर आयी थी। कहीं बहुत दूर रेगिस्तान था, जहाँ रजत धूल-धूसरित गाँवों में घूमता होगा... एक रुआँसी आकांक्षा उठी, वह यहाँ होता, मेरे पास, हम किसी ढाबे में बैठकर चाय पीते होते, वह मुझे, एक दिलासा-सी देता था, हालाँकि मैंने अभी तक विवाह करने का कोई निर्णय नहीं लिया था। लेकिन उस क्षण मैं तंग आ चुकी थी, सेमीनार से, अपने से, उनकी अज्ञात पुस्तकों से... जो पता नहीं, किन लोगों के बारे में थीं, अपने सौभाग्य से, जो उनकी ख्याति के कारण अचानक जाग उठा था—और मैं थी—कि मैं न उनके बारे में कुछ जानती थी, न उनकी पुस्तकों के... अगर मैं सचमुच इण्टरव्यू लूँ, तो कहाँ से शुरू करूँगी? कौन थे वह?

अचानक एक ख़याल आया। सेमीनार की फ़ाइल खोलकर मैंने आमन्त्रित डेलीगेटों की सूची बाहर निकाली ... उसमें हर डेलीगेट का संक्षिप्त जीवन-चरित दिया था। मेरी टटोलती आँखें देव साहब के नाम पर ठिठक गयीं सुकुमार देव, जन्म लाहौर में हुआ था, अनेक वर्ष बर्कले विश्वविद्यालय में मध्यकालीन इतिहास

के प्राध्यापक रहे थे; भारत लौटकर कुछ वर्ष विश्व भारती में अध्यापन किया—वहीं रहकर उन्होंने उपन्यास, कहानियाँ लिखनी शुरू कीं, जो यूरोप की अनेक भाषाओं में अनूदित हो चुकी थीं। पिछले कुछ वर्षों से देहरादून में रिटायर्ड जीवन व्यतीत करते हैं... अन्त में उनकी पुस्तकों के शीर्षक और उनकी प्रकाशन तिथियाँ दी गयी थीं... मुझे यह देखकर कुछ आश्चर्य हुआ कि अन्तिम पुस्तक का प्रकाशन कोई दस वर्ष पूर्व हुआ था... क्या उसके बाद उन्होंने कुछ नहीं लिखा, या प्रकाशित करना बन्द कर दिया? मुझे वह विचित्र लगा कि कुछ प्रख्यात पुस्तकों को लिखने के बाद कोई व्यक्ति एक छोटे-से शहर में अज्ञात ज़िन्दगी बिता सकता है और एक दिन हमें अचानक पता चलता है कि वह अब इस दुनिया में नहीं रहा।

जैसे आज, अख़बार में उनका फ़ोटो देखकर मुझे लगा था। वही चेहरा कुछ आगे की ओर झुका हुआ... उत्सुक, चिन्ताग्रस्त, एकाग्र—जैसे मैंने उस शाम को देखा था, जब मैं अचानक उनके होटल में चली आयी थी...

मेरी माँ मुझे देखकर कुछ आश्चर्य में पड़ गयी थीं। मैं पिछले दो दिनों से होटल में रह रही थी, उन्हें मालूम था, कि सेमीनार के दौरान मैं घर नहीं आ सकूँगी ... इसीलिए उस दोपहर लंच के बाद मैं घर आयी, तो वह अपनी ख़ुशी नहीं दबा सकीं।

"क्या आज रात यहीं रहोगी?"

"नहीं, मुझे जाना होगा... बीच में कुछ ख़ाली समय था, इसलिए तुम्हें देखने चली आयी... मेरे बिना डर तो नहीं लगता है..."

"डर कैसा? मैं दरवाज़े बन्द करके सोती हूँ... तुम काफ़ी दुबली हो, वहाँ तुम्हें खाना मिलता है?"

"खाना मिलता है, लेकिन नींद नहीं। मैं यहाँ कुछ देर सोने आयी हूँ।"

मैं उन्हें खींचकर अपने पलँग पर ले आयी। कुछ वर्ष पहले तक मैं चौड़े पलँग पर उनके साथ सोती थी। वह मेरे साथ जागती थीं। जब परीक्षाओं के दिनों में मुझे रात-रात जागना पड़ता था। आसपड़ोस में जब कोई ऊँची आवाज़ में रेडियो बजाता था, तो उनके पास जाकर मिन्नत करती थीं, भैया, रेडियो बन्द कर दो, आपकी बिटिया का इम्तिहान है। और लोग सचमुच उनकी बात मान लेते थे। उन्हें काफ़ी निराशा हुई थी, जब मैंने कॉलेज में अध्यापन शुरू किया था। वह सोचती थीं, मैंने जल्दबाज़ी में यह निर्णय लिया है... "क्या तुम आगे

नहीं पढ़ना चाहोगी?" वह मुझसे पूछती थीं। जब मैंने उनसे कहा, कि एम.ए. के आगे सिर्फ़ रिसर्च है, जिसके लिए मुझे दिल्ली जाना पड़ेगा, तो वह एकदम सहमत हो गयी थीं, "मेरी फ़िक्र मत करो, मैं यहाँ अकेली रह सकती हूँ।"

मैं जानती थी, वह मेरे लिए सब कुछ कर सकती हैं—लेकिन मैं कहीं नहीं गयी। रिसर्च का मेरे लिए कोई मतलब नहीं था। मैं अपनी सहेलियों को जानती थी, जो पी-एच.डी. कर रही थीं... उन्हें देखकर ही मुझे हताशा होती थी। मैं अपनी माँ को देखती थी, जिन्होंने दूसरी क्लास से आगे कुछ भी नहीं पढ़ा था—और उनके पास कुछ ऐसा था, जिसके सामने मैं अपने को बिलकुल वंचित पाती थी। कहीं कुछ ग़लत था, लेकिन मुझे पता नहीं चलता था, वह क्या है? जब कभी मैं रजत से इस बारे में चर्चा करती थी, तो वह काफ़ी विचलित-सा हो जाता था। वह कहता था, कि मुझे कुछ करना चाहिए, जो मुझे झूठी समस्याओं से अलग रख सके। लेकिन जब मैं उससे पूछती थी, वे कौन-सी समस्याएँ हैं, जो सच्ची हैं, तो वह हर बार उसका अलग उत्तर देता था, और मैं उसकी बातें सुनना बन्द कर देती थी और उसे सिर्फ़ बोलता हुआ देखती रहती थी।

माँ को रजत अच्छा लगता था... वह अकसर हमारे घर आता था। लेकिन वह उससे हमेशा थोड़ा खिंची-खिंची रहती थीं। मैं कभी इसका कारण ठीक-ठीक नहीं समझ पायी... एक बार उन्होंने मुझसे एक अजीब प्रश्न पूछा, "रजत जो अपने अख़बार के लिए रिपोर्ट लिखता है, उसका क्या फ़ायदा है? हम लोगों के बारे में कुछ जान पाएँ इसका कोई फ़ायदा नहीं?" मैंने कुछ झल्लाकर उनसे कहा, "वही तो मैं पूछ रही हूँ, इससे इन्हें क्या फ़ायदा है, जिनके बारे में वह लिखता है?" "जब तक हम दूसरों की, उनकी तकलीफ़ों के बारे में जानें नहीं तब तक उन्हें दूर कैसे किया जा सकता है?" मैंने कहा, "क्या वे उसे अपनी तकलीफ़ें बताते हैं—या वह सिर्फ़ उन्हें देखकर लिखता है?" मैंने थोड़ा हैरत में उन्हें देखा, "माँ, अगर कोई अपने मुँह से अपनी तकलीफ़ न भी बता सके, तो भी क्या हम उसके बारे में अनुमान से भी तो लिख सकते हैं। अगर ऐसा न होता, तो इन किताबों का क्या मतलब है?" मैंने अपनी लाइब्रेरी की ओर इशारा किया, जो मेरी पुस्तकों से ठसाठस भरी थी।

वह कुछ देर चुप रहीं, फिर कुछ अनिश्चित स्वर में कहा, "मुझे नहीं मालूम ... इसीलिए मैं चाहती थी, कि तुम अपनी पढ़ाई जारी रखो... शायद तुम कुछ पता चला सकती थीं।"

मेरी आगे की पढ़ाई—यह नाज़ुक विषय था, इसलिए इसके आगे सारी

बहस ख़त्म हो जाती थी। लेकिन मेरा आगे का जीवन—इसका खटका उन्हें हमेशा रहता था। उन्हें हमेशा डर लगा रहता था, कि जिस तरह जल्दबाज़ी में मैंने रिसर्च छोड़कर नौकरी कर ली थी, उसी तरह कहीं हड़बड़ी में विवाह करने का निर्णय न ले बैठूँ... इस लिहाज़ से वह और हिन्दुस्तानी माँओं से बिलकुल अलग थीं, जो जल्दी-से-जल्दी अपनी बेटियों को घर से विदा करवाना चाहती हैं। वह नहीं चाहती थीं, कि मैं अपने को किसी दूसरे आदमी के साथ बाँधकर रखूँ... वह चाहती थीं, मुझे अभी कुछ और वर्ष अपनी दुनिया देखनी चाहिए...

इसलिए जब कुछ दिन पहले मैंने उन्हें सेमीनार के बारे में बताया था, तो वह एकाएक बहुत उल्लसित हो उठी थीं। यह मेरी दुनिया थी। मैं बहुत-से ऐसे लोगों से मिलूँगी, जिन्होंने अपने-अपने क्षेत्र में बहुमूल्य सत्य खोजे थे—मैं उस शहर और कॉलेज की सरहदों के बाहर कुछ ऐसे अनुभव पा सकूँगी, जो सिर्फ़ 'दुर्लभ साधना' (यह उनके शब्द थे) से ही मिल पाते हैं। उन्हें यह जानकर अपनी बिटिया पर बहुत गर्व हुआ था कि उसके हिस्से तीन डेलीगेट आये हैं... वह उनके बारे में सबकुछ जानना चाहती थीं, लेकिन जब मैं पलँग पर निढाल-सी होकर पड़ गयी—तो उन्होंने कुछ नहीं पूछा। वह चुपचाप मेरा माथा सहलाने लगीं, "क्या बहुत थक गयी हो?"

मैंने सिर हिलाया।

"चाय बना लाऊँ...?" कुछ देर बाद उन्होंने पूछा।

"नहीं, मुझे अभी जाना है।"

"अभी?" वह कुछ बेचैन-सी हो उठीं, "अभी तो तुम आयी हो।"

"क्या कुछ देर तुम मेरे पास लेट सकती हो?"

उन्होंने एक लम्बी साँस ली और तकिया खिसकाकर मेरे पास लेट गयीं। वह नवम्बर की ऐसी दुपहर थी, जब कभी-कभी दिन में भी धुँधलका घिर आता है... और शहर चुप हो जाता है। कुछ भी हिलता नहीं मालूम होता—सिवा दिल के—जो कहीं देह के बाहर अकेला धड़कता जान पड़ता है।

"क्या तुम सो रही हो?" मैंने पूछा।

"नहीं, मैं सोच रही थी, तुम सो रही हो... शकुन?"

"क्या माँ?"

"कुछ बात हुई है। तुम परेशान-सी दिखाई देती हो?"

"नहीं, कुछ भी नहीं। मन करता है, यहीं लेटी रहूँ।"

"क्या बहुत जल्दी है... शाम को चली जाना?"

"शाम तो माँ शुरू हो चली है... और मुझे अपने साथ अपना टाइपराइटर ले ज़ाना है।"

"टाइपराइटर?" वह इस बार बैठ गयीं, "क्यों?"

"हमारे एक डेलीगेट हैं... काफ़ी अजीब-से हैं। यहाँ आने से पहले बीमार पड़ गये—और पेपर पूरा नहीं लिख सके। उन्हें एक शाम के लिए चाहिए..."

"अजीब-से कैसे?" माँ सिर मोड़कर मेरी ओर देख रही थीं...

"मुझे नहीं मालूम... लेकिन," मैंने कमरे की मलिन रोशनी में कोई साफ़-सी बात कहनी चाही, उसकी बजाय, जो बात मेरे मुँह से निकली, वह कुछ मेरे लिए अप्रत्याशित थी, "उन्हें देखकर कुछ डर-सा लगता है?"

"डर... उनसे?"

"नहीं, उनसे नहीं... उनके लिए।"

कमरे में कुछ देर सन्नाटा रहा। फिर माँ की आवाज़ सुनाई दी। "कौन है वह?"

"कोई रिटायर्ड लेखक हैं... माँ..." मेरे मन में एक अद्भुत विचार कौंध गया, "क्या तुम उनसे मिलना चाहोगी?"

"अगर वह यहाँ आ सकें..."

"मैं उनसे पूछूँगी..."

कुछ देर बाद जब मैं साड़ी बदलकर अपना पोर्टेबल टाइपराइटर लिये बाहर आयी, तो माँ पहले से ही दरवाज़े पर खड़ी थीं। मैंने उन्हें प्यार किया—और वह कुछ देर तक मुझे कन्धे से सटाये खड़ी रहीं। जब से बाबू का देहान्त हुआ था, हम दोनों एक-दूसरे के डरों को इसी तरह ढाँपे रहा करती थीं।

जब मैं सेमीनार-हाल में पहुँची तो सौभाग्य से सब डेलीगेट चाय के लिए बाहर बरामदे में जमा हो गये थे। किसी को पता नहीं चला कि मैं इस बीच घर होकर लौट आयी हूँ... मिसेज़ सेन ने मुझे देखा, तो लपकते हुए पास आयीं, मेरा हाथ अपने हाथ में ले लिया, "सुनिए, क्या आज सेमीनार के बाद हम शहर घूमने जा सकते हैं?"

"हाँ, लेकिन आठ बजे आपका डिनर है... उससे पहले लौट आइएगा।"

"आप फ़िक्र मत कीजिए... मैं और प्रोफ़ेसर दामले साथ जाएँगे। वह भी घर के लिए कुछ ख़रीद करना चाहते हैं। डिनर के लिए कहाँ जाना होगा?"

"सॉकेट हाउस... देखिए, यहाँ सब कुछ लिखा है।" मैंने जल्दी से दो निमन्त्रण-पत्र निकालकर उन्हें दे दिए। "दूसरा दामले साहब के लिए है... आप साढ़े सात बजे तक होटल आ जाइएगा। आपने सेन साहब को तो नहीं देखा है?"

"वह अभी तो मेरे साथ थे... देखिए, वहाँ तो नहीं खड़े?"

वहीं थे। वह चाय की क्यू में खड़े थे और कुछ लोगों से बातचीत कर रहे थे। कभी-कभी टोहती आँखों से चारों तरफ़ देख लेते थे। मानो किसी को ढूँढ़ रहे हों। एक बार उनकी आँखें भूले से मुझ पर टिक गयीं। टिकी रहीं—जैसे उन्हें कुछ याद आया हो, और तब मैं जल्दी से उनके पास गयी... "मैं टाइपराइटर ले आयी हूँ। चपरासी के हाथ उसे आपके होटल पहुँचवा दिया है।"

"आपको याद रहा?" एक हल्की-सी कृतज्ञता की मुस्कराहट उनके चेहरे पर झलक आयी।

"यह आपके डिनर का कार्ड है... मैं आपको आठ बजे लेने आ जाऊँगी। तब तक आप पेपर ख़त्म कर चुके होंगे..."

वह कुछ देर अनिश्चित भाव से कार्ड को उलटते-पलटते रहे।

"और अगर न कर पाया तो...?" उन्होंने मेरी ओर देखा।

"फिर आपको खाना नहीं मिलेगा।"

इससे पहले वह कुछ विरोध करें, क्यू का हल्के से धक्का लगा। वह आगे की तरफ़ सरक गये और मैं सीढ़ियाँ चढ़कर स्टाफ़-रूम में चली आयी।

वहाँ स्टाफ़-सेक्रेटरी मि. चक्रवर्ती मेरी प्रतीक्षा में बैठे थे। वह उन पेपरों को साथ ले आये थे, जो कल पढ़े जानेवाले थे... "आप इन्हें रेस्ट हाउस ले जाइए। बाक़ी पेपर मैं होटल के डेलीगेटों के लिए रख लूँगी।" मैंने कहा।

"लेकिन, देखिए, इसमें देव साहब का पेपर नहीं है?" मि. चक्रवर्ती ने कुछ विस्मित होकर मेरी ओर देखा। वह कॉलेज के पुराने अधिकारी थे—और बात-बात पर चिन्तित हो जाते थे।

"उन्होंने अभी पूरा नहीं किया... वह कल सुबह देंगे।"

"लेकिन उसे साइक्लोस्टाइल्ड भी तो करवाना है...?"

"उन्हें दुपहर को पढ़ना है... क्या लंच-टाइम तक नहीं हो सकता है?"

"देखिए, कोशिश करेंगे।"

"नहीं, चक्रवर्ती साहब।" मैंने हँसकर कहा। "अगर हमें अपनी नौकरी बचाकर रखनी है, तो उसे तैयार करना ही होगा..."

"अगर सुबह नौ बजे तक मिल जाए, तो हो सकता है।"

"यह मुझ पर छोड़िए।" मैंने कह तो दिया, लेकिन भीतर एक धुकधुकी-सी मची रही। एक यही ज़िम्मेवारी मिसेज़ जैन ने मुझ पर सौंपी थी, सेमीनार के बाक़ी काम स्टाफ़ के दूसरे सदस्य कर रहे थे। अगर समय पर डेलीगेटों को सेमीनार पेपर भी न मिले, तो "इससे बड़ी शर्म की बात हमारे लिए कोई नहीं

हो सकती"—मिसेज़ जैन के ये शब्द सोते-जागते मेरे कानों में गूँजते रहते थे। यह मेरी पहली नौकरी थी—पर—मैं उसे इतनी जल्दी नहीं खोना चाहती थी। नौकरी के रहते ही मैं विवाह के निर्णय को स्थगित कर सकती थी, माँ के साथ रह सकती थी, प्रतीक्षा कर सकती थी। किस चीज़ की प्रतीक्षा? कभी-कभी रजत हैरान होकर मुझसे पूछता था और मैं हर बार उत्तर देने के बजाय उसकी बात को हँसकर टाल देती थी।

शाम हो चली थी। मैंने पेपरों का गट्ठर साइकिल के कैरियर पर बाँध लिया—और जल्दी-जल्दी पैडल चलाते हुए होटल की तरफ़ साइकिल चलाने लगी। हमारे शहर में दिन की रोशनी ख़त्म नहीं होती थी, कि आकाश में तारे झिलमिलाने लगते थे। दूर की पहाड़ियों पर अब भी धूप रेंग रही थी, लेकिन नीचे का शहर, झील और बस्तियाँ एक अजीब चमकीले धुँधलके में लिपटे जान पड़ते थे। होटल के निकट पहुँचते ही मुझे गाड़ी में से प्रो. दामले और मिसेज़ सेन बाहर निकलते हुए दिखाई पड़े... उन्होंने मुझे देखकर हाथ हिलाया। उनके साथ सेमीनार के कुछ और डेलीगेट भी थे, जो शायद शहर का बाज़ार देखने के लिए उनके साथ हो लिए थे।

मैं चाहती थी, कुछ देर बेसमेण्ट में आराम करके ऊपर जाऊँ—लेकिन पेपर मेज़ पर पटकते ही मेरा मन चिन्तित हो उठा... मैं अपने कमरे से बाहर निकलकर रिसेप्शन हाल में आयी, ज़ीना चढ़कर सीधे ऊपर गयी, गलियारे को पार किया, और धुँधुआती बत्ती के नीचे खड़ी हो गयी, जो उनके कमरे के आगे जल रही थी। मैं कुछ देर उनके दरवाज़े के आगे खड़ी रही... भीतर कोई आवाज़ नहीं थी। मैं तो सिर्फ़ यह देखने आयी थी कि उनके हाथों मेरा टाइपराइटर कैसा चल रहा है—और यहाँ बिलकुल सन्नाटा था। क्या वह कहीं बाहर गये हैं?

मैंने बहुत झिझकते हुए दरवाज़ा खटखटाया।

"कौन है?"

भीतर से आवाज़ आयी। फिर दरवाज़ा खुला और वह दिखाई दिए। वह मुझे देखकर कुछ विस्मित-से हो गये थे। "आइए।"

"मैं सिर्फ़ पूछने आयी थी, टाइपराइटर ठीक चल रहा है?"

"मुझे नहीं मालूम... मैंने उसे खोला भी नहीं।"

मैं सुन्न-सी उन्हें देखती रही... "आपका पेपर?"

"आप भीतर तो आइए... " वह दरवाज़े से हटकर खड़े हो गये। मैं भीतर चली आयी। टेबल-लैम्प के नीचे उनके काग़ज़ बिखरे थे और फाउण्टेनपेन खुला था। खिड़की भी खुली थी, जिसके पीछे शहर की रोशनियाँ दिखाई दे रही थीं।

"मुझे सिर्फ़ आधा पेज लिखना था..." उन्होंने कहा। "वह मैंने हाथ से लिख दिया है... आशा है, आप उसे पढ़ लेंगी।"

मैंने धीरज की साँस ली। पढ़ने में ज़्यादा मुश्किल नहीं पड़ेगी... और यदि कोई शब्द समझ में नहीं आया, तो मैं उनसे पूछ सकती थी।

"आप बहुत जल्दी घबरा जाती हैं।" वह अपनी कुर्सी पर बैठकर मुझे शान्ति से देख रहे थे। उनके स्वर में कोई उपहास नहीं था, इसलिए मैं हँसने लगी। "यह मेरा पहला सेमीनार है... अभी आदत नहीं पड़ी। कमरे में इतना सन्नाटा था कि मैंने सोचा, आप कहीं बाहर चले गये।"

"मैं अभी बाहर से ही लौटा हूँ।" उन्होंने कहा। "आख़ीर में एक कोटेशन देना चाहता था, जो मुझे ठीक से याद नहीं आ रहा था... मैंने सोचा, बाहर जाकर थोड़ा टहल आऊँ... मुझे नहीं मालूम था, झील इतनी पास है... क्या यह नेचुरल लेक है?"

"नहीं, राजा साहब ने इसे खुदवाया था... पहली लड़ाई के बाद। क्या आपको मिल गया?"

"क्या मिल गया?"

"कोटेशन..."

"मैं भूल गया, कि मैं उसे याद करने बाहर निकला था।" वह हँसने लगे। "जब मैं वापस लौटा, तो मैंने देखा, वह मेरी नोटबुक में लिखा है। मैंने सोचा था कि मैं उसे घर में छोड़ आया हूँ।"

"किस बारे में था?"

वह उठे और मेज़ पर बिखरे काग़ज़ों में कुछ टटोलने लगे। टेबल-लैम्प पर उनका सिर झुका हुआ था और दीवार पर उसकी छाया एक काली ड्राइंग-सी खिंच आयी। उनके हल्के सफ़ेद होते हुए बाल रोशनी में कुछ ज़्यादा ही उजले दिखाई देते थे... मैंने देखा, वह ढूँढ़ने के बजाय कुछ सोचने लगे थे, और उनके हाथ मेज़ पर एकदम स्थिर हो गये थे। "वह एक चीनी भिक्षुक के बारे में था," उनका स्वर बहुत धीमा-सा हो आया। "एक बूढ़ी औरत सैकड़ों मील की यात्रा करने के बाद उनके झोंपड़े में आयी और उनसे पूछा, 'आप बताइए, कौन-सा रास्ता है, सत्य पाने का?' भिक्षुक ने आँखें खोलीं और बोला, 'वही रास्ता है, जहाँ से तुम आयी हो।' मैं अकसर सोचता हूँ। उनका क्या मतलब था?" वह अचानक मेरी ओर मुड़े और सीधी आँखों से मुझे देखा, "आप समझती हैं?"

"शायद यह कि वह वहाँ पहुँच गयी हैं, जहाँ उन्हें आना था?"

"या यह," उन्होंने सिर हिलाया, "कि उन्हें वहीं लौटना चाहिए, जहाँ से

वह आयी थीं।" वह खिड़की के बाहर देखने लगे, कुछ देर तक कमरे में सन्नाटा रहा—फिर वह मुड़े और मेरी ओर देखा, "आप कितने वर्षों से पढ़ा रही हैं?"

मैं हँसने लगी, "अभी तो पहला साल है—क्या मैं इतनी बुज़ुर्ग दिखाई देती हूँ।"

"नहीं, बुज़ुर्ग नहीं," वह खिड़की से लौट आये लेकिन बैठे नहीं। "आपको देखकर उम्र का एहसास नहीं होता।"

पहली बार शायद किसी ने मेरी उम्र की चर्चा की थी, बहती हुई ज़िन्दगी के ऊपर लगा एक पुल। कोई उस पर खड़े होकर नीचे झाँककर देखेगा, यह एक अनोखा अनुभव था... मानो उन्होंने सहसा मुझे अपनी जगह से किसी दूसरी जगह सरका दिया, जो बिलकुल नयी जगह थी, जहाँ से मैं अपने को देख सकती थी...

"क्या आप हमेशा के लिए टीचिंग करना पसन्द करेंगी?"

"हाँ... लेकिन इस शहर में नहीं।"

"क्यों, इस शहर में क्या है?"

मैं चुप बैठी रही, मैं उस व्यक्ति को क्या बताती, जो सारी दुनिया का भ्रमण कर चुका था और इस शहर में सिर्फ़ दो दिन के लिए एक पेपर पढ़ने आया था—लेकिन कहीं मुझे यह लगा, वह शहरों की बात नहीं कर रहे, उस जगह की बात कर रहे हैं, जिसे मुझे चुनना है।

"मैं कहीं बाहर जाना चाहती हूँ।" मैंने कुछ उद्धत भाव से उन्हें देखा।

"बाहर?" उनके चेहरे पर एक गहरी, उत्तप्त-सी जिज्ञासा झलक आयी, "बाहर कहाँ?"

मैं मुस्कराने लगी, घड़ी देखी। "इस समय सिर्फ़ सर्किट हाउस...वे हमारी प्रतीक्षा में बैठे होंगे।" मैंने जान-बूझकर अपने स्वर को हल्का बनाते हुए कहा...

"सर्किट हाउस?" उन्होंने अबूझी आँखों से मुझे देखा। "वह किसलिए? मैं इस समय कहीं नहीं जाऊँगा।"

"मैंने आपसे कहा था, आप सबका डिनर आज वहीं है।"

"ठीक है... लेकिन मैं यहीं रहूँगा।"

"आप कैसी बात कर रहे हैं? वहाँ सब आपकी प्रतीक्षा कर रहे होंगे..."

"नहीं... यह ग़लत है।" उनका स्वर एकदम कठोर-सा हो आया। "मेरी कोई प्रतीक्षा नहीं कर रहा। यह मैं आपसे बेहतर जानता हूँ। मेहरबानी करके आप उनसे कह दीजिएगा, कि मेरी तबीयत ठीक नहीं है।"

"क्या, आपकी तबीयत ठीक नहीं है?"

"अगर मैं कहूँ कि ठीक नहीं है—तो आप यहाँ रुक जाएँगी?"

अनायास मेरी आँखें उन पर उठ आयीं। वह मेरी तरफ़ देख रहे थे।

"आपने पेपर पूरा कर लिया—क्या आप उसे सेलीब्रेट नहीं करना चाहेंगे?"

वह कुछ नहीं बोले—सिर्फ़ उठकर दूसरे कमरे में चले गये। मैं सोचने लगी, क्या उन्हें इस तरह ज़बरदस्ती घसीटकर ले जाना ठीक होगा? मुझे कुछ आश्चर्य भी था, कि वह जो कुछ देर पहले इतना सहज ढंग से मुझसे बातचीत कर रहे थे, बाहर जाने के ख़याल से इतना निष्प्रभ और हताश क्यों हो गये थे? क्या सचमुच उनकी तबीयत ठीक नहीं है? मुझे पहली बार हल्की-सी शंका हुई कि कहीं कुछ ग़लत है, कुछ ऐसा, जिसे वह अपने साथ लाये हैं, किन्तु जो मुझसे छिपा है।

कुछ देर बाद जब वह कमरे में लौटे, तो उनका चेहरा कुछ हल्का-सा दीख रहा था। उन्होंने अपने बाल बुहार लिए थे। पैण्ट वही थी, लेकिन अब उन्होंने पीली कार्डरॉय की जैकेट पहन ली थी और हल्के पीले रंग की ऊनी टाई, जो शायद वह कहीं विदेश से लाये थे, क्योंकि यहाँ मैंने कभी किसी को इस तरह की टाई पहने नहीं देखा था।

वह मुझे अपनी ओर देखते हुए कुछ सजग-से हो गये, "मेरे पास यही है ... मुझे नहीं मालूम था, यहाँ मुझे किसी डिनर पार्टी में जाना होगा।"

"यह बिलकुल ठीक है..." मैंने हँसते हुए कहा। "हमारे कलक्टर साहब सबको बुलाते हैं, जो बाहर से आते हैं... यह कोई आफ़िशियल पार्टी नहीं है ... चलिए।"

वह ठिठके रहे, मेज़ के पीछे, कुछ अनिश्चित-से। मुझे डर लगा, कहीं वह कोई और अड़चन तो खड़ी नहीं करेंगे?

और तब अचानक मैंने देखा, वह हाथ में कुछ लिये हैं, काग़ज़ में कुछ लिपटा हुआ...

"ये आपके लिए हैं।" उन्होंने काग़ज़ का सुन्दर रैपर मेरी ओर बढ़ा दिया। "जब मैं शाम को सैर करने निकला तो अचानक ये दिखाई दिए..."

"क्या है यह?" काग़ज़ की पतली सरसराती तहों के बीच तीन गुलाब के फूल बाहर झाँक रहे थे, उतने ही हिचकिचाते-से, जितनी उनकी आँखें... मैंने कुछ आश्चर्य से उन्हें देखा। "इनकी क्या ज़रूरत थी?"

"अगर आप घर से टाइपराइटर जैसी चीज़ ढोकर ला सकती हैं, तो कम-से-कम इतनी हल्की चीज़ तो अपने साथ ले ही जा सकती हैं..."

मैं उन्हें धन्यवाद देना चाहती थी, लेकिन वह दरवाज़ा खोलकर गलियारे

में चले आये थे। ज़ीना उतरते हुए हममें से कोई कुछ नहीं बोला।

होटल के रिसेप्शन हाल में दामले साहब और मिसेज़ सेन हमारी प्रतीक्षा कर रहे थे। "आप गाड़ी में बैठिए, मैं अभी आती हूँ।"

मैं भागते हुए अपने बेसमेण्ट में गयी। वहाँ कोई फूलदान नहीं था, सिर्फ़ एक ख़ाली बियर की बोतल थी, जिसे कोई अलमारी की दराज में छोड़ गया था। मैंने जल्दी से उसमें पानी भरा और फूलों की काँटेदार टहनियों को उसमें डुबो दिया।

"वही रास्ता है, जहाँ से तुम आयी हो।"

चीनी भिक्षुक का यह कथन मुझे याद हो आया, जब मैं पेड़ों के नीचे चल रही थी। सर्किट हाउस चारों तरफ़ से पेड़ों से घिरा था--और वह चमकीली नवम्बर की रात थी, जब अरावली की पहाड़ियाँ बिलकुल साफ़ दिखाई देती हैं। सर्किट हाउस की सफ़ेद अँग्रेज़ी इमारत, जो पानी और पहाड़ियों के बीच बनी थी--अँग्रेज़ी रेज़ीमेण्ट को ज़रूर पसन्द आयी होगी, जिसने उसे अपने रहने के लिए बनवाया होगा। उसमें रहते हुए वे एक साथ तीन चीज़ों पर निगरानी रख सकते थे, राजा की रियासत पर, पहाड़ियों पर, जिसके परे दिल्ली का राज था और अन्त में झील पर, जो शायद उन्हें अपने देश की याद दिलाती होगी।

इसी झील के ऊपर सर्किट हाउस का लॉन था, जहाँ डिनर के लिए मेज़ें लगी थीं। उसके पीछे एक छोटा-सा गोल बाग़ था, जिसके बीच रंग-बिरंगी फुहारों में एक फ़व्वारा चल रहा था। ज़्यादातर डेलीगेट अपने-अपने गिलास लेकर यहीं जमा थे, फ़व्वारे के आसपास--शायद इसलिए भी कि जिस 'पीने-पिलाने' का संकेत मिसेज़ जैन ने दुपहर को दिया था, उसकी व्यवस्था भी यहाँ की गयी थी।

मिसेज़ जैन ने दूर से ही मुझे इशारा किया... किन्तु जब तक मैं उनके पास गयी, वह भीड़ के दूसरे घेरे में समा गयी थीं। मैं पेड़ों के नीचे चली आयी। नीचे घास का स्लोप था, जिस पर हरे रंग की बेंचें थीं, बेंचों के नीचे एक पगडण्डी सीधे लेक की तरफ़ उतर गयी थी। जब कभी रजत दो-चार दिनों की छुट्टी लेकर आता, हम अक्सर यहाँ टहलने आ जाते थे... मुझे यह काफ़ी अजीब लगा, कि इस समय वह कहीं जैसलमेर के आसपास रेगिस्तानी गाँव में होगा, जबकि मैं यहाँ हूँ, और तब मुझे उसका पत्र याद आया, जिसमें उसने मुझे इण्टरव्यू करने के लिए लिखा था... हर इण्टरव्यू किसी प्रश्न से शुरू होता है, लेकिन जब मैं देव साहब को देखती थी, तो मुझे लगता था, वह किसी ऐसी जगह पर हैं, जहाँ

मेरा कोई प्रश्न उनके पास पहुँचकर वापस नहीं लौटता था, उनका जवाब उन्हीं में जज़्ब हो जाता था। हम जैसे किसी गेंद को दीवार पर मारें और वापस आने के बजाय वह दीवार पर एक कील की तरह छुपी रहे... अगर कोई चीज़ वापस लौटे तो सिर्फ़ धूल का गुब्बार और उखड़ा हुआ पलस्तर...

लेकिन फूल? ये उन्होंने भेजे थे, ख़ास मेरे लिए। मुझे फूल कभी अच्छे नहीं लगे—वे मुझे हमेशा थोड़ा-सा डिप्रेस करने लगते थे—वे हमेशा मुझे मक़बरे पर खुदी मीनाकारी की याद दिलाते थे, विचित्र रुग्ण क़िस्म का सौन्दर्य जो कहीं मृत्यु से जुड़ा है... एक हल्की-सी झुरझुरी मेरी देह में दौड़ गयी। इण्टरव्यू के पहले प्रश्न को ढूँढ़ते हुए मैं ज़िन्दगी के अन्तिम सिरे की तरफ़ कैसे मुड़ गयी?

पता नहीं, मैं कितनी देर बैठी रही?

फिर मुझे अपना नाम सुनाई दिया। हड़बड़ाकर पीछे मुड़ी, तो मिसेज़ जैन दिखाई दीं। वह इतनी तेज़ी से लपकते हुए मेरे पास आ रही थीं, कि कोई कह नहीं सकता था, कि वह कॉलेज की प्रिंसिपल, और दो बच्चों की माँ हैं। वह खुद एक नर्वस बच्ची-सी दिखाई देती थीं। उनके हाथों में एक बण्डल था, ख़ाकी काग़ज़ में लिपटा हुआ और उसे भी वह एक बच्चे की तरह छाती से चिपकाए खड़ी थीं, "तुम कहाँ ग़ायब हो गयीं? मैं तुम्हें हर जगह ढूँढ़ रही थी।"

"मैंने सोचा, अब मेरी छुट्टी है।"

उन्होंने प्यार से मेरे कन्धे पर हाथ रखा, "अभी नहीं शकुन रानी—जब सब लोग विदा हो जाएँगे, तब असली छुट्टी मिलेगी..."

"कब विदा होंगे, मिसेज़ जैन?"

"तुम अभी से घबरा गयीं। देखो मैं इसीलिए आयी हूँ। ये दोनों एयर टिकट मिसेज़ सेन और प्रोफ़ेसर दामले के लिए हैं... वे कल जा रहे हैं... लेकिन देव साहब, वह तो अभी कुछ दिन रुकेंगे?" उन्होंने मेरी ओर देखा।

"उनका वापसी टिकट है... परसों सुबह की फ्लाइट से।" मैंने कहा।

वह कुछ सोच में पड़ गयीं, "यह तो ठीक नहीं हुआ... यहाँ बहुत-सी संस्थाएँ उन्हें आमन्त्रित करना चाहती हैं।"

"लेकिन उनकी बुकिंग..."

"उसकी कोई बात नहीं... टिकट हम वापस करवा सकते हैं। सुनो, एक काम करो। मैं उनकी किताबें ले आयी हूँ, उनके हस्ताक्षर के लिए..." एक संकोच-भरी मुस्कराहट उनके चेहरे पर चली आयी, "जब उन्हें ये दो, तो पूछ लेना... अगर कुछ दिन रुक सकें?"

उन्होंने बण्डल मेरे हाथ में पकड़ा दिया। "कहाँ हैं वह?" मैंने पूछा।

"मेरे साथ आओ—यहीं कहीं होंगे।"

मेज़ों के आसपास भीड़ जमा थी। मुझे वहाँ बहुत-से जाने-पहचाने चेहरे दिखाई दिए... वही लोग जो छोटे शहर के हर बड़े पार्टी-जलसे में दिखाई दे जाते हैं, यूनिवर्सिटी के लेक्चरर, लोकल सांस्कृतिक संस्थाओं के प्रतिनिधि और इने-गिने सरकारी अफ़सर, उनकी उकतायी पत्नियाँ, जिनकी एक आँख अपने पतियों के गिलासों पर रहती थी, और दूसरी आँख खाने की मेज़ पर, कि कब उस पर भोजन परोसा जाता है। खाने में अभी काफ़ी देर थी, इसलिए सेमीनार के डेलीगेट मेज़ से कुछ दूर एक अलग गिरोह में दिखाई दिए... वहाँ शायद एक दूसरा सेमीनार हो रहा था। मिसेज़ सेन मेरे कॉलेज की प्राध्यापिकाओं से किसी विषय पर बहुत ऊँचे स्वर में बात कर रही थीं... और प्रो. दामले हमारे शहर के कुछ महाराष्ट्रीय मित्रों के बीच घिरे थे। मैं जिन्हें ढूँढ़ रही थी, उनका कहीं अता-पता नहीं था।

एक क्षण के लिए मुझे खटका हुआ, कि कहीं सबकी आँख बचाकर देव साहब वापस होटल तो नहीं लौट आये? किन्तु अकेले वह कहीं जाने का दुस्साहस नहीं करेंगे... इस शहर में वह किसी को नहीं जानते; किन्तु मैंने दूसरे ख़तरे का अनुमान नहीं किया था, उनके भागने का नहीं, बल्कि उनके पकड़े जाने का।

मैं आज भी वह दृश्य याद कर सकती हूँ। वह एक बिजली के हण्डे और क्यारी के बीच घास और मिट्टी के लोंदे के बीच खड़े थे। उनका चेहरा पसीने में लथपथ था, जो नवम्बर की रात में एक अद्भुत चीज़ थी। तीन-चार नोटबुकें उनके आगे थीं, जिन पर दस्तख़त करते जाते थे, "आप कुछ लिखेंगे नहीं?" कोई आग्रह करता, तो वह सिर हिला देते। एक अधेड़-सी महिला बार-बार उनसे कुछ कह रही थीं, मैं ज़रा और पास सरक आयी। पता चला, वह अपने महिला समाज में उनका लेक्चर करवाने की अनुमति लेने आयी थीं, "अगर आप वहाँ आकर सिर्फ़ दो शब्द कह दें।"

पहली बार मैंने देखा—ख्याति क्या चीज़ होती है। मैंने उन्हें सिर्फ़ होटल के कमरे में देखा था, टेबल-लैम्प के बीच कुर्सी पर बैठे हुए या बाहर बाग़ में—उड़ती हुई अबाबील को देखते हुए। अब वह लोगों के बीच थे। मुझे याद आया, वह फ़िक्शन लिखते थे। उनकी किताबें मेरे हाथ में थीं, लेकिन यह बाहर की दुनिया थी और वह आतंकित जान पड़ते थे।

कुछ देर बाद वह भीड़ से बाहर आये। टाई की गाँठ टेढ़ी पड़ गयी थी, और वह रूमाल से माथा पोंछ रहे थे।

"आप कहाँ चली गयी थीं?"

उन्होंने मेरी ओर देखा। "मेरा गला सूख रहा है, क्या कुछ पीने को मिल सकता है?"

"क्या लेंगे?" मैंने उनकी ओर देखा।

"कुछ भी... लेकिन यहाँ नहीं, यहाँ भीड़ में नहीं... मैं उधर बेंच पर बैठा हूँ।"

वह तेज़ी से क़दम बढ़ाते हुए लॉन की दूसरी तरफ़ चले गये।

कुछ दिन पहले मैं एक प्रसिद्ध फ्रेंच अभिनेत्री की आत्मकथा पढ़ रही थी। उन्होंने अपने अतीत को याद करते हुए एक ख़ास शाम का ज़िक्र किया था, जब उनका जीवन बिलकुल बदल गया, मैंने रेस्तराँ का दरवाज़ा खोला, और उसके बाद मेरा जीवन वह नहीं रहा था, जो मैं अब तक जी रही थी। उस शाम मेरा दूसरा जन्म हुआ था।

क्या ऐसा सचमुच होता है? क्या ऐसे दरवाज़े होते हैं, जिनके पीछे कोई दूसरा जन्म हमारी बाट जोहता रहता है?

मैं उनकी ड्रिंक बनाकर वहाँ गयी, जहाँ वह बेंच पर बैठे थे। मैं अपने लिए बियर का एक गिलास ले आयी थी। यह जगह लॉन से दूर नहीं थी, बीच में झाड़ियाँ थीं, नीचे ढलान, जो झील तक जाती थी और झील के परे सफ़ेद धुन्ध पर शहर की रोशनियाँ दिखाई देती थीं।

हम कुछ देर चुपचाप बेंच पर बैठे रहे। अचानक उनकी आवाज़ सुनाई दी।

"मुझे अफ़सोस है... माफ़ कीजिए।" उन्होंने कहा।

"कैसा अफ़सोस?" मैंने कुछ घबराकर उनकी ओर देखा।

"मुझे यहाँ नहीं आना चाहिए था..."

"तब तो आपको मुझे माफ़ करना चाहिए... मैं आपको यहाँ घसीट लायी।" मैंने कहा।

"नहीं, यहाँ नहीं... मेरा मतलब था, मुझे इस शहर में, सेमीनार में नहीं आना चाहिए था... इसमें आपकी कोई ग़लती नहीं।" उन्होंने ह्विस्की का गहरा घूँट लिया और गिलास हाथ में पकड़े रहे।

"आप आये क्यों?"

वह कुछ देर चुप रहे। फिर कुछ सोचते हुए बोले, "मैं घर से बाहर निकलना चाहता था, कुछ दिनों के लिए... कहीं भी।"

"बाहर?" मैं हँसने लगी। "अभी कुछ देर पहले जब होटल के कमरे में मैंने आपसे कहा था, कि मैं बाहर जाना चाहती हूँ, तो आपको हैरानी हुई थी।"

"हैरानी? नहीं, सिर्फ़ उत्सुकता हुई थी... मैंने सोचा, शायद आप कारण जानती हैं।"

"क्या इसका भी कोई कारण हो सकता है? कुछ चीज़ें सिर्फ़ हम करना चाहते हैं... उसके बिना हम नहीं रह सकते।" मैंने कहा।

"पहले मैं भी यह सोचता था। मैं सोचता था, कुछ काम मुझे दिये गये हैं, एक तरह का वोकेशन, जिसे सिर्फ़ मैं ही पूरा कर सकता हूँ... बहुत बाद में अपनी ग़लती पता चलती है... लेकिन तब तक बहुत देर हो चुकी होती है।"

"देर कैसी?"

"देर नहीं, सिर्फ़ डर।" उन्होंने गिलास को देखा। "यह कुछ वैसा ही है, जैसे हम किसी ट्रेन में चढ़ जाएँ... और उसके चलते ही पता चले, यह उस दिशा में नहीं जा रही, जिसमें तुम्हें जाना है—तुम चाहो, तो उस समय उतर सकते हो—लेकिन थोड़ी-सी हिचकिचाहट हुई, तो फिर उसकी स्पीड बढ़ जाती है...।" उन्होंने एक घूँट और लिया।

"ऐसे लोग हैं, जो साहस कर कूद जाते हैं।" मैंने कहा।

"हाँ... क्यों नहीं... आपने देखा नहीं... पटरी के दोनों तरफ़ कितने लूले-लँगड़े-अपंग दिखाई देते हैं?"

"और वे लोग जो ट्रेन में छूट जाते हैं?" मैंने उनका खेल खेलते हुए कहा।

"वे?" उन्होंने ख़ाली गिलास बेंच पर रख दिया। "वे बाहर आने की कोशिश करते हैं... किसी भी स्टेशन पर... जैसे मैं यहाँ चला आया।"

"लेकिन, आपने काफ़ी लम्बी यात्राएँ की हैं...?"

"आपको कैसे मालूम?"

"मैंने आपकी किताबों के ब्लर्ब पर पढ़ा था।"

"जानती हैं—आपसे बात करना मुझे क्यों अच्छा लगता है? आपने सिर्फ़ ब्लर्ब पढ़े हैं—किताबें नहीं।" एक सूखी-सी हँसी उनके चेहरे पर चली आयी। "आप ठीक कहती हैं, मैं काफ़ी घूमा हूँ... कभी-कभी जब मुझे रात को नींद नहीं आती, तो मैं उन सब होटलों के नाम याद करने की कोशिश करता हूँ, जहाँ-जहाँ मैं ठहरा था।"

"नींद आ जाती है?"

"सातवें होटल तक..." उन्होंने कहा।

"और जब नहीं आती..." मैंने उनकी ओर देखा। "तो क्या आप लिखते हैं?"

"नहीं।" उन्होंने धीरे-से कहा, "मैं बाहर कूदने की कोशिश करता हूँ... बात

एक ही है।" मैंने उनकी ओर देखा। क्या वह हँसी कर रहे हैं?

"देखिए, आपकी बियर वैसी ही पड़ी है... जबकि मेरा गिलास..."

"माफ़ कीजिए, मैं बिलकुल भूल गयी।"

मैंने उनका गिलास उठाया और अँधेरे में लॉन पार करने लगी। सर्किट हाउस की सफ़ेद इमारत पर आधा चाँद निकल आया था। मेज़ों के आसपास लोग बातों में व्यस्त थे। किसी ने मेरी ओर ध्यान नहीं दिया। सामने एक वेटर दिखाई दिया, जिसकी ट्रे से मैंने ह्विस्की का गिलास उठाया और उसमें पानी और बर्फ़ के क्यूब्स मिला दिए।

"डिनर कब शुरू होगा?" मैंने पूछा।

"अभी कुछ देर है... कलक्टर साहब का इन्तज़ार हो रहा है।"

मैं वापस लौटी, तो एक क्षण के लिए याद नहीं आया, वह कौन-सी बेंच थी, जिस पर हम बैठे थे। क्या यह बियर का असर था या--उनकी बातों का? सिर में हल्की-सी सरसराहट थी, जैसे पत्ते कहीं पेड़ों पर न होकर मेरी नसों में फड़फड़ा रहे हों... मुझे लगा, वह चले गये हैं और यह बहुत स्वाभाविक है कि मैं उनका गिलास लिये अँधेरे में खड़ी हूँ।

"आप किसे ढूँढ़ रही हैं?" उनकी आवाज़ सुनाई दी--और उसके साथ ही मुझे उनकी बेंच दिखाई दी।

"मैंने सोचा आप चले गये।"

"क्यों?"

"मेरे प्रश्नों से तंग आकर।" मैंने गिलास उन्हें दे दिया और बेंच के कोने में आकर बैठ गयी।

"आपने कोई प्रश्न पूछा था? मुझे याद नहीं आता।" उन्होंने अपनी ह्विस्की में झाँककर देखा... काँच से बर्फ़ टकराकर एक टुनटुनी-सी आवाज़ हुई और फिर सब शान्त हो गया।

"अगर मैं आपका इण्टरव्यू लूँ तो?"

"इण्टरव्यू!" वह थोड़ा-सा चौंक गये। मेरी ओर देखा। हँसने लगे।

"इससे बेहतर समय और क्या हो सकता है? आप क्या जानना चाहती हैं?"

"यही कि आप कौन हैं?"

वह सामने देखते रहे, जहाँ पेड़ों के झुटपुटे में झील का पानी दिखाई दे रहा था। "यह तो अन्तिम प्रश्न है..." वह धीरे-से हँसे। "मैंने सोचा, आप शुरू से पूछेंगी।"

"मैं आपके बारे में कुछ नहीं जानती... इसलिए शुरू और आख़ीर का कोई फ़र्क़ नहीं पड़ता।"

उन्होंने कुछ नहीं कहा, सिर्फ़ कभी-कभी अँधेरे में उनके गिलास के उठने की झलक दिखाई देती थी। मुझे लगा, वह लगभग मुझे भूल-से गये हैं। फिर उनकी आवाज़ सुनाई दी।

"मेरी दो लड़कियाँ हैं—बड़ी अमेरिका में रहती है, अपने पति के साथ। दूसरी दिल्ली में; लगभग आपकी उम्र की... वह एक पब्लिशिंग हाउस में काम करती है... मैं देहरादून में रहता हूँ। मेरी किताबों... उनके बारे में आप ब्लर्ब में पढ़ सकती हैं। वह मेरा जीवन है, लेकिन आपके प्रश्न का उत्तर नहीं।"

"आप अकेले रहते हैं..."

"सिर्फ़ गर्मियों में... जाड़ा शुरू होते ही मैं दिल्ली चला आता हूँ... वहाँ मेरी बेटी की दो कमरों की बरसाती है। एक कमरा वह मेरे लिए छोड़ देती है। वह पेपर भी मैंने वहाँ लिखा था।"

मैंने थोड़ी-सी बियर ली—और फिर प्रतीक्षा की, वह आगे कुछ कहेंगे। उन्होंने ह्विस्की का घूँट लिया और चुप बैठे रहे।

"आपकी पत्नी?"

"वह अमेरिका में रहती हैं—अपनी बेटी के पास।"

"आपने कभी बाहर रहने का फ़ैसला नहीं किया?"

"बाहर?" उन्होंने मेरी ओर देखा।

वही एक विचित्र शब्द दुबारा हमारे बीच आ गया था और वह कुछ हैरत में मेरी ओर देखने लगे थे, "बाहर क्यों?"

मैं बैठी रही। उनका स्वर मुझे कुछ अजीब लगा। मैं उनसे कुछ ज़्यादा नहीं पूछना चाहती थी।

"अगर मैं आपसे पूछूँ, आपने अब तक विवाह क्यों नहीं किया है?" उन्होंने कहा।

"मैंने अभी तक कोई फ़ैसला नहीं किया।" मैंने कहा।

"आपने देखा।" वह धीरे-से हँस पड़े। "अच्छा इण्टरव्यू उन फ़ैसलों से बचकर चलता है, जो हम कभी नहीं ले सके।"

"मेरी बात और है," मैंने अपने को बचाते हुए कहा। "मैं फ़िलहाल इस स्थिति में नहीं हूँ कि कोई स्वतन्त्र फ़ैसला ले सकूँ।"

"आप सोचती हैं, कुछ किताबें लिखकर आदमी स्वतन्त्र हो जाता है?"

उनके स्वर में कुछ ऐसा था, जो मुझे उपहास-सा करता जान पड़ा। एक

रूखी-सी उदासीनता—जो व्यंग्य से अधिक वेदना उपजाती है।

"लोग आपको आपकी किताबों से जानते हैं—इसमें आपको बुरा क्यों लगता है?"

वह नीरव आँखों से झील को देखते रहे, जिसका एक हिस्सा चाँदनी में खुल गया था। कुछ देर तक सिर्फ़ टिड्डों और झींगुरों का स्वर सुनाई देता रहा. ..फिर उनकी आवाज़ सुनाई दी।

"बुरा नहीं लगता; सिर्फ़ ग़लतफ़हमी का एहसास होता है।"

"मैं समझी नहीं...ग़लतफ़हमी कैसी?"

"मुझे लगता है, मैं कोई पार्ट खेल रहा हूँ। अकेले कमरे में जो आदमी लिखता है वह..." एक क्षण वह झिझके, जैसे कुछ टटोल रहे हों, "वह उससे बहुत अलग है, जिसे कल पेपर पढ़ना है जो...जो...जो आपके सामने बैठा है।"

उन्होंने जिस तरह मुझे देखा, मेरे भीतर कुछ दहल-सा गया। न जाने क्या सोचकर मैंने उनका हाथ ख़ाली गिलास से हटाकर अपने हाथ में भर लिया, उसे सहलाने लगी, लेकिन उन पर कोई प्रतिक्रिया नहीं हुई। वह अँधेरे में चुप और निश्चल बैठे रहे—मेरी छुअन से बिलकुल बेख़बर—ख़ाली और चुप—जैसे मैं वहाँ न होऊँ।

"मुझे कभी बहुत अजीब लगता है, कि मैंने आपकी कोई किताब नहीं पढ़ी।" मैंने कहा।

"यह विचित्र होता।" उन्होंने कहा।

"क्यों?"

"तब आप और मेरे बीच किसी तरह का परिचय नहीं हो पाता... और मैं आपके किसी प्रश्न का उत्तर नहीं दे सकता। आप मेरी तुलना किसी ऐसे आदमी से करतीं, जो मैं नहीं हूँ और जो मैं हूँ, वह आपसे बचने की कोशिश करता।" उनके स्वर में एक गहरी थकान-सी उभर आयी थी, जैसे वह इसके आगे कुछ नहीं कहना चाहते थे। तभी उनकी हँसी सुनाई दी और मैं कुछ विस्मय से उन्हें देखने लगी।

"आपका इण्टरव्यू...वह कब शुरू होगा?"

मैंने उनका हाथ छोड़ दिया। दोनों गिलास ख़ाली पड़े थे।

"बाक़ी सवाल कल..." मैंने कहा। "अब हमें चलना चाहिए।"

"क्या मैं यहाँ से सीधे होटल जा सकता हूँ?"

"आप खाना नहीं खाएँगे?"

"नहीं, अब मैं दुबारा भीड़ में नहीं जाऊँगा...मेरे कमरे में चीज़ और बिस्कुट

रखे हैं। मेरे लिए वह काफ़ी होगा...क्या आप एक टैक्सी मँगवा सकती हैं?"

उनके स्वर में कुछ ऐसा आग्रह था, कि मुझे अपनी ज़िद बेमानी-सी लगी। कुछ देर तक हम चुप वहीं बेंच पर बैठे रहे, एक-दूसरे की प्रतीक्षा करते हुए। फिर उनकी आवाज़ सुनाई दी, "आप मुझे पहुँचाएँगी या मैं आपको?"

मैं उठ खड़ी हुई। दोनों गिलास उठाए। "चलिए।"

टैक्सी नहीं लेनी पड़ी। कॉलेज की गाड़ी जो उन्हें सर्किट हाउस लायी थी, उसी में बैठकर वह होटल चले गये। मैं चाहने पर भी उनके साथ नहीं जा सकी। मुझे वापस लौटकर मिसेज़ जैन से मिलना था। और तब मुझे उनकी किताबें याद आयीं, जो वह मेरे पास छोड़ गयी थीं। वे अब भी मेरे बैग में पड़ी थीं। मैं उनके बारे में बिलकुल भूल गयी थी, 'कल,' मैंने सोचा। 'अभी कल का दिन बाक़ी है।'

आधी रात को मेरी नींद खुल गयी। कमरे में एक अजीब सुगन्ध थी। मैंने टेबल-लैम्प का स्विच दबाया। बियर की बोतल से गुलाब के फूल झाँक रहे थे। मैंने बत्ती बुझा दी। मैं दुबारा सोने चली गयी। शुरू के वाक्य इतने धूमिल थे, कि मुझे संशय हुआ, कहीं माइक्रोफ़ोन तो ख़राब नहीं है। लेकिन कुछ मिनटों बाद उनके शब्द सुनाई देने लगे, हालाँकि उनका स्वर ज़रा भी ऊपर नहीं उठा था। उनके चेहरे पर एक हल्के विस्मय का भाव था, मानो उन्हें ख़ुद न मालूम हो, कि एक वाक्य के बाद दूसरा वाक्य कौन-सा होगा, जैसे वह अपना पेपर नहीं, किसी दूसरे की चिट्ठी पढ़कर सुना रहे हों। उन्होंने साइक्लोस्टाइल्ड पेपर अलग छोड़ दिया था और अपना लिखा हुआ परचा पढ़ रहे थे...कभी-कभी वह बीच में अटक जाते थे; अधूरे वाक्य के बीच हाल का सन्नाटा कुछ तन जाता, लगता जैसे हम किसी सर्कस के खिलाड़ी को बीच हवा में अटका हुआ देख रहे हों, क्या वह एक रस्सी से कूदकर दूसरी रस्सी तक जा पाएगा—और ज्यों ही वह दुबारा पढ़ने लगते, हाल के श्रोताओं में राहत की साँस फैल जाती। कभी-कभी वह बीच का टेक्स्ट छोड़कर हाशिए पर लिखो कोई नोट पढ़ने लगते; तब उनकी गर्दन कुछ टेढ़ी-सी हो जाती और गले की नीली नसें उभरकर चमकने लगतीं, चूँकि मैं आगे की पंक्ति में बैठी थी, वे मुझे साफ़ दिखाई देती थीं...कुछ आश्चर्य-सा होता था, कि यह वही व्यक्ति हैं, जो पिछली रात सर्किट हाउस के अँधेरे लॉन पर बैठे थे। पी रहे थे। बाहर आना चाहते थे। "कौन-सा रास्ता है...?" उनकी आवाज़ सुनाई दी, वह अपने पेपर के अन्तिम उद्धरण पर पहुँच गये थे, "शायद वही है, जहाँ से तुम आयी हो?" उनके स्वर में उत्तर के बजाय एक प्रश्न था, मानो चीनी भिक्षुक बूढ़ी औरत को जवाब देने की जगह ख़ुद उससे

उत्तर पाना चाह रहा हो...शायद इसीलिए हाल के श्रोता कुछ देर प्रतीक्षा में बैठे रहे, उत्तर की आशा में, किन्तु जब उन्होंने देखा, कि वह डेस्क पर रखे अपने पेपर समेट रहे हैं, तो उन्होंने झिझकते-से तालियाँ बजायीं और डॉ. देव ने पहली बार अपना सिर उठाया, मिचमिचाती आँखों से हाल को देखा। एक स्वप्निल-सी आहट उनके चेहरे पर थी, जैसे वह किसी लम्बी नींद से जागकर उठ बैठे हों ...तब मुझे नहीं मालूम था, कि यही जानने का भाव उनके चेहरे पर होगा, तीन महीने बाद, अख़बार के पन्ने पर, जब वह सो चुके होंगे, तस्वीर के बाहर से हमेशा के लिए...

पेपर के बाद बहुत-से लोगों ने उन्हें घेर लिया। कॉफ़ी-ब्रेक शुरू हो गया था।

अचानक पीछे से किसी ने मेरे कन्धे पर हाथ रखा। मिसेज़ जैन खड़ी मुस्करा रही थीं।

"मेरी किताबें?" उन्होंने पूछा।

"मैंने उन्हें दे दी हैं—आप घबराइए नहीं, दुपहर तक मिल जाएँगी।"

मैं सुबह उनके कमरे में गयी थी। लेकिन वह अलग कहानी है। मैं उसे याद नहीं करना चाहती। मैंने उनके हाथों में मिसेज़ जैन की किताबों, उनका साइक्लोस्टाइल्ड पेपर, उनका टिकट—सब कुछ दे दिया था—और वापस अपने बेसमेण्ट में लौट आयी थी।

"तुमने उनसे रुकने के लिए कहा था?"

"मिसेज़ जैन...मुझे नहीं लगता, वह ठीक हैं।"

"क्या मतलब?" एक हल्की-सी घबराहट उनके चेहरे पर चली आयी।

"आज सुबह जब मैं उनके कमरे में गयी..." मैं फिर रुक गयी। एक ही दृश्य बार-बार लौट आता था, मैं उसे दुहराना नहीं चाहती थी..."मुझे लगता है, उनकी तबीयत ठीक नहीं है, उनका चले जाना ही बेहतर होगा।" मैंने कहा।

वह कुछ देर चुपचाप मुझे देखती रहीं।

"जैसा तुम ठीक समझो..." कुछ देर बाद वह बोलीं। "लेकिन अपना पेपर तो उन्होंने बहुत सुन्दर पढ़ा...वह असाधारण था। तुम सुन रही थीं?"

"जी..."

"क्या बात है शकुन, तुम बहुत परेशान दिखाई दे रही हो।"

"मिसेज़ जैन—सेमीनार का काम तो अब ख़त्म हो गया...क्या आज दुपहर मैं अपने घर लौट सकती हूँ?"

"जा तो सकती हो...लेकिन आज शाम हमने उन डेलीगेटों के लिए एक

छोटी-सी आउटिंग रखी है, जो कल सुबह जा रहे हैं...मैं दूसरे धन्धों में फँसी हूँ, क्या एक रात और नहीं रुक सकतीं?"

"सिर्फ़ एक रात।" मैंने कहा।

"कल सुबह आराम से सोना...मैंने मि. चक्रवर्ती से कह दिया है। वह एयरपोर्ट जाएँगे..."

वह हड़बड़ी में थीं, ज़्यादा देर नहीं रुकीं। सेमीनार के डेलीगेट 'अन्तिम लंच' के लिए मेज़ के इर्द-गिर्द जमा हो रहे थे। कुछ लोग तो होटल से अपना सामान भी ले आये थे, ताकि लंच के बाद सीधा स्टेशन जा सकें। मि. दामले आज सुबह ही होटल से 'चेक आऊट' करके अपने एक मित्र के घर चले गये थे, उनकी चिन्ता करना बेकार था। किन्तु मिसेज़ सेन का टिकट अभी मेरे पास था, पर वह कहीं दिखाई नहीं दे रही थीं।

मैं ख़ाली हो गयी थी। अब मुझे कुछ नहीं करना था। इच्छा हुई, साइकिल उठाऊँ और कुछ देर के लिए घर चली जाऊँ। वहाँ माँ अकेली बैठी होंगी। शायद अभी खाना पकाकर लेटी हों। उन्हें मालूम था, आज मैं नहीं आऊँगी। लेकिन वह हमेशा खिड़की के बाहर आँखें लगाये रहती थीं...

लेकिन मैं वहाँ नहीं गयी। उसकी बजाय मेरे पाँव स्टाफ़-रूम की ओर मुड़ गये। सेमीनार के दिनों में वह ख़ाली पड़ा रहता था। मैं वहाँ अकेली रह सकती थी। मैं अकेली रहकर पिछली रात के बारे में सोचना चाहती थी...पिछली रात और आज सुबह के बारे में, जब मैं उनके कमरे में गयी थी और उनका दरवाज़ा खुला था, बरामदे और खिड़की के बीच लाँघती हवा में डोलता हुआ और वह टेबल-लैम्प जलाकर मेज़ पर सिर टिकाकर बैठे थे, लगता था, वह सारी रात नहीं सोये...वह सो रहे थे।

मैंने पर्स खोला, एक नया कोरा इनलैण्ड बाहर निकाला और रजत को लिखने लगी, कितना अजीब है—जब तुम किसी नये आदमी से मिलते हो, तो रुकी हुई समूची चाहना, जो अब तक बर्फ़ की तरह जमी थी, नये की तपन में पिघलकर पुराने आदमी की तरफ़ बहने लगती है।

"इण्टरव्यू शुरू हो गया है," मैंने लिखा, "आधा हो चुका है, बाक़ी आज शाम को पूरा होगा, तुम आओगे, तो दिखाऊँगी।"

•

क्लिक, क्लिक...आज बरसों बाद भी जब मैं कैमरा की आवाज़ किसी टूरिस्ट बस में सुनती हूँ, तो मुझे वह शाम याद हो आती है, जैसे वह 'आवाज़' मशीन

के हिलते शटर से नहीं, दिल की ठहरी साँस पर चिपकी हो...साँस जो बार-बार ठहर जाती थी, जब खिड़की के बाहर कोई भागता जानवर दिखाई दे जाता था।

फॉरेस्ट सेंक्टुअरी का भूरा, वनैला विस्तार, लम्बी घास, हरी काई में ढँके पोखर...भागती हुई बस की खिड़की से सबकुछ दिखाई दे जाता था। सबकुछ, लेकिन सिर्फ़ एक क्षण के लिए...और उस क्षण को पकड़ने के लिए बस की खिड़कियों पर कैमरे तैनात रहते थे। मिसेज़ जैन ने कुछ ऐसी व्यवस्था की थी कि बस में हर डेलीगेट खिड़की के पास बैठ सके, ताकि मौक़ा पड़ने पर वह तुरन्त फ़ोटो खींच सके।

जब मैं बस में चढ़ी थी, तो डॉ. देव भी खिड़की के पास बैठे दिखाई दिए थे...बस की पिछली सीट पर—और बगलवाली सीट पर उनका कैमरा नहीं—थर्मस की बोतल रखी थी।

"क्या मैं यहाँ बैठ सकती हूँ?"

उन्होंने एक क्षण मेरी ओर देखा—फिर बोतल उठाकर खिड़की के नीचे रख दी और मैं ख़ाली सीट पर बैठ गयी। मैं उनसे उनके पेपर के बाद पहली बार मिल रही थी। मुझे यह भी मालूम नहीं था, वह दुपहर को कहाँ रहे थे। मेरी दुपहर अजीब ढंग से गुज़री थी। लंच के बाद मिसेज़ सेन मुझे अपने साथ घसीट ले गयी थीं...वह आख़िरी दिन अपने पति के लिए कोई उपहार ख़रीदना चाहती थीं। बाज़ार से लौटकर वह इतना थक गयीं कि सेंक्टुअरी आने से बिलकुल इनकार कर दिया। मैं उन्हें उनके कमरे में छोड़कर जब बाहर चली आयी थी ...तो बस खड़ी थी। मि. चक्रवर्ती दौड़कर मेरे पास आये। "डेलीगेट ज़्यादा नहीं हैं, इसलिए कुछ छात्र भी जा रहे हैं। अँधेरा होने से पहले लौट आइएगा।"

"और मिसेज़ जैन? वह नहीं आएँगी?"

"वह एयरपोर्ट जा रही हैं...कुछ डेलीगेट आज शाम की फ़्लाइट से जा रहे थे, उन्हें छोड़ने—और मेरी ड्यूटी ऑफ़िस में है।"

कोई दूसरा चारा नहीं था, मैं अपने बेसमेण्ट में भागी, जल्दी से कपड़े बदले—पुरानी नीली जींस, और एक ब्राउन जर्सी—जो मैंने रजत से उधार माँगी थी। इस पोशाक में सिर्फ़ शहर के बाहर या घर के भीतर घूमा जा सकता था।

होटल से बाहर आने से पहले मैं डॉ. देव को ढूँढ़ने ऊपर गयी थी। मैंने कई बार दरवाज़ा खटखटाया, लेकिन वह बन्द था। कहाँ जा सकते हैं वह? बस का हॉर्न चीख़ रहा था। मैं जल्दी से नीचे आयी, ड्राइवर मेरी तरफ़ ख़ूनी निगाहों से घूर रहा था। मैं उसकी नज़रों से बचते हुए भीतर आयी...और तब वह दिखाई दिए, पिछली सीट पर अकेले बैठे हुए। एक क्षण के लिए मैं झिझकी, फिर बस

का झटका मुझे पीछे की तरफ़ धकेलता गया, "क्या मैं यहाँ बैठ सकती हूँ?"

बस हिचकोले खाते हुए भाग रही थी।

कुछ देर हम चुप बैठे रहे। वह खिड़की के बाहर देख रहे थे, मैं उनको। उन्होंने अब एक ब्राउन कॉर्डरॉय की जैकेट पहन रखी थी, भीतर ऊँचे गले का सफ़ेद स्वेटर, मफ़लर भी था, किन्तु वह उनके कन्धे से नीचे लुढ़ककर झूल रहा था।

"आपको किताबें मिल गयी थीं?"

"क्या तुम सुबह आयी थीं?"

"आप शायद सो रहे थे?" मैंने कहा।

"मैं अपने पेपर को दुबारा देख रहा था—मुझे पता नहीं चला, तुम कब आयीं और चली गयीं।"

वह कुछ नाराज़-से दीखते थे। मैंने बात को वहीं छोड़ दिया—कैसे कहती, जब मैं आयी, वह मेज़ पर सिर टिका कर बैठे थे। नींद या अपने पेपर में—जानना असम्भव था।

"किताबें किसलिए छोड़ गयी थीं?"

"मिसेज़ जैन—आपको याद होगा—हमारी प्रिंसिपल की लाइब्रेरी में आपकी बहुत-सी पुस्तकें हैं—वे चाहती हैं, आप उन पर कुछ लिख दें।"

"क्यों?"

"ऐसे ही...शायद यादगार के लिए..." मैंने निस्संग भाव से कहा।

"यादगार?" उन्होंने खिड़की के बाहर देखा, जहाँ जंगली परिन्दों का झुण्ड बस के साथ-साथ उड़ रहा था। "कि मैं यहाँ आया था?"

एक अजीब रूखी-सी हँसी उनके चेहरे पर चली आयी।

"आज दुपहर आप कहीं गये थे?" मैंने पूछा।

"कब?" उन्होंने मेरी ओर देखा।

"लंच के बाद? मैं आपके कमरे में गयी थी।"

"एयरलाइन्स के दफ़्तर।" उन्होंने कहा। "मैं अपना टिकट कन्फ़र्म कराने गया था।"

मैंने उनकी ओर देखा...। "क्या आपको हम पर विश्वास नहीं था?"

"नहीं...यह मेरी आदत है, विश्वास की बात नहीं...इस बहाने शहर में भी घूमना हो जाता है...आख़िरी दिन मुझसे होटल में नहीं बैठा जाता।"

आख़िरी दिन...मुझे याद नहीं रहा था। जैसे मुझे यह याद नहीं रहा था, कि वह सारी दुनिया घूमे हैं और किसी भी अजनबी शहर में अकेले घूमने जा

सकते हैं। इसमें चिन्ता की कोई बात नहीं थी, न बुरा मानने का कोई कारण था।

फिर भी मेरे भीतर कुछ दुखता रहा, वह दुख नहीं था। सिर्फ़ ख़ाली दुपहर का एक सूना-सा अभाव, जो हमारी सीट पर एक 'तीसरे' प्राणी की तरह आकर बैठ गया था।

मैंने बाहर देखा...बस शहर की सरहद छोड़कर अब उजाड़ गाँवों में चली गयी थी, जहाँ कहीं-कहीं मिट्टी के झोंपड़े दिखाई दे जाते थे। बारिश न होने के कारण एक उजाड़ पीलापन-सा दिखाई देता था...रजत कहीं ऐसे ही इलाकों में घूमता होगा, और तब मुझे याद आया कि वह चिट्ठी, जो उसे स्टाफ़-रूम में लिखी थी, अब भी मेरे पर्स में पड़ी थी। मुझे लगा, कि एक ही सीट पर मैं दो अभावों के बीच बैठी हूँ।

"आप दुपहर को अपने घर नहीं गयीं?" अचानक उनकी आवाज़ सुनाई दी, और मैं चौंक-सी गयी, "मैं मिसेज़ सेन के साथ एम्पोरियम गयी थी। उन्हें कुछ उपहार ख़रीदने थे... " मैंने कुछ सशंकित होकर उनकी ओर देखा, "क्यों ...क्या आपको कुछ काम था?"

"मुझे आपका टाइपराइटर वापस करना था।"

"उसकी जल्दी नहीं है...वह मैं आज रात को ले लूँगी..."

"नहीं...अब उसकी ज़रूरत नहीं है...मैं उसे वहीं पहुँचा आया हूँ जहाँ से आप लायी थीं।"

मैं कुछ हैरत में उन्हें देखने लगी, "कहाँ पहुँचा आये आप?"

"आपके घर! मैंने सोचा, अचानक आपको आश्चर्य में डाल दूँगा किन्तु आप वहाँ थीं नहीं।"

"लेकिन आप तो टिकट कन्फ़र्म कराने गये थे?"

"हाँ, लेकिन मैं आपका टाइपराइटर भी साथ ले गया था—मैंने सोचा था, टाइम मिला, तो आपका घर भी देख लूँगा।"

मैं कुछ देर तक उन्हें देखती रही। "क्या आप मेरी माँ से मिले थे?"

वह हँसने लगे। "आपकी माँ? और वहाँ कौन हो सकता है...मुझे नहीं मालूम था, वह मेरे बारे में पहले से ही सबकुछ जानती हैं।"

मैं चुपचाप खिड़की से बाहर देखती रही। दूर सेंक्टुअरी का जंगल धूप में झिलमिला रहा था। पता नहीं, माँ ने उनसे क्या बातें की होंगी। शायद रजत के बारे में? वह कितनी आसानी से उन लोगों के सामने खुल जाती हैं जिन्हें मैं जानती हूँ।

"यह जगह तो शहर से ज़्यादा दूर नहीं है...क्या आप यहाँ अकसर आती हैं?"

"कभी-कभी पिकनिक के लिए।" मैंने कहा। "मेरे एक मित्र हैं—जब कभी वह यहाँ आते हैं, तो इधर आना हो जाता है।"

"कौन-से मित्र? क्या करते हैं?"

"मैंने सोचा, माँ ने आपको बता दिया होगा।" मैंने उनकी ओर देखा, एक हल्की-सी छाया उनके चेहरे पर घिर आयी थी। बाहर गुज़रते पेड़ों की? या सिर्फ़ कोई भीतर का ख़याल, जो अपना क्षणिक अँधेरा चेहरे पर छोड़कर गुज़र जाता है?

"वह अख़बार में काम करते हैं...आपकी बहुत-सी किताबें पढ़ी हैं।" मैंने कहा।

"यहाँ नहीं रहते?"

"नहीं, उन्हें रिपोर्टिंग के लिए घूमना पड़ता है...।"

"आप कभी उनके साथ नहीं जातीं?"

"इस बार मुश्किल था...सेमीनार की तैयारी के लिए यहाँ रुकना पड़ा... इस साल जहाँ-जहाँ सूखा पड़ा है, वहाँ उन्हें जाना पड़ता है।"

वह कुछ देर चुप रहे, फिर कहा, "मैं कभी सोच भी नहीं सकता था, कि आपके कोई बहुत निकट के दोस्त हो सकते हैं।"

"ऐसा क्यों?" मैं अचानक हँसने लगी। "क्या मैं नाबालिग जान पड़ती हूँ?"

"नहीं, मेरा मतलब यह नहीं था, हालाँकि आपकी माँ यही सोचती हैं..." वह एक क्षण रुके। "वह आपको बहुत चाहती हैं।"

"वह मुझसे काफ़ी दुःखी रहती हैं...मुझे लगता है, मैंने उन्हें बहुत निराश किया।"

"निराश कैसे?"

"मुझे नहीं मालूम..." मैंने बाहर देखा, जहाँ हल्का-सा अँधेरा घिर आया था..."वह शायद सोचती थीं, कि मैं किसी दूसरी तरह की ज़िन्दगी जीऊँगी... यह नहीं, जैसी अब है।"

वह कुछ देर चुप बैठे रहे, फिर धीरे से पूछा, "कैसी ज़िन्दगी?"

"वह यह कभी नहीं बतातीं," मैं हँसने लगी, "वह सोचती हैं, मैं बहुत सूखे में जी रही हूँ।"

पता नहीं, यह मैंने क्यों कहा? शायद इसलिए कि चारों तरफ़ जंगल था ...लम्बी घास पर आख़िरी धूप और शुरू का अँधेरा मिल रहे थे...और कभी-कभी

कोई भागता हुआ जानवर दिखाई दे जाता था, कोई बारहसिंधा या हिरणों का झुण्ड, बस बहुत धीमी गति में रेंग रही थी, ताकि फ़ोटो खींचनेवाले आसानी से कैमरा साध सकें। दूर-दूर तक पीली मिट्टी, झाड़-झंखाड़ और पेड़ों के झुरमुट दिखाई दे जाते थे...नीली काई से ढँके पोखर, जिन पर पक्षियों के साँवले झुण्ड ऊपर उठते और फिर अचानक 'डाइव' लगाकर दक्ष गोताख़ोरों की तरह लम्बी घास में ग़ायब हो जाते।

अचानक उन्होंने मेरा हाथ पकड़ लिया। कैमरे की आवाज़ और बस की ब्रेक–"उधर देखो!" उन्होंने कुछ फुसफुसाते हुए कहा।

चीतलों का एक गिरोह कुलाँचें भरता हुआ भागा जा रहा था। सहसा बस की खड़खड़ाहट से एक युवा चीतल ठिठक गया, गर्दन पीछे मोड़ी और हमारी ओर एकटक निहारने लगा–सिर्फ़ एक क्षण और तब बस की हैडलाइट्स भक से जल उठीं और दूसरे क्षण जंगल के बीहड़ में वह हमेशा के लिए खो गया।

कितनी बड़ी आँखें थीं, कितनी उत्सुक और विभ्रान्त।

उस क्षण क्या हुआ था? जंगल की सरसराहट जैसे ख़ून की एक लहर थी, मेरी देह में सनसनाती हुई उठी थी और फिर एक अन्धे घटाटोप में गुम हो गयी थी। देर तक मुझे पता नहीं चला, कि उनका हाथ अब भी मेरे हाथ पर गड़ा है...

जब मैं उस शाम के बारे में सोचती हूँ, वह क्षण हमेशा लौट आता है–नीरव, उत्सुक, चमकदार–जैसे पिछले दो दिनों से वह जो कुछ मुझसे कहना चाह रहे थे–और जो मैं उनसे छिपाती आ रही थी–वह दोनों किसी जादूगरनी के पत्ते-सा हमारे सामने खुल गया था...लेकिन बस में इतना अँधेरा था कि उसे हम उठाकर देख भी नहीं सकते थे, कि उस पर क्या लिखा है?

अचानक, बस की गति अचानक धीमी पड़ गयी थी, दूर टीले पर दो-चार बत्तियाँ टिमटिमा रही थीं। हम सेंक्टुअरी की अन्तिम सीमा तक आ पहुँचे थे। यहाँ हनुमानजी का छोटा-सा सफ़ेद मन्दिर था। आसपास एक उजाड़-सी बस्ती थी, कुछ मिट्टी के झोंपड़े, दुकानें, चाय का एक ढाबा; ड्राइवर ने बस की बत्ती जला दी, पीछे मुड़कर देखा–

"यहाँ कुछ देर रुकेंगे या वापस चलूँ?"

आगे बैठे हुए छात्र कुछ देर रुकना चाहते थे लेकिन सेमीनार के डेलीगेटों को न ढाबे की चाय में दिलचस्पी थी–न मन्दिर देखने की जिज्ञासा, उनमें से कुछ को कल सुबह की फ़्लाइट भी पकड़नी थी, इसलिए यही तय हुआ कि बस को मोड़ लिया जाए...सबको होटल पहुँचने की जल्दी थी।

हवा भीतर आ रही थी। कभी-कभी खिड़की के बाहर कोई तारा दिखाई

दे जाता था—बस के ऊपर एक जुगनू-सा रेंगता हुआ। ड्राइवर ने बस की बत्तियाँ बुझा दी थीं, इसलिए बाहर का अँधेरा भीतर के अँधेरे से कहीं उजला दिखाई दे रहा था।

"हवा बहुत ठण्डी है..." उन्होंने सिगरेट जलायी, तो एकदम रोशनी में उनका चेहरा दिखाई दिया।

"खिड़की बन्द कर दूँ?" मैंने पूछा।

"नहीं...ऐसे ही ठीक है। कुछ जानवर सिर्फ़ रात को दिखाई देते हैं।"

उनके स्वर में कुछ ऐसा था, कि मेरे भीतर कुछ ठिठक-सा गया। कैसे जानवर? खिड़की के बाहर कुछ भी दिखाई नहीं देता था...सिर्फ़ एक विराट वन-प्रान्तर, जिसके परे एक मैला, वनैला-सा अँधेरा था, जो हैडलाइट्स की रोशनी से कटकर सड़क के दोनों तरफ़ छिटकता जाता था।

मुझे कुछ याद आया...कल ही की तो बात है, जब उन्होंने बाहर जाने की असीम आकांक्षा के बारे में कहा था, सर्किट हाउस की बेंच पर बैठे हुए, चलती हुई रेल से बाहर निकल आनेवाले लोग, पटरियों के किनारों पर लहूलुहान...

कौन-से जानवर बीहड़ अँधेरे में बाहर दिखाई देते हैं?

उनकी साँस, बाहर का जंगल, बस के ऊपर रेंगता हुआ तारा। कुछ देर तक वह हमारे साथ-साथ चलता रहा। वह जैसे कोई तीर्थयात्री था, जो नीचे के गृहस्थों के साथ घिसटता जाता है..."आप?" मैंने बाहर देखते हुए कहा। "क्या कल आपका जाना ज़रूरी है?"

पता नहीं, यह मैंने क्यों पूछा था। मुझे यह भी पता नहीं चला। क्या यह बात मैंने अपने से कही है या—वह उन तक पहुँची है? क्योंकि कुछ देर तक वह वैसे ही निश्चल बैठे रहे थे, जैसे मैंने कुछ न कहा हो लेकिन नहीं...यह सच नहीं था। उनकी देह हिली थी और हाथ चेहरे पर गया था, जैसे वह किसी पुराने संकेत से नया उत्तर देने की कोशिश कर रहे हों।

"मुझे लगता है, मैं फिर यहाँ आऊँगा!"

मैं चकित-सी उन्हें देखने लगी...वह जाने की नहीं, लौटने की बात कर रहे थे।

"लेकिन अभी...इस बार कुछ दिन क्यों नहीं रुक जाते..." मैंने कहा।

"मैं अब दिल्ली नहीं रुकूँगा..." उन्होंने कुछ ऐसे कहा, जैसे मेरे नये प्रश्न के बहाने वह अपने किसी बहुत पुराने प्रश्न का उत्तर दे रहे हों। "बेटी की बरसाती में रुकूँगा, तो यहाँ की बातें याद आएँगी...पेपर की बातें...जो मैंने उसके घर में लिखी थीं। लेकिन यहाँ मैं अवश्य आना चाहूँगा। आपसे और आपकी माँ से मिलने..." वह एक क्षण रुके।

"इस बीच मैं आपकी सारी किताबें पढ़ डालूँगी..." मैंने कहा।

"मेरी किताबें?" वह कुछ देर सोचते-से रहे। "तब आपको बहुत निराशा होगी ...अगर इन दिनों आपके साथ मुझे अच्छा लगता रहा तो सिर्फ़ इसलिए कि आपने मेरा कुछ नहीं पढ़ा था।"

मैंने कुछ साहस बटोरकर उनकी ओर देखा, "क्या आपको वे अब अच्छी नहीं लगतीं...आपने दस साल से कुछ भी नहीं लिखा?"

कुछ देर तक वह बाहर अँधेरे में देखते रहे, फिर धीरे से कहा, "नहीं, वे मुझे बुरी नहीं लगतीं...सिर्फ़ वह आदमी मुझे अच्छा नहीं लगता, जिसने उन्हें बरसों पहले लिखा था," वह एक क्षण रुके। "आप क्या सोचती हैं...सूखा क्या सिर्फ़ बाहर पड़ता है?"

सिर्फ़ बाहर, बाहर कहाँ? बाहर, जहाँ रजत घूमता था?

मैं उनसे कुछ पूछना चाहती थी—शायद कोई बहुत महत्त्वपूर्ण बात—जो आनेवाले दिनों में मेरी शंकाओं के साथ-साथ चलती रहती, लेकिन यह नहीं हुआ। मैं झिझककर रह गयी...मैं उस इण्टरव्यू का अन्त नहीं चाहती थी।

लेकिन सेंक्टुअरी का अन्त आ पहुँचा था। इस शहर की सीमाओं में आ गये थे। जहाँ कुछ देर पहले तारों का जमघट लगा था, वहाँ अब मकानों की रोशनियाँ दिखाई दे रही थीं।

उस रात वह सीधा अपने कमरे में चले गये...मैं अपने बेसमेण्ट में। मैं बिना कपड़े बदले बिस्तर पर लेट गयी...पता भी नहीं चला, कब नींद आ गयी। जब सुबह उठी तो काफ़ी देर हो चुकी थी। कोई देर से दरवाज़ा खटखटा रहा था। बाहर आयी, तो चक्रवर्ती साहब खड़े थे।

"ये किताबें देव साहब आपके लिए छोड़ गये हैं।"

"वह कहाँ हैं?"

"वह तो बहुत पहले सुबह की फ़्लाइट से चले गये...मैं उनके साथ एयरपोर्ट गया। जाने से पहले उन्होंने कहा, कि ये किताबें आपको दे दूँ।"

"कुछ और तो नहीं कहा था?"

"नहीं, क्यों?" उन्होंने कुछ आश्चर्य से मुझे देखा।

"धन्यवाद..." मैंने किताबें उनसे ले लीं। फिर हम दोनों मुस्कराये, "चलिए, सेमीनार ख़त्म हुआ।"

हम दोनों ने हाथ मिलाया—और मैं अपने कमरे में लौट आयी।

तीन महीने बाद एक सुबह अख़बार में उनका फ़ोटो दिखाई दिया—चारों तरफ़ काली सुर्खी का बॉर्डर...ऊपर उनका नाम, नीचे उनकी जन्म और मृत्यु की तिथियाँ, किताबों की लिस्ट और एक छोटी-सी लाइन, "उन्होंने अपना आख़िरी पेपर...शहर के प्रमुख कॉलेज के सेमीनार में पढ़ा था।"

वह फ़ोटो से बाहर मुझे देख रहे थे—कितनी बड़ी आँखें थीं, कितनी उत्सुक और कितनी भयभीत!

1988

11

बुख़ार

इस बार मैंने तय कर लिया था कि मैं नहीं जाऊँगा। चाहे जो कुछ भी हो। बाबू के सामने तो मैं चुप बैठा रहा, लेकिन ज्यों ही वह बाहर गये, मैं माँ के सामने भभक पड़ा, क्या तुम लोग चाहते हो, मैं घर आना बन्द कर दूँ? माँ ने कुछ हैरत से मुझे देखा, जैसे कुछ न जानती हो। क्या बात हुई? बात यह है, मैंने अपने को रोकते हुए कहा, कि तुम अब मेरी बात कहीं नहीं चलाओगी। मुझे मेरी क़िस्मत पर छोड़ दोगी, तुम लोग अब मुझसे पूछने की भी ज़रूरत नहीं समझते, जहाँ मन करता है, तय कर लेते हो... मैं शायद कुछ और भी कहता, इतने दिनों की भड़ास जैसे एक साँस में बाहर आना चाहती हो, लेकिन एक तो मुझे अपनी आवाज़ ही कुछ रुँधी-सी जान पड़ी, दूसरे माँ का फक चेहरा देखकर भी भीतर का बवण्डर छितरा गया।

"तुम्हें चिट्ठी में तो लिखा था... क्या तुम्हें मिली नहीं है?" माँ ने भीरु स्वर में कहा।

"बात चिट्ठी की नहीं है।" मेरी आवाज़ भी अब मेरा साथ छोड़ने लगी, "मैं कब तक इन लड़कियों के घर चक्कर लगाता रहूँगा?"

माँ जैसे इसी मौक़े की तलाश में थीं। एकदम ललककर बोलीं, "अरे नहीं, ये लोग बिलकुल अलग हैं... औरों से बिलकुल अलग! एक बार मिल आने में क्या हर्ज है।"

मैं सिर पकड़कर बैठा रहा। ऐसे कब तक चलेगा? लड़कीवाले आते थे। एक-दो घण्टे बैठकर इधर-उधर की बातें करके चले जाते थे और फिर उनका पता भी नहीं चलता था। मुझे खीझ होती, शर्म आती और अन्त में एक

अजीब-सी बेबसी पकड़ लेती। हर बार सोचता, बस, अब नहीं। क्या दुनिया में लोग अकेले नहीं रहते? और मेरी तो अपनी नौकरी है—स्कूल मास्टरी ही सही—किसी का मुँह तो नहीं जोहना पड़ता। स्कूल के पास ही एक घर भी ले लिया था, ताकि माँ-बाप के झमेलों से दूर ज़िन्दगी जैसी है, वैसी बिता सकूँ! लेकिन बाबू को चैन नहीं था। रिटायर होने के बाद उनका एकमात्र शौक़ अख़बारों में मैट्रीमोनियल कॉलम देखना था, चिट्ठियाँ भेजना था, जो जवाब आते थे, उन्हें एक फ़ाइल में जमा करना था—और अन्त में मुझे चिट्ठी लिखकर घर बुलाना था। नौकरी के लिए मुझे सिर्फ़ एक इण्टरव्यू देना पड़ा था, जबकि विवाह के इण्टरव्यू अब तक चल रहे थे...

मुझे चुप देखकर माँ कुछ आगे सरक आयीं, जैसे मुझसे कोई गुप्त बात कहनी हो, हालाँकि घर में हम दोनों के अलावा कोई भी नहीं था।

"वे हमारे घर आये थे। हम भी उनके घर गये थे... तुम्हारे बाबू को तो सब बहुत अच्छा लगा। बस, तुम्हारे हाँ करने की देर है।"

मन में आया, एक बार लड़की के बारे में पूछूँ। दिखने में कैसी लगती है। कहाँ तक पढ़ी है। घर में ही रहती है या कहीं काम पर जाती है। हो सकता है, उन्होंने कोई फ़ोटो दी हो और माँ उसे दिखाना भूल गयी हैं, जैसे उनकी आदत है लेकिन जब माँ को देखा तो सारे सवाल हवा में घुल गये। कुछ चिन्तित-सा होकर मैंने पूछा, "क्या बात है?"

उन्होंने एक लम्बी-सी साँस ली, "कुछ नहीं बेटा। इस बार मेरा मन पता नहीं क्यों इतना धुक-धुक कर रहा है...इतने रिश्ते आये-गये, पहले कभी ऐसा नहीं हुआ।"

"क्या नहीं हुआ?"

"मुझे सुपना आया था। मैं कहीं बाहर से साग-सब्ज़ी लेकर आयी हूँ, दरवाज़ा खोला, तो वह दिखाई दी, मेरे हाथ से झोला लेकर चौके में गयी, जैसे इस घर में बरसों से रहती आयी है।"

"कौन दिखाई दी? किसकी बात कर रही हो?"

"अरे वही, जिसे तुम देखने जाओगे।"

मुझे समझ में नहीं आया, कौन पागल है, मैं या सारे घरवाले?

"तुम्हें सुपने आते हैं?" मैंने माँ को देखा, और मुँह मोड़ लिया। पता नहीं, हम लोगों की क़िस्मत में क्या बदा था? हमेशा कोई-न-कोई अड़चन आड़े आ जाती थी। बाबू थक गये थे। कभी-कभी झल्लाकर माँ से कहते, तुम्हारे बेटे का कुछ नहीं होगा। नौकरी मिल गयी, यही बहुत है। शादी की बात अलग है, कोई

बायोडेटा देखकर उसको अपनी लड़की नहीं सौंपेगा। स्कूल में पढ़ाता है, तो कुछ तो बोलती निकलती होगी, लेकिन लड़कीवालों के सामने ज़ुबान पर ताला लग जाता है। हाँ, ना में सिर हिलाकर कोई बात होती है? एक बार तो गज़ब ही हो गया। लड़की के बाप के जाते ही बाबू भुनभुनाते हुए भीतर आये और माँ से बोले, (मैं दूसरे कमरे में था) सुना तुमने, लड़की के पिता मुझसे क्या कहते थे, जाने से पहले मुझसे जनाब हमदर्दी जताने लगे, कहने लगे, हमें नहीं मालूम था, आपका लड़का गूँगा है, क्या जन्म से ही ऐसा है?

माँ हँसने लगीं, तो ताव खाकर बोले—"देख लेना, इसका कुछ नहीं होगा। ज़िन्दगी-भर कुँवारा बैठा रहेगा। अभी तो ख़ैर हम हैं, लेकिन बाद में इसे अकेले ही सब झेलना पड़ेगा।"

बाबू का गुस्सा धीरे-धीरे सन्ताप में घुलने लगा, जैसे मेरी आनेवाली ज़िन्दगी के कोरे पन्ने एकाएक उनके सामने फड़फड़ाने लगे हों। पहली बार मैंने अपने को उनकी आँखों से देखा—बिना किसी उम्मीद और छलना के जाले से—जैसा मैं था, वैसे ही शहर के सीमान्त पर किराये की कोठरी में रहनेवाला एक स्कूल मास्टर, जो हर इतवार एक अटैची लेकर चला जाता है और दूसरे हफ़्ते के ख़त्म होते-होते लौट आता है... बाकी छह दिन क्या करता है, किसी को नहीं मालूम!

मुझे मालूम था लेकिन मैं किससे कहूँ?

हर सप्ताह घर छोड़ते हुए लगता था, मैं किसी लम्बी यात्रा पर चल निकला हूँ। मेरा स्कूल शहर के बाहरी हाशिए पर था, ज़्यादा दूर नहीं, लेकिन लोकल ट्रेन जिस उनींदी गति से चलती थी, बीच के हर स्टेशन पर हिचकी लेती हुई, खेतों-खलिहानों को पार करती हुई, तो कुछ ऐसा भ्रम होता था जैसे मैं दुनिया के किसी दूसरे छोर पर पहुँच गया हूँ। गाड़ी के रुकते ही स्टेशन पर उकड़ूँ बैठे ग्वाले, अपनी दूध की ख़ाली बाल्टियों को खनखनाते भीतर घुस आते और अगला स्टेशन आते ही बाहर निकल जाते। मेरा स्टेशन आते-आते लगभग सारा डिब्बा ख़ाली हो जाता, कुछ इक्के-दुक्के बेरोज़गार क़िस्म के नौजवान रह जाते। वे नौकरी ढूँढ़ने के बाद घर लौटते और मैं घर से लौटकर अपनी नौकरी पर आता, लेकिन चेहरे हम सबके एक जैसे ही जान पड़ते।

कोई और दिन होता, तो सीधा अपने क्वार्टर न जाकर हनुमानजी के मन्दिर की तरफ़ निकल पड़ता। मन्दिर एक छोटे-से टीले पर था, जहाँ से स्टेशन की

रोशनियाँ और आती-जाती ट्रेनें दिखाई देती थीं। वहीं कुछ देर मन्दिर के आँगन में साँस लेने के बाद मैं अपने ख़ाली क्वार्टर में जाने का साहस जुटा पाता था। लेकिन इस बार मन कुछ इतना भारी था कि मैं सीधा घर जाकर ही बिस्तर पर शरण लेना चाहता था। बीच रास्ते में सरकारी डिस्पेंसरी आती थी, जिसके बरामदे में हमेशा मरीज़ बैठे दिखाई देते थे किन्तु इतवार होने के कारण उस दिन वह बिलकुल उजाड़ पड़ी थी। पिछली सर्दियों में जब मैं बीमार पड़ा था तो इसी डिस्पेंसरी में हैडमास्टर साहब की सिफ़ारिश पर एक कमरा मिल गया था। पूरे बीस दिनों तक मैं यहीं रहा था। माँ और बाबू को मेरी बीमारी की कोई भनक न पड़े, इसलिए मैंने उन्हें फ़ोन पर कह दिया था कि मैं अपनी क्लास के विद्यार्थियों के साथ ऐतिहासिक स्मारकों की यात्रा पर जा रहा हूँ, इतिहास का टीचर होने के कारण वे मेरी काल्पनिक यात्राओं पर विश्वास भी कर लेते थे। कुछ भी हो, डिस्पेंसरी में बिताये वे दिन मेरे लिए सचमुच ऐतिहासिक महत्त्व के थे। मैंने तब पहली बार विवाह करने का अन्तिम फ़ैसला किया था।

क्या वह एक तरह की हार थी, जब हम नियति के आगे घुटने टेक देते हैं? दो साल पहले जब मैं ट्रेनिंग के बाद यहाँ आया था, तब मैंने ऐसा नहीं सोचा था। तब मुझे अपने लिए यह जगह स्वर्ग जान पड़ी थी। शहर के भीतर होते हुए भी शहर के बाहर। धुएँ, गर्द, शोर और घर की झिक-झिक से इतनी दूर कि मुझे लगता था, कि मेरा अब तक का जीवन सिर्फ़ एक तैयारी था, एक रिहर्सल, एक एक्सपेरीमेण्ट—जब सिर्फ़ पत्ते बाँटे जाते हैं और हमें पता होता है, कि उन्हें खोलने के बाद ही असली खेल शुरू होगा। बाज़ी खुलते ही हमारी दौड़ शुरू हो जाती है। शुरू में हम कितना अकेला दौड़ना चाहते हैं, हार और जीत का अपने से कोई सम्बन्ध नहीं जान पड़ता। हम अपने साथ हैं और यह हमारी दुनिया है और यह हमारी दुनिया में सबसे बड़ी जीत है, ऐसा लगता है। किन्तु ज़रा-सी ठोकर लगते ही कोई बीमारी, किसी की मृत्यु, कोई कीचड़ में सनी लांछना, और यह दुनिया भरभराकर नीचे ढह जाती है—एक ढूह रह जाता है—और हम। हमसे जुड़ा एक हिस्सा ढूह में खो जाता है और दूसरा—जो मैं था, एक अनजाने डर से थरथराने लगता है। उस रात डिस्पेंसरी में मैंने अपने बिस्तर के पास उसी डर को देखा था और दूसरे दिन बाबू को फ़ोन किया था, मैं तैयार हूँ।

बाबू पहले तो चुप रहे—फ़ोन पर सिर्फ़ उनके दमे में धँसी खुर-खुर साँसें सुनाई देती रहीं—फिर सँभलकर बोले, ठीक है, फिर ऐसा करो, अपनी पासपोर्ट साइज़ की दस बारह फ़ोटो मुझे भिजवा दो। तुम्हारा बायोडेटा मेरे पास है ही, बाक़ी मैं सँभाल लूँगा।

उसके बाद जो दिन आये, वे मुझे एक झिलमिला-सा जान पड़ते हैं, एक सिरा पकड़ता हूँ, तो दूसरा हाथ से फ़िसल जाता है और पूरा सत्य कहीं मुट्ठी में नहीं आता। पता नहीं, ऐसे बिताये अधूरे सत्य हवा में डोलते रहते हैं, उन चीथड़ों की तरह, जिन्हें यात्री अपनी मनौतियों में बाँधकर मन्दिर पर लटका देते हैं। मेरे साथ भी कुछ ऐसा ही हुआ। बाबू ने जिस घड़ी में मेरे विवाह की मनौती बाँधी थी, वह एक दिन उड़कर न जाने दुनिया के किस कोने में जा पहुँची, मेरे फ़ोटो और जीवन-चरित्र के साथ... और जो चीज़ वापस लायी, वह एक लाल सूत में लिपटा हुआ काग़ज़ था—एक ऐसी लड़की की जन्मपत्री—जिसके जन्म-मरण की बात तो बहुत दूर रही—उसका चेहरा भी न देखा था।

पत्री के साथ माँ का पत्र भी था। घर के ज्योतिषी ने दोनों पत्रियों की जाँच-पड़ताल करके कहा था, कि बात आगे चलाने में कोई हर्ज़ नहीं, लेकिन वह कोई आश्वासन नहीं देते। कहते हैं, यह नक्षत्रों का संयोग नहीं, जितना संकल्प की बात है और संकल्प की दिशा बदलती रहती है... जिस पर नक्षत्रों का कोई बस नहीं... मुझे कुछ समझ में नहीं आया, सिर्फ़ यह लगा, कि सब कुछ भाग्य पर ही निर्भर नहीं है, कुछ हमारी इच्छाशक्ति का भी योग है... लेकिन इच्छा की लौ यूँ ही तो नहीं जलती, जब तक उसके पीछे कोई प्रेम, कोई लगाव, कोई चाहना की डोर न हो... मैं जब अपने भीतर झाँकता, तो वहाँ कुछ दिखाई न देता, जैसे वह कोई अँधेरा कुआँ हो, चीख़ो तो कुछ और नहीं, सिर्फ़ अपनी भुतैली आवाज़ सुनाई देती थी... क्या लड़की के नक्षत्रों तक वह चीख़ कभी पहुँच सकेगी? मैं बार-बार उसकी जन्मपत्री को देखने लगता। जैसे वह कोई एक्स-रे की प्लेट हो, जिसमें मैं अपने रोग का निदान खोज रहा हूँ, लेकिन वहाँ सिर्फ़ सिन्दूरी रंग के घर और अक्षर दिखाई देते। स्वच्छ, पवित्र और कुँवारे, जिन्हें जितने ध्यान से मैं देखता, वे उतने ही रहस्यमय नक्षत्र जान पड़ते जितने आकाश के तारे। मेरी नियति और लड़की की जन्मपत्री के बीच यदि कोई फाटक था, तो वह कहीं दिखाई नहीं देता था। तब मुझे क्या मालूम था कि एक दिन मैं किसी अनजान घर का फाटक खोलूँगा, और अचानक वह दिखाई देंगी, जिनकी पत्री में मेरा भविष्य छिपा था?

लेकिन यह तो बाद की बात है। माँ का पत्र मुझे जब मिला, तब परीक्षाओं के दिन शुरू हो चले थे—शुरू अप्रैल के दिन—जब दिन उजले होने लगते हैं और स्कूल के गलियारों में पत्ते उड़ने लगते हैं। क्लासें तो बिलकुल बन्द हो जाती हैं, सिर्फ़ लाइब्रेरी के इर्द-गिर्द परेशान-से परीक्षार्थी और स्टाफ़-रूम में पान चबाते बतियाते टीचर दिखाई देते हैं, तीन घण्टे इन्वीजीलेशन की ड्यूटी निभाकर जब

मैं अपने क्वार्टर में लौटकर आता तो सोने को जी चाहता या कोई जासूसी उपन्यास पढ़ने को मन करता। आँखें वीकेण्ड पर बिछी रहतीं—क्या इस बार कुछ होगा? माँ के पत्र के बाद जैसे सब लोग चुप साधकर बैठ गये थे। कोई खोज-ख़बर नहीं। मैं अपने कमरे में चपरासी के पैरों की आहट की प्रतीक्षा करता रहता—घर से कोई फ़ोन आता, तो वह ही मुझे स्कूल से बुलाने आता था। लेकिन इस बार उसका कहीं अता-पता नहीं था। दुपहर की साँय-साँय के अलावा कुछ सुनाई नहीं देता था। मन एक अपशगुन-भरे अन्देशे से भर जाता। हो सकता है, बात फिर टल गयी। अजीब बात यह थी कि डर के साथ एक राहत भी मिली रहती जैसे विवाह की बला टलते ही किसी अप्रत्याशित ख़तरे से भी छुटकारा मिल गया है।

शाम होते ही मैं हनुमानजी के मन्दिर के आँगन में आकर बैठ जाता। बेचारे हनुमानजी बन्द कपाट के पीछे मुगदर उठाये खड़े रहते जैसे मैं कपाट के बाहर सीढ़ियों पर बैठा रहता। घण्टी बजाने का काम हवा करती, वह धीरे से आती और मन्दिरों के द्वार पर लगे घण्टे को हल्के से टुनटुनाती हुई आगे बढ़ जाती। बाहर खेतों के सन्नाटे में जब कोई एक्सप्रेस ट्रेन धड़धड़ाती हुई निकलती, तो उसकी थरथराहट देर तक हवा में गूँजती रहती। ये सब गाड़ियाँ पूरब की ओर जातीं—कानपुर, काशी, कलकत्ता।

मन्दिर के प्रांगण में ऊँघते हुए मुझे कोई पुरानी फ़िल्म याद आ जाती—कोई, युवक अपने ओवरकोट के कॉलर मोड़कर ट्रेन में बैठा है और एक लड़की उसके कन्धे पर सिर टिकाकर सो रही है। पिछले दिनों जब किसी लड़की के साथ रिश्ते की बात चलती, तो अनायास मुझे वह सब स्मृतियों से पहले की याद आ जाती, जैसे जाड़े की रात में किसी ट्रेन के डिब्बे में किसी लड़की के स्पर्श को अपने कन्धे पर महसूस करना जीवन का सबसे बड़ा, सबसे दुर्लभ, सबसे दुर्भेद्य अलौकिक सुख हो। अप्रैल की उन दुपहरों में सुख का चेहरा हमेशा साफ़ दिखाई देता, लेकिन कन्धे पर सोती लड़की का चेहरा दिन-पर-दिन धुँधला पड़ता जाता। हफ़्ते के आख़िरी दिन जब मैं अपना सूटकेस लेकर घर लौटने के लिए लोकल ट्रेन में बैठा, तो उस चेहरे का कोई पता नहीं था, मेरा कन्धा ख़ाली था और मेरे साथ वाली सीट भी ख़ाली पड़ी थी।

कौन कहता है, हमारे दारुण जीवन में दिल-भेदी चमत्कार नहीं होते? मैं जब स्टेशन से घर पहुँचा, तो देखा, बाबू छड़ी लेकर बरामदे में बैठे थे—चूँकि वह साफ़ा

पहनकर बैठे थे, मुझे मालूम हो गया कि वह सैर के लिए निकलनेवाले हैं। मुझे देखते ही वह कुर्सी से उठ खड़े हुए और मेरे हाथ से सूटकेस ले लिया, जो वह कभी नहीं करते थे, भीतर जाओ, बोले, तुम्हारी माँ कब से तुम्हारे इन्तज़ार में बैठी है। वह सूटकेस लेकर आगे-आगे चलने लगे और मैं उनके पीछे—मुझे लगा, जैसे मैं जाने-पहचाने अपने घर में नहीं, किसी पराये होटल में दाख़िल हो रहा हूँ।

माँ के कमरे में पहुँचा, तो चकित-सा खड़ा रहा। वह बहुत सोफ़ियानी बादामी रंग की साड़ी पहने ठाकुरजी के आसन के सामने बैठी थीं, आँखें मुँदी थीं और होठ बुदबुदा रहे थे, ठाकुरजी के सामने उन्हें गाते हुए कई बार देखा था, इस तरह गिड़गिड़ाते हुए कभी नहीं... समझ में नहीं आया, वह उनसे क्या माँग रही हैं? बढ़ती हुई उम्र की जीर्ण और जर्जर लकड़ियों में फूँक मारते हुए पता नहीं वह कौन-सी इच्छा सुलगा रही थीं? यह ख़याल भी नहीं आया कि वह मेरे लिए कुछ माँग सकती हैं? सहसा मेरी आँखें सिंहासन पर बैठे कुल देवता के चेहरे पर गयीं तो मैं कुछ चिन्तित-सा हो उठा। मनोकामना की लौ में उनका मुख और सन्तान का सुख जैसे एक साथ टिमटिमा रहा था।

मैं हल्के से खाँसा तो उनकी बुदबुदाहट बन्द हो गयी। बिना हिले-डुले, बिना मेरी ओर देखे बोलीं, "तुम तैयार हो जाओ, तो चलते हैं।"

घर में एक मैं ही था जिसे तैयारी की ज़रूरत पड़ती थी, जैसे सिर्फ़ एक पैण्ट और कमीज़ काफ़ी न हो। उसके साथ कुछ और होना चाहिए। जो मेरे अधूरेपन को ढक सके, ऐसा वे सोचते थे, लेकिन वह क्या हो, जो मुझे मुकम्मिल कर सके, इसके बारे में कोई निश्चित नहीं था। शुरू के दिनों में बाबू कहते थे, लड़की देखने जा रहे हो, कम-से-कम कोट और टाई ही पहन लो। एक-दो बार मैंने पहनी भी थी। सड़क पर चलते हुए लगता था, जैसे लोग मुझे घूर-घूरकर देख रहे हैं। पहले मैंने सोचा, शायद ये कपड़े लोगों की आँखों में खटकते हैं, बाद में मुझे पता चला कि बात कपड़ों की नहीं है, देह की है, जिस पर वे झूलते दिखाई देते हैं, लेकिन फिर मुझे लगा, असल में बात बेचारी देह की भी नहीं है। वह उसकी है, जो मैं हूँ, जिसके लिए बाबू इतना चिन्तित रहते हैं, कि मेरा बायोडेटा भेजते समय इस बात का गहरा ध्यान रखते थे, कि उसमें सबकुछ शामिल हो, सिवाय उसके जो मैं हूँ। उनका बस होता, तो वह मेरे बग़ैर ही मेरा विवाह करवा लेते, अगर ऐसा सम्भव होता!

हाथ-मुँह धोकर मैं बरामदे में आया तो वह जा चुके थे—मैंने राहत की साँस ली। मुझे देखते ही वह मीन-मेख निकालने लगते थे—कमीज़ की बाँहें

लटकती रहती हैं, बुश्शर्ट क्यों नहीं पहनते, कमीज़ से ज़्यादा तो वह कहीं रिसपेक्टेबिल जान पड़ती है। फिर उनकी आँखें मेरे पैरों पर जातीं और साँस ऊपर आ जाती—तसमे वाले जूते नहीं हैं, जो पेशावरी चप्पलें पहने हो... कुछ तो ख़याल करो, कहाँ जा रहे हो? हर बार मुझे कुछ ऐसा लगता जैसे मैं स्कूल मास्टर नहीं, स्कूल जानेवाला कोई लड़का हूँ, जिसका इम्तहान होनेवाला है और जो ऐन मौक़े पर सबकुछ गड़बड़ कर देता है। अजीब बात है, ऐसे मौक़ों पर मुझे डर नहीं लगता था। मैं अपने कोरे भविष्य की कापी लिये निश्चिन्त बैठा रहता, जबकि बाक़ी उम्मीदवार समय के साथ रेस करते हुए एक के बाद एक पन्ना भरते जाते—मुझे ऐसा देख बाबू कुछ सकपका-से जाते, मुझे कुछ संशय से देखने लगते कि मैं उनका ही बेटा हूँ या उसके भेष में कोई दूसरा जीव-जन्तु तो नहीं? कभी रात के अँधेरे में अपनी पत्नी—मेरी माँ से पूछते, (जब मैं दूसरे कमरे में होता) तुम्हें क्या लगता है, क्या इसका विवाह कराना ठीक होगा? तुम भी क्या कहते हो? माँ कुछ तीख़ी आवाज़ में कहतीं, क्या यह कोई लँगड़ा-लूला है? लूला तो नहीं, गूँगा तो लोगों ने समझा है, बाबू ने कहा, लेकिन मैं इस वक़्त उसके शरीर के अंगों की बात नहीं कर रहा ... फिर, फिर किसकी? माँ पूछतीं और तब बाबू कुछ हकलाते हुए कहते जैसे कमरे के अँधेरे में वह मेरे अँधेरे भविष्य को टटोल रहे हों, क्या कोई लड़की इसके साथ सुखी रह सकेगी? माँ का स्वर भर्राया-सा बाहर आता, तुम्हें परायी लड़की के सुख का तो बहुत ख़याल है, अपने बेटे का कुछ नहीं? क्या वह सारी ज़िन्दगी अकेले में काटेगा?

अकेले में? माँ का स्वर ऊपर न उठता, तो भी उसे सुन लेता—क्योंकि वही एक डर था जो दोनों को घेर लेता, गँदले पानी के चह बच्चे-सा उनके कमरे में बहता हुआ मेरे कमरे की देहरी पर रुक जाता। बाबू की धीमी-सी आवाज़ सुनाई देती—अभी तो ख़ैर हम हैं, लेकिन हमारे जाने के बाद? और तब उनकी आँखों से मैं अपने को देखने लगता जैसे हम तीनों एक तरफ़ हैं और दूसरी तरफ़ वह जो मैं हूँ और बीच में—पहाड़ जैसी ज़िन्दगी फैली है...

घर से बाहर निकले तो माँ ने मेरे हाथ में काग़ज़ का पुरजा पकड़ा दिया, जिसमें बाबू की लिखावट में कुछ लिखा था। यह क्या है, मैंने माँ की ओर देखा। यह उनका पता है, जहाँ हमें जाना है। टैक्सीवाला सीधा पहुँचा देगा। बाबू नहीं आएँगे? मैंने पूछा। नहीं, वह एक बार हो आये हैं, देखना तो तुम्हें हैं। मन में आया उनसे कहूँ, फिर तुम क्यों चल रही हो, लेकिन अब इन घरेलू झगड़ों का

समय नहीं था। दुपहर बीतने लगी थी और सड़क पर टैक्सी तो क्या कोई स्कूटर-रिक्शा भी दिखाई नहीं दे रहा था। टैक्सी-स्टैण्ड कहीं आसपास नहीं था और बस-स्टैण्ड धूप की दुपहरी में सूना पड़ा था... जब बहुत देर तक कुछ दिखाई नहीं दिया, तो लगा कि जैसे घर से आये हैं, वैसे ही लौट जाएँगे। इस ख़याल से मन कुछ डूबने-सा लगा, लेकिन जब किनारे पर आया, तो कुछ तसल्ली भी मिली, जैसे कोई आसन्न विपदा सामने आते-आते अचानक आँखों से ओझल हो गयी हो। तभी मैंने माँ को बेतहाशा हाथ हिलाते हुए देखा, टैक्सी की चाहत को दबाकर वह गली से स्कूटर को बुला रही थीं। स्कूटर के रुकते ही वह धम् से उसमें बैठ गयीं, ताकि बेचारे को इनकार करने का मौक़ा न मिले। जब तक मैं उसे पते का पुरजा दिखाता वह कोने में लुढ़ककर ठहरी निगाहों से चलती हुई सड़क निहार रही थीं।

मुझे याद नहीं आता, हम कितनी तंग, चौड़ी, घुमावदार सड़कों से गुज़रे थे। बीच में हरी घास से ढके स्क्वैयर आते थे, जिनके चारों तरफ़ गाड़ियाँ किश्तियों की तरह अपनी धार में बहती हुई चली जाती थीं। ट्रैफ़िक के टापुओं पर लाल-हरी बत्तियाँ थीं, जिन्हें देखते हुए नींद-सी आने लगती थी। मैं बार-बार अपने को झटका देकर जगा देता था। हम दोनों इतना गुमसुम बैठे थे, कि एक बार स्कूटरवाले ने पीछे मुड़कर देखा कि कहीं हम उसकी आँख बचाकर बिना पैसे दिए नीचे तो नहीं उतर गये हैं। मैं शान्त बैठा था। पहले जैसी आकुलता नहीं थी। इस बार मैंने सब कुछ भाग्य पर छोड़ दिया था, हालाँकि भाग्य मुझे छोड़कर कहाँ बैठा था, इसका बाबू और माँ को भी पता नहीं था, भविष्य की बात तो बहुत दूर की थी। माँ जो बिलकुल पास बैठी थीं, उन्हें भी शायद उसी समय यह ख़याल आया था, क्योंकि जब दो लोग बिलकुल पास बैठे होते हैं, तो अजीब तरह से एक का ख़याल चुप्पी के बीच से सेंध लगाकर दूसरे को भी छू जाता है। शायद इसीलिए वह छोर से मेरे कन्धे पर हाथ रखकर बोलीं, "चिन्ता की बात नहीं है, लड़की मैंने देख ली है, इस बार तुम्हीं उससे बात करना। उसकी माँ भी यही चाहती है।"

"क्या उनके घर में कोई और नहीं है?" स्कूटर में पहली बार मैंने माँ को सीधी आँखों से देखा।

एक विधवा बुआ है, वह कहीं बनारस के पास में रहती है—पिता को गुज़रे दो साल बीत गये... मैंने तुम्हें सब कुछ चिट्ठी में लिख तो दिया था।

मुझे कुछ याद नहीं आता कि उन्होंने कौन-सी चिट्ठी में क्या लिखा था। माँ की चिट्ठियाँ मैं कतरनों में पढ़ा करता था, बीच में जो टूट जाता, वह हमेशा

के लिए छूट जाता था। इससे पहले मैं कुछ और पूछ पाता, स्कूटर अचानक एक झटका खाकर रुक गया जैसे कहीं बीच रास्ते में उसे ठोकर लगी हो। मैंने सोचा शायद इंजन में कोई गड़बड़ी हो, दूसरी हिचकी का हिचकोला खाकर फिर आगे बढ़ेगा, लेकिन जब ड्राइवर ने अपनी सीट से मुँह मोड़कर कहा, "जी उतरना है या और आगे चलना है," तो नीचे उतरने के अलावा कोई चारा नहीं बचा था।

नीचे उतरे तो दुपहर की धूप सिमटने लगी थी और पेड़ों की फुनगियों पर रेता-चूने-सी सफ़ेदी बिछल आयी थी। इतने पेड़? एकबारगी विश्वास नहीं हुआ कि मैं अपने शहर में ही हूँ। एक बार बचपन में मैं मेरठ की छावनी में गया था, दूर-दूर तक फ़ौजी अफ़सरों के बँगले, मैदान और घने पेड़ों के झुरमुट दिखाई देते थे—कुछ ऐसा ही उस जंगल को देखकर लगा था, जैसे वह हमारे पत्थर और कंक्रीट में तपते शहर के किनारे पर सटी हुई कोई छाँह भरी छावनी हो। माँ चूँकि यहाँ एक बार पहले भी आ चुकी थीं, इसलिए वह आगे-आगे चल रही थीं, लेकिन उनकी चाल से यह नहीं लगता था कि वह सही दिशा में चल रही हैं... वह हर मकान को ऐसे देख रही थीं, जैसे वह किसी आदमी को खोज रही हों, जिससे वह सिर्फ़ एक बार मिली हों, वह उसे न भी पहचान सकें, लेकिन वह उन्हें देखते ही अपने पास बुला लेगा, लेकिन ऐसा कुछ नहीं हुआ—सिर्फ़ सड़क के कुत्ते, जो बालू के ढेरों पर डेरा लगाये पड़े थे, हमें देखकर उठ खड़े हुए, किन्तु भौंकने के बजाय वे भी बगलें झाँकने लगे, मानो निर्णय न कर पा रहे हों, कि इन नये मेहमानों को दुलारकर बुलाया जाए या दुतकारकर भगाया जाए। उनमें से एक लँगड़ी-सी कुतिया ज़रूर, चीख़ मारकर रिरियाने लगी थी, माँ उसे देखकर जल्दी से पीछे हट गयीं, मुझे देखकर बोलीं, ज़रा वह पुरजा तो देख, जो बाबू ने दिया था—मुझे तो सब मकान एक जैसे ही दिखाई देते हैं। पुरजा मेरे पास कहाँ है, मैंने झीककर कहा, तुम्हारे पास नहीं है? और तब पता चला कि पते का पुरजा तो स्कूटरवाले के हाथ में ही रह गया है। वापस चलें? मैंने घूरते हुए उन्हें देखा, अपने घर का पता तो मालूम है?

माँ का चेहरा रुआँसा हो आया जैसे कोई आख़िरी बाज़ी में पिछड जाता है लेकिन वह हार माननेवाली महिला नहीं थीं, "सुनो, मकान कहीं पारा में ही है, बाबू को फ़ोन करते हैं, उनसे पता भी चल जाएगा और वे यह भी बता देंगे, उनका घर ठीक-ठीक किस तरफ़ है।"

इस बार मैं अपने को नहीं रोक सका, "तुम्हें इस उजाड़ में कोई फ़ोन बूथ दिखाई देता है, जितनी देर में फ़ोन ढूँढेंगे, उतनी देर में तो मकान मिल

जाएगा।" "क्यों किसी घर से फ़ोन नहीं हो सकता?" उन्होंने विवशता-भरी आँखों से मुझे देखा।

यही एक चारा था, लेकिन मकानों के बन्द दरवाज़ों को देखकर आगे बढ़ने की हिम्मत छूट जाती थी। भरी दुपहर में सारे घर किसी गहरी नींद में सोये जान पड़ते थे। तुम यहीं ठहरो, मैं ज़रा देखकर आता हूँ, मैंने माँ से कहा और मेन रोड छोड़कर एक सँकरी-सी लेन में चला गया। पौधों और गमलों के पीछे कुछ मकान तो बिलकुल छिप गये थे, तभी मुझे एक एकमंज़िले घर का फाटक दिखाई दिया, जिस पर नीम की छाँह गिर रही थी। मैंने झिझकते हुए फाटक पर लगी लोहे की साँकल खटखटायी और उसकी आवाज़ सुनकर खुद पीछे हटकर खड़ा हो गया। कुछ देर तक कहीं कोई हलचल नहीं दिखाई दी—जैसे साँकल की खटखटाहट दुपहर की अनन्त आवाज़ों के बीच लोप हो गयी हो, लेकिन तभी बरामदे के पीछे एक छाँह-सी दिखाई दी, खुले दरवाज़े के बाहर चौखट पर ठिठकी खड़ी रही, फिर धीरे-धीरे फाटक के पास आयी, बिलकुल उसके सामने और कौतूहल-भरी निगाहों से मुझे देखने लगी।

"माफ़ कीजिए," मैंने कहा, "क्या आपके घर से एक फ़ोन कर सकता हूँ?"

"जी?"

मैंने सोचा, शायद वह समझीं नहीं, इसलिए कुछ आगे झुककर अपना प्रश्न दुहरानेवाला ही था, कि देखा, फाटक खोलकर वह एक तरफ़ खड़ी हो गयी हैं और मुस्कराने लगी हैं, मेरी तरफ़ देखते हुए नहीं, लेकिन कहीं मेरे पीछे देखते हुए। मुझे पता नहीं चला था, कब माँ धीरे-धीरे मेरे पीछे चली आयी थीं और लड़की उनका हाथ पकड़कर उन्हें भीतर ले जा रही थी। जब वे मेरे पास आये, तो माँ ने तो घबराकर आँखें फेर लीं, लेकिन लड़की ने मुस्कराकर कहा, "आइए, आप भी फ़ोन कर लीजिए..."

मन में खटका हुआ कि कहीं हम ग़लत जगह तो नहीं आ गये, ऐसा हमेशा लगता है, जब हम ग़लती से सही जगह पहुँच जाते हैं। लड़की के चेहरे से भी यह भ्रम होता था, कि यह वह नहीं हैं, जिन्हें हम देखने आये थे, बल्कि वह फाटक के बाहर से हमें उसे दिखाने ले जा रही थीं, जो कहीं भीतर है। भीतर कुछ भी दिखाई नहीं देता था, बाहर की चमचमाती धूप के बाद सब कमरे एक जैसे ही दिखाई देते थे। सिर्फ़ एक किनारेवाले कमरे में बत्ती जल रही थी, अकेली, जिसका न बाहर वाली धूप से न बाक़ी कमरों के अँधेरे से कोई लेना-देना था।

वहीं से आवाज़ें भी आ रही थीं। मेरे भीतर आते ही वे मुँद गयीं, लेकिन तकिये के ऊपर, एक महिला का चेहरा ऊपर उठ आया, मैंने नमस्ते में हाथ जोड़

दिये, जिसके एवज़ में उनकी दोनों पलकें झुक गयीं मुड़ती गयीं, एक कोने की तरफ़ मुड़ गयीं, जहाँ एक मूढ़ा रखा था, एक मूक इशारे की तरह वहाँ ठहर गयीं, आग्रह करती हुई और मैं मूढ़े पर बैठ गया।

"आपको तकलीफ़ तो नहीं हुई मकान ढूँढ़ने में?"

मुझे अपने पर ही सन्देह हुआ कि आवाज़ कहाँ से आयी है। वह बिस्तर से आयी थी, कहीं बहुत लम्बा रास्ता पार करते हुए। "जी, नहीं, माँ तो एक बार पहले भी आ चुकी थीं।" मुझे डर था कहीं उस लड़की ने उन्हें टेलीफ़ोन के बारे में न बता दिया हो, लेकिन वह कहीं दिखाई नहीं दी। माँ चुप बैठी थीं, जैसे मुझे यहाँ लाकर उनका रोल पूरा हो गया हो।

"हमें पता नहीं था," मैंने कहा, "हम किसी और दिन आ जाते।" मैंने उनके थके, बीमार चेहरे को देखकर कहा। "नहीं, यह अच्छा ही हुआ कि आप लोग आ गये।" वह कुहनी के सहारे थोड़ा ऊपर उठ आयीं।

"मैं तो आपको देखकर ही पहचान गयी। आप वैसे ही लगते हैं जैसे फ़ोटो में।"

"फ़ोटो में?" कौन-सी फ़ोटो में मेरा चेहरा मेरे जैसा ही लगता है और तब मुझे याद आया, बाबू ने भेजा होगा। उन्होंने न जाने कितने पासपोर्ट साइज़ के फ़ोटो अपनी फ़ाइल में जमा कर रखे थे, जिन्हें वह तभी भेजते थे जब उन्हें किसी रिश्ते की बातचीत में कोई आशा दिखाई देने लगती थी...

"आपको तो काफ़ी दूर जाना पड़ता होगा..." उन्होंने कुछ चिन्ता में मुझे देखा, "कोई पास के स्कूल में जगह नहीं थी?"

"जी ऐसा है... सरकारी स्कूलों में जहाँ वे भेजते हैं, वहीं जाना पड़ता है।" माँ ने मेरे लिए कहा। उन्हें शायद डर था कि अगर मैं चुप रहा तो वह कहीं यह न समझ लें कि घर से बाहर मैं किसी लड़ाई-झगड़े के कारण रहता हूँ। शायद इसीलिए बाबू ने उन्हें मेरे साथ भेजा था ... जिस तरह स्कूलों में ख़ाली जगहों को भरने के लिए मुझे भेजा जाता था, मेरी ख़ाली चुप्पियों को भरने के लिए वह मेरे साथ आती थीं।

"वहाँ रहते हैं, तो खाने का क्या करते हैं? क्या कोई बनाने आ जाता है?"

मुझे लगा, हमेशा की तरह मेरा इण्टरव्यू शुरू हो गया है, किन्तु धीमी बत्ती के आलोक में जब मैंने उनके कुम्हलाये चेहरे को देखा तो लगा कि उनके स्वर में कुरेदने का भाव उतना नहीं, जितना मुझ तक पहुँचने की जिज्ञासा थी। मैंने धीरे-धीरे सब बता दिया, अपने रहने, खाने, घर लौटने और स्कूल के बारे में

और जब सब कुछ कह चुप हो गया, तो देखा, दरवाज़े पर वह भी खड़ी हैं, जिन्हें कुछ देर पहले फाटक पर देखा था।

पता नहीं, वह कितनी देर से चुपचाप देहरी पर खड़ी हुई मेरी आत्मकथा सुन रही थीं।

"चलिए चाय पी लीजिए।" उन्होंने मुस्कराते हुए मुझसे कहा, इतने सहज भाव से मानो उन्होंने कुछ न सुना हो। मैं खड़ा हो गया, लेकिन माँ महिला के पलँग के पास बैठी रहीं, "तुम जाओ मैं कुछ देर इनके साथ बैठूँगी।"

क्या यह कोई बहाना था, मुझे उस अजनबी लड़की के साथ छोड़ने का? मेरे भीतर एक अजीब-सा डिप्रेशन घुलने लगा, जैसा अकसर ऐसे मौक़ों पर घिरने लगता था, जब वे मुझे कुछ देर लड़की के साथ अकेला छोड़ देते थे ताकि हम थोड़ा-बहुत एक-दूसरे को जान सकें। होता उल्टा था। अकेला पड़ते ही हम और अधिक दूर छिटक जाते थे। बीच में एक खाई-सी खुद जाती थी। दस-पन्द्रह मिनट के साथ में भला कौन उसे पार कर सकता था? लड़की नीचे देखती रहती और मैं उसकी ओर... वह सोचती थी, मैं उससे कुछ पूछूँगा, जबकि मेरे मुँह पर ताला लग जाता था। यह नहीं कि मुझे कुछ जानने की उत्सुकता नहीं होती थी, लेकिन लड़की के चेहरे-मुहरे को देखते ही मुझे पता चल जाता था कि कहीं उसने भी मुझे नाप लिया है—अब हम जो कहेंगे—वह सिर्फ़ औपचारिकता होगा, उसके आगे कुछ भी नहीं।

किन्तु उस दिन ऐसा कुछ नहीं हुआ—दूसरे कमरे में जाते ही मुझे लगा, किसी माँ-बाप ने उन्हें मेरे साथ अकेले में नहीं छोड़ा है, बल्कि वह स्वयं मुझे अपने साथ लायी हैं, सिर्फ़ वह हैं और मैं—और बीच में कुछ भी नहीं। मेरे लिए यह अजीब अनुभव था कि बिना एक शब्द बोले बीच की खाई लोप हो जाती है। एक कुर्सी पर वह बैठी थीं, दूसरी मेरी बाट जोह रही थी। चिकों से छनती धूप चाय की केतली और प्यालों पर गिर रही थी। "बैठिए", उन्होंने कुर्सी मेरे आगे सरका दी और खुली आँखों से मुझे देखने लगीं। उनकी आँखों में कुछ ऐसी चमक थी, जैसे रोने के बाद आती है या पानी से धोने के बाद। वहाँ कोई बहाना नहीं था। कोई अकेले में मिलने का संकोच नहीं, लेकिन वह मुस्कराहट भी नहीं थी, जिसका कौतूहल मैंने फाटक पर देखा था। वहाँ ठहरा-सा धीरज था, जो हमें यह नहीं कहता, इसे अपना घर ही समझिए, बल्कि जहाँ हम यह भूल जाते हैं कि यह हमारा अपना घर नहीं है।

"कुछ लीजिए।" उन्होंने दालबीजी की प्लेट मेरे आगे सरका दी और खुद चाय बनाने लगीं। उनके हाथों की अँगुलियाँ बहुत छोटी थीं और वह जिसे हम

चिचली अँगुली कहते हैं, वह तो उनकी मुड़ी हुई हथेली से कुछ ऐसे बाहर निकल आयी थी, जैसे कप के हैण्डिल का ही हिस्सा हो। अचानक उनका हाथ ठिठक गया, "मैं तो बिलकुल भूल गयी, आप तो फ़ोन करना चाहते थे?" मैं हँसने लगा, "उसकी कोई ज़रूरत नहीं, फ़ोन पर आपके घर का ही तो पता चलाना था।"

"आपको मिल गया?" उन्होंने जिस तरह आँखें उठाकर मुझसे पूछा, मुझे लगा, वह समझी नहीं, जो मैं कह रहा हूँ। "जी, आपका घर," मैंने कहा, "हमें यहीं तो आना था।" उन्होंने सिर हिलाया और चाय डालने लगीं... वह शायद मुझसे कुछ और पूछ रही थीं और मैं कुछ और कह रहा था। "आपकी माँ तो पहले भी आ चुकी हैं," उन्होंने कप मेरी ओर सरकाया और मुस्कराने लगीं, "उन्हें शायद याद नहीं रहा।" मुझे कुछ धक्का-सा लगा। याद न रहना कौन-सा बड़ा अपराध है, मैंने सोचा। और माँ की उम्र? उसमें तो बहुत-से रास्ते भूल जाते हैं, उनका घर पहली बार देखा था। "हम आप ही के घर के आसपास घूम रहे थे।" मैंने कुछ संकोच, कुछ हँसी में कहा, "अगर आप फाटक पर दिखाई न दे जातीं, तो न जाने कहाँ-कहाँ भटकते रहते!"

"यह अजीब होता, अगर आप हमारे घर से हमें ही फ़ोन करते..." उसने कहा।

"आपके घर से ही आपको फ़ोन?" मैंने कुछ हैरानी से उन्हें देखा। वह हँस रही थीं, बिलकुल बच्चों की-सी हँसी, जिसने मुझे भी हल्का कर दिया... इतनी जल्दी आज तक किसी लड़की ने मेरे लिए इतना नहीं किया था, कि स्वयं मुझे ही न पता चले कि मैं उसके साथ अकेले में बैठा हूँ और मुझे इसका कोई दुराव भी नहीं है, "आपके पास हमारे घर का नम्बर नहीं था?" उसने पूछा।

"था,..." मैंने कहा, "बाबू ने परची पर लिखकर दिया था, लेकिन वह हमने स्कूटरवाले को दे दी, लेकिन जब हम बाहर आये तो उससे परची लेना भूल गये! ...पैसों के साथ वह आपके पते को अपने साथ ले गया।" इस बार वह हँसी नहीं, सिर्फ़ मुझे देखती रहीं।

"क्या आपके साथ ऐसा अकसर होता है?" उनके स्वर में अजीब-सी कोमलता थी।

"कैसा... क्या मतलब है आपका?"

"नहीं, नहीं, ऐसा कुछ नहीं... मेरा मतलब था क्या इस तरह की परेशानियाँ हमेशा होती हैं?"

याद आया, किस तरह कभी क्लास में पढ़ाते समय लगता था, जैसे पिछली लाइन में बैठे लड़के एक-दूसरे को देखते हुए मुस्करा रहे हैं। जब कभी मैं

स्टाफ़-रूम में जाता था, तो दूसरे टीचर वहाँ आपस में बात कर रहे होते थे, मुझे देखकर अचानक चुप हो जाते थे... क्या यह सब कहना ठीक होगा?

मैंने कुछ दुविधा में उन्हें देखा—तो सहसा वह बहुत व्यस्त हो गयीं—"देखिए मैंने आपको बातों में लगा लिया और आपने कुछ नहीं खाया," उन्होंने दालबीजी और बर्फी की प्लेट मेरे आगे सरका दी।

"नहीं, यह सब रहने दीजिए... शाम को मैं सिर्फ़ चाय पीता हूँ और कुछ नहीं।"

"शाम होने तक तो आप स्कूल से लौट आते होंगे? माँजी बता रही थीं कि आपको काफ़ी देर हो जाती है।"

उन्होंने जिस तरह 'माँजी' का नाम लिया, मैं समझ गया कि वह मेरी माँ की बात कर रही हैं, अपनी नहीं। "छुट्टी तो जल्दी हो जाती है, लेकिन मैं सीधे घर नहीं लौटता।"

"कहाँ जाते हैं?"

मुझे स्कूल के पीछेवाला ऊबड़-खाबड़ मैदान दिखाई दिया, रेल की लाइन, टीले पर हनुमानजी का मन्दिर, पागल-सी इच्छा हुई कि मैं उन्हें सब बता दूँ कि मैं कहाँ-कहाँ जाता हूँ ताकि कुछ देर के लिए उनका ध्यान मुझसे हटकर कहीं और जा सके, लेकिन वह अड़ी रहीं, "घर ख़ाली लगता है, क्या इसलिए देर से आते हैं?"

मुझे लगा, वह ख़ाली घर की नहीं, ख़ाली मन की बात पूछ रही हैं।

"जी नहीं, आजकल बच्चों के इम्तिहान चल रहे हैं, समय काफ़ी मिल जाता है, मैं घूमने निकल जाता हूँ।"

"भरी दुपहर में?" उन्होंने कुछ हैरानी में पूछा, लेकिन कुरेदा नहीं। मुझे लगा, वह एक क़दम आगे चलती हैं, फिर ठिठक जाती हैं, जैसे किसी अजानी ज़मीन पर चल रही हों, अपने को गढ़हों, गोमड़ों, कीचड़ से बचाते हुए, जो मेरी ज़िन्दगी थी।

"वहाँ सिर्फ़ मैदान है, धूप भी हो, तो हवा चलती रहती है... मुझे चलना अच्छा भी लगता है।" मैंने कहा।

"लेकिन कहीं तो जाते होंगे—या यूँ ही चलते रहते हैं?"

"वहाँ एक हनुमानजी का मन्दिर है—एक छोटे-से टीले पर, ऊँचा ज़्यादा नहीं है, लेकिन वहाँ से सारी इमारतें दिखाई देती हैं—स्कूल, स्टेशन और जब दिन साफ़ हो तो तुगलक़ाबाद के खँडहर भी। मैं कभी-कभी वहीं चला जाता हूँ।" बोलते हुए मेरी साँस चढ़ गयी और मैं चुप हो गया... अपने पर गुस्सा आया,

कभी तो ज़ुबान नहीं खुलती, खुलती है तो बन्द नहीं होती। अब नहीं बोलूँगा, मैंने सोचा, चाहे कुछ भी पूछें, तो भी...

लेकिन उनकी उत्सुकता के सामने मेरा निश्चय एकदम ढह गया। वह पता नहीं, कहाँ से प्रश्न खोद-खोदकर लाती थीं। "क्या करते हैं मन्दिर में—पूजा के लिए जाते हैं?"

"पूजा के लिए?" मैं हँसने लगा, "जी नहीं, दुपहर के वक़्त तो मन्दिर के कपाट बन्द रहते हैं—सारा आँगन सूना पड़ा रहता है। स्कूल के बच्चे होमवर्क की जो कापियाँ छोड़ जाते हैं, वहाँ बैठकर मैं उन्हें जाँचता हूँ... वहाँ बिलकुल शान्ति रहती है। इस समय वहाँ कोई नहीं आता—सिवाय बन्दरों के।"

"क्या वहाँ सचमुच बन्दर आते हैं?"

"जी, क्यों नहीं—जहाँ हनुमानजी का मन्दिर होगा, वहाँ उनकी सेना नहीं होगी?"

"तब तो मन्दिर बहुत पुराना होगा।"

"नहीं, मन्दिर तो अभी बना है। बन्दर बहुत पुराने हैं—वे हमेशा से यहाँ टीले पर रहते आये हैं।"

"क्या आपकी उनमें श्रद्धा है?"

"बन्दरों में?"

"नहीं, हनुमानजी में?"

मैं सोचने लगा। भीतर टटोला, तो श्रद्धा जैसी कोई भावना नहीं दिखाई दी, जो कुछ था, वह कहीं बचपन की तहों में दबा था, "वे मुझे अच्छे लगते हैं..." मैंने कहा, "जब मैं छोटा था, तो मुझे पूरी हनुमान चालीसा याद थी।" मैं शायद अपनी रौ में बहता हुआ कुछ और भी कहता, किन्तु सहसा उन पर नज़र गयी, तो मैं चुप हो गया।

वह एकटक मुझे देख रही थीं।

मुझे अपने पर गहरी शर्म-सी हो आयी। मुझे लगा, वह मुझे फुसलाकर अपने से बाहर ले आती हैं, और जब मैं उनका खेल खेलता हुआ सचमुच अपने से बाहर आ जाता हूँ, तो वह चकित होकर पीछे हट जाती हैं। भला इनसे चालीसा की चर्चा करने की क्या ज़रूरत थी? मुझे अपनी सारी बातें बेतुकी-सी जान पड़ने लगीं—लेकिन आगे उन्होंने जो कुछ कहा, मेरे चकित होने की बारी थी।

"क्या हम कभी आपके यहाँ आ सकते हैं?"

"मेरे यहाँ? आप आना चाहेंगी?"

तभी भीतर के कमरे से उनकी माँ की आवाज़ सुनाई दी और वह उठ खड़ी हुईं, "ठहरिए, मैं अभी आती हूँ।"

वह जाने लगीं, तो उनकी साड़ी का पल्लू बहुत नीचे लुढ़क आया था और उनके जाते हुए पैरों के पीछे-पीछे झूल रहा था। कोई उस समय अचानक मुझसे पूछ लेता, कि वह कैसी दीखती हैं, तो शायद मैं कोई सही उत्तर न दे पाता सिवाय इसके कि उनके गोल, साँवले चेहरे पर दो उत्सुक चमकती आँखें बराबर मुझे भेद रही थीं जबकि मैं न जाने कैसी अनर्गल बातें उनसे कहता रहा था। अजीब बात यह थी, मुझे कोई पछतावा नहीं था। औरों के साथ बातें करते हुए मुझे बाद में लगता था कि मुझे यह कहना था, यह नहीं, जबकि उनके सामने मुझे पहली बार यह लगा कि मैं जो था, वही मैं उनसे कह रहा था, दुःख था तो अपनी बातों पर नहीं, बल्कि जो मैं था उस पर—उस धातु पर, जिससे मैं बना था। मानो उनके पास कुछ ऐसा था, जो मैंने कहीं नहीं पाया था—या कहीं बहुत पहले खो दिया था।

"बेटा, तुमने कुछ खाया नहीं?" सामने उनकी माँ खड़ी थीं। मैं हकबकाकर उठनेवाला था, कि उन्होंने धीरे-से मेरे कन्धे पर हाथ रखकर कहा, "नहीं, नहीं. बैठो, मैं तो बाथरूम जा रही थी।"

वह धीमे क़दमों से लँगड़ाते हुए कमरा पार कर रही थीं। सींक-सी पतली देह थी और वह भी उन्हें बोझ-सी जान पड़ रही थी, जिसे ठेलते हुए उनकी साँस फूल गयी थी। बाथरूम से लौटीं, तो झिझकते हुए मेरी ओर देखा, एक अजनबी, जो उनकी लड़की को देखने आया था, पता नहीं मेरे जैसे कितने लोग वहाँ आते होंगे, जिन्हें उन्हें सहना पड़ता होगा। वह मुझे देखती रहीं और तब न जाने उन्हें क्या सूझा, उन्होंने मेरे सिर पर अपना मुरझाया हाथ रख दिया, जैसे क़ोई प्रार्थना कर रही हों, अपनी बिटिया के लिए, अपने लिए और शायद—मेरे लिए भी, और फिर वैसे ही धीरे-धीरे लँगड़ाते हुए कमरे से बाहर चली गयीं।

मेरे भीतर कोई चीज़ भरभराकर गिर गयी। अगर उस क्षण मैं अपने को समेटकर बाहर जा सकता? अपने को छोड़, अपने से बाहर—जहाँ से सही यात्रा शुरू होती है? लेकिन तभी वह दिखाई दीं, बिलकुल अलग कपड़ों में मुस्कराती हुईं, "माँजी कहती हैं, आपको थोड़ा घुमा-फिरा लाऊँ। मेरे साथ बाहर चलेंगे?"

"बाहर कहाँ?"

"यहाँ देखने लायक़ कुछ नहीं है—न मन्दिर, न बन्दर, पुराने मकानों के

ख़ँडहर ज़रूर हैं... चलिए, मिल्क बूथ तक हो आते हैं। आपकी सैर हो जाएगी, मैं दूध ले आऊँगी।"

मैं उठ खड़ा हुआ।

हमने फूलों की लतरों से ढका आँगन पार किया। आँगन में बहुत-सी चीज़ें बिखरी थीं, पुराने टाट के टुकड़े, घी के ख़ाली पीपे, सफ़ेदी और रोगन के ब्रुश, लकड़ी की सीढ़ी, दीवार के सहारे टिकी हुई। कोने में एक हुक़्क़े की काली, झुलसी हुई चिलम और नली को देखकर बोलीं, "यह बाबू का हुक़्क़ा था। जब मैं छोटी थी, तो उनकी चिलम भरकर लाया करती थी।" पहली बार उन्होंने मृत पिता का ज़िक्र किया था और तब मुझे लगा, उस घर में माँ और बेटी ही नहीं रहते, वह भी रहते हैं, छूटी हुई चीज़ों, और बीती हुई घड़ियों में, वह घर जो मुझे इतना ख़ाली-सा दिखाई दिया था, उसके भीतर उन्हें न जाने कितनी चीज़ों से बचकर चलना पड़ता होगा।

"इधर से आइए," उन्होंने पिछवाड़े का दरवाज़ा खोला और मुझे रास्ता देने के लिए अलग खड़ी हो गयीं। उनके एक हाथ में दूध का बर्तन था, दूसरे में छोटा-सा बच्चों वाला बटुआ, जिसके अधखुले मुँह से कुछ नोट बाहर झाँक रहे थे। शाम की श्यामल रोशनी में वह बिलकुल बदली हुई दिखाई दे रही थीं, साड़ी की जगह उन्होंने खुली, ढीली-ढाली-सी सलवार-कमीज़ पहन रखी थी। बालों को एक लाल रिबन से कसकर जूड़े में बाँध लिया था और पैरों में घरेलू स्लीपर की जगह संतरी रंग का कैनवस का जूता पहन रखा था...वह मुझे अपनी ओर इस तरह देखते हुए कुछ सकपका-सी गयीं, फिर उनका हाथ अपनी चुन्नी पर गया, कि वह तो कहीं ऊपर-नीचे नहीं है?

"चलिए, देर से पहुँचे तो ख़ाली हाथ लौटना पड़ेगा।"

"लाइए, यह मुझे दे दीजिए," मैंने बर्तन को लेना चाहा, तो उन्होंने मना कर दिया, "अभी तो ख़ाली है, लौटते हुए ले लीजिएगा।"

वह कोई शार्टकट पगडण्डी रही होगी, जो पिछवाड़े की गली से होती हुई साँप-सी टेढ़ी-मेढ़ी जाती थी। दोनों तरफ़ अँग्रेज़ों के जमाने के ख़ाली क्वार्टर थे, जिनमें से कुछ को ढहा दिया गया था, कुछ ढहने को तैयार खड़े थे। पगडण्डी बार-बार रेत के टीलों के बीच खो जाती थी। ऊबड़-खाबड़ रास्ते पर चलता हुआ मैं पीछे रह जाता और वह मुझसे आगे निकल जातीं, फिर किसी बात करने के बहाने वह रुक जातीं ताकि मुझे यह महसूस न हो, कि वह मेरे लिए रुकी हैं और जब मैं उनके साथ चलने लगता, तो किसी गढहे या गोमड़ से मुझे बचाने के लिए मेरा हाथ पकड़ लेतीं जैसे मुझे नहीं, उन्हें मेरे सहारे की ज़रूरत है और

तब तक पकड़े रहतीं, जब तक बात ख़त्म न हो जाती या रास्ता पार न हो जाता।

किसी के साथ चलने में उसका चरित्र कितनी जल्दी खुल जाता है, पता चल जाता है क्या हम उसके साथ किसी लम्बी यात्रा पर जा सकते हैं?

मिल्क बूथ का शेड दिखाई दिया, तो वह ठहर गयीं, "आप यहीं रुकिए, मैं आती हूँ।" वह जाने लगीं, तो उनकी निगाहें मेरे जूतों पर पड़ गयीं जो रास्ते की धूल और कीचड़ की मार से बहुत दयनीय से दिखाई दे रहे थे। वह परेशान-सी हो गयीं, "देखिए, यह मेरी ग़लती है, जो आपको ऐसे बेवक़ूफ़ रास्ते से ले आयी।"

"बेवक़ूफ़ कैसा?" मैं हँसने लगा, वह कभी-कभी जड़ चीज़ों को ऐसे सम्बोधित करती थीं, जैसे वे जीवन्त हों...

"मैं हूँ बेवक़ूफ़ और कौन, जो ऐसे जूते पहनकर चला आया। अब मुझे पता चला, आप कैनवस के जूते क्यों पहनकर आयी थीं।" मैंने हँसी में उनकी परेशानी को दूर करना चाहा, लेकिन वह अपने से रुष्ट खड़ी रहीं, फिर उन्हें कुछ याद आया, अपनी कमीज़ की जेब से उन्होंने टीशू पेपर का एक छोटा-सा बण्डल बाहर निकाला और मेरे हाथ में पकड़ा दिया, "देखिए, सामने ढाबे की बेंच है, आप वहाँ बैठकर इन्हें साफ़ कर डालिए इतने में मैं दूध ले आती हूँ।"

वह जा रही थीं। मैं उन्हें देख रहा था। उनके हाथ में पीतल का बर्तन झूल रहा था। शाम की पीली धूप में चमचमा रहा था। वह रुँधे, सँभलते क़दमों से उस लाइन के पीछे जा खड़ी हुईं, जो मिल्क बूथ की खिड़की के आगे लगी थी। फिर उन्होंने सिर मोड़कर मुझे देखा और मुस्कराने लगीं... एक अजीब आश्वासन-भरी मुस्कराहट जिसे देखकर मैं कुछ भयभीत-सा हो गया, जैसे किसी के अनगढ़, औघड़ हाथों में कोई बहुत नाजुक-सी बेशक़ीमती चीज़ आ जाती है और उसे डर लगता है, जब वह कहीं उसकी पकड़ से छूटकर टूट न जाए। मैं जल्दी से उनकी निगाहों से बचकर ढाबे की ओर मुड़ गया। और उसके सामनेवाली बेंच पर जाकर बैठ गया। ढाबे के पीछे खेल का मैदान था, जहाँ किसी ने झरे हुए पत्तों के ढेर में आग लगा दी थी, जिसके इर्द-गिर्द मुहल्ले के बच्चे हँसते-चीख़ते हुए भाग रहे थे। उनके लौटने तक मैं अपने को इतना सँभाल लेना चाहता था, कि वह यह न जान सकें कि जिस शार्टकट से हम यहाँ आये थे, वह मेरे लिए कितनी लम्बी यात्रा थी।

मुझे पता भी नहीं चला, वह कब लौट आयीं। पता तब चला, जब सामने की बेंच पर मैंने दूध की बाल्टी देखी। वह उसे वहाँ रखकर ढाबेवाले से कुछ कह रही थीं। वापस आकर उन्होंने बेंच को अपने दुपट्टे से साफ़ कर दिया, और

जहाँ बाल्टी रखी थी, उसके पास बैठ गयीं, "यह आदमी अल्मोड़ा का है, बहुत अच्छी पहाड़ी चाय बनाता है।"

"क्या आप यहाँ रोज़ आती हैं?"

"पहले अम्माँ आती थीं, जब वह बीमार नहीं पड़ी थीं, डॉक्टर ने उन्हें रोज़ मील, आधा मील चलने के लिए कहा था, सो उसी बहाने यहाँ दूध लेने आ जाती थीं।"

"क्या तकलीफ़ है उन्हें?"

"ख़ास कुछ नहीं... जोड़ों में दर्द रहता है। दो महीने पहले जब आपके घर गयी थीं, तब बिलकुल ठीक थीं—तब आप वहाँ नहीं थे।"

"मैं सिर्फ़ छुट्टी के दिन घर आता हूँ। आप लोग आये थे, यह मुझे बाद में पता चला।"

"कैसे?"

"माँ मुझे चिट्ठी में सबकुछ लिख देती हैं।"

"अच्छा?" उन्होंने कुछ हँसी, कुछ उत्सुकता से मुझे देखा, "मेरे बारे में भी कुछ लिखा था?"

"जी... आपके बारे में भी।"

"क्या?" उन्होंने कुछ ऐसे पूछा, जैसे मैंने उनका कोई फ़ोटो खींचा हो, जिसे वह देखना चाहती हों।

"वह चाहती थीं, एक बार मैं आपसे मिल लूँ।" मैंने कहा।

पहली बार जैसे उन्हें अपने चेहरे का ध्यान आया, जिसे वह ख़ुद नहीं देख सकती थीं, जिसे वह मेरी आँखों से देख रही थीं।

"देख लिया आपने? क्या मैं वैसी ही दीखती हूँ जैसा आपकी माँ ने आपको लिखा था?" उन्होंने अपनी चुन्नी से अपने चेहरे के पसीने को पोंछते हुए कहा। आग की लपटों में वह दहक रहा था।

"नहीं। आप वैसी नहीं दीखतीं।" मैंने कहा।

वह बोलीं कुछ नहीं, मुझे देखती रहीं।

"आपका चेहरा वैसा ही दीखता है—लेकिन आप नहीं।" मैंने हिम्मत बटोरकर कहा।

"मैं आपकी बात समझी नहीं। क्या मेरा चेहरा मुझसे अलग है।"

"नहीं, मेरा मतलब यह नहीं था। माँ ने जब आपके बारे में बताया, तो मेरे सामने सिर्फ़ आपका चेहरा था। आपसे मिलकर मुझे वह एक बार भी याद नहीं आया, जो उन्होंने मुझे लिखा था।"

ढाबे का आदमी चाय के दो गिलास हमारे सामने रख गया और हमारी बात वहीं टूट गयी। बच्चों का शोर धीरे-धीरे बुझ गया था, लेकिन पत्तों की चिता अब भी जल रही थी। लपटों की छाया में उनका चेहरा कुन्दन-सा चमक रहा था, पसीने में भीगा हुआ, जिसे वह बार-बार अपनी चुन्नी से पोंछ लेती थीं।

"एक बात पूछूँ, आप बुरा तो नहीं मानेंगी?"

"जी?"

"क्या आपको बहुत-से लोग देखने आते हैं?"

एक फ़ीकी-सी हँसी उनके चेहरे पर चली आयी, "जी हाँ—अख़बारों में देंगे, तो ऐसा होगा ही..."

"क्या आप उन सबसे वैसे ही मिलती हैं जैसे—मुझसे?"

वह कुछ देर चुप रहीं, फिर चाय का गिलास उठाया, एक छोटा-सा घूँट लिया और फिर उसे मेज़ पर रख दिया। एक छोटे-से क्षण में मुझे देखा, फिर धीरे-से कहा, "चलिए, वे लोग सोचेंगे, हम इतनी देर कहाँ रह गये?"

वह उठ खड़ी हुईं। ढाबेवाला गिलास उठाने आया तो मैंने पैसे देने चाहे, लेकिन उसने हाथ हिलाकर मना कर दिया, लेकिन जब मैंने दूध की बाल्टी उठायी, तो उन्होंने मना नहीं किया।

घर लौटते हुए वह कुछ नहीं बोलीं, और शायद इसलिए कि वह जल्दी में थीं, और मुझसे छुटकारा पाना चाहती थीं। इस बार उन्होंने शार्टकट की पगडण्डी न लेकर पक्की सड़क ली थी, न कूड़ा, न कीचड़, सीधा साफ़ रास्ता, दोनों तरफ़ लैम्पपोस्टों की रोशनियों में चमकता हुआ। कभी-कभी कोई धड़धड़ाती बस निकल जाती, तो उनकी हेडलाइटों में उनका चेहरा एक क्षण के लिए चमक जाता, मैं देखने की कोशिश करता, कहीं वह मेरी बात से नाराज़ तो नहीं हैं, लेकिन एक क्षण की रोशनी में कुछ भी पता चलाना असम्भव था। जब हम उनके घर के फाटक के सामने पहुँचे, तो उन्होंने दूध की बाल्टी मेरे हाथ से ले ली... "आप भीतर चलिए, मैं इसे चौके में रख आती हूँ।" उनका स्वर बिलकुल शान्त था, न कोई दरक, न खिंचाव... जैसे बीच में कुछ भी न घटा-गुज़रा हो...

मैं कुछ देर फाटक के आगे ही खड़ा रहा। रात की रानी की बेल रही होगी या चमेली के फूल—एक भरमाती-सी गन्ध चारों ओर फैली थी। आज जब कभी मैं उस शाम को याद करता हूँ तो फाटक पर झूलती लतरें, वह अनजानी-सी खुशबू, धूप के मिटने के बाद का स्वच्छ और चमकीला अँधेरा ही याद आता है। उनके जाने के बाद मैं अकेला छूट गया था। लेकिन पहली बार मुझे लगा,

कि किसी का दिया हुआ अकेलापन भी कितना भरा-पूरा हो सकता है। क्या वह प्रेम था, या सिर्फ़ उसे पाने की चाहना—जो पहली बार मेरी सूखी, पपड़ायी, पंगु ज़िन्दगी में एक हरियाली का भ्रम देती हुई उग आयी थी?

मैंने देखा, कि बरामदे की बत्ती जल गयी और माँ भीतर के दरवाज़े से निकलकर बाहर आ गयी हैं, वहाँ देख रही हैं, जहाँ फाटक के पीछे मैं खड़ा था। समझ में नहीं आया उस समय मैं क्यों नहीं उनके पास चला आया, क्यों फाटक के पीछे अँधेरे में बिना हिले-डुले खड़ा रहा, जैसे वहाँ खड़ा रहा, मैं माँ और बाबू और घर और स्कूल और अपने अतीत सबसे बाहर आ जाना चाहता था, किसी ऐसी जगह, जहाँ नियति की आँख मुझ पर नहीं पड़ सकेगी।

क्या कभी ऐसा सम्भव हो सकता है कि आदमी अपने से बचकर वहाँ चला जाए जहाँ हाथ की लकीर या जन्मपत्री का नक्षत्र उसका पीछा न कर पाये?

मैंने फाटक खोला और माँ के पास चला आया।

माँ ने बहुत मना किया, लेकिन वह नहीं मानी। वह हमें छोड़ने बाहर आयी थीं। यह तो अच्छा हुआ कि हमें बीच में ही टैक्सी मिल गयी और उन्हें बहुत दूर स्कूटर-स्टैण्ड तक नहीं चलना पड़ा। टैक्सी में हमें बिठाकर जब वह विदाई लेने लगीं, तो माँ ने खिड़की से हाथ बाहर निकालकर उनका हाथ पकड़ लिया, "आपको अब हमारे घर आना होगा। बताइए, कब आएँगी?"

उन्होंने माँ को देखा, फिर मुझे—एक ग़मगीन-सी मुस्कराहट उनके चेहरे पर थी, कहा कुछ नहीं। टैक्सी के स्टार्ट होने पर मैंने पीछे मुड़कर देखा, वह चुपचाप घर की ओर जा रही थीं।

उस रात मैं कुछ इतना थका था, कि खाने के तुरन्त बाद मैं सीधा सोने चला गया। मुझे पता भी नहीं चला, कितनी रात बीत चुकी है, जब अचानक मेरी नींद खुली। देखा, बाबू के कमरे की बत्ती जली है और उनके कमरे से बातचीत की धीमी आवाज़ें सुनाई दे रही हैं। कभी माँ का स्वर सुनाई देता, कभी बाबू का, अपने कमरे के अँधेरे से मुझे उनकी बातें तो सुनाई दे रहीं थीं, लेकिन शब्द नहीं—पूरा शब्द तभी सुनाई देता था, जब उनमें से कोई मेरा नाम लेता था। उनके मुँह से अपना नाम सुनते ही मुझे दहशत-सी महसूस होने लगती थी। जैसे वह किसी ऐसे आदमी का नाम ले रहे हों, जो उनका बेटा तो है—मैं नहीं। उस शाम मैं अपने नाम की केंचुल से बाहर आ गया था। हालाँकि मेरा चेहरा-मुहरा बिलकुल वैसा ही था, जैसा अब तक लोग देखते आये थे।

वे परीक्षाओं के दिन थे और दूसरे दिन मुझे तुरन्त स्कूल पहुँच जाना था। जब मैं सूटकेस में कपड़े रख रहा था, तभी मुझे बाबू दिखाई दिए, वह सुबह का अख़बार हाथ में लिये मिचमिचाती आँखों से भीतर झाँक रहे थे। वह मुझसे कुछ कहना चाहते थे, लेकिन जब उन्होंने देखा, मैं इसके लिए बिलकुल तैयार नहीं हूँ, तो वह अख़बार पटककर गुसलखाने में चले गये। मैं यही चाहता था। मैं चुपचाप अकेले में—दोनों की आँख बचाकर—स्टेशन की तरफ़ निकल जाना चाहता था।

लेकिन दुर्भाग्यवश ऐसा बिलकुल सम्भव नहीं हो सका। ऐन जाने की हड़बड़ी में माँ रसोई से बाहर निकल आयीं। उनका मुँह तमतमा रहा था। "क्या तुम ऐसे ही चले जाओगे?"

"ऐसे ही?" मैंने उन्हें देखा।

"हमें उन्हें क्या जवाब देना होगा, यह तो कुछ पता चले।"

"अगर वे चुप रहते हैं तो क्या हमें पहल करने की ज़रूरत है?"

"तुम पागल हो... क्या अब भी कोई शक बचा रह गया है?" उनका चेहरा कुछ ढीला-सा हो आया, "देखा नहीं, माँ-बेटी तुमसे कैसे बातें कर रही थीं!"

मुझे लगा, वह सच कह रही हैं, यह भूल गया कि सच के कितने दरवाज़े होते हैं, दिखते एक जैसे ही हैं, जाते अलग-अलग दिशाओं की तरफ़ हैं।

"तेरे बाबू को तो कल रात नींद नहीं आयी। कहते थे, इन्हीं गर्मियों में कुछ पक्का हो जाए, तो सबसे अच्छा रहे—तुम दोनों कहीं छुट्टियों में पहाड़ जा सकते हो।"

सूटकेस उठाकर मैं स्टेशन जानेवाली सड़क पर चलने लगा। देर तक माँ के शब्द कानों में गूँजते रहे, माँ-बेटी की बातें, गर्मी की छुट्टियाँ, पहाड़। अप्रैल की धूप में मेरी आँखें चुँधियाने-सी लगीं। पसीना पोंछने के लिए मैंने पैण्ट की जेब से रूमाल निकालना चाहा, तो अचानक टीशू का रूमाल हाथ में आ गया। मैं कुछ देर आश्चर्य में उसे देखता रहा, और तब मुझे याद आया कि यह उन्होंने कल शाम मुझे दिया था, अपने जूते साफ़ करने के लिए, जिनसे अब मैं अपना चेहरा पोंछ रहा था।

आनेवाले दिनों में ऐसा कुछ नहीं हुआ कि मैं याद रख सकूँ। कारण सोचता हूँ तो वे ख़ाली दिन जान पड़ते हैं। ख़ाली दिनों की याद कैसी? मुश्किल यह है कि इस ख़ालीपन में भी हमेशा कुछ-न-कुछ घटता रहता था। स्कूल की परीक्षाओं,

इन्वीजीलेशन की ड्यूटी, कभी-कभी तो देर शाम तक प्रिंसिपल साहब के कमरे में बैठकर काम करना पड़ता था। एक तरह से यह अच्छा ही था, इन बाहरी व्यस्तताओं के कारण मैं भीतर के ख़ालीपन को भूले रहता।

घर से कोई ख़बर नहीं, न चिट्ठी, न फ़ोन। समय के साथ वह शाम भी धुँधली पड़ने लगी, जब हम उस ऊबड़-खाबड़ पगडण्डी को पार करते हुए मिल्क बूथ गये थे, ढाबे की बेंच पर बैठकर पहाड़ी चाय पी थी, जलते हुए पत्तों की लपटों में शाम का धुँधुआता अँधेरा घिर आया था—क्या वह सब कुछ भूल गयी थीं?

वे इम्तिहानों के दिन थे। गर्मियों के शुरू के दिन, जब सड़कों पर पेड़ों के पत्ते धूप में टिमकते हुए झरते रहते थे। परीक्षा-हाल की खिड़कियों से मैं उन्हें देखा करता था। इन्वीजीलेशन के तीन घण्टों में जिस तरह परीक्षार्थी अपने-अपने पेपरों पर झुके अपनी भावी नियति का लेखा जुटा रहे होते, मैं अपनी जन्मपत्री के बारे में सोचा करता, जहाँ सब फ़ैसले पहले से ही लिखे जा चुके थे। यह कहना कठिन है, कि मैं उनके बारे में जानता नहीं था। जो होनेवाला होता है, उसके संकेत हमेशा किसी रहस्यमय कोड में हमें मिलते रहते हैं। सिर्फ़ उसे पढ़ने का धैर्य होना चाहिए। परीक्षा-हाल के तीन घण्टे कम नहीं होते। हर सुबह ज्यों ही परीक्षार्थी अपने पेपरों पर सवाल हल करने लगते, मैं अपनी फटी-पुरानी पोथी लेकर बैठ जाता—जो मेरी ज़िन्दगी थी, जिसके ख़ाली पन्ने पर बाबू का प्रश्न काली स्याही में घूरता रहता—पता नहीं, इस लड़के का क्या होगा?

ऐसी ही एक दुपहर जब मैं हाल में बैठा था, स्कूल का चपरासी मेरे पास आया, कहा, कि प्रिंसिपल साहब मुझे स्टाफ़-रूम में बुला रहे हैं। मुझे कुछ आश्चर्य हुआ। परीक्षा की घड़ी में शायद ही कोई टीचर बाहर जाता हो। मैंने सोचा, कोई कक्षा का काम है, जिसे बाद में निपटाया जा सकता है, किन्तु तभी मैंने देखा, मेरे सहयोगी भूगोल के अध्यापक भागते हुए मेरे पास आये, आपसे कोई मिलने आया है। आप जाइए, मैं आपका काम सँभाल लूँगा।

स्टाफ़-रूम के पास पहुँचा ही था, कि मेरे पाँव ठिठक गये, वह खड़ी थीं। स्टाफ़-रूम के बाहर गलियारे की रेलिंग पर हाथ रखकर वह स्कूल के मैदान को देख रही थीं, उनकी पीठ मेरी तरफ़ थी—और उनके बालों का जूड़ा ढीला-सा उनकी गर्दन के नीचे सरक आया था। “आप यहाँ?” बरबस मेरे मुँह से निकल पड़ा—वह झट से मुड़ीं और मेरी ओर देखकर हँसने लगीं, “हाँ, मैं ही हूँ—आपने पहचाना नहीं?” मेरे चेहरे पर कुछ रहा होगा, ख़ुशी, विस्मय, अविश्वास—कि उन्होंने जल्दी से अपने को बचाते हुए कहा, “मैं आपको ख़बर नहीं दे सकी...आप क्या क्लास छोड़कर आये हैं?”

"नहीं, नहीं, मेरी कोई क्लास नहीं, मुझे पहले से पता होता तो मैं स्टेशन चला आता—स्कूल मिलने में तो मुश्किल नहीं पड़ी?"

"नहीं, मैं स्टेशन से सीधी चली आयी—आपने बताया तो था।"

मुझे याद नहीं आया कब मैंने उन्हें बताया था, लेकिन इस तरह उनसे स्कूल के गलियारे में बात करना कुछ अजीब-सा लग रहा था। आते-जाते बच्चे उन्हें देखकर खड़े हो जाते थे। सोचा, उन्हें कैण्टीन में ले जाऊँ लेकिन वहाँ पर भी अध्यापकों की निगाहों से छुटकारा नहीं मिलेगा। मैं उन्हें स्कूल की चहारदीवारी से बहुत दूर ले जाना चाहता था।

"आप ज़रा यहाँ ठहरें, मैं अभी आता हूँ।"

मैं प्रिंसिपल साहब के कमरे में गया। वह काग़ज़ों के गट्ठर पर झुके थे। मैं कुछ देर चुपचाप उनके सामनेवाली कुर्सी पर बैठा रहा। मेरे भीतर जो धुकधुकी शुरू हुई थी, वह अब भी मेरी छाती खटखटा रही थी, लगता था, जैसे दिल के भीतर कोई दूसरा दिल धड़क रहा है, अपनी बेधड़क चाल में जिस पर मेरा कोई बस नहीं। इतने दिनों से मैं उनके उत्तर की प्रतीक्षा में दिन-रात एक किये रहता था और अब उन्हें अचानक सामने पाकर मैं अपने से ही छिपकर यहाँ आ बैठा था। प्रिंसिपल साहब ने सिर उठाया, तो मुझे सामने बैठे देखकर हैरान से हो गये, "आप यहाँ बैठे हैं? आपको नहीं मालूम, आपसे कोई मिलने आया है।"

"जी मालूम है इसीलिए आपके पास आया था। क्या मैं कुछ देर के लिए बाहर जा सकता हूँ?"

"आप जाइए... यहाँ अब आपका कोई काम नहीं... " वह पहली बार मुझे किंचित रहस्यमय ढंग से देख रहे थे। मैं बिना कुछ कहे बाहर चला आया—जल्दी में उन्हें धन्यवाद देना भी याद नहीं रहा।

बाहर वह कहीं दिखाई न दीं। न स्कूल के गलियारे में, न स्टाफ़-रूम में ... न बाहर मैदान में जहाँ अप्रैल की महीन-सी धूप फैली थी। कहाँ जा सकती हैं वह? मैं हकबकाया-सा इधर-उधर देखने लगा—तभी गलियारे के सुदूर कोने में उनकी सफ़ेद साड़ी दिखाई दी। वह प्राइमरी जमात के दो बच्चों के साथ हँसते-बोलते आ रही थीं। मुझे देखकर भी वह उनसे बातें करती रहीं और जब वे चले गये तो मेरी तरफ़ मुड़ीं, "ये लोग मुझे बाथरूम दिखाने ले गये थे। क्या अभी आपको यहाँ कुछ देर और रुकना होगा?"

मैं उन्हें देखता रहा, वह हाथ-मुँह धोकर आयी थीं। पानी के इक्का-दुक्का छींटे अब भी उनके चेहरे पर चमक रहे थे। कानों पर झूलते बालों के कुण्डल थोड़ा-सा भीग गये थे—लेकिन माथा बिलकुल नंगा था, साफ़-सुथरा, निष्कलंक, दो छोटी लकीरों के बीच दबा हुआ।

"नहीं, अब मुझे यहाँ कोई काम नहीं... चलिए, कहीं बाहर चलकर बैठेंगे।"

उन्होंने कलाई पर लगी घड़ी देखी और फिर मेरी ओर कुछ उलझन-भरी निगाहों से देखा। "क्या यहाँ पास में कोई आयुर्वेदिक क्लीनिक है? मुझे बताया गया था, कि वह आपके स्कूल के पास ही है?"

"वहाँ क्या करेंगी?"

"माँ के लिए दवा लेनी थी... लेकिन अगर दूर है तो रहने दीजिए। मैं लौटते हुए खुद चली जाऊँगी।"

"चलिए वह रास्ते में ही पड़ता है..." मैंने कहा।

स्कूल के अहाते से बाहर निकलते ही हवा ने हमें पकड़ लिया, वसन्त की गुनगुनी हवा, जिसमें झरते पत्तों और उड़ती धूल की गन्ध जमा थी। उन्होंने साड़ी के पल्लू से सिर ढक लिया, लेकिन हवा इतनी तेज़ थी, कि वह बार-बार उनके सिर से उलटकर उनके चेहरे से लिपट जाता था। पल्लू के भीतर से जब उनकी मिचमिचाती आँखें बाहर आती थीं, तो वह मेरी तरफ़ देखकर मुस्कराने लगती थीं और मुझे अपने भीतर की पागल-सी अधीर धुकधुकी सुनाई देने लगती थी, जहाँ कुछ भी दिखाई नहीं देता था जैसे बाहर की हवा की तरह मेरे भीतर भी क़ोई आँधी चल रही हो और मैं पेड़ों के नीचे किसी भूमिगत भाग्य-रेखा पर चल रहा हूँ जो कभी भी अन्धड़ में अपनी राह खो सकती है—क्या मैं पागल था, जो यह सब सोच रहा था, जबकि वह अपने को बचाते अधमुँदी आँखों से रास्ता टोहते मेरे साथ चल रही थीं?

अचानक वह रुक गयीं—सामने आयुर्वेदिक क्लीनिक का बोर्ड दिखाई दिया। "आप थोड़ी देर रुकेंगे? मुझे ज़्यादा देर नहीं लगेगी।"

वह फाटक खोलकर भीतर चली गयीं और मैं बाहर बरामदे की बेंच पर बैठ गया। पहली बार मुझे किसी की प्रतीक्षा में बैठना यातनादायी नहीं जान पड़ा। स्कूल के गलियारे में उनसे भेंट कुछ इतनी अप्रत्याशित थी, कि मैं अब तक अपने को सँभाल नहीं सका था—मुझे मालूम था, इतनी दूर वह सिर्फ़ माँ की दवा के लिए या मेरे स्कूल को देखने नहीं आयी थीं। वह मुझसे कुछ कहने आयी थीं। वह मुझसे क्या कहेंगी, उस क्षण मुझे उसकी चिन्ता नहीं थी। मैं उनके साथ था, यही बड़ी बात थी। यह इतनी बड़ी बात थी, कि उसके सामने पिछले दिनों की मेरी छिछली दुश्चिन्ताएँ बिलकुल छोटी पड़ गयी थीं। उनकी सफ़ेद, काले किनारे वाली साड़ी ने जैसे धूल पोंछकर मुझे किसी साफ़ जगह पर बिठा दिया था। मैं बेंच पर शान्त बैठा था—और जब कुछ देर बाद वह डिस्पेंसरी से बाहर आती दिखाई दीं, तो वह नहीं, मैं उन्हें देखकर मुस्कराया था।

"मुझे देर तो नहीं हो गयी?" उन्होंने कुछ असमंजस में मुझे देखा।

"नहीं, बिलकुल नहीं। यहाँ तो काफ़ी लम्बी क्यू लगी रहती है। लाइए. .. यह थैला मुझे दे दीजिए।"

उनके एक हाथ में पोलीथीन का एक छोटा-सा बैग था, जिसमें दवाइयों की पुड़ियाँ रखी थीं। कन्धे पर एक सफ़ेद और नीले रंग का थैला था, जिस पर चेन लगी थी। बाहर एक लम्बी-सी जेब लगी थी, जिसके भीतर से रूमाल का सिरा बाहर झाँक रहा था। उन्होंने वह रूमाल निकालकर थैला मुझे पकड़ा दिया। "इसमें कुछ फल हैं—अम्माँ ने आपके लिए भिजवाये थे।"

"क्या यहाँ आने से पहले आप उनसे मिली थीं?"

"नहीं... किसी को नहीं मालूम, मैं यहाँ आयी हूँ..."

तब मुझे समझ में आया कि वह अपनी माँ की बात कर रही थीं, मेरी माँ की नहीं। अपनी बीमारी में भी उन्हें मुझे फल भेजना याद रहा? इससे पहले मैं कोई प्रतिवाद करूँ, उन्होंने बिना मेरी ओर देखे कहा, "क्या हम कहीं कुछ देर के लिए बैठ सकते हैं?"

"हम वहीं चल रहे हैं।"

क्लीनिक से बाहर निकलते ही स्टेशन-रोड शुरू होती थी—उस छोटे-से उपनगर में वही एक पक्की, साफ़-सुथरी सड़क थी, जिसके दोनों ओर पीपल, जामुन और इमली के छाँहदार पेड़ लगे थे। वसन्त की धूप में पत्ते चमकते थे और हवा चलते ही झिर-झिर-सी गुंजन होती थी। इन्हीं पेड़ों की छायाओं तले एक छोटा-सा मद्रासी होटल था, जहाँ मैं स्कूल से लौटता हुआ घड़ी-दो घड़ी बैठा करता था, सीढ़ियाँ चढ़कर ऊपर जाना पड़ता था, जहाँ होटल की छत पर जाली डाल दी गयी थी, जिसके कारण वह किसी ओपन एयर कैफ़े-सा आभास देता था। मुझे यहाँ बैठने का ख़याल तब आया था, जब वह दवा लेने क्लीनिक में गयी थीं।

टैरेस पर उस समय कोई नहीं था। हम जँगले के पास एक ख़ाली मेज़ के आगे बैठ गये।

"माँ की तबीयत अब कैसी है?" मैंने पूछा।

"कोई ख़ास अन्तर नहीं है। वैसी ही है, जैसा आपने देखा था," उन्होंने रूमाल से माथे का पसीना पोंछा और कुर्सी पर निढाल-सी होकर बैठ गयीं। कुछ देर बाद जब होटल का लड़का कॉफ़ी के गिलास रखने आया, तो मैंने उनसे पूछा, "क्या वह कॉफ़ी के साथ कुछ लेंगी।" उन्होंने चुपचाप सिर हिला दिया। छत की जाली में धूप की बुँदकियाँ मेज़ पर गिर रही थीं और गिलासों से गर्म कॉफ़ी

की भाप ऊपर उड़ रही थी। लगता था जैसे हमारे बीच एक झीनी-सी दीवार है, धूप, भाप, धुकधुकी में काँपती हुई, किसी दूसरी शाम की याद दिलाती हुई, जब हम ढाबे के आगे बैठे थे। डूबते सूरज की रोशनी में और पीछे पत्ते सुलग रहे थे।

"मुझे आपसे कुछ कहना था," उनकी आँखें प्याले पर तैर रही थीं, "मैं इसीलिए यहाँ आयी थी।"

"मुझे मालूम है।" मैंने कहा।

"आपको मालूम है, मैं आपसे क्या कहने आयी हूँ?" एक उदास-सी मुस्कराहट उनके चेहरे पर चली आयी।

मैं उन्हें देखता रहा।

"आपकी माँ और बाबूजी घर आये थे।"

"जी?"

"वे अम्माँ को देखने आये थे। क्या आपको मालूम है?"

"नहीं," मैंने कहा।

"उन्होंने आपको कुछ नहीं बताया?"

"मैं जब से यहाँ आया, तब से अपने घर नहीं गया... उनका कोई फ़ोन नहीं आया, न कोई चिट्ठी..." वाक्य के अन्तिम सिरे तक पहुँचते-पहुँचते मेरी आवाज़ ने मेरा साथ छोड़ दिया।

"वे सिर्फ़ माँजी को देखने नहीं आये थे..." उन्होंने मुझे कुछ टोकते हुए कहा।

"जी, नहीं!" मैंने कहा।

"वे जानना चाहते थे, मैंने क्या सोचा है।"

"आपने क्या कहा?"

"मैं आपसे कहने आयी थी!"

"आपने उनसे कुछ नहीं कहा?"

"मैंने सिर्फ़ यह कहा—मैं आपसे कह दूँगी। माँजी ने कहा, यही ठीक है।"

"और बाबूजी?"

"वह बैठे नहीं। कुछ देर बाद वह बाहर चले गये। जाने से पहले उन्होंने मुझे इस क्लीनिक का पता बताया था। कहते थे, जब मैं आपसे मिलने आऊँ तो अम्माँ के लिए यहाँ से दवाएं ले सकती हूँ।"

"बस और कुछ नहीं?"

"कहते थे, उन्हें बहुत-सी आशाएँ हैं!"

मैंने उनकी ओर देखा, "आशाएँ कैसी?"

"यह कुछ नहीं बताया। मैंने पूछा नहीं।"

उनका चेहरा अब उस धुँधली, झीनी दीवार से बाहर आ गया था। अब वह बिलकुल सामने था। अब वह बिलकुल साफ़ दिखाई दे रहा था।

"मेरे साथ पहले कभी ऐसा नहीं हुआ।" उन्होंने कहा।

"क्या नहीं हुआ आपके साथ?"

"मैं यही बताने आपके पास आयी थी। मैं नहीं चाहती थी, यह बात आपको किसी दूसरे से पता चले।"

"दूसरे कौन? माँ मुझसे कह देतीं या बाबू!"

"मेरे लिए वे अब दूसरे हैं जो आप नहीं हैं। मैं नहीं चाहती थी, कि आप कुछ ऐसा समझें, जिसका कोई दूसरा मतलब हो। आपको याद है, जब मैंने आपको पहली बार देखा था?"

वह एक क्षण रुकीं। सिर उठाया, तो बाल की एक घुँघराली लट, जो कान पर अटकी थी, नीचे झूलने लगी। "आप फाटक खोलकर भीतर आये थे और फ़ोन करना चाहते थे।"

"आपको मेरी बेवक़ूफ़ी याद रह गयी?" मैंने कुछ हँसकर कहा।

"बेवक़ूफ़ी मेरी थी, जो उस दिन मैंने आपको कुछ नहीं बताया... हम इतनी बातें करते रहे, सिर्फ़ वह नहीं जो करनी चाहिए थीं।"

"आप न भी आतीं, तो भी मैं समझ लेता।" मैंने कहा, "जब घर से कोई ख़बर नहीं आयी, मैंने जान लिया, अब कुछ नहीं होगा... मेरे साथ ऐसा पहले भी हो चुका है।"

"लेकिन मेरे साथ नहीं।" उन्होंने अपनी बड़ी, गोल कोयल-सी आँखें मुझ पर गड़ा दीं। "मेरे साथ ऐसा पहली बार हुआ, जब मैं शाम आपके साथ रही और मैं यह भूल भी गयी कि यह किस प्रयोजन के लिए था... जब आप चले गये, तब याद आया आप क्यों आये थे।"

वह चुप हो गयीं... इस बार बोलीं, तो स्वर बहुत धीमा था।

"आपके जाने के बाद मैं अपने बारे में सोचती रही, मेरे साथ ऐसा पहले कभी नहीं हुआ कि मैं दूसरे को लेकर अपने बारे में सोचूँ... जबकि वह कब का वहाँ से जा चुका हो। मैं जब भी शाम को दूध लेने जाती हूँ, तो मुझे ढाबे की बेंच को देखकर लगता है कि आप वहाँ बैठे थे और तब मुझे कुछ ऐसी ख़ुशी-सी होती है कि मैं आपसे कह भी नहीं सकती। मैं सिर्फ़ अपनी ज़िन्दगी के बारे में सोचने लगती हूँ... आपको शायद हमारे घर नहीं आना चाहिए था।"

"आप ऐसा क्यों कहती हैं?"

"ऐसा है—और कुछ नहीं।"

होटल का लड़का सौंफ की थाली लाया, जिस पर बिल रखा था। एक बार हम दोनों को देखा और फिर हमारे जूठे गिलास और कप उठाकर ले गया। उन्होंने शायद उसे देखा भी नहीं। वह जैसे अधूरी बात के सिरे को पकड़कर उसे किसी अन्त तक ले जाने की राह खोज रही थीं, जहाँ मैं बैठा था। मैं उनसे कहना चाहता था कि मुझे अन्त की कोई ज़रूरत नहीं है, मेरे लिए वही अन्तिम है, जहाँ बात का सिरा टूटा है। तभी उनका स्वर सुनाई दिया, "आप सोचते होंगे, मैं कैसी हूँ।"

धूप जाली से छनकर उनके माथे पर गिर रही थी जहाँ पसीने की बूँदें मोतियों-सी दिप-दिप कर रही थीं। उन्होंने उन्हें पोंछा नहीं, वे चमकती रहीं।

"मैं आपके घर गयी थी।"

"मुझे मालूम है... लेकिन यह तो बहुत पहले की बात है।"

"नहीं, वहाँ नहीं... यहाँ, जहाँ आप रहते हैं," वह वैसे ही मुस्करायीं जैसे पहले दिन फाटक खोलकर मुस्करायी थीं, "वहाँ एक महिला ने बताया, कि आप स्कूल में हैं। वह कौन है?"

"हमारे स्टेशन मास्टर की घरवाली... मैं उन्हीं के घर में किराये पर रहता हूँ।"

"उन्होंने मुझे आपका कमरा भी दिखाया—क्या वही खाना भी बनाती हैं?"

"जी—मैं उनके यहाँ एक तरह से पेइंग गेस्ट की तरह रहता हूँ लेकिन आप वहाँ..."

"ऐसे ही... मेरे पास टाइम बहुत था। मुझे नहीं मालूम था, वह इतनी जल्दी बीत जाएगा।" उन्होंने मेज़ से पर्स और पोलीथीन का बैग उठाया, "क्या स्टेशन यहाँ से बहुत दूर पड़ता है?"

"आप जा रही हैं?"

हम अपना स्वर नहीं सुन पाते, दूसरे सुनते हैं। उनके लिए वह सिर्फ़ स्वर नहीं होता, वह एक अधीरता-सी होती है, एक आतुर-सी प्रार्थना होती है—जो पैरों को रोक लेती है। वह उठते-उठते बैठ गयीं, कुर्सी के सिरे पर अधर-सी, जैसे अभी बैठी हैं, अभी उठ जाएँगी।

"माँ चिन्ता में होंगी, राह देखती होंगी।" उनकी आवाज़ धीमी होकर मेरे पास चली आयी।

"आप उनसे कहकर नहीं आयीं?"

"उन्हें मालूम है। यह उनका आग्रह था, कि मैं एक बार आपसे ज़रूर मिल लूँ।"

"आपका नहीं?"

वह चुप बैठी रहीं।

"फिर आप आयी क्यों?"

वह जाली के ऊपर सरकते बादल को देख रही थीं, जो सूरज पर आ अटका था। एक सुनहरी-सी छाँह शहर पर गिर रही थी।

"मुझे नहीं आना चाहिए था?"

"मैंने सोचा था, इतनी दूर आयी हैं, तो कुछ देखकर जाएँगी।"

"देख तो लिया—आपका घर, स्कूल और..." वह एक क्षण रुकीं, आँखें ऊपर उठीं, "हनुमानजी का मन्दिर रह गया है।"

"देखेंगी?"

जब आदमी हताशा के परे चला जाता है, तो सब कुछ सम्भव जान पड़ जाता है... हँसी का मरु भी, जहाँ रेत में झुलसकर आँखें मुँद जाती हैं और दिन की धूप में अँधेरा-सा दिखाई देता है। लेकिन वह हँस नहीं रही थीं। मुझे देख रही थीं जैसे कुछ फ़ैसला ले रही हों, न ले पा रही हों और समझ न पा रही हों, यह सब क्या हो रहा है। अचानक मेज़ पर टिके मेरे हाथ पर उन्होंने अपना हाथ रख दिया, किसी नर्म-सी आँच में सुलगता हुआ, पहली बार अपनी देह से मेरी देह को टोहता हुआ।

"चलिए।" उन्होंने कहा और उठ खड़ी हुईं।

कैश-काउण्टर पर बिल चुकाकर जब मैं बाहर आया, तो वह बहुत आगे जा चुकी थीं। मैं भागता हुआ उनके पास आया, "यह रास्ता मन्दिर को नहीं जाता।"

"कहाँ जाता है?"

"स्टेशन की तरफ़—आप वहीं से तो आयी थीं।"

"मैं वहीं जा रही हूँ।"

मुझे समझ में नहीं आया, वह क्या कह रही हैं हालाँकि जो उन्होंने कहा था, वह मैंने सुन लिया था। मैं भी उनके साथ-साथ चलने लगा। मुझे लगा, पिछले दिनों के दौरान में उनसे जिस चीज़ से जुड़ा था, वह उसे झटककर अलग कर देंगी, लेकिन उन्होंने ऐसा कुछ नहीं किया जैसे उन्हें उसका पता ही न हो, उन्हें उसका ख़याल भी नहीं था, जिसे वह अपने साथ ले जा रही थीं—जिसमें मेरी ज़िन्दगी का वह अंश छिपा था, जिसमें न बाबू का साँझा था न माँ का—जो

अभी कुछ दिन पहले उगा था—और जो अब उनके साथ-साथ ऐसे चल रहा था, जैसे वह कोई झरा हुआ पत्ता या कुचला हुआ कीड़ा हो जो उनकी चप्पल से चिपककर उनसे बेख़बर उनके साथ-साथ घिसट रहा हो।

मैं खड़ा हो गया। मेरे भीतर कुछ मर गया। मैं उन्हें जाता हुआ देखता रहा। उनकी साड़ी कभी थोड़ा-सा उठ जाती, तो धूल में सनी एड़ियाँ दिखाई दे जातीं—दुखी और दयनीय-सी वह बार-बार धूप से बचने के लिए सिर को साड़ी के पल्लू से ढँक लेतीं। उस छोटे-से शहर की धूल-धूसरित, ढलती धूप में वह बहुत अकेली-सी जान पड़ रही थीं। जब वह बिलकुल आँखों से ओझल हो गयीं, तो मुझे होश आया। मैं बीच सड़क पर खड़ा क्या कर रहा था? वह इतनी दूर मुझसे कुछ कहने आयी थीं, कोई चीज़ जिस पर मेरी नियति निर्भर करती थी—और वह बिना कुछ कहे जा रही थीं। एक बवण्डर-सा मेरे भीतर उठने लगा—जैसे कोई बहुत मूल्यवान चीज़, कोई दुर्लभ निधि, हाथ से छूटती जा रही है। मैं उनके पीछे भागने लगा।

वह काफ़ी आगे निकल चुकी थीं। मैंने सोचा, स्टेशन पर जाकर ही उन्हें पकड़ना सम्भव हो सकेगा। लेकिन स्टेशन पर एक दूसरी लोकल ट्रेन आकर रुकी थी। यात्रियों का रेला जो बाहर आ रहा था, उसके भीतर रास्ता बनाता हुआ जब मैं प्लेटफ़ॉर्म पर पहुँचा, तो दूसरी गाड़ी लौटने के लिए तैयार खड़ी थी... मैं भीड़ के जत्थों के बीच भागता हुआ हर कम्पार्टमेण्ट के भीतर नज़र डाल लेता था, आख़िरी डिब्बे तक पहुँचकर मैं वापस मुड़ा, और उन्हीं डिब्बों के भीतर जल्दी-जल्दी झाँककर दुबारा देखने लगा, जिन्हें पहले भी देख चुका था—वही यात्री, वही चेहरे, फिर दिखाई देने लगे, जैसे वे किसी दुःस्वप्न में बैठे प्राणी हों, जिन्हें मैंने पहले भी कभी देखा था—और तब मुझे एक झटका-सा लगा, कोई मुसाफ़िर हड़बड़ाहट में चलती ट्रेन में चढ़ने की कोशिश कर रहा था। मैं कब धक्का खाकर नीचे गिरा यह मुझे तब पता चला जब एक मर्मभेदी-सी चीत्कारती चीख़ सुनाई दी। सरकती हुई ट्रेन के कम्पार्टमेण्ट से अचानक उनका आतंकित चेहरा दिखाई दिया। यह उनका चेहरा था, जिसे मैं खोज रहा था या मेरे भीतर का भ्रम—अब मुझे ठीक से याद भी नहीं आता, न यह याद आता है कि भीड़ के कोलाहल में जो चीख़ सुनाई दी थी, वह उनकी थी या कहीं मेरे भीतर से बाहर आयी थी।

मुझे सिर्फ़ इतना याद रहा कि जिन सज्जन ने मुझे प्लेटफ़ॉर्म से उठाया, वह हमारे स्टेशन-मास्टर थे। हरी झण्डी दिखाकर जैसे ही उन्होंने रेल को विदा

किया, वैसे ही उनकी नज़र मुझ पर पड़ी थी। पहले क्षण तो उन्हें कुछ समझ में नहीं आया कि मैं प्लेटफ़ॉर्म पर लेटा हुआ क्या कर रहा हूँ। मुश्किल से जब उन्होंने मेरी लस्तम-पस्तम देह को उठाकर सीधा किया तो उन्हें मिट्टी में सनी मेरी पैण्ट और जगह-जगह से फटी कमीज़ दिखाई दी। चोट ज़्यादा नहीं लगी थी, सिर्फ़ हाथ-मुँह पर खरोंचें आयी थीं। लेकिन उस रात जो बुख़ार आया था, वह इक्कीस दिन तक चलता रहा। स्कूल की डिस्पेंसरी के डॉक्टर ने बताया कि वह एक तरह का मियादी बुख़ार था। जो बहुत दिनों से मुझ पर चढ़ रहा था, और जिसका पता नीचे गिरने के बाद ही लगा था।

यह सब मुझे बाद में पता चला, शुरू के दिनों में मुझे कुछ होश नहीं था कि मेरे साथ क्या हुआ है। बुख़ार की नींद में स्टेशन के शोर के साथ बाबू की बातें और गड्डमड्ड से अभियोग भी सुनाई देते और जब मैं अपने पक्ष में कुछ कहने के लिए सिर उठाता तो सिरहाने के सामने स्टेशन मास्टरनीजी दिखाई देतीं। वह मेरे बारे में कुछ भी नहीं जानती थीं, लेकिन अगर वह न होतीं तो न जाने मेरा क्या हाल होता! कुछ दिनों बाद जब बुख़ार थोड़ा-सा कम हुआ और तबीयत सँभलने लगी तो उन्होंने डरते हुए पूछा, क्या वह मेरे घर फ़ोन कर दें? मैंने उन्हें मना कर दिया। मैं नहीं चाहता था, कि कोई मुझे अपनी पुरानी ज़िन्दगी की याद दिला सके। अगर कोई इसका कारण पूछता तो मेरे पास उसका कोई उत्तर नहीं था। उत्तर होता, तो मैं उस शहर के किनारे क़स्बाती स्कूल में बाक़ी ज़िन्दगी के दिन न गुज़ार देता। बुख़ार उतरने के साथ-साथ न जाने कैसे मैं भी कहीं नीचे उतर गया था—उस सतह के नीचे—जहाँ दुनिया की रोशनी में बाक़ी लोगों की दुनिया बसती है। मैंने कहीं पढ़ा था कि उत्तर के अभाव में ही फ़लसफ़े का जन्म हुआ था। तब यह नहीं सोचा था कि उसके न होने के कारण मेरी ज़िन्दगी एक निपट अजाने सिरे से शुरू हो सकेगी।

स्वस्थ होने के बाद मैंने पहला काम जो किया, वह बाबू को चिट्ठी लिखना था। मैंने उनसे अब तक बिताई ज़िन्दगी के लिए माफ़ी माँगी और यह प्रार्थना की थी कि वह अब अख़बारों में विज्ञापन देना बन्द कर दें और उस फ़ाइल को नष्ट कर दें जिसमें उन्होंने इतने जतन से मेरे फ़ोटो, बायोडेटा व ब्यौरे और जन्मपत्री की प्रतिलिपियाँ टाँकी थीं। मुझे लगता है अगर, मैं उन्हें न भी लिखता तो भी वह ऐसा ही करते। अपने बेटे की भूल-भुलैया में भटकते हुए वह कुछ इतना थक चुके थे कि उससे बाहर आने में ही उनकी शान्ति और मेरी मुक्ति का एकमात्र रास्ता बचा था।

लेकिन क्या वह सचमुच मेरी मुक्ति का रास्ता था?

कुछ महीने ऐसे ही बीत गये। इम्तिहान आये और चले गये। गर्मी की छुट्टियाँ भी बीत गयीं। जाड़ों की शुरुआत में मैं एक बार घर गया था—अपने बचे-खुचे कपड़े और पुरानी पुस्तकें लेने के लिए। उस रात मैं घर में ही ठहरा। बाबू कुछ नहीं बोले, चोरी-छिपे मुझे देख लेते थे कि कहीं मैं कोई और व्यक्ति तो नहीं हूँ और जब उन्हें मेरा चेहरा-मुहरा कुछ पहचाना-सा लगता तो दूसरी तरफ़ देखने लगते।

उसी रात खाने के बाद माँ ने मुझे अकेले में और बातों के साथ यह भी बताया कि वह अपनी माँ को लेकर विधवा बुआ के घर चली गयी हैं। वह कहीं डेहरी-ऑन-सोन में रहती थीं, जिसका मैंने नाम भी नहीं सुना था और जिसे मैं जल्दी ही भूल भी गया। इस ख़बर ने मेरे भीतर कोई हलचल उत्पन्न नहीं की मानो जिस सतह के नीचे मैं रहता हूँ वहाँ ऊपर की दुनिया की कोई आहट, कोई खरखराहट, कोई आवाज़ मुझ तक नहीं पहुँचेगी।

स्कूल के सहयोगी टीचर मुझे ज़रूर कुछ सनकी, सिरफिरा-सा समझते हैं। उन्हें हैरानी होती है कि न तो छुट्टियों में मैं घर जाता हूँ न ही प्रोमोशन मिलने पर किसी दूसरे स्कूल में जाना चाहता हूँ। क्लासें ख़त्म होने के बाद मैं या तो खेतों में घूमने चला जाता हूँ या कभी टीले पर हनुमानजी के मन्दिर में जा बैठता हूँ। कापियाँ जाँचते हुए जब थक जाता हूँ तो आँगन में लेटकर पीपल के पेड़ पर बन्दरों को उछलता-कूदता देखता रहता हूँ। वे भी मुझे पहचानने लगे हैं। मुझे ज़्यादा तंग नहीं करते और अपने पर अकेला छोड़ देते हैं।

कुछ बरसों बाद मुझे स्कूल के छात्रों के साथ कलकत्ता जाना पड़ा। क्रिसमस की छुट्टियाँ थीं और हमने सोचा था कि हम कलकत्ते में कालीघाट म्यूज़ियम और रामकृष्ण परमहंस का आश्रम देखने के बाद शान्तिनिकेतन होते हुए लौटेंगे। पूरे चौबीस घण्टों की लम्बी यात्रा थी। रात को खाने के बाद हम अपनी-अपनी बर्थ पर सोने चले गये। आधी रात को अचानक नींद खुली तो देखा ट्रेन किसी छोटे-से स्टेशन पर खड़ी है। अँधेरे में कुछ भी दिखाई नहीं देता था, सिवा प्लेटफ़ॉर्म पर इक्की-दुक्की धुँधुआती बत्तियों के... अचानक मुझे अपने डिब्बे के बाहर एक आदमी लालटेन लिये जाता दिखाई दिया। मैंने खिड़की से सिर बाहर निकालकर स्टेशन का नाम पूछा, तो वह जल्दी में कुछ बुड़बुड़ाकर आगे निकल गया...

डेहरी-ऑन-सोन उसने यही कहा था। सरदी की ठिठुरती रात में वह नाम सुनकर मेरे भीतर एक बत्ती-सी जल उठी—यही तो वह शहर था जहाँ वह अपनी बुआ के घर रहने आयी थीं। क्या वह अब भी यहाँ होंगी—वही—जिन्होंने मुझे

कभी अपने चेहरे, अपनी हँसी, अपनी टोहती आँखों से उस एक चीज़ को दिखाया था, जिसे मैंने कभी पाया नहीं पर जिसे कभी खो भी नहीं सका था। एक बार पागल-सी इच्छा हुई कि सबकुछ छोड़कर वहीं उतर जाऊँ, जो मेरी यात्रा का अन्तिम स्टेशन था, लेकिन तभी अँधेरे में चीत्कारती इंजन की सीटी सुनाई दी और ट्रेन धीरे-धीरे प्लेटफ़ॉर्म छोड़कर आगे सरकने लगी।

1994

□□□